HEYNE <

Das Buch:

Marleen macht mit ihren Eltern Urlaub auf Sylt. Da findet sie eine Flaschenpost mit einem Hilferuf am Strand: Offenbar wird jemand auf der Schokoladeninsel gefangen gehalten. Die Flaschenpost bringt Marleens Vater, ein reicher Investor, auf eine Idee. Er will den Lorentz-Brüdern ein lukratives Geschäft vorschlagen und in die Insel investieren. Trotz ihrer Geldsorgen lehnen die drei Brüder ab. Nun soll Marleen ihren Charme spielen lassen, damit das Geschäft zustande kommt. Kurz nach ihrer Ankunft rettet Finn Lorentz sie in einem Sturm vor dem Ertrinken. Der jüngste der drei attraktiven Brüder ist der Rebell und das schwarze Schaf der Familie. Ihm missfällt, dass seine Heimatinsel von Touristen überflutet wird. Er hat sich in den Möwesander Leuchtturm zurückgezogen und lebt dort im Einklang mit der Natur. Marleen und Finn sind sofort auf einer Wellenlänge, schnell sprühen die Funken zwischen ihnen und sie verbringen romantische Stunden miteinander. Dabei gehen sie auch dem Ursprung der geheimnisvollen Flaschenpost auf den Grund. Doch als Finn erfährt, welche Pläne Marleens Vater mit der Schokoladeninsel hat, vertraut er ihr nicht mehr und zieht sich komplett zurück. Und Marleen muss herausfinden, was ihr wichtiger ist: die Loyalität zu ihrem Vater oder ihre eigenen Gefühle.

Die Autorin:

Marie Schönbeck hat sich in das Nordfriesische Wattenmeer verliebt. Für sie sind die Küsten und Inseln Sehnsuchtsorte. Oft fährt sie mit ihrem Mann und ihren Hunden an die Nordsee, um lange Spaziergänge am Strand zu machen und die wildromantische Natur zu genießen. Während sie eines Tages in einem Strandcafé saß, Tee trank und friesisches Mandelgebäck mit Schokoladenguss aß, kam ihr die Idee zur Romanreihe um die fiktive »Schokoladeninsel« Möwesand.

Marie Schönbeck

Schokolade am Leuchtturm

Süßes Erbe

ROMAN

WILHELM HEYNE VERLAG
MÜNCHEN

Penguin Random House Verlagsgruppe FSC® N001967

Originalausgabe 07/2023

Redaktion: Dr. Loel Zwecker
Umschlaggestaltung: zero-media.net
unter Verwendung von FinePic®, München
Satz: Uhl + Massopust, Aalen
Druck und Bindung: GGP Media GmbH, Pößneck
Printed in Germany
ISBN: 978-3-453-42515-6

www.heyne.de

Kapitel 1

Als sie das Paar am Strand von Hörnum beobachtete, spürte Marleen de Vries ein schmerzhaftes Ziehen im Brustkorb. Vielleicht hätte sich ihr Liebeskummer nicht bemerkbar gemacht, wenn sie sich abgewandt hätte, doch sie schaffte es nicht. Wie gebannt starrte sie die beiden an, die so unglaublich glücklich wirkten. So glücklich, wie Marleen jetzt auch hätte sein können, wenn Edward es ernst mit ihr gemeint hätte. Aber hieß es nicht, besser ein Ende mit Schrecken als ein Schrecken ohne Ende? Das tröstete sie nur wenig. Die Trennung vor vier Monaten tat immer noch verdammt weh.

Sie saß mit dem Rücken zum Hörnumer Leuchtturm. Während sie die Hälfte einer Herzmuschel aus dem kühlen Sand ausgrub und mit dem Daumen über die Rillen auf der Oberseite fuhr, fragte sie sich, wie alt die Frau und der Mann sein mochten. Marleen selbst würde im August ihren 25. Geburtstag feiern, also in zwei Monaten. Sie war eine Tochter des Sommers, ein Sonnenkind. Was die beiden Frühaufsteher betraf, schätzte sie, dass sie nur wenige Jahre älter waren als sie.

An dem Liebespaar, das in den frühen Morgenstunden am Flutsaum entlangspazierte und die Hörnum-Odde umrundete, war nichts Auffälliges, und dennoch konnte Marleen den Blick nicht von ihnen nehmen. Neidisch verfolgte sie, wie sie händchenhaltend an ihr vorbei zur Südspitze der Insel Sylt lustwandelten. Ab und zu blieben sie stehen, scheinbar grundlos, schauten sich tief in die Augen und küssten sich so gefühlvoll, dass Marleen ihre Verliebtheit geradezu spürte und eine angenehme Gänsehaut bekam. Jedes Mal vergaßen sie beim Küssen die heranrollenden Wellen. Das Wasser spritzte an ihren nackten Beinen hoch, und sie lachten. Scheinbar ziellos gingen sie weiter und genossen die Zweisamkeit am fast einsamen Strand.

Wie wunderschön ist es doch, wenn man sich gegenseitig genügt, dachte Marleen und verspürte einen Stich im Herzen.

Ihre Gedanken schweiften wieder zu Edward Cook, dem charmanten Engländer, den sie an einer privaten Business School in Hamburg kennengelernt hatte. Er gab Kurse in Internationaler Betriebswirtschaft, um seine Vita mit einer Anstellung im Ausland zu schmücken, sein Deutsch zu verbessern und Kontakte zu knüpfen, wie er ihr erklärt hatte. Sie beide hatten jedenfalls mehr als bloß Kontakt geknüpft. Unwiderstehlich hatten sie sich zueinander hingezogen gefühlt, körperlich und, wie Marleen gedacht hatte, auch darüber hinaus. Trotzdem hätten sie sich niemals heimlich in ihrer Wohnung treffen dürfen, ein Lehrer und eine Schülerin, aber sie waren schließlich beide erwachsen. Ihre Leidenschaft hatte sich als Fehler erwiesen. Sie hätte sich niemals mit Edward einlassen dürfen. Die Gründe waren offensichtlich, aber sie hatte sie ignoriert, sie war zu verliebt in ihn gewesen. Nachher war man immer schlauer.

»Wir sind alle Narren in der Liebe«, zitierte sie für sich aus Jane Austens *Stolz und Vorurteil.*

Verärgert über ihre eigene Naivität, kniff sie sich in den Arm, um sich an den Schmerz zu erinnern, den er ihr zugefügt hatte. Sie verbot sich, weiter an ihn zu denken. Schließlich verbrachte sie dieses lange Pfingstwochenende auf der wunderschönen Wattenmeerinsel und wollte den Kurzurlaub genießen. Außerdem sollten ihre Eltern von ihrem Kummer nichts merken, sonst würden sie Fragen stellen, schließlich ging es um das Wohl ihres einzigen Kindes. Ihr Vater durfte auf keinen Fall erfahren, was Edward ihr angetan hatte, weil er sie beschützte wie ein Leitwolf sein Rudel und ihrem Ex-Freund gewiss seine Zähne zeigen würde.

Eine Möwe landete vor Marleen. Vorsichtig näherte sie sich, wohl in der Hoffnung, Essen abzustauben. Doch Marleen hatte bloß einen To-go-Becher mit Kaffee mitgebracht. Außerdem war es auf Sylt verboten, Möwen zu füttern. Man wollte wohl das Betteln der Vögel nicht fördern, weil sie schnell aufdringlich wurden und Fischbrötchen oder Brühwürstchen klauten, wenn die Menschen nicht aufpassten. Das, womit die Urlauber sie fütterten, Brot oder Pommes Frites zum Beispiel, war ohnehin kein geeignetes Futter und konnte sie mitunter sogar krank machen. Marleen trank den letzten Schluck aus ihrem Pappbecher. Der köstliche Geschmack des leicht gesüßten Milchkaffees lag ihr noch auf der Zunge, als sie aufstand und den Sand von ihren Jeansshorts abklopfte. Die Möwe flog davon.

Bestimmt warteten ihre Eltern schon mit dem Frühstück auf sie. Ein langjähriger Geschäftspartner ihres Vaters hatte ihnen über Pfingsten sein Ferienhaus auf Kampen überlassen. Es war noch dunkel gewesen, als Marleen sich auf ein Fahrrad geschwungen hatte und in den Süden der Insel geradelt war, um den Tag erwachen zu sehen. Beim Sonnenuntergang kamen für gewöhnlich viele Urlauber zusammen, aber jetzt, am frühen Morgen, war der Strand noch nahezu leer. Eigentlich ging sie gerne aus, traf ihre Freunde und machte Bekanntschaften, aber an diesem Wochenende suchte sie die Einsamkeit. Sie wollte Abstand zu der Geschichte mit Edward gewinnen und darüber nachdenken, wie sie ihrem Vater beichten sollte, was sie hinter seinem Rücken getan hatte.

Mit pochendem Herzen holte sie einen silbernen Ring aus ihrer Hosentasche. Sie wünschte, sie hätte ihn nie bekommen. Edward hatte ihn ihr nicht etwa zur Verlobung geschenkt, er hatte nicht einmal etwas gravieren lassen. Es war bloß ein einfacher Silberring mit einem kleinen Zirkonia.

Kurz vor Weihnachten streifte Edward ihn ihr über den Finger, nachdem sie sich in ihrem Bett geliebt hatten. Marleen war überwältigt, nicht wegen des Schmuckstücks an sich, sondern wegen der Geste und der Bedeutung, die sie hineininterpretierte. In dem Moment dachte sie, dass Edward es wirklich ernst mit ihr meinte. Aber sie hatte sich in ihm getäuscht.

Während sie wütend zum Ufer schritt, drückte sie die Hand so fest zusammen, dass sich der Ring in ihren Handteller bohrte. Sie blieb stehen, bevor die Wellen ihre Turnschuhe berührten, und atmete schwer. Ihr wurde heiß, und sie schwitzte, dabei war der Wind kühl. Plötzlich nagten Zweifel an ihr. Innerhalb von Sekunden ging sie durch ein Wechselbad der Gefühle. Bevor sie es sich anders überlegen konnte, holte sie aus und warf das Schmuckstück in hohem Bogen in die Nordsee. Ein symbolischer Abschied, den Dr. Pfeiffer, der langjährige Psychotherapeut ihrer Familie, vorgeschlagen hatte. Es war der erste Schritt auf dem Weg der Besserung.

In der nächsten Sekunde bereute sie es bereits. Sie musste

lernen loszulassen, das wusste sie, darum hatte sie den Ring ja weggeworfen, aber jetzt fühlte es sich schrecklich an. Ihr Magen zog sich zusammen, und sie rang nach Luft. Außerdem war dieser Ring ja bloß ein Gegenstand, nicht ihr Ex-Freund selbst. Sie konnte doch Edward freigeben, aber den Ring behalten, um sich an die schöne Zeit zu erinnern.

Rasch schlüpfte sie aus ihren Schuhen und watete ins Meer. Sie versuchte, ins dunkle Blau hineinzuschauen, doch das Wasser war zu unruhig und dunkel, die Sonne hatte noch lange nicht ihren Zenit erreicht. Ihr Herz wummerte in ihrem Brustkorb. Marleen war genauso aufgewühlt wie der Meeresboden unter ihren Füßen, als sie zurück an Land ging, ohne das Erinnerungsstück an eine Liebe, von der sie bis zum Valentinstag noch geglaubt hatte, sie hätte eine Zukunft. Edward hatte ihr Schicksal sein sollen. Marleen hatte gedacht, sie würden zusammengehören, wie Edwards Ring und ihre Hand. Doch das Schmuckstück war so unwiderruflich fort wie Edward selbst.

Sie spürte eine Leere an ihrer Hand und in ihrem Herzen. Was hast du getan, fragte sie sich vorwurfsvoll. Was hast du dir nur dabei gedacht, das einzige Andenken an Edward der Nordsee zu schenken?

Bedrückt fuhr sie mit ihrem Fahrrad zurück nach Kampen. Der frische Wind wehte ihr die langen welligen Haare aus dem Gesicht und blies ihr den Kopf frei. Plötzlich war sie zuversichtlich, dass sie den Verlust verwinden würde. Edward hatte ihr Haar als flammend rot beschrieben, aber in Wahrheit war es eher orangerot. Das Verlangen nach ihr hatte ihn wohl blind gemacht. Vielleicht hatte er ihr auch bloß schmeicheln wollen. Auf dem Gymnasium hatten die Mitschüler ihr *Möhrchen* hinterhergerufen, was sie verlegen machte. In der Pubertät färbte sie sich die Haare dann schwarz, wodurch sie im Gesicht noch blasser wirkte. Aber inzwischen hatte sie mit ihrem Aussehen Frieden geschlossen und mochte ihren Rotschopf, ihre porzellanweiße Haut und ihre Sommersprossen.

Kaum hatte sie das große Reetdachhaus erreicht, sprang sie auch schon vom Rad und stellte es einfach gegen die Hauswand. Am Strand, wo eine starke Brise geweht hatte, war sie froh gewesen, eine Windjacke über ihrem langärmeligen Ringelshirt zu tragen. Auf der Rückfahrt hatte sie sich jedoch warm gestrampelt. Sie zog die Jacke aus und warf sie auf die Couch, während sie das Wohnzimmer durchquerte und auf den Garten zueilte.

Tagsüber würden die Temperaturen auf 25 Grad steigen. Urlauber und Vermieter von Feriendomizilen freuten sich darüber, aber eigentlich war der Wert für Sylt zu hoch. Marleen machte sich Sorgen wegen des Klimawandels. Die Nordsee erwärmte sich beängstigend schnell und trotzte der Insel immer mehr Land ab, weil die Unwetter zunahmen und der Meeresspiegel rasant stieg. Der Küstenschutz kam kaum hinterher, Wellenbrecher zu bauen und Uferschutzmauern zu verstärken. In jedem Winter rissen Stürme Teile des Strandes weg, darum ankerten im Frühjahr Baggerschiffe vor der Insel und bliesen Sand aus der Tiefe durch lange dicke Rohre ans Ufer.

Marleen ging das Thema so nahe, dass sie überlegt hatte, beruflich etwas mit Umweltschutz zu machen, als sie sich für ein Studium hatte entscheiden müssen.

»Damit kann man kein Geld verdienen«, hatte Dyke ihr gesagt. »Vergiss das ganz schnell wieder. Die Familie de Vries ist kein Wohltätigkeitsverein.«

Weil sie ihrem Vater gefallen wollte, hatte sie von diesem Wunsch abgelassen. Da die Auswirkungen des Klimawandels jedoch immer schlimmer wurden, bereute sie es inzwischen. Sie hatte einen anderen Weg eingeschlagen, einen, den ihr Vater guthieß, doch der gefiel ihr nicht. Jetzt musste sie nur noch eine gute Gelegenheit finden, um ihm das zu gestehen.

Ihr Vater saß auf der Terrasse, durch gläserne Scheiben vom Wind geschützt. Er sah von seinem Tablet, auf dem er jeden Morgen die Wirtschaftsnachrichten und Börsenkurse las, auf. »Guten Morgen, Schatz. Deine Wangen sind ja ganz rot. Hast du Fieber?«

»Das kommt nur vom Wind. Ich war mit dem Fahrrad in der Hörnum-Odde und habe mir den Sonnenaufgang angeschaut.« Verlegen gab sie ihm einen Wangenkuss. Hoffentlich merkte er ihr nicht an, dass sie ein Geheimnis vor ihm hütete. Sachte tippte sie auf das Bäuchlein unter seinem himmelblauen Pullunder. »Etwas mehr Bewegung täte dir auch gut, Paps.«

»Für den Sport in unserer Ehe ist deine Mutter zuständig.« Lächelnd zeigte er in den Garten. Der gepflegte kurze Rasen war von Büschen mit weißen und pinkfarbenen Syltrosen umgeben.

Marleen wünschte sich, sie könnte das Rauschen der Wellen, die vor dem Roten Kliff tosend über den Strand rollten, hören, aber dafür waren sie leider zu weit weg. Sie sah zu ihrer Mutter Viktoria, die in einem weißen Catsuit auf einer Yogamatte Übungen machte. Prompt schämte sie sich mal wieder für ihre Figur. Dabei sah sie sportlich aus, aber im Gegensatz zu ihr war an ihrer 21 Jahre älteren Mutter kein Gramm Fett. Diese schien nur aus Haut, Knochen und Sehnen zu bestehen und so beweglich zu sein wie eine Zwanzigjährige. Marleen gab es nicht gerne zu, aber wenn sie mit ihrer Mutter zusammen war, hatte sie Minderwertigkeitskomplexe. In ihrer Gegenwart fühlte sie sich dick und faul.

»Was macht sie denn da?«, fragte Marleen, weil ihre Mutter sich verbog wie eine Brezel. Sie blieb stehen und stützte sich auf der Rückenlehne eines Gartenstuhls ab.

»Den sterbenden Schwan oder so«, frotzelte ihr Vater. Aber Marleen sah ihm an, dass er in Wahrheit stolz auf die Figur und Beweglichkeit seiner Ehefrau war. »Sie arbeitet an einer Choreografie für ihr zweites Video. Wieder Yoga für die reife Frau.«

Überrascht zog Marleen ihre Augenbrauen hoch. »Ich dachte, sie will nach ihrer Yogaschule in Hamburg eine zweite in Kiel eröffnen.«

»Das wird sie ja auch. Sie hat schon eine Halle gefunden. Hat sie das nicht erwähnt? Vielleicht will sie erst über das zweite Yogazentrum sprechen, wenn sie den Kaufvertrag für die Immobilie unterzeichnet hat. Sie hatte eigentlich vor, das Objekt zu mieten, aber das finde ich zu unsicher. Sie wäre Gefahr gelaufen, viel Geld in den Ausbau zu investieren und dann gekündigt zu werden. Also habe ich dem Eigentümer ein Angebot gemacht, das er nicht ablehnen konnte. Seine mündliche Zusage haben wir.« Grinsend gab er einen guten Schuss Sahne in seinen Kaffee, als müsste er den Erfolg mit einer Extraportion Kalorien feiern. »Aber das Video will sie trotzdem machen, weil das erste eingeschlagen hat wie eine Bombe. Auf das Motto *Sexy bis ins hohe Alter mit Yoga* soll *Bleiben Sie ewig jung mit Yoga* folgen.«

»Sie ist erst 45.« Lachend zupfte Marleen an den Rüschen der Stuhlauflage herum. »So alt ist das auch wieder nicht.«

»Das kommt auf die Perspektive an. Wie auch immer«, sagte Dyke und schmierte sein Brötchen dick mit Butter. »Ihre Zielgruppe kann sich mit ihr identifizieren, nur das zählt.«

Während sich Marleen setzte, gab sie zu bedenken: »Ich habe gehört, dass fünfzig das neue vierzig sein soll. Die Menschen fühlen sich heutzutage jünger als früher.«

»Mag schon sein, aber sie haben schon mit zwanzig Jahren Angst davor, alt auszusehen.« Dyke belegte sein Brötchen mit Käse und Wurst und biss beherzt hinein.

»Mama wird noch Karriere machen«, sagte Marleen. Früher hatte sich ihre Mutter damit begnügt, hin und wieder eine Wohltätigkeitsveranstaltung zu organisieren. Doch seit sie Yoga für sich entdeckt hatte und ständig Komplimente bekam, sprudelte sie über vor beruflichen Ideen und war arbeitsam geworden.

Marleens Vater tätschelte ihre Hand und zwinkerte ihr zu. »Wir de Vries sind alle geschäftstüchtig.«

Manchmal fällt der Apfel doch weit vom Stamm, dachte Marleen und bemerkte drei bunte Punkte, die in weiter Entfernung vom Himmel fielen. Fallschirmspringer über Westerland. Sie wollte ihren Vater, den erfolgreichen Privatinvestor, keinesfalls enttäuschen, aber sie befürchtete, dass sie den Unternehmergeist ihrer Eltern nicht geerbt hatte. »Ist Tee da?«

»Nur Kaffee.« Erst zeigte er auf eine Porzellankanne, die auf einem Stövchen stand, und dann ins Innere des Hauses. »Lass dir von Jette einen Tee bringen. Allerdings ist sie seit einer Ewigkeit in der Küche. Weiß Gott, was sie da tut, anstatt sich um uns zu kümmern.«

»Den hole ich mir schon selbst.« Marleen sprang auf und ging hinein.

Er rief ihr hinterher: »Lass doch! Schließlich wird sie dafür bezahlt.«

Sie fand die junge Frau am Küchentisch sitzend vor. Verträumt lächelnd sah die hübsche, stämmige Blondine auf das Display des Smartphones in ihrer Hand. Immer wieder war ein Schmatzen wie von einem Kuss zu hören, das hatte sie wohl als Signalton für eingehende Nachrichten eingerichtet. Sie musste eine Mitteilung nach der anderen erhalten. Als sie Marleen bemerkte, sprang sie auf und wurde rot. Nervös schob sie den Stuhl an den Tisch. Dabei schabten die Stuhlbeine geräuschvoll über die Bodenfliesen. Verlegen zog sie das Sitzmöbel wieder zurück. Ihr Teint wurde noch eine Nuance dunkler.

»Bleiben Sie ruhig sitzen«, sagte Marleen beruhigend und setzte Wasser auf.

Jette wollte ihr den Keramikbehälter mit dem grünen Tee abnehmen. »Das kann ich doch für Sie tun.«

»Ich mache das selbst«, beharrte Marleen. »Wirklich.«

Von jeher hatte sie ein Problem damit, bedient zu werden. Sie betrachtete das Personal, das sich in der Gründerzeitvilla in Blankenese um ihre Familie kümmerte, als Freunde oder zumindest nette Bekannte, schließlich war sie mit ihnen aufgewachsen. Als Kind waren die Hausangestellten, Gärtner und Fahrer sogar öfter um sie herum gewesen als ihre Eltern.

Als sie mit 21 Jahren ihr Studium anfing, hatte sie unbedingt ausziehen und auf eigenen Beinen stehen wollen. Sie war ganz wild auf das Abenteuer, das sich Leben nennt, gewesen. Doch ihr Vater hatte sie mit einer noblen Eigentumswohnung überrascht, die er ihr in Harvestehude an der Außenalster gekauft hatte. Selbstverständlich dankte sie ihm und bezog das Apartment, das viel zu groß für sie war, aber sie hätte lieber im Szeneviertel Sternschanze oder in einem Studentenwohnheim gewohnt.

Erneut schallte das Kussschmatzen aus Jettes Smartphone. Marleen lächelte. »Ihr Freund scheint ja große Sehnsucht nach Ihnen zu haben.«

»Holger ist nicht …« Jette schaltete ihr Telefon stumm. Eine krause Haarsträhne löste sich aus ihrem Dutt, der zu altbacken für ihre zwanzig Jahre war. Nervös steckte sie sie wieder fest. »Aber ich mag ihn sehr.«

Marleen verspürte wieder das schmerzhafte Ziehen im Brustkorb, der Liebeskummer gab keine Ruhe. »Er mag sie offenbar auch.«

»Ja.« Jette strahlte. »Das hoffe ich.«

Marleen wünschte den beiden viel Glück, verließ mit einem Keramikkännchen und einer Teetasse die Küche und kehrte in den Garten zurück.

Warum konnte sie Edward nicht vergessen? Er hatte doch gar nicht verdient, dass sie vier Monate nach dem Aus immer noch an ihn dachte. Mit dem Geständnis, dass er nie ernsthafte Absichten mit ihr gehabt hatte, hatte er all das Wundervolle, das sie bis dahin geteilt hatten, beschmutzt. Seine Enthüllung war wie ein Schlag ins Gesicht. Ihr wurde klar, dass sein Liebesgeflüster nichts bedeutet hatte. Alles nur Lüge. Edward hatte sie bloß manipuliert, um sie ins Bett zu bekommen.

Wieso konnte sie ihn dann nicht loslassen? Vielleicht trauerte sie gar nicht ihm persönlich nach, sondern der verpassten Chance auf eine Partnerschaft. Möglicherweise war sie aber auch zu verletzt, um die Sache abzuhaken und hinter sich zu lassen. Marleen verspürte keinen Wunsch, es Edward heimzuzahlen. Sie war kein rachsüchtiger Typ. Dennoch fand sie es unfair, dass er glücklich war, während sie litt.

Auf der einen Seite wollte sie Edward, diesen elenden Schwindler, auf keinen Fall zurück, sondern nach vorne schauen, um eine wahrhaftige Liebe zu finden. Auf der anderen Seite konnte sie nicht aufgeben, was ihr ein halbes Jahr lang lieb und teuer gewesen war. Diese innere Zerrissenheit brachte sie durcheinander und quälte sie.

Aufgewühlt nahm Marleen wieder am Frühstückstisch Platz. Ihre Mutter hatte sich inzwischen auch gesetzt. Sie hielt ihren Oberkörper so gerade wie ein Soldat, drückte ihre Knie aneinander und trank lustlos ihren grünen Smoothie. Feste Nahrung nahm sie morgens nie zu sich. Marleen hatte einmal das Getränk aus Wildkräutern, grünem Blattgemüse und Obst probiert, es schmeckte fürchterlich.

»Du musst lernen zu delegieren«, riet Dyke de Vries seiner Tochter in strengem Ton und dachte dabei wohl an Jette.

»Dafür bin ich nicht der Typ«, murmelte Marleen, während sie ihr Brötchen aufschnitt.

»Unsinn.« Als er durch die Luft wischte, stieß er beinahe an seine Tasse. »Uns de Vries liegt es im Blut zu führen.«

»Bist du sicher, dass du das essen willst?« Ihre Mutter zeigte auf das Glas Kirschmarmelade in Marleens Hand. Ohne auf eine Antwort zu warten, fuhr sie fort: »Diese gekauften Konfitüren enthalten mehr Zucker als Früchte. Du weißt doch, was man sagt. Eine Sekunde auf der Zunge, ein Leben lang auf den Rippen.«

Innerlich verdrehte Marleen die Augen. Wusste ihre Mutter überhaupt noch, was es hieß, Spaß zu haben und das

Leben zu genießen? Am liebsten hätte Marleen sie daran erinnert, dass sie kein Kind mehr war, aber sie sparte sich eine Antwort und goss sich Tee ein.

Aufmunternd tätschelte ihr Vater ihr den Arm und meinte zu seiner Frau: »Lass sie doch essen, was sie will.«

»Dir täte es auch gut, auf Kalorien zu achten. Das hier«, mit dem Zeigefinger stach ihre Mutter mehrmals in sein Bäuchlein, »beweist allen, dass es dir an Disziplin mangelt. Wie wirkt das wohl auf deine Geschäftspartner?«

»Menschlich«, warf Marleen ein, nippte an ihrem Heißgetränk und verbrannte sich die Lippen.

Ihre Mutter schnaubte. »Du warst schon immer ein Papakind. Egal, worum es ging, ihr beiden Rotschöpfe habt stets zusammengehalten.«

Damit sich ihre Mutter nicht wie eine Außenseiterin fühlte, ging Marleen auf sie ein. Sie stellte das Marmeladenglas weg und strich Kräuterquark auf ihr Brötchen. Dankbar lächelte ihre Mutter sie an.

Marleen fragte sich wieder einmal, ob sie nicht ein Buch über ihre Familie schreiben sollte. Wenn man kein Mitglied der de Vries war, konnte es bestimmt unterhaltsam sein, ihren Diskussionen zu lauschen. »Sollen wir nach dem Frühstück baden gehen?«

»Gerne.« Ihr Vater tippte auf seinem Tablet herum. »Aber erst muss ich noch ein paar E-Mails beantworten.«

Beim letzten Schluck ihres Getränks verzog ihre Mutter angewidert ihr Gesicht. Als sie sah, dass ihre Tochter das mitbekommen hatte, wurde sie verlegen und rechtfertigte sich: »So ein grüner Smoothie ist gesund. Sehr. Wirklich. Mir kamen eben einige Ideen für mein neues Video. Die will ich unbedingt sofort mit meinem Assistenten besprechen, sonst vergesse ich sie womöglich noch. Aber nach dem Telefonat können wir gerne los.«

»Sind wir nicht hergeflogen, um Urlaub zu machen und endlich mal Zeit füreinander zu haben?«, fragte Marleen vorwurfsvoll und konnte ihre Enttäuschung nicht verbergen.

»Sei nicht eingeschnappt. Das dauert doch nicht lange. Ich muss auch noch duschen, das siehst du doch ein. Spätestens mittags können wir los.« In einer einladenden Geste breitete ihre Mutter die Arme aus. »Lunch in Westerland und danach Shopping, was haltet ihr davon?«

Marleen resignierte. »Dann gehe ich heute Vormittag eben alleine an den Strand. Ich muss ohnehin noch etwas erledigen.«

Denn sie hatte ein Problem, von dem nicht einmal ihre Eltern wussten. Bei ihrer letzten Sitzung mit Dr. Pfeiffer hatte er ihr einen Vorschlag unterbreitet, wie sie ihr zwanghaftes Verhalten für sich analysieren und damit begreiflicher machen konnte. Sie schämte sich so sehr für ihr verbotenes Handeln, dass sie den Therapeuten gebeten hatte, ihr Problem nicht beim Namen zu nennen. Also sprachen sie stets nur von ihrem *Dämon*. Sie war ein guter Mensch, aber auch sie hatte eine dunkle Seite. Es war, als würde sie einen Zwilling haben, der sich in ihr verbarg, der ab und zu die Kontrolle über sie übernahm und Dinge tat, die falsch waren. In solchen Momenten erkannte sie sich kaum wieder, sie verstand sich selbst nicht. Das machte sie fertig.

»Es ist nicht Ihre Schuld, Frau de Vries«, wiederholte Dr. Pfeiffer unermüdlich bei ihren Sitzungen. »Die Umstände haben dazu geführt, dass Sie so wurden. In Ihrem Fall glaube ich, dass nicht ein einziges Ereignis der Auslöser für

Ihr Problem war, sondern die Summe an traumatischen und verletzenden Erlebnissen. Solch ein krankhaftes Verhaltensmuster wie das Ihre entwickelt sich mitunter über einen langen Zeitraum. Was genau dazu geführt hat, finden wir gemeinsam heraus, wenn Sie Ihre Gedanken niederschreiben, falls Sie das denn tun möchten. Selbstverständlich bleibt das Ihnen überlassen, aber ich empfehle es Ihnen. Notieren Sie einfach Ihre Erinnerungen, Gedanken und Gefühle. Lassen Sie alles raus. Niemand wird Sie verurteilen. Sie müssen Ihre Texte nicht einmal jemandem zu lesen geben, auch mir nicht, wenn Sie das nicht wollen. Aber das Aufschreiben an sich wird Ihnen schon helfen.«

Er schenkte ihr ein gebundenes liniertes Notizbuch und riet ihr, ihm einen Namen zu geben. Vielleicht würde es ihr leichter fallen, sich zu öffnen, wenn sie nicht einfach ins Blaue hinein, sondern einem fiktiven Menschen schrieb. Unter Umständen würde sie sich damit wohler fühlen.

Auf dem Weg ans Meer dachte Marleen über einen Namen nach. Als sie über den Riperstieg zum Strand am Roten Kliff ging, entschied sie, ihre Zeilen an Frieda zu richten. So wollte sie später einmal ihre Tochter nennen. Diese sollte aus den Fehlern ihrer Mutter lernen. Natürlich war es bloß ein Gedankenspiel, aber ein reizvolles. Bei der Vorstellung, ein eigenes Kind zu haben, spürte sie eine ganz besondere Wärme und zärtliche Verbundenheit in sich. Ein weiterer Grund für den Entschluss, ihre Texte an ihre Tochter zu adressieren, war, dass sie diese nicht belügen wollte. Also würde jedes Wort, das sie niederschrieb, aufrichtig sein.

Marleen setzte sich abseits der gut besetzten Strandkörbe, der Väter, die mit ihren Töchtern und Söhnen begeistert Sandkuchen buken, und der Mütter, die ihre Kinder besorgt mit Sonnencreme einrieben, in den warmen Sand. Eines Tages wollte Marleen auch eine Familie haben, eine, die anders war als ihre eigene. Sie würde ihren Nachwuchs nicht Fleiß, Disziplin und Zielstrebigkeit lehren, sondern Toleranz, Mitgefühl und Herzlichkeit. Außerdem den Mut zur Selbstverwirklichung, aber dafür musste sie diesen erst einmal selbst aufbringen.

Mit den Fingerspitzen fuhr sie über das Pfirsichköpfchen auf dem himmelblauen Einband, das gerade seinem Käfig entflogen war. Ihre Freundin Wiebke hatte früher zwei der Unzertrennlichen gehalten, daher wusste Marleen, dass man sie im Englischen *Lovebirds* nannte. Sie waren bekannt für die starke Bindung zu ihrem Partner. Deshalb sollte man sie unter allen Umständen zu zweit halten. Marleen fand allerdings, dass man kein Tier in einem Käfig einsperren sollte. Vögel gehörten in die Freiheit, im Fall der farbenprächtigen Liebesvögel ins tropische Afrika.

Das Pfirsichköpfchen auf dem Buchdeckel jedoch war allein. Vielleicht konnte der kleine Edelpapagei mit dem grünen Körper, dem gelben Hals und dem roten Kopf jetzt, da er frei war, endlich seine große Liebe finden. Dr. Pfeiffer hoffte wohl, dass sie sich nach dem Schreiben ähnlich frei fühlen würde wie der Vogel, befreit von ihrem inneren Dämon.

Einen Moment lang beobachtete sie einen Golden Retriever und einen Ridgeback, die ausgelassen über den Hundestrand tollten, bis der Helle in die Fluten sprang, in die der Rehbraune ihm nicht folgen wollte. Dann nahm sie den Kugelschreiber, atmete tief durch und schrieb einfach drauflos.

Liebe Frieda,
es ist merkwürdig, meine Worte an eine Tochter zu richten, die ich nie unterm Herzen getragen habe. Ich fühle mich dir nahe, bin dir aber in Wirklichkeit fern. Eines Tages werden wir zusammen sein, und ich werde dir diese Zeilen zu lesen geben, in der Hoffnung, dass du mich besser verstehst und aus meinen Fehlern lernst.

Diese Offenheit hätte ich mir von meiner Mutter gewünscht. Vielleicht wären wir uns dann nähergekommen, aber sie lässt mich nie in sich hineinblicken. Ich mache ihr keinen Vorwurf, denn ich denke, sie hat bloß Angst, mich könnte erschrecken, was ich sehe, dabei hat doch jeder eine dunkle Seite. Viktoria de Vries ist nicht perfekt, aber sie ist meine Mutter. Ich weiß, dass sie mich liebt, auf ihre eigene Art und Weise.

Deine Oma kann nichts dafür, dass sie so ist. Ihre Eltern gaben sie schon als Kind in ein Internat, in dem neben den normalen Schulfächern Tennisunterricht auf Leistungssportniveau erteilt wurde. Damals spielte sie recht gut. Doch die Förderung machte aus ihr keine zweite Steffi Graf, sondern eine Einzelgängerin, die hart zu sich selbst und zu anderen ist.

Mir macht es nichts aus, dass wir so wenig gemein haben, ich habe ja meinen Vater. Er und ich hatten schon immer eine besondere Bindung, wie meine Mutter sie zu meinem Bruder Arjen hatte. Darum waren wir alle mit der Situation zufrieden, bis eines Tages die Balance in unserer Familie zerstört wurde.

Ich habe Arjen meiner Mutter weggenommen.

Mein Psychotherapeut Dr. Pfeiffer sagt, das stimmt

nicht, aber ich empfinde es so. Und meine Mutter auch, zumindest habe ich das Gefühl. Egal, was ich mache, ich kann ihren Ansprüchen einfach nicht genügen. Ich bin eben nicht Arjen mit seinem fröhlichen, ansteckenden Lachen, seiner Unbekümmertheit und seinem Eifer beim Schwimmen. Er hatte eine Fruktoseintoleranz und mied diszipliniert Süßwaren wie Eiscreme und Marmelade. Außerdem himmelte er unsere Mutter an, was Balsam für ihre Seele war.

Am Tag seines Todes hätte ich auf ihn aufpassen sollen, Frieda. Ich war seine große Schwester und fast doppelt so alt wie er. Die Verantwortung lag bei mir.

Als er sechs und ich elf Jahre alt waren, verbrachten wir mit unseren Eltern die Herbstferien auf Sylt. Der Wind war frisch, aber uns machte das nichts aus. Wir waren trotzdem ständig draußen unterwegs. An dem schicksalhaften Nachmittag im Oktober ließen wir am Strand einen Lenkdrachen steigen, keinen kleinen für Kinder, sondern einen echten, einen für Erwachsene. Unsere Mutter hatte ihn uns geschenkt. Eigentlich hatte sie ihn mehr für Arjen gekauft, denn er hatte sich einen gewünscht.

Unsere Eltern saßen mit Freunden auf der Terrasse des Restaurants Sansibar in Rantum inmitten der Dünen, eingewickelt in Decken, und genossen Heißer Hugo und Punsch. Sie hatten es uns verboten, ins Wasser zu gehen, es wäre schon zu kalt. Ab und zu schauten sie nach uns, aber je fröhlicher die Stimmung wurde, desto seltener kamen sie. Sie sagten sich wohl: »Was soll schon passieren? Die beiden sind ja gleich hinter den Dünen.«

Während ich dir diese Zeilen schreibe, sitze ich genau dort, wo es passierte. Ich spüre das Grauen von damals. Die Furcht, die Fassungslosigkeit und den Verlustschmerz. Es gibt Dinge, über die man nicht hinwegkommen kann. Manche Wunden heilen nie, man lernt nur, mit ihnen zu leben.

Auf dem Strand am Roten Kliff ließen Arjen und ich also vor dreizehn Jahren unseren neuen großen Drachen steigen. Erst klappte es nicht, aber dann bekamen wir den Dreh heraus. Was für ein Erfolg! Wir halfen uns gegenseitig, feuerten uns an und lachten ausgelassen vor unbändiger Freude. Im Alltag stritten und ärgerten wir uns oft, wie Geschwister das nun einmal tun, aber in diesem Moment waren wir ein Herz und eine Seele.

Als es dämmerte und wir schon zum *Sansibar* gehen wollten, passierte es. Eine heftige Böe erinnerte uns daran, dass wir bereits Herbst hatten. Arjen verlor die Kontrolle über den Lenkdrachen, dann riss der Wind ihn ihm sogar aus den Händen. Der Drachen flog aufs Meer hinaus, fiel aber noch in Küstennähe aufs Wasser. Entsetzt schrie Arjen auf.

Einen Moment lang blieb er am Flutsaum stehen und schaute ungläubig auf seinen neuen Schatz, der unterzugehen drohte. Als dieser vom Strand weggetrieben wurde, zog er sich rasch Schuhe, Socken und Hose aus und watete in die Nordsee, um den Drachen noch rechtzeitig zu greifen, bevor es zu spät war. Dann schwamm er los.

Zu dem Zeitpunkt ging ich noch davon aus, dass die Wellen den Drachen an Land spülen würden, doch zu meiner Bestürzung zog die Strömung ihn raus. Ich dachte, Arjen würde das auch auffallen. Jeden Augenblick würde er umkehren und zu mir zurückkehren. Doch er entfernte sich immer weiter von mir, weil er entweder nicht bemerkte, dass sich sein Abstand zum Drachen nicht verkleinerte, oder weil er seinen heißgeliebten Drachen nicht aufgeben wollte. Wahrscheinlich überschätzte er sich auch. Im Hallenbad war er ein sehr guter Schwimmer, aber hier draußen wühlte das windige Herbstwetter das Meer auf, und Arjen war ja erst sechs Jahre alt.

Plötzlich fröstelte ich. Ich machte mir Sorgen um meinen kleinen Bruder. Laut rief ich nach ihm, doch er schaute sich nicht einmal zu mir um. Vermutlich hörte er mich gar nicht. Aufgewühlt schlüpfte ich aus meinen Schuhen und Socken. Ich ging ein paar Schritte ins Wasser und erschrak, weil es wirklich sehr kalt war. Wie musste es da erst Arjen gehen?

Meine Rufe wurden hysterischer. Immer wieder sah ich über meine Schulter hinweg zu dem Weg, der durch die Dünen zum Restaurant führte. Auf der einen Seite wünschte ich mir, dass unsere Eltern zufällig in diesem Moment zum Strand kommen würden, um uns zu holen, weil sie ins Hotel zurückkehren wollten, denn dann hätten sie Arjen helfen können. Auf der anderen Seite hoffte ich, dass Arjen heil wieder an Land zurückschwimmen und unsere Eltern nichts von seinem Versuch, den Drachen aus der Nordsee zu bergen, erfahren würden. Sie hatten uns verboten, ins Wasser zu gehen, das Donnerwetter würde bestimmt groß werden.

Arjen wurde immer kleiner, ich konnte ihn nur noch schlecht erkennen. Inzwischen schwamm er weit draußen, dort, wo die Wellen höher waren. Er kämpfte gegen sie an, doch es drängte ihn weiter, seinem Drachen zu folgen. Als er sich zu mir umsah, winkte ich heftig und sprang auf und ab. Doch anstatt den Rückweg anzutreten, steuerte er weiter aufs offene Meer zu. Glaubte er etwa, ich würde ihn anfeuern? Oder zog die Strömung ihn gegen seinen Willen hinaus? Ich wusste es nicht.

Mir wurde angst und bange, aber ich konnte mich nicht bewegen. Das Grauen lähmte mich. Hilfesuchend sah ich mich um. Es waren nur wenige Leute unterwegs, und die, die an der Wasserkante vorbeispazierten, hatten ihre Mützen und Kapuzen tief ins Gesicht gezogen. Sie bekamen nicht mit, dass sich unweit von ihnen ein Drama abspielte.

Ich zitterte am ganzen Leib. Sollte ich in die Fluten springen? Ich musste das wohl tun. Es würde zu lange dauern, durch die Dünen zurück zum Sansibar zu laufen und unsere Eltern zu holen. Nur ich konnte Arjen retten. Aber damals war ich nicht halb so eine gute Schwimmerin wie mein Bruder und fürchtete mich noch vor dem dunklen Meer. Ich konnte nicht sehen, wer oder was unter mir schwamm. Außerdem gab es Strömungen. Die, die man an der Oberfläche nicht sah, waren am gefährlichsten. Sie hatten die Kraft, eine Elfjährige auf ewig in die Tiefe zu ziehen. Darum traute ich mich erst nicht, ins Wasser zu gehen. Ich war ein Angsthase und fühlte mich darum ganz elend. Mein Zögern wird mich bis ans Ende meiner Tage verfolgen.

Schließlich gab ich mir einen Ruck. Mir blieb nichts anderes übrig, als Arjen ins Meer zu folgen. Ich musste ihm helfen. Inzwischen hatte ich panische Angst um ihn. Die Sorge um sein Leben und die Kälte um mich herum beeinträchtigten meine Bewegungen. Die Nordsee schien mich von Arjen fernhalten zu wollen, sie drückte mich die ersten Meter zurück an den Strand. Irgendwann ging es wieder, und ich kam besser voran.

Plötzlich setzte die Ebbe ein und zog mich hinaus aufs offene Meer. Ich schluckte viel Salzwasser, musste immer wieder husten und würgen und fühlte mich so klein und hilflos. Außerdem konnte ich Arjen nicht mehr sehen. Ich geriet in Panik, schlug wild um mich und ging unter.

Da packten mich starke Arme. Mein Vater und ein Fremder zogen mich an Land. Ich war so erschöpft, dass ich nicht einmal weinen konnte. Die Tränen flossen erst, als die Suche nach meinem Bruder aufgegeben wurde, wollten dann aber gar nicht mehr versiegen.

Arjens kleiner Körper wurde nie gefunden.

Das warf uns alle aus der Bahn. Meine Mutter aß monatelang kaum etwas. Rückblickend machte es den Anschein, als wollte sie ebenfalls sterben, um bei ihrem geliebten Sohn zu sein. Ohne es mir jemals direkt vorzuwerfen, gab sie mir die Schuld an seinem Tod. Ihre Blicke sagten alles. Seither hat sie mich nicht mehr in den Arm genommen, nicht einmal an meinen Geburtstagen. Bis heute mache ich ihr keinen Vorwurf, denn ich selbst gebe mir ebenfalls die Schuld.

Damals sagte mein Vater mir, ich wäre nicht verantwortlich für Arjens Tod. Er und meine Mutter hätten uns niemals unbeaufsichtigt lassen und uns keinen Lenkdrachen für Erwachsene schenken dürfen. Dr. Pfeiffer sieht das ebenso. Mir ist schon klar, dass ich zu dem Zeitpunkt, als mein Bruder ertrank, selbst noch ein Kind war. Außerdem hatte ich ja versucht, ihn zu retten. Doch ich hätte früher reagieren müssen, hätte ihn davon abhalten müssen, dem Drachen hinterherzuschwimmen, und unseren Eltern sofort Bescheid geben sollen. Das ist eine Last, die ich noch immer mit mir herumtrage.

Frieda, wunderst du dich jetzt etwa, warum aus mir eine leidenschaftliche Windsurferin wurde, trotz des traumatischen Erlebnisses? Arjens Tod war im weitesten Sinn der Grund dafür.

Ich brauchte zwei Jahre, bevor ich wieder schwimmen ging, zuerst im Hallenbad und dann in der Nordsee. Aber ich wollte meiner Angst trotzen und etwas daraus lernen. Nachdem ich mich überwunden hatte, ins Wasser zu gehen, besuchte ich zahlreiche Schwimmkurse und wurde immer besser. Es sollte mir nie wieder passieren, dass jemand in meiner Gegenwart ertrank. Mit achtzehn Jahren ließ ich mich sogar zur Rettungsschwimmerin ausbilden und probierte viele Wassersportarten aus.

Als ich das erste Mal auf einem Surfbrett stand und auf den Wellen ritt, spürte ich ein berauschendes Gefühl von Freiheit, das ich noch nie zuvor erlebt hatte. Durch das Adrenalin fühlte ich mich lebendig, und mein Kopf wurde frei. Ich vergaß alle meine Sorgen. Wenn ich heutzutage über die Nordsee surfe, fühle ich mich Arjen wieder nah, weil er vor dreizehn Jahren ein

Teil des nordfriesischen Wattenmeeres wurde. Dann sind wir für eine Weile wieder vereint, mein geliebter kleiner Bruder und ich.

Nun kennst du eins meiner dunklen Geheimnisse, Frieda. Was denkst du jetzt von mir? Bist du enttäuscht? Ich könnte es dir nicht verdenken. Dr. Pfeiffer meint, ich muss mir selbst verzeihen. Erst wenn ich diesen Schritt gemacht habe, kann ich meinen Dämon bezwingen. Nun, das tue ich hiermit oder versuche es wenigstens. Ich vergebe mir und hoffe, dass es mir helfen wird.

Arjen war nur die erste Person von vielen, die ich geliebt und verloren habe. Aber irgendwann werde ich dieses Schicksal durchbrechen, denn ich bin eine Kämpferin und glaube an die Liebe.

Deine Marleen

Als Marleen das Notizbuch mit dem Pfirsichköpfchen drauf zuklappte, wurde sie verlegen. Nun stand da auf den Seiten schwarz auf weiß, was sie davor tief in ihrem Inneren vergraben hatte. Sie hatte noch nie so offen über diese Tragödie, die für ihre Eltern und sie alles verändert hatte, gesprochen. Ihre Gedanken und Gefühle niederzuschreiben war einfacher, als sie erwartet hatte. Es tat ihr gut. Sie konnte plötzlich freier durchatmen, als wäre ein Stein von ihrem Brustkorb genommen worden. Diese Form der Therapie hatte eine reinigende Wirkung, so ihr erster Eindruck.

»Ich werde dich nie vergessen, Arjen«, sagte sie sanft, als würde er unmittelbar neben ihr sitzen. Das Unglück lag bereits dreizehn Jahre zurück, und sie war inzwischen 24, aber für sie würde ihr Bruder stets ein sechsjähriger Junge bleiben. »Ich werde dich immer im Herzen tragen.«

Marleen hatte die Zeit völlig vergessen. Die Sonne stand längst hoch am Himmel. Dieser Junitag im nordfriesischen Wattenmeer war überwältigend schön. Auf dem Roten Kliff flog ein großer Schwarm Stare auf der Suche nach Nahrung hin und her. Immer mehr Menschen strömten an diesem Pfingstsamstag an den Strand, beladen mit Korbtaschen und Kühlboxen, Picknickdecken, Luftmatratzen, Schwimmflügeln, Schnorcheln und Spielen wie Boccia und Beach Ball.

Der Wind hatte nachgelassen, nur noch sanfte Wellen schwappten an den Strand. Unermüdlich suchten Sanderlinge den Flutsaum nach Würmern und kleinen Krebsen ab. Die Nordsee wirkte harmlos und verlockend. Ihre Oberfläche funkelte, als würde sie aus flüssigem Sonnenschein bestehen. Federnd liefen Möwen zwischen den Strandkörben hin und her und bettelten die Urlauber um Essen an.

Marleen zog ihr Ringelshirt aus. Darunter trug sie bloß ein schwarzes Tank Top. Eine warme Brise streichelte ihre nackten Arme und ihr Dekolleté.

Plötzlich nahm sie eine Reflektion im Wasser wahr. Etwas schwamm in den Wellen am Ufer und blitzte immer wieder kurz auf, wenn die Sonnenstrahlen darauf trafen. Den Badegästen in unmittelbarer Nähe schien das nicht aufzufallen. Vielleicht sah nur Marleen es von ihrem Standpunkt aus. Was mochte das sein? Neugierig reckte sie den Hals und schirmte ihre Augen mit der Hand gegen die Sonne ab. Trotzdem konnte sie nicht erkennen, was es war. Vermutlich handelte es sich bloß um Müll, den ein Seemann von einem Containerschiff oder ein Urlauber von einem Ausflugsboot achtlos ins Meer geworfen hatte. Vielleicht war der Gegenstand auch von einer Fähre geweht worden.

Marleen steckte das Buch in ihre mit Sonnenblumen bestickte Handtasche, hängte sich diese über die Schulter und stand auf. Zügig ging sie zwischen den nummerierten Strandkörben und farbenfrohen Strandmuscheln zum Flutsaum, um den Gegenstand herauszufischen, damit sich kein Badegast daran verletzte.

Daheim in Hamburg fuhr sie regelmäßig mit anderen Umweltschützern mit Kajaks über kleine und große Gewässer, holte mit Handschuhen und Greifzangen Abfall heraus und entsorgte ihn fachgerecht. Sie fand das selbstverständlich, nicht nur weil sie als Surferin eine besondere Beziehung zum Wasser hatte, sondern auch weil ihr die Natur leidtat. In ihren Augen war sie ein großes grünes Lebewesen, das langsam austrocknete und immer verzweifelter nach Atem rang. Marleen war es wichtig, ihr bei ihrem Überlebenskampf zu helfen.

Als die Wellen ihre nackten Zehen umspülten, blieb sie stehen und sah, dass das Objekt von der Strömung nicht etwa an den Strand gespült, sondern an der Küste entlanggetrieben wurde. Es handelte sich um eine Glasflasche. Falls sie nicht irgendwo hängen blieb, würde sie wieder hinaus aufs Meer gezogen werden.

Eilig watete Marleen in die Nordsee, die selbst im Sommer kühl war. Sie ertappte sich dabei, wie sie sich wünschte, dass sie auf Edwards Ring treten würde. Sie hatte ihn zwar am Hörnumer Strand im Süden Sylts ins Meer geschleudert, aber vielleicht war er ja in den Westen gespült worden. Sollte sie ihn tatsächlich finden, würde sie ihn vom Meeresboden aufheben und zurück in ihre Holzkiste zu den anderen Erinnerungsstücken legen. Was für ein törichter Gedanke! Schnell spritzte sie sich frisches Nass ins Gesicht. Der Ring tauchte natürlich nicht auf, und das war auch gut so. Immerhin hatte sie zum ersten Mal eins ihrer Andenken losgelassen. Ein großer Erfolg! Dr. Pfeiffer würde stolz auf sie sein, wenn er das erfuhr.

Als das Wasser schon ihre Oberschenkel umspielte und fast ihre Jeanshorts erreichte, bekam Marleen die Flasche endlich zu fassen. Sie war nicht leer, aber es befand sich auch kein Getränk mehr darin, sondern ein zusammengerolltes Stück Papier.

»Eine Flaschenpost!«, rief Marleen aufgeregt und lächelte.

Der Zettel steckte in einer Köm-Flasche. Das Etikett konnte sie nicht mehr lesen, aber es war noch rudimentär vorhanden, was Marleen vermuten ließ, dass die Flasche noch nicht lange im Wasser schwamm, jedoch auch nicht aus Sylt stammte. War sie von einer der Nachbarinseln ins Meer geworfen worden, von Föhr oder Amrum? Von einer der Halligen oder vom Festland?

Mit heftig pochendem Herzen ging Marleen zurück an Land und ließ sich wieder in der Nähe des Hundestrandes nieder. Sie empfand eine kindliche Vorfreude, als sie den Schraubverschluss abdrehte. Ein Wunder, dass die Flasche dicht geblieben war.

Während sich Marleen damit abmühte, die Papierrolle herauszubekommen, schienen alle Geräusche um sie herum zu verstummen. Sie nahm weder das Kreischen der Möwen noch die fröhlichen Gespräche der Urlauber und das Bellen der Hunde wahr. Alle ihre Sinne konzentrierten sich auf das Geschenk, das die Nordsee ihr gemacht hatte.

Mit spitzen Fingern zog sie den Zettel heraus. Sie entrollte ihn so ergriffen, als würde sie ein Weihnachtsgeschenk auspacken. Doch was sie dann las, ließ sie entsetzt nach Luft schnappen.

Hilf mir! Bin gefangen. Möwesand is nich so nett wie sie tut. Alle stecken mit drin. Trau keinem. Und bring ein großes Messer mit sonst lassen sie uns nicht wech.

Marleens Lächeln verschwand. Ihr Puls beschleunigte sich. Ihre gute Laune war verflogen. Aufgewühlt las sie die Zeilen ein zweites und ein drittes Mal. Was hatten sie zu bedeuten? Marleens Alarmglocken schrillten, aber sie ermahnte sich, ruhig zu bleiben und überlegt vorzugehen.

Spielte der Absender dem Finder der Flaschenpost bloß einen üblen Streich? Immerhin hatte er seinen Namen nicht genannt. Wie sollte man ihn dann finden und ihn retten? Und wen meinte er mit »alle«? Dass sich ausnahmslos alle Insulaner gegen ihn verschworen hatten, klang ohnehin abwegig.

Oder versuchte etwa jemand dem Ruf der berühmten Schokoladeninsel zu schaden, weil er den Gebrüdern Lorentz den Erfolg nicht gönnte? Marleen kannte Finn, Thies und Joos Lorentz nicht und hatte Möwesand noch nie besucht, wusste aber von ihren geschäftstüchtigen Eltern, dass erfolgreiche Menschen stets Neider hatten.

Oder befand sich die Person, die das geschrieben hatte, ernsthaft in Gefahr? In dem Fall musste Marleen ihr unbedingt und sofort helfen.

Aber sie hatte kaum Anhaltspunkte. Aus dem Inhalt der Nachricht konnte Marleen nicht einmal das Geschlecht des Schreibers ableiten. Meistens waren es allerdings eher

Frauen, die gegen ihren Willen festgehalten wurden, junge Frauen wie sie selbst. Männer waren kräftiger, konnten sich eher wehren, man konnte sie nicht so leicht überwältigen und einsperren.

Sollte sie die Polizei informieren, oder würden die Beamten sie auslachen? Sie wusste nicht, wie sie reagieren sollte, darum beschloss sie, ihre Eltern zu fragen, was sie von der geheimnisvollen Flaschenpost hielten. Eine zweite Meinung würde sie vielleicht klarer sehen lassen. Rasch stand sie auf, eilte durch die Dünen am Roten Kliff und radelte zum Reetdachhaus am Rande Kampens.

Sie fand ihren Vater im Wohnzimmer vor. Er saß auf dem champagnerfarbenen Sofa und hämmerte in die Tasten seines Laptops. Anscheinend arbeitete er immer noch seine E-Mails ab.

»Ich muss dringend mit dir sprechen«, sagte Marleen aufgeregt, setzte sich neben ihn und streifte ihre Handtasche von der Schulter. Sie hatte erwartet, dass er sie mit den Worten vertrösten würde: »Einen kleinen Moment bitte, ich muss das erst noch fertigstellen.«

Doch er blickte seine Tochter besorgt an und klappte seinen Computer zu. »Was ist los? Du siehst aus, als hättest du ein Gespenst gesehen.«

»Ich bin nur so durcheinander.« Sie war aufgekratzt, darum wollte sie ihren Händen etwas zu tun geben, holte ein Haargummi aus ihrer Hosentasche und band ihre Haare im Nacken zusammen.

»Was hast du da?«, fragte er und strich beiläufig den Pullunder über seinem Bäuchlein glatt.

Noch immer ergriffen von der möglichen Tragweite ihrer Entdeckung, zeigte Marleen ihm die leere Aquavit-Flasche und die kleine Papierrolle. »Ich habe eine besorgniserregende Flaschenpost gefunden. Sie trieb vor dem Roten Kliff im Meer. Ich weiß nicht, was ich davon halten soll.«

»Lass mich mal sehen.« Er stellte seinen Rechner auf den Couchtisch, nahm ihr den Zettel ab und entrollte ihn. »Eine sehr krakelige Schrift, ich kann sie kaum entziffern.«

Wieder einmal fragte sie sich, warum er sich nicht endlich eine Lesebrille besorgte. Wenn sie ihn darauf ansprach, versicherte er ihr jedes Mal, er bräuchte noch keine. Sollte es doch einmal so weit sein, dann wäre er nicht zu eitel, eine aufzusetzen, das müsse Marleen ihm glauben. Sie vermutete, dass er die Lesehilfe verweigerte, weil er sich dann eingestehen musste, älter zu werden. »Soll ich dir die Nachricht vorlesen?«

»Nein, nein, geht schon.« Er kniff die Augen zusammen. »Das muss ein Kind geschrieben haben.«

»Das glaube ich nicht.« Aufgeregt rutschte sie auf der Couch hin und her. »Kann ein Kind sich so einen schauderhaften Hilferuf ausdenken?«

»Die Formulierungen stammen meiner Meinung nach nicht von einem Erwachsenen. Sieh doch …« Energisch tippte er auf eine Textstelle »*Möwesand is nich so nett wie sie tut.* Als wäre die Insel eine Person. Dann sind da noch diese Schreibfehler wie das fehlende t bei *is* und *nich*. Da hat jemand so geschrieben, wie er spricht.«

Vor Aufregung brannten Marleens Wangen, und sie knetete ihre Handtasche. »Vielleicht war der Verfasser dehydriert oder war unachtsam beim Schreiben, weil er Angst hatte, erwischt zu werden.«

»Die Person behauptet, eingesperrt zu sein, hat es aber geschafft, eine Flaschenpost ins Meer zu werfen. Das passt doch nicht zusammen.« Ihr Vater reichte ihr die Mitteilung zurück. »Da will jemand den Finder der Botschaft, in dem Fall dich, auf den Arm nehmen.«

Er verstärkte ihre Zweifel, aber noch hielt sie dagegen. »Der Absender könnte die Flasche mit seinem Hilferuf aus dem Fenster geschleudert haben. Das wäre doch eine Erklärung.«

»Wer wohnt schon so dicht am Wasser?«, wandte er ein und lächelte mitleidig. »Du willst zu sehr an die Echtheit glauben, Schatz.«

»Schon möglich.« Verlegen spähte sie aus dem Fenster in den Garten. Eine Dohle hüpfte gerade über den Tisch, auf der Suche nach Frühstücksresten. »Aber vielleicht konnte die Person auch kurzzeitig aus ihrem Gefängnis entkommen, um ihre Nachricht auf den Weg zu bringen.«

»Und keiner der Touristen soll mitbekommen haben, wie sie geflüchtet ist und wieder eingefangen wurde? Niemand hat ihr geholfen oder Alarm geschlagen? Denn wenn das der Fall gewesen wäre, hätte der Skandal, dass jemand auf der Schokoladeninsel festgehalten wurde, in allen Zeitungen gestanden und wir wüssten davon. Daher halte ich deine Theorie für eher unwahrscheinlich.« Energisch schüttelte er den Kopf und verschränkte die Arme vor seinem Oberkörper. »Die Nachricht klingt für mich nicht ganz logisch. Als hätten sich Kinder das ausgedacht, ein makabrer Scherz.«

Marleen hatte ja selbst schon an diese Möglichkeit gedacht. Dennoch gab sie zu bedenken: »Würden Kinder ein großes Messer erwähnen? Würden sie ihre erfundene Nachricht in eine Schnapsflasche stecken? In meinen Augen deutet das auf einen erwachsenen Verfasser hin.«

Ihr Vater geriet ins Grübeln. Erneut nahm er das Stück Papier. Mit gerunzelter Stirn drehte und wendete er es. Marleen hatte es bereits am Strand untersucht und keine weiteren Hinweise auf den Schreiber oder einen genauen Aufenthaltsort entdeckt.

Sie bezweifelte ja selbst die Echtheit des Hilferufs. Aber selbst wenn die Wahrscheinlichkeit gering war, dass sich tatsächlich jemand in Not befand, fühlte sie sich dazu verpflichtet, dem Verdacht nachzugehen. Ihre Beine kribbelten vor Tatendrang. Am liebsten wäre sie sofort zum Hafen nach List geradelt, um dort ein Schnellboot zu finden, das sie nach Möwesand brachte.

Ihr Vater holte einen Kamm aus der Tasche seines weißen Hemdes, das er unter dem Pullunder trug, und fuhr damit durch seinen Rotschopf. Einmal hatte er zu Marleen gemeint, dass rote Haare besonders akkurat geschnitten und gekämmt sein mussten, weil wegen der Farbe jede Unzulänglichkeit sofort ins Auge fiel. »Diese Sauklaue sieht aus, als hätte der Autor keine Erfahrung mit dem Schreiben.«

»Möglicherweise hat dieser Jemand eine Behinderung oder ist verletzt.« Für jedes Argument kam ihr sofort ein Gegenargument in den Sinn. Bisher war sie weder davon überzeugt, dass ihr Vater recht hatte noch sie selbst, aber diese Sache ließ ihr keine Ruhe.

»Du hattest schon immer eine blühende Fantasie.« Ihre Mutter kam ins Wohnzimmer und sah aus wie aus dem Ei gepellt. Ihre kaviarschwarzen Peeptoes klackten bei jedem Schritt auf den Bodenfliesen. Vor der Abreise hatte sie ihre Zehennägel frisch französisch maniküren lassen. Ihre sehnigen Beine steckten in Wetlook-Leggins.

»Ich nehme die Nachricht lediglich ernst.« Es tat Marleen

leid, dass sie schnippisch klang, aber ihre Mutter wusste doch gar nicht genau, worum es ging. »Lies sie doch erst einmal.«

»Ich habe genug gehört.« Ihre Mutter blieb im Erdgeschoss stehen und richtete den breiten Gürtel, den sie über ihrer langen elfenbeinweißen Bluse trug. »Ich bitte dich. Das Leben ist kein Kriminalroman.«

»Und wenn auf Möwesand doch jemand eingesperrt ist? Was ist, wenn wir die Einzigen auf der Welt sind, die ihn befreien könnten? Wenn er auf uns angewiesen ist, weil nur wir von seinem Schicksal wissen? Willst du ihn ernsthaft im Stich lassen? Oder sie?« Aufgeregt erhob sich Marleen und kam um das Sofa herum. »Frauen werden öfter zu Opfern von Verbrechen als Männer. Darum glaube ich, dass die Nachricht von einer Frau geschrieben wurde.«

»Mach dich nicht lächerlich. Da nimmt dich jemand auf den Arm«, sagte ihre Mutter geradeheraus, während sie einen Chanel-Lippenstift aus ihrer Handtasche holte. »Wahrscheinlich saßen ein paar junge Leute am Strand von Büsum oder weiß-ich-wo, tranken reichlich Köm und schrieben die Flaschenpost aus einer Laune heraus. Guck mich doch nicht so böse an, Marleen.« Souverän trug Viktoria de Vries korallenroten Lippenstift auf, ohne in einen Spiegel zu schauen. »Ich will doch bloß verhindern, dass alle über dich lachen, weil du ein paar Spinnern auf den Leim gegangen bist.«

Marleen schnaubte und erntete von ihrer Mutter einen rügenden Blick, zweifellos weil sie diese Art der Gefühlsäußerung undamenhaft fand. »Ich kann mir beim besten Willen nicht vorstellen, dass jemand so abgebrüht ist und diese besorgniserregenden Zeilen aus Spaß geschrieben hat.«

»Du bist eben ein guter Mensch.« Ihr Vater stand auf und rieb ihr beruhigend über den Rücken, wie er es schon in ihrer Kindheit getan hatte, wenn es ihr schlechtging. »Und du denkst, alle anderen sind ebenfalls gut.«

»Ich bin nicht naiv.« Vorwurfsvoll sah Marleen von ihrem Vater zu ihrer Mutter. »Und auch kein Kind mehr.«

»So war das doch nicht gemeint.« Ihre Mutter ging zur Wohnzimmertür. »Können wir jetzt endlich los?«

Sachte drückte Marleens Vater ihre Schulter. »Wir akzeptieren deine Meinung.«

»Wenn das so ist«, erwiderte Marleen und nahm demonstrativ ihre Handtasche von der Couch, »dann lasst uns hinfahren und nachsehen.«

»Nach Möwesand?«, fragte ihre Mutter schrill, als würde sie denken, jetzt wäre ihre Tochter von allen guten Geistern verlassen. Anscheinend hatte sie zuvor schon länger in der Tür des Wohnzimmers gestanden und dem Gespräch über die Flaschenpost gelauscht. »Da kann man nicht einfach hin. Man muss sich Monate im Voraus Eintrittskarten sichern.«

»Deine Mutter hat recht.« Sanft schob Dyke sie zur Haustür. Er nahm den Schlüssel für den BMW, der genauso zum Haus dazugehörte wie das Fahrrad, aus der Edelstahlschale am Eingang. »Die Schokoladeninsel hat einen Privathafen, nur die Insulaner mit ihren Booten dürfen dort anlegen. Die Sicherheitsvorkehrungen wurden nach einem Brand, den ein Mann vom Festland letztes Jahr in einem der Reetdachhäuser gelegt hatte, noch einmal erhöht. Habe ich jedenfalls gelesen. Ohne Erlaubnis darf man dort nirgends anlanden.«

»War ja klar, dass ihr Nein sagt.« Marleen ärgerte sich über sich selbst, denn sie hatte eine zweite Meinung zu ihrem schockierenden Fund hören wollen, und nun gefiel ihr diese nicht. Das war nicht fair ihren Eltern gegenüber. Aber die Diskussion hatte ihr eins klargemacht: Sie musste versuchen, mehr über die geheimnisvolle Nachricht herauszufinden. »Angeblich hast du doch überall Kontakte.«

»Nicht auf Möwesand«, gab ihr Vater zerknirscht zu und wurde nachdenklich. »Das muss ich ändern.«

Marleen versuchte nicht, ihre Eltern umzustimmen, denn sie war alt genug, ihre eigenen Entscheidungen zu treffen, und ihr Entschluss stand fest. Angestrengt grübelte sie auf der Autofahrt nach Westerland darüber nach, wie sie trotz der zahlreichen Hindernisse auf die Schokoladeninsel gelangen und nach dem Verfasser des Hilferufs suchen konnte. Sie fühlte sich dazu verpflichtet herauszufinden, ob der Hilfeschrei echt war oder nicht. Immerhin hatten die Zeilen sie erreicht, darum fühlte sie sich verantwortlich.

In der Fußgängerzone der Inselhauptstadt steuerte ihre Mutter zielstrebig ihre Lieblingsboutique an. »Komm mit!«, forderte sie Marleen betont fröhlich auf, bevor sie eintrat. »Ich möchte dir gerne ein neues Kleid spendieren.«

»Danke, aber ich brauche keins.« Das hätte ihr gerade noch gefehlt. Marleen hatte Schickimicki-Modeläden mit ihren überschäumend freundlichen Angestellten noch nie gemocht. Hätte ihre Mutter gewusst, dass sie gerne in Läden, die Hippie- und Surferklamotten anboten, einkaufte, wäre sie entsetzt gewesen.

Ihre Mutter musterte sie von den Jeanshorts bis zu dem schlichten Tank Top. »Das sehe ich anders.«

»Ich habe genug von allem, wirklich.« Seit geraumer Zeit versuchte Marleen, nur noch das einzukaufen, was wirklich notwendig war, um ihre CO_2-Bilanz zu verbessern. Noch klappte das mal besser und mal schlechter, aber der Anfang war gemacht, und der Wille war da.

Verständnislos schüttelte ihre Mutter den Kopf und verschwand zwischen Ständern, an denen Tunikas mit Blumenmustern und glitzernden Paletten und durchsichtige Strandkleider hingen.

Als man ihr ein Glas Champagner reichte, seufzte Marleens Vater. »Das dauert bestimmt länger. Holen wir uns eine Eiswaffel? Was meinst du? Jetzt kann deine Mutter wenigstens nicht an uns herummäkeln, und wir können in Ruhe schlemmen.«

»Gerne.« Verschwörerisch lächelnd hakte sie sich bei ihrem Vater ein.

Während sie sich auf die Kurpromenade setzten, die Leute beobachteten und fruchtig-sahnige Eiscreme aßen, dachte Marleen wieder darüber nach, wie sie auf die Schokoladeninsel gelangen könnte. Aber ihr fiel nichts ein.

Plötzlich bemerkte sie, dass ihr Vater gar nicht auf den Strand sah, sondern über seine Schulter hinweg zum Hotel Miramar. Das prunkvolle Quartier war ganz nach dem Geschmack ihrer Eltern. Gediegen und sehr kundenorientiert. Dort hatten Marleen und ihre Familie einst in Jugendstil-Zimmern mit Meerblick gewohnt. Damals in dem Herbst, in dem das nordfriesische Wattenmeer ihnen Arjen geraubt hatte. Die Nordsee wurde nicht grundlos auch als »Mordsee« bezeichnet. So traumhaft schön, wie sie war, durfte man niemals vergessen, dass sie auch eine gefährliche Seite hatte. Sie gebar Leben und nahm Leben. Dachte ihr Vater gerade an seinen verschollenen Sohn? Sanft berührte Marleen seinen Arm, während die schmerzhafte Erinnerung sich wie ein Stahlring um ihren Brustkorb legte.

»Wusstest du, dass die Schokoladeninsel kein Hotel hat?«, fragte er sie zu ihrer Überraschung.

Anscheinend war er mit seinen Gedanken nicht bei Arjen, sondern auf Möwesand. Sie schüttelte den Kopf und leckte an dem geschmolzenen Erdbeereis, das an ihrer Waffel hinabrann.

»Es gibt ein Gästehaus auf der Insel, aber das steht ausschließlich Besuchern der Einheimischen und des Personals der Gebrüder Lorentz zur Verfügung. Wenn keine Reservierungen vorliegen, bleiben die Betten einfach leer. Wie unwirtschaftlich!«, erklärte ihr Vater mit missbilligend zischender Stimme. »Finn, Thies und Joos sind ganz offensichtlich keine guten Geschäftsmänner.«

»Sie scheinen aber gute Arbeitgeber zu sein.« Marleen zwinkerte. »Außerdem sind sie doch mit ihren Naschwerk-Manufakturen erfolgreich genug. Sie brauchen kein zusätzliches Einkommen durch ein Hotel.«

Empört sagte er: »Gewinnmaximierung ist das Ziel eines jeden Kaufmanns.«

»Du bist der Experte von uns, Herr Investor.« Das Gespräch fing an, sie zu langweilen. Hier saßen sie auf der Promenade von Westerland an einem der schönsten Strände Sylts und redeten über Geschäftliches. Das fühlte sich falsch an. Für Marleen war der Begriff Gewinnmaximierung einer der unromantischsten, die es gab. Ihr Vater dagegen wirkte wie elektrisiert, seit er über die Gebrüder Lorentz sprach. Sie sah ihm an, dass er etwas ausheckte.

Mit hochgezogenen Augenbrauen musterte er sie. »Du doch auch oder etwa nicht? Ist es nicht das, was du in deinem Studium lernst?«

Sein Blick brannte auf ihrem Gesicht. Sie murmelte verlegen: »Ja, sicher.« Hoch konzentriert leckte sie an ihrem Eis.

»Du bist doch dieses Jahr fertig. Ich dachte, sie bilden an dieser Business School Führungskräfte aus. Wofür zahle ich denn die horrenden Semestergebühren?« Er regte sich so laut auf, dass die Urlauber, die auf der nächsten Bank saßen, zu ihnen herüberschauten, dann aufstanden und weggingen.

Beinahe hätte sich Marleen an einem kleinen Stück Waffel verschluckt. Sie konnte gerade noch abwenden, einen Hustenanfall zu bekommen. Aus der Not heraus würgte sie es im Ganzen runter. »Mir fehlt trotzdem deine Erfahrung.«

»Willst du damit andeuten, dass ich alt bin?«, frotzelte Dyke plötzlich und lachte. »Du musst zwar deine eigenen Erfahrungen sammeln, aber ich kann dir dabei helfen. Mir schwebt da ein neues Projekt vor. Du wirst mich begleiten und vom Besten lernen können. Was hältst du davon?«

Sehnsüchtig spähte sie aufs Meer hinaus und wünschte sich, auf einem Surfbrett zu stehen, statt an das Studium, durch das sie Edward kennengelernt hatte, denken zu müssen. Weil ihr Vater es von ihr erwartete und sie ihn nicht enttäuschen wollte, nickte sie.

»Ich möchte den nordfriesischen Bernadottes ein Geschäft vorschlagen. So werden Finn, Thies und Joos Lorentz doch von der Klatschpresse genannt, oder?«, fragte er amüsiert. »Ich finde, der Vergleich passt. Die drei sind zwar nicht adelig, aber sie leben auch auf einer Insel, die eine Touristenattraktion ist und mit schöner Natur wirbt, wie die Grafenfamilie auf der Insel Mainau im Bodensee. Die Geschäftskonzepte unterscheiden sich jedoch grundlegend. Die drei Brüder schöpfen das Potenzial ihrer Schokoladeninsel nicht aus. Ich kann ihnen helfen, das zu ändern.« Genüsslich zerbiss er den letzten Rest seiner Waffel.

Marleen staunte nicht schlecht. »Du willst in die Gebrüder Lorentz investieren?«

»Es kostet viel Geld, ein fürstliches Hotel zu bauen. Ich könnte mir vorstellen, dass Finn, Thies und Joos Lorentz zwar in den letzten Jahren viel verdient, aber auch viel ausgegeben haben. Die Naschwerk-Manufakturen auf Möwesand wurden ja erst vor ein paar Jahren eröffnet. Zudem wird getuschelt, dass der Motor der Schokoladenfabrik stottert, seit Finn Lorentz dort nicht mehr mitarbeitet. Vielleicht sind die Lorentz-Brüder gar nicht flüssig genug, um neue Ideen umzusetzen.« Er holte ein Taschentuch aus seiner Hose und wischte sich über die Mundwinkel. »Da komme ich ins Spiel.«

»Dein Geschäftssinn macht wohl nie Urlaub.« Marleen staunte nicht schlecht. »Hat dich etwa die Flaschenpost auf die Idee gebracht?«

»So ist es. Ich werde ihnen anbieten, den Bau ihres Hotels zu finanzieren, natürlich schwebt mir eins der Luxusklasse vor, es soll ja reichlich Geld abwerfen. Nicht kleckern, sondern klotzen, das hat schon dein Großvater immer gesagt. Wir de Vries backen keine kleinen Brötchen.« Selbstzufrieden lachte er. »Dafür will ich am Gewinn beteiligt sein. Ich sag dir, das wird eine Goldgrube.«

Marleen glaubte nicht, dass sich Finn, Thies und Joos Lorentz einen Investor mit ins Boot holen würden. Ihr Schokoladenimperium war ein Familienunternehmen. Aber sie witterte ihre Chance. Darum klopfte sie ihrem Vater anerkennend für diesen tollen Einfall auf die Schulter. »Habe ich das richtig verstanden?«, fragte sie aufgeregt. »Ich soll dabei sein, wenn du ihnen das Angebot unterbreitest?«

»Du willst doch von mir lernen, wie man *big business* macht, nicht wahr? Jetzt hast du die Chance dazu. Hast du eine Ahnung, wie stolz ich darauf bin, dass du in meine Fußstapfen trittst?«, fragte er mit leuchtenden Augen. Voller Vaterliebe sah er sie an. »Ich werde gleich morgen hinfahren und mit ihnen über mein Bauvorhaben und die Konditionen sprechen. Ich bin mir sicher, sie werden begeistert sein.«

Marleen fühlte sich mies, weil sie ihn in dem Glauben ließ, dass sie des Geschäfts wegen mitkam und ihm nacheifern wollte. Nichts lag ihr ferner. »So kurzfristig? Musst du dir keinen Termin bei ihnen geben lassen?«

»Ich bin Dyke de Vries. Mein Ruf als Erfolgsmagnet eilt mir voraus.« Er breitete die Arme aus und legte sie auf die Rückenlehne der Sitzbank. »Sie werden mich empfangen, schon allein aus Neugier, glaube mir.«

Marleen rückte näher an ihren Vater heran, weil sich eine junge Frau, die lautstark mit dem Handy telefonierte, neben sie setzte. »Wir sind doch im Urlaub. Mutter wird wenig begeistert sein.«

»Sie kann ja mitkommen. Allerdings kommt sie auch gut ohne uns klar.« Er tat so, als würde er sich nach ihr umschauen und sie unter den Urlaubern, die an ihnen vorbeispazierten, suchen. »Oder siehst du sie gerade irgendwo?«

»Du hast recht.« In Gedanken ging Marleen erneut alle Möglichkeiten durch, um zur Schokoladeninsel zu kommen. Es würde schon schwer werden, so kurzfristig ein Boot zu chartern, aber mit der richtigen Summe würden sie schon einen Skipper davon überzeugen, sie in die Nähe der Nordfriesischen Außensände zu bringen. Doch es gab noch eine weitaus höhere Hürde, die sie nehmen mussten. »Wie willst du erreichen, dass man uns auf die Schokoladeninsel lässt?«

»Ich werde am Fähranleger auf Nordstrand mit einigen Hunderteuroscheinen herumwedeln, dann werden die Leute in Scharen zu mir kommen und mir ihre Tickets anbieten. Es heißt, dass Geld nicht glücklich macht, aber es macht das Leben auf jeden Fall leichter. Bist du dabei?« Er hielt ihr seine Hand hin. »Das könnte unser erster großer gemeinsam eingefädelter Deal werden.«

Begeistert schlug Marleen ein. Es ging ihr allerdings nicht um die Zusammenarbeit mit den Gebrüdern Lorentz. Das Hotel war ihr vollkommen egal. Sie konnte nur noch an die Flaschenpost denken und daran, dass möglicherweise jemand auf der Insel gefangen gehalten wurde und in Todesangst war. Sich auf den Vorschlag ihres Vaters einzulassen war ihre einzige Möglichkeit, nach Möwesand zu gelangen, den Verfasser der Nachricht zu suchen und, falls es ihn oder sie tatsächlich gab, zu befreien.

Ihr Besuch auf der Schokoladeninsel war für sie eine Rettungsmission.

Kapitel 2

Als Finn die Tür des Möwesander Leuchtturms, in dem er wohnte, abschloss und barfuß zur Küstenstraße eilte, war sein Gemütszustand genauso unruhig wie die Nordsee an diesem Pfingstsonntag.

In wenigen Minuten würde er also seinen dritten Bruder kennenlernen, falls Julius Schneider denn tatsächlich der uneheliche Sohn seines Vaters war. Bis zum letzten Jahr hatten weder er noch seine älteren Brüder Thies und Joos überhaupt gewusst, dass es ihn gab. Ihr Vater Hauke hatte seine Existenz geheim gehalten. Warum, das fragte sich Finn bis heute. Um zu verheimlichen, dass er mit Roswitha Schneider ein Verhältnis gehabt hatte? Eine andere Erklärung gab es für Finn und seine Brüder nicht.

Angespannt lief Finn über die Küstenstraße, vorbei am Lorentz-Haus zu seiner Rechten, das sein ältester Bruder bestimmt schon vor einer Viertelstunde verlassen hatte, um zum Hafen zu gehen. So war Joos eben, stets pünktlich, ordentlich gekleidet und souverän in allem, was er tat. Anders als Finn, der sich nicht gerne einengen ließ, weder was Kleidung noch was Termine betraf. Weil sie grundverschieden waren, gerieten sie manchmal aneinander. Aber seit Joos kurz vor dem Frühlingsfest, das jedes Jahr auf der Schokoladeninsel stattfand, mit Annegret Huber zusammengekommen war, hatte die Liebe ihn verändert. Er wirkte verständnisvoller und versuchte nicht mehr, die Vaterrolle zu übernehmen. Finn seinerseits bemühte sich, zugänglicher zu sein, denn er hatte die Eigenart, sich zurückzuziehen, wenn es schwierig wurde.

Während er kurz nach zwölf zum Hafen schritt, nahm er kaum wahr, dass sich im Sommerheidebeet zu seiner Linken bereits erste kleine violette Blüten geöffnet hatten, an deren Nektar sich Schmetterlinge und andere Insekten stärkten. Nur im Augenwinkel sah er, wie vier Gänse schnatternd an der Wildblumenwiese vor dem Laubwald vorbei zum Süßwassersee in der Inselmitte watschelten. Er hatte keinen Blick für das strahlende Blau des Himmels, das langsam hinter unheilvoll aussehenden Wolken verschwand. Ungewohnt einsilbig grüßte er die Insulaner, denen er begegnete, und steckte die Hände tief in die Taschen seiner Bermudashorts. Duschwasser tropfte von seinen nassen Haaren auf seinen Kapuzenpullover, an dem kräftige Windböen rissen.

Die Inselfähre fuhr trotz der aufgewühlten See. Kapitän Ben behielt die Wetterprognosen ständig im Auge und bewertete sie neu. Die Barkasse hatte Julius an Bord und würde in Kürze anlegen. Finn war zu spät dran. Weil er nicht wusste, wie er mit der Situation umgehen sollte, hatte er getrödelt. Morgens war er aufs Surfbrett gestiegen und hatte versucht, sich abzulenken, indem er sich vom kräftigen Wind über die Wellen ziehen ließ. Dann war er zu spät an Land gegangen und hatte zu lange geduscht. Er hatte sich eins der Brötchen, die Ole in seiner Naschwerk-Manufaktur frisch buk und ihm in einem Stoffbeutel an die Türklinke hängte, geschmiert, aber dann doch nicht gegessen. Der Vormittag war wie im Flug vergangen.

Auch seine Tasse Schokoladenpfefferminztee stand noch voll auf dem Küchentisch und wurde kalt. Finn hatte einfach nichts runterbekommen. Die Aufregung darüber, dass er bald die Wahrheit über eine mögliche Affäre seines Vaters erfahren würde, hatte seinen Magen auf die Größe einer Rosine schrumpfen lassen. Finn liebte seine Mutter abgöttisch, daher tröstete es ihn auch nicht, dass sie nichts mehr von der Sache erfahren würde, weil sie vor etwa drei Jahren bei einem Tauchunfall verstorben war.

Die steife Brise wehte ihm seine blonden Haare aus dem Gesicht. Er musste sie dringend mal wieder schneiden lassen. Seine Schritte verlangsamten sich, je näher er dem Landungssteg neben dem *Klönschnak*, dem alten Hafenrestaurant, kam. Julius' Ankunft stürzte ihn in ein Wechselbad der Gefühle.

Einerseits freute er sich darauf, seinen 24-jährigen Halbbruder endlich kennenzulernen, andererseits war Julius der lebende Beweis für die Untreue ihres verstorbenen Vaters. Eigentlich hätten Finn und seine Brüder die Sache auf sich beruhen lassen können. Doch aus moralischen Gründen wollten sie Gewissheit haben. Auch wenn Julius eine andere Mutter hatte, so waren sie doch durch den gemeinsamen Vater miteinander verbunden.

Außerdem wollten sie Julius ein faires Angebot unterbreiten, bevor er sich einen Rechtsanwalt nahm, der mit allen Wassern gewaschen war und sich auf ihre Kosten in der Öffentlichkeit profilieren wollte. Sollte er ein halber Lorentz sein, hatte er rückwirkend einen legalen Anspruch auf ein Viertel des Erbes ihres Vaters. Er könnte sogar versuchen, vor Gericht zu erstreiten, dass er von den Erbanteilen von Finn, Thies und Joos die Alimente, die sein Vater eigentlich für ihn hätte überweisen müssen, nachgezahlt bekam. Wenn es schlecht lief, konnte er für 24 Jahre eine rückwirkende Gewinnbeteiligung an der Schokoladenfabrik und der Schokoladeninsel fordern.

Finn, Thies und Joos wollten ihn keineswegs ausbooten, sondern ihm eine Ablösesumme und eine prozentuale Beteiligung an dem Werk in Flensburg anbieten. So wäre er finanziell abgesichert, damit sollten beide Parteien zufrieden sein.

Käme es nämlich zum Prozess, konnten hohe Nachzahlungen die Gebrüder Lorentz finanziell in Schieflage bringen. Sie könnten auch ihren Ruf ruinieren, je nachdem wie schmutzig Julius' Anwalt für seinen Mandanten kämpfen würde, und das würde er, das schien Finn sicher. Der Jurist würde so viel Dreck wie möglich aufwühlen und hoffen, dass Finn und seine Brüder schneller auf seine hohen Forderungen eingingen, um die öffentliche Schlammschlacht zu beenden.

Nun kam es darauf an, was für ein Mann Julius war. Habgierig wie ihr Cousin Klaas, der versucht hatte, Finn, Thies und Joos auszunehmen, oder besonnen und mit Familiensinn wie sie selbst? Sie konnten alles verlieren – die Schokoladenfabrik, die ihr Vater mit viel Herzblut, Fleiß und hohem Kapitaleinsatz aufgebaut und erfolgreich gemacht hatte, und die Schokoladeninsel, ihr gemeinsames Baby. Es hing allein von Julius ab.

Diese Gedanken drehten sich unaufhörlich in seinem Kopf, wie ein Wirbelsturm schrecklicher Szenarien, und setzten Finn ordentlich zu. Als er den Steg mit nackten Füßen betrat, waren seine Nerven bis zum Zerreißen angespannt. Er trug seine Lässigkeit zur Schau, doch er wusste, er konnte seinen Brüdern nichts vormachen.

»Da bist du ja endlich«, rief Thies schon von Weitem und

winkte ihm vom Ende der Anlegebrücke zu. Er lächelte, als wäre er froh, noch jemanden an seiner Seite zu haben, der seine Aufregung teilte.

Joos lehnte gegen das Holzgeländer. Seine Schultern hingen, als würden unsichtbare Gewichte sie niederdrücken. Mit einem Brummen stieß er sich von der Brüstung ab und schreckte dadurch eine Möwe, die auf einem der Strandkörbe auf der Terrasse des Restaurants saß, auf. »Ich hatte schon befürchtet, du würdest nicht kommen.«

»Die Fähre läuft doch gerade erst in den Hafen ein, also bin ich pünktlich.« Finn eilte zu ihnen und blieb vor Thies stehen. »Wie geht es der kleinen Bente?«

»Sie schläft nachts schon bis zu fünf Stunden durch.« Thies' ozeanblaue Augen strahlten wie Sterne, wie immer, wenn er von seiner Tochter sprach. »Die Kinderärztin meinte zu Hannah und mir, dass die meisten Babys erst ab drei Monaten langsam in ihren Tagesrhythmus finden. Sie ist mit ihren zwei Monaten früh dran.«

»Der Apfel fällt eben nicht weit vom Stamm. Ihre Eltern sind ja auch von der schnellen Sorte«, frotzelte Finn. Schließlich waren Hannah und Thies noch nicht einmal ein Jahr zusammen gewesen, als sie geheiratet hatten. »Worauf soll man warten, wenn man sich sicher ist, die Liebe seines Lebens gefunden zu haben?«, hatten beide bei der Bekanntgabe ihrer Verlobung gesagt. Ihre Tochter Bente hatte bereits drei Monate nach der standesamtlichen Hochzeit im April das Licht der Welt erblickt.

»Das liegt bestimmt an unserem Einschlafritual.« Thies lächelte. »Jeden Abend um dieselbe Zeit bringe ich Bente in ihr Bett und streichele zärtlich über ihr Köpfchen, während ich ihr eine Geschichte erzähle. Über gute Feen mit schimmernden Flügeln, die Wünsche erfüllen, wenn man nur ganz fest an sie glaubt. Über schnurrende Drachen, die bei Kälte die Menschen mit kleinen Feuern wärmen, wenn man sie als Dank dafür hinter den Ohren krault, denn an diese Stellen kommen sie selbst nicht dran. Und von freundlichen Eichhörnchen, die im Winter ihre Vorräte mit allen hungerleidenden Tieren teilen. Hannah hat schon gemeint, ich soll doch meine Märchen aufschreiben und für Bente als Buch drucken lassen. Später wird sie ja keine Erinnerungen mehr an ihre Zeit als Baby haben, und das Buch wäre eine Art Ersatz. Damit könnte sie sich zumindest vorstellen, wie es war, so klein zu sein und von ihrem Vater in einen erholsamen Schlaf begleitet zu werden.«

»Eine tolle Idee«, sagte Finn begeistert und musste daran denken, dass seine beiden Brüder nun in festen Händen waren. Nur er führte noch ein Single-Leben. Als Jugendlicher hatte er sich einst auf einem Mittelaltermarkt in der Nähe von Bremen von einer Wahrsagerin aus der Hand lesen lassen, zum Spaß, obwohl er eigentlich nicht an diesen Humbug glaubte. Sie hatte ihm prophezeit, dass er spätestens mit dreißig Jahren verheiratet sein würde, was wahrscheinlich auf einen Großteil der Menschen zutraf. Nun, was diese Weissagung anbelangte, lief seine Zeit ab, denn er war 29. Wo blieb die Frau seines Herzens? Was hielt sie davon ab, in sein Leben zu treten? Er sehnte sich nach der großen Liebe und nach eigenen Kindern. Bestimmt würde Anne auch bald schwanger werden. Sie und Joos hatten schon durchblicken lassen, dass sie mit dem Gründen einer Familie nicht zu lange warten wollten, immerhin würde Joos dieses Jahr schon 37 Jahre alt werden. Finn befürchtete, immer mehr ins Abseits zu geraten. Vielleicht war es ja gar nicht so schlecht, mit Julius einen weiteren Bruder dazuzubekommen. »Singst du auch Schlaflieder für Bente?«

»Habe ich einmal getan. In der darauffolgenden Nacht hat sie uns vier Mal mit herzerweichenden Schreien geweckt, als hätte sie Albträume gehabt. Seitdem habe ich nie wieder gesungen.« Verlegen fuhr sich Thies durch sein sandblondes Haar. »Aber Hannah hat eine wirklich schöne Stimme.«

Finn war neidisch auf das Glück seines Bruders, gönnte es ihm aber aus vollem Herzen. Davon abgesehen wirkten Hannah, Bente und er zwar wie eine Bilderbuchfamilie, aber Finn wusste, dass auch sie ihre Probleme hatten. Hannah hatte hart für ihre eigene Naschwerk-Manufaktur in Nordwinden, dem einzigen Inseldorf, gekämpft und wollte sie darum trotz ihrer Mutterpflichten unbedingt weiterführen. Sie hatte zwar nur ein paar Stunden täglich geöffnet und in Merle Witt eine Hilfe, aber manchmal brachte die Doppelbelastung von Job und Familie sie an ihre Grenzen, wie so viele Frauen in derselben Situation. Selbstverständlich half Thies ihr, wo immer er konnte, doch seine eigentliche Aufgabe bestand in der Betreuung der Tagestouristen und der Planung und Durchführung von Marketingaktionen. Er konnte nicht an zwei Orten gleichzeitig sein.

Finn bekam ein schlechtes Gewissen. Nach dem plötzlichen Tod seiner Mutter hatte er sich von den Gebrüdern Lorentz zurückgezogen und war seit drei Jahren nur noch ein stiller Teilhaber. Eigentlich hatte er bloß ein Sabbatjahr machen wollen, doch er hatte seine Arbeit in der Schokoladenfabrik bisher nicht wiederaufgenommen. Er half auf der Insel, wenn Not am Mann war, konnte es aber bisher erfolgreich vermeiden, sich von seinen Brüdern dauerhaft einspannen zu lassen. Erst hatte ihn die Trauer um ihre Mutter gelähmt, dann der Verdacht, dass ihr Vater ihre Mutter womöglich jahrelang betrogen und mit seiner heimlichen Affäre einen Sohn gezeugt hatte. Deshalb wehrte sich bis heute alles in ihm dagegen, sich wieder für das Lebenswerk seines Vaters zu engagieren.

»Hat Merle sich inzwischen an die Arbeit in Hannahs Edelkakao-Manufaktur gewöhnt?«, fragte Finn und spielte an seinem Lederarmband herum. Sein Smartphone meldete sich. Eine Nachricht von Tommy, sein Freund fragte, ob Finn am kommenden Wochenende in seiner Sylter Surfschule aushelfen konnte. Bärbel hatte kurzfristig um Urlaub gebeten. Finn antwortete ihm mit einer Nachricht: »Geht klar.« Er half immer dann aus, wenn ein Surflehrer ausfiel oder in der Hauptsaison mehr Personal gebraucht wurde.

Joos schmunzelte. »Sie verschläft nicht mehr vor Erschöpfung ihre Freizeit und kommt immer besser mit den Abläufen klar, aber der Verkauf ist immer noch eine Herausforderung für sie.«

»Verständlich, nach dem, was sie durchgemacht hat.« Finn nickte. Man hatte der jungen Frau daheim in St. Peter-Ording übel mitgespielt. Merle hatte eine leichte Form der Trisomie 21, doch anstatt sie zu fördern, hatte man ihre Lebensfreude unterdrückt. Darunter hatte sie sehr gelitten. Schon immer hatte sie sich gewünscht, einen Job zu haben und selbstbestimmt zu leben. Hier auf der Schokoladeninsel in Nordwinden durfte sie endlich sie selbst sein. Die Insulaner waren ihre Ersatzfamilie geworden.

»Sie ist wirklich besonders«, fuhr Finn fort. »Immer wenn ich sie treffe, lächelt sie. Sie scheint nie schlecht gelaunt zu sein. Wie ich mitbekommen habe, schaut sie bei den Treffen aller Interessengemeinschaften rein: dem Buchclub, der Nähgruppe, der Strickrunde, dem Shantychor, dem Pub Quiz …«

»Sie sagt, sie sieht sich alles ganz genau an und entscheidet dann, was sie machen möchte. Aber wie ich sie kenne, wird sie überall mitmischen. Sie will alles nachholen, was sie in den letzten Jahren verpasst hat.« Joos lachte, wurde dann aber plötzlich ernst. »Sie gibt wirklich alles, um Hannah in ihrem Laden zu unterstützen. Aber bisher musste Hannah sie ja erst einmal anlernen, das hat sie viel Kraft gekostet. Ich mache mir ein wenig Sorgen um sie, sie sieht schlecht aus. Bis heute traut sich Merle nicht, mit Geld umzugehen. Ob sich das jemals ändern wird, ist fraglich. Sie wird Hannah nie voll ersetzen können, zum Beispiel wenn Bente krank wird und sie bei ihr zu Hause bleiben muss. Das ist ein Problem.«

»Hannah geht auf dem Zahnfleisch«, gab Thies leise zu. Er sah bedrückt aus. »Ich unterstütze sie, wo ich kann, habe aber selbst wenig Zeit. Auf Dauer kann das nicht so weitergehen.«

»Wir werden eine Lösung dafür finden. Wird Merle denn nun bei Gerit ausziehen oder im *Nis Puk* wohnen bleiben?« Aus den Augenwinkeln sah Finn, dass sich die Fähre mit gedrosseltem Tempo dem Anleger näherte. Er wurde noch nervöser.

»Das Gästehaus war ja bloß als Übergang gedacht. Merle soll in eine der WGs über den Läden ziehen, nur ist zurzeit kein Zimmer frei.« Als sich Joos durch seinen nussbraunen Schopf fuhr, lenkte er damit Finns Aufmerksamkeit auf erste graue Haare über seinen Ohren.

Finn fand, dass die vereinzelten Silbersträhnen ihm sogar

gut standen. Bestimmt würde er im Alter noch besser aussehen, als er es jetzt schon tat. Auch ihr Vater war ergraut sehr attraktiv gewesen, und Joos kam nach ihm, während Thies und er ihrer Mutter ähnelten.

Brüderlich klopfte Thies Joos auf die Schultern. »Ich glaube, du solltest dir nicht so viele Gedanken darüber machen.«

»Ja, du hast recht. Es scheint, als wäre längst eine Entscheidung gefallen«, sagte Joos und massierte seine geschlossenen Lider, als würde Schmerz hinter seinen Augen pochen.

Wellen schwappten gegen die Stützen des Stegs, als die Fähre ihre Geschwindigkeit weiter drosselte. »Warum? Will Merle uns etwa wieder verlassen?«, fragte Finn. »Das täte mir leid. Ich würde sie vermissen. Sie ist solch ein Sonnenschein.«

»Gerit gibt es nicht offen zu, du kennst sie ja.« Thies zwinkerte. »Aber man merkt ihr an, dass sie froh darüber ist, nicht länger alleine zu wohnen. Früher wollte sie gerne ihre Ruhe haben. Aber je älter sie wird, desto einsamer fühlt sie sich. Das klang zwischen den Zeilen durch.«

»Merle sieht eine Ersatzoma in ihr, das hat sie mir gesagt. Sie scheint ganz glücklich darüber zu sein, mit Gerit zusammenzuleben. Eines Tages will sie auf jeden Fall auf eigenen Füßen stehen, aber einen Schritt nach dem anderen. Merle ist vor zwei Monaten erst der Hölle entkommen. Sie hatte noch nie eine eigene Wohnung. Jetzt konzentriert sie sich erst einmal auf ihren Job bei Hannah und darauf, sich auf Möwesand einzuleben. Alles andere wird sich fügen. Bis dahin ist sie bei Gerit gut aufgehoben. Die ist immer für sie da, wenn Merle doch mal Hilfe braucht, drängt sich aber nicht auf und lässt ihr alle Freiheiten. Gerit ihrerseits freut sich, nicht mehr alleine essen zu müssen und jemanden zum Reden zu haben.« Joos lächelte. »Die beiden wollen wohl vorerst gar nichts an der Wohnsituation ändern. Aber um sicherzugehen, werde ich demnächst mal mit ihnen reden.«

»Die zwei haben sich nicht gesucht und doch gefunden. Wie schön! Das freut mich wirklich sehr.« Finn hielt den Atem an, als die Inselfähre anlegte. Nun war es also so weit. Er und seine beiden älteren Brüder standen ganz kurz davor zu erfahren, ob Julius Schneider tatsächlich das bestgehütete Geheimnis ihres Vaters war.

Während die ersten Besucher das Schiff verließen, betastete er unruhig die Perlen aus Holz und Zinn an seinem Lederhalsband. Die Möwen, die trotz steifer Brise die Barkasse begleitet hatten, ließen sich nun auf die Maste der Boote im Hafen und das Dach des *Klönschnak* nieder und betrachteten die Tagesgäste mit ihren intelligenten Augen.

Das Lachen der Menschen, die über die Brücke und an Finn vorbeigingen, löste die Anspannung in ihm ein wenig. Auch die aufziehenden Wolken konnten ihrer guten Laune anscheinend nichts anhaben. An diesem Pfingstsonntag trafen vor allem Familien ein. Viele erkannten Finn und seine Brüder, doch niemand bat sie um ein Autogramm oder flirtete mit ihnen, wie es auch oft vorkam. Die Besucher musterten sie bloß neugierig, manche grinsten verschämt, andere grüßten mit einem Kopfnicken oder einem fröhlichen »Moin«. Aber alle zogen weiter in die Richtung, aus der der verführerische Schokoladenduft wehte. Vielleicht wollten sie aber auch nur rasch in Nordwinden Schutz vor der steifen Brise suchen.

»Du hättest Julius nicht mit falschen Versprechungen herlocken sollen«, flüsterte Finn Joos zu, nachdem er sich dicht neben ihn gestellt hatte.

»Habe ich nicht.« Joos wandte sich vom Besucherstrom ab und warf ihm einen finsteren Blick zu. Das Tiefseeblau seiner Augen schien noch dunkler als sonst. »Ole hat doch erwähnt, dass er dieses Jahr zurück nach Dänemark gehen will.«

»Aber er hat nicht gesagt, wann genau«, gab Finn zu bedenken. »Was machen wir, wenn er erst Ende Dezember heimkehren will? Das wären noch fast sieben Monate. Oder wenn er es sich noch einmal anders überlegt?«

»Darüber machen wir uns Gedanken, wenn der Fall eintritt.« Besorgt spähte Joos zu den Regenwolken hinauf. »Wer weiß, ob Julius überhaupt Oles Nachfolge antreten will. Vielleicht unterfordert ihn die Aufgabe, tagein und tagaus Madeleines, Macarons und Kuchen zu backen.«

Finn riss seine Augen auf. »Hast du das mit ihm denn nicht im Voraus besprochen?«

»Nein, ich bin mit meinen Äußerungen absichtlich vage geblieben, sonst hätte er womöglich abgesagt.« Joos schien etwas mit seiner Hand zu suchen, es war, als wollte er, vielleicht zu seiner Beruhigung, Zorro streicheln. Dabei hatte er den schwarzen Schäferhund bei Ebba Alwart, der guten Seele des Lorentz-Hauses, gelassen. »Allein die Aussicht auf eine Anstellung auf der Schokoladeninsel hat ihn schon begeistert. Er hat immerhin Koch gelernt und in Down Under als Konditor gearbeitet.«

Finn wusste, dass es nicht in erster Linie darum ging, eine Stelle neu zu besetzen, sondern Julius kennenzulernen und ihn behutsam über das Verhältnis seiner Mutter zu ihrem

Vater zu befragen. Falls er tatsächlich ihr Bruder war, würden sie ihn in ihren Kreis aufnehmen, wie die drei Musketiere es mit D'Artagnan getan hatten, und in lockerer Atmosphäre das Juristische besprechen. Joos fand es geschickter und angenehmer für alle Beteiligten, dass sie sich erst einmal beschnupperten und bestenfalls Freundschaft schlossen. Denn die Angelegenheit war durchaus heikel. Am Telefon hatte Julius Joos gegenüber jedoch nicht angedeutet, dass er von dem möglichen Verwandtschaftsverhältnis wusste.

Finn hatte Julius in Flensburg aufsuchen wollen, doch Joos und Thies hatten Bedenken gehabt. Keinesfalls wollten sie ihn zu Hause überfallen. Zudem war Julius nach seiner Rückkehr aus Australien, wo seine Mutter inzwischen mit ihrem neuen Partner lebte, vorerst bei Freunden untergekommen. Er schlief immer auf einer anderen Couch, manchmal auch in einem Hostel. Es war nicht leicht, ohne Job eine Wohnung zu finden, und ohne festen Wohnsitz bekam man nur schwer eine Stelle. Wahrscheinlich sah er seine große Chance darin, diesen Kreislauf endlich zu durchbrechen, denn auf Möwesand hatte er beides in Aussicht: eine Anstellung in einer Manufaktur und ein Zimmer in einer Wohngemeinschaft.

Joos' Einladung, so Finns Vermutung, hatte Julius dermaßen hoffnungsfroh gestimmt, dass er am Telefon nicht viele Fragen gestellt und sich nicht allzu sehr darüber gewundert hatte, dass die Gebrüder Lorentz sich bei ihm meldeten, obwohl sie das gar nicht nötig hatten. Falls er sich nicht als Widerling entpuppte, schwor sich Finn, alles dafür zu tun, Julius zu helfen, wieder in Deutschland Fuß zu fassen, ob nun auf der Schokoladeninsel oder anderswo. Das war er ihm schuldig.

Sein schlechtes Gewissen wog schwer, hatten sie ihn doch zu einem Vorstellungsgespräch und Probearbeiten hergebeten und ihn über den wahren Grund im Unklaren gelassen. Seine älteren Brüder wollten den passenden Moment abwarten, um das Thema auf feinfühlige Weise zur Sprache zu bringen. Doch Finn war ungeduldiger als die beiden. Die Vorstellung, dass ihr Vater ihre Mutter betrogen hatte, ließ Wut in ihm aufsteigen.

Joos winkte Anne, die auch mit der Fähre ankam, und lächelte verliebt. Sie warf ihm einen Luftkuss zu, stellte sich neben den Kapitän, hielt ihr Smartphone hoch und filmte, wie sie Ben interviewte. Finn vermutete, dass sie wieder ein Video für die sozialen Netzwerke drehte. Darin war sie sehr gut. Ihre Beiträge, die einen exklusiven Blick hinter die Kulissen boten und die Mitarbeiter und Besucher in den Vordergrund stellten, waren äußerst beliebt.

Als er den jungen Mann erblickte, der als Letzter die Barkasse verließ, wusste er sofort, dass er Julius Schneider vor sich hatte. Er war der einzige Fahrgast mit Gepäck, vor allem aber hatte er dieselbe Statur wie Thies. Hochgewachsen, breite Schultern und auf eine sportliche Weise männlich. Einige Strähnen seines Fransenponys fielen ihm in die Stirn. Seine Haare waren genauso braun wie die von Joos und ihrem Vater. Doch er hatte keine blauen Augen wie alle in der Lorentz Familie, sondern bernsteinfarbene, die nun freudig aufblitzten, als er sein Empfangskomitee bemerkte.

Finn versuchte, in seinem Gesicht ihren Vater zu erkennen, aber sowohl Julius' weiche Kiefer als auch die sanften Linien seiner Nase waren anders, ebenso wie seine Lippen mit dem auffällig runden Amorbogen. Joos hatte ihm Fotos von Roswitha Schneider gezeigt. Was Julius' Gesichtszüge betraf, kam er eindeutig nach ihr. Er hatte ihre Sinnlichkeit geerbt, bei ihm eingerahmt durch seine maskuline Erscheinung.

Er könnte bei einer Werbekampagne von Abercrombie & Fitch auftreten, dachte Finn neidlos.

Der kräftige Wind riss an den Fahnen, die im Hafen hingen. Die Schiffsmaste der schaukelnden Boote wippten hin und her. Die Möwen stoben auf, kämpften gegen die Böen an und ließen sich im Schutz des Restaurants nieder. Finn fragte sich, ob es eine gute Idee gewesen war, den Fährbetrieb aufrechtzuerhalten. Aber der Kapitän, ein erfahrener Mann, hatte kein Problem darin gesehen, und Finn und seine Brüder hatten das Treffen mit Julius nicht verschieben wollen. Vielleicht war diese Entscheidung falsch gewesen, das Wetter schlug schneller um als erwartet.

»Ich bin Finn.« Er streckte dem braun gebrannten 24-Jährigen die Hand hin. »Wir Insulaner duzen uns alle.«

Lächelnd stellte Julius seinen Seesack aus olivfarbenem Canvas ab. Er wischte beiläufig seine Hand an seiner schwarzen Jeans ab, als befürchtete er, sie könnte nass sein. »Das finde ich toll. Hab' schon gehört, wie gut das Arbeitsklima auf der Schokoladeninsel ist, und dass selten Stellen frei werden.«

Vom ersten Moment an war sich Finn sicher, dass sie Freunde werden konnten. Julius hatte dieselbe lockere Art wie er selbst. »Ich bin mir sicher, du wirst gut hierherpassen.«

Auch Joos stellte sich mit Namen vor. »Wir hatten telefoniert«, fügte er hinzu.

»Danke für die Einladung.« Der Wind riss an Julius'

Windjacke. »Obwohl mir immer noch nicht klar ist, womit ich sie verdient habe.«

»Peter Manteuffel hat dich uns wärmstens empfohlen«, erklärte Joos. Tatsächlich hatte Dirk Schwartz, der Privatdetektiv, den er engagiert hatte, um Julius zu finden, von Julius' ehemaligem Ausbilder erfahren, dass der junge Mann nach Deutschland zurückgekehrt war und einen Job suchte. Das hatte ihn auf die Idee gebracht, ihn zu einem Vorstellungsgespräch einzuladen.

»Mein alter Arbeitgeber aus dem Förderkeller?« Überraschter hätte Julius nicht aussehen können.

»Ja, genau.« Auch Thies begrüßte ihn mit Handschlag. »Heute heißt der Laden Waterkant und hat einen anderen Besitzer, aber das weißt du bestimmt.«

Julius nickte. »Nach meiner Rückkehr aus dem Ausland wollte ich alte Kontakte nutzen und habe dort wegen einer Stelle nachgefragt. Bei der Gelegenheit erfuhr ich, dass sich vieles geändert hat.«

»Der neue Eigentümer hat mit Peter über dich gesprochen und Peter mit uns, und so kam eins zum anderen.« Finn sah sich um. Inzwischen standen sie alleine auf dem Anleger.

»Oder hat euer Vater den Bewerbungstermin eingefädelt?«, fragte Julius grinsend. »Er scheint wie ein guter Geist über mich zu wachen und taucht immer dann auf, wenn es mir besonders schlecht geht.«

»Unser …?« Finns Mund war mit einem Mal staubtrocken. »Du weißt es gar nicht?«

Julius runzelte die Stirn. »Was meinst du?«

»Dass er verstorben ist.« Finn warf seinen beiden Brüdern einen Blick zu.

»Nein, das höre ich jetzt zum ersten Mal. Das tut mir sehr leid. Er war vor zehn Jahren so nett zu mir, hat mir die Stelle als Koch im Restaurant seines Freundes vermittelt, obwohl ich ein Fremder für ihn war. Das hätten die wenigsten getan.«

»Ein Fremder? Aber du musst ihn doch gekannt haben, vielleicht nicht gut, aber über deine Eltern«, bemerkte Finn in der Hoffnung, Informationen aus ihm herauszukitzeln. Ihr Vater hatte die Schneiders nie erwähnt.

»Ich habe Hauke Lorentz kennengelernt, nachdem mein Vater Jürgen bei einem Autounfall starb. Vor zehn Jahren half er meiner Mutter und mir durch diese schwere Zeit. Ich habe mitbekommen, dass er ab und zu anrief, aber er kam nur selten vorbei.« Julius zeigte in die Runde. »Wir vier haben uns nie getroffen. Vielleicht hatten unsere Väter nur geschäftlich miteinander zu tun.«

»Oder unser Vater und deine Mutter.« Finn zog seine Kapuze über, der Wind wehte ihm die Haare immer wieder ins Gesicht. Seine Brüder und er hatten erst letztes Jahr von Julius und Roswitha Schneider erfahren, weil ihre Namen in den privaten Unterlagen ihres Vaters auftauchten. Wie nah konnten sich ihre Eltern also gestanden haben?

»Unter Umständen waren unsere Eltern auch bloß Bekannte, keine Freunde.« Julius zuckte mit den Achseln. »Aber Hauke Lorentz war da, als meine Mutter dringend Unterstützung brauchte. Sie leidet unter Depressionen. Nachdem mein Vater plötzlich verstorben war, ging es ihr besonders schlecht. Wir haben eurem Vater viel zu verdanken. Er besorgte meiner Mutter eine Haushaltshilfe. Er leitete in die Wege, dass jemand von einer Wohlfahrtsorganisation mit ihr die Behördengänge erledigte, und griff uns finanziell sehr unter die Arme. Mir hat er geholfen, Koch zu werden. Das werde ich ihm nie vergessen. Damals war ich am Boden zerstört. Er hat mir eine neue Perspektive eröffnet und Hoffnung geschenkt.«

»Wirklich nett von ihm«, sagte Finn mit belegter Stimme. Es blieben Ungereimtheiten. Warum war der Name Schneider im Hause Lorentz niemals gefallen? Weil er als Tabu galt und ihre Mutter nichts vom folgenschweren Fehltritt ihres Mannes hatte hören wollen? Weil Roswitha Schneider das süße Geheimnis ihres Vaters gewesen war? »Herzlich willkommen.«

»Erst hat euer Vater mich dabei unterstützt, wieder auf die Beine zu kommen, jetzt tut ihr das. Ihr Lorentz seid wirklich eine großzügige Familie.« Verlegen strich sich Julius den Pony aus der Stirn, doch eine Böe wehte ihn ihm sofort wieder nach vorne. »Ihr müsst doch Bewerbungen bekommen wie Sand am Meer.«

»Wir nehmen lieber gut ausgebildete Arbeitskräfte und auf Empfehlung, als dass wir jemand völlig Fremdes ins Boot holen. Auf einer Insel muss man noch mehr ins Team passen als anderswo.« Unentwegt drehte Joos den Freundschaftsring, in den Annes Namen eingraviert war, woran Finn erkannte, dass auch sein ältester Bruder nervös war.

»Klar«, stimmte Julius zu. »Ich freue mich sehr, dass ihr an meiner Mitarbeit interessiert seid, und ich brauche dringend einen Job. Aber ich will ehrlich sein. Genau genommen bin ich Koch. Nur in Australien habe ich als Feinbäcker gearbeitet. Mir fehlt die Erfahrung als Patissier, die ihr bei euren Angestellten voraussetzt.«

»Es gibt noch einen weiteren Grund, warum wir dich hergebeten haben«, platzte es aus Finn heraus. Er stand schon den ganzen Tag unter Strom. Ihm fiel es mit jeder Minute schwerer, Julius nicht direkt auf das Verhältnis von seiner Mutter zu ihrem Vater anzusprechen.

Joos erstarrte, und Thies wurde bleich, doch sie hielten ihn nicht davon ab fortzufahren.

Langsam zog Julius die Augenbrauen hoch. »Ach, ja?«

Ben kam zu ihnen. Der Kapitän wirkte angespannt. Immer wieder fuhr er sich mit der Hand über seinen Bart, der an ein Nest mit eingewebten Silberfäden erinnerte. »Moin. Die Wetterprognose hat sich verschlechtert. Es sieht nicht gut aus. Der Sturm wird die Schokoladeninsel mehr treffen als ursprünglich vorhergesagt. Wir sollten keine weiteren Gäste nach Möwesand holen. Falls es noch stürmischer wird, müssen wir nachmittags die Besucher von der Insel evakuieren, bevor es zu spät wird. Ihr habt ja keine Übernachtungsmöglichkeiten. Ich wollte euch nur schon mal vorwarnen.«

»Danke, Ben.« Sorgenfalten traten auf Joos' Gesicht. Sie ließen es noch scharfkantiger wirken, wodurch er ihrem Vater noch ähnlicher sah. Er nahm Anne, die hinter dem Kapitän auftauchte, in die Arme und drückte sie an sich. Zu Ben meinte er: »Bleib mit der Fähre hier am Steg liegen und halte dich bereit. Ich werde erst einmal mit meinem Boot nach Strucklahnungshörn fahren und die Tagesgäste vertrösten, die umsonst auf Nordstrand auf ihre Überfahrt warten.«

»Ich begleite dich«, sagte Anne entschlossen und steckte ihr Smartphone in die Tasche ihrer roten Steppjacke. Ihr kurzes braunes Haar flatterte im Wind wie Seegras bei starker Strömung.

Zärtlich küsste Joos sie. »Bist du sicher? Das wird unangenehm werden.«

»Dann ist es doch gut, dass du da nicht alleine durchmusst.« Sie streichelte seine Handgelenke und lächelte ihn mit ihren großen braunen Augen an.

»Soll ich euch helfen, die Geschenktaschen einzuladen?« Thies klatschte in die Hände. Wie immer, wenn es etwas zu tun gab, war er sofort voller Tatendrang. »Zwanzig stehen fertig gepackt in meinem Büro. Gutscheine für einen Ersatztermin sind auch drin.«

Brüderlich klopfte Joos ihm auf die Schulter. »Das machen Anne und ich schon. Es wäre toll, wenn du weitere Taschen fertig machen könntest. Du kennst ja die Buchungszahlen für heute. Wir werden mehr als zwanzig Stück brauchen, um alle Gemüter zu besänftigen.«

»Klar.« Thies nickte und war schon auf dem Sprung. »Sie werden fertig sein, wenn ihr abfahrtbereit seid.«

»So schnell?«, fragte Anne überrascht.

Thies zwinkerte und schenkte ihr sein berühmtes Lächeln, das Stein erweichen könnte. »Ich kann zum Wirbelwind werden, wenn es sein muss.«

»Das kann ich bestätigen. In dem Fall geht man ihm lieber aus dem Weg. In der Zwischenzeit zeige ich Julius sein Zimmer.« Finn schulterte den Seesack ihres Besuchers. Er hatte Mitleid mit Anne und Joos. Die drei würden Schimpftiraden von den Tagesgästen zu hören bekommen, die wegen des aufziehenden Sturms nicht auf die Schokoladeninsel durften.

»Es tut uns echt leid, dass wir wegmüssen«, sagte Joos bedauernd, und Thies pflichtete ihm bei: »Ja, sorry, aber wir sehen uns später, versprochen.«

Dann eilten sie mit Anne zum Lorentz-Haus, in dem sich ihre Büros befanden.

»Begrüßt ihr eigentlich jeden potenziellen neuen Mitarbeiter so herzlich?«, fragte Julius und schob seine Augenbrauen zusammen.

»Du hast unseren Vater gekannt, das ist etwas anderes.« Finn packte ihn am Arm und zog ihn vom Anlegesteg runter.

Gemeinsam gingen sie zügig über die Küstenstraße. Der heftige Wind kam von allen Seiten. Anne war gerade erst aus dem *Nis Puk* aus- und bei Joos eingezogen. Nur darum hatte Gerit Brodersen ein Zimmer frei, ansonsten war das kleine urige Gästehaus am Pfingstwochenende ausgebucht.

»Wie gesagt«, Julius zuckte mit den Achseln, »er war eigentlich ein Fremder für mich.«

»Und trotzdem hat er dir mit der Ausbildungsstelle geholfen.« Finn winkte Anne, Joos und Finn, die hinter der Mauer des Lorentz Anwesens verschwanden.

Neugierig sah sich Julius um, während sie zügig am Laubwald und der Heidefläche vorbeischritten. »Ja, schon komisch, denn ich hatte auch nicht den Eindruck, dass meine Mutter ihn gut kannte.«

»Nicht?«, fragte Finn etwas zu schrill.

Plötzlich blieb Julius am Ortseingang der kleinen Inselgemeinde stehen. »Was ist hier eigentlich los? Ihr fragt mich die ganze Zeit zu eurem Vater aus, anstatt euch nach meinen Referenzen zu erkundigen.«

»Das werden wir im Vorstellungsgespräch nachholen.« Geschmeidig wechselte Finn den Seesack von einer Schulter auf die andere.

»Ihr tragt sogar mein Gepäck, das ist doch nicht normal.« Energisch nahm Julius ihm den Seesack ab. »Nachdem Joos mich angerufen und auf die Schokoladeninsel eingeladen hat, habe ich mit meiner Mutter in Australien telefoniert. Als ich den Namen Lorentz erwähnte, wurde sie ganz nervös und war plötzlich kurz angebunden.«

»Ach?« Finn horchte auf. »Dann war es ihr unangenehm, über unseren Vater zu sprechen?«

Julius winkte ab. »Im Gegenteil, sie sagte, er wäre der großzügigste Mann unter der Sonne. Aber als ich nachhakte, wie meine Eltern ihn kennengelernt hatten, meinte sie nur, das wäre über Karin Lorentz gewesen.«

»Über unsere Mutter?« Finn konnte es kaum fassen. Die ganze Zeit über hatten seine Brüder und er nach Verbindungen zwischen Roswitha Schneider und ihrem Vater gesucht.

»Ja, ich habe sie aber nie getroffen. Sie hat uns nie besucht, sie war nie ein Thema bei uns, und sie ist auch nicht zum Begräbnis meines Vaters gekommen. Vielleicht habe ich das falsch verstanden. So wie ich das sehe, können sich unsere Eltern nur sehr flüchtig gekannt haben.« Julius betrachtete die Allee mit Reetdachhäusern, die vor ihnen lag. Die Mitarbeiter liefen wie aufgeschreckte Hühner hin und her. Mit besorgten Mienen holten sie die Tafelaufsteller, auf denen mit Kreide brandneue Kreationen und Sonderangebote beworben wurden, in die Verkaufsräume und stellten die Blumenkästen auf den Boden. Die Gäste suchten Schutz in den Manufakturen.

Konnte es sein, dass ihr Vater Roswitha Schneider über ihre Mutter Karin kennengelernt hatte und es dann erst zu einer folgenschweren Affäre gekommen war? Wie bitter! Manchmal ist das Schicksal echt mies, dachte Finn.

Doch etwas störte ihn an der Geschichte. Ihr Vater hatte sich nie um Julius gekümmert, er hatte nie Unterhalt gezahlt. Erst nach Jürgen Schneiders Tod hatte er ihm unter die Arme gegriffen. Warum erst so spät, wo man ihn doch als so einen verantwortungsbewussten Mann kannte? War er doch nicht der Saubermann, für den ihn alle hielten? Hatte er sich vierzehn Jahre lang vor seinen Verpflichtungen gegenüber dem unehelichen Sohn gedrückt? Oder konnte er sich erst zu seiner Vaterschaft bekennen, nachdem Jürgen Schneider tot war, um Roswithas Familie nicht zu zerstören? Hatte er gar keine Affäre mit ihr gehabt, sondern nur einen One-Night-Stand vor 24 Jahren, an den Julius die beiden Fremdgänger für immer erinnerte, wie ein Mahnmal der Schuld? Hatte er sich Julius vielleicht niemals als sein leiblicher Vater zu erkennen gegeben, damit der Junge nicht schlecht von seiner Mutter dachte, oder um seine eigene Familie zu schützen?

Aufgewühlt brachte Finn Julius zum *Nis Puk*, machte ihn mit Gerit Brodersen bekannt und zeigte ihm sein Zimmer. Die Fensterläden rappelten vom Wind. Es würde ein ungemütlicher Nachmittag werden. Der Sommer machte eine Pause, die Temperaturen fielen, es wurde frisch.

»Ich lasse dich dann mal alleine, damit du dich frischmachen kannst.« Finn wollte gerade das Zimmer verlassen.

»Was ist der zweite Grund, warum ihr mich eingeladen habt?«, fragte Julius.

»Wie bitte?« Finn blieb an der Tür stehen. Ihm wurde heiß, er schob die Kapuze vom Kopf, zog den Kragen vom Hals weg, der Pullover kam ihm mit einem Mal zu eng vor.

Julius schob sich mit den Fingern ein paar Haarsträhnen in die Stirn. »Du hast durchblicken lassen, dass ich nicht nur wegen meiner Bewerbung hergebeten wurde.«

»Habe ich das?« Finn wünschte sich in diesem Moment,

auf dem Meer zu sein. Anders als die meisten Menschen liebte er die raue Seite der See. Zum Surfen brauchte man Wellen und Wind, und je wilder der Ritt war, desto mehr Adrenalin wurde freigesetzt, was nicht nur gute Laune machte, sondern auch den Kopf freipustete und ihn all seine Sorgen vergessen ließ.

Argwöhnisch kniff Julius die Augen zusammen. »Ihr verheimlicht mir doch etwas.«

Falls Julius der uneheliche Sohn seines Vaters war, würde Finn ihn als seinen Halbbruder akzeptieren. Das stand für ihn außer Frage. Aber seinem Vater würde er nie verzeihen, was er seiner Mutter angetan hatte. Sollte sie von seinem heimlichen Sohn mit Roswitha Schneider gewusst haben, hatte sie über zwanzig Jahre lang darunter gelitten. War sie deshalb oft ohne ihren Mann ausgegangen? Wollte sie, dass er sich fragte, ob sie ebenfalls fremdging? Hatte sie ihm damit seinen Ehebruch heimzahlen wollen?

Finn zögerte. Er wollte ja reden. Er brannte darauf, mehr zu erfahren. Aber nicht ohne Joos und Finn, das könnten sie ihm übel nehmen. »Ich sollte nicht mit dir alleine darüber sprechen.«

»Worüber?« Beiläufig zog Julius seine Jacke aus und legte sie aufs Bett. »Gib mir wenigstens einen Anhaltspunkt. Wenn ich so überlege, genau genommen habt ihr das ja schon.«

Finn fühlte die Anspannung. Überraschenderweise schärften sich dadurch seine Sinne, und er meinte, noch eine Andeutung von Annes Pfingstrosenparfüm im Gästezimmer zu riechen. »Ach, ja?«

»Es hat irgendwas mit eurem Vater zu tun.« Julius kniff die Augen zusammen. »Wollt ihr, dass ich das Geld, das er meiner Mutter jahrelang für mich überwiesen hat, zurückzahle oder abarbeite?«

»Um Himmels willen, nein!« Finn riss seine Hände hoch. Er merkte, dass er die Aussprache nicht länger hinauszögern konnte. Oft hatte er in seinem Leben den Eindruck gehabt, im Schatten seiner beiden älteren Brüder zu stehen, doch inzwischen war er fast dreißig und schon lange in der Lage, die Dinge selbst in die Hand zu nehmen. Sollten sie auch verstimmt sein, weil er Julius allein mit ihrem Verdacht konfrontierte, so nahm er das in Kauf. »Okay, ich werde es dir sagen, sonst machst du dir noch die schlimmsten Gedanken.«

»Ich höre.« Julius verschränkte seine Arme vor dem Oberkörper. Man sah ihm nicht an, dass er als Koch arbeitete. Anscheinend naschte er nicht viel aus seinen Töpfen oder trieb zum Ausgleich viel Sport.

Mit heftig klopfendem Herzen erzählte Finn ihm alles, was sie herausgefunden hatten. Dass ihr Vater die Zahlungen an ihn verheimlicht und er den Namen Schneider nie erwähnt hatte, weshalb sie vermuteten, dass er mit Julius' Mutter eine Affäre gehabt hatte. Dass er alles dafür getan hatte, diese geheim zu halten. »Bist du … sein Sohn?«

»Der Sohn von Hauke Lorentz?« Julius riss die Augen auf. »Von eurem Vater?«

Finns Herz hämmerte so hart in seiner Brust, dass er Angst hatte, er könnte einen Herzinfarkt bekommen wie sein Vater. Wie betäubt nickte er. Die Welt um ihn herum schien zu schrumpfen. Sie zog sich um Julius zusammen, für einen Moment gab es nur noch ihn.

»Nein, auf keinen Fall, bestimmt nicht. Ich habe meine kräftige Statur, meine gerade Haltung und die bernsteinfarbenen Augen von meinem Vater geerbt.« Hektisch holte Julius seine Geldbörse aus der Innentasche seiner Jacke, klappte sie auf und zeigte Finn ein Foto seiner Eltern.

Finn betrachtete es ganz genau. Erleichtert stieß er die Luft aus. Julius hatte recht. Sein Vater war ein attraktiver, groß gewachsener Mann mit braunem Teint gewesen. Er passte nicht recht zu der unscheinbaren Frau neben ihm, deren Haut fast so weiß wie ihre Haare war. Wäre das Foto in der Zeitung erschienen, hätte die Bildunterschrift »Gegensätze ziehen sich an« gelautet.

»Außerdem hat meine Mutter mir erzählt, dass sie Hauke Lorentz das erste Mal auf der Beerdigung meines Vaters getroffen hat. Ich glaube ihr das. Es wirkte auch nicht so, als wäre sie verliebt in ihn gewesen. Das hört man den Menschen doch an, nicht wahr?« Julius wartete nicht auf Finns Bestätigung, sondern fuhr selbstsicher fort: »Wenn sie über meinen Vater redet, hat sie ein Lächeln in der Stimme. Bei Hauke Lorentz ist das nicht der Fall. Von ihm erzählt sie im gleichen Tonfall wie von der Haushaltshilfe damals, respektvoll und dankbar.«

Finn reichte ihm das Foto zurück. »Du hast das gleiche verschmitzte Lächeln wie dein Vater.«

»Was hast du von deinem Vater geerbt?«, fragte Julius und steckte das Bild zurück in seine Börse.

»Gar nichts«, antwortete Finn etwas zu schroff. »Ich komme ganz nach meiner Mutter.«

Julius schlüpfte aus seinen Turnschuhen und reckte sich. »Das kann nicht sein. Jeder hat doch etwas von beiden Elternteilen.«

Finn freute sich zwar, dass ihr Vater offenbar kein folgenschweres Verhältnis mit Roswitha Schneider gehabt hatte.

Aber er fragte sich immer noch, warum er ein großes Geheimnis um ihre Unterstützung gemacht hatte. Anscheinend verband ihn nichts mit der Familie Schneider, außer dass ihre Mutter sie vage gekannt hatte. Aber woher? Wenn der Faden, der die Lorentz' und die Schneiders verband, derart dünn war, was hatte ihren Vater dann dazu bewogen, sich so rührend um Roswitha und Julius zu kümmern? Konnte jemand so ein großes Herz haben? War ihr Vater wirklich ein Heiliger? Finn konnte sich das nicht vorstellen. Es passten immer noch nicht alle Puzzleteile zusammen. Das Geheimnis ihres Vaters war keineswegs gelüftet. Es schien nur anders geartet zu sein, als Finn und seine Brüder die ganze Zeit gedacht hatten.

Erschöpft und verwirrt verabschiedete sich Finn. »Ich muss jetzt gehen. Vielleicht brauchen die anderen meine Hilfe.«

»Heißt das, ich werde den Job nicht bekommen, weil nicht das blaue Blut der Familie Lorentz durch meine Adern fließt?«, frotzelte Julius.

»Sehr witzig.« Finn lachte, und das löste den Knoten in seiner Brust. »Du bist ein echt netter Kerl.«

»Oh je.« Julius' Augen funkelten belustigt, seine Schultern wirkten jedoch angespannt. »So fängt es immer an, wenn man den Laufpass bekommt.«

»Ich glaube, du würdest sehr gut auf die Schokoladeninsel passen. Mit deinem Lächeln würden die Gebrüder Lorentz noch mehr Naschwerk verkaufen, da bin ich mir sicher.« Und vielleicht konnte er Finn und seinen Brüdern helfen, das Rätsel um ihre Eltern und deren Verhältnis zueinander doch noch zu lüften. »Wir sehen uns beim Vorstellungsgespräch.«

Als Finn das *Nis Puk* verließ, fühlte er sich leichter. Eine große Last war von ihm abgefallen, und er konnte es kaum erwarten, Joos und Thies davon zu erzählen. Fröhlich, wie es üblicherweise seine Art war, grüßte er jedes bekannte Gesicht, dem er begegnete.

Mit federnden Schritten wollte er zum Lorentz-Haus gehen. Inzwischen lebten nur noch Joos und Anne dort inmitten von Kastanienbäumen und die Hausdame Ebba Alwart an ihren Arbeitstagen. In Nordwinden traf er auf Thies. Er sagte ihm, dass Joos und Anne bereits auf dem Weg nach Nordstrand waren. Gemeinsam halfen sie den Mitarbeitern in den Naschwerk-Manufakturen und den Einwohnern, ihre Häuser und Gärten zu sichern, denn der Wind nahm an Fahrt auf. Die Insulaner waren einiges gewohnt. Sorgen machte sich niemand, außer den Gästen.

Vor dem Laden von Christian, aus dem es köstlich nach kandierten Nüssen und Früchten duftete, zog Finn die Fußmatte mit dem Aufdruck *Kalorienzählen verboten!* vom Eingang unter das blaue Sprossenfenster. Leise sagte er zu Thies: »Julius ist nicht unser Halbbruder.«

»Wie kannst du dir da so sicher sein?« Mitten in der Bewegung hielt Thies inne, den Blumenkasten, den er gerade von der Fensterbank genommen hatte, noch in den Händen. Eine steife Brise riss an den Löwenmäulchen, Studentenblumen, Bartnelken, Mädchenaugen und am Männertreu.

Bevor Finn dazu kam, ihm von den Neuigkeiten zu berichten, drängten drei Familien, die wohl zusammengehörten, auf seinen Bruder zu. Thies war der Gästebetreuer und das Gesicht der Insel. Aufgeregt fragten sie ihn, ob ihre Rückfahrt gesichert wäre.

»Das werde ich Joos und dir in Ruhe erzählen.« Finn

nahm seinem Bruder den Kasten ab und stellte ihn unter das Fenster auf die Fußmatte. In der Zwischenzeit hatte sich die Gruppe zwischen sie geschoben. Über ihre Köpfe hinweg rief er: »Wenn du mich brauchst, sag mir Bescheid. Ich bin im Leuchtturm.«

Er hatte einen Bärenhunger. Vor Angst, er könnte am Ende dieses Tages ihren Vater hassen, hatte er nicht frühstücken, ja kaum etwas trinken können. Doch diese Sorge hatte sich als unbegründet herausgestellt. Sein verkrampfter Magen hatte sich wieder entspannt und sendete nun deutliche Signale aus.

Bevor er die Inselgemeinde verließ, nahm er noch rasch den Türstopper in Form eines niedlichen Heulers weg und schloss die Glastür zu Christians Manufaktur. Dann eilte er über die Küstenstraße vorbei am Schild mit der Aufschrift *Privatgelände, betreten verboten,* das er hatte aufstellen müssen, um wenigstens etwas Privatsphäre zu haben. Er ging durch das Wäldchen mit den windschiefen Kiefern zu seinem weiß-rot-gestreiften Heim. Nach dem Tod ihrer Mutter hatte er sich in den Leuchtturm, in dem einige Etagen zu einem einfachen Wohnquartier ausgebaut worden waren, zurückgezogen. Der Turm stand auf dem einzigen Hügel der Schokoladeninsel, den die Einheimischen scherzhaft als Berg bezeichneten. Es war sein eigenes Reich, sein kleines Paradies.

Gerade als er den Türschlüssel aus der Tasche seiner Bermudashorts holte, nahm er aus dem Augenwinkel heraus eine Bewegung wahr. Etwas Rotes zog seine Aufmerksamkeit auf sich.

Kaum hatte er sein Gesicht in die Richtung gedreht, in der sich der Kiefernwald bis zum Ufer erstreckte, sprang eine junge Frau ins Meer. Die Fremde trug nur ein T-Shirt und einen Slip. Ihre Haut hatte die Farbe von Sahne. Sie zog einen Schweif aus Feuer hinter sich her, der vom Meer gelöscht wurde, als sie untertauchte und die Wellen über ihr und ihren roten Haaren zusammenschlugen.

Wusste sie denn nicht, dass die Nordsee selbst jetzt Anfang Juni noch kalt war? Und wie gefährlich es war, bei dem aufgepeitschten Wasser schwimmen zu gehen, ganz zu schweigen von den versteckten Strömungen?

»Die ist wohl verrückt geworden!«, schrie Finn gegen die Böen an. Er riss sich die Kleider vom Leib. Während der Wind trockene Nadeln und Zapfen aus dem Vorjahr von den Kiefern schüttelte, sprang Finn dem Rotschopf, ohne zu zögern, hinterher.

Kapitel 3

Eine Viertelstunde zuvor.

Marleen wurde immer verzweifelter. Den Verfasser der Flaschenpost auf der Schokoladeninsel zu finden gestaltete sich schwerer als erwartet. Seit wenigen Minuten ging das Gerücht um, dass die Besucher zurück zum Festland mussten, bevor der Sturm noch stärker toben und eine Rückkehr nach Nordstrand unmöglich machen würde. Ihr lief die Zeit davon.

Am Morgen hatte ihr Vater es tatsächlich geschafft, spontan zwei Tickets für die Fähre zur Schokoladeninsel zu beschaffen.

»Wenn Dyke de Vries etwas will, bekommt er es auch.« Selbstzufrieden hatte er gelächelt.

Er hatte glücklicherweise niemandem die Fahrt ausreden und den Spaß verderben müssen, das hätte Marleen nicht gewollt. Stattdessen kaufte er sie einem Mann ab, der zu seinem eigenen Bedauern nicht zur Insel übersetzen konnte.

»Meine Ehefrau würde seekrank werden. Dass der Wellengang so heftig wird, konnte ja keiner ahnen. Gestern war das Wetter noch so schön«, hatte er gesagt und sich über die hohe Summe, die er von Marleens Vater für die Tageskarten bekam, gefreut.

Nach dem Übersetzen mit der Fähre um zehn Uhr waren

Marleen und ihr Vater sofort zum Lorentz-Haus gegangen. Doch eine kleine rundliche Frau mit roten Apfelbäckchen und vielen Lachfältchen, die sich als Ebba Alwart vorstellte, hatte ihnen mitgeteilt: »Die Herren Lorentz haben heute etwas Wichtiges vor. Daher bezweifele ich, dass sie Zeit für Sie finden werden. Machen Sie doch bitte telefonisch einen Termin mit ihnen aus. Und drücken Sie ihnen die Daumen. Heute ist ein großer Tag für sie.«

So schnell hatte Dyke de Vries aber nicht aufgeben wollen. Auf dem Weg zu den Naschwerk-Manufakturen hielt er seiner Tochter seinen Arm hin. »Wir werden es später noch einmal probieren. Jetzt nutzen wir erst einmal aus, dass deine Mutter nicht mitkommen wollte, und naschen, was das Zeug hält. Erst war ich traurig darüber, wir hätten einen Familienausflug daraus machen können. Aber soll ich dir was verraten? Jetzt bin ich froh, denn so kann sie nicht die Kalorien zählen und uns den Appetit verderben.«

Und das macht sie mit Vorliebe, dachte Marleen und hakte sich bei ihm ein. Ihre Mutter war eine lebende Nährwerttabelle.

Nach einer Portion warmer Poffertjes verabschiedete sich Marleen jedoch von ihrem Vater unter dem Vorwand, sie wolle sich die Natur auf der Schokoladeninsel ansehen.

»Bei dem Schietwetter?«, fragte er ungläubig. Dann schüttelte er sich wie ein nasser Hund. »Ich bleibe lieber in Nordwinden und kaufe Pralinen für deine Mutter.«

Marleen zog ihre Augenbrauen hoch. »Die Kalorienbomben wird sie doch gar nicht anrühren.«

»Sie wird das Geschenk hassen. Sie wird mir an den Kopf werfen, ich würde sie nicht richtig kennen oder sie nicht ernst nehmen. Dann wird sie begreifen, dass ich sie bloß necken will, und rot werden. Wie ich sie kenne, wird sie demonstrativ eine Praline essen, um mir eins auszuwischen und mir den Wind aus den Segeln zu nehmen.« Grinsend zwinkerte ihr Vater ihr zu. »Vielleicht kommt sie zur Vernunft und hört mit ihrem Gesundheitswahn auf, wenn sie schmeckt, wie lecker Naschkram ist.«

Während Marleen auf Möwesand herumstreifte, verstohlen durch Fenster ins Feuerwehrhaus, in Wohnhäuser und ins Hafenrestaurant spähte und nach Anzeichen suchte, dass dort jemand gegen seinen Willen festgehalten wurde, machte sie sich Sorgen, dass es um die Ehe ihrer Eltern nicht gut stand.

Ihre Mutter und ihr Vater entfernten sich voneinander, das war nicht zu übersehen. Während sie immer schlanker wurde, wuchs sein Bäuchlein an. Beide hielten mit ihrer Meinung nicht hinterm Berg, dass sie die Figur des jeweils anderen unattraktiv fanden. Ihr Geschäftssinn verband sie, und sie waren stolz aufeinander, was ihren Erfolg betraf. Doch wie lange noch? Sie verbrachten jetzt schon mehr Zeit mit ihren Angestellten als mit ihrem Ehepartner. An diesem Pfingstwochenende war ihre Mutter mit ihren Gedanken bei ihrem nächsten *Yoga-für-die-reife-Frau*-Video, und ihr Vater unterbrach den Urlaub sogar, um ein neues Geschäft anzubahnen. Marleen befürchtete, dass ausgerechnet das, was sie noch zusammenhielt, sie am Ende auseinanderbringen könnte.

Angespannt spazierte sie in diesem Moment durch den Laubwald, der sich vom kleinen Inselfriedhof bis zur Heidefläche erstreckte. Es war erst Mittag, aber wegen der Regenwolken wirkte das Wäldchen düster. Kräftige Böen bogen die Buchen, Eschen, Birken und Pappeln hin und her. Das

Säuseln des Windes und das Rascheln der Blätter überdeckten alle anderen Geräusche.

Frühjahr und Sommer waren durch den Klimawandel in ganz Deutschland ungewöhnlich trocken gewesen. Auch hier auf Möwesand merkte Marleen die Auswirkungen. Braunes Laub knisterte bei jedem Schritt unter ihren Schuhen. Eine Hütte oder etwas Ähnliches fand sie nicht. Hier im Wald konnte niemand gefangen gehalten werden, stellte sie fest. Es war überhaupt schwierig auf einer Insel, auf der jeder jeden kannte und so viele Touristen herumliefen. Handelte es sich bei der Flaschenpost etwa doch um einen Streich?

Marleen erinnerte sich an zwei Sätze der schaurigen Nachricht: *Alle stecken mit drin. Trau keinem.* Sie bekam eine Gänsehaut am Rücken und beeilte sich, den dunklen, lauten Wald zu verlassen. Unter freiem Himmel atmete sie tief durch. Was sollte sie jetzt tun? Wo konnte sie noch suchen? Sie hatte alle legalen Möglichkeiten ausgeschöpft.

In Gedanken versunken schlenderte sie über die Küstenstraße zurück nach Nordwinden. Sie sah keine Chance, die Wohnhäuser und Manufakturen auszukundschaften. Unter Umständen konnte sie versuchen, sich im Lorentz-Haus, an dem sie in diesem Moment vorbeikam, umzusehen, wenn Finn, Thies und Joos Lorentz ihren Vater und sie hereinbaten. Denn wenn einer es schaffte, ohne Termin empfangen zu werden, dann Dyke. Daran zweifelte Marleen nicht. Während er dann den Gebrüdern Lorentz seinen geschäftlichen Vorschlag unterbreitete, würde sie sich aufs WC entschuldigen und die Räume nach dem Verfasser des Hilfeschreis absuchen.

Ihr Blick fiel auf das Kiefernwäldchen, hinter dem der

Leuchtturm aufragte. Dort hatte sie noch nicht hineingeschaut. Wie sie im Internet gelesen hatte, wohnte Finn Lorentz darin. Ob er zu Hause war? Möglich, doch Marleen rechnete eher nicht damit, weil Ebba Alwart doch gemeint hatte, die Lorentz-Brüder hätten heute etwas Wichtiges vor.

Ihr Puls beschleunigte sich, als sie von der Straße zu dem kleinen Wald abbog. Die Kiefern muteten an wie mürrische Wächter, wie finstere Gesellen, die sich ihr in den Weg stellten. Vor dem *Betreten verboten*-Schild blieb sie stehen und zögerte. Normalerweise respektierte sie den Wunsch nach Privatsphäre.

»Tut mir leid, Finn Lorentz, aber darauf kann ich diesmal keine Rücksicht nehmen«, sagte sie bedauernd, als ob er sie hören könnte. »Dies ist eine Notsituation, und vielleicht bist du ja sogar derjenige, der den Flaschenpostschreiber eingesperrt hat.«

Der Leuchtturm sah dem der Sylt-Gemeinde Hörnum ähnlich. Bei seinem Anblick bekam Marleen gute Laune, er wirkte, als hätte man ihm einen lustigen rot-weiß-geringelten Friesennerz angezogen, um ihn vor den gewaltigen Stürmen, die über die Nordsee peitschten, zu schützen.

Marleen spähte nach oben. Das Leuchtfeuer war noch in Betrieb. Für die Öffentlichkeit war der Turm nicht zugänglich, das hatte ihr schon das *Betreten verboten*-Schild vor dem Kiefernwäldchen verraten. Marleen bedauerte das. An einer Führung teilzunehmen hätte sie bei der Suche nach Hinweisen auf den Verfasser des Hilferufs weiterbringen können.

Das Erdgeschoss mutete von außen an wie ein Sockel. Verstohlen spähte Marleen durch eins der Fenster. Vorne stand ein meergrünes Sofa mit zwei Sitzen, weit hinten machte sie eine kleine neptunblaue Küchenzeile aus. Auf dem Couchtisch lagen Surfermagazine und das Taschenbuch *Boarderlines* von Andreas Brendt. Trotz der angespannten Situation stahl sich ein Lächeln auf Marleens Lippen. Sie hatte das Buch auch gelesen, schon drei Mal.

Der autobiografische Roman fesselte sie wie keine Lektüre zuvor, denn er spiegelte ihre Gefühle wider. Der Autor erzählt davon, wie er besessen vom Wellenreiten wurde und er sich nach dem VWL-Studium gegen eine klassische Karriere in der Wirtschaft entschied. Lieber arbeitete er als Surflehrer und bereiste die Welt. Doch obwohl er seinen Traum lebte, blieb er hin und her gerissen zwischen der Freiheit, die er sich selbst geschaffen hatte, und dem Wunsch nach einem Leben, das auf einem soliden Fundament fußte.

Marleen hatte sich in dem Text wiedergefunden. Auch sie beschäftigte die Sinnsuche. Ihre Liebe fürs Surfen war groß, aber es blieb ein Hobby. Oder etwa nicht? Irgendwann musste jeder einmal erwachsen werden, und sie war bereits 24 Jahre alt. Zudem erwarteten ihre Eltern von ihr, eine erfolgreiche Geschäftsfrau zu werden, und konnten ihr den Weg ebnen. In ihr rangen Vernunft und Leidenschaft, sodass sie völlig durcheinander war.

Ging es Finn Lorentz etwa ähnlich? Wie gerne hätte sie sich mit ihm darüber unterhalten und erfahren, ob auch in ihm zwei Seiten miteinander kämpften. Doch es würde wohl kaum zu einem Gespräch kommen, denn er war nicht bloß ein Fremder für sie, sondern sogar ein Verdächtiger. Marleen bedauerte das sehr. Endlich hatte sie jemanden gefunden, dem es vermutlich ähnlich ging wie ihr, doch sie konnte sich nicht mit ihm austauschen. Seufzend sah sie sich weiter um.

Ein Segel mit dem Schriftzug *Nur Fliegen ist schöner!* lehnte gegen die Wand. Daneben hing ein schwarzer Neoprenanzug. Auf einer weißen Holzbank lagen eine dünne marineblaue Thermojacke und ein langärmeliges himmelblaues Wetshirt, eine Kapuze und Handschuhe aus Neopren. Surfboots standen unter dem Sitz. Drei farbenfrohe Surfbretter reihten sich aneinander wie Soldaten in bunten Uniformen, die den Eingang bewachten. Die gebogenen Finnen erinnerten an gezückte Säbel.

Marleen entdeckte auch ein Shortboard, das Wendigkeit, Schnelligkeit und Flexibilität bot. Finn hatte also Erfahrung im Surfen, genau wie sie. Das weckte ihr Interesse. Er musste zudem Spaß an trickreichen Drehungen und waghalsigen Sprüngen haben. Gleich daneben stand ein Freerideboard, mit dem man auch bei mäßigem Wind schnelles Tempo fahren konnte und das stabil im Wasser lag. Es war ein solider Begleiter. Galt das auch für Finn? In dem dritten Surfbrett erkannte sie ein Raceboard. Finn hatte anscheinend auch Freude daran, mal übers Wasser zu jagen und die Geschwindigkeit auszureizen.

Sie ertappte sich bei dem Gedanken, dass ein Surfer unmöglich ein schlechter Mensch sein konnte. Natürlich war sie voreingenommen, nicht bloß da sie selbst regelmäßig auf ein Board stieg, sondern auch weil sie die Wellenreiter als eingeschworene Gemeinschaft kannte. Alle waren so freundlich, offen und hilfsbereit. Es fühlte sich an wie eine große Familie, weil man dieselbe Leidenschaft teilte. Oft saß man mit befreundeten, aber auch wildfremden Surfern am Strand zusammen, schwärmte von der grenzenlosen Freiheit auf dem Wasser, dem Rausch der Geschwindigkeit, dem akrobatischen Tanz auf den Wellen, fachsimpelte und tauschte Erfahrungen über Surfspots auf der ganzen Welt aus. Dass der Leuchtturmbewohner mit dem Kidnapping zu tun hatte, konnte sich Marleen jedenfalls kaum vorstellen. Dennoch musste sie auch hier nach dem Flaschenpostschreiber suchen.

Finn Lorentz schien nicht zu Hause zu sein, vielleicht hielt er sich aber auch in den oberen Etagen auf. Auf leisen Sohlen ging Marleen zum Eingang. Vorsichtig versuchte sie, die gusseiserne Tür zu öffnen, doch sie war abgeschlossen. Was sollte sie jetzt machen? Sie trat einen Schritt zurück und betrachtete den Leuchtturm. Eine unüberwindbare Festung.

Enttäuscht sah sie sich auf der Anhöhe um. Vom Meer her wehte ein kräftiger Wind. Unschlüssig, wie sie weitermachen sollte, holte Marleen ihr Tuch mit den Sonnenblumenmotiven aus ihrer Jackentasche und legte es sich um. In die Richtung, in der Nordwinden lag, flachte der Hügel ab und stieg zur anderen Seite hin wieder an. Was mochte hinter den Bäumen liegen? Aus Ratlosigkeit entschied sie sich, das Wäldchen genauer in Augenschein zu nehmen. Vielleicht befand sich darin der Einstieg zu einem unterirdischen Raum oder ein versteckt gelegenes Haus. Vielleicht war es in Wahrheit deshalb verboten, diesen Bereich zu betreten.

Als Marleen in den Hain trat, schienen die windschiefen Kiefern nach ihr zu greifen. Der stürmische Wind schüttelte die Nadelbäume, es war, als würden sie sich bewegen. Sie hielten das Licht ab. Marleen bekam eine Gänsehaut und zog den Reißverschluss ihrer Windjacke höher. Rasch hatte sie den kleinen Wald durchquert und stieß auf eine Mauer. Dahinter musste sich das Lorentz-Haus befinden. Grün belaubte Sanddornbüsche schmiegten sich an die Wand aus weiß gestrichenem Stein, ihre Dornenzweige federten im Takt der Böen auf und ab. Die kleinen Blüten waren bereits verblüht, aber Früchte auch noch keine zu erkennen.

Nachdenklich folgte Marleen der Mauer bis zum Wasser. Sie kam zu einer Anhöhe, die die Social-Media-Managerin der Gebrüder Lorentz erst kürzlich *Sanddorn-Kliff* getauft hatte. Das hatte sie in einem Video auf Instagram gesehen. Annegret Huber hieß die Mitarbeiterin, die Freundin von Joos Lorentz. Als Marleen zwischen der Wand und den Kiefern hinaustrat, erblickte sie jemanden, der auf dem Kliff stand. Als die ältere Dame sie sah, riss sie die Arme hoch und schrie auf, dann stürzte sie und fiel ins Meer.

Entsetzt rannte Marleen zu der Stelle. Alles war so schnell gegangen. Hatte sich die Frau etwa vor ihr erschreckt und das Gleichgewicht verloren? War die Unbekannte wegen ihr gestürzt?

Vorsichtig schob sich Marleen bis zur Kante, mit heftig klopfendem Herzen schaute sie runter, auf die Gischt, die ein paar Meter unter ihr gegen das Ufer schlug. Marleen sah hellblonde Haare, dann ein kreidebleiches Gesicht. Die Unbekannte tauchte unter, kam wieder an die Oberfläche und prustete. Hektisch schlug sie um sich, anscheinend geriet sie in Panik. Konnte sie etwa nicht schwimmen? Bestimmt war sie eine Touristin, Einheimische wären nicht so sorglos nah an die Kante getreten.

Es sei denn, die Frau war nicht hineingefallen, sondern hatte sich absichtlich in den Atlantischen Ozean gestürzt. Hatte sie vielleicht die grauenhafte Nachricht aus der Flaschenpost geschrieben? War sie gerade in die Nordsee gesprungen, weil sie solch fürchterliche Angst hatte, wieder weggesperrt zu werden? War ihre Gefangenschaft so schlimm, dass sie lieber in dem vom Sturm durchpflügten Atlantik sterben wollte, als wieder zurück in ihr Verlies zu müssen? Hatte sie Marleen für ihren Häscher gehalten?

Unbarmherzig zog die Strömung die Fremde auf die offene See hinaus. Ohne zu überlegen, entkleidete sich Marleen bis auf Slip und T-Shirt und machte einen Hechtsprung in die Nordsee. Das kalte Wasser war ein Schock, es raubte ihr den Atem und lähmte ihre Glieder. Aber das Adrenalin, das durch ihren Körper schoss, gab ihr die Kraft, dagegen anzukämpfen und in Richtung der Frau zu schwimmen.

Würde sie es schaffen, die ältere Frau heil an Land zu bringen? War sie der Herausforderung gewachsen oder würde das schwarzblaue Wattenmeer sie verschlingen wie damals Arjen? Zwar hatte sie mit achtzehn Jahren eine Ausbildung zur Rettungsschwimmerin gemacht, aber nie als solche gearbeitet. Einmal rettete sie einen Kitesurf-Anfänger. Er war ins Wasser gefallen, hatte sein Board gegen den Kopf bekommen und das Bewusstsein verloren. Aber das war schon vor vier Jahren gewesen und im Hochsommer, nicht in der kalten, wütenden »Mordsee«.

Trotz ihrer Sorge, dem nicht gewachsen zu sein, schwamm Marleen zielstrebig auf die betagte Dame zu. Während sie versuchte, ihre Arme und Beine gleichmäßig zu bewegen, spulte sie in Gedanken ab, was sie in ihrer Ausbildung gelernt hatte. Sie kämpfte gegen die hohen Wellen, die sie hin und her warfen wie Treibholz. Versuchte, der Strömung nicht die Kontrolle über ihren Körper zu überlassen. Salzwasser schwappte gegen ihren Mund, als würde die Nordsee Einlass fordern. Ein Wadenkrampf, hervorgerufen durch Kälte, Anstrengung und Stress, bahnte sich an. Dennoch überwand sie unbeirrt Meter um Meter. Die Fremde streckte ihr Gesicht nach oben, japste nach Luft und verpasste der wilden See verzweifelt Faustschläge.

Als Marleen bei ihr ankam, sprach sie sie an, um sie zu beruhigen und ihr zu sagen, dass sie ihr zurück auf die Schokoladeninsel helfen würde. Doch die Frau schenkte ihr keinerlei Gehör, gefangen in ihrem Überlebenskampf. Mit weit aufgerissenen Augen ruderte sie hektisch mit den Armen, versuchte ihren Kopf über Wasser zu halten und nahm Marleen gar nicht wahr. Ihr Mund war zu einem Schrei geöffnet, aber es kam kein Ton heraus. Die Strickjacke ihres altrosafarbenen Twinsets war über ihre Schultern gerutscht und schränkte ihre Bewegungen ein, was die Frau noch hysterischer werden ließ.

Als Marleen die Fremde berührte, ihr signalisieren wollte, dass Rettung da war, boxte die Frau sie und traf sie an der Schläfe. Für einen Moment war sie benommen und wurde sofort zum Spielball der Wellen. Sie trieb von der Unbekannten fort, die Kälte um sie herum drang bis in ihr Herz vor und lähmte sie. Manchmal wehrten sich Opfer gegen ihre Retter unter dem Eindruck, man wolle sie festhalten. Aus Angst vor dem Ertrinken gerieten sie noch mehr in Panik.

Der Wind heulte Marleen um die Ohren. Laut brachen sich die Wellen am Kliff, von dem sie abgesprungen war. Es war nicht hoch, dennoch würde sie dort nicht an Land gehen können. Sie konnte die Frau zurück zu Finns Leuchtturm ziehen, was schwer werden würde, da sie dann gegen die Strömung anschwimmen musste. Alternativ konnte sie die Fremde auch zum Ufer des Lorentz-Hauses bringen. So oder so wurden sie von der Insel weggetrieben, es würde eine ungeheure Kraftanstrengung erfordern, und sie fühlte sich jetzt schon erschöpft. Wie sollte sie das schaffen?

Außerdem wehrte sich die Frau immer noch. Wollte sie wirklich sterben? Die Wellen warfen Marleen hin und her. Sie bemühte sich, ruhig und gleichmäßig zu atmen. Erneut näherte sie sich der Frau, die unterzugehen drohte. Diesmal packte Marleen sie beherzt von hinten unter den Achseln, um sie zu stabilisieren. Der Widerstand der Fremden schwand.

Marleen schwamm mit ihr auf Möwesand zu, doch die Wellen stießen gegen ihren Rücken wie ein Sumoringer, der versuchte, sie aus dem Ring zu schieben. Nur mühsam und langsam kam sie gegen sie an. Der Weg zurück zur Schokoladeninsel war beschwerlich. Marleen redete sich Mut zu. Es war alles nur eine Kopfsache. Ihr Körper würde durchhalten, wenn sie sich auf ihr Ziel konzentrierte. Aber ihre Zweifel kehrten zurück, als sie einen Meter vorankam und im nächsten Moment von den Wogen zwei Meter zurückgeschoben wurde. Gisch spritzte ihr ins Gesicht. Das Salzwasser brannte in ihren Augen. Vor Anstrengung öffnete sie ihren Mund weit, damit sie besser Luft bekam, denn ihre Lungen brannten schon. Ein Schwall Wasser drang in ihren Rachen, und sie musste husten.

Plötzlich waren da kräftige Hände, die ihr halfen. Ein attraktives Gesicht, umrahmt von sandblonden Haaren, die an Stirn und Wangen klebten, tauchte neben ihr auf. Der schmale Mund darin bewegte sich, aber zuerst konnte Marleen nicht verstehen, was er sagte. Dann begriff sie, Finn Lorentz rief ihr zu, dass er ab sofort übernehmen würde. Dankbar nickte sie ihm zu. Vorsichtig übergab sie die ältere Dame an ihn. Die Fremde lag mit dem Rücken auf der Meeresoberfläche und starrte angsterfüllt hinauf zu den bedrohlich wirkenden Wolken. Finn schwamm mit ihr zum Ufer des Leuchtturms. Dort half Marleen ihm, die Frau an Land zu ziehen.

In Windeseile holte er zwei Baumwolldecken aus dem Leuchtturm. Er reichte Marleen die eine und wickelte die ältere Dame in die andere. Als er sich neben sie setzte, rann Wasser von seinem definierten Oberkörper und tropfte ins Gras. Sein silberner Earcuff rutschte ihm vom Ohr. Finn bemerkte es nicht oder schenkte dem keine Beachtung.

»Rieke«, sprach er die erschöpfte Frau an, doch sie reagierte nicht. Gefühlvoll strich er ihr die Feuchtigkeit vom Gesicht. »Hörst du mich?«

Marleen kniete sich hin und hob den Kopf der Fremden auf ihren Schoß, damit sie bequemer lag. Sie hatte bislang nicht darauf geachtet, aber nun spürte sie die Kälte, die der Sommersturm mit sich brachte und die trotz Decke immer weiter in ihre Glieder drang. Auch Finn war nass bis auf die Knochen, ihm schienen die Temperaturen jedoch nichts auszumachen. Marleen bewunderte, wie abgehärtet er war. »Du kennst sie?«

»Sie gehört zu uns«, stellte er laut klar, um das Getöse der Wellen, die sich unweit von ihnen brachen, zu übertönen.

Damit meint er wohl, dass sie auf Möwesand lebt, dachte Marleen. Also keine Touristin. Ein Unfall oder doch Absicht? »Arbeitet sie für euch?«

»Nein, Rieke und ihr Ehemann haben schon immer hier gelebt. Er war Kapitän und fuhr bis zu seiner Rente Ausflugsschiffe und Fährboote, und sie hat früher als Krankenschwester im Klinikum Nordfriesland in Husum gearbeitet. Sie hilft manchmal in unseren Naschwerk-Manufakturen aus, wenn Not am Mann ist oder wir besondere Veranstaltungen haben wie das Sommerfest im August.«

Sachte tätschelte Finn die faltigen Wangen der Frau, um sie aus dem Schockzustand herauszuholen. Das Braun seines Lederarmbands wirkte durch die Nässe fast schwarz. Tatsächlich sah Rieke ihn an, blieb jedoch stumm. Besorgt fragte er Marleen: »Was um alles in der Welt ist denn eigentlich passiert?«

Marleen hatte den Eindruck, dass Finn absichtlich einige Fakten aus Riekes Leben nannte, damit die ältere Dame sich daran erinnerte, wer sie war und woher sie kam, und ihren Schock überwand. »Das weiß ich nicht. Ich habe sie erst bemerkt, als sie vom Sanddorn-Kliff in die Nordsee gesprungen ist.«

»Gesprungen?« Entsetzt riss er die Augen auf. Als er den Arm anwinkelte und mit der Hand über seine Kehle rieb, trat sein Bizeps hervor. Er war muskulöser, als er auf den ersten Blick erschien.

»Vielleicht ist sie auch auf dem Kliff abgerutscht und ins Meer gefallen, ich weiß es nicht. Womöglich hat sie sich vor irgendetwas erschreckt.« Oder irgendwem, nämlich vor mir, fügte Marleen in Gedanken hinzu. Inzwischen schlotterte sie vor Kälte, und sie sah, dass Rieke auch zitterte. Sie rieb über Riekes Oberarme, um sie zu wärmen. »Sie muss dringend ihre nasse Kleidung ausziehen, und wir sollten den Notarzt rufen.«

Plötzlich packte Rieke ihr Handgelenk. Ihre Stimme klang schwach. »Nicht notwendig.«

»Sie sollten sich von einem Arzt untersuchen lassen.« Marleen strich ihr den feuchten hellblonden Pony aus der Stirn.

Langsam bewegte Rieke ihren Kopf hin und her. Ihr Teint war kreidebleich, ihre Lippen waren blau. »Ich brauche nur ein heißes Bad.«

»Sie könnten unterkühlt sein.« Wie konnte die Frau bloß so unvernünftig sein? Marleens Zehen taten weh vor Kälte.

»Wir Nordfriesen sind hart im Nehmen.« Rieke reckte ihr Kinn nach vorne. »Nach dem Bad werde ich mich ins Bett kuscheln, und Frieso wird mir einen Grog mit viel Rum machen. Danach sieht die Welt schon anders aus.«

Eindringlich bat Marleen: »Nehmen Sie das bitte nicht auf die leichte Schulter.«

»Mein Mann wird sich um mich kümmern.« Hilfesuchend sah Rieke Finn an. »Bringst du mich bitte nach Hause?«

»Sie wären fast ertrunken.« Marleen konnte es nicht fassen. Entrüstet wrang sie ihre roten Locken aus.

Die Rentnerin richtete sich überraschend kraftvoll auf. Entschieden stellte sie klar: »Ich war Krankenschwester und weiß besser als jeder andere, wann ich einen Arzt benötige und wann nicht. Jetzt will ich heim, und zwar sofort, sonst werde ich doch noch krank. Daran wärt allein ihr schuld, weil ihr Zeit damit verschwendet und mich zu etwas überreden wollt, was ich nicht tun will und auch nicht tun werde. Ich bin mit meinen 68 Jahren immer noch eine mündige Bürgerin und kann selbst entscheiden.«

»Wir Nordfriesen sind nicht nur hart im Nehmen, sondern auch stur.« Finn lächelte nachsichtig, dann stand er auf und zog Rieke auf ihre Füße.

Mit steifen Gliedern lief die ältere Dame in Richtung Kiefernwäldchen. Finn stützte sie und wärmte sie durch seine Umarmung. Sanft redete er auf sie ein: »Das bedeutet nicht, dass ich deinen Entschluss gutheiße. Ich will dich bloß zu nichts zwingen. Aber du solltest dich wirklich von mir zum Festland bringen lassen, damit dich ein Arzt anschaut. Sicher ist sicher.«

Marleen wunderte sich über Riekes barsche Reaktion. So viel Unvernunft war doch nicht normal. Gerade weil sie einen medizinischen Beruf ausgeübt hatte, sollte sie es doch besser wissen.

Was war bloß los mit ihr? Anscheinend gab es auf Möwesand keinen Arzt. Wollte sie etwa auf keinen Fall ihre gewohnte Umgebung verlassen, wie es bei vielen älteren Menschen der Fall war? Unterschätzte sie das Risiko, eine Lungenentzündung zu bekommen? Hielt sie sich als ehemalige Krankenschwester für unverwundbar?

Oder war sie wirklich vorsätzlich ins Wasser gesprungen und versuchte, das zu überspielen, indem sie sich besonders stark gab? Wollte sie so schnell wie möglich in den Schutz ihrer vier Wände zurück, um dort wie ein Häufchen Elend zusammenzusacken und zu beweinen, dass ihr Vorhaben gescheitert war? Marleens Herz wurde schwer.

Oder war Rieke die Verfasserin der Flaschenpost? Hatte sie aus purer Verzweiflung von der Insel fortschwimmen wollen und den Sturm unterschätzt? Nein, dachte Marleen, das konnte nicht zutreffen, denn dann hätte sie ihre Chance genutzt und mich um Hilfe gebeten. Einen verwirrten Eindruck machte sie jedenfalls nicht.

Also musste der Verfasser der Flaschenpost jemand anders sein. Die Zeilen gingen Marleen noch einmal durch den Kopf: *Hilf mir! Bin gefangen. Möwesand is nich so nett wie sie tut.*

Finn wirkte keineswegs einschüchternd, sondern voller Sorge und Anteilnahme. Dennoch … Erst der Hilfeschrei aus der Köm-Flasche, dann Riekes vermeintlicher Unfall. Marleen glaubte nicht an Zufälle, die beiden Ereignisse mussten zusammenhängen. Irgendetwas Schreckliches war auf Möwesand im Gange, und die Wahrscheinlichkeit, dass Finn davon wusste, war ihrer Meinung nach hoch. Immerhin gehörte ihm die Schokoladeninsel zu einem Drittel. Hier lief nichts ohne sein Wissen und das seiner beiden Brüder. Sie wollte ihn nicht unter Generalverdacht stellen, aber sie würde ihn auch keinesfalls mit Rieke alleine lassen.

»Ich komme mit.« Rasch lief Marleen zu ihren Sachen, die oben am Sanddorn-Kliff lagen. Sie zog die nasse Unterwäsche aus und schlüpfte schnell in ihre Jeans, Windjacke und Schuhe. Bibbernd nahm sie ihre tropfende Kleidung und ihre Handtasche und hängte sich die Decke wieder um.

Sie kehrte zu der Stelle zurück, an der sie gekniet hatte und hob den silbernen Earcuff auf. Unschlüssig wiegte sie ihn in der Hand, dann steckte sie ihn mit wild pochendem Herzen ein. Sie musste ihn Finn zurückgeben. Sie konnte ihn aber auch in ihre reich verzierte Holzschatulle zu all den anderen Erinnerungsstücken legen, um sich auf ewig an diesen intensiven Moment zu erinnern. Immerhin hatte sie Rieke das Leben gerettet. Der Ohrschmuck konnte ihr dabei helfen, sich der Illusion hinzugeben, dass sie den Fehler mit Arjen wiedergutgemacht hatte, obgleich er natürlich nicht wiedergutzumachen war. Sie war hin- und hergerissen, als sie durch das Kiefernwäldchen lief.

Gemeinsam mit Finn brachte sie die ältere Dame nach Nordwinden, das durch den Sturmausläufer wie leer gefegt war. Über ihre Köpfe jagten regenschwarze Wolken hinweg. Wütende Wellen schwappten ans Ufer und hinterließen Pfützen in den grasbewachsenen Gärten hinter den Reetdachhäusern in Küstennähe. Wind heulte schaurig durch die kleine Inselgemeinde, als würden die Gespenster der ertrunkenen Seeleute zurückkehren und die Lebenden heimsuchen.

Marleen fragte sich, wo ihr Vater sein mochte. Hatte er Schutz in einer der Manufakturen gesucht oder sich ins Hafenrestaurant verkrochen? Oder hatte man die Tagesgäste, also auch ihn, bereits zurück zum Festland gebracht? Hatte man nach ihr gesucht und sie nicht gefunden, weil sie in der Nordsee schwamm?

Rieke wohnte in dem vorletzten Gebäude links, gleich neben dem *Nis Puk* und zur Meeresseite hin. Neben der Haustür hing ein langes Stück Treibholz. Jemand hatte es weiß angemalt und in blauer Farbe *Dat Spann Knuten* darauf gepinselt, darunter stand in kleinerer Schrift: *Zwei wie aus einem Holz geschnitzt*. Der Wind riss daran, aber es war so fest angebracht, dass es weder hin und her schaukelte noch klapperte. Anscheinend hatte derjenige, der es festgenagelt hatte, großen Wert darauf gelegt, dass es bis in alle Ewigkeit hielt.

An der Haustür machte sich Rieke von ihren Helfern los und stellte sich ihnen in den Weg. Ihr Lächeln wirkte bemüht. »Tut mir leid, wenn ich unfreundlich war. Das muss der Schreck gewesen sein.«

»Schon gut.« Verständnisvoll streichelte Finn ihre Wange.

»Nein, nein, ist es nicht. Ich schäme mich.« Sie reichte ihm seine Decke und legte die Hände an ihre Wangen, durch die langsam wieder Blut floss. Ihr Teint wurde rosiger. »Ich hätte netter zu euch sein müssen. Aber ihr wisst doch, was man sagt. Ärzte sind schlechte Patienten, das trifft auch auf Krankenschwestern zu.«

Marleen fror. »Ich bin immer noch der Meinung, dass Sie zu einem Arzt gehen sollten.«

»Ich weiß, Liebes.« Sachte tätschelte Rieke Marleens Arm. »Aber Sie müssen sich jetzt um sich selbst kümmern. Sie zittern ja wie Espenlaub. Auch Sie müssen dringend ins Warme, sonst bekommen Sie noch eine Erkältung oder eine Blasenentzündung. Machen Sie sich um mich keine Sorgen. Frieso, mein Mann, ist der beste Krankenpfleger, den man sich vorstellen kann.«

»Da ist wohl nichts zu machen.« Marleen seufzte resigniert und sah Finn an, der lachte und mit den Schultern zuckte. Da nahm sie das erste Mal wahr, wie gut er in natura aussah, noch viel besser als auf Fotos. Seine Augen hatten dieselbe Farbe wie die Nordsee an schönen Tagen, und Marleen liebte das nordfriesische Wattenmeer sehr.

»Ich werde nachher noch einmal nach unserem Pechvogel schauen, versprochen«, beteuerte Finn.

»Du bist ein guter Kerl. Was ich schon längst hätte sagen sollen …« Verlegen zupfte Rieke an ihrem Twinset, das wie eine zweite Haut an ihrem rundlichen Körper klebte. »Danke, dass ihr mir das Leben gerettet habt.«

Finn packte ihre Schultern und sah sie besorgt an. »Du hast uns einen gehörigen Schrecken eingejagt. Wie um Himmels willen bist du denn im Wasser gelandet?«

»Das weiß ich auch nicht so recht.« Sie wurde rot und blickte gebannt die Straße hinunter, als würde sie dort einen Bekannten erspähen, doch da war niemand. »Ich dachte, ich würde etwas im Meer sehen, wusste aber nicht, was es war. Also bin ich näher an die Kante getreten und habe mich vorgebeugt. Im nächsten Moment fiel ich auch schon vom Sanddorn-Kliff. Ich glaube, mein Fuß ist abgerutscht, dann habe ich die Balance verloren. In meinem Alter ist man nicht mehr so standfest wie früher.«

Innerlich atmete Marleen auf. Rieke Knuten war also nicht absichtlich ins Wasser gegangen. Außerdem war sie nicht im Meer gelandet, weil sie sich vor ihr erschreckt hatte.

Es war zum Glück nicht meine Schuld, dachte Marleen erleichtert.

Sie verabschiedeten sich, und Rieke verschwand in ihrem Haus.

Flüchtig berührte Finn Marleen am unteren Rücken. »Du kannst bei mir duschen, wenn du möchtest.«

»Wirklich?«, fragte sie überrascht. Vor Aufregung kribbelte ihre Haut über ihrem Kreuzbein, als würde seine Hand noch dort liegen. Sie freute sich nicht bloß über diese nette Geste und auf heißes Wasser, sondern auch weil sie doch noch die Chance bekam, den Leuchtturm nach Hinweisen auf den Verfasser der Flaschenpost zu durchsuchen. Da Finn sie zu sich einlud, glaubte sie nicht mehr recht daran, Hinweise auf einen Gefangenen zu finden, aber sich umzusehen konnte nicht schaden. »Das wäre ein Traum.«

Die feuchten Bermudashorts klebten an seinen Beinen. Während er sie hier und da von seiner Haut wegzog, zwinkerte er ihr zu. »Warme Wäsche und Tee gibt's auch.«

»Das ist echt lieb von dir.« Sie duzte ihn, immerhin hatte er damit angefangen. Seine Haltung und sein Blick wirkten wie ein offenes Tor mit einem einladenden, warmen Licht dahinter.

»Ach, was! Das ist doch selbstverständlich«, sagte er bestimmt und kämmte sich mit den Fingern das nasse Haar aus der Stirn. »Wärst du nicht auf Rieke aufmerksam geworden, wäre sie wahrscheinlich ertrunken.«

Fasziniert verfolgte Marleen das Spiel seiner Muskeln. Man sah ihm an, dass er regelmäßig Sport trieb. Als er über seinen Oberkörper rieb, lenkte er ihre Aufmerksamkeit auf seine Gänsehaut und seine kleinen harten Brustwarzen. Auch er musste erbärmlich frieren. »Lass uns gehen! Sonst holen wir uns noch den Tod. Im Übrigen, du hattest Rieke doch auch im Meer bemerkt.«

»Nein, ich habe gesehen, wie du in die Nordsee gesprungen bist.« Er hängte sich die Kuscheldecke, die Rieke ihm zurückgegeben hatte, um und ging neben Marleen durch das leere Nordwinden. »Ich dachte, die Frau muss verrückt sein.«

Marleen warf den Kopf in den Nacken und lachte. Der süße Duft von Lübecker Marzipan, Schokobananen und Walnusseis drang aus den Naschwerk-Manufakturen zu ihr. Der Sturm wirbelte die appetitlichen Düfte herum, in einem Moment roch sie Waffeln, im nächsten Lakritz. Ihr lief das Wasser im Mund zusammen. »War ich wohl auch. Ich habe mich überschätzt. Ohne dich hätte ich Rieke nicht retten können.«

»Ich wette, du hättest das auch alleine geschafft. In Notsituationen entwickelt man mitunter eine übernatürliche Stärke.« Charmant lächelte er sie an. »Aber du hättest jemandem Bescheid geben sollen, bevor du hinterhergesprungen bist.«

»Dazu war keine Zeit. Ich hätte Rieke aus den Augen verloren. Unter Umständen wäre sie untergegangen, bevor Hilfe oder sogar die Seenotrettung eingetroffen wäre.«

Während sie die letzten Läden hinter sich ließen, wrang Marleen im Gehen ihr nasses T-Shirt aus. Dabei fiel ihr der Slip auf den Boden. Sie hatte ganz vergessen, dass sie ihn in das Oberteil gewickelt hatte. Vor Schreck blieb sie stehen. Ihre Wangen brannten, aber sie verspürte auch ein Prickeln unterhalb ihres Bauchnabels.

Finn schmunzelte, sah aber, ganz Gentleman einen Moment lang weg, bis sie das Höschen wieder versteckt hatte. Dann setzten sie ihren Weg fort. Vorwurfsvoll sagte er: »Du hast dein eigenes Leben riskiert.«

»Ja, das habe ich in Kauf genommen. Ich weiß, das war dumm, aber ich bereue es nicht.« Sie hätte sich niemals verziehen, wenn nach Arjen auch Rieke ertrunken wäre. Das hätte sie nicht verkraftet, die Schuld hätte sie erdrückt.

»Das war falsch, aber …« Er bog vor ihr zum Leuchtturm ab. »Vielleicht sollte ich das nicht sagen, denn ich will dich nicht ermutigen, noch einmal eine solche Dummheit zu machen.« Auf Höhe des *Betreten verboten*-Schilds gab er zu: »Aber ich bin auch ein bisschen beeindruckt von deinem Mut und deiner Entschlossenheit.«

Verwundert sah sie ihn an. »Ach, ja? Dann bist du genauso verrückt wie ich.«

»Scheint so.« Sein Blick wurde eindringlicher und streichelte ihr Gesicht.

Marleen verspürte ein warmes Kribbeln auf Wangen und Lippen, was sie überraschte und durcheinanderbrachte. Verlegen wandte sie sich ab. Sie war doch noch nicht einmal ganz über Edward hinweg und hatte ohnehin von Männern die Nase voll. Aber ihr Körper wischte ihr eins aus, er setzte sich einfach über ihre Vernunft hinweg und ließ ihr Herz einen Takt schneller schlagen.

Vor ihr tauchte Finn in das Kiefernwäldchen ein.

Nachdenklich folgte sie ihm. Sie wusste nicht, was sie erwartet hatte, aber keinesfalls, dass die Lorentz-Brüder so locker drauf waren wie Finn. Vielmehr hatte sie damit gerechnet, beinharten Geschäftsmännern, wie ihr Vater einer war, zu begegnen. Berechnende Kaufleute mit Pokergesichtern und eiskaltem Verhandlungssinn. Vielleicht hatte Finn ja auch zwei Seiten, ähnlich wie ihr Vater, der im Beruf zielstrebig war, aber jegliche Disziplin vergaß, wenn es ums Naschen ging.

Etwas, das sie seit dem ersten Moment gespürt hatte, brach sich Bahn. Vor dem Leuchtturm hatte sie dieses Gefühl zuerst nicht fassen können, da sie damit beschäftigt gewesen war, Rieke von einem Arztbesuch zu überzeugen. Später in Nordwinden wollte sie es nicht wahrhaben, weil sie gerade erst auf einen Mann hereingefallen war. Doch nun konnte sie es nicht länger leugnen. Finn machte sie neugierig, und er zog sie an.

Heimlich beobachtete sie ihn, während er die Tür zu seinem ungewöhnlichen Zuhause aufschloss. Mit seinem athletischen Körper, seiner natürlichen Bräune und seinem attraktiven Gesicht hätte er gut als Fotomodell für Surfer-Mode arbeiten können, in einem Büro konnte sie sich ihn dagegen gar nicht vorstellen. Seine Bewegungen waren geschmeidig, und beim Gehen schien er über dem Boden zu schweben. Warum versteckte er sich in dieser abgelegenen Ecke Möwesands? Da der Wind auf dem Plateau ungehindert auf die Schokoladeninsel traf, zog sie die Decke enger um ihre Schultern.

Als sie sich gestern über die Schokoladeninsel informiert hatte, war sie im Internet auf Fotos von den drei Lorentz-

Brüdern gestoßen. Joos war der Einzige, der stets einen dunklen dreiteiligen Anzug, ein hochgeschlossenes Hemd und eine Krawatte trug. Der Business-Look stand ihm ausgezeichnet, er passte zu seinem Typ. Es gab auch viele Bilder von Thies im Anzug, aber ohne Schlips, und er hatte stets kess die obersten Knöpfe seines Hemdes geöffnet und ein schalkhaftes Funkeln in seinen Augen.

Jetzt, wo sie darüber nachdachte, wurde Marleen erst bewusst, dass sie Finn selbst auf Geschäftsfotos nur in Jeans mit T-Shirt und Jackett gesehen hatte. Man hätte ihn für einen jungen, dynamischen Mitarbeiter eines Thinktanks halten können, für den Vertreter einer neuen Generation, die nichts auf angestaubte Strukturen und konservatives Auftreten gaben, sondern durch neue Denkansätze und Strategien die Welt veränderten. Finn schien es selbst beruflich leger zu mögen, das gefiel Marleen. Sie mochte Menschen, die entspannt durchs Leben gingen.

Als Marleen den Raum im Erdgeschoss des Leuchtturms betrat, dachte sie, wie viel passiert war, seit sie vor etwa einer Stunde durch das Fenster gespäht hatte. Es roch nach Brötchen mit Honig, und im nächsten Moment wusste sie, warum. Finns Frühstück stand unangerührt in der Küche. Ihr Magen knurrte.

»Hast du Hunger?« Finn musste sich gegen die Tür stemmen, um sie gegen den Wind zu schließen.

Marleen legte ihre Handtasche aufs Sofa. Ihr nasses T-Shirt und den darin eingerollten Slip hielt sie von sich gestreckt und hoffte, dass sie nicht auf die elfenbeinfarbenen Fliesen tropften. Nur unter dem Sofa und dem Couchtisch lag ein Teppich, dessen Azurblau Marleen an die Ägäis denken ließ. »Ich habe nicht zu Mittag gegessen.«

»Soll ich uns etwas aus dem *Klönschnak* holen?«, fragte er, nahm die Decke von den Schultern und warf sie über einen Küchenstuhl.

Marleen zeigte auf eine offene Tüte, die auf dem Herd lag. Einige Brötchen waren herausgerollt und lagen auf dem Ceranfeld. »Das würde mir reichen. Ich möchte mich später nämlich noch durch eure Manufakturen naschen.«

Plötzlich piepte ihr Smartphone mehrmals hintereinander. Sie holte es aus ihrer Handtasche und sah, dass ihr Vater vergeblich versucht hatte, sie zu erreichen. Er hatte ihr auch eine Reihe von Nachrichten geschrieben, die jetzt alle gleichzeitig ankamen. Anscheinend hatte ihr Mobiltelefon durch den Sturm keinen Empfang gehabt.

Sie überflog die Nachrichten und schrieb aufgeregt zurück: »Ich bin in Sicherheit, bei Finn Lorentz. Mach dir keine Sorgen.«

»Sehr gut.« Dann folgte ein Icon, ein nach oben gestreckter Daumen. »Du hast dir also einen Lorentz geschnappt. Ich wusste, aus dir wird eine gute Geschäftsfrau. Dann haben wir ja einen der drei nordfriesischen Bernadottes schon so gut wie auf unserer Seite. Bravo! Ich bin stolz auf dich.«

»Ist alles in Ordnung?«, fragte Finn besorgt.

Hitze kroch über Marleens Hals und stieg höher. Obwohl sie es nicht darauf angelegt hatte, Finn kennenzulernen, bekam sie Gewissensbisse. Sobald er erfuhr, dass ihr Vater ihm und seinen beiden Brüdern ein Geschäft vorschlagen wollte, würde er doch denken, sie hätte sich absichtlich an ihn herangeschmissen. Das wollte sie auf keinen Fall. Sie wollte, dass er sie mochte. »Die Tagesgäste wurden vorsorglich von der Schokoladeninsel gebracht, auch mein Vater, er hat mich gesucht.«

»Dann sitzt du wohl auf Möwesand fest.« Überraschenderweise schmunzelte er.

Gefiel ihm die Vorstellung etwa? Marleen lächelte in sich hinein. Seine Reaktion schmeichelte ihr. »Es gibt Schlimmeres. So habe ich die Naschwerk-Manufakturen ganz für mich alleine und kann nach Herzenslust schlemmen.«

»Dass die Gäste von der Insel evakuiert wurden, bedeutet leider auch, dass die Läden für heute geschlossen sind.« Er gab ihr einen Wink, dass sie ihm die Wendeltreppe hinauf folgen sollte.

Bevor Marleen ihr Smartphone ausschaltete, fiel ihr Blick auf die Nachrichten von Edward. Sie hatte sich noch nicht dazu überwinden können, seine Liebesschwüre zu löschen, obwohl sie inzwischen wusste, dass er gelogen hatte. Ein paar Wochen nach der Trennung am Valentinstag hatte sie noch gehofft, er würde es sich anders überlegen und in ihre Arme zurückkehren, doch das war nicht geschehen. Inzwischen wollte sie ihn gar nicht mehr zurück, aber es tat noch weh.

Bevor die alten Wunden ganz aufbrechen konnten, steckte sie das Mobiltelefon weg und folgte Finn. Sie staunte nicht schlecht. Die Betonstufen, die bestimmt einst unschön angemutet hatten, waren wasserblau gestrichen worden. Dadurch erinnerte die Treppe an eine Welle in Bewegung. Marleen konnte sich nicht daran sattsehen, so sehr faszinierte sie der optische Effekt. Durch das cremige Weiß an den Stahlwänden wirkte der Aufgang freundlich und hell.

Die Atmosphäre im Leuchtturm war eine ganz eigene und mit nichts vergleichbar. Durch ein kleines Fenster im ersten Stockwerk spähte Marleen hinaus auf die tanzenden Kiefern, die aussahen, als würden sie sich gemeinsam im

Takt des Sturms wiegen. In einem regelmäßigen Rhythmus wurden sie vom Lichtkegel des Leuchtturms gestreift. Das schauerliche Heulen des Windes war nicht mehr als ein Hintergrundrauschen, das Marleen kaum noch wahrnahm. Dieses Gebäude war bei Unwetter wohl der sicherste Ort auf der ganzen Schokoladeninsel.

Sie riss sich vom Ausblick los und wandte sich Finn zu. »Die Läden sind zu? Wie bedauerlich!«

»Ich habe einen Generalschlüssel«, sagte Finn vieldeutig und grinste.

Sie reichte ihm die Decke, im Leuchtturm fror sie nicht mehr. »Darf ich mir Hoffnung darauf machen, dass wir heimlich in eure Naschwerk-Manufakturen einbrechen und uns den Bauch mit einer Portion Vanilleeis mit heißen Himbeeren, mit Backpflaumen gefüllten Törtchen und Karamell-Meersalz-Schoki vollschlagen? Dass ihr das anbietet, habe ich schon gesehen, aber ich bin noch nicht dazu gekommen, etwas davon zu probieren.«

»Ja, das würde ich für dich tun, als Wiedergutmachung dafür, dass du auf Möwesand bleiben musst. Und weil du Rieke das Leben gerettet hast, darfst du dir noch reichlich Proviant für den Heimweg einpacken. Aber ich für meinen Teil …« Er räusperte sich, als hätte er plötzlich einen Frosch im Hals. »Ich esse keine Schokolade mehr.«

»Du isst keine …?« Fassungslos riss sie ihre Augen auf. »Nie?«

»Bei Schokominztee mache ich eine große Ausnahme.« Sein Lächeln wirkte verlegen. »So besonders ist das nun auch wieder nicht.«

»Sind eure Produkte so schlecht?«, fragte sie neckend.

Mit der Decke rubbelte er sich über die feuchten Haare,

die ihm wild vom Kopf abstanden, als hätte er in eine Steckdose gegriffen. »Sehr witzig.«

»Wenn man täglich damit zu tun hat, hat man irgendwann keinen Hunger mehr darauf. Ist es das?« Marleen sehnte sich danach zu duschen, aber ihr war es wichtiger, mehr über Finn zu erfahren. Er war wirklich bemerkenswert. »Oder bist du allergisch auf Laktose? Vielleicht auf Nüsse?«

Er zögerte, dann gab er zu: »Nein, das ist es nicht. Aber seit dem Tod meiner Mutter kriege ich keine Schokolade mehr runter.«

»Oh, entschuldige bitte.« Ihr war bereits aufgefallen, dass eine gewisse Melancholie in seinem Blick lag. Egal, wie locker er sich gab, es machte immer den Anschein, als würde er unsichtbares schweres Gepäck mit sich herumtragen. Jetzt wurde ihr klar, dass das Anzeichen von Trauer waren. Als sie sanft seinen Arm berührte, durchzuckte sie ein Blitz, und ihr wurde für einen Moment richtig heiß. »Ich wollte dir nicht zu nahe treten.«

»Das bist du nicht.« Lächelnd öffnete er die Tür zu einem kleinen Badezimmer. Er zeigte auf ein Regal. »Nimm dir einfach ein Handtuch. Ich koche in der Zwischenzeit Schokominztee und schaue, was der Kühlschrank für ein ausgiebiges Frühstück hergibt. Ich dusche auch, wir essen etwas, und dann sehen wir weiter. Einverstanden?«

Sein strahlendes Lächeln traf sie mitten ins Herz. »Bist du immer so nett?«

»Kommt darauf an, wen du fragst. Joos versteht mich oft nicht, weil ich so anders ticke als er, aber das ist wohl normal zwischen großen und kleinen Brüdern.« Er lachte. »Thies und ich dagegen ähneln uns, daher kommen wir gut klar. Ich brauche mehr Freiraum als andere.«

»Ich auch«, brach es aus ihr heraus. »Sperrt man mich ein, und das trifft auch auf das Korsett eines Terminplans zu, kriege ich schlechte Laune.«

»Ja, genau so ist es auch bei mir.« Überrascht musterte er sie, dann sah er sie eindringlich an. »Dann haben wir ja etwas gemeinsam, schöne Fremde.«

»Oh, Mist.« Ihr wurde bewusst, dass sie sich noch gar nicht vorgestellt hatte. Die Ereignisse hatten sich überschlagen, außerdem brachte es sie durcheinander, dass sie sich so zu Finn hingezogen fühlte. Eigentlich war sie nach der Erfahrung mit Edward doch ein gebranntes Kind. Er sieht eben nun einmal ziemlich gut aus, versuchte sie ihr Interesse an Finn herunterzuspielen, aber das funktionierte nicht. »Ich heiße Marleen.«

»Wer ich bin, weißt du ja.« Er lehnte sich ins Badezimmer hinein und warf die Decke über einen Rattankorb, in dem Marleen die Schmutzwäsche vermutete. Dabei kam er Marleen so nah, dass sie seinen Duft wahrnahm. Seine Haut war zwar inzwischen trocken, roch aber immer noch angenehm nach Meer und auch nach Mann.

Am liebsten hätte sie ihm die Salzkruste von seiner Ohrmuschel gekratzt, aber sie beherrschte sich. »Finn Lorentz, der Gentleman.«

»Meine Mutter hat mich zur Höflichkeit erzogen. Außerdem hatte ich schon ewig keinen Damenbesuch mehr, und ich verwöhne nun einmal gerne.« Seine Wangen röteten sich, als wäre ihm jetzt erst klar geworden, dass seine Worte auch zweideutig verstanden werden konnten. Rasch schloss er die Tür und ließ Marleen allein.

Als sie sich auszog, stellte sie fest, dass ihre Jeans, ihre Windjacke und ihre Schuhe von innen feucht waren, weil sie nass hineingeschlüpft war. Die Vorstellung, sie wieder anziehen zu müssen, war wenig reizvoll. Sie drehte die Hose und Jacke auf links, damit sie ausdampften, hegte aber wenig Hoffnung, dass das etwas nutzen würde.

Seufzend stieg Marleen unter die Dusche. Als heißes Wasser über ihren ausgekühlten Körper floss, seufzte sie vor Wonne. Die Wärme tat unglaublich gut. Hoffentlich würde der Sommer am morgigen Pfingstmontag zurückkehren. Sie sehnte sich nach Sonnenstrahlen, die die Sorglosigkeit aus ihr herauskitzelten und sie an Urlaube erinnerten, in denen sie mehr Zeit auf dem Meer als an Land verbracht hatte, fernab all ihrer Probleme.

Es fühlte sich komisch an, Finns Duschgel zu benutzen. Es kam ihr vor, als würde sie in seine Intimsphäre eindringen. Nachdem sie es abgespült hatte, duftete ihre Haut nach männlicher Bergamotte und exotischem Koriander mit einem Hauch von frischem Rosmarin und Basilikum. So musste Finn duften, nachdem er geduscht hatte. Das Gel hatte ein ungewöhnliches Bukett. Was sagte das über ihn aus? Dass er ungewöhnliche Dinge mochte? Wie rote Haare zum Beispiel? Während die wohlig warmen Wassertropfen Marleens Körper streichelten, dachte sie viel zu intensiv an Finn.

Sie drehte den Regler zu und trat aus der Kabine. Was hatte sie bloß dazu verleitet, in diese Richtung abzuschweifen? Dass sie sich nach körperlicher Nähe sehnte? Noch mehr vermisste sie jedoch, sich einem Mann emotional nahe zu fühlen. Mit ihm über ihren Dämon zu sprechen, den sie sonst nie erwähnte, weil sie sich für ihn in Grund und Boden schämte. Ihm so sehr zu vertrauen, dass sie ihm beichtete, wozu der Dämon sie zwang, in der Hoffnung, er würde sie danach nicht verachten. Sich ihm in jeglicher Hinsicht zu öffnen, sodass sie sich verletzlich machte, und dabei entspannt zu bleiben, weil sie sich sicher sein konnte, dass er trotz ihrer Fehler an ihrer Seite blieb. Würde sie das jemals wieder schaffen, nachdem Edward sie so verletzt hatte?

Während sie sich abtrocknete, fragte sie sich, ob sie daran glaubte, dass jeder auf der Welt einen Seelenpartner hatte. Vermutlich eher nicht. Die Menschen fanden die Vorstellung, für eine Person bestimmt zu sein, romantisch. So etwas wie Schicksal gab es jedoch nicht, weil das bedeuten würde, dass die Zeit in einer festen Bahn verlief. Marleen war jedoch der Meinung, dass sie vielmehr einer Autobahn mit zahlreichen Abfahrten glich. Je nachdem, welche Entscheidungen jedes Individuum traf, schlug der Verlauf der Zeit die eine oder die andere Richtung ein, und das hatte Einfluss auf alles andere.

Marleen war allerdings fest davon überzeugt, dass jeder Mensch nur eine große und wahrhaftige Liebe erlebte. Eine Liebe, die man niemals vergaß. Selbstverständlich war man in einem Menschenleben mehrmals verschossen in jemanden, aber nur einmal waren die Gefühle so unglaublich intensiv wie die Anziehungskraft zwischen zwei Magneten. Leider hatte Marleen das noch nie erlebt, nicht einmal bei Edward.

Plötzlich klopfte es. Finn sagte übertrieben laut, wohl weil er dachte, sie würde ihn sonst nicht verstehen: »Ich habe dir Kleidung vor die Tür gelegt.«

Wie fürsorglich! Marleen war begeistert. »Prima! Meine ist nämlich feucht.«

»Das dachte ich mir schon.« Er räusperte sich. »Aber erwarte nicht, dass meine Klamotten dir passen.«

»Alles andere hätte mich auch schockiert. Außerdem ist der Boyfriend-Look doch total angesagt.« Sie erschrak über ihre eigenen Worte und beeilte sich klarzustellen: »Nicht, dass wir beide ein Paar wären oder es darauf anlegten. So war das nicht gemeint.«

Finn lachte. »Schon klar. Wir sehen uns unten.«

Als sie ihm wenig später im Erdgeschoss begegnete, brannten ihre Wangen, aber ihr Körper kribbelte angenehm. Sie hatte im Badezimmer keinen Föhn gefunden und deshalb ihre Haare mit einem Handtuch umwickelt und zu einem Turban hochgesteckt. Sie hatte den Baumwollstoff von Finns anthrazitfarbener Jogginghose an der Taille zusammenraffen und die Ärmel seines schwarzen Hoodies mehrmals umschlagen müssen, weil beides viel zu groß war. Aber die Sachen waren flauschig und warm, nur das zählte. Sie fühlte sich unglaublich wohl darin. Dass sie darunter keine Unterwäsche trug, machte sie allerdings verlegen. Ob Finn wohl daran denken würde, wenn er die Kleidungsstücke später wusch?

»Rentiersocken mit Noppen?«, frotzelte sie und lenkte damit Finns Aufmerksamkeit auf ihre Füße.

Er brachte zwei Gläser und eine Karaffe mit Wasser zum Couchtisch und sagte amüsiert: »Das sind die dicksten Socken, die ich besitze. Ich habe es nur gut mit dir gemeint.«

»Hast du sie dir selbst gekauft?« Spöttisch zog sie eine Augenbraue hoch. Sie ließ sich auf das meergrüne Sofa fallen.

Während er ein kleines Glas mit in Rum eingelegten Kluntjes neben die Glaskanne stellte, schüttelte er den Kopf. »Eine Freundin hat sie mir letztes Weihnachten geschenkt.«

Marleen spürte einen Hauch von Eifersucht. Hinter ihrem

Rücken zwickte sie sich in die Hand, um sich zur Vernunft zu bringen. »Spricht das nun für oder gegen sie?«, fragte sie heiter.

Finn lachte und schaltete das Licht der Dunstabzugshaube aus. Doch dann runzelte er die Stirn, sah sich im Erdgeschoss um und knipste das Lämpchen über dem Herd wieder an, wohl weil es ihm sonst zu dunkel war. »Ich habe die Socken noch nie angehabt. Du kannst sie behalten. Ein Andenken an diesen sonderbaren Junitag heute.«

Erleichtert atmete sie aus, offenbar legte er keinen Wert auf das Geschenk. Finn hegte anscheinend keine romantischen Gefühle für seine Freundin. Das sollte sie nicht interessieren, tat es aber. Sie erkannte sich selbst kaum wieder. Gestern hatte sie noch Edward hinterhergetrauert, und heute schien Finn ihr Herz im Sturm zu erobern. »Welch ein eigenartiges Pfingstwochenende«, murmelte sie.

»Wie meinst du das?« Neugierig sah er sie an.

Eine unangenehme Stille trat ein. Draußen pfiff noch immer der Wind. Wenn Marleen genau hinhörte, konnte sie das Tosen der Wellen, die gegen den Hügel schlugen, hören. Ihr kam der schaurige Gedanke, dass der Wassergott Neptun wütend war und vor dem Leuchtturm tobte, weil Finn und sie ihm Rieke Knuten entrissen hatten.

In diesem Moment wollte sie Finn auf keinen Fall von der Flaschenpost erzählen. Vielleicht später, wenn sie sich dazu entschied, ihn zu fragen, was er von der ominösen Nachricht hielt. Womöglich würde sie ihn sogar um Hilfe bitten, aber noch war sie nicht bereit dazu. Sie lenkte vom Thema ab, indem sie sich über den Bauch rieb. »Ich könnte sterben vor Hunger.«

Er zeigte auf den Couchtisch. Darauf standen ein Holztablett mit geschmierten Brötchen, liebevoll dekoriert mit eingelegten Silberzwiebeln und Maiskölbchen, zwei kleinen Schalen mit Cocktailtomaten und in Scheiben geschnittener Schlangengurke sowie einem Kännchen Tee auf einem Stövchen. »Bediene dich schon mal. Ich springe nur schnell unter die Dusche, sonst fragst du nachher noch, was hier nach feuchtem Hund riecht.«

Marleen lachte schallend. »Du hast meinen Humor.«

Kapitel 4

Marleens schlechtes Gewissen wog schwer, als sie den Leuchtturm durchsuchte, während Finn duschte. Aber sie konnte nicht anders, sie musste einfach herausfinden, ob sich ein Hinweis auf den Schreiber der Flaschenpost im Leuchtturm fand oder darauf, dass solch eine schreckliche Tat jemals stattgefunden hatte.

Mehr noch als das wollte sie allerdings einfach ausschließen, dass Finn etwas mit der mysteriösen Sache zu tun hatte. Sie mochte ihn. In Hamburg hätte er ein Freund sein können. Vielleicht würde er das ja noch werden. Die Weichen standen gut.

Unglücklicherweise wäre es ein Leichtes, eine Flasche mit einem Hilferuf aus einem der oberen Fenster ins Meer zu schleudern. Dafür brauchte man das Gebäude nicht einmal verlassen. Man müsste weit werfen, das schon. Falls es schiefging, würde die Flasche auf die Wiese vor dem Eingang des Turmes fallen und sofort bemerkt werden. Aber mit dem richtigen Schwung wäre es durchaus möglich, sie in die Nordsee zu katapultieren.

Marleen entdeckte kleine bezaubernde Räume mit runden Wänden, die einen ganz eigenen Charme besaßen. Finn hatte die Wände und Decken nicht begradigen oder verkleiden lassen, sondern sie bloß cremeweiß gestrichen und Parkett im Fischgrätenmuster eingezogen. Es wurde Marleen bald klar, dass er sich bemüht hatte, das ursprüngliche, robuste Aussehen des Leuchtturminneren zu erhalten und ihn trotzdem wohnlicher zu gestalten.

In seinem Schlafzimmer ertappte sie sich dabei, wie sie an seinem Kopfkissen roch. Es duftete dezent nach Finn, nur nach ihm, da war keine Spur von Bergamotte, Koriander oder Kräutern. Seine Bettwäsche zeigte ein Motiv mit Pazifischen Austern, die an riesigen Felsen hingen, die bis ins Meer hineinragten. Während der Sonnenuntergang die Abendszene goldgelb färbte, wurden die Austern von sanften Wellen umspült. Das war kein Motiv für jedermann. Finn schien seine Wahlheimat Nordfriesland sehr zu lieben. In seinem französischen Bett, das so rund war wie der Leuchtturm selbst, schlief er anscheinend allein. Im Bad hatte sie auch nur eine Zahnbürste gesehen.

Er hatte von seinem Kleiderschrank zu seinem Regal eine blaue Wäschekordel gespannt und daran mit weißen Klips Schnappschüsse von Feierlichkeiten aufgehängt. Auf den Bildern waren seine Familie und seine Freunde zu sehen, manchmal auch er selbst.

Auf einem der Fotos blickte er von unten herauf in die Kamera und lächelte halb verlegen und halb verschmitzt. Es musste vor dem Tod seiner Mutter aufgenommen sein, denn er wirkte deutlich jünger. Er schien unbekümmert und hatte eine atemberaubend attraktive Ausstrahlung. Marleen starrte bestimmt eine Minute lang auf das Bild. Sie musste dringend zurück ins Erdgeschoss, doch sie konnte ihren Blick einfach nicht von ihm losreißen. Wenn er so lächelte wie auf dem Foto, bekam sie weiche Knie.

Er war kein Schönling ohne Ecken und Kanten, sein Haaransatz verbarg eine Narbe, und seine rechte Augenbraue wölbte sich weiter nach oben als die linke. Dadurch sah es so aus, als würde er die rechte die ganze Zeit hochziehen, was nicht spöttisch, aber schelmisch wirkte. Marleen fand seine kleinen Makel charmant, sie machten ihn nahbar.

Sein Kleidungsstil und sein Verhalten hatten etwas Uneitles. War er sich seines guten Aussehens denn gar nicht bewusst? Oder gab er nicht viel darauf? Vielleicht interessierten ihn solche Sachen seit dem Tod seiner Mutter nicht mehr. Marleen wollte Finn näher kennenlernen und herausfinden, wie er wirklich tickte. Zudem wünschte sie sich, sie könnte ihm helfen, diese Melancholie in seinem Blick zu verlieren und wieder der unbeschwerte junge Mann auf dem Foto zu sein, der mit der Kamera flirtete.

Eine Erinnerung stieg in Marleen auf. Im Frühjahr hatte sie mit ihren Eltern im Restaurant einer bekannten Fernsehköchin zu Mittag gesessen. Sie teilte ihren Eltern mit, dass sie jetzt wegmüsste, weil Helga Leindecker auf sie wartete, und stand auf.

Da meinte ihre Mutter vorwurfsvoll: »Du hast ein Helfersyndrom.«

»Du sagst das in einem Ton, als wäre es schlimm, dabei ist es doch etwas Gutes.« Marleen setzte sich wieder hin, um keine Aufmerksamkeit zu erregen. »Zu helfen, meine ich.«

Ihre Mutter hielt den Kopf aufrecht und artikulierte jedes Wort, als würde sie auf einer Bühne sitzen. »Wenn du so weitermachst, wird man dich ein Leben lang ausnutzen.«

Hilfesuchend sah Marleen ihren Vater an, doch der gab ihr mit seinem Schweigen zu verstehen, dass er mit seiner Ehefrau einer Meinung war. »Ich fühle mich gut, wenn ich für Frau Leindecker einkaufen gehe. Erinnerst du dich überhaupt an sie? Das ist die alte Dame, die ich vor dem Supermarkt kennengelernt habe. Ihr war die Einkaufstasche gerissen, und alle Lebensmittel rollten über den Bordstein. Sie war völlig fertig mit den Nerven und erschöpft.«

»Das war lobenswert von dir, aber du hättest es dabei belassen sollen.« Würdevoll nippte ihre Mutter an ihrem Glas Champagner. »Jetzt erledigst du ihre Arbeit, und sie bezahlt dich nicht einmal dafür.«

»Ich würde ihr Geld auch nicht annehmen«, stellte Marleen klar. »Außerdem lädt sie mich regelmäßig zu selbst gebackenem friesischem Käsekuchen mit Pflaumenmus ein.«

»Backen kann sie, aber einkaufen nicht?«, erwiderte ihre Mutter schnaubend. Dann warf sie ihrem Mann einen missbilligenden Blick zu, weil er die Diskussion nutzte, um sich ein Dessert zu bestellen, bevor sie ihn davon abhalten konnte. Sie wandte sich wieder an ihre Tochter: »Du könntest mit deiner Zeit Besseres anfangen.«

»Das sehe ich anders.« Marleen lächelte, um ihrer Mutter zu demonstrieren, wie zufrieden sie mit ihrer Vereinbarung mit Frau Leindecker war. Seit einem halben Jahr fuhr sie einmal wöchentlich für sie zu einem großen Discounter und kaufte für die alte Frau ein. »Ich kriege zwar keinen einzigen Euro, aber ich fühle mich durch den Freundschaftsdienst gut. Siehst du, ich gehe keineswegs leer aus. Außerdem muss man nicht aus allem stets einen Nutzen ziehen.«

»Du musst noch viel lernen. Tut mir leid, wenn ich belehrend klinge. Das mochte ich bei meinen Eltern früher auch nicht. Aber als ich in deinem Alter war, wusste ich schon lange, dass sie mit allem recht hatten. An den Punkt wirst du auch noch kommen.« Ihre Mutter legte ihr Besteck auf den Teller und schob diesen von sich fort, obwohl noch viel von dem Ceviche vom Wolfsbarsch übrig war. Sie aß stets nur die Hälfte des Essens, das sie serviert bekam, weil sie unter allen Umständen schlank bleiben wollte. »Du machst die Welt auch nicht zu einem besseren Ort, wenn du jede Schnecke von der Straße holst und ins Grüne setzt.«

»Aber ohne mich wäre sie gestorben.« Marleens Gelassenheit bröckelte.

»Es ist bloß eine Schnecke«, zischte ihre Mutter.

»Jedes Leben ist wertvoll«, erwiderte Marleen und zog nun doch die Blicke der anderen Restaurantgäste auf sich.

»Du bist schrecklich verbohrt, weißt du das eigentlich?« Aufgebracht wischte ihre Mutter mit ihrer Hand durch die Luft und beendete mit dieser herrischen Geste die Diskussion.

Ein Vierteljahr nach diesen Spannungen stieg Marleen in Finns Leuchtturm die Treppe bis ganz hinauf und befürchtete, dass sie ihm nicht so leicht helfen konnte wie Helga Leindecker. Bei ihm ging es nicht um etwas Banales wie Einkaufen, sondern um Trauerbewältigung.

Von ganz oben konnte sie über weite Teile der Schokoladeninsel sehen und auf das nordfriesische Wattenmeer hinausspähen. Schnell zogen die Wolken über Möwesand hinweg. Wahrscheinlich würde der Regen anderswo niedergehen. Der Sturm war nicht schlimmer geworden, anscheinend bekamen sie tatsächlich bloß die Ausläufer mit. Marleen wünschte sich, der Wind würde noch eine Weile wüten, damit sie länger bleiben durfte. Sie wollte nicht so bald weg. Aus einem unerfindlichen Grund hatte sie das Gefühl, dass das Beste ihres Aufenthalts auf der Schokoladeninsel noch vor ihr lag.

Mit glühenden Wangen eilte sie zurück ins Erdgeschoss. Sie hatte nichts gefunden, das gegen Finn sprach. Ihr fiel ein Stein vom Herzen.

Gerade als Marleen sich auf das meergrüne Sofa gesetzt hatte, kam er die Treppe herunter. Zu ihrer Überraschung trug er eine schwarze Chinohose und ein weißes kurzärmeliges Hemd mit schwarzen Knöpfen. Er sah immer noch leger aus, aber auf eine coole Art und Weise. Warum hatte er sich nicht für frische Bermudashorts und einen neuen Kapuzenpullover entschieden?

»Es tut mir leid, wenn ich dir deine Jogginghose weggenommen habe«, sagte sie.

»Oh, ich hätte noch eine.« Er zwinkerte und nahm in einer einzigen fließenden Bewegung neben ihr Platz. Da die Couch nur zwei Sitze hatte, saßen sie unmittelbar nebeneinander. Er hatte Aftershave aufgetragen, es duftete nach Abenteuer.

Sie sah an sich herab und kam sich schäbig vor, obwohl es ja seine Klamotten waren, die sie trug, bloß dass sie an ihr hingen wie Säcke. »Im Vergleich zu dir komme ich mir hoffnungslos underdressed vor.«

»Keine Sorge, du siehst hübsch aus.« Flüchtig berührte er ihre Schulter.

Fand er das wirklich? Ein Lächeln stahl sich auf ihre Lippen. »Warum hast du dich dann so angekleidet, als wäre das hier ein Date?«

»Ein Date?« Seine Wangen röteten sich. Erst sah er erschrocken aus, als hätte sie seine Gedanken gelesen, dann grinste er frech.

Mit leicht zitternden Händen goss sich Marleen Tee ein. Hoffentlich bemerkte er nicht, dass sie noch etwas außer Atem von ihrem Sprint durch das Treppenhaus war. »Das sollte ein Kompliment sein. Tut mir leid, wenn das schräg rüberkam.«

»Putzt man sich nicht heraus, wenn man Besuch hat?« Er hielt ihr das Glas mit Kluntjes hin.

Dankend nahm sie es an. Dabei streiften sie seine Finger, worauf Marleen erschauerte. »Doch, schon, ja, aber nicht, wenn der Gast einer Vogelscheuche gleicht.«

»Findest du meine Klamotten so scheußlich?« Er lehnte sich zurück und blinzelte sie an.

»Himmel, nein«, brach es aus ihr heraus. »So war das doch nicht gemeint.«

Er lachte. »Das dachte ich mir schon. Ich wollte dich bloß aufziehen. Du hast ja noch gar nichts gegessen.«

»Ich wollte auf dich warten.« Ihre Stimme klang belegt, wie immer, wenn sie flunkerte. Hektisch gab sie ein Kluntje und zwei Teelöffel Rum in ihr Heißgetränk.

»Das war lieb von dir, aber das hättest du nicht zu tun brauchen. Greif endlich zu!« Er reichte ihr das Tablett. »Bitte.«

»Wie ist es so, in einem Leuchtturm zu leben?« Ihr Magen knurrte laut, als sie ein Käsebrötchen nahm und genüsslich hineinbiss.

»Das ist der coolste Ort, den man sich vorstellen kann«, sagte er fröhlich und stellte das Tablett ab. »Hier kann mir das Wetter nichts ausmachen. Ich bin geschützt vor Kälte und Stürmen, aber auch vor Hitze.«

Als sie mit Tee nachspülte, erlebte sie eine wahre Geschmacksexplosion. Schokolade und Pfefferminze trafen auf süßen Rum. Einfach köstlich! »Ich dachte auch schon, dass ich mich bei dem tosenden Wind da draußen nirgends sicherer fühle als hier.«

»Man muss natürlich der Typ dafür sein.« Während er Wasser in die bereitgestellten Gläser goss, sagte er: »Abgesehen vom Erdgeschoss sind alle Räume klein, man muss täglich viele Treppenstufen steigen, und die Möbel passen alle nicht so recht, weil es keine Ecken gibt. Aber ich möchte nirgendwo anders wohnen als hier.«

»Das klingt nach großer Liebe.« Kaum schlossen sich Marleens Lippen um den warmen Rand ihrer Tasse, da fragte sie sich, wie wohl Finns Küsse schmeckten. Vielleicht frisch wie Minze? Machten sie süchtig wie Schokolade oder trunken wie Rum? Verlegen stellte sie die Tasse wieder weg, ohne auch nur an der Flüssigkeit genippt zu haben. »Ich kann das nachvollziehen. Ein Leuchtturm hat seinen ganz eigenen Zauber.«

Sachte stellte Finn die Karaffe zurück auf den Tisch. »Ich habe meinen Platz gefunden, hier will ich bleiben.«

»Bedeutet das, dass deine Ehefrau auf die Schokoladeninsel ziehen muss?« Sie aß weiter und spitzte die Ohren.

Mit neckisch funkelnden Augen scherzte er: »Mich gibt's nur mit Leuchtturm.«

»Viel Spaß beim Suchen«, frotzelte sie. »Es könnte schwierig werden, eine Partnerin zu finden. Nicht jede Frau kann auf einer Insel glücklich werden, weit weg von ihrer Familie und ihren Freunden und Freizeitmöglichkeiten wie Fitnessstudios, Kinos oder Clubs. So ein gusseiserner Turm hat zudem einen rustikalen Charme, und man steht mit ihm zusammen bei Unwetter an vorderster Front. Das kann beängstigend sein.«

»Du könntest hier leben. So schwer ist es also gar nicht.« Mit einem verträumten Lächeln verspeiste er in Windeseile eine Brötchenhälfte mit hauchdünn geschnittenem Putenfleisch.

Marleen riss ihre Augen auf und bemerkte dann erheitert: »Wow, die Portion hast du ja förmlich inhaliert.«

»Ich habe einen Bärenhunger. Übrigens mag ich es, wenn Frauen gut essen. Also hau rein! Nur keine falsche Scham.« Demonstrativ schob er das Tablett in ihre Richtung.

»Erwartest du jetzt, dass ich dieses Käsebrötchen in mich hineinstopfe, um dir zu gefallen?«, erwiderte sie. Sie flirtete mit ihm, innerlich wunderte sie sich jedoch. Das erste Mal nach der Trennung von Edward fühlte sie sich wieder wie die alte Marleen, sie war wieder sie selbst. Ohne es zu ahnen, zeigte Finn ihr, dass sie mehr über ihren Ex-Freund hinweg war, als sie bisher gedacht hatte. Sie hatte bereits Edwards Ring in die Nordsee geworfen. Wenn sie noch etwas mehr Zeit mit Finn verbrachte, würde sie es höchstwahrscheinlich auch bald schaffen, Edwards Handynachrichten zu löschen. Darum machte sie es sich gemütlich, zog die Beine an und kuschelte sich an die Rückenlehne.

»Ich hoffe es sehr«, sagte er mit weicher Stimme, was ihr Herz höher schlagen ließ. Einen Atemzug später fügte er jedoch hinzu: »Die Semmeln, wie Anne – das ist Joos' Freundin aus Bayern – sie nennt, müssen schließlich weg. Sie sind alle schon geschmiert. Man kann sie nicht mehr lange aufbewahren.«

Das war nicht die Reaktion, die Marleen erhofft hatte. Sie ließ sich ihre Enttäuschung nicht anmerken und nahm eine Kirschtomate. Die leuchtend rote Schale schimmerte immer noch feucht, weil Finn sie anscheinend vor dem Servieren gewaschen hatte. »Warum machst du eigentlich keine Führungen? Die bietet doch fast jede Gemeinde mit Leuchtturm an.«

»Dann müsste ich ja aufräumen«, spaßte er. »Nein, ernsthaft. Warum sollte ich fremden Menschen mein Schlafzimmer zeigen?«

»Du hast recht.« Sie rollte die Tomate zwischen Zeigefinger und Daumen hin und her.

Er schnippte gegen die aufgenähten Pompons auf ihren Socken, die die roten Nasen der Rentiere darstellten. »Ich könnte dir ein bisschen was erzählen, wenn du es hören möchtest.«

»Gerne.« Sie schob sich die Tomate in den Mund. Als sie die knackige Schale zerbiss, verteilte sich der mild-säuerliche Geschmack auf ihrer Zunge. Das Fruchtfleisch war süßer, als sie erwartet hatte, köstlich.

»Der Möwesander Leuchtturm wurde 1910 erbaut. Das war kurz nach der Fertigstellung der Leuchttürme von Pellworm, Hörnum auf Sylt und Westerhever auf der Halbinsel Eiderstedt, wo übrigens auch das beliebte Seebad St. Peter-Ording liegt.« Finn breitete die Arme aus und zeigte theatralisch mal hier- und mal dorthin. »Er steht auf fast 130 Eichenpfählen. Jeder davon wurde bis zu einer Tiefe von vierzehn Metern in den Boden eingelassen, damit die Konstruktion stabil ist und das schwere Gebäude tragen kann.«

»Den perfekten Singsang eines Reiseführers hast du jedenfalls drauf«, warf Marleen begeistert ein und saugte jede Information wissbegierig auf.

»Das Bauwerk ist etwa vierzig Meter hoch und hat 140 Stufen. Es besteht aus gusseisernen Elementen, die aufeinandergesetzt wurden und einen immer kleineren Durchmesser haben, sodass es sich nach oben hin verjüngt.«

»140 Stufen?«, wiederholte sie erstaunt. Kein Wunder, dass sie außer Atem gewesen war, nachdem sie das Gebäude in Rekordzeit durchsucht hatte.

»Jetzt weißt du, warum ich Waden wie ein Bergsteiger

habe«, witzelte Finn. »Der Turm hatte von Anfang an ein modernes Leuchtfeuer.«

Marleen drehte sich weiter zu ihm und legte ihren Arm auf die Rückenlehne. Ihre Hand war dadurch nur Millimeter von Finns Rücken entfernt. Das war nicht beabsichtigt gewesen, aber sie hatte auch nicht vor, etwas daran zu ändern. »Was soll das heißen?«

»Es wird elektrisch betrieben und ist automatisiert. Der Leuchtturm gehört zwar Joos, Thies und mir, doch er wird vom Wasser- und Schifffahrtsamt gesteuert und fernüberwacht. Das hat seinen Sitz in Tönning. Ich stehe in engem Kontakt zu den Mitarbeitern und bin sozusagen der Leuchtturmwärter auf Abruf, falls Probleme auftauchen, die sofort von jemandem vor Ort behoben werden müssen.« Finn riss seine Arme hoch. »Vorausgesetzt, es braucht keinen ausgebildeten Fachmann. Ich habe nämlich bloß eine Einweisung bekommen.«

Marleen konnte nicht aufhören, ihn zu necken. »Also bist du sozusagen der Mann fürs Grobe?«

»Das klingt, als wäre ich ein Auftragskiller«, sagte er belustigt.

Kess wackelte Marleen mit ihren Zehen, was wirkte, als würden die Rentiere auf ihren Socken ihn auslachen. »Aber diese niedlichen Strümpfe kratzen an deinem harten Image.«

»Darum habe ich sie dir geschenkt, dir stehen sie auch besser.« Während er einen Schluck Tee nahm, grinste er sie über die Tasse hinweg an. »Scherz beiseite, mir ist egal, ob man mich für hart oder zart hält. Ich bin einfach ich.«

»Wie sympathisch! Ich wünschte, ich könnte das von mir sagen.« Inzwischen war jegliche Anspannung von ihr abgefallen. Der Stress, hervorgerufen durch die Erwartungshaltung ihrer Eltern, die schmerzhafte Erinnerung an Arjens Tod, ihren Liebeskummer, den Fund der schaurigen Flaschenpost und Rieke Knutens dramatische Wasserrettung, war weg. Sie fühlte sich auf wundervolle Art und Weise ermattet. Draußen vor den Fenstern stürmte es noch immer, nur wenig Licht drang in den Leuchtturm. Es brannten bloß die Kerze im Stövchen und die Lampe der Dunstabzugshaube, was eine heimelige Atmosphäre schuf. Zudem kümmerte sich Finn rührend um sie. »Hier ist es total gemütlich. Ich fühle mich unglaublich wohl bei dir. Mir kommt es so vor, als würden wir uns schon lange kennen.«

»Wir sind ja auch auf einer Wellenlänge.« Als er mit seinen Händen die Kante des Sitzes umfasste, lag seine linke direkt neben Marleens Knie.

»Apropos Wellen.« Während ihr Bein heiß wurde und sie sich fragte, ob Finn einen Vorstoß wagen und sie jeden Moment berühren würde, zeigte sie zu den drei farbenfrohen Surfbrettern, eine ungewöhnliche Dekoration für ein Wohnzimmer. »Ich surfe auch.«

Seine Augen wurden groß. Er griff nach einem weiteren Brötchen, nicht nach ihrem Oberschenkel. Begeistert fragte er: »Wirklich?«

»Ich arbeite bei einer Wassersportschule am Hohendeicher See in Hamburg. Vielleicht kennst du ihn ja unter dem Namen Oortkatener See, so wird er auch genannt.« Genießerisch knabberte sie an einer dünnen Scheibe Schlangengurke.

»Nein, tut mir leid«, antwortete er zwischen zwei Bissen.

»Es ist auch bloß ein künstlich angelegter Badesee, kein Vergleich zur Nordsee. Er liegt im Stadtteil Ochsenwerder in den Marschlanden direkt hinterm Elbdeich. Wirklich idyllisch, ich bin gerne da. Früher wurden an der Stelle Klei und Kies für den Deichbau abgebaut.« Sie zupfte ein Stück Käse von ihrem Brötchen ab, steckte es in den Mund und ließ es sich auf der Zunge zergehen. »Ich weiß gar nicht, ob dich das alles überhaupt interessiert. Jedenfalls gebe ich auf dem Baggersee unter anderem Kurse im Kitesurfen und Stand-Up-Paddling.«

»Und das sagst du erst jetzt? Das finde ich toll.« Seine Augen strahlten. »Ich jobbe auch bei einer Surfschule, auf Sylt«, erklärte er und lächelte sie an.

Als er Marleen den Namen der Schule nannte, staunte sie nicht schlecht. »Bei denen habe ich auch mal Kurse belegt, damals als Anfängerin im Urlaub. Und dafür hast du neben deiner Arbeit in eurem Familienunternehmen noch Zeit?«

»Seit dem Tod meiner Mutter vor drei Jahren nehme ich mir eine Auszeit.« Nachdenklich drehte und wendete er das Wasserglas in seiner Hand hin und her. »Was unser Unternehmen betrifft, ist Joos der findige Stratege und Thies der strahlende Pressesprecher. Früher entwickelte ich mit meinem Team neue Produkte, ich bin ausgebildeter Chocolatier. Das war und ist schwierig, weil es bereits fast alles auf dem Markt gibt, aber genau diese Herausforderung hat mich gereizt.«

»Du hörst dich an, als würdest du deine Arbeit vermissen.« Sie sprach leise und sanft.

»Tue ich auch. Ich lieb es, kreativ zu sein, aber …« Er zögerte, stellte das Glas ab und fuhr sich dann seufzend mit der Hand durchs Haar. »Ich will ehrlich sein. Es ist eine Frage in Bezug auf meine Familie aufgetaucht. Ich muss erst die Antwort auf sie finden, bevor ich in die Entwicklungsabteilung zurückkehren kann.«

Marleen goss sich Schokominztee nach und füllte auch seine Tasse. »Das klingt spannend.«

»Na ja, es zerrt eher an meinen Nerven, daher lass uns bitte das Thema nicht weiter vertiefen.« Entschuldigend lächelte er, verteilte Kluntjes und goss jeweils einen guten Schuss Rum in die beiden Tassen. »Thies und Joos beschäftigt die Familienangelegenheit ebenso wie mich, aber sie arbeiten trotzdem weiter. Ich kann das nicht. Seither gelte ich wohl als Rebell der Familie Lorentz.«

»Und ich bin das schwarze Schaf meiner.« Marleen nahm den Handtuchturban vom Kopf, ihre roten Haare ergossen sich über ihre Schultern. Dann hielt sie Finn ihre Tasse hin, und sie verbrüderten sich, indem sie mit beschwipstem Tee anstießen. Sie nahm einen Schluck. »Meine Eltern wissen nicht, dass ich mich mit Surfkursen über Wasser halte. Sie denken, ich studiere *Internationale Betriebswirtschaft* an einer Hamburger Business School, aber ich habe im Februar das Studium abgebrochen, und selbst im Jahr davor bin ich nur noch unregelmäßig zu den Vorlesungen gegangen.«

»Tut mir leid, aber du und mausgraue konservative Kostüme?« Skeptisch musterte Finn sie von oben bis unten. »Das kann ich mir bei dir beim besten Willen nicht vorstellen.«

»Ich auch nicht.« Marleen lachte. Es tat gut, mit jemandem darüber zu sprechen, der sie verstand. Ihre Freundinnen taten das nicht. Sie strebten alle danach, so erfolgreich zu werden wie ihre Eltern. Ihre Sorge, den gehobenen Lebensstandard nicht halten zu können, war groß. Marleen dagegen brauchte nicht viel Geld, um glücklich zu sein, sondern eine Arbeit, die sie erfüllte, und Menschen, die ihr guttaten, wie Finn. »Langweilige Aktienkurse und stickige Büroluft sind nichts für mich. Nach dem Abitur habe ich ein ökologisches Jahr gemacht. Eine tolle Erfahrung! Meine Eltern waren erst wenig begeistert, unterstützten mich dann aber doch, weil ich den ökologischen Freiwilligendienst im Naturzentrum Nes absolvierte. Das befindet sich auf der westfriesischen Insel Ameland im niederländischen Wattenmeer. Du musst wissen, dass mein Vater in Den Haag geboren wurde. Ihm gefiel, dass ich Zeit in seiner alten Heimat verbrachte. Ich bin in Deutschland aufgewachsen, wir leben in Hamburg.«

»Warum hast du dich trotzdem für das BWL-Studium entschieden?«, fragte Finn, während er ihr das Tablett hinhielt.

Diesmal wählte sie ein Brötchen mit Brie. Ihr lief das Wasser im Mund zusammen. »Weil meine Eltern es so wollten. Ich weiß, dass das lahm klingt, aber sie haben mich so lange bedrängt, bis ich nachgegeben habe. Ich weiß, ich hätte mich dagegen wehren sollen. Aber die beiden sind wie zwei Herdenschutzhunde, die mich so lange anbellen, bis ich in die gewünschte Richtung gehe, nur damit sie endlich Ruhe geben.«

»Bis vor Kurzem wussten Joos und Thies nicht, dass ich Surfkurse gebe. Ich habe es verheimlicht, weil ich dachte, sie würden es nicht gutheißen. Schließlich wollen sie, dass ich bei den Gebrüdern Lorentz mitwirke.« Nachdenklich rieb sich Finn übers Kinn. »Vielleicht sollte ich das nicht ausplaudern, aber der Umsatz unserer Flensburger Fabrik sinkt, die Konkurrenz hat mächtig aufgeholt. Als mein Vater Hauke ins Schokoladengeschäft einstieg, war er der Einzige in Deutschland, der außergewöhnliche Geschmackssorten und ungewöhnliche Schokoladenfiguren anbot, doch das ist schon lange vorbei. Ohne dieses Alleinstellungsmerkmal wird es schwer zu retten, was er mit viel Herzblut aufgebaut hat. Joos und Thies sind der festen Meinung, ich könnte mit meinen kreativen Ideen verhindern, dass der Stern der Schokoladenfabrik ganz sinkt, aber ich bin mir da nicht so sicher. Jetzt verstehst du den Druck, unter dem ich stehe.« Er verzog das Gesicht. »Als ich ihnen beichtete, dass ich als Surflehrer jobbe, haben sie mir zu meiner eigenen Überraschung nicht den Kopf abgerissen, sondern sich redlich bemüht, mich zu verstehen. Sie haben erkannt, dass es mein Leben ist und ich für mich selbst bestimmen muss. Sie wollen zwar weiterhin, dass ich in Flensburg mitarbeite, aber eins wollen sie noch mehr.« Finn winkelte sein Bein an, sodass nur noch ein Blatt Papier zwischen sein Knie und Marleens Oberschenkel passte. »Dass ich glücklich bin.«

»Wie lieb von ihnen!« Marleens Augen wurden feucht. Sie wünschte, sie hätte auch Geschwister. In diesem Moment vermisste sie ihren Bruder Arjen mehr denn je. Sie hätten einander dabei unterstützen können, sich gegen ihre dominanten Familien durchzusetzen.

»Mir fiel eine Last von den Schultern, weil die Heimlichtuerei mir zugesetzt hat. Dass ich beruflich eine Pause einlege, heißt nicht, dass ich die Gebrüder Lorentz hinter mir gelassen habe. Meine Brüder haben mir versichert, dass die Tür für mich immer offen steht, und sie mir die Entscheidung überlassen, wann ich wieder hindurchgehen werde.« Sanft berührte er ihren Unterarm, dort wo kein Stoff ihre Haut bedeckte. »Auch für dich wird der Moment der Wahrheit kommen, und wenn du deinen Eltern reinen Wein eingeschenkt hast, wirst du dich gut fühlen, das verspreche ich dir.«

Marleen versank in Finns blauen Augen. »Hoffentlich. Ich möchte lieber, dass mir der Wind um die Nase weht und direkt neben mir die Vögel zwitschern, als in einem Büro bei künstlichem Deckenlicht und stickiger Luft dahinzuvegetieren.«

»Ich bin ganz deiner Meinung.« Als Finn sie losließ, streichelte er dabei wie zufällig über ihren Handrücken.

Marleen fragte sich, ob er das absichtlich getan hatte.

Ihr fiel sein Earcuff ein, der in ihrer Windjacke im Badezimmer war. Erneut rang sie mit ihrem inneren Dämon. Finn war so nett zu ihr, sie wollte ihm seinen Ohrschmuck ja zurückgeben. Es war nicht rechtens, ihn zu behalten. Sie hatte ihn zwar nicht gestohlen, sondern auf der Wiese vor dem Leuchtturm gefunden, dennoch wäre Dr. Pfeiffer enttäuscht von ihr, wenn sie das Fundstück behalten würde. Es gehörte ihr nicht.

Aber Finn schien die Silberklemme nicht zu vermissen, und Marleen brauchte etwas, um diesen schönen Moment festzuhalten, Glück war so vergänglich wie ein Regenbogen. Seit Arjens Tod fiel es ihr so verdammt schwer loszulassen, denn sie befürchtete, sie könnte nie wieder solch ein Glück erleben. War etwas fort, war es unwiederbringlich verloren, das hatte der Tod ihres kleinen Bruders sie gelehrt.

Als sie über ihren eigenen Schatten gesprungen war und Edwards Ring in die Nordsee geworfen hatte, um mit ihrem Ex-Freund abzuschließen, hatte sich das nur vorübergehend gut angefühlt. Schon kurz darauf hatte sie es bereut und den Ring gesucht, aber im Meer nicht wiederfinden können. Ihre Sehnsucht und die Gewissheit, dass der Verlust endgültig war, setzten ihr zu. Das wollte sie nicht noch einmal erleben. Hatte sie Finn erst einmal seinen Earcuff zurückgegeben, gab es kein Zurück mehr.

Bald würden sie auseinandergehen, und die kleine Silberklemme war das Einzige, das Marleen an diesen romantischen Nachmittag mit ihm erinnern würde. Aber sie fühlte sich wirklich schlecht, Finn hatte es nicht verdient, dass sie ihm ihren Fund vorenthielt. Hatte sie die Kraft, sich gegen ihren inneren Dämon zu wehren? Oder würde er einmal mehr gewinnen und sie am Ende des Tages Finns Earcuff in ihre Holzschatulle zu all den anderen Erinnerungsstücken legen?

Eine Weile fachsimpelten sie und Finn über die Vorzüge und Nachteile spezieller Surfbretter und Hersteller. Sie lachten viel über ihre Anfängerfehler und über Stürze nach waghalsigen Sprüngen. Fasziniert lauschte sie Finn, als er berichtete, dass er schon vor der Küste des portugiesischen Küstenortes Nazaré auf den berühmten Monsterwellen geritten war. Und Marleen überraschte ihn damit, dass sie bereits das Beachbreak-Biest *La Gravière*, die heftige Welle im französischen Hossegor, berühmt-berüchtigt wegen ihrer Aufprallhärte, bezwungen hatte.

Während sie so dasaßen, schien der Raum um sie herum stetig kleiner zu werden und sie sich näher zu kommen. Sie tranken zwei Kannen Tee und eine Karaffe mit Wasser. Das Tablett mit den Brötchen wurde immer leerer. Die Kerze im Stövchen erlosch. Der Nachmittag verging wie im Flug. Sie achteten nicht auf die Zeit und dachten nicht daran, dass sich die Welt außerhalb des Leuchtturms weiterdrehte. Erst abends merkten sie, dass sich der Sturm längst verzogen hatte.

»Du hattest mir etwas versprochen.« Schwungvoll stand Marleen auf, nahm das Teeservice und brachte es in die neptunblau gestrichene Küche. Sie fühlte sich herrlich entspannt. Neue Kräfte waren in ihr erwacht.

»Du musst nicht aufräumen, du bist mein Gast«, rief Finn. Er sprang auf und kam mit den restlichen Brötchen hinter ihr her. Während er das Tablett in den Kühlschrank stellte, fragte er: »Meinst du die privat geführte Schlemmertour durch die Naschwerk-Manufakturen?«

Sie freute sich, dass er sein Angebot nicht vergessen hatte, und nickte lächelnd. »Selbstverständlich werde ich alles, was ich esse und mitnehme, bezahlen.«

»Kommt gar nicht infrage«, sagte er bestimmt und baute sich vor ihr auf.

Sie stemmte die Hände in die Hüften. Selbstsicher sah sie ihm direkt in die Augen. »Ich bestehe darauf.«

»Auf keinen Fall, schließlich hast du einer Bewohnerin der Schokoladeninsel das Leben gerettet.« Drohend neigte er sich zu ihr herüber, sein warmer, süßer Rum-Atem streichelte ihren Mund.

Aus einem Impuls heraus leckte sich Marleen über ihre Lippen. Sie schob widerspenstig ihr Kinn vor. »Du wirst es nicht verhindern können.«

Er blinzelte sie mahnend an. »Solltest du hinter meinem Rücken heimlich Geld in den Läden hinterlassen, werde ich das früher oder später merken. Die Chancen stehen sogar recht hoch, dass ich dich in flagranti erwische, denn ich kann meinen Blick ohnehin nicht von deinen wunderschönen roten Haaren nehmen. Falls du es trotz meiner Warnung wagen solltest und ich das zu spät mitbekomme, werde ich dich auf der Schokoladeninsel festhalten, bis du mir gesagt hast, wo du überall Geld deponiert hast, damit ich es holen und dir wiedergeben kann.«

Finn machte nur Spaß, das war ihr klar, trotzdem erschauderte sie, denn sie musste an den Schreiber der Flaschenpost denken. Noch immer hatte sie keine Antwort auf die Frage, ob tatsächlich eine Person gefangen gehalten wurde, und nach Finns Mahnung fehlte ihr der Mut, ihn darauf anzusprechen. Hatte nicht jeder eine dunkle Seite? Sie selbst verbarg einen Dämon in ihrem Inneren, der stärker als ihre Gewissensbisse war und sie unrechtmäßig Dinge an sich nehmen ließ. Würde Finn nicht alles dafür tun, die Gebrüder Lorentz und das familiäre Schokoladenimperium zu beschützen? Er musste ja nicht selbst jemanden festgesetzt haben, vielleicht wusste er auch nur von dem Verbrechen und schwieg, was ihn zu einem Mittäter machte.

Plötzlich hatte Marleen einen Kloß im Hals. Sie wandte sich zum Waschbecken und spülte das schmutzige Geschirr, um etwas zu tun zu haben. Durch ihre fahrigen Bewegungen stieß sie gegen Finn und lachte nervös. »Du bist sehr überzeugend. Also gut.«

Sanft, aber bestimmt packte er ihre Handgelenke und hielt sie von der Arbeit ab. »Ich lasse meine Gäste doch nicht aufräumen und sauber machen. Außerdem habe ich eine Spülmaschine.«

Eine Weile standen sie eng zusammen. Die Zeit schien stillzustehen. Tief sahen sie sich in die Augen. Ausgerechnet in diesem intimen Moment stahl sich Edward in ihre Gedanken. Nach der Trennung hatte sie doch erst einmal von Männern generell die Nase voll gehabt, warum wurde ihr dann heiß? Wieso klopfte ihr Herz so heftig, und fiel ihr das Atmen schwer? Weshalb spielte ihr Körper auf wundervolle Weise verrückt? Sie wünschte sich, dass Finn sie in ihre Arme ziehen, sie fest an sich drücken und ihr die Geborgenheit geben würde, die sie bei Edward vermisst hatte. Denn ihr Ex-Freund war immer nur scharf darauf gewesen, sie ins Bett zu kriegen. Kuscheln war nicht sein Ding. Marleen dagegen brauchte das. Finn auch? Da sie sich jetzt schon zu ihm hingezogen fühlte, konnten ihre Gefühle für Edward nicht tief gewesen sein. Durch diese Erkenntnis konnte sie ihren Ex-Freund wieder ein gutes Stück mehr loslassen.

Aufgeregt machte sich Marleen von Finn los. »Einen Moment, bitte.«

Sie eilte zu ihrer Handtasche, holte ihr Smartphone heraus und löschte alle Nachrichten, die Edward ihr jemals geschrieben hatte, bevor sie es sich anders überlegen konnte. Seine Liebesschwüre hatten sich ohnehin als Lügen erwiesen. Ihre Haut kribbelte wie elektrisiert. Marleen fühlte sich euphorisch, plötzlich war es ihr überraschend leichtgefallen, das zu tun, was sie vier Monate lang nicht geschafft hatte.

»Danke.« Sie warf Finn ein scheues Lächeln zu.

Seine Augen weiteten sich langsam. »Wofür?«

Dafür, dass du mir hilfst, mich von Edward Cook zu befreien, dachte sie. »Für den schönen Tag«, sagte sie stattdessen.

»Warte erst, bis du das Dessert probiert hast.« Er zwinkerte und ging Richtung Ausgang.

Während sie ihr Mobiltelefon zurück in ihre Handtasche steckte, fragte sie: »Willst du nicht deinen Generalschlüssel holen?«

»Die Manufakturen stehen immer offen. Wir sind ja unter uns, sobald die Touristen abgefahren sind.« Mit einer Geste deutete er ihr an, dass sie ihre Tasche im Leuchtturm lassen sollte. Vielleicht wollte er dadurch verhindern, dass sie Geld mitnahm. »Kommst du?«

»Dann brauche ich dich gar nicht, um in die Läden zu gelangen und hemmungslos zu naschen?«, sagte sie. Während sie ihn aufzog, dachte sie, dass er in seinen Chinos einen knackigen Hintern hatte.

»Im Grunde nicht, aber unsere Mitarbeiter wohnen über den Manufakturen. Sollten sie dich dabei erwischen, wie du einbrichst, würden sie dich an Thies übergeben. Der würde dich sofort von der Schokoladeninsel werfen lassen und ein Hausverbot aussprechen.« Über seine Schulter hinweg sah er sie mit einem Blick an, bei dem ihr schwindelig wurde. »Dann dürftest du mich nie wieder im Leuchtturm besuchen kommen. Das wäre doch schade, oder nicht?«

Ihre Wangen glühten. »Das Risiko möchte ich natürlich keinesfalls eingehen. Einen Moment noch, ich bin gleich so weit.«

Rasch stieg sie in die erste Etage hoch und zog im Badezimmer ihre Windjacke und ihre Schuhe an. Sie kehrte zu Finn zurück und streckte ihm ihre offene Hand hin, auf deren Innenfläche sein Earcuff lag. Sie tat es schnell, bevor der Dämon in ihrem Inneren seine hässliche Fratze zeigen konnte, aber vor Unmut ballte er seine Faust um ihren Magen. Ihr wurde schlecht, ihr Hals war wie zugeschnürt, selbst das Schlucken fiel ihr schwer. Am liebsten hätte sie ihre Hand wieder geschlossen und weggezogen, bevor Finn sein Eigentum an sich nehmen konnte. Dann wäre auch die Übelkeit schlagartig vorbei, das kannte sie schon. Hoffentlich fiel ihm nicht auf, dass sie leicht zitterte. Es kostete sie Überwindung, ihren Schatz wieder herzugeben. Für sie fühlte es sich an, als würde sie damit auch diesen bedeutungsvollen Tag mit Finn weggeben. Die Vergänglichkeit des Glücks wurde ihr schmerzlich bewusst.

Sichtlich überrascht nahm Finn seinen Ohrschmuck. »Wo hast du den denn gefunden?«

Endlich bekam Marleen wieder Luft. Der Verlust machte sie traurig und setzte ihr zu, aber das erdrückende Gefühl war nicht so schlimm, wie sie erwartet hatte, wahrscheinlich weil Finn ja noch bei ihr und die schöne Zeit mit ihm noch nicht vorbei war. »Vor dem Leuchtturm.«

»Ich dachte, ich hätte ihn im Meer verloren. Danke.« Er neigte sich vor und küsste sie flüchtig auf die Wange.

Marleens Knie wurden weich. Sie ging wie auf Wolken hinter ihm her. An der Tür fiel ihr Blick auf ein Holzregal. Bisher hatte sie ihm wenig Beachtung geschenkt. Sie sah stapelweise Surfzeitschriften, was sie wenig verwunderte, aber auch einige Aussteigerbiografien. Sie fragte sich, ob Finn versuchte herauszufinden, ob sein Weg ihn zurück zur Schokoladenfabrik oder ganz woandershin führte, indem er sich mit den Lebenswegen anderer Menschen beschäftigte.

Auf den Sachbüchern lag eine DVD mit dem Titel *Tanz mit dem Teufel – Die Entführung des Richard Oetker*. Nachdem sie sich mit sechzehn Jahren einmal abends aus der Villa geschlichen und eine ganze Nacht nicht nach Hause gekommen war, hatten sich ihre Eltern mit ihr zusammen den Film, der auf einer wahren Begebenheit basierte, angeschaut und danach lange mit ihr darüber gesprochen. Der Student Richard Oetker war 1976 gekidnappt und in einer Holzkiste gefangen gehalten worden, um von seinem Vater, dem bekannten Fabrikanten Rudolf-August Oetker, Lösegeld zu erpressen.

Marleens Mutter hatte ihr klargemacht, dass sie krank

vor Sorge um sie gewesen waren, weil sie einfach abgehauen und nicht ans Handy gegangen war. Ihr Vater wollte sie von einem Bodyguard begleiten lassen, aber Marleen protestierte aufs Schärfste, schon damals ging ihr ihre Freiheit über alles. Sie einigten sich darauf, dass Marleen einen Selbstverteidigungskurs besuchen sollte, was sie dann auch tat.

Jetzt, wo sie darüber nachdachte, ob Finn die DVD vielleicht einst als Warnung von seinen Eltern Hauke und Karin bekommen hatte, fiel ihr ein, dass sein ältester Bruder als Kind verschleppt worden war. Hatte sich Finn die Verfilmung der Oetker-Entführung angeschaut, um sich besser in Joos hineinversetzen zu können?

»Habe ich aus Versehen einen schmutzigen Socken auf dem Regal liegen lassen?«, fragte Finn mit einem Lächeln in der Stimme.

Marleen hatte gar nicht gemerkt, dass er sich dicht hinter sie gestellt hatte. Vielleicht machte er das, um ihrem Blick besser folgen zu können, möglicherweise wollte er ihr auch bloß nah sein. Ihr Rücken prickelte. Sie entschied sich, ihn nicht auf Joos' Kidnapping, das bestimmt eine Wunde im Herzen der Familie Lorentz hinterlassen hatte, anzusprechen.

Sie zeigte auf die Etage über den Büchern, dort stand eine große Sammlung von Figürchen. Ein Seepferdchen aus weißer Keramik, eine Muschel aus Sandstein, ein rot-schwarzer Koi-Karpfen aus Porzellan, ein getöpferter und mit dunkelblauer Glasur bemalter Kraken, eine rothaarige Plastik-Meerjungfrau mit ozeangrünem Schwanz und viele weitere maritime Motive. »Ist das etwa deine heimliche Sammelleidenschaft?«

»Findest du das zu kitschig für einen Kerl?« Er neigte sich von hinten über ihre Schulter.

Als sie den Kopf zur Seite drehte und ihn ansah, kamen sich ihre Gesichter so nah, dass sich ihre Nasenspitzen fast berührten. »Das Kind im Manne. Wie niedlich!«

»Sehr witzig, aber ich muss dich enttäuschen. Mein Spieltrieb bezieht sich auf erwachsenere Dinge«, sagte er zweideutig und ließ offen, ob er Windsurfen oder die Experimentierfreude zwischen den Laken meinte. Schmunzelnd richtete er den Oberkörper wieder auf. »Überall auf der Welt, wo ich surfe, kaufe ich eine kleine Figur. Meine Freunde machen sich darüber lustig, aber mir ist das egal. Meine Mutter hat einst den Grundstock für meine Sammlung gelegt. Sie hat mir das erste Souvenir geschenkt. Als meine Eltern, meine Brüder und ich das erste Mal zusammen Urlaub im Ausland gemacht haben, kaufte sie Joos, Thies und mir jeweils eine Holzschildkröte. Sie sagte, wir sollen das Andenken immer dann in die Hände nehmen, wenn es uns schlecht geht. Es würde uns an die unbeschwerten zwei Wochen auf den Seychellen erinnern, und dann würde es uns schon gleich ein wenig besser gehen. Unsere Mutter hatte recht, der Kniff hat wirklich funktioniert.«

Marleen staunte nicht schlecht. Finn sammelte also auch Erinnerungen in Form von Gegenständen, genauso wie sie. Anscheinend hatten sie mehr gemeinsam, als sie anfangs gedacht hatte. »Ich sehe die Schildkröte nirgends.«

»Joos, Thies und ich haben sie bei der Beerdigung unserer Mutter in ihr Grab geworfen, als Zeichen, dass ein Teil von uns mit ihr beerdigt wird.« Er nahm eine schwarze Jeansjacke vom Haken neben dem Ausgang und zog sie über. »Außerdem sollte sie nicht allein im Sarg liegen.«

Ihr Herz wurde schwer. Auch wenn sie nicht immer gut mit ihren Eltern klarkam, so war sie doch unendlich froh, beide noch um sich zu haben. »Das klingt traurig.«

»Ein bisschen traurig und ein bisschen schön, finde ich«, sagte er, während er die Tür öffnete. Eine steife Brise wehte ihm die Haare aus dem Gesicht.

Schweigend gingen sie nach Nordwinden. Jeder hing seinen Gedanken nach. Marleen fragte sich, wie man sich jemandem, den man erst seit einem halben Tag kannte, so nah fühlen konnte. Es musste an ihren Gemeinsamkeiten liegen. Der Leidenschaft fürs Windsurfen, dem Sammeln von Andenken an Glücksmomente und dem plötzlichen Verlust eines geliebten Familienmitglieds.

Einmal glaubte sie, dass Finn jeden Augenblick ihre Hand nehmen würde, aber das tat er nicht. Sie wusste nicht, was aus ihnen werden würde. Unter Umständen würde er sie noch heute von einem Mitarbeiter zum Festland bringen lassen und sie sich nie wiedersehen. Mochten sie auch kein Paar werden, schon allein weil sie nicht wusste, ob sie sich schon auf eine neue Beziehung einlassen könnte, so hoffte sie doch von ganzem Herzen, dass sie Freunde werden konnten.

Als sie die kleine Inselgemeinde erreichten, steuerte Marleen das Reetdachhaus mit dem Treibholzschild *Dat Spann Knuten* an. Finn schien dasselbe Ziel zu haben, und er wirkte nicht überrascht, dass Marleen die Manufakturen links liegen ließ. Sie hatten nicht abgesprochen, als Erstes nach Rieke Knuten zu sehen, aber Finn fand es wohl genauso selbstverständlich wie sie.

Nachdem Finn geklingelt hatte, tat sich eine Weile nichts. Er wollte gerade an der Haustür klopfen, da wurde diese so weit aufgezogen, dass Rieke ihren Kopf durch den Spalt stecken konnte. Sie war eingekuschelt in eine Wolldecke, die man mithilfe von Druckknöpfen zu einem Umhang mit Kapuze umfunktionieren konnte.

»Hast du Fieber?«, fragte Finn besorgt und legte die Hand an ihre Stirn. »Du hast rote Wangen, und deine Augen sind glasig.«

»Das kommt vom Grog. Frieso meint es mit dem Rum immer zu gut, du kennst ihn doch.« Die alte Dame kicherte wie ein frisch verliebtes Schulmädchen und schob seinen Arm fort. »Mir geht es gut, wirklich.«

Marleen fand es süß, wie verliebt Rieke jedes Mal klang, wenn sie von ihrem Ehemann sprach. Neugierig versuchte sie, über die Schulter der Insulanerin hinweg ins Haus zu spähen, denn sie hätte Frieso wirklich gerne kennengelernt oder zumindest einen Blick auf ihn geworfen. »Sie sollten trotzdem Ihre Temperatur messen, Frau Knuten.«

»Die wäre ohnehin hoch, denn ich habe nach dieser dummen Sache ein heißes Bad genommen und reichlich Grog getrunken. Und warum siezen wir uns eigentlich? Anscheinend gehörst du zu Finn.« Rieke zwinkerte ihm zu. »Und hier auf der Insel duzen wir uns alle, das müsste er dir eigentlich gesagt haben.«

»Wir sind kein Paar«, stellte Marleen verlegen klar.

»Was machst du dann noch auf Möwesand?« Die Rentnerin schaute die menschenleere Straße entlang. »Alle Touristen sind doch längst weg.«

Finn strich sanft über Marleens Rücken. »Sie übernachtet heute bei mir. Die Fähre fährt ja nicht mehr.«

»Also gehörst du doch zu ihm.« Die ältere Dame grinste.

Finn legte die Hand an die Tür. »Dürfen wir kurz reinkommen?«

»Auf keinen Fall.« Erschrocken riss die Rentnerin ihre Augen auf. »Es ist ja rührend, dass ihr euch Sorgen um mich macht, aber ihr habt mich aus dem Bett geholt. Ich würde mich wirklich gerne wieder hinlegen.«

Widerwillig verabschiedeten sie sich. Inzwischen wehte bloß noch ein für das nordfriesische Wattenmeer vergleichsweise laues Lüftchen über Möwesand. Die Wolken hingen nicht mehr tief über den Dächern der Reetdachhäuser, und sie zogen gemächlicher über den Himmel. Geisterhaft strich das Leuchtturmlicht über die sich beruhigende See.

»Ist Frieso überhaupt zu Hause?«, fragte Marleen, während sie zwischen den Wohnhäusern hindurch zurück zu den Läden spazierten.

Finn zuckte mit den Achseln. »Wo soll er sonst sein?«

»Ich meine ja nur.« Sie verspürte eine innere Unruhe. »Es war still und dunkel im Haus, als wäre Rieke allein.«

»Vielleicht ist er mit ihr früh schlafen gegangen.« Er sah ihr wohl an, dass er damit ihre Zweifel nicht entkräftet hatte. »Wenn er neben ihr liegt, kriegt er sofort mit, falls es ihr doch schlecht gehen sollte.«

Mit gerunzelter Stirn blieb sie stehen, drehte sich noch einmal um und sah zum Haus der Knutens zurück. Etwas Reet hatte sich auf dem Dach gelockert und hing an einer Seite herab, sodass es im Dunkeln wirkte, als würde sich das Haus wegducken. »Warum hat er uns nicht die Tür geöffnet? Stattdessen musste seine Frau, die gerade ein traumatisches Erlebnis hatte, aufstehen?«

»Auf mich macht es nicht den Eindruck, dass sie der Vorfall sehr mitgenommen hat. Sie ist eine beeindruckend starke Frau, genauso wie du.« Ein Lächeln lag in seiner Stimme.

Die Flaschenpost mit dem Hilfeschrei drängte sich zurück in ihre Gedanken. »Wann hast du Frieso das letzte Mal getroffen?«

»Du stellst aber viele Fragen. Vielleicht solltest du Kriminalkommissarin werden«, schlug er amüsiert vor. »Bist du immer so misstrauisch?«

Marleen überlegte, ob sie ihn einweihen sollte, befürchtete aber, dass er sie auslachen könnte. Daher lenkte sie ein: »Entschuldige bitte. Im Grunde geht mich das alles nichts an. Ich bin auf der Schokoladeninsel bloß eine Fremde.«

»Das bist du seit eben nicht mehr, weil du jetzt offiziell zu mir gehörst«, erklärte er augenzwinkernd.

»Du hast es genossen zu behaupten, dass ich bei dir übernachten werde, nicht wahr?« Sachte knuffte sie ihn. »Du wusstest genau, wie Rieke deine Worte verstehen würde.«

Finn lachte. »Du bist rot geworden, das war süß.«

»Bin ich nicht.« Das hoffte sie zumindest.

»Wenn du meinst.« Bei seinem frechen Lächeln wurde ihr warm. »Übrigens habe ich Frieso gestern erst gesehen. Er stand auf dem Friedhof am Grab seiner Eltern und war in Gedanken versunken.«

Erleichtert nickte Marleen. Also wurde Frieso nicht gefangen gehalten und hatte folglich auch nichts mit der Flaschenpost zu tun. Wahrscheinlich hatten sich tatsächlich Jugendliche einen makabren Streich erlaubt. Sie überlegte ernsthaft, ob es nicht endlich Zeit war, den Hilferuf zu vergessen.

»Ich bin im Paradies«, rief Marleen, als sie die erste Naschwerk-Manufaktur betrat. Genüsslich aß sie eine Madeleine. Das französische Gebäck schmeckte nach viel guter Butter und Zitronenabrieb.

Was für ein Spaß es doch war, sich ohne andere Touristen umzuschauen und all die Köstlichkeiten zu probieren! Anfänglich hielt sie sich zurück, denn sie wollte es nicht ausnutzen, dass sie sich gratis bedienen durfte. Aber schon im zweiten Geschäft verfiel sie in einen Zuckerrausch und griff beherzt zu, auch weil Finn ihr einige der duftenden süßen und salzigen Delikatessen direkt vor die Nase hielt.

Sie schlemmte sich durch die Läden, aß eine kleine Portion Frozen Joghurt mit Chocolate-Chip-Cookies, danach einen Cake-Pop mit einer Erdnussbutter-Glasur und spülte in der Edelkakao-Manufaktur mit einem halben Glas weißer Eisschokolade mit Kokosstreuseln nach.

Wie bei einer Weinprobe reichte Finn ihr zwischendurch Wasser, damit sie die Geschmäcker ein wenig neutralisieren konnte. Später bereitete er ihr einen Espresso zu. Der starke Kaffee sollte verhindern, dass ihr von dem vielen Zucker und dem Durcheinander an Speisen übel wurde. Sie dankte Finn und trank den Espresso, aber sie hatte von ihrem Vater einen Pferdemagen geerbt und konnte viel vertragen.

Zum Mitnehmen suchte sie sich ein saftiges Früchtebrot mit Haselnüssen, Feigen, Datteln und Rosinen aus, das köstlich nach Zimt und Honig duftete, und saure Drops. Doch Finn reichte das nicht. Er drängte sie dazu, sich noch mehr zu nehmen.

Energisch schüttelte sie den Kopf. »Das wäre zu viel.«

»Nicht genug, um ein Menschenleben aufzuwiegen«, erwiderte er, auf Riekes Rettung anspielend.

Zögerlich nahm Marleen noch getrocknete Apfelringe in Vollmilchschokolade und Sanddorn-Gelee, um es ihren Eltern zu schenken.

Zum Abschluss gingen sie zurück zu dem Geschäft, in dem Finn und seine beiden Brüder die Produkte aus ihrer Fabrik verkauften. Finn stellte den Schokoladenbrunnen extra für sie an. Flüssige Nussnougat-Kuvertüre rann zähflüssig über drei Etagen, Marleen bekam Lust, einfach den Zeigefinger unter die herabtropfende cremige Flüssigkeit zu halten und ihn abzulecken, was sie dann auch tat. Schmunzelnd beobachtete er sie dabei.

»Himmlisch.« Genießerisch seufzte sie. »Isst du wirklich keine Schokolade mehr?«

Während er einige Zellophantütchen mit Trüffeln zurechtrückte, sagte er: »Du glaubst mir nicht, oder? Aber es stimmt wirklich.«

Sie konnte es kaum fassen. Wenn es sein musste, konnte sie auf vieles verzichten, aber auf Schokolade nicht.

Anscheinend fühlte er sich trotz seiner Auszeit verantwortlich für die Manufakturen, denn er stellte die Beutel mit Schokolinsen, die im Regal umgefallen waren, aufrecht hin und ordnete die Schokoriegel nach Sorten. »Joos bezweifelt das bestimmt, aber wenn ich will, kann ich konsequent sein.«

»Dann kann ich dich auch nicht dazu verführen, wieder damit anzufangen?« Demonstrativ tauchte sie eine der für die Touristen bereitliegenden kostenlosen selbst gebackenen Hohlhippen in die flüssige Kuvertüre und hielt sie ihm hin. Dicke hellbraune Tropfen fielen in die unterste Schale des Brunnens.

»Das haben schon andere versucht.« Schmunzelnd zeigte Finn auf eine der Schokoladenfiguren, ein süßes Teufelchen.

Kess klimperte Marleen mit ihren Wimpern. Dann tat sie etwas, ohne groß darüber nachzudenken. Sie fuhr mit der

Hippe über ihre Lippen, sodass Nussnougat-Schoki daran haften blieb.

Finns Augen weiteten sich. Wie gebannt starrte er auf ihren Mund. Er atmete schneller. Verträumt lächelnd neigte er sich vor. Plötzlich hielt er jedoch kurz vor ihrem Gesicht in seiner Bewegung inne. Er sah sie fragend an, wohl um sich zu versichern, dass es für sie wirklich in Ordnung ging, was er im Begriff zu tun war. Sie nickte bloß, weil sie die prickelnde Spannung nicht durch Worte stören wollte. Sogleich fuhr er hauchzart mit seiner Zungenspitze über ihre Unterlippe, die daraufhin wohltuend kribbelte, und richtete seinen Oberkörper auch schon wieder auf.

»Lecker.« Er schmunzelte.

Marleen hatte den Eindruck, dass er damit nicht die Schokolade meinte. »Das hast du die ganze Zeit verpasst.«

»Ja, ich habe einiges nachzuholen.« Kaum hatte er das gesagt, schob er auch schon seine Hand in ihr Haar. Sanft zog er ihren Kopf zu sich heran.

Dann küsste er Marleen so gefühlvoll, dass sie weiche Knie bekam. Sie ließ die Hippe einfach in den Brunnen fallen. Sie hielt sich an ihm fest, bohrte regelrecht ihre Finger in seine Jacke, um ihm zu signalisieren, dass er ja nicht aufhören sollte. Zärtlich liebkoste er ihre Lippen mit den seinen, und die Nussnougat-Kuvertüre machte seinen Kuss noch süßer.

Für ihren Geschmack ließ er sie viel zu schnell wieder los und trat einen Schritt zurück. Sein Gesicht strahlte. Neckisch blinzelte er sie an. »Deine roten Haare hätten mich vor dir warnen sollen. Du musst eine Hexe sein, denn du hast vollbracht, was keiner seit dem Tod meiner Mutter geschafft hat. Dass ich wieder Schokolade genascht habe.

Meine Mutter hat Schoki in allen Geschmacksrichtungen heiß und innig geliebt. Schokolade zu essen hat mich an sie denken lassen und daran, dass ich sie verloren habe, darum tat es zu weh.«

»Bereust du es?« Ihr schlechtes Gewissen meldete sich.

»Im Gegenteil. Jetzt will ich mehr.« Lachend fuhr er sich durchs Haar.

Er tauchte zwei Hohlhippen in den Schokobrunnen, reichte Marleen eine und behielt die andere. Während sie zurück zum Leuchtturm spazierten, aßen sie schweigend die dünnen, gerollten und mit Nussnougat-Kuvertüre glasierten Waffeln.

Marleen freute sich darüber. Sie hoffte, dass sie Finn geholfen hatte, etwas von seiner Lebensfreude zurückzugewinnen. Denn sie erinnerte sich noch gut daran, wie es war, als Arjen von einer Sekunde zur anderen für immer fort gewesen war.

Damals mit elf Jahren hatte sie sich immer wieder aufs Neue an alles erinnert, was sie zusammen erlebt hatten. An wilde Kissenschlachten, an Streiche, die sie ihren Eltern spielten, an ihre Besuche im Freibad, an jeden dummen Streit und jede tränenreiche Versöhnung voller Bedauern. Ihre Gedanken hatten sich im Kreis gedreht. Es war eine bittersüße Qual. Auf der einen Seite war ihr kleiner Bruder durch das ständige Durchleben der Vergangenheit gefühlt wieder bei ihr, auf der anderen führte es ihr seinen Verlust stets neu vor Augen.

Eine Zeit lang hatte sie ihren Blick nur nach hinten gerichtet, vermochte weder das Hier und Jetzt wahrzunehmen noch zu erkennen, wie wundervoll ihre Zukunft sein könnte. Denn sie meinte, als Strafe dafür, dass sie Arjen nicht daran gehindert hatte, bei stürmischer See hinauszuschwimmen, nie wieder glücklich sein zu dürfen. Der Kummer nahm sie gefangen. Sie quälte sich mit Selbstzweifeln, wollte nicht nach vorne schauen, weil sie dort ohne ihren kleinen Bruder zurechtkommen musste.

Vielleicht ging es Finn mit seiner Mutter ähnlich. Aber anscheinend hatte der schokoladige Kuss ein Fenster für ihn geöffnet. Durch das Fenster sah er den Mann, der er sein könnte, wenn er akzeptierte, dass sein Leben weiterging. Er würde immer um seine Mutter trauern, wie Marleen auf ewig um Arjen trauern würde, aber es war in Ordnung, trotz des Verlustes wieder Spaß zu haben. Marleen hatte viele Jahre und Gespräche mit ihren Freunden und Dr. Pfeiffer gebraucht, um ihr Herz wieder für die schönen Dinge zu öffnen. Finn musste erkennen, dass er seine Mutter nicht verriet, wenn er wieder Schokolade aß, seinen Platz bei den Gebrüdern Lorentz einnahm und weitermachte wie vor ihrem Tod.

Sich zu verlieben würde ihm helfen, dachte Marleen und lächelte in sich hinein. Als sie sich mit vierzehn Jahren in Leon, einen Schüler aus der Parallelklasse, verguckte, dachte sie nicht mehr ständig voller Schmerz an Arjen, sondern plötzlich schwärmerisch an Leon. Aber all das sagte sie Finn nicht, weil er das selbst erkennen musste, damit die Heilung seines gebrochenen Herzens voranschreiten konnte.

Im Leuchtturm zog Finn seine Jeansjacke aus und öffnete eine Flasche trockenen Malbec. Dazu servierte er dünne Täfelchen aus Edelbitterschokolade, die er aus einer der Naschwerk-Manufakturen mitgenommen hatte. »Diese Kombination musst du unbedingt probieren, sie ist köstlich.«

»Gerne«, sagte Marleen, blieb jedoch unschlüssig vor der Couch stehen. Draußen vor den Fenstern wurde es dunkel. Die Wolkendecke riss an einer Stelle auf. Einige Sonnenstrahlen warfen ein dramatisches Licht aufs Meer. Das Wasser war bestimmt wieder befahrbar. »Aber ich sollte langsam mal herausfinden, wie ich zurück nach Sylt komme. Dort mache ich mit meinen Eltern zurzeit Urlaub. Im Alltag sehen wir uns kaum noch. Das gemeinsame Pfingstwochenende sollte uns einander als Familie wieder näherbringen, aber die beiden arbeiten ja doch nur.«

»Was zieht dich dann zurück zu ihnen?«, fragte er. Er füllte die Karaffe neu mit Wasser und stellte sie auf den Couchtisch.

»Nichts, aber ich will auch nicht so lange hierbleiben, bis ich dir lästig werde, sondern lieber gehen, wenn es am schönsten ist.« Marleen streifte sich die Windjacke von den Schultern, sah an sich herab und fragte sich, ob ihre eigene Kleidung, die oben im Badezimmer hing, inzwischen von innen getrocknet war. Vielleicht wollte sie vor ihren erwachenden Gefühlen für Finn weglaufen, vermutlich hatte sie Angst davor, sich neu zu verlieben und wieder verletzt zu werden.

»Na, wenn du nichts Wichtiges vorhast, musst du noch bleiben, wir haben den Höhepunkt des Tages noch gar nicht erreicht.« Grinsend goss Finn Malbec in beide Weingläser.

Marleen kam neugierig näher. »Und der wäre?«

»Eine Übernachtung im Leuchtturm.« Einladend breitete er die Arme aus. »Das, was ich zu Rieke sagte, meinte ich ernst. Wenn du willst, kannst du hier schlafen. Ich werde das Sofa nehmen, und du kriegst mein Bett.«

Kopfschüttelnd band sie sich die Kordel von Finns Jogginghose enger um ihre Taille. »Aber das geht doch nicht.«

»Warum nicht?« Er ging in die Küche und kehrte mit den verbliebenen Brötchen zurück.

»Weil …« Nachdenklich kratzte sie sich an der Stirn. »Das weiß ich auch nicht.«

»Dann spricht wohl doch nichts dagegen. Die Fähre fährt heute nicht mehr.« Hastig nippte er an der rubinrot schimmernden Flüssigkeit und zwinkerte. »Ich habe schon getrunken, wie du siehst, und sollte also nicht mehr mit meinem Boot rausfahren.«

Sie stemmte die Hände in die Hüften. »Das war bloß ein winziger Schluck Wein.«

»Ich sagte doch schon, dass ich konsequent sein kann, wenn ich will, und mit Alkohol im Blut, selbst wenn es bloß Zentiliter sind, fahre ich nicht mehr.« Er nahm Platz und streifte sich die Schuhe von den Füßen. »Im *Nis Puk* sind alle Zimmer belegt. Wenn du also nicht unter freiem Himmel schlafen willst, bleibt dir nichts anderes übrig, als mit meinem Bett vorliebzunehmen.«

»Ich bleibe gerne.« Sehr gerne sogar, aber das behielt sie für sich. In ihre letzte Liebesbeziehung hatte sie sich Hals über Kopf gestürzt und war schwer enttäuscht worden. Bereute sie es, ihn zu dem Kuss verführt zu haben? Keineswegs. Sie ermahnte sich aber, einen Gang runterzuschalten. Mit fester Stimme fügte sie hinzu: »Aber mir gehört die Couch.«

»Kommt gar nicht in Frage«, sagte er bestimmt.

»Na gut, dann nehme ich eben dein Bett, aber du wechselst die Bettwäsche nicht.« Die Aussicht, sich von seinem Duft umarmen zu lassen, reizte sie. Sie streckte ihm die

Hand hin. »Darauf bestehe ich. Ich will dir nicht noch mehr Umstände machen. Einverstanden?«

»Eigentlich gefällt mir das nicht, aber den Kompromiss muss ich wohl eingehen, wenn ich dich überreden will.« Sanft schlug er ein.

Zufrieden setzte sich Marleen neben ihn. Sie schickte ihrem Vater eine kurze Nachricht, dass sie auf Möwesand übernachten würde.

»Hat Finn dem Hotel schon zugestimmt? Wird er uns helfen, seine Brüder davon zu überzeugen?«, kam prompt zurück. Als hätte ihr Vater nur darauf gewartet, von ihr zu hören, ob sie das Geschäft bereits angekurbelt hatte.

Sie steckte ihr Smartphone weg, ohne ihm geantwortet zu haben. Was hätte sie auch schreiben sollen? Dass Finn der falsche Ansprechpartner war, da er sich gerade eine Auszeit von den Gebrüdern Lorentz nahm? Dass sie die zarten Bande ihrer Freundschaft nicht aufs Spiel setzen wollte, indem sie ihm beichtete, dass sie keine Touristin war, sondern die Geschäftsidee ihres Vaters sie hergeführt hatte? Finn würde denken, sie hätte sich sein Vertrauen erschlichen. Das traf nicht zu, aber das würde er ihr nicht abnehmen, sondern sie zum Teufel jagen. Sie könnte verkraften, dass er wütend auf sie war, aber nicht, ihn zu enttäuschen.

»Du siehst plötzlich so bedrückt aus.« Flüchtig berührte Finn ihren Nacken. »Worüber denkst du nach?«

Rasch trank sie etwas Wein. Wie flüssige Seide legte sich der Malbec auf ihre Zunge. Er kitzelte ihren Gaumen und floss geschmeidig ihre Kehle hinab. Sie glaubte, rote Johannisbeeren, Heidelbeeren und Brombeeren herauszuschmecken, vielleicht sogar Pflaumen. »Glaubst du Rieke Knuten?«

»Was meinst du?« Mit dem Glas in der Hand lehnte er sich zurück.

»Sie sagte doch, sie hätte auf dem Sanddorn-Kliff zu dicht an der Felskante gestanden, hätte das Gleichgewicht verloren und wäre ins Meer gefallen.« Marleen nahm eine der hauchdünnen Tafeln dunkler Schokolade. Sie duftete nach starkem Kakao, Malz und Karamell und weckte Marleens Appetit, dabei hatte sie wahrlich schon genug genascht. »Es wäre ein Unfall gewesen.«

Er drehte sich zu ihr und legte ein Knie auf den Sitz, sodass es an ihren Oberschenkel stieß. »Wenn sie das sagt, muss es stimmen. Warum sollte sie schwindeln?«

»Wirkte sie auf dich nicht auch, als würde sie etwas vor uns verheimlichen?« Neugierig knabberte sie an dem Täfelchen und trank dann einen Schluck Rotwein. Die Aromen explodierten in ihrem Mund, genießerisch verdrehte Marleen die Augen und seufzte. Der Malbec hatte eine Schokoladennote, die erst durch die Herrenschokolade hervortrat. »Die Kombination ist wirklich köstlich.«

»Hab ich's nicht gesagt?« Finn lachte, wurde aber sofort wieder ernst, schwenkte sein Weinglas und beobachtete nachdenklich die Flüssigkeit. »Ein bisschen komisch war Rieke schon. Normalerweise kocht sie sofort eine Hühnersuppe, wenn sie bloß einen Schnupfen hat, damit ja kein grippaler Infekt daraus wird. Daher hat es mich überrascht, dass sie sich nicht von einem Arzt untersuchen lassen wollte.«

»Siehst du, das meinte ich«, erwiderte Marleen aufgebracht. »Sie wollte nur noch nach Hause, als hätte sie nicht in den hohen Wellen um ihr Leben gekämpft, sondern wäre bloß auf der Küstenstraße gestolpert.« Da war doch was im Busch. Unweigerlich musste sie doch wieder an die Flaschenpost denken. »Unglücklicherweise kann man niemandem helfen, der sich nicht helfen lassen will.«

»Wahrscheinlich will sie ihren Ehemann nicht alleine lassen. Frieso verhält sich in letzter Zeit merkwürdig. Manchmal siezt er mich wie einen Fremden, dabei kennen wir uns schon über ein Vierteljahrhundert. Kurz nach Ostern wollte er mit einem leeren Koffer die Fähre besteigen und zum Festland fahren. Als ich ihn ansprach, schien er mich nicht zu erkennen. Plötzlich lachte er und sagte, er wollte mich nur auf den Arm nehmen, wurde aber knallrot.« Während Finn fortfuhr, nahm er ein Brötchen und begutachtete es. »Manchmal läuft er mitten in der Nacht ziellos über die Insel. Rieke hat das scherzhaft senile Bettflucht genannt. Als Frieso einmal jeden, den er tagsüber traf, egal ob Insulaner oder Tourist, fragte, ob er seinen Schlüsselbund gefunden hätte, stellte sich später heraus, dass er bei ihnen zu Hause am Schlüsselbrett hing. Rieke verteidigte ihn wie eine Löwenmutter ihr Junges. Wenn wir über siebzig Jahre alt wären, würden wir auch ab und zu vergessen, wo wir unsere Sachen hingelegt hätten, meinte sie.«

»Damit hat sie bestimmt recht. Wie alt sind die beiden denn?«, fragte Marleen und nahm noch ein Stück Schokolade. Wie ihr Vater aß sie lieber süß als herzhaft.

»Er ist 73. Das klingt gar nicht so alt, wenn man an Joe Biden denkt. Als er Präsident der Vereinigten Staaten von Amerika wurde, war er 78 Jahre alt. Aber die Menschen altern eben unterschiedlich. Rieke ist übrigens fünf Jahre jünger als Frieso.« Die Salamischeiben waren schon etwas trocken, aber ihn schien das nicht zu stören, denn er biss herzhaft in sein Brötchen.

Stundenlang plauderten Marleen und Finn über dies und jenes. Der Gesprächsstoff ging ihnen nicht aus. Das hatte Marleen nur selten erlebt. Meistens brauchte man doch eine gewisse Zeit, um mit jemandem, den man gerade erst kennengelernt hatte, warm zu werden und gemeinsame Interessen, über die man sich austauschen konnte, zu finden. Doch bei Finn fiel ihr alles leicht, und ihm ging es anscheinend genauso.

Kapitel 5

Erst nach Mitternacht fielen Marleen langsam die Augen zu, und sie zog sich in Finns Schlafzimmer zurück. Sie wollte noch ein paar Seiten in das Notizbuch schreiben, das Dr. Pfeiffer ihr zu Therapiezwecken geschenkt hatte. Denn der Wein hatte sie vollkommen entspannt, und das Flirten mit Finn hatte ihr Hoffnung gemacht, dass sie Edward endgültig loslassen konnte, um bereit für eine neue Liebe zu sein. Die Zuversicht wollte sie ausnutzen und sich von ihrem Ex-Freund lösen, indem sie ihrer fiktiven Tochter Frieda über ihn schrieb. Sie war nicht sicher, ob sie morgen noch die Kraft dazu haben würde, den Lebensabschnitt mit Edward Cook abzuschließen.

Seit Arjens Tod tat sie sich schwer mit der Endgültigkeit an sich. Deshalb sammelte sie zwanghaft Souvenirs. Sie konnte es schlecht ertragen, dass Menschen aus ihrem Leben verschwanden und schöne Erlebnisse unwiderruflich vorbeigingen. Immer wieder versuchte sie mithilfe von Andenken, das Glück festzuhalten. An dieser Marotte, die nach Meinung ihres Therapeuten bereits zu einem Ritual geworden war, musste sie arbeiten, sonst würde sie eines Tages noch Ärger mit der Justiz bekommen und Personen, die ihr am Herzen lagen, bitter enttäuschen. Sie musste sich dieses Dämons dringend entledigen. Doch eins nach dem anderen. Jetzt würde sie sich erst einmal Edward von der Seele schreiben.

Sie entkleidete sich, zog ein frisches T-Shirt von Finn an und kuschelte sich ins Bett. Leider dufteten die Laken weit weniger stark nach ihm, als sie gehofft hatte. Bevor sie zu müde wurde, um einen Gedanken zu fassen, holte sie das himmelblaue Notizbuch mit dem Liebesvogel auf dem Einband aus ihrer Handtasche. Die Kopffedern des Edelpapageis hatten fast dasselbe Rot wie ihr Haar. Das Buch trug sie bei sich, seit sie auf dem Strand am Roten Kliff auf Sylt über die nagenden Schuldgefühle und den schmerzhaften Verlust von Arjen geschrieben hatte. Für sie war es ein sensibles Dokument, das ihre Wunden offenlegte. Sie wusste nicht, ob sie sich jemals überwinden würde können, es jemandem zu lesen zu geben. Aber das spielte im Moment auch noch keine Rolle. Ihr Therapeut hatte gesagt, es wäre erst einmal wichtig, sich selbst gegenüber aufrichtig zu sein und zu akzeptieren, dass sie auch schlechte Eigenschaften hatte.

»Schonungslose Ehrlichkeit kann eine reinigende Wirkung haben«, hatte Dr. Pfeiffer gemeint. »Sie quälen sich mit Selbstvorwürfen, besonders was Kathleen Cook betrifft. Lassen Sie sie los! Sie können ohnehin nicht mehr ändern, was geschehen ist. Und trotz dessen, was Sie getan haben, sind Sie kein schlechter Mensch. Sie haben es nicht verdient zu leiden, auch wenn Sie das denken.«

Als Marleen das Buch auf einer leeren Seite aufschlug, fiel ihr das Atmen schwerer. Plötzlich schien ein unsichtbarer Stein auf ihrem Brustkorb zu liegen. Wenn sie an Edward dachte, fühlte sie sich gekränkt und zurückgewiesen, aber sie hatte auch Gewissensbisse, weil sie sich unmoralisch verhalten hatte. Das entsprach überhaupt nicht ihrem Charakter. So rücksichtslos war sie eigentlich nicht! Edward hatte sie dazu getrieben. Zudem hatte die Liebe zu ihm sie auf Irrwege geführt. Aber sie hatte daraus gelernt. Sie würde sich nie wieder so blindlings in eine Beziehung stürzen.

Liebe Frieda,
da bin ich wieder, und ich werde versuchen, so schonungslos offen zu sein wie schon bei meinem ersten Eintrag. Nur wenn man aufrichtig zu sich selbst ist, kann man auch aufrichtig zu anderen sein, hat Dr. Pfeiffer gesagt. Damit hat er wohl recht, und ich will ja aufhören, meine Erinnerungsbox mit weiteren Andenken zu füllen, denn meine Sammlung ist in Wahrheit ein Mahnmal der Schande, der Niederlage und Schwäche. Ich rede mir ein, dass ein Dämon in mir lebt, der mich dazu treibt, zum Langfinger zu werden, aber das stimmt nicht. Die Wahrheit ist: Ich bin der Dämon, ich nehme heimlich Dinge an mich, um die Erinnerung an schöne Erlebnisse festzuhalten, weil ich Angst habe, nie wieder so glücklich zu sein wie in diesem Moment. Denn Glück ist flüchtig, ich habe es erlebt, erst mit Arjen und dann mit Edward.

Inzwischen ist mir klar, dass ich mich niemals mit Edward Cook hätte einlassen sollen. Wir waren nie füreinander bestimmt. Aber es heißt nicht umsonst, dass Liebe blind macht. Wenn man sich unwiderstehlich zu einer Person hingezogen fühlt, möchte man glauben, dass man zusammengehört. Zweifel lässt man nicht zu. Zumindest war es bei mir so. Ich war so voller Hoffnung, auf einen Menschen getroffen zu sein, der mich akzeptiert, wie ich bin. Es mag merkwürdig klingen, aber Edward wertete mich auf.

Er behandelte mich nicht wie eine Schülerin, er begegnete mir auf Augenhöhe. Als er in der Business School mein Dozent wurde, kurz nachdem er von Großbritannien hergezogen war, um in Deutschland Berufserfahrung zu sammeln und seine Kenntnisse der deutschen Sprache zu erweitern, war ich zwar auf dem Papier erwachsen, aber viele Ältere behandelten mich immer noch wie eine Jugendliche. So erging es vielen meiner Freunde. Du wirst es selbst erleben, Frieda. Es ist eine Sache, volljährig zu sein, und eine ganz andere, dass man entsprechend mit dir umgeht.

Bei Edward war es nicht Liebe auf den ersten Blick. Seinen englischen Akzent fand ich von Anfang an süß, aber nicht ihn, anders als bei Finn, der ein echter Augenschmaus ist. An manchen Tagen kleidete er sich wie das Klischee eines Engländers. Dann trug er ein grünes Tweed-Sakko mit Lederpatches an den Ellbogen oder einen weißen Pullunder, im Stil eines Cricket-Spielers. Mir gefiel sein Kleidungsstil nicht, aber unter seinen Klamotten schien er gut gebaut zu sein. Er war Anfang dreißig und hatte ein verschmitztes Lächeln, das vermuten ließ, dass er nicht so steif war, wie er in den Lesungen wirkte.

Während ich im vergangenen Jahr am Anfang des Wintersemesters so dasaß und ihn analysierte, passierte es. Er sah mich an und hob fragend eine Augenbraue, weil er bemerkte, dass ich ihn anstarrte. Verlegen tat ich so, als würde ich etwas notieren.

In den darauffolgenden Wochen blieb sein Blick immer öfter an mir hängen, unterdessen erklärte er souverän seinen trockenen Lehrstoff. Jedes Mal wurde mir heiß. Ich genoss seine Aufmerksamkeit. Außerdem hatte ich genug Zeit, über ihn nachzudenken, denn das Studium interessierte mich nicht.

Bisher hatte ich die Stunden im Seminarraum damit verbracht, mir auszumalen, mit welcher Ausrede ich mich aus den Lesungen entschuldigen könnte. Vergeblich hatte ich darüber nachgegrübelt, wie ich meinen Eltern klarmachen konnte, dass ich keine Geschäftsfrau war, und was ich stattdessen arbeiten wollte. Ich hatte mich weggeträumt, aufs Meer, und mich in meiner Fantasie auf meinem Surfbrett vom Wind übers Wasser ziehen lassen.

Doch im Herbst letzten Jahres fühlte ich mich plötzlich nicht mehr wie ein Vogel, der in einem goldenen Käfig eingesperrt war. Ich wollte nicht mehr weg, sondern genoss es, wenn sich Edward über meine Schulter neigte und mir so nah kam, dass ich sein herbes Aftershave riechen konnte. Wenn er auf den Bildschirm meines Laptops zeigte und wie zufällig dabei meinen Arm mit seinem berührte. Wenn er beim Vorbeigehen rasch aufmunternde englische Kommentare in mein Notizheft schrieb, wie: *well done* und *fabulous.* Bald änderte sich der Ton. Als Edward *beautiful* und *lovely* notierte, wusste ich nicht, ob er meine Mitarbeit oder mich meinte.

Irgendwann fragte er mich vor allen anderen Studenten über ein Thema aus. Ich schnitt natürlich schlecht ab, weil ich einfach keinen Zugang zu BWL fand und Edward mich zudem vom Zuhören abgelenkt hatte. Das machte mich wütend. Wie konnte er mich derart vorführen? Doch am Ende der Stunde schlug er vor, dass ich in der Pause im Seminarraum bleiben und er mir alles noch einmal erklären könnte. Da begriff ich, dass er mich nur in diese peinliche Situation gebracht hatte, um einen Grund zu finden, mit mir allein zu sein. Verstimmt war ich trotzdem noch, aber meine Verärgerung verrauchte schnell, als er mit mir flirtete, sobald die anderen Studenten fort waren.

Es dauerte nicht lange, und Edward schlug vor, dass wir uns in einem Café treffen sollten. Wahrscheinlich wollte er verhindern, dass jemandem auffiel, dass er meine Nähe suchte. Ich willigte ein. Im Café verhielt er sich wie ein Gentleman. Er goss mir Tee ein, tupfte mir mit einer Papierserviette Kekskrümel von den Lippen und bestand jedes Mal darauf zu bezahlen. Es tat mir so verdammt gut, umsorgt zu werden. Das kannte ich nicht. Meine Eltern waren zu sehr damit beschäftigt, ihren Geschäften nachzugehen und Wohltätigkeitsveranstaltungen zu organisieren, und meine Ex-Freunde hatten in der Beziehung gemeint, dass wir Frauen nicht auf der einen Seite Gleichberechtigung fordern und auf der anderen Seite auf Händen getragen werden könnten. Edward hatte damit kein Problem, er war charmant und unkompliziert. Er verlangte nichts von mir und fand offenbar Gefallen daran, mich zu verwöhnen. Da war es um mich geschehen. Ich verliebte mich in ihn.

Als wir Anfang Dezember mit dem Studienkurs einen Ausflug auf den historischen Weihnachtsmarkt vor dem Hamburger Rathaus machten, seilten Edward und ich uns ab. Wir verbrachten einige wundervolle Stunden in meiner Wohnung. Edward packte mich aus wie ein Geschenk, auf das er sich schon lange gefreut hatte. Dann liebte er mich. Er war der erste Mann, der mich dort küsste, wo es am schönsten ist. Nie hatte ich mich mehr als Frau gefühlt. Von da an trafen wir uns immer wieder heimlich bei mir.

Ich merkte, dass ihn die Heimlichtuerei erregte, mir dagegen setzte sie schrecklich zu. Von Anfang an hatte ich furchtbare Schuldgefühle, die mich nachts nicht schlafen ließen. Ich wusste, dass Edward verheiratet ist. Sein Ehering blitzte manchmal durch die Sonnenstrahlen, die in den Seminarraum der Business School fielen, auf. Wenn das passierte, kam es mir so vor, als wollte sich seine Ehefrau anklagend in Erinnerung rufen, aber natürlich sprach da nur mein schlechtes Gewissen aus mir. Kathleen hat nie etwas von der Affäre von Edward und mir erfahren.

Ich ließ mich nur auf Edward ein, weil er mir von Anfang an versicherte, dass es schlecht um seine Ehe stand. Er trennte sich nur nicht von seiner Frau, weil sie extra wegen ihm und seiner Anstellung bei der Business School von Großbritannien nach Deutschland gezogen war. Er fand es gemein und herzlos, sich jetzt schon von ihr zu trennen. Dann wäre sie allein in einem fremden Land, das konnte er ihr nicht antun. Erst fand ich das rührend und schluckte die bittere Pille, dass er nach unseren Treffen zurück nach Hause fuhr, zurück zu Kathleen. Doch dann wurde ich skeptisch, denn er wollte mir nicht sagen, wann er ihr von uns erzählen und bei ihr ausziehen würde, damit wir auch offiziell ein Paar werden konnten. Langsam bekam ich den Eindruck, dass er gar nicht vorhatte, zu Hause reinen Tisch zu machen.

Kurz vor Weihnachten weinte ich mir die Augen aus, weil Edward mit Kathleen nach England fahren und das Fest mit ihren Familien verbringen wollte. War ihre Ehe vielleicht doch nicht am Ende? Er tröstete mich, küsste mir die Tränen von den Wangen und versicherte mir, dass seine Ehe bloß noch auf dem Papier bestand, das stimmte mich wieder versöhnlich. Zum Abschied schenkte er mir einen Ring, und ich war so naiv zu glauben, das wäre ein Zeichen, dass er mich eines Tages heiraten wollte. Heute denke ich, dass er sich bloß meine Zuneigung sichern wollte. Damals betrachtete ich ihn durch eine rosarote Brille, jetzt weiß ich jedoch, dass er mich die ganze Zeit belogen und manipuliert hat.

Daher rate ich dir, Frieda, vertraue deinen Instinkten. Mein Bauchgefühl sagte mir von Anfang an, dass ich mich nicht mit einem Dozenten und erst recht nicht mit einem verheirateten Mann einlassen sollte, aber ich habe nicht darauf gehört. Ich bereue es sehr, dass ich mich von Edward in eine Falle locken ließ. Er hat mich umgarnt wie eine Spinne, und ich habe es nicht gemerkt. Es war ein großer Fehler, mich auf ihn einzulassen.

Ihr jähes Ende fand unsere Affäre an einem Valentinstag. Weil ich die Situation kaum noch ertrug, setzte ich ihm das Messer auf die Brust, noch während wir zusammen in meinem Bett lagen. Er sollte sich endlich für mich entscheiden, denn ich quälte mich. Ich wollte keine Geliebte sein, sondern eine Freundin, später eine Ehefrau und Mutter. Da machte er mit mir Schluss. Eiskalt sagte er mir ins Gesicht, dass es aus wäre. Mein Gejammer würde ihm den Spaß verderben.

Während er sich die Hose anzog, stellte er klar: »Das mit uns war doch keine Liebe, sondern bloß Vergnügen.«

»Dann ging es dir bloß um Sex?«, fragte ich überrascht. Plötzlich schämte ich mich für meine Nacktheit und zog die Bettdecke bis unters Kinn.

Mit einem selbstzufriedenen Gesichtsausdruck rieb er sich über den behaarten Oberkörper. »Es spricht nichts gegen ein bisschen Zerstreuung nach einem harten Tag Arbeit.«

Ich war schockiert. »Aber du hast mir ins Ohr geflüstert, dass du mich liebst.«

»Das gehört doch dazu.« Er winkte ab. »Das war bloß so dahergesagt.«

»Dann hast du mich die ganze Zeit belogen?«, wollte ich wissen und war wie vor den Kopf gestoßen.

»Jetzt tu nicht so naiv!« Er schnaubte. »Du hast genau gewusst, auf was du dich einlässt.«

Wut stieg in mir auf. »Nein, habe ich nicht, denn du hast mir immer wieder versichert, dass du unglücklich mit Kathleen bist und dich von ihr trennen wirst.«

»Das würde ich niemals tun. Kathleen und ich waren schon in der Schule ein Paar und haben viel zusammen erlebt. Uns verbinden sechzehn gemeinsame Jahre«, erklärte er, während er sich das Hemd zuknöpfte und dann den Saum in die Hose steckte.

Ich fühlte mich wie im falschen Film. Passierte das gerade wirklich? Aufgewühlt wickelte ich die Decke um meinen Körper und kniete mich ans Fußende des Bettes. »Aber du hast von einem gemeinsamen Leben mit mir gesprochen.«

»Weil du das hören wolltest. Ich wollte dich nicht enttäuschen. Du warst wie ein Hundewelpe, der um Zuneigung bettelte. Wenn du mich mit deinen großen traurigen Augen angeguckt hast, habe ich das kaum ertragen und dir alles versprochen, was du wolltest.« Er seufzte schwer. »Das war falsch, ich weiß, aber ich bin auch bloß ein Mensch. Du hast mich eben schwach gemacht.«

»Behaupte nicht, dass ich die treibende Kraft war«, schrie ich ihn an. »Du hast mich mit deinen Lügen manipuliert und mich verwöhnt wie eine Prinzessin, um mich ins Bett zu kriegen, denn nur darum ging es dir von Anfang an.«

»Übertreibst du nicht ein wenig?«, fragte er, setzte sich aufs Bett neben mich und zog sich seine beige-braun-karierten Socken und seine braunen Lederschuhe an. »Was hast du denn erwartet? Ich kann nichts dafür, dass du in mir deinen Traumprinzen siehst.«

»Du bist wohl eher mein Albtraum«, entgegnete ich scharf. Seine Abgeklärtheit schreckte mich ab. Das war nicht derselbe Mann, der mir in der Vorlesung ein Herz ins Notizbuch gemalt und mich im Café mit Kuchen gefüttert hatte.

»Wir leben nicht in einem Walt-Disney-Film.« Er lächelte mitleidig. »Du und ich, wir hatten die vergangenen drei Monate einfach nur ein bisschen Spaß zusammen.«

»Warum hast du dann von Liebe gesprochen?« Ich hatte die Worte kaum herausbekommen, denn mein Hals zog sich vor Verärgerung zusammen, als würde ich an einer Zitrone lutschen.

»Weil ich dich nicht verlieren wollte. Ich fühlte mich von dir angezogen, wegen deiner roten Haare und weil du die Einzige in meiner Vorlesung bist, die kein Interesse am Studium zeigt. Alle anderen Studenten wollen Karriere machen, aber du hast so verloren gewirkt, das machte mich neugierig auf dich.« Es wirkte gleichgültig, wie er mit den Schultern zuckte. »Außerdem bist du alles, was ich nicht bin. Du bist blutjung, frei und ungebunden, dir steht die Welt noch offen. Mit deiner Unbekümmertheit und deiner Lebenslust hast du mich aus meinem langweiligen Alltag herausgerissen. Durch dich habe ich mich wieder lebendig gefühlt.«

War er etwa doch unglücklich in seiner Ehe? Brauchte er vielleicht einfach nur mehr Zeit, um sich ebenfalls in mich zu verlieben? Ich sah einen Hoffnungsschimmer. »Dann willst du Kathleen doch verlassen?«

»Niemals, das sagte ich doch schon. Sie ist schwanger, Herrgott noch mal. Eigentlich wollte ich es dir gar nicht sagen, aber du zwingst mich dazu.« Demonstrativ holte er seinen Ehering aus der Hemdtasche und streifte ihn auf seinen Finger. »Trotzdem darf man doch davon träumen, es noch einmal richtig krachen zu lassen, wie damals zur Studentenzeit. Wenn man lange ein Paar ist, lässt die Lust auf den Partner nach, das ist normal, du wirst das auch noch erleben. Dadurch, dass Kathleen in anderen Umständen ist, will sie zurzeit ohnehin keinen Sex mehr. Zu gefährlich, meint sie, denn sie hat vor sechs Jahren schon einmal ein Baby verloren. Das hat unsere Ehe belastet, aber jetzt wird alles besser. Wir werden bald eine Familie sein.«

Edward und Kathleen werden ein Kind bekommen, dachte ich fassungslos. Und mir hatte er erzählt, er würde sie verlassen. Elender Lügner! Meine Stimme troff vor Verachtung, als ich zischte: »Und da hast du dir halt hinter Kathleens Rücken ein Betthäschen gesucht.«

»Ich konnte ja nicht ahnen, dass du anhänglich wirst«, sagte er abschätzig.

Daraufhin gab ich Edward eine so heftige Ohrfeige, dass mein Handabdruck auf seiner Haut zurückblieb. Ich bin nicht stolz darauf, grob geworden zu sein, aber es tat gut, zumindest für einen kurzen Moment. Danach überrollte mich eine Welle des Schmerzes. Ich hatte nicht allein den Verlust einer Liebe zu bewältigen, sondern auch zu verarbeiten, wie ein heißer Stein fallen gelassen zu werden. Ich betrat die Business School nie wieder, meldete mich aber auch nicht ab, weil ich erst mit meinen Eltern darüber sprechen wollte, dass ich das Studium abgebrochen hatte.

Edward gehört der Vergangenheit an, aber bisher konnte ich nicht aufhören, mich nach dem fürsorglichen Mann, den er mir vorgespielt hatte, zu sehnen und die Zukunft, die ich mir mit ihm ausgemalt hatte, zu beweinen. Doch das ist jetzt vorbei. Finn hat einen Schalter in mir umgelegt. Keine Sorge, Frieda, ich habe nicht vor, mich in die nächste Liebesbeziehung zu stürzen oder eine Bettgeschichte anzufangen, aber es tut mir gut, mit ihm zusammen zu sein, nicht mehr und nicht weniger. Ich habe Edwards Ring ins Meer geworfen und seine Nachrichten auf meinem Smartphone gelöscht. Die Zeit ist gekommen, Edward Cook zu vergessen.

Nachdem er mich weggeworfen hatte wie eine Aufziehpuppe, die nicht mehr funktionierte, wurde das Bedürfnis, Andenken an wundervolle Erlebnisse mitzunehmen, erst einmal schlimmer, was mich zutiefst beschämt. Davor hatte ich gute Fortschritte gemacht, aber das war ein herber Rückschlag. Trotzdem gebe ich nicht auf.

Vielleicht werde ich bald den Mann meines Lebens finden, mit ihm in guten wie in schlechten Zeiten zusammenhalten und gemeinsam durchs Leben gehen, bis dass der Tod uns scheidet. Dann bräuchte ich keine Souvenirs mehr, weil ich dauerhaft glücklich wäre.

Deine Marleen

In der Nacht schlief Marleen so traumlos und ruhig wie schon lange nicht mehr. Als sie aufstand und sich im Badezimmer fertig machte, fühlte sie sich leicht und unbeschwert.

Sie hatte schon viele Verluste erlebt. Unter anderem war ihre gute Freundin Rabea mit sechzehn Jahren nach Düsseldorf gezogen. Eine Zeit lang hatten sie Kontakt gehalten, doch irgendwann hatte Rabea nicht mehr auf ihre Nachrichten reagiert. Also hatte Marleen sie angerufen. Am Telefon hatte ihre Freundin kurz angebunden geklungen und schließlich das Gespräch beendet, weil sie mit ihren neuen Freunden verabredet war. Danach hatte Marleen aufgehört, sie an ihre Freundschaft zu erinnern und nie wieder von Rabea gehört.

Doch Arjen und Edward zu verlieren hatte ihr besonders zu schaffen gemacht, da sie nur einen Bruder gehabt hatte und sich hatte vorstellen können, mit Edward eine Zukunft zu haben. Wie Gewichte hatte Marleen den Verlustschmerz auf ihren Schultern getragen, doch die Last war nun fort. Das stimmte sie euphorisch.

Im Erdgeschoss warteten schon frische Brötchen und eine Kanne Ostfriesentee auf sie. Das schlechte Wetter hatte sich verzogen. Die Sonne schien vor den Fenstern. Sanft wiegten sich die Kiefern im lauen Wind. Der Frühsommer war an diesem Pfingstmontag zurückgekehrt. Fröhlich plauderte Marleen mit Finn über das Sommerfest auf der Schokoladeninsel, doch er lud sie leider nicht ein, ihn im August zu besuchen.

»Ich werde dir gleich einen Gutschein für ein neues Tagesticket besorgen«, kündigte er an, gab ein Kluntje in seinen Tee und zauberte dann mit Sahne Wölkchen hinein. Er nippte daran und seufzte zufrieden. »Damit kannst du zu einem anderen Zeitpunkt wiederkommen und den Besuch diesmal mehr genießen.«

Das hatte Marleen trotz aller Widrigkeiten doch schon. Hatte er das etwa nicht gemerkt? Abgesehen von Riekes Rettung aus der Nordsee hätte der Aufenthalt auf der Schokoladeninsel nicht schöner sein können. Marleen rang sich ein Lächeln ab. Sie war Finn dankbar, aber seine Worte klangen zu unverbindlich, um sie wirklich zu begeistern. »Nett von dir.«

Während er ein gebuttertes Brötchen mit Honig beschmierte, sagte er heiter: »Eine Tasche mit süßen Entschuldigungen dafür, dass wir dir den Spaß verdorben haben, bekommst du auch.«

»Es gibt nichts zu entschuldigen. Anders als die anderen Besucher durfte ich auf Möwesand bleiben und mich in den Manufakturen austoben. Außerdem habe ich schon genug Naschkram eingepackt.« Und das war auch nicht das, was sie wirklich wollte. Vielmehr wünschte sie sich, er würde ihr einen Hinweis darauf geben, dass er sie wiedersehen wollte.

»Ein Ersatzticket und Gebrüder Lorentz-Schokolade bekommt jeder, dem der Sturm gestern den Aufenthalt vermiest hat.« Bevor er in sein Brötchen biss, fügte er hinzu: »Also steht dir das auch zu.«

Anscheinend sah er bloß eine Touristin in ihr. Das ernüchterte Marleen, hatte sie doch gedacht, mehr für ihn zu sein. Sie befürchtete, denselben Fehler noch einmal gemacht zu haben. Finn hatte sie genauso umsorgt wie Edward am Anfang ihrer Beziehung, und beide Male hatte sie Fürsorge mit Zuneigung verwechselt.

Nach dem Frühstück räumten sie gemeinsam auf. Er erinnerte sie daran, dass die erste Fähre gleich anlegen und sie bald darauf zum Festland bringen würde. Der Abschied stand bevor. Plötzlich kam Marleen der gemeinsame Tag mit Finn bloß wie ein schöner Traum vor. Nun war sie aufgewacht. Das Wohlgefühl war noch da, aber die Träumerei vorbei. Ihm schien das eher klar geworden zu sein als ihr.

Enttäuscht band sie sich ihre Windjacke um. Sie nahm ihre Handtasche und ihre Ausbeute aus den Läden. Während Finn noch einmal die Treppe hoch in sein Schlafzimmer lief, um sich ein frisches T-Shirt anzuziehen, ging sie schon einmal zum Ausgang.

Ihr Blick fiel auf die Figuren, die er von seinen Surfurlauben mit heimgebracht hatte. Plötzlich kribbelte ihr Körper. Ihr wurde heiß, und ihre Handflächen wurden feucht. Ihr

Gesichtsfeld verengte sich. Sie nahm nur noch Finns Souvenirs wahr. Entsetzt keuchte sie, denn sie kannte die Anzeichen nur allzu gut. Der Dämon machte sich bemerkbar. Verzweifelt stand sie vor dem Regal und versuchte ihn niederzuringen. Erst gestern Nacht war sie doch voller Hoffnung gewesen, sich seiner schon fast entledigt zu haben. Sie hatte sich ihre Schuld an Arjens Tod verziehen und Edward zum Teufel gejagt, doch so einfach war es anscheinend nicht. Sie hatte zwar ihre zurückliegenden Verluste verarbeitet, aber nun lief ihre romantische Zeit mit Finn ab, und das bedrückte sie.

»Du hast doch einen Weg gefunden, Glücksmomente immer wieder neu zu erleben«, flüsterte der Dämon ihr zu. »Worauf wartest du noch? Du wirst Finn nur dann verlieren, wenn du dumm bist und auf deinen Therapeuten hörst. Tu es sofort, greif zu! Später wirst du nicht mehr die Möglichkeit haben, den gestrigen Tag mit Finn zu konservieren. Dann ist die Freude, die du mit ihm hattest, unwiderruflich vorbei.«

Marleen kam es vor, als würde ihr Arm nicht zu ihr gehören, sondern zu jemand anderem. Wie betäubt sah sie, dass ihre Hand zum Regal schoss, einen kleinen Gecko aus Holz griff und ihn in ihre Handtasche steckte. Ihre Schuldgefühle schlugen ihr auf den Magen, und ihr wurde speiübel. Der Tee stieg ihre Speiseröhre hoch und kitzelte sie unangenehm im Rachen. Ihr wurde schwindelig vor Scham, darum lehnte sie sich gegen die gusseiserne Tür.

Vor ihrem geistigen Auge sah sie, wie sie nach Sylt zurückkehrte und die niedliche Echse in ihre Schatztruhe legte. Sie weinte dabei vor Verzweiflung, das tat sie meistens. Jedes ihrer Andenken stand zwar für eine schöne Erinnerung, war jedoch gleichzeitig ein beklemmendes Beweismittel für ihre Impulskontrollstörung. Sie wusste, dass sie ein ernstes Problem hatte. Aber wenn Dr. Pfeiffer ihr nicht helfen konnte, wer dann?

Sie hörte Finns Schritte auf der Treppe, er kam zurück. Endlich löste sich ihre Betäubung. Marleen atmete mehrmals tief ein und wieder aus, so wie ihr Therapeut es ihr gezeigt hatte. Sie zählte langsam von zehn rückwärts, dann stellte sie sich vor, wie Wurzeln von ihren Füßen in den Boden wuchsen und erdete sich neu. Sinnbildlich und unter großer Anstrengung steckte sie den Dämon in einen großen massiven Eichenschrank. Sie schlug rasch die Türen zu und schloss diese doppelt ab. Dann stellte sie sich den Schlüssel in ihrer Hand vor – wie er aussah und wie er sich anfühlte – und machte sich bewusst, dass sie jetzt die Macht über den bösen Geist, der sie immer wieder heimsuchte, hatte. Für den Moment war er fort, und sie war wieder sie selbst. Neue Kraft strömte in ihre Glieder, der Schwindel verschwand und mit ihm die Übelkeit. Erleichtert stieß sie die Luft aus.

Sie wollte gerade das einzig Richtige tun und die Holzfigur zurücklegen, als Finn auftauchte. Es war zu spät. Wenn sie es jetzt tat, würde er es mitbekommen. Wie sollte sie ihm erklären, warum sie den Gecko eingesteckt hatte und im Begriff war, ihn wieder zurückzulegen? Unmöglich!

»Tut mir leid, dass du auf mich warten musstest.« Finn öffnete die schwere Tür und hielt sie auf. »Sollen wir los? Die Fähre dürfte schon in den Hafen einlaufen.«

Marleen drückte die Handtasche gegen ihren Bauch und spürte das Figürchen darin. Betreten nickte sie. Sie verließ den Leuchtturm mit neuen Schuldgefühlen im Gepäck.

Während Finn durch das Wäldchen mit den windschiefen Kiefern voranging, sagte er über seine Schulter hinweg: »Wir hatten viel Spaß zusammen. Findest du nicht auch?«

»Ja, und das, obwohl wir uns unter denkbar schlechten Umständen kennengelernt haben«, entgegnete sie und spielte damit auf die Rettung von Rieke Knuten an.

Am *Betreten verboten*-Schild nahm er ihr den Stoffbeutel mit dem Naschwerk ab und trug ihn für sie. »Ich werde sobald wie möglich nachschauen, ob es ihr gut geht, versprochen.«

Warum fragte er nicht, ob sie mitkommen wollte? Wieso bot er ihr nicht an, den heutigen Tag auf der Schokoladeninsel zu verbringen? Vermutlich glaubte er, es würde sie zurück in ihre Ferienunterkunft ziehen, weil sie dringend die Kleidung wechseln wollte. Möglicherweise nahm er auch an, dass sie ohnehin heute nach Hamburg abreisen würde, da das lange Pfingstwochenende zu Ende ging. Falls er das dachte, hatte er recht, aber sie würde trotzdem sofort zusagen, wenn er ihr anbieten würde zu bleiben. »Das solltest du tun.«

»Das ist doch selbstverständlich.« Zügig schritt er an der Mauer, die das Lorentz-Haus umgab, entlang. Er grüßte einen Mann mit dunkelblauer Fischermütze und schwarz umrandeter Nickelbrille. Mattes, wie Finn ihn nannte, zog gerade einen langen dünnen Ast, den der starke Wind am Vortag vom Laubwald hierhergeweht haben musste, aus dem Beet.

Marleen beobachtete gerührt eine Stockentenmutter, die mit ihren acht schwarz-gelben Küken die Küstenstraße überquerte, wohl um zum Süßwassersee in der Inselmitte zu gelangen. Sie berührte Finn am Rücken. »Warum hast du es so eilig?«

»Ich habe in fünf Minuten ein geschäftliches Treffen mit meinen Brüdern.« Finn warf ihr einen zerknirschten Blick zu. »Deshalb kann ich leider auch nicht warten, bis du abgefahren bist.«

»Schade«, sagte sie, und es klang fast wie Seufzen. Verlegen prüfte sie aus den Augenwinkeln heraus seine Reaktion.

Er lächelte warmherzig. »Finde ich auch.«

»Der Sturmausläufer gestern hatte auch etwas Gutes.« Marleen genoss die Sonnenstrahlen auf ihren nackten Armen.

»Man ist näher zusammengerückt?«, fragte er und sah sie intensiv an.

»Das auch.« Schmunzelnd schob sie sich den Gurt ihrer Tasche an den Hals, da diese immer wieder von ihrer Schulter rutschte. »Man hat Zeit füreinander gehabt. Und wie Wilhelm von Humboldt einst sagte, geben Sturm und Wellen der See erst Seele und Leben.«

»Ich weiß, es ist unhöflich, dich zum Landungssteg zu bringen und dort allein zu lassen, nach allem, was wir in den letzten zwanzig Stunden erlebt haben. Aber ich bin vorgestern schon zu spät gekommen, als Joos, Thies und ich unseren mutmaßlichen Halbbru… einen neuen Mitarbeiter willkommen geheißen haben. Der Termin heute Morgen muss spontan anberaumt worden sein, denn mein ältester Bruder hat mir erst gestern Abend eine Handynachricht geschickt.« Schmunzelnd fügte er hinzu: »Ich habe sie aber erst heute früh gelesen, weil ich abgelenkt war.«

Sie knuffte ihn, dann runzelte sie ihre Stirn. »Ich dachte, du hast dich aus dem Geschäft zurückgezogen?«

»Das trifft auch zu, aber als stiller Teilhaber der Gebrüder Lorentz habe ich trotzdem ein Stimmrecht«, erklärte er.

»Schon okay.« Aber sie bedauerte den überhasteten Abschied sehr. Sie wollte noch nicht weg. Als sie am Hafen ankamen, sah Marleen, dass die mit Touristen bepackte Fähre bereits anlegte. Die Besucher drängten sich am Ausgang zusammen und konnten es dem Anschein nach nicht erwarten, zu den Naschwerk-Manufakturen zu kommen. Marleen konnte das gut nachvollziehen.

An der Holzstufe, die auf den Steg führte, blieb Finn dicht vor ihr stehen. Er zog eine Visitenkarte aus seiner Hosentasche und reichte sie ihr. »Sag Bescheid, wenn du sicher wieder auf Sylt angekommen bist.«

»Über deine Rufnummer in der Schokoladenfabrik?«, fragte sie und wusste nicht, ob sie sich freuen sollte, dass er hoffte, von ihr zu hören, oder enttäuscht war, dass er über berufliche Kanäle den Kontakt halten wollte.

»Nein, die ist auf meinen Stellvertreter umgeleitet.« Er drehte die Karte um und zeigte auf die Handynummer, die er auf der Rückseite handschriftlich notiert hatte. »Das ist meine private Handynummer. Die bekommen nur Freunde.«

Glücklich strahlte Marleen ihn an.

Plötzlich neigte er sich zu ihr herüber und flüsterte ihr ins Ohr: »Den Schokoladenkuss werde ich niemals vergessen.«

»Ich auch nicht.« Sie spürte seinen Atem an ihrem Hals und bekam eine angenehme Gänsehaut. Ihr Herz pochte heftig. Tief atmete sie seinen Duft ein. Am liebsten hätte sie die Arme um ihn geschlungen und den Kopf an seinen Brustkorb gelegt, aber dazu kam es nicht.

Als Finn den Oberkörper wieder aufrichtete, streiften seine Lippen ihre Wange. »Melde dich mal bei mir, Arielle.

Wenn nicht, muss ich nach Hamburg kommen und dich vorwurfsvoll fragen, wie du mich so schnell vergessen konntest.«

Er nannte sie nach der rothaarigen Meerjungfrau aus dem Walt-Disney-Film. Anders als Edward schien er kein Problem damit zu haben, das Leben mit einem Filmmärchen zu vergleichen. Das gefiel Marleen. »Vielleicht werde ich absichtlich nichts von mir hören lassen, um dich in meine Heimatstadt zu locken.«

Finn lachte. Wehmütig sah er sie an, während er die Hand an ihr Gesicht legte und mit dem Daumen über das Grübchen auf ihrem Kinn strich. Schließlich reichte er ihr ihren Beutel. »Auf Wiedersehen«, sagte er sanft, »und das ist nicht bloß eine Floskel, sondern ich meine es auch so.«

Sehnsüchtig stand sie einfach nur da und sah ihm hinterher, wie er eilig den Weg über die Küstenstraße zurück zum Lorentz-Haus nahm. Die Touristen strömten von der Fähre. Wie eine Welle ergossen sie sich über den Landungssteg und flossen an ihr vorbei in Richtung Nordwinden. Marleen war traurig, weil sie nicht wusste, ob sie Finn jemals wiedersehen würde. Sie hatten so viel gemeinsam, ihnen waren die Gesprächsthemen niemals ausgegangen. Wie gerne würde sie mal mit ihm zusammen surfen! Er machte es ihr leicht, sie selbst zu sein. In seiner Gegenwart war sie entspannt und verspürte eine Zufriedenheit, die sie in Hamburg schon lange nicht mehr empfunden hatte. Dort wurde es immer hektischer und lauter.

Plötzlich wurde sie von hinten an den Schultern gepackt. Sie schrie auf und drehte sich um.

Ihr Vater riss die Arme hoch. »Ich wollte dich nicht erschrecken.«

»Beinahe hätte ich dich mit dem Stoffbeutel geschlagen.« Ihr Puls raste immer noch.

»Das ist meine Tochter, stets kampfbereit«, sagte er stolz. In der prallen Sonne hatte sein kurzes Haar die Farbe eines Kürbisses. »Wo warst du bloß mit deinen Gedanken?«

Hitze stieg in ihre Wangen. Ausweichend antwortete sie: »Ich wollte gerade mit der Fähre zum Festland fahren.«

»Hast du denn nicht gelesen, was ich dir getextet habe?«, fragte er, während er über seine maßgeschneiderte Anzugjacke strich, die sein Bäuchlein gut kaschierte.

Sie schüttelte den Kopf und wollte ihr Smartphone aus der Handtasche holen.

Doch er hielt sie davon ab. »Ist nicht mehr wichtig, ich sag's dir einfach. Wir haben jetzt einen Termin mit den Lorentz-Brüdern.«

»Jetzt?« Marleen spürte, dass ihr das Blut gefror. Auch Finn hatte ein Meeting mit Joos und Thies erwähnt. Es musste sich um dasselbe handeln wie jenes, für das ihr Vater jetzt seinen stahlgrauen Anzug trug. Warum hatte er ihn überhaupt dabei, im Urlaub? Wahrscheinlich wollte er allzeit bereit sein zuzuschlagen, wenn ein erfolgversprechendes Geschäft in Sicht kam.

»Gestern wurden ja alle Besucher von der Schokoladeninsel evakuiert, wie du weißt. Auf Nordstrand sollten wir noch kurz warten. Joos Lorentz und eine Frau Huber sind im Hafen Strucklahnungshörn zu uns gestoßen. Sie haben uns Gutscheine für neue Tagestickets und Geschenktaschen mit Naschwerk überreicht und sich für die Umstände entschuldigt. Da habe ich meine Chance gesehen.« Er rieb sich die Hände. »Ich habe mich Lorentz als Privatinvestor vorgestellt und ein Treffen mit ihm und seinen beiden Brüdern vorgeschlagen. Im ersten Moment hat er sich geweigert, aber du kennst mich ja. Ich gebe nie auf.« Triumphierend lachte er. »Als ich sagte, dass du auf Möwesand verschwunden wärst und ich aus diesem Grund nicht nur die Polizei, die Presse und meine Rechtsanwälte alarmieren würde, hat er eingewilligt, sich mit mir heute früh zusammenzusetzen.« Er zwinkerte und hakte sich bei ihr ein. »Es heißt doch, man soll vom Besten lernen, also wirst du mitkommen.«

Was würde Finn von ihr denken? Er musste ja davon ausgehen, dass sie bei ihrem Abschied an der Anlegebrücke über den Termin Bescheid gewusst hatte. Bestimmt bereitete es ihm Kopfzerbrechen, warum sie ihn die ganze Zeit, die sie zusammen verbracht hatten, im Unklaren darüber gelassen hatte, dass sie geschäftlich auf der Schokoladeninsel war. Hoffentlich dachte er nicht, dass sie ein hinterhältiges Spiel mit ihm trieb.

Ihr Vater zog sie vom Hafen weg und tippte auf seine Rolex, um ihr zu signalisieren, dass die Zeit drängte. »Spätabends hab ich dann Entwarnung gegeben, weil du mir getextet hattest, dass du in Sicherheit bist. Man hatte auf der Insel nach dir gesucht, aber bei Finn Lorentz hat dich anscheinend niemand vermutet. Das war ein cleverer Schachzug von dir.«

»Ich habe nicht mit ihm über dein Bauprojekt gesprochen«, gestand sie, während sie neben ihrem Vater auf das Lorentz-Haus zuging. Wenn Finn erfuhr, dass ihr Vater mit den Gebrüdern Lorentz zusammenarbeiten wollte, würde er möglicherweise denken, sie hätte sich im Kiefernwäldchen versteckt, um zu verhindern, von der Insel weggebracht zu werden. Lag zudem nicht die Schlussfolgerung nahe, dass sie nur deshalb mit ihm geflirtet und ihn geküsst hatte, um damit den Weg für eine Zusammenarbeit zu ebnen?

»Nein? Warum denn nicht?«, fragte ihr Vater sichtlich enttäuscht. Seine handgenähten Budapester, die er letztes Jahr in London hatte anfertigen lassen, gaben bei jedem Schritt dieses typische knarzende Geräusch von Leder von sich. »Das war doch deine Chance, ihn auf unsere Seite zu ziehen, ohne dass seine Brüder hätten dazwischenfunken können.«

»Die Situation hat nie gepasst.« Während sie den Laubwald, an dessen Rand wilde Erdbeeren wuchsen, umrundeten, erzählte Marleen ihm davon, wie Rieke in die stürmische Nordsee gefallen war und sie die Rentnerin gemeinsam mit Finn gerettet hatte. Doch das war nur eine Ausrede dafür, dass sie die Geschäftspläne ihres Vaters nicht zur Sprache gebracht hatte. In Wahrheit war sie Finn lieber privat als beruflich nähergekommen. *Big business* interessierte sie nicht, wahrer Wert bestand für sie darin, einen Menschen zu treffen, mit dem man auf einer Wellenlänge lag.

Lachend klatschte er in die Hände. »Aber das ist doch prima.«

»Rieke wäre fast ertrunken«, erwiderte Marleen empört.

»So war das doch nicht gemeint.« Väterlich strich er über ihre Wange. Der raue Seewind versuchte vergeblich seine Frisur zu zerstören, doch seine Haare waren militärisch kurz geschnitten. »Aber durch die Rettungsaktion stehen die Lorentz-Brüder in deiner Schuld. Das werden wir selbstverständlich bei den Verhandlungen ausnutzen.«

»Bitte nicht.« Sie versuchte, sich ihr Entsetzen nicht anmerken zu lassen, denn sie wollte ihre Gefühle für Finn für sich behalten. Finn hatte noch keine Ahnung, wer ihm gleich gegenübertreten würde. Ihr wurde mulmig. »Geht das nicht alles zu schnell? Du hattest gestern erst den Einfall, in die Schokoladeninsel zu investieren, und heute willst du schon das Geschäft anbahnen. Wäre es nicht besser, die Idee mit dem Hotel erst einmal auszuarbeiten?«

»Um einen Investitionsplan zu erstellen, benötige ich erst einmal Eckdaten. Außerdem ist meine Zeit kostbar, und ich stecke sie nicht in den Entwurf für ein neues Projekt, das keine Zukunft hat, weil die andere Seite meine Visionen nicht teilt.« Sachte tätschelte er ihren Rücken. »Aber ich bin zuversichtlich, denn ich kriege immer, was ich will, und die Luxusherberge könnte für uns beide einen hohen Gewinn abwerfen.«

Vor dem austerngrauen Tor blieb Marleen stehen. Ihre Beine waren weich wie Gummi. Sie knetete ihre Handtasche und spürte durch den Stoff ihr Notizbuch und Finns Holzgecko. Ihr Herz drohte aus ihrem Brustkorb zu springen, so heftig pochte es. »Und für die Gebrüder Lorentz.«

»Uns geht es allein um den Profit der Familie De Vries. Die drei Lorentz-Brüder müssen sich um ihre eigenen Finanzen kümmern, wir kümmern uns um unsere«, stellte er in hartem Ton klar.

Ihr Vater war beruflich ein harter Hund, aber dass er so schonungslos dachte und berechnend vorging, erschreckte sie dann doch.

»Durch die Kooperation bei dem Hotel hätten wir einen Fuß in der Tür der Gebrüder Lorentz. Vielleicht können wir uns später in das Unternehmen einkaufen und für ein paar einträgliche Verbesserungen sorgen. Wir könnten der Insel sozusagen zu einem Upgrade verhelfen, denn meiner Meinung nach hat sie das bitter nötig. Hier gibt es viel zu viel freien Platz, auf dem noch Läden stehen könnten. Den Wald würde ich roden und die Wildblumenwiese asphaltieren. Wir könnten eine Fressmeile an der Küstenstraße eröffnen.« Sie waren am Anwesen angekommen, und Dyke betätigte energisch die Klingel am Tor. »Irgendwann könnte die Schokoladeninsel sogar das *Schlemmerparadies de Vries* heißen. Das reimt sich sogar ein wenig und bleibt darum gut in den Köpfen unserer Zielgruppe hängen. Hach, ich sprudele über vor Ideen. Das ist ein untrügliches Zeichen, dass ich auf der richtigen Spur bin.«

Marleen war empört. Das klang nach feindlicher Übernahme. Aber bevor sie ihrem Vater den Kopf waschen konnte, wurde das Tor geöffnet.

Ebba Alwart, die sie am Vortag abgewiesen hatte, bat sie nun ins Haus. Sie führte sie durch den Park zum Lorentz-Haus. Beim Vorübergehen fiel Marleen auf, dass vor einiger Zeit ein Herz in einen Baumstamm am Rand des Weges geritzt worden war. Die Buchstaben H und T waren nicht frisch, aber noch gut zu erkennen. Ob Hannah und Thies hier einst ihre Liebe verewigt hatten? Marleen fand das nicht albern, sondern romantisch. Bei genauerem Hinsehen erkannte sie ein B dort, wo die beiden Seiten des Herzens zusammenliefen. Es war winzig und sah neuer aus, musste also nachträglich hinzugefügt worden sein. Es stand wohl für Bente. Marleen war gerührt und freute sich darauf, auch eines Tages eine eigene Familie zu gründen.

Eine Dohle, die auf einem der Kastanienbäume gesessen hatte, fühlte sich anscheinend von ihnen gestört und flog krächzend dicht über ihre Köpfe hinweg. Während Marleen sich erschrocken wegduckte, zuckte ihr Vater nicht einmal mit der Wimper. Er hatte diesen starren Blick, den er immer aufsetzte, wenn er sich auf die Jagd nach einem lukrativen Vertrag konzentrierte. Seine zur Schau gestellte Souveränität unterstrich seine Siegesgewissheit. Marleen fand das beeindruckend und auch ein wenig beängstigend, denn es lag eine Warnung in seinem Lächeln, dass sich besser nichts und niemand zwischen ihn und sein Ziel stellen sollte.

Als sie hinter ihm das Haus betrat, bekam sie eine Gänsehaut. Während sie sich über ihre Oberarme rieb, fragte sie sich, ob das Frösteln von der Kälte herrührte, die ihr Vater plötzlich ausstrahlte, oder daher, dass sie sich vor der bevorstehenden Begegnung mit Finn fürchtete. Auf keinen Fall wollte sie, dass Finn schlecht von ihr dachte. Sie mochte ihn, sehr sogar. Ihr Herz begann wieder wie wild zu pochen.

Die Lorentz-Brüder stiegen die Treppe aus dem ersten Stock herab, um sie willkommen zu heißen. Als Finn Marleen erblickte, blieb er abrupt stehen. Erst lächelte er freudig, dann runzelte er die Stirn und wurde nachdenklich.

»Moin. Dyke de Vries«, stellte sich Marleens Vater vor und schüttelte Finn, Thies und Joos entschlossen die Hand. »Das ist meine Tochter Marleen.«

Finns Augen weiteten sich. Wie betäubt begrüßte Marleen seine älteren Brüder, die jeder auf seine Weise äußerst attraktiv waren. Aber Finn stach beide mit seiner coolen und frischen Erscheinung mühelos aus. Warum sagte er denn nichts zu ihr? Seine Lippen, die sie vor zehn Minuten am Fährsteg noch auf die Wange geküsst hatten, schienen nun verdrießlich zusammengekniffen.

»Sie kennen meine Tochter ja schon recht gut«, sagte ihr Vater grinsend zu Finn und schob Marleen in seine Richtung.

Überrascht sah Joos seinen jüngeren Bruder an. »Ach ja, inwiefern?«, fragte Thies Finn, doch der schwieg beharrlich.

Als Marleen Finns Hand schüttelte, schoss ihr das Blut ins Gesicht. »Das ist eine lange Geschichte, zu lang, um sie jetzt zu erzählen.«

»Aber nach der Besprechung«, sagte Dyke schnell, »musst du uns haargenau berichten, wie du mit Finn Lorentz zusammen diese Frau vor dem sicheren Tod gerettet hast. Du bist eine Heldin. Die Gebrüder Lorentz sollten dich zur Ehrenbürgerin der Schokoladeninsel ernennen.« Etwas zu fest drückte ihr Vater dabei Marleens Schulter. Dann wandte er sich wieder den drei Brüdern zu: »Sie haben bestimmt schon von mir gehört.«

»Wir kennen uns ja von Nordstrand.« Joos Lorentz warf demonstrativ einen Blick auf seine Armbanduhr, als hätte er noch andere Termine. »Hat Ihnen geschmeckt, was wir in die Geschenktüten gepackt haben?«, fragte er dann mit Ungeduld in der Stimme.

»Das meinte ich nicht.« Ungehalten wischte Marleens Vater durch die Luft. Sein kurzes Aufbrausen machte deutlich, dass ihm die Antwort nicht gefiel. Er zog ein kleines Etui aus Büffelleder mit seinem eingestanzten Namen aus seiner Anzugjacke und verteilte Visitenkarten an alle drei Männer. »Ich bin ein Privatinvestor aus Hamburg, habe Aktien und Unternehmensanteile an großen europäischen Konzernen, erwerbe, renoviere und verkaufe gewinnbringend Immobilien in Deutschland und den Niederlanden und habe eine ganze Reihe von erfolgreichen Start-ups mit aufgebaut. Mein Name steht seit 25 Jahren für garantierten Erfolg. Was ich anpacke, wird zu Gold, sagt man in der Branche.«

»Bisher haben wir noch nicht mit Investoren zusammengearbeitet«, erwiderte Thies Lorentz und baute sich in seiner ganzen imposanten Größe vor ihm auf. »Wir sind ein reiner Familienbetrieb.«

»Bestimmt denken Sie, dass das das Beste für Ihr Schokoladenimperium ist. Wem vertraut man am meisten? Der eigenen Familie natürlich. Diese Einstellung mag sich gut anfühlen, das verstehe ich, schließlich arbeite ich ja auch mit meiner Tochter zusammen.« Dyke schlug einen versöhnlichen Ton an und sah den Lorentz-Brüdern einem nach dem anderen direkt in die Augen. »Aber seien wir doch mal ehrlich, durch diese Arbeitsweise sind Ihre Möglichkeiten begrenzt, was Entwicklung und Expansion betrifft. Ihr Investitionskapital beschränkt sich auf das Vermögen von drei Personen. Nehmen Sie das bitte nicht persönlich, das trifft nicht nur auf die Gebrüder Lorentz zu, sondern auf alle Unternehmen, die nicht an der Börse sind und eine begrenzte Anzahl von Eigentümern haben. Egal wie viel eigenes Vermögen zur Verfügung steht, irgendwann ist immer Schluss, dann ist das Kapital ausgeschöpft und es geht nicht weiter den Olymp hinauf. An dem Punkt komme ich ins Spiel.« Joos wollte etwas einwerfen, doch Marleens Vater fuhr unbeirrt fort: »Ich sehe es Ihnen an. Sie möchten mir sagen, dass Ihr Vater Hauke Lorentz einst den Grundstein für Ihr Unternehmen gelegt hat und Sie es mit viel Herzblut ausbauen und weiterführen. Aber egal, wie leidenschaftlich wir bei der Sache sind, es geht trotz allen Herzbluts darum, Gewinn zu machen. So ist es doch, meine Herren, nicht wahr?«

Finn stand hinter seinen Brüdern. Nachdenklich musterte er Marleen, die am liebsten im Erdboden versunken wäre. Während ihr Vater souverän versuchte, das Schiff mit dem Namen Schokoladeninsel zu kapern, wollte sie nur noch weg. Noch lieber hätte sie sich allerdings mit Finn abgesetzt und ihm unter vier Augen erklärt, wie es zu dieser unangenehmen Situation hatte kommen können.

Das erste Mal meldete er sich zu Wort: »Ich denke nicht, dass wir weiter wachsen wollen.«

»Lassen Sie uns in Ruhe in Ihrem Büro weiterreden«, unterbrach ihn Dyke. »Eine Diele ist kein Ort, um über Geschäftliches zu sprechen. Finden Sie nicht auch?«

»Damit haben Sie allerdings recht.« Joos stieg die Treppe hoch und gab allen ein Zeichen, dass sie ihm folgen sollten. »Hier entlang, bitte. Möchten Sie etwas trinken, Herr und Frau de Vries?«

»Eine große Kanne Ostfriesentee, fünf Tassen und ein Schälchen mit Gebäck«, bestellte Marleens Vater bei Ebba Alwart, als wäre er der Hausherr.

Die Hausdame rümpfte die Nase, was Marleen bemerkte, aber ihr Vater bekam das nicht mehr mit. Auch Thies und Finn wirkten irritiert. Schließlich zuckte der ältere der beiden mit den Schultern, und Finn wandte sich an Ebba: »Wärst du bitte so lieb und würdest unserem Gast seinen Wunsch erfüllen?«

»Wenn du mich so nett darum bittest, dann gerne.« Freundlich lächelte sie ihn an. Auf dem Weg in die Küche hörte Marleen sie murmeln: »Was ist denn das für ein komischer Donald-Trump-Verschnitt? Führt sich auf wie der Kapitän, dabei ist das gar nicht sein Schiff.«

Während Thies zügig die Treppe hochstieg, blieb Marleen absichtlich auf den ersten Stufen stehen, damit Finn zu ihr aufschließen und sie ihn kurz unter vier Augen sprechen konnte.

»Es tut mir leid, wie alles gelaufen ist«, flüsterte sie ihm zu, damit die anderen es nicht mitbekamen.

Er stemmte die Fäuste in die Hüften. »Du hättest mir sagen müssen, dass du und dein Vater mit mir und meinen Brüdern ins Geschäft kommen wollt.«

»Ich weiß, es tut mir leid.« Marleen seufzte. Dann wäre er allerdings nicht so locker gewesen, sie hätten vermutlich nicht den Abend zusammen verbracht und sich auch nicht geküsst. »Aber mein Vater ist der Investor, ich habe mit seinen Geschäften nichts zu tun.«

Er schnaubte. »Wenn das zutreffen würde, wärst du nicht mit zu dem Meeting mit uns gekommen.«

Dass er sich ihr gegenüber abweisend verhielt, versetzte ihr einen Stich. »Ich bin keine Geschäftsfrau, das hatte ich dir doch bereits gesagt.«

»Im Moment ist das für mich schwer zu glauben. Es wirkt eher auf mich, als wärst du mit allen Wassern gewaschen.« Er ließ sie stehen und eilte zu den anderen.

Joos führte sie in sein Büro im Obergeschoss und setzte sich auf den Ledersessel hinter seinem massiven Schreibtisch. Marleen stellte sich vor, dass schon sein Vater dort gearbeitet hatte. Im Treppenhaus hingen Fotos von Hauke Lorentz, Joos wirkte wie eine jüngere Version seines Vaters.

Während Thies auf einem gepolsterten Stuhl neben Joos Platz nahm, stellte sich Finn ans Sprossenfenster, lehnte sich gegen die Fensterbank und verschränkte die Arme. Trotz seiner ablehnenden Haltung fand Marleen ihn in seinen engen schwarzen Chinos unglaublich anziehend. Er musterte sie kritisch, und dennoch löste sein Blick ein Prickeln in ihr aus. Würde sie jemals über die blonden Härchen auf seinem Unterarm streichen oder sich an ihn kuscheln und ihr Gesicht an seinen Hals schmiegen? Im Moment standen die Chancen dafür schlecht.

Kaum saßen auch sie und ihr Vater, riss dieser sie aus ihren schwärmerischen Gedanken. »Meine Tochter hat mich vorgestern auf eine vielversprechende Geschäftsidee gebracht.«

Innerlich stöhnte Marleen auf und verdrehte die Augen. Sie rutschte in ihrem Stuhl tiefer, denn ihr Vater schien sie mit ihrer Erklärung, die sie Finn gerade auf der Treppe gegeben hatte, Lügen zu strafen. Hoffentlich würde er nicht zu allem Übel auch noch die Flaschenpost erwähnen. Das wäre ihr einfach zu peinlich, dann würden die Lorentz-Brüder sie für paranoid halten oder sie einfach nur belächeln.

Eine unsichtbare Faust drückte in ihren Magen, als sich Finns Gesicht verfinsterte. Für ihn musste es so aussehen, als sei Marleen die treibende Kraft hinter ihrem Vater. Als wäre sie nur auf die Schokoladeninsel gekommen, um die Zusammenarbeit mit den Gebrüdern Lorentz in die Wege zu leiten. Sie musste unbedingt in Ruhe und allein mit ihm reden, ihm erklären, dass nichts davon zutraf.

»Die Schokoladeninsel ist eine Goldgrube. Wir brauchen nicht noch höhere Reinerträge«, erklärte Finn.

»Das sehe ich anders.« Selbstgefällig lächelnd lehnte sich Marleens Vater zurück. »Wie ich erfahren habe, schreibt Ihre Schokoladenfabrik seit Kurzem rote Zahlen. Mit einem Teil des Erlöses, den Sie mit dieser Wattenmeerinsel erwirtschaften, müssen Sie Gehälter Ihrer Flensburger Mitarbeiter bezahlen und Grundzutaten einkaufen, um überhaupt weiterproduzieren zu können. Es steht schlecht um das Unternehmen, das Ihr Vater aufgebaut hat, um Ihnen dreien eine sichere Zukunft zu bieten.«

Marleen hatte nicht geahnt, dass es so schlecht um die Fabrik in Flensburg stand. Betroffen sah sie zu Finn. Jetzt dämmerte es ihr erst, wie schlimm die Zerrissenheit in ihm sein musste. Auf der einen Seite trauerte er um seine Mutter Karin, auf der anderen brauchten seine Brüder seine Mitarbeit jetzt, wo ein Standbein des Schokoladenunternehmens wegzubrechen drohte und er der Kreative von ihnen war, dringender denn je. Er musste sich innerlich mit Schuldgefühlen quälen. Am liebsten hätte sie Finn in die Arme genommen und getröstet, aber in diesem Moment standen sie sich gegenüber wie Fremde.

Warnend blinzelte Joos Marleens Vater über den Schreibtisch hinweg an. »Behaupten Sie etwa, wir hätten sein Vermächtnis runtergewirtschaftet?«

»Selbstverständlich nicht«, erwiderte Dyke mit einem kalten Lächeln. »Die Zeiten sind für alle Unternehmer hart. Die globale Marktwirtschaft hat viele Vorteile, aber eben auch Nachteile, und dazu zählt, dass Billigware aus dem Ausland den hiesigen Markt überschwemmt und die Kundenwünsche sich immer wieder so rasant ändern, dass man die Produktionslinien gar nicht so schnell darauf umstellen kann.«

»So ist es«, pflichtete Thies ihm bei und kraulte nachdenklich sein Kinn. »Neben dem härter gewordenen Wettbewerb gibt es noch weitere Probleme, wie zwingend notwendige Investitionen in die Digitalisierung und steigende Standortkosten.«

»Wir haben alle zu kämpfen, also lassen Sie es uns doch gemeinsam tun«, schlug Dyke versöhnlich vor. »Wenn wir uns gegenseitig stärken, kann uns nichts und niemand etwas anhaben.«

»Da ist etwas Wahres dran«, brummte Joos. »Manchmal fühlt es sich an, als müssten die Gebrüder Lorentz gegen den Rest der Welt kämpfen.«

»Denkt ihr ernsthaft darüber nach, einen Fremden mit ins Unternehmen holen?«, fragte Finn entgeistert und schüttelte den Kopf. »Bisher kamen wir auch alleine klar. Wir drei sind doch ein Team.«

Es brachte Marleen ein wenig in Verlegenheit, wie offen und ehrlich er vor ihr und ihrem Vater mit seinen Brüdern sprach.

»Privat ja, aber sind wir auch beruflich noch die drei Musketiere?« Herausfordernd sah Joos ihn an.

Marleen wünschte sich so sehr, dass Finn den Moment nutzen und ins Geschäft zurückkehren würde, um die Schokoladenfabrik vor der Pleite zu bewahren. Doch er presste die Lippen zusammen, senkte seinen Blick und blieb seinem Bruder eine Antwort schuldig. Sie befürchtete, dass ihr Vater mit seinem Investitionsplan den Keil noch tiefer zwischen Finn und seine Brüder treiben könnte. Wie sollte sie das verhindern?

»Das Leben besteht aus Veränderung, so ist das eben. Was mich betrifft, habe ich mehr als genug damit zu tun, die Touristen zu betreuen. Wenn Zeit bleibt, kümmere ich mich um die kleine Bente, daher müssten wir uns ohnehin Hilfe holen, wenn wir etwas Neues ausprobieren wollen.« Seufzend fuhr sich Thies durchs sandblonde Haar. Die dunklen Ringe unter seinen Augen taten seiner hübschen Erscheinung keinen Abbruch, fand Marleen, aber er sah schrecklich müde aus.

»Ich überbringe Ihnen eine gute Nachricht. Sie werden trotz der Krise in der Schokoladenfabrik überleben, und der Grund dafür bin ich.« Marleens Vater merkte wohl, dass die drei Brüder ihre Gesichter verzogen und zweiflerische Blicke austauschten, denn er fügte rasch an: »Das mag prahlerisch klingen, aber ich sage nur die Wahrheit. Ich bin niemand, der um den heißen Brei herumredet, weil man damit nicht weit kommt. Ich rede Klartext. Ich habe Visionen, um Ihr Unternehmen zu stabilisieren, und das nötige Vermögen dazu, sie zu verwirklichen.«

Marleen hätte ihren Vater am liebsten heimlich angestoßen, weil er seine letzten drei Sätze mit Ich angefangen hatte. Er würde den Eindruck erwecken, bei seinem Vorschlag gehe es nur um ihn selbst und nicht um die Insel.

»Sie haben uns immer noch nicht gesagt, was Sie genau vorhätten.« Joos erhob sich, denn Ebba Alwart kam mit einem Silbertablett, auf dem ein Teeservice in Delfter Blau stand. Vorsichtig nahm er es ihr ab und stellte es auf seinen Schreibtisch. Thies füllte die Porzellantassen mit köstlich duftendem Ostfriesentee und verteilte sie. Nur Finn blieb am Fenster stehen, bedankte sich aber freundlich bei Ebba für ihre Hilfe, bevor sie den Raum wieder verließ. Sehnsüchtig sah er ihr nach. Marleen las an seinem Gesicht ab, dass er sich wünschte, ebenfalls gehen zu können.

Ihr Vater goss so viel Sahne in die dunkle Flüssigkeit, dass sie fast weiß wurde. »Mir ist aufgefallen, dass es auf Möwesand keine Möglichkeit gibt zu übernachten.«

»Doch«, widersprach Finn und wirkte fast erleichtert. »Das Gästehaus *Nis Puk* in Nordwinden.«

»Das hat gerade einmal vier Zimmer, was schockierend wenig ist. Außerdem steht es ausschließlich den Gästen Ihrer Belegschaft und den Besuchern der Einheimischen zur Verfügung. Aber ich denke stets in großen Dimensionen.« Dyke breitete seine Arme aus, wie um seinen *Think-Big*-Ansatz zu unterstreichen. »Ich spreche von einem Hotel für Touristen.«

Finn winkte ab. »Dafür haben wir keinen Platz.«

Marleens Vater blies in sein dampfendes Heißgetränk. Über den Rand seiner Tasse hinweg sah er die Lorentz-Brüder an. »Die Mitte der Insel ist doch ungenutzt.«

»Falls es Ihnen nicht aufgefallen sein sollte, dort gibt es einen Süßwassersee«, erwiderte Finn, der seine Teetasse, die auf der Fensterbank stand, noch nicht angerührt hatte.

»Der ist überflüssig«, sagte Dyke, nahm einen Schluck von seinem Tee und verzog sein Gesicht. Anscheinend hatte er sich den Mund verbrannt.

Empört schnappte Finn nach Luft. »Damit liegen Sie falsch. Die Nordsee hat einen Salzgehalt von 3,5 Prozent. Viele Tiere brauchen das Süßwasser unseres Sees zum Überleben, und manche brüten sogar in der Uferzone.«

Liebend gerne hätte Marleen sich mit Finn solidarisiert und ihrem Vater einen Vortrag zum Thema Umwelt- und Tierschutz gehalten. Doch sie ließ es schweren Herzens bleiben, um ihren Vater nicht vor den anderen vor den Kopf zu stoßen.

»Der See bringt aber kein Geld, demnach ist er nutzlos.« Ihr Vater betrachtete seine manikürten Fingernägel.

»Die Touristen reisen auch wegen unserer schönen Natur an. Wir haben eigens einen Gärtner, der sich mit viel Herzblut um den grünen Strand, die Syltrosen, die Wildblumenwiese und die Blumenbeete kümmert.« Hilfesuchend sah Finn seine beiden älteren Brüder an, doch Thies schwieg, und Joos reichte Marleen das Porzellanschälchen mit Keksen, die selbst gebacken aussahen.

Sie nahm ein Plätzchen und knabberte daran. Es schmeckte einfach köstlich, nach viel Butter, Pekannüssen und Ahornsirup. Trotzdem legte sie den Rest auf ihre Untertasse, denn ihre Kehle war wie zugeschnürt. Ausgerechnet Finn ging ihren Vater an und zeigte sich mit dessen Plänen absolut nicht einverstanden.

»Allen geht es doch nur darum zu naschen. Es ist überall dasselbe. Kein Park ohne Büdchen, kein See ohne Café und kein Wald ohne Restaurant. Die Menschen tarnen ihre Lust zu schlemmen mit der Ausrede, sich den Imbiss verdient zu haben, weil sie ja ein paar Schritte durchs Grüne gelaufen sind. Die Leute essen eben gerne. Ich weiß, wovon ich rede.« Verlegen lächelnd strich ihr Vater über sein Bäuchlein.

Ungeduldig tippte Joos mit dem Finger auf die Schreibunterlage vor sich. »Ich dachte, Sie hätten einen Vorschlag, um die Schokoladenfabrik wieder wettbewerbsfähiger zu machen.«

»Wenn die Schokoladeninsel höhere Gewinne abwerfen würde, käme das auch Ihrem Werk in Flensburg zugute. Mit den zusätzlichen Einnahmen könnten Sie sicherstellen, dass das Vermächtnis Ihres Vaters, das Unternehmen die Krise, die es gerade durchlebt, übersteht. Sie hätten den Rücken frei und könnten in Ruhe neue Marktstrategien entwickeln.« Dann machte Marleens Vater ein trauriges Gesicht und fragte mit betont sorgenvoller Stimme: »Aber wie lange wird der Betrieb unter den jetzigen Umständen noch durchhalten? Wie viele Monate können Sie die Verluste, die er macht, durch die Schokoladeninsel noch auffangen?«

Finster starrte Joos auf ein Foto, das neben seinem Computerbildschirm stand. Marleen hätte gerne gewusst, ob darauf seine Eltern oder seine Freundin zu sehen war. Während Thies betreten dreinblickte, spielte Finn nervös mit seiner Surferkette.

»Das wird nicht ewig gut gehen, das wissen Sie als gute Geschäftsmänner selbst. Es muss bloß etwas Unerwartetes passieren, wie zum Beispiel eine internationale Krise durch einen gefährlichen Virus. Es könnte auch durch einen dummen Zufall einen Skandal geben. Nehmen wir mal an, eine Zeitung würde alte Fotos aus Ihrer Jugendzeit ausgraben, die Bilder wären auf einer öffentlichen Party gemacht worden, und im Hintergrund ist unglücklicherweise die Nationalflagge des Deutschen Reichs zu sehen. Der Ruf der Gebrüder Lorentz würde darunter leiden.«

Marleens Vater gab ein Zischen von sich, das an das Geräusch erinnerte, das ein Luftballon macht, wenn Luft aus ihm entweicht. »Die Touristen würden wegbleiben, der Profit durch die Insel würde sinken, und Sie könnten die Fabrik nicht länger bezuschussen. Sie wäre verloren.«

Marleen war erschrocken, wie clever und skrupellos ihr Vater Ängste schürte. Sie hatte ja gewusst, dass er mitunter mit harten Bandagen kämpfte, aber jetzt war sie das erste Mal dabei und sah ihn in Aktion. Es tat ihrer Meinung über ihn nicht gut. Sie wünschte, sie hätte ihn nie als Geschäftsmann erlebt.

»Das darf nicht passieren«, sagte Joos bestimmt und ballte eine Faust.

Thies neben ihm rieb sich den Bauch, als hätte er Magenschmerzen, und Finn wurde blass.

»Um das zu verhindern, brauchen Sie das Hotel und mich. Ich werde Ihnen das nötige Geld für den Bau zur Verfügung stellen. Meine finanzielle Beteiligung in einer Höhe, die wir noch verhandeln müssten, wird Ihr Risiko gering halten.« Marleens Vater hielt Daumen und Zeigefinger so, dass zwischen sie kaum noch ein Blatt Papier passte. »Allerdings hege ich keinen Zweifel, dass die Nobelherberge mit Wellnessbereich Jahre im Voraus komplett ausgebucht sein wird.«

»Das denke ich auch, wir bekommen ständig Anfragen von Gästen, ob wir nicht eine Ausnahme machen und ein Gästezimmer im *Nis Puk* für sie reservieren können.« Thies lachte. »Wir wurden sogar schon mehrfach von Leuten gefragt, ob sie ein Zelt mitbringen und auf der Wiese neben dem See kampieren dürften.«

Plötzlich stieß Finn sich von der Fensterbank ab und nahm endlich Platz, nur um kurz darauf wieder aufzuspringen. »Reden wir ernsthaft von einem Luxushotel?«

»Selbstverständlich. Damit werden wir den größtmöglichen Gewinn erwirtschaften.« Dyke de Vries aß geräuschvoll ein Plätzchen und spülte mit Tee nach.

»Auf Möwesand geht es familiär zu, und die Nordfriesen sind bodenständig.« Unruhig lief Finn auf und ab. »Eine Unterkunft dieser Art passt einfach nicht ins Wattenmeer.«

»Auf Sylt gibt es zahlreiche 5-Sterne-Hotels«, rief Dyke ihm in Erinnerung. Er breitete die Arme aus, zog die Augenbrauen hoch und fragte ihn durch seine Gestik und Mimik, warum er sich eigentlich so aufregte.

»Damit hat Herr de Vries allerdings recht«, pflichtete Joos Marleens Vater bei.

Aufgebracht trank Finn seinen Tee mit einem einzigen Zug aus und stellte seine Porzellantasse mit einem Klirren auf dem Unterteller ab. »Dann bist du dafür, dass wir auch Touristen übernachten lassen sollen?«

»Das habe ich nicht gesagt.« Joos zog seinen Siegelring vom Finger und massierte die Druckstelle. »Aber wir sollten uns Zeit nehmen und über den Vorschlag von Herrn de

Vries nachdenken. Du scheinst deinen Entschluss allerdings schon gefasst zu haben.«

»Ja.« Während Finn sich wieder mit dem Rücken zum Fenster stellte und die Hände in die Hosentaschen schob, stellte er klar: »Ich will nicht noch mehr Fremde auf meiner Heimatinsel haben. Sie wären 24 Stunden um uns herum, wir wären nie unter uns. Das würde sich anfühlen, als würden wir in einem ganzjährig rund um die Uhr geöffneten Freizeitpark wohnen. Das wäre unerträglich.«

Plötzlich kam Marleen ein schrecklicher Gedanke. Sollten Joos und Thies ihn in der Angelegenheit überstimmen und der Nobelschuppen gebaut werden, wie würde Finn dann reagieren? Wäre er stinksauer auf die beiden und würde sich daraufhin ihr Verhältnis nachhaltig verschlechtern? Würde er sogar erwägen, aufs Festland zu ziehen, weg vom Trubel, von seinen beiden Brüdern und den Inselbewohnern, unter denen er bestimmt viele Freunde hatte? Marleen nahm sich vor, nicht zuzulassen, dass es so weit kam.

Joos schob seinen Siegelring wieder auf seinen Finger, erhob sich und lief zur Zimmertür, womit er signalisierte, dass es Zeit für den Abschied war. »Sie werden sicherlich verstehen, dass wir in Ruhe darüber nachdenken müssen. Wie Sie sehen, besteht noch Diskussionsbedarf, was unser Interesse betrifft. Erst wenn wir das geklärt haben, können wir gegebenenfalls über Details sprechen.«

»Selbstverständlich.« Marleens Vater stand auf. Er sah Joos direkt in die Augen, während er seine Hand schüttelte. Er ließ diese erst wieder los, nachdem er klargestellt hatte: »Denken Sie darüber nach, aber nicht zu lange, denn mein Angebot bleibt nicht ewig bestehen. Es gibt viele Projekte, in die es sich zu investieren lohnt.«

Als Marleen das Büro verließ, war sie erleichtert, dass ihr Vater nicht weiter auf die Rettung von Rieke Knuten eingegangen war. Somit musste sie Joos und Thies auch nichts von ihrem beherzten Sprung in die stürmische Nordsee erzählen, nur um Sympathiepunkte bei ihnen zu sammeln, in der Hoffnung, sie würden dadurch dem gemeinsamen Bauprojekt eher zustimmen. Ihr war niemand etwas schuldig, auch nicht Rieke. Es war Marleen zuwider, mithilfe von Riekes Rettung emotionalen Druck auf die drei Männer auszuüben, damit sie einem Vertrag mit ihrem Vater zustimmten.

Finn, Thies und Joos brachten sie und ihren Vater zur Haustür. Auf der Fußmatte zögerte Marleen. Beim Betreten des Lorentz-Hauses hatte sie ihr keine Beachtung geschenkt, aber jetzt fiel ihr auf, dass sich darauf ein marzipanweißes und ein pistaziengrünes Herz aneinanderschmiegten und darunter *Anne & Joos* stand. Sie fand das rührend und musste lächeln. Erwartungsvoll sah sie Finn an, denn sie wünschte sich so sehr, dass er sie bitten würde zu bleiben, um unter vier Augen zu sprechen, aber das tat er nicht. Enttäuscht folgte sie ihrem Vater durch den Kastanienpark zum Tor.

»Zur Belohnung werden wir uns jetzt ein zweites Frühstück gönnen. Was hältst du davon?« Ihr Vater knöpfte sich seine Anzugjacke auf. Darunter spannte sein weißes Hemd über seinem Bäuchlein. »Wie wäre es mit Belgischen Waffeln mit Bananen, Schokosoße und Vanilleeis? Oder lieber ein Stück Nusskuchen mit Zimtsahne und Eierlikör? Oder möchtest du Crêpes, in denen die Schokolade bereits in den Teig eingearbeitet wurde, probieren? Solche französischen Pfannkuchen habe ich hier zum ersten Mal gesehen.«

Nach der unglücklichen Wendung, die der Tag genommen hatte, glaubte Marleen nicht, dass sie etwas herunterbekommen würde. »Ich habe heute Morgen gut gegessen.«

»In der Manufaktur bekommst du sogar Cappuccino mit aufgeschäumtem Haferdrink, den magst du doch gerne. Der Appetit kommt bestimmt, wenn dir in Nordwinden der köstliche Duft um die Nase weht.« Ihr Vater lachte, hakte sich bei ihr ein und zog sie sanft in Richtung der Reetdachhäuser. »Joos Lorentz scheint mir ein Mann zu sein, der es gewohnt ist, Verantwortung zu tragen. Ich werde mittags noch einmal mit ihm sprechen. Er soll im Gästehaus zwei Zimmer für uns reservieren. Ich wette, dass heute alle Gäste aus dem *Nis Puk* abreisen, weil ihr Pfingsturlaub zu Ende ist. Wie gut, dass ich mein eigener Herr bin. Ich werde meinen Assistenten anweisen, meine Termine für die nächsten Tage abzusagen.«

Überrascht riss sie ihre Augen auf. Ihr Herz pochte aufgeregt, denn sie passierten gerade das Kiefernwäldchen, hinter dem der Leuchtturm aufragte. Vielleicht würde sie so doch noch die Chance bekommen, mit Finn zu sprechen und einige Dinge ins rechte Licht zu rücken. »Wie willst du es schaffen, dass wir auf der Schokoladeninsel bleiben dürfen?«

»Ich werde einfach behaupten, dass wir aus unserer Unterkunft auf Sylt ausziehen müssen.« Bevor sie die ersten Läden erreichten, führte Dyke sie von der Küstenstraße runter zum Ufer, ließ seinen Blick über die glitzernde Oberfläche der Nordsee schweifen und lächelte zufrieden. In der prallen Sonne rötete sich sein blasser Teint sofort. Er hatte eine noch empfindlichere Haut als Marleen. »Und du wirst ihm schildern, wie du mit seinem Bruder Finn diese Einheimische aus dem Meer gezogen hast. Dann wird er gar nicht anders können, als uns Zimmer zu organisieren.«

Seufzend schirmte Marleen ihre Augen mit der Hand ab und sah ebenfalls hinaus aufs Wasser. Am Horizont jagten drei Segelboote zwischen der Hallig Süderoog und der Insel Pellworm hindurch und lieferten sich ein Rennen. Ein Fischkutter wich ihnen in einem großen Bogen aus, er steuerte wahrscheinlich die Halbinsel Eiderstedt an. »Es mag ein cleverer Schachzug sein, Finn, Thies und Joos auf der Gefühlsebene anzusprechen und sie bei ihrer Ehre zu packen, aber die Sache mit Rieke Knuten hat absolut nichts mit deinen Geschäftsambitionen zu tun.« Zudem war sie sich sicher, dass Finn dieses Manöver durchschauen und sich daraufhin der Graben zwischen ihnen noch weiter auftun würde.

»Das sehe ich anders. Sie verschafft uns einen Vorteil.« Dyke brachte sie zurück auf den asphaltierten Weg und tätschelte ihre Hand. »Du warst selbstlos und mutig, mein Schatz. Du hast dich in Gefahr gebracht, das hätten nicht viele getan.«

»Ich will die Tatsache, dass ich zufällig zur richtigen Zeit am richtigen Ort war, nicht als Druckmittel einsetzen«, sagte Marleen bestimmt.

»Dann werde ich es tun.« Damit schien die Diskussion für ihn beendet. »Wir müssen am Ball bleiben. Ich befürchte, dass Finn Lorentz seine Brüder so lange bearbeiten wird, bis sie sich gegen den Hotelbau entscheiden, und mein Gefühl täuscht mich nie. Deshalb sollten wir möglichst bald einen Vorvertrag mit den Gebrüdern Lorentz abschließen.«

Verständnislos schüttelte Marleen den Kopf. Wenn ihr Vater sich erst einmal in eine Idee verbissen hatte, ließ er nicht mehr los. »Mutter ist bestimmt nicht erfreut, dass wir sie schon wieder alleine lassen.«

»Ja, ich gebe es zu. Als ich sie heute Morgen auf Sylt zurückgelassen habe, war sie verstimmt. Sie meinte, wir beide würden immer etwas zusammen aushecken, und sie wäre stets außen vor.« Je näher er Nordwinden kam, desto schneller lief er. Die Naschwerk-Manufakturen schienen ihn magisch anzuziehen. »Sobald im Gästehaus für uns reserviert ist, werde ich sie anrufen und auf die Schokoladeninsel einladen, aber ich bin mir ziemlich sicher, dass sie ablehnen und nach Hamburg zurückkehren wird.«

»Es tut mir leid, dass wir an diesem Pfingstwochenende so wenig Zeit füreinander hatten«, sagte Marleen. Eine Gruppe von Touristen lenkte sie ab. Sie waren als Seeräuber und Freibeuterinnen verkleidet und zogen schwatzend und lachend durch den Ort.

»Morgen wird deine Mutter ihre Verärgerung längst vergessen haben, dann hat sie nur noch ihre zweite Yogaschule in Kiel und ihr neues Yogavideo im Sinn.« Als sie die ersten Läden erreichten, nickte ihr Vater in Richtung der Piraten. »Was sind das denn für Verrückte?«

»Ein Karnevalsverein, der einen Ausflug macht.« Sie zeigte auf das Schild, das einer aus der Truppe hochhielt, wie ein Fremdenführer, der seine Reisegruppe zusammenhalten will. Darauf stand *Jecke Fründe*. »Deine Mutter war in diesem Kurzurlaub ohnehin die meiste Zeit mit ihren Gedanken bei ihren beruflichen Plänen.«

In Nordwinden duftete es köstlich nach Backwaren, Lakritz und Eiscreme. Nun lief Marleen doch das Wasser im Mund zusammen. In Sachen Essen kam sie eindeutig nach ihrem Vater. Was berufliche Ansichten und Ziele betraf, lagen jedoch Welten zwischen ihnen. Wie konnte sie ihm das bloß klarmachen, ohne ihn zu verletzen? Sie war seine Tochter und wollte ihm gefallen.

In ihrer Kindheit hatten sie zusammen versucht, im Heide Park in Soltau alle Fahrgeschäfte zu benutzen, waren aber gescheitert, weil Marleen sich übergeben und ihre Mutter mit ihrem Ehemann geschimpft hatte. Er hatte für eine ihrer Geburtstagspartys das Tropical Island gemietet, woran sich ihre Freunde noch heute mit leuchtenden Augen erinnerten. In ihrer Jugendzeit hatte er sie nachts von Partys und Clubs abgeholt, egal wie spät es war. Eigentlich vertrat er die Meinung, dass man vom Sparen reich wurde. Darum machte er auch gerne in Ferienhäusern Urlaub, die Freunde und Bekannte ihm kostenlos zur Verfügung stellten. Aber wenn es um seine Tochter ging, waren ihm keine Ausgaben zu hoch, um sie zu verwöhnen.

Das letzte Semester *Internationale Betriebswirtschaft* an der Business School ging dem Ende zu. Es wurde immer dringender, ihm zu beichten, dass sie ihr Studium abgebrochen hatte und nicht in seine Fußstapfen treten würde. Das Problem war nur, dass Marleen ihn liebte und keinesfalls enttäuschen wollte. Er tat alles dafür, sie glücklich zu machen, und er hatte es verdient, dass er stolz auf sie sein konnte. Marleen steckte in einer Zwickmühle.

Kapitel 6

In den Mittagsstunden hatte Finn bis zur Erschöpfung gesurft. Das machte er immer, wenn ihn etwas stark beschäftigte. Hatte er Wasser unter sich, fiel es ihm leichter, den Kopf freizubekommen und seine Gefühle zu ordnen, Distanz zu seinen Problemen zu schaffen. Glücklicherweise gab es im nordfriesischen Wattenmeer fortwährend Wind. Er war Finns Freund, er half ihm zuverlässig über Krisen hinweg. Wenn es ihm schlecht ging, er sich über etwas oder jemanden ärgerte oder Kummer ihn plagte, stieg er aufs Board. Binnen kurzer Zeit beruhigten sich sein Puls und seine Nerven, er konnte wieder frei durchatmen und die Dinge an Land klarer sehen.

Daher konnte er sich auch nicht vorstellen, irgendwo anders zu leben als hier. Lag sein Geburtsort auch an der Flensburger Förde, dem westlichsten Seitenarm der Ostsee, und mochten die Weltmeere ihn auch als Urlaubsziele reizen, so gehörte sein Herz doch der Nordsee. Sie formte die Küste der Schokoladeninsel mit dem steten Wechsel von Ebbe und Flut fortwährend neu. Hier konnte er die Zugvögel beobachten, die im Herbst auf ihrer Reise nach Westafrika und im Frühjahr auf ihrem Flug zurück in den hohen Norden und auf Möwesand Rast machten, um Kraft zu tanken oder zu nisten. Die Sommer waren trotz Klimawandels und steigender Temperaturen noch angenehm, anders als im restlichen Deutschland. Finn mochte sogar die Stürme, denn sie reinigten die Luft, die nirgends klarer war als hier. Die Nordsee war wie er selbst: An jedem Tag war sie anders, meistens brachte sie den Menschen Freude, aber manchmal war sie aufgebracht, und dann hielt man sich besser von ihr fern.

Als Finn gegen zwölf Uhr auf sein Surfbrett stieg, war er wütend. Auf Joos und Thies, weil sie ernsthaft darüber nachdachten, auf der Schokoladeninsel ein Hotel für Touristen zu bauen. Auf Marleen, weil er sich von ihr hintergangen fühlte, denn sie hatte ihm ihre wahren Absichten verschwiegen. Und auf sich selbst, weil er auf ihre bezaubernde, natürliche Art hereingefallen war. Aber das Geschäftstreffen im Lorentz-Haus hatte ihr die Maske vom Gesicht gezogen, und Finn hatte erkannt, wie gerissen sie war. Selbstverständlich traute er ihr keinesfalls zu, dass sie Rieke ins Meer gestoßen hatte, um sie dann zu retten und dadurch bei ihm und seinen Brüdern zu punkten. Der Vorfall war für sie bloß eine glückliche Fügung gewesen. Es schien, als habe sie mit ihm angebandelt, um die Wahrscheinlichkeit zu erhöhen, dass er der Zusammenarbeit mit ihr und ihrem Vater zustimmte.

Er wollte sich nicht mit Joos und Thies streiten, das brachte keine Lösung, sondern nur böses Blut. Außerdem wollte er Marleen aus dem Weg gehen, um nicht noch mehr verletzt zu werden, darum war er surfen gegangen. Sie hatte Gefühle in ihm ausgelöst, die er seit dem Verlust seiner Mutter nicht mehr verspürt hatte. Sein Innerstes hatte sich taub angefühlt. Doch seit er Marleen kannte, wachte er langsam aus seinem Winterschlaf auf. Aber was war gut daran, wieder etwas zu empfinden, wenn auf Hoffnung direkt Enttäuschung und Kummer folgten? Also war er aufs Meer geflüchtet, damit sein erhitztes Gemüt abkühlte und er Marleen vergaß. Er wollte sie nie wiedersehen. Dem nächsten Meeting mit den de Vries wollte er fernbleiben.

Unten am Hügel, auf dem sein Leuchtturm stand, zog er sich aus dem Wasser hoch. Als er sein Board und das Segel aus dem Wasser hob, merkte er erst, wie erschöpft er wirklich war. Seine Glieder waren schwer. Auf dem Meer, getragen vom Wind, hatte er sich leicht gefühlt. Wie lange mochte er gesurft haben? Egal, es hatte gutgetan, nur das zählte.

Als er sich erhob und umdrehte, erblickte er zu seiner Verwunderung Marleen. Sie stand einige Meter von ihm entfernt mit dem Rücken zum Leuchtturm und wirkte überrascht, ihn zu sehen, dabei hatte sie ihn doch anscheinend gesucht. Unsicher blickte sie auf den Gegenstand, der vor seiner Eingangstür lag. Sie hob ihn schließlich auf, drückte ihn an ihren Oberkörper und wartete auf Finn. Im Sonnenlicht glitzerten einige ihrer roten Haarsträhnen, als hätte sie Lametta hineingeflochten.

Finn ärgerte sich über die Schmetterlinge im Bauch, die er plötzlich wieder spürte. Eben hatte er noch gedacht, dass er sie nie wiedersehen wollte, und nun freute er sich über ihr Treffen. Wie passte das zusammen? Was das betraf, schienen zwei Seelen in seiner Brust zu wohnen. Er verbarg seine Begeisterung hinter einer kühlen Fassade, war sich aber nicht sicher, ob ihm das gelang.

»Was machst du noch hier?«, rief er schroffer als beabsichtigt.

»Ich möchte mit dir sprechen.« Laut, aber in sanftem Ton fügte sie hinzu: »Bitte.«

»Mir ist aber nicht danach.« Er brachte sein Board zum

Leuchtturm, würde noch sein Segel holen und sich dann endgültig von Marleen verabschieden, sie nicht hineinbitten. Trotz des gefassten Entschlusses zögerte er den Moment hinaus. »Ich war ziemlich lange auf dem Wasser und bin müde und hungrig.«

»Ich wäre gerne mitgesurft.« Mit unverhohlenem Interesse musterte sie ihn von oben bis unten.

Er konnte nicht verhindern, dass sein Körper unter ihrem Blick warm kribbelte. »Warum lächelst du?«

»Der algengrüne Neopren-Shorty steht dir gut.« Behutsam stellte sie den Stoffbeutel mit der Ausbeute von ihrer Naschtour durch die Läden ab. Dabei fiel ihr ihr Haarzopf über die Schulter nach vorne.

»Danke. Im schicken dreiteiligen Anzug fühle ich mich unwohl.« Vergeblich versuchte er zu erkennen, was sie vor seinem Eingang deponiert gehabt und wieder an sich genommen hatte, konnte aber nur ausmachen, dass es in rotem Aluminiumpapier eingewickelt war. Stammte es etwa aus einer der Naschwerk-Manufakturen?

Marleen löste ihre Windjacke, die sie sich um die Hüften gebunden hatte, faltete sie zusammen und stopfte sie in den Beutel. Dann legte sie das, von dem er annahm, dass es ein Geschenk für ihn war, behutsam darauf. Der Tag war angenehm mild geworden, die Sonne strahlte den Platz vor dem Leuchtturm, auf dem sie sich gegenüberstanden, an, wie eine Bühne. »Mir geht es genauso mit Kostümen.«

»Das hattest du gestern schon erzählt«, brummte Finn, wandte ihr den Rücken zu und schloss seine Tür auf.

Sie berührte ihn am Arm und zog ihre Hand schnell wieder zurück, als hätte sie sich verbrannt. »Warum klingt jedes Wort von dir bissig?«

»Weil ich eigentlich gar nicht mit dir reden will.« Das stimmte, war jedoch nicht die ganze Wahrheit. Er war verletzt und misstrauisch, aber ein Teil von ihm wollte, dass alles wieder so harmonisch, lustig und romantisch würde wie gestern.

»Und trotzdem hast du mich noch nicht zum Teufel gejagt.« Ein Schmunzeln lag in ihrer Stimme.

»Du solltest dich an meine Brüder halten. Ich bin die falsche Adresse, um den Geschäftsvorschlag von dir und deinem Vater zu diskutieren.« Verlegen, weil sein Zwiespalt für sie offensichtlich sein musste, holte er das Segel. Je näher er dem Leuchtturm kam, desto langsamer ging er, der Moment mit Marleen sollte nicht enden.

Sie stellte sich aufrecht hin. »Darum bin ich gar nicht hier.«

»Indirekt schon.« Zweiflerisch lächelte er sie an.

»Was meinst du damit?«, wollte sie stirnrunzelnd wissen.

»Das ist deine Masche.« Er brachte das Segel in den Leuchtturm und hinterließ feuchte Fußabdrücke auf den Bodenfliesen. »Während dein Vater auf die altmodische Art und Weise um die Verwirklichung seiner Investitionspläne kämpft, hast du eine geschicktere Methode entwickelt.«

»Hältst du mich nach allem, worüber wir gestern geredet und was wir erlebt haben, für so abgebrüht?«, fragte sie entsetzt.

Als er hinaustrat und sein Surfbrett nahm, zögerte er. »Ich weiß es nicht. Bis zu dem Gespräch in Joos' Büro dachte ich, ich würde dich kennen, aber jetzt …«

»Ich bin immer noch dieselbe.« Marleen zeigte an sich hinunter, sie trug immer noch ihre Kleidung von gestern, war unfrisiert und hatte nicht den Hauch von Make-up im

Gesicht. Sie wirkte natürlich und uneitel, etwas, das Finn schätzte. Er fand sie wunderschön.

»Das stimmt nicht. Gestern hast du mir versichert, kein Interesse am Geschäftsleben zu haben, und heute trittst du mir als Investorin gegenüber.« Er brachte das Board in sein Wohnzimmer, in dem sie einander tags zuvor so nahegekommen waren. »Die Marleen, mit der ich durch die Manufakturen gezogen bin, passt nicht mit der von dem Meeting heute zusammen.«

Sie stellte sich in den Eingang. Befürchtete sie etwa, er könnte ihr einfach die Tür vor der Nase zuschlagen? »Ich habe meinen Vater bloß begleitet.«

»Du hast ihm nahegelegt, dass ein mondänes Touristenhotel auf der Schokoladeninsel lukrativ für ihn als Investor wäre«, sagte Finn vorwurfsvoll. Trotz seiner Vorsätze hinderte er sie nicht daran einzutreten.

»Er ist selbst darauf gekommen.« Sie nahm das Handtuch vom Sofarücken, das er für seine Rückkehr bereitgelegt hatte, und reichte es ihm. »Das musst du mir glauben.«

Er nickte ihr zum Dank. Während er sie misstrauisch anblinzelte, frottierte er sich die Haare. »Warum hat er dann behauptet, du hättest ihn auf die Idee gebracht?«

»Weil es so ist.« Hilflos zuckte sie mit den Achseln.

»Merkst du überhaupt nicht, dass du dir widersprichst?«, fragte er, ohne eine Antwort zu erwarten, und trocknete aufgebracht seinen Körper ab. »Für mich bist du ohnehin ein einziger großer Widerspruch. Du bist wie Tag und Nacht. Woher soll ich wissen, wer du wirklich bist und welche Absichten du hast?«

Marleen sah so erschöpft aus, wie er sich fühlte. Mit einem Stöhnen ließ sie sich auf die Couch fallen. »Das tut mir leid, ehrlich. Für mich ist dieses Pfingstwochenende genauso verwirrend wie für dich. Aber ich habe die Wahrheit gesagt. Als ich mit meinem Vater über Möwesand sprach, kam ihm die Idee, dass man viel Geld mit Übernachtungen verdienen könnte.«

»Und was hast du über die Schokoladeninsel gesagt?« Er beugte sich zu ihr hinab und fuhr in bitterem Ton fort: »Dass du hier gerne mal eine Nacht verbringen würdest. Wie schade du es findest, dass das verboten ist. Wolltest du von ihm wissen, ob ihm etwas dazu einfällt, wie ihr das ändern könntet?«

»Nein«, sagte sie bestimmt.

»Hast du angemerkt, dass man viel mehr aus dieser Insel herausholen könnte, als wir das tun, und dir schon etwas einfallen würde?«

»Nein.« Sie faltete ihre Hände. »Bitte, hör auf mit deinen Anschuldigungen.«

Er richtete den Oberkörper wieder auf. »Was war es dann?«

»Also …« Sie stockte und wich seinem Blick aus.

»Hast du ein weiteres Geheimnis?«, fragte er sie geradeheraus.

Sie errötete, wirkte ertappt und stand auf. »Warum ein weiteres?«

»Du hast mich glauben lassen, dass du eine Besucherin bist.« Aufbrausend, wie es eigentlich gar nicht seine Art war, warf er das Handtuch weg. »Es ist mir egal, wer den Vertrag abschließen will, du oder dein Vater. Tatsache ist, dass du heute Vormittag mit am Verhandlungstisch gesessen hast.« Finn stellte sich so dicht vor Marleen, dass er die goldenen Sprenkel in ihren grünen Augen sehen konnte. Erneut hatte er etwas an ihr entdeckt, das er bezaubernd fand.

Sie wich keinen Millimeter zurück. »Mein Vater wollte mich dabeihaben. Er will mir zeigen, wie er verhandelt. Ich soll ihn mir als Vorbild nehmen.«

»Also doch.« Vor Verärgerung zog sich sein Magen zusammen.

»Aber nichts liegt mir ferner. Mir war sein forsches Auftreten furchtbar unangenehm. Am liebsten wäre ich im Erdboden versunken. Ich schäme mich für sein Verhalten, aber er ist mein Vater.« Sie seufzte.

Ihre entwaffnende Ehrlichkeit beeindruckte Finn. Er merkte, dass die Worte ungefiltert aus ihrem Mund drangen und sie ihr Herz auf der Zunge trug. Entweder hatte sich schon lange einiges in ihr angestaut, oder sie versuchte die Flucht nach vorne, um ihn von ihrer Unschuld zu überzeugen.

»Ich stecke in einem Dilemma«, sagte sie und lief unruhig auf und ab. Ihre Hände waren in ständiger Bewegung, und sie klang kurzatmig. Das Thema setzte ihr offenbar sehr zu. »Auf der einen Seite möchte ich ihn stolz machen, auf der anderen hätte ich ihm schon vor Monaten beichten sollen, dass ich ihm auf keinen Fall nacheifern werde. Ich bin nicht so abgebrüht wie er. Ich will etwas mit Umwelt- oder Tierschutz machen, und bis ich weiß, was genau, will ich weiterhin Surfkurse geben. Denn auch ich bin ein Neoprenanzug und kein schicker Zweireiher.«

Eine Pause trat ein, dann lachten beide, und das Lachen fühlte sich befreiend an.

»Du weißt, was ich meine«, fügte sie verlegen hinzu.

Finn steckte ihr eine Strähne hinters Ohr, die sich sofort wieder löste. »Warum sagst du ihm das nicht?«

»Er hat immer versucht, mich glücklich zu machen, ich

schulde es ihm, das Gleiche für ihn zu tun.« In einer fahrigen Geste zog sie das Haargummi aus ihren Haaren. Es fiel ihr aus der Hand, sie wirkte nervös.

Finn fragte sich, ob das an ihm lag, und lächelte in sich hinein. Rasch bückte er sich und hob das Gummi auf. Als er es Marleen reichte und sich ihre Finger streiften, war da wieder das Prickeln, erst in der Hand, dann am ganzen Körper. »Nicht wenn du damit einen Weg gehst, der dich unglücklich macht.«

»Ich weiß, dass ich mit ihm reden muss, aber bisher habe ich die Aussprache hinausgeschoben. Es war leicht, weil jeder von uns im Alltag sein Ding macht. Heute hat er mich jedoch vor seinen Karren gespannt, und das ist mir sauer aufgestoßen. Beim Gespräch in eurem Haus hatte ich das Gefühl, meine Werte zu verleugnen.«

»Lass mich raten.« Er tat so, als würde er grübeln, und kraulte sein Kinn. »Trotzdem hast du das deinem Vater nachher nicht gesagt?«

»Nein.« Sie hielt sich beschämt die Augen zu. »Ich habe darüber nachgedacht, hielt es aber nicht für den richtigen Moment.«

Sanft legte er seine Hände an ihre Oberarme, sie sah ihn wieder an. »Wird es jemals einen richtigen Ort und einen passenden Zeitpunkt geben? Oder wirst du am Ende doch nachgeben und seinen Weg einschlagen?«

»Du hast recht. Ich werde mit ihm reden, hier auf der Schokoladeninsel.« Sie versuchte, bestimmt zu klingen, doch ihr flackernder Blick machte Finn deutlich, dass sie sich vor dem Moment fürchtete.

»Da bin ich aber gespannt«, bemerkte er skeptisch und fühlte sich sogleich schlecht, weil er sie eigentlich ermutigen sollte. Sachte drückte er ihre Schultern und ließ sie dann los. »Ich wünsche dir viel Kraft. Du schaffst das, da bin ich mir sicher.«

Marleen zog den Kragen ihres T-Shirts vom Hals weg, als wäre er ihr plötzlich zu eng. »Ich weiß, dass er mich fragen wird, was ich denn stattdessen arbeiten möchte, und darauf habe ich noch keine konkrete Antwort. Auch das macht das Gespräch mit ihm schwierig.«

»Manchmal braucht es eben Zeit, und man muss verschiedene Jobs ausprobieren, um den richtigen für sich zu finden.« Als er merkte, dass er sich zu weit aus dem Fenster lehnte und ganz ähnliche Probleme hatte, verdrehte er die Augen. »Jemand, der sein Sabbatjahr immer weiter ausdehnt und seinen Brüdern verheimlicht hat, dass er Surfkurse gibt, hat eigentlich nicht das Recht, dir schlaue Ratschläge zu erteilen.«

»Und?« Grinsend knuffte sie ihn. »Wirst du in die Schokoladenfabrik zurückkehren?«

»Ich weiß es immer noch nicht.« Seitdem seine Mutter ihm so plötzlich entrissen worden war, hatte in seinem Inneren ein Sturm getobt, doch im Moment war es in ihm überraschend friedlich, und er ahnte, dass das unter anderem auch an Marleen lag. »Aber inzwischen stehen die Chancen besser, dass ich es tue.«

»Das freut mich zu hören. Ich hatte schon ein schlechtes Gewissen, dich wieder zum Schokoladeessen verführt zu haben, aber der Kuss hat anscheinend geholfen.« Eine zarte Röte zeigte sich auf Marleens Wangen.

Die Erinnerung daran stieg so schnell und heftig in ihm hoch, dass seine Lippen ganz heiß wurden. »Dann soll ich deiner Meinung nach wieder aktiv bei den Gebrüdern Lorentz einsteigen?«

»Ja, nachdem ich Joos, Thies und dich zusammen gesehen habe, finde ich, ihr gehört zusammen. Aber was ich denke, spielt keine Rolle. Du musst dich mit deiner Entscheidung wohlfühlen.« Sie zwinkerte. »Ich halte es wie deine beiden Brüder: Ich möchte nur, dass du glücklich bist, egal welche Richtung du einschlägst.«

Finn wollte stark wie ein Wikinger auf sie wirken, doch in Wahrheit schmolz er dahin. Liebend gerne hätte er sie in seine Arme gezogen und sie an sich gedrückt, doch seine Zweifel, ob sie ihn nicht doch zu manipulieren versuchte, waren nicht vollkommen ausgeräumt. Daher widerstand er dem Drang, sie so lange zärtlich zu küssen, bis sie alles um sich herum vergessen würden.

»Ich habe etwas für dich.« Mit einer Geste bat Marleen ihn zu bleiben, wo er war. Dann eilte sie aus dem Leuchtturm und kehrte mit dem Beutel, den sie draußen abgestellt hatte, zurück. Sie überreichte Finn das, was sie vor seine Tür gelegt und wieder weggenommen hatte, als er plötzlich aus dem Meer gestiegen war. »Es ist nur eine Kleinigkeit, und irgendwie ist es peinlich, dir deine eigenen Produkte zu schenken, aber ich fand es trotzdem passend.«

Als er ihr Präsent in der Hand hielt, staunte er nicht schlecht. Was ihm ein zuckersüßes Lächeln auf den Mund zauberte, war nicht etwa die Aufschrift Entschuldigung, die, wie er wusste, auch in die cremige Vollmilchschokolade unter dem roten Aluminiumpapier eingestanzt war, sondern dass es sich um ein Herz handelte. »Danke.«

»Vergibst du mir, dass ich meinen Vater und seine Absichten nicht erwähnt habe?«, fragte sie und sah ihm tief in die Augen. Ihr Mund war leicht geöffnet, und ihr Brustkorb hob und senkte sich rasch.

Finn nickte, doch zugleich schoss ihm der Spruch »vergeben, aber nicht vergessen« durch den Kopf. Liebevoll strich er über die Sommersprossen auf ihren Wangen. Die vornehme Blässe ließ sie fragil wirken, aber er hatte bei Riekes Rettung gesehen, dass sie hart im Nehmen war. Er wollte so gerne an ihre Aufrichtigkeit glauben.

»Ich merke dir an, dass du misstrauisch bist.« Seufzend rieb sie über ihren Hals, ihre Haut erinnerte Finn an kostbares Porzellan. »Darum möchte ich dich in ein Geheimnis einweihen.«

Gewitterwolken schoben sich über die Sonne, die gerade erst wieder in ihm zu strahlen begonnen hatte. »Also doch.«

»Ja, du hattest recht. Da ist noch etwas, das ich bisher für mich behalten habe.« Entschuldigend hob sie ihre Arme. »Aber nur weil ich mich nicht mit haltlosen Anschuldigungen lächerlich machen wollte. Außerdem ist das, was ich gefunden habe, sehr verwirrend.«

»Wovon sprichst du?«

»Auf Sylt habe ich eine Flaschenpost aus dem Meer gefischt.« Marleen kam zu ihm. Als sie einen Zettel aus ihrer Handtasche zog und ihn ihm reichte, zitterte ihre Hand. »Die Nachricht darin hat mich sehr aufgewühlt. Wegen ihr bin ich überhaupt angereist.«

Überrascht zog Finn die Augenbrauen hoch. Damit hatte er nun überhaupt nicht gerechnet. Während er die Zeilen laut las, ballte sich eine Faust um seinen Magen: »Hilf mir! Bin gefangen. Möwesand is nicht so nett wie sie tut. Alle stecken mit drin. Trau keinem. Und bring ein großes Messer mit sonst lassen sie uns nicht wech.«

»Tut mir leid, dass ich dich nicht sofort eingeweiht habe, aber da steht nun mal, dass ich niemandem trauen soll.«

Sie schlang die Arme um ihren Oberkörper. Ihm fiel auf, dass sie eine Gänsehaut bekommen hatte, und er ahnte, dass der Hilferuf die Ursache dafür war.

»Dann glaubst du tatsächlich, dass hier bei uns jemand gegen seinen Willen festgehalten wird?«

»Ich weiß es nicht«, sagte sie und lehnte sich gegen den Herd. »Eigentlich nicht, alle auf Möwesand sind so freundlich. Meine Eltern halten die Flaschenpost übrigens für einen schlechten Scherz. Ich wollte mich trotzdem auf der Insel umsehen, nur für den unwahrscheinlichen Fall, dass doch etwas dran ist. Das war der wahre und einzige Grund, warum ich hergekommen bin.«

»Das macht es nicht gerade besser«, sagte er mit vorwurfsvollem Blick. »Du verdächtigst meine Brüder, einen unserer Freunde oder unserer Beschäftigten, kriminell zu sein. Du hast mir nur nicht von den beunruhigenden Zeilen erzählt, weil es dir unklar schien, ob nicht ich es sein könnte, der den Schreiber eingesperrt hat.«

»Wärst du etwa nicht hergefahren? Hättest du dich nicht mit eigenen Augen davon überzeugt, dass auf der Schokoladeninsel alles mit rechten Dingen zugeht und die Nachricht bloß ein Streich ist? Würdest du untätig bleiben, wenn dich jemand um Hilfe bittet?« Sie presste ihre Lippen zusammen und schien die Luft anzuhalten.

»Doch«, antwortete Finn, ohne zu zögern. »Wenn auch bloß der Hauch einer Chance bestanden hätte, dass etwas an dem Hilfeschrei dran ist, hätte ich mir selbst ein Bild gemacht, und falls notwendig, den Urheber der Flaschenpost befreit.«

Sichtlich erleichtert atmete sie aus. »Die Nachricht sieht aus, als hätte sie ein Kind geschrieben oder ein Erwachsener, dem man Beruhigungs- oder Schlaftabletten gegeben hat.«

»Tatsächlich kenne ich einen ähnlichen Fall, das war aber nicht hier, sondern in St. Peter-Ording.« Finn erzählte ihr, wie Joos gemeinsam mit Anne Merle Witt aus ihrem Dornröschenschlaf gerettet hatte. Einen Prinzen hatte die 28-Jährige mit dem Down-Syndrom zwar bisher nicht gefunden, aber ein selbstbestimmtes Leben auf der Schokoladeninsel. »Merle ist in vielerlei Hinsicht besonders, sie hat eine unbändige Lebensfreude und Energie. Die Arbeit fällt ihr schwer, es ist ihr erster Job, aber sie beißt sich jeden Tag aufs Neue durch und gibt nicht auf, obwohl sie nur langsam Fortschritte macht. Wenn ich sehe, was sie Schreckliches erlebt hat, kommen mir meine Probleme klein und unbedeutend vor. Während ich die Pause-Taste gedrückt halte, spult sie vor und versucht nachzuholen, was sie verpasst hat. Sie beeindruckt mich. Ich sollte sie mir als Vorbild nehmen.«

»Ich denke, ich habe sie in der Edelkakao-Manufaktur gesehen. Ihr Gesicht hat förmlich geleuchtet vor Begeisterung und Eifer. Von ihr stammt der Zettel bestimmt nicht.«

»Ganz bestimmt nicht. Der Verfasser klingt verwirrt, meinst du nicht auch?«, fragte Finn, während er ihr das Stück Papier zurückgab.

Mit nachdenklicher Miene steckte sie es wieder ein. »Oder ungebildet. Ich kann mir keinen Reim darauf machen. Aber es wirkt doch so, als hätte der Verfasser wirklich Angst. Weist das nicht darauf hin, dass da jemand tatsächlich in Gefahr ist?«

»Vielleicht glaubt die Person das selbst aber auch bloß. Ein kleiner, aber feiner Unterschied.« Finn wurde bewusst, dass sie immer noch so im Raum standen. »Möchtest du etwas trinken?«

»Ja, gerne.« Beiläufig scheuchte Marleen eine Fliege fort, die sich in den Leuchtturm verirrt hatte. Das Rauschen des Meeres und das Lachen der Möwen drangen durch die offene Tür und wirkten behaglich.

»Magst du Ingwerbier?« Da sie nickte, nahm er eine Flasche aus dem Kühlschrank, öffnete deren Bügelverschluss und reichte sie ihr. »Und? Hast du etwas Merkwürdiges auf Möwesand entdeckt?«

»Danke. Nein, absolut gar nichts. Aber die Sache mit Rieke geht mir nicht aus dem Kopf.« Sie nahm einen kräftigen Schluck und seufzte sichtlich zufrieden.

Während er sich ebenfalls ein Bier nahm, stellte er sich insgeheim vor, sie würde ihre Lippen nicht auf die Flaschenöffnung, sondern auf seinen Mund legen. »Was meinst du?«

»Könnte es einen Zusammenhang zwischen der Flaschenpost und ihrem Bad in der stürmischen Nordsee geben?« Neugierig sah sie ihn an.

Er wiegelte ab. »Auf keinen Fall.«

»Bist du dir da wirklich so sicher?« Sie zog eine Augenbraue hoch.

Erst jetzt merke Finn, wie durstig er war. Er nahm einen Schluck von seinem Getränk. Während sich der Geschmack von Ingwer, Zitronengras und Piment in seinem Mund ausbreitete, geriet er ins Grübeln. »Was könnte der Zusammenhang sein? Ich kann mir keinen vorstellen.«

»Ich begreife immer noch nicht, wie eine Frau, die Möwesand wie ihre Westentasche kennt, vom Sanddorn-Kliff abrutschen kann«, sagte Marleen, während sie sich auf einen Küchenstuhl setzte.

»Sie wird halt älter und unsicherer«, entgegnete er.

»Aber was hat sie so nah an der Kante gemacht? Warum ist sie überhaupt zu dieser abgelegenen Stelle gegangen?« Aufgeregt tippte sie mit ihrem Fingernagel auf die Tischplatte. »Man könnte meinen, sie hätte sich versteckt. Dort zwischen Mauer und Kiefernwäldchen wird man höchstens vom Meer aus gesehen.«

Finn holte eine Packung Salzcracker aus dem Oberschrank, füllte sie in eine kleine Keramikschüssel und stellte sie vor Marleen hin. »Vor wem sollte sie sich denn verstecken?«

Marleen zuckte mit den Achseln. »Vor ihrem Ehemann?«

»Das kann ich mir absolut nicht vorstellen.« Er schüttelte den Kopf. »Ihre Ehe ist harmonisch, wirklich.«

Herausfordernd blinzelte sie ihn an. »Du hast gesagt, du hättest gesehen, wie er vorgestern auf dem Friedhof stand. Bist du sicher, dass das tatsächlich er war?«

»Warum bezweifelst du das?«, wollte er wissen und nahm schräg neben ihr Platz. Als sich ihre Knie unter dem Tisch berührten, strömte Wärme durch seine Beine.

»Ich fand Riekes Verhalten wie gesagt seltsam. Und auch dass ihr Ehemann nicht an die Tür gekommen ist, um zu sehen, was los war, als wir sie nach Hause gebracht haben.« Sie nahm einen Cracker und zeigte damit auf Finn. »Als wir uns später nach ihr erkundigten, hat sie uns die Tür geöffnet und nicht er. Man sollte doch meinen, dass er ihr in liebevoller Strenge befiehlt, im Bett zu bleiben, und Besucher empfängt.«

»Und jetzt denkst du, dass Rieke ihn in ein Zimmer gesperrt hat? Du hast wirklich eine blühende Fantasie.« Finn schmunzelte. »Nach unserem Geschäftstreffen heute Morgen habe ich noch einmal nach Rieke gesehen. Frieso war auch da.«

»Ach, ja?« Sie wirkte überrascht und durcheinander. Schließlich winkte sie ab. »Nun gut. Das war bloß eine Theorie.« Gedankenversunken aß Marleen ihren Salzsnack.

»Mein Besuch bei *Dat Spann Knuten* war lustig. Frieso war richtig gut drauf, hat die ganze Zeit Späße gemacht und mich Thies genannt. Wir sind ja auch beide sandblond und sehen unserer Mutter ähnlich. Jedenfalls war die Verwechslung Rieke peinlich, weil Frieso sie gar nicht bemerkt hat. Sie meinte, er hätte zu wenig Flüssigkeit zu sich genommen, darum würde sein Kopf nicht gut funktionieren. Ihr würde das auch passieren, wenn sie vergisst, genug zu trinken.«

Finns Magen knurrte. Mitleidig lächelnd schob Marleen ihm die Schüssel hin. »Mein Gefühl sagt mir, dass eher eine Frau die Nachricht geschrieben hat.«

»Denkst du an Rieke?«, fragte er und aß einen Cracker.

»Schon möglich.« Mit dem Zeigefinger tippte sie gegen ihre Unterlippe. »Vielleicht hat sie Angst vor ihrem Mann.«

»Die zwei sind von jeher so harmonisch, dass sie als das Vorzeigeehepaar der Schokoladeninsel gelten. Wir anderen necken sie manchmal, dass sie wie Erdbeeren mit Sahne wären, eben die perfekte Verbindung, und denken uns alle möglichen anderen vollkommenen Verbindungen aus. Pancakes und Ahornsirup oder Schokolade und Marzipan.« Finn setzte die Flasche an seinen Mund, hielt in der Bewegung inne und stellte sie wieder ab, ohne getrunken zu haben. »Nein, Frieso würde ihr nie etwas antun.«

»Aber du hast jetzt schon zweimal gemeint, dass er sich verändert hätte. Eventuell ist er besitzergreifend geworden und schließt seine Ehefrau ab und zu ein, weil er findet, dass sie ihn zu oft und zu lange allein lässt. Er könnte denken, die anderen wären ihr wichtiger als er, und sich vernachlässigt fühlen.« Gedankenverloren fuhr sie immer wieder mit dem Flaschenmund über ihre Unterlippe.

Das zog Finns Aufmerksamkeit auf ihre Lippen, sodass es ihm schwerfiel, sich zu konzentrieren. »Warum hat sie uns dann nicht um Hilfe gebeten, als wir sie aus der Nordsee gezogen haben und allein mit ihr waren?«

»Weil es ihr peinlich ist zuzugeben, dass ihre Ehe nicht mehr so vollkommen ist, wie sie einmal war. Könnte doch sein, oder? Viele Frauen, die von ihren Männern geschlagen werden, schweigen aus Scham«, gab sie zu bedenken und trank von ihrem Ingwerbier.

Fortwährend drehte Finn seine Flasche auf dem Tisch, ihr Boden schabte über die Platte. Er musste an das letzte Frühlingsfest denken und bekam Magenschmerzen.

Nach den anstrengenden Festtagen hatten Joos, Thies und er allen Mitarbeitern und Insulanern auf dem grünen Strand Champagner oder ein anderes Getränk spendiert, wie sie es jedes Jahr als kleine Belohnung und Geste ihrer Dankbarkeit taten. Frieso war aufgebracht gewesen, fast schon aggressiv, grundlos, so schien es. Rieke hatte nervös reagiert und ihn bald heimgebracht.

Konnte es sein, dass er eine Wesensänderung durchmachte, weil er Medikamente nahm? Bedrohte er seine Ehefrau neuerdings und sperrte sie zeitweise ein? Versteckte diese sich ab und zu an entlegenen Stellen der Schokoladeninsel, damit sie für kurze Zeit von ihrem Ehemann wegkam und niemand ihre Tränen oder gar Blessuren, die er ihr zufügte, auffielen? Finn traute ihr zu, ihre Eheprobleme zu verheimlichen, um den schönen Schein zu wahren.

Immerhin war Frieso Riekes große Liebe. Als sie vor drei Jahren im Garten des Lorentz-Hauses seinen siebzigsten Geburtstag groß gefeiert hatten, hatte sie einen Toast ausgesprochen und dabei unter anderem gesagt: »Ich liebe dich nach all den gemeinsamen Jahren mit Höhen und Tiefen immer noch so sehr wie am ersten Tag. Das tue ich wirklich, von ganzem Herzen. Ich liebe dich mehr als mein Leben, Frieso Knuten.«

Hatte sie keinen anderen Ausweg mehr gewusst, aus der Ehehölle zu fliehen, ohne das Gesicht zu verlieren, außer in die stürmischen Fluten zu springen? Prinzipiell war das möglich, aber Zweifel blieben. »Wenn sie verheimlichen will, dass Frieso sie tyrannisiert, warum hätte sie dann eine Flaschenpost mit einem Hilferuf in die Nordsee werfen sollen?«

»Vielleicht, um etwas Druck von ihrer gequälten Seele zu nehmen. Sie hat die Nachricht ja nicht mit ihrem Namen unterschrieben«, erwiderte Marleen. »Sie sollte vermutlich gar nicht gefunden werden, sondern Rieke wollte bloß ihrem Kummer freien Lauf lassen.«

Ja, das war möglich, aber der Wortlaut passte nicht recht zu ihr. Rieke konnte sich besser ausdrücken. Finns Bauchgefühl sagte ihm, dass er die ältere Dame besser kannte. Auf einer Insel ließ sich zudem nur schwer etwas vor den anderen Bewohnern verbergen. Dennoch wusste niemand, was hinter verschlossenen Türen vorging. Marleen hatte recht, die Flaschenpost war verwirrend. »Ich habe schon Kopfschmerzen vom Grübeln und vor Hunger. Sollen wir im *Klönschnak* etwas essen gehen, wenn ich geduscht und mich umgezogen habe?«

»Ja, das wäre prima.« Demonstrativ schob sie die Schüssel mit den Crackern von sich fort. »Ich lade dich ein.«

Er trank sein Ingwerbier aus, stand auf und stellte die Flasche auf die Arbeitsfläche seiner Küche. »Kommt gar nicht infrage!«

»Das werden wir ja sehen. Ich bin schließlich mit dem Besitzer der Schokoladeninsel und somit auch des Hafenrestaurants befreundet und werde ihm klipp und klar sagen, dass die Rechnung auf jeden Fall auf mich geht.« Grinsend erhob sich Marleen, stellte sich dicht neben ihn und bohrte ihm ihren Finger in die Seite. »Unter diesen Umständen wirst du nichts dagegen unternehmen können, Leuchtturmwärter.«

Er lachte. »Tja, dann ist da wohl nichts zu machen.«

Als Finn abends ins Hafenrestaurant kam, saßen Joos und Thies bereits an einem der Tische am Panoramafenster. Er begrüßte sie, nahm Platz und deutete auf das vierte Gedeck. Weil sie ihr Essen mit ihrem Mitarbeiter auf Probe und Beinahe-Bruder wegen des Unwetters hatten absagen müssen, würden sie ihre Einladung heute nachholen. »Was ist mit Julius?«

»Du bist überpünktlich. Dass ich das noch erleben darf.« Joos schmunzelte und fuhr mit den Fingerspitzen so zärtlich am Stiel seines Rotweinglases auf und ab, dass Finn sich fragte, ob sein Bruder in diesem Moment nicht lieber mit Anne zusammen wäre und ihre junge Liebe genießen würde.

»Zieh mich ruhig auf.« Mit zur Schau gestellter Gelassenheit nahm Finn Platz. »Das macht mir gar nichts aus.«

»Seit gestern ziehst du dich so schick an. Sind dir deine Bermudas und Kapuzenpullover ausgegangen?«, fragte Thies belustigt.

Finn hatte auf Marleen einen guten Eindruck machen wollen. Hitze stieg ihm ins Gesicht. Er hoffte, dass seine Brüder das entweder nicht mitbekamen oder ihn wenigstens nicht darauf ansprechen würden. »Sehr witzig.«

Kurt kam zu ihnen. Nach Absprache mit den Lorentz-Brüdern hatte er letztes Jahr im Herbst auf der Rückseite der Pralinen-Manufaktur einen Basketballkorb angebracht. Regelmäßig warf er dort im Garten mit Finn zusammen ein paar Körbe. Er drückte kumpelhaft dessen Schulter. »Du warst doch vor ein paar Stunden erst hier essen. Ich hätte nicht erwartet, dich schon so bald wiederzusehen. Du wirst noch zum Stammgast.«

»Wurden heute Nachmittag Scherzkekse verteilt und ich habe keinen abbekommen?«, frotzelte Finn und genoss das Necken. Er war gut drauf und ahnte, dass das an Marleen lag. Wäre sie nicht die Tochter ihres Vaters, hätte alles so traumhaft sein können. Mit ihr zusammen zu sein war einfach nur schön. Zum ersten Mal, seit er seine Mutter verloren hatte, konnte er sich jemandem gegenüber so öffnen. Außerdem teilte sie seine Leidenschaft fürs Surfen. Das alles war einfach zu gut, um wahr zu sein. Und genau darum zweifelte er auch an ihrer Aufrichtigkeit. Wie viel von ihr war echt? Wie viel von dem, was sie sagte, ehrlich? Er wollte es herausfinden, denn sie hatte sich heute Mittag wirklich sehr bemüht, die Wogen zu glätten. Aber er ahnte, wie fragil der Friede sein mochte.

Kurt zeigte auf die Flasche, die in der Mitte des Tisches stand. »Möchtest du auch von dem Spätburgunder?«

»Nein, danke, ich hätte gerne ein Ingwerbier.« Nach dem heutigen Tag würde Finn das Getränk auf ewig an Marleen erinnern. Er dachte daran, wie sich ihre Lippen um die Öffnung der Flasche geschmiegt hatten und wie gerne er sie wieder küssen würde.

»Wo hast du deine hübsche Begleitung von heute Mittag gelassen?«, fragte der Kellner prompt.

Finns Wangen fühlten sich noch heißer an. Warum reagierte er bloß, als wäre er ein Teenager und Marleen das erste Mädchen, für das er sich erwärmte? Hatte er sich etwa Hals über Kopf in sie verliebt?

»Hattest du etwa ein Date?« Thies' Augen weiteten sich. »Mit wem denn?«

Bevor Finn klarstellen konnte, dass das niemanden etwas anging, gab Kurt einen Pfiff von sich. »Eine Rothaarige, ein echter Hingucker. Sie ist etwas Besonderes, das habe ich sofort gesehen. Finn konnte den Blick nicht von ihr nehmen und hat dauernd gegrinst.«

»Du übertreibst.« Warnend blinzelte Finn seinen Freund an, der endlich aufhören sollte, seine Gefühle preiszugeben.

»Ich habe mich wahnsinnig für dich gefreut. So glücklich hast du schon lange nicht mehr ausgesehen.« Kurt hatte seine hellblonden Haare frisch kurz geschoren. Die Symptome seiner Couperose waren zurzeit milder. Auf seinen Wangen und seiner Nase waren weitaus weniger geweitete Äderchen zu sehen als normalerweise. »Ihr seid ein hübsches Paar.«

»Wir sind nicht zusammen.« Finn versuchte, die Unterhaltung über sein Mittagessen mit Marleen zu beenden. »Könnte ich jetzt bitte mein Ingwerbier haben? Ich verdurste.«

»Deine Verlegenheit ist echt süß. Du magst diese Frau. Je mehr du dich bemühst, dein Interesse an ihr zu verstecken, desto offensichtlicher wird es.« Lachend ließ Kurt ihn mit seinen beiden Brüdern allein.

Verschwörerisch neigte sich Joos über den Tisch. »Warst du etwa mit Marleen de Vries essen?«

»Ja, aber das ist meine Privatsache«, stellte Finn klar. Wie konnte er über seine Gefühle für Marleen sprechen, wenn er selbst nicht wusste, wo sie beide standen?

Genüsslich trank Thies einen Schluck Spätburgunder. »Ich dachte, du könntest die de Vries nicht leiden?«

»Das habe ich nie behauptet.« Finns Blick fiel auf Thies' Ehering, den sein Bruder ständig hin und her drehte. Wann würde er selbst wohl heiraten und eine eigene Familie gründen? Was das Thema betraf, hatte er als Teenager konkrete Pläne gehabt. Er hatte sich spätestens mit 25 Jahren trauen, mit seiner Ehefrau sobald wie möglich ein erstes Kind bekommen und mit dem nächsten nicht lange warten wollen. Doch jetzt war er fast dreißig und noch nicht einmal verlobt.

Als Thies bemerkte, dass Finn ihn beobachtete, nahm er die Hand von seinem Ring. »Aber du hast es bei dem Geschäftstreffen heute Vormittag deutlich gemacht.«

»Ich halte nichts von Dyke de Vries' Hotel-Vorschlag, das ist etwas anderes«, sagte Finn. Als Kurt das Bier brachte, trank er etwas zu hastig, die Kohlensäure stieg ihm in die Nase.

»Er hat mir erzählt, dass du zusammen mit seiner Tochter Rieke vor dem Ertrinken gerettet hast. Aber bevor ich Rieke darauf anspreche, wollte ich erst deine Version der Geschichte hören, denn er hat das alles äußerst dramatisch dargestellt. Er wollte eindeutig Eindruck bei mir schinden.«

»Was war denn da los?«, fragte Joos besorgt.

»Rieke ist vom Sanddorn-Kliff abgerutscht und ins Meer gefallen. Die Strömung hat sie von Möwesand weggetrieben.« So sachlich, wie es Finn bei seiner Angst um die ältere Dame möglich war, berichtete er, was geschehen war. Er überlegte, ob er die Flaschenpost erwähnen sollte, entschied sich jedoch dagegen. Zum einen wusste er nicht, was er davon halten sollte, und Riekes Unfall und Dyke de Vries' Bauvorhaben brachten schon genug Aufregung auf die Schokoladeninsel. Zum anderen konnte er nicht einschätzen, ob es Marleen recht wäre, wenn er seine Brüder einweihen würde.

»Wir werden ab sofort ein Auge auf sie haben«, versicherte Joos ihm.

»Wie könnt ihr auch nur in Erwägung ziehen, ein Luxushotel in die Inselmitte zu bauen?« Verständnislos schüttelte Finn den Kopf. »Der Süßwassersee und die Wildblumenwiese müssten weichen. Das wäre so, als würdet ihr ein Naherholungsgebiet plötzlich als Bauland ausweisen. Ein großes Gebäude auf der Fläche zwischen Laubwald und Nordwinden würde ganz Möwesand verschandeln.«

»Oder die Schokoladeninsel aufwerten.« Joos lehnte sich auf seinem Stuhl zurück. »Uns behagt die Vorstellung auch nicht, schon allein wegen der Wildtiere, die das ganze Jahr über dort leben, und der Zugvögel, die den Platz zur Rast nutzen. Aber Dyke de Vries hat etwas Wahres gesagt. Die Einnahmen durch den Hotelbetrieb könnten die Schokoladenfabrik retten. Wir machen uns die Entscheidung nicht so leicht, wie du vielleicht denkst.«

Nervös pulte Finn eine Ecke des Flaschenetiketts ab. »Unsere Eltern würden sich im Grab umdrehen, wenn sie wüssten, was ihr aus ihrem Zuhause machen wollt. Vermutlich würden auch die Alteingesessenen auf die Barrikaden gehen, solltet ihr euer Vorhaben umsetzen.«

»Noch planen wir gar nichts. Wir gehen gedanklich bloß alle Möglichkeiten durch.« Joos hob sein Weinglas an seine Lippen, setzte es dann aber wieder ab. »Du darfst nicht vergessen, dass Möwesand uns gehört. Selbstverständlich liegt es uns sehr am Herzen, die gute Stimmung, die zwischen den Einheimischen, unseren Beschäftigten und uns herrscht, zu erhalten, das tut es wirklich, und du weißt das.«

Finn nickte und nahm einen kräftigen Schluck seiner süß-scharfen Limonade. Gewiss hielt er seine Brüder nicht für rücksichtslos. Sie versuchten stets, die Interessen aller unter einen Hut zu bringen. Doch wegen der Verluste, die die Fabrik machte, standen sie mit dem Rücken zur Wand, und in solchen Situationen verhielten sich Menschen nun einmal anders, als sie es unter normalen Umständen taten. Das Schlimmste an der Situation war für Finn, dass er sich mitschuldig am Niedergang des Flensburger Werks fühlte. Hätte er womöglich den Rückgang der Umsätze verhindern können, wenn er die letzten beiden Jahre seine ganze Kreativität in das Familienunternehmen gesteckt hätte, anstatt sich aus allem rauszuhalten?

»Wir wollen natürlich böses Blut verhindern. Vielleicht könnten wir die Insulaner am Gewinn beteiligen, wie das bei Windkrafträdern, die in der Nähe von Dörfern stehen, immer öfter der Fall ist.« Nun trank Joos doch.

»Wir könnten ihnen in dem neuen Hotel auch günstige Zimmer für ihre Familien anbieten«, warf Thies ein und wirkte viel ernster als sonst. »Im Moment sind die Übernachtungsmöglichkeiten begrenzt, was an Feiertagen oft zu Problemen führt.«

Mit seiner Bierflasche zeigte Finn in die Richtung, in der Nordwinden lag. »Und was ist mit Gerit? Sie wird ganz schön sauer sein, wenn wir ihr Konkurrenz machen.«

»Vielleicht wird sie auch erleichtert sein. Sie wird immer älter, ihr fällt die viele Arbeit zunehmend schwer. Entweder zahlen wir ihr eine Ausfallsumme aus und sie schließt das Gästehaus.« Thies zuckte mit seinen breiten Schultern. »Oder, falls sie das nicht möchte, könnten wir neben Merle bei ihr im *Nis Puk* noch drei weitere Mitarbeiter fest einquartieren. Diese könnten ihre Zimmer selber sauber halten und würden seltener wechseln, was Gerit vermutlich recht wäre.«

Energisch klopfte Joos mit seinem Siegelring auf die Tischplatte. »Falls wir uns für das Projekt entscheiden, wollen wir es keinesfalls kompromisslos durchboxen, Finn. Das sollte dir eigentlich klar sein.«

»Schon gut, du hast ja recht.« Entschuldigend hob Finn die Hände. »Ich möchte aber noch zu bedenken geben, dass wir Freunde verlieren könnten. Der ein oder andere könnte die Tatsache, dass sich Touristen rund um die Uhr an sieben Tagen die Woche auf der Schokoladeninsel aufhalten würden, zum Anlass nehmen wegzuziehen.«

»Redest du etwa gerade von dir selbst?«, fragte Thies sichtlich besorgt.

»Nein, eigentlich nicht«, sagte Finn leise. Ein unausgesprochenes Aber hing über ihnen wie ein Damoklesschwert.

»Möwesand bleibt unser Zuhause.« Unruhig rutschte Joos auf seinem Stuhl hin und her. Das war gar nicht seine Art, denn sonst wirkte er immer wie ein Fels in der Brandung. »Es dürften sich auch nicht mehr Touristen als jetzt hier aufhalten. Wir würden die Hotel- von den Tagesgästen abziehen, sodass die Besucherzahlen gleich bleiben würden.«

»Aber die Fremden, die ein Nachtquartier reserviert haben, wären nach Feierabend noch da. Außerdem liefe es vermutlich darauf hinaus, dass wir sie auch an den Tagen, an denen wir geschlossen haben, übernachten lassen würden.« Um sich zu beruhigen, betastete Finn die einzelnen Zinn- und Holzperlen an seiner Surferhalskette, wie ein Katholik, der den Rosenkranz betete. »Wir wären auf unserer eigenen Insel nie allein.«

»Du darfst das nicht so emotional sehen«, bat Joos seinen jüngsten Bruder, während er Thies und sich Spätburgunder nachschenkte.

»Ach, ja? Euch könnte ich vorwerfen, nur ans Geschäft zu denken.« Vor Aufregung leerte Finn seine Bierflasche mit einem Zug zur Hälfte.

»Uns behagt die Vorstellung, einen fremden Investor ins Boot zu holen, auch nicht, aber bisher ist uns noch keine andere Lösung eingefallen. Wir sind ratlos«, gab Thies zu.

»Wenn man verzweifelt ist, trifft man mitunter falsche Entscheidungen«, erwiderte Finn.

»Wir könnten den Bau eines Hotels jedenfalls nicht alleine finanzieren.« Joos verschränkte die Arme vor dem Oberkörper.

Aufgebracht stellte Finn seine Flasche geräuschvoll ab. »Zumindest keine Nobelherberge, wie es Dyke de Vries vorschwebt.«

»Dann wärst du einverstanden, wenn wir eine kleine Familienpension errichten lassen würden?« Joos' Smartphone gab einen Signalton von sich. Er holte es aus seiner Hosentasche, schaute aufs Display und lächelte so verliebt, dass die Nachricht, die er bekommen hatte, nur von Anne kommen konnte. Rasch tippte er eine kurze Antwort und steckte sein Mobiltelefon wieder weg.

»Sagen wir mal so, ich hätte in dem Fall weniger Magenschmerzen.« Finn wusste, dass das nicht die Antwort war, die seine Brüder hören wollten, und eigentlich galt seine Kritik auch jeder Art von Touristenunterkunft. Da es ihm leidtat, dass er Joos und Thies seit zwei Jahren das Leben unabsichtlich schwer machte, versuchte er einen Schritt auf sie zu. »Bräuchten wir in dem Fall auch einen Investor, oder bekämen wir das Projekt selbst finanziert?«

Nachdenklich rieb Joos über den Bartschatten auf seinem Kinn. Er hatte von ihnen allen den stärksten Bartwuchs und hätte sich zweimal am Tag rasieren können. »Dazu müsste ich erst von Fachleuten Informationen einholen und alles durchrechnen.«

»Über eine wichtige Entscheidung wie diese sollte man ohnehin in Ruhe nachdenken. Vertagen wir die Diskussion.« Thies' Blick schweifte zum Eingang des Restaurants. Als er den Neuankömmling sah, zeigte er zum ersten Mal an diesem Abend sein berühmtes Lächeln, das jedem an ihm auffiel. »Da kommt Julius.«

Mit großen Schritten durchquerte Julius Schneider das *Klönschnak,* setzte sich zu ihnen und schaute auf seine Armbanduhr. »Gerade noch rechtzeitig geschafft.«

»Du bist auf die Minute pünktlich«, beruhigte Finn ihn und war froh, mal nicht als Letzter zu einer Verabredung zu erscheinen.

Julius öffnete den Knopf seines samtbraunen Sakkos. Er schaute sich um und betrachtete neugierig die Skulpturen aus Treibholz, die zwischen den Tischen standen. Sie zeigten unter anderem einen Unterwasserfarn, das Maul eines Hais mit spitzen Zähnen, ein Seepferdchen und einen Storch mit ausgebreiteten Flügeln. »Die Figuren sind ja toll! Und gemütlich ist es hier. Danke noch mal für die Einladung.«

»Wie war dein erster Tag in der Naschwerk-Manufaktur?«, fragte Finn. Er fand es sympathisch, wie Julius an seinem schwarzen Hemd herumzupfte, der damit zeigte, dass er sich so herausgeputzt unwohl fühlte.

»Die Arbeit hat mir Spaß gemacht. Ole und sein kleines Team haben mich mit einer Mehldusche willkommen geheißen.« Als Julius leise lachte, drehte sich Maria, die mit ihrem Team am Nachbartisch zu Abend aß, zu ihm um und lächelte ihn an. Sie war elf Jahre älter als er, hatte braune Locken, die sie zu einem Pagenkopf geschnitten hatte, und große braune Augen. Seit drei Jahren fertigte und verkaufte sie in dem Laden, den sie leitete, unter anderem Weingummi und Bonbons.

Schau an, dachte Finn freudig überrascht und schmunzelte.

»Als Entschuldigung gab es einen *Möwenschiss* am frühen Morgen und eine kostenlose Dusche in ihrer Wohngemeinschaft über der Kuchen-Manufaktur. Schade eigentlich«, sagte Julius und sah zu Maria hinüber. »Denn ich fühle mich auf der Schokoladeninsel echt wohl.«

»Was ist schade? Ist etwas vorgefallen oder nicht in Ordnung?« Bei der Vorstellung, kurz nach dem Aufstehen ein Pinneken Korn mit Pumpernickel und Sahnemeerrettich zu verzehren, zog es Finn den Mund zusammen. Eingehend betrachtete er Julius. Als Joos, Thies und er noch vermutet hatten, er wäre ihr Halbbruder, hatten sie Züge ihres Vaters an ihm wiedererkannt. Doch nun, da sie wussten, dass Julius nicht mit ihnen verwandt war, fand Finn das nicht mehr. Sie hatten die Übereinstimmungen wohl bloß auf ihn projiziert. Man sieht immer das, was man sehen will, hatte Ebba einmal zu ihm gemeint, und sie hatte recht.

»Ihr hattet mir doch erzählt, dass Ole zurück in seine Heimat gehen wird. Wir haben ganz offen miteinander gesprochen. Er hatte wohl im April überlegt, Ende des Jahres nach Dänemark zu ziehen, aber er will gar nicht weg, sondern war bloß urlaubsreif. Im Laufe des Mais hat er sich vom Stress erholt, und jetzt möchte er hierbleiben. Er kann sich keinen schöneren Ort zum Arbeiten und Leben vorstellen als die Schokoladeninsel.« Julius' Lächeln wirkte traurig. »Ich kann das nachvollziehen.«

»Das tut uns furchtbar leid.« Finn war das unangenehm, er hatte diese Entwicklung fast befürchtet. Weil er sich monatelang seelisch darauf eingestellt hatte, Julius als seinen Halbbruder zu sehen, fühlte er sich ihm nahe, obwohl sich das Ganze inzwischen als Fehlannahme erwiesen hatte. Ihm war rasch klar geworden, dass Julius und er Freunde werden könnten, aber dafür musste dieser auf Möwesand bleiben. »Und peinlich ist es auch.«

»Wir hätten mit der Suche nach einem Nachfolger warten sollen, bis Ole gekündigt hat«, sagte Thies mit schuldbewusst zerknirschtem Blick.

»Wir waren wohl etwas vorschnell.« Durch das Panoramafenster gab Joos Kurt, der auf der Sonnenterrasse die Strandkörbe samt Beistelltischen herrichtete, ein Zeichen. »Aber wir wollten verhindern, dass Ole sich plötzlich verabschiedet, wir auf die Schnelle niemand Neues finden und die Stelle frei bleibt. Die Zusatzarbeit hätten wir den anderen Mitarbeitern nicht zumuten wollen.«

»Schon gut. Kann ich verstehen, und ihr konntet es ja nicht wissen. Ich werde dann morgen zurück nach Flensburg fahren.«

Betretenes Schweigen trat ein. Die drei Männer wurden vom Kellner erlöst. Er kam an ihren Tisch und fragte Julius, was er trinken möchte.

Julius zeigte auf die Flasche, die vor Finn auf dem Tisch stand. »Ich nehme auch ein Ingwerbier.«

Finn lächelte. Hatte er doch geahnt, dass sie auf einer Wellenlänge waren.

»Bleib doch ein paar Tage«, schlug Joos vor. »Natürlich auf unsere Kosten«, fügte er rasch hinzu. »Mach Urlaub, damit sich die Anreise für dich wenigstens gelohnt hat. Soviel ich weiß, bleibt dein Zimmer im *Nis Puk* mindestens bis zum nächsten Wochenende frei.«

»Das ist nett, aber ich muss zurück und mir einen Job suchen.« Kraftlos zuckte Julius mit den Achseln. »Ich brauche wirklich dringend eine neue Stelle. Und eine Wohnung.«

Plötzlich hatte Finn eine Eingebung. Aufgeregt schob er den Salz- und den Pfefferstreuer, die die Form von Leuchttürmen hatten, hin und her. »Was ist mit unserer Idee, nachmittags im *Klönschnack* Torten anzubieten? Das hatten wir doch mal überlegt, sind das Projekt aber nie angegangen. So, wie ich das sehe, könnten wir die richtige Person dafür gefunden haben.«

»Die Vorstellung gefällt mir«, warf Kurt ein, der mit der Flasche Bier an den Tisch trat. »Nachmittags ist das Hafenrestaurant nämlich wie ausgestorben.« Dann ging er wieder fort.

»Eine Überlegung hat uns davon abgehalten, die Idee umzusetzen. Erinnert ihr euch? Wir hatten Zweifel, ob es sinnvoll ist, auf der Schokoladeninsel noch mehr Essen anzubieten.« Thies lehnte sich zurück und verschränkte die Arme. »Diese Bedenken habe ich ehrlich gesagt immer noch.«

»Das stimmt schon, aber Torten sucht man vergeblich auf Möwesand. In Oles Manufaktur gibt es Butterkuchen, Kneppkuchen, Nusskuchen und wechselnde Blechkuchen, die die Gäste leicht im Stehen verzehren können.« Finn war Feuer und Flamme. »Wir hatten aber doch mal darüber nachgedacht, dass die Besucher sich bestimmt auch gerne mal hinsetzen, in Ruhe eine Tasse Tee oder Kaffee trinken und dabei eine erstklassige Sahne- oder Cremetorte verspeisen würden.«

Nachdenklich nickte Joos. »Ich kann mir das gut vorstellen. Die meisten Touristen sind nahezu die ganze Zeit auf den Beinen. Bestimmt wollen sie auch mal zur Ruhe kommen und sich bedienen lassen. Bisher bieten wir nur Mittagstisch und einen Abendsnack an. Da ist mehr drin.«

»Sag bloß, wir beide sind von Anfang an einer Meinung?«, bemerkte Finn ironisch. Es freute ihn, dass sie sich zurzeit wieder besser verstanden. Joos' Freundin Anne hatte die Wende gebracht. Sie hatte einen guten Einfluss auf Joos, er war lockerer und aufgeschlossener.

»Wunder gibt es immer wieder, heißt es doch in einem Schlager«, frotzelte Joos.

»Ich finde, wir sollten das ausprobieren. Jetzt scheint mir genau der richtige Moment.« Finn sah von seinen Brüdern zu Julius. »Könntest du dir vorstellen, gemeinsam mit uns, Kurt und dem restlichen Restaurantteam ein Konzept zu entwerfen und exquisite Torten zu backen?«

»Oh, wow! Das kommt überraschend. Damit hatte ich

nicht gerechnet. Ich habe mich schon zurück in Flensburg gesehen. Ja, sicher, selbstverständlich, das wäre toll«, fügte Julius hörbar aufgewühlt hinzu.

»Wir denken da an traditionelle Kuchen wie Friesentorte und Sanddorntorte.« Auch Finn klang aufgeregt. »Aber auch an neue Kreationen.«

»Es wäre schön, wenn wir monatlich wechselnd eine Torte, die es ausschließlich auf der Schokoladeninsel gibt, anbieten könnten. Du musst dich mit Kurt absprechen, er wäre dein Vorgesetzter, aber generell könntest du dich austoben. Selbstredend, dass du nicht zu experimentell wirst, sondern versuchst, den Geschmack der breiten Masse zu treffen.« Über sein Weinglas hinweg sah Joos Julius an. »Was hältst du davon? Würdest du dir das zutrauen, und würde dir das Spaß machen?«

Machst du Witze, schien Julius' Miene zu sagen. »Das wäre eine berufliche Herausforderung, wie ich sie mir gewünscht habe. Euer Angebot ist zu gut, um wahr zu sein.«

»Da ist nur ein Problem«, sagte Joos im ernsteren Ton.

Sichtlich erschrocken sah Julius ihn an und hielt seine Bierflasche so fest, als wollte er sie zerdrücken.

»Bei den Gebrüdern Lorentz muss jede Entscheidung einstimmig getroffen werden.« Joos deutete mit seinem Glas in der Hand auf seinen Bruder. »Und Thies wirkt nicht ganz überzeugt von der Torten-Idee.«

»Ich weiß«, begann Thies, »die Arbeit werden vor allem Julius und Kurt machen. Nichtsdestotrotz muss einer von uns dreien das Projekt betreuen. So halten wir es immer. Und alles, was die Gäste betrifft, fällt in mein Ressort.« Er leerte sein Glas und schenkte sich gleich nach. »Aber ich kann darauf nicht auch noch ein Auge werfen. Ich betreue schon die Touristen. Daneben kümmere ich mich um Bente, das allerdings eh schon seltener, als ich es mir wünschen würde. Ich möchte nicht vor Arbeit verpassen, sie aufwachsen zu sehen. Mein Tag hat auch nur 24 Stunden, mehr ist einfach nicht drin.«

»Ich übernehme das!«, meldete sich Finn. Seine Brüder starrten ihn an.

Zögernd sagte Thies: »Ich dachte … du brauchst noch mehr Zeit für dich.«

»Dann beendest du deine Auszeit vom Geschäft?«, fragte Joos hoffnungsvoll.

»Nicht so schnell. Einen Schritt nach dem anderen. Jetzt begleite ich erst einmal Julius bei der Entwicklung des Nachmittagscafés im *Klönschnak*, und dann sehen wir weiter.« Finn genoss die glücklichen Gesichter seiner Brüder, als sie zu viert auf das neue Projekt anstießen. Er freute sich darauf, wieder offiziell eine Aufgabe zu übernehmen. Amüsiert fragte er sich, ob Marleen dieselbe Wirkung auf ihn hatte wie Anne auf Joos. Nun, da er wieder an die sportliche Rothaarige dachte, verspürte er ein angenehmes Prickeln unterhalb seines Bauchnabels. Wann würde er sie wohl wiedersehen?

Als hätte der Himmel seine Gebete erhört, fuhr ein fremdes Boot am Restaurant vorbei, hielt im Hafen, und Marleen und ihr Vater stiegen aus. Mitarbeiter luden einen Weekender und einen Schalenkoffer aus. Während Marleen ihre Reisetasche selbst trug, ließ Dyke de Vries seinen Koffer einfach stehen, wohl weil er erwartete, dass sich einer der Angestellten seiner annehmen würde. Marleen bemerkte es und ermahnte ihren Vater durch einen rügenden Blick und eine Geste, sich selbst um sein Gepäck zu kümmern, was er dann auch tat. Wenn sie wollte, konnte sie anscheinend einen guten Einfluss auf ihn haben.

»Was machen denn die de Vries hier?«, fragte Finn mit pochendem Herzen.

Joos ließ den Spätburgunder in seinem Glas rotieren und beobachtete die samtrote Flüssigkeit. »Sie ziehen für ein paar Tage ins *Nis Puk.*«

»Damit verstößt du gegen die Regeln«, und das tat sein Bruder sonst nie. Finn hätte nicht überraschter sein können, die de Vries waren weder Besucher der Einheimischen noch Mitarbeiter.

»Es sind unsere Gäste, ich habe es ihnen erlaubt«, sagte Joos zwar bestimmt, aber er wirkte keineswegs glücklich darüber.

»Wie haben sie dich dazu gekriegt?«, wollte Finn von ihm wissen.

»Dyke de Vries hat mir ausführlich geschildert, wie du und Marleen Rieke das Leben gerettet habt, das habe ich ja schon erwähnt. Heute Mittag ist er noch einmal zu mir gekommen. Er hat mich mit der Geschichte unter Druck gesetzt. Wie hätte ich seine Bitte ablehnen können?« Joos' Miene verfinsterte sich, er wirkte besorgt. »Riekes Wohl liegt mir sehr am Herzen. Ich kenne sie schon fast mein ganzes Leben lang. Obwohl sie weiß, was für eine ausgezeichnete Köchin Ebba ist, bereitet sie mir jedes Mal, wenn ich erkältet bin, Hühnersuppe zu. Sie hat uns zum Einzug von Anne die Fußmatte mit dem Aufdruck *Anne & Joos* geschenkt. Manchmal streicht sie mir über die Wange, wie unsere Mutter es immer getan hat. Sie ist eine teure Freundin.«

»Das sehen wir alle so«, bekräftigte Thies.

Unterm Tisch ballte Finn eine Faust. »Dyke de Vries hätte ihre Rettung nicht als Druckmittel einsetzen dürfen. Er ist mit allen Wassern gewaschen.«

Schmunzelnd lehnte sich Joos zurück. »Ich dachte, du freust dich, dass er und seine Tochter auf Möwesand bleiben.«

»Was willst du damit andeuten?«, fragte Finn etwas zu laut und nippte so ungeschickt an seinem Ingwerbier, dass der Flaschenausguss gegen seine Vorderzähne stieß.

Joos strich zärtlich über den Fuß seines Rotweinglases. »Ich dachte, Marleen …«

»Was ist mit ihr?«, knurrte Finn.

Just in dem Moment kam Kurt und reichte nur Julius die Speisekarte, alle anderen am Tisch wussten ohnehin, welche Speisen angeboten wurden. »Das war doch deine attraktive Begleitung von heute Mittag, die mit den Hexenhaaren und dem Engelsgesicht? Eine heiße Mischung.«

»Würde es dir etwas ausmachen, schon Brot und Butter zu bringen?«, bat Finn Kurt, um das Gespräch auf ein anderes Thema zu lenken. »Ich habe großen Hunger.«

»Er will nicht über sie reden und hat rote Flecken am Hals bekommen. Ihn muss es ernsthaft erwischt haben.« Kurt lachte und ging in die Küche.

»Du magst sie. Habe ich recht?«, fragte Thies.

»Sie ist ganz nett«, antwortete Finn abwiegelnd und fühlte sich schlecht dabei. Aber er wollte nicht über seine Verliebtheit reden, solange er sich Marleens ehrlicher Absichten nicht sicher war. Momentan sah es gut aus, bei ihrer Aussprache hatte sie ihn fast überzeugt. Aber warum hatte sie ihm nicht erzählt, dass sie ins Gästehaus einziehen würde? Sollte es ein cleverer Schachzug sein, wollte sie ihn doch in Absprache mit ihrem Vater weiter umgarnen, um ihn für den Hotelbau zu gewinnen? Oder tat er ihr Unrecht, und sie hatte mittags selbst noch nichts von der Idee ihres Vaters gewusst, bei Gerit einzuziehen?

Gerade als er Joos danach fragen wollte, wandte sich Thies an Julius: »Wie ich gehört habe, weißt du inzwischen, dass wir dich für unseren Halbbruder gehalten haben?«

»Ja, es war amüsant, das zu erfahren«, antwortete Julius schmunzelnd. In dem Moment ging Maria an ihnen vorbei. Sie trug einen schwarzen Minirock, dessen Falten durch ihren Hüftschwung ständig in Bewegung waren. Sein Blick klebte an ihr, bis sie in der Damentoilette verschwand. »Darum habt ihr mich so herzlich empfangen.«

»Wir heißen jeden neuen Mitarbeiter willkommen, wenn auch nicht unbedingt direkt an der Fähre wie bei dir. Aber wir möchten alle Angestellten persönlich kennenlernen und pflegen ein freundliches Miteinander.« Bestimmt fügte Joos hinzu: »Das ist nicht nur so dahergesagt.«

»Das glaube ich dir aufs Wort. Mir ist gleich aufgefallen, wie harmonisch das Verhältnis zwischen den Einheimischen, euren Angestellten und euch ist.« Julius lächelte in die Runde und nahm einen Schluck Ingwerbier. »Ich denke, das ist ein Teil eures Erfolgsgeheimnisses.«

Thies nickte. »Damit hast du wahrscheinlich recht. Auf einer Insel muss man gut miteinander klarkommen, sonst funktioniert es nicht.«

»Ich hatte gerne drei Brüder wie euch, aber leider bin ich allein aufgewachsen. Mein Vater verstarb viel zu früh«, sagte Julius voller Bedauern und sah dann einen nach dem anderen an. »Zumindest das haben wir vier gemeinsam.«

»Dein Vater Jürgen hatte einen Unfall wie unsere Mutter

Karin, nicht wahr?«, wollte Finn wissen. »Bei ihm war es mit dem Auto, sie starb beim Tauchen.«

»Was habt ihr noch alles über mich in Erfahrung gebracht?« Julius schien etwas verunsichert.

Da seine Brüder verlegen schwiegen, versuchte es Finn mit einem Scherz. »Dass du dir bei Horrorfilmen die Augen zuhältst, wenn es zu gruselig wird.«

»Hey, woher weißt du das?«, entgegnete Julius und zwinkerte.

»Wir wollten dich nicht ausspionieren, ehrlich. Durch einen Zufall haben wir herausgefunden, dass unser Vater deine Mutter und dich finanziell unterstützt hat.« Finn beeilte sich hinzuzufügen: »Damit haben wir kein Problem. Wir haben uns allerdings gewundert, warum er das für sich behalten hat. Uns sagte nicht einmal euer Nachname etwas. Das ist doch merkwürdig.«

»Und deshalb habt ihr vermutet, dass er ein uneheliches Kind hat und das geheim hielt«, sagte Julius und klang verständnisvoll. Er klappte die Speisekarte auf, las aber nicht darin, weil Maria wieder vorbeikam und ihn anlächelte.

»Die Überweisungen gingen an deine Mutter. Daher dachten wir, dass sie und unser Vater ein Liebesverhältnis hatten.« Finn wollte sein Ear Cuff betasten, wie es seine Angewohnheit war, wenn er aufgewühlt war, aber der Schmuck saß nicht an seiner Ohrmuschel. Er hatte ihn nicht wieder angesteckt, nachdem Marleen ihn ihm gegeben hatte.

Die Silberklemme erinnerte ihn an einen wunderschönen Nachmittag mit Thies in St. Peter-Ording vor fünf Jahren. Finn versuchte vergeblich, seinem Bruder das Windsurfen beizubringen, der war einfach nicht für diesen Sport gemacht, aber sie lachten viel zusammen. Am Ende des

Tages hatten sie eine Pizza verschlungen, und Finn hatte den Earcuff erstanden.

»Hauke Lorentz muss mit meinem Vater befreundet gewesen sein, meine Mutter kannte ihn kaum, aber er hat uns sehr geholfen, als meine Mutter nach dem schmerzhaften Verlust an Depressionen litt.«

»Das muss eine schwere Zeit für euch gewesen sein«, sagte Joos mitfühlend.

Julius erzählte, wie sein Vater seine Kochausbildung organisiert und bezahlt hatte und seiner Mutter und ihm in der schweren Zeit half.

»Es tut mir leid, dass wir ihn bezichtigt hatten, unsere Mutter betrogen zu haben«, erklärte Finn. Gedankenversunken blickte er dann hinaus aufs Meer, das ruhig dalag. Mit langsamen, kraftvollen Flügelschlägen flog ein Graureiher dicht über der Wasseroberfläche zum Fähranleger und landete dort auf einem Pfahl. Die Sonne sank immer tiefer und färbte den Himmel in ein sattes Orange. Ein schöner Frühsommertag im Wattenmeer neigte sich dem Ende zu. »Besonders ich habe ihn deshalb eine Zeit lang verachtet. Jetzt habe ich ein schlechtes Gewissen, unser Vater hatte meine Ablehnung nicht verdient.«

»Er weiß doch nicht, dass du schlecht über ihn gedacht hast«, wandte Julius mit sanfter Stimme ein.

»Das macht für mich keinen großen Unterschied. Ich habe ihn für den Teufel gehalten, dabei war er in Wahrheit ein Engel. Der Satz stammt so oder so ähnlich aus irgendeinem alten Western, den ich mal mit unserem Vater angeschaut habe, glaube ich zumindest.«

Julius räusperte sich, während er seine Flasche hin und her drehte und ein Knarzen auf der Tischplatte verursachte.

»Als Engel würde ich ihn nicht gerade bezeichnen. Das ist etwas zu viel des Guten. Niemand ist vollkommen gut oder böse.«

»Was willst du damit andeuten?« Finns Magen zog sich zusammen. »Hat er etwa eine Gegenleistung für seine Unterstützung erwartet?«

»Nein.« Energisch schüttelte Julius den Kopf. »Gar nicht.«

Finn nahm ihm seine Bierflasche ab. Endlich hörte das nervende Schaben auf. »Nun rück schon raus mit der Sprache.«

»Ich weiß auch nicht genau, ich stelle nur Vermutungen an, und ihr habt ja gesehen, wohin das führen kann.« Entschuldigend zuckte Julius mit den Schultern. »Das soll kein Vorwurf sein. Es ist bloß eine Erklärung dafür, dass ich zögere, euch zu erzählen, woran ich mich erinnert habe. Man reimt sich mitunter die aberwitzigsten Dinge zusammen, und immerhin waren wir damals noch Kinder. Wenn man jung ist, hat man eine andere Wahrnehmung als die Erwachsenen.«

»Du sprichst in Rätseln«, bemerkte Joos trocken.

»Na gut. Unter Umständen war nicht Freundschaft der Grund für die Hilfe eures Vaters.« Julius musste sich sichtlich zusammennehmen, er hatte Zweifel, ob es richtig war, ihnen von seinen Vermutungen zu erzählen.

»Was war dann der Grund?« Thies saß da, gespannt wie eine Bogensehne, und starrte ihn an.

Seufzend fuhr sich Julius durch sein braunes Haar. Auf seiner Stirn glitzerten Schweißperlen wie winzige Diamanten. »Möglicherweise ... wie gesagt, es ist nur eine Annahme ... Unter Umständen waren es Schuldgefühle.«

»Inwiefern?« Finn konnte kaum glauben, was er da hörte.

Er wagte nicht, auch nur den kleinen Finger zu rühren, aus Angst, Julius könnte das Gespräch abbrechen.

Erneut zögerte Julius. Er holte ein Papiertaschentuch aus seiner Hosentasche und schnäuzte sich die Nase. Umständlich steckte er es wieder weg. Er leerte seine Flasche und verzog das Gesicht, als hätte er etwas Saures geschluckt. Schließlich richtete er seinen Blick auf die Nordsee. »Ich erinnere mich an den Tag, an dem wir die Nachricht vom Tod meines Vaters erhielten. Das muss mitten in der Nacht gewesen sein. In letzter Zeit musste er immer öfter länger arbeiten und an den Wochenenden zu Seminaren in ganz Deutschland reisen. Meine Mutter war sehr traurig darüber, dass er immer seltener daheim war.«

Finn wollte Julius aufmunternd an der Schulter drücken, doch er konnte sich nicht bewegen. Was würden sie gleich zu hören bekommen? Er ahnte nichts Gutes.

»Als die beiden Polizisten bei uns klingelten, stand ich aus meinem Bett auf, um zu sehen, was los war. Meine Mutter schickte mich zurück in mein Zimmer, aber ich habe heimlich gelauscht. Ich war vierzehn, gerade Heimlichkeiten weckten meine Neugier.« Entschuldigend lächelte Julius. »Die Polizei ... Außerdem sah ich meiner Mutter an, dass etwas Schlimmes passiert war.«

»Das muss furchtbar für euch gewesen sein«, brachte Finn heraus.

»Es war die Hölle«, gab Julius zu. Die Leichtigkeit, die er bisher ausgestrahlt hatte, war wie weggeblasen. Die Worte kamen ihm so schwer über die Lippen, als würden sie Tonnen wiegen. »Die Uniformierten erklärten ihr, dass mein Vater einen Autounfall hatte und noch an der Unfallstelle gestorben sei. Meine Mutter reagierte überraschend. Sie sagte einfach, dass die Polizisten sich irrten. Erst dachten die Beamten wohl, sie stehe unter Schock, aber das war es nicht. Ihr Mann wäre auf einer Tagung in Düsseldorf und würde in der Nähe des Kongresszentrums übernachten, sagte sie im Brustton der Überzeugung, daher könnte er nicht bei Bremerhaven zu Tode gekommen sein.«

Julius hielt inne. Finn wusste nicht, was er sagen sollte. »Möchtest du noch ein Ingwerbier?«

»Etwas Stärkeres wäre jetzt nicht schlecht«, antwortete Julius und lächelte schwach. »Die Polizisten teilten meiner Mutter mit, dass Ausweis, Führerschein und Kreditkarten das Unfallopfer als Jürgen Schneider auswiesen. Am Morgen identifizierte meine Mutter ihn. Aus irgendeinem Grund hielt mein Vater sich zum Zeitpunkt seines Todes nicht mehr in Düsseldorf auf, wo er eigentlich hätte sein sollen, aber er war auch nicht auf dem Weg zu uns, nach Flensburg. Und das war nur das Erste, was mir seltsam vorkam.«

»Was war da noch?«, wollte Finn wissen.

»Mein Vater, so die Polizisten, hatte nicht allein in seinem Auto gesessen. Und seine Begleitung hatte überlebt. Ein Name fiel, aber meiner Mutter sagte er zu dem Zeitpunkt noch nichts. Durch meine Zimmertür hindurch hörte ich, wie sie zu den Uniformierten meinte, so würde weder einer seiner Arbeitskollegen noch einer ihrer Freunde heißen.« Julius massierte seine Lider. »Ich hatte das Erlebnis längst vergessen, aber als ich gestern im Bett lag, fiel es mir plötzlich wieder ein.«

»Wer war der Beifahrer?« Eine dunkle Vorahnung legte sich wie ein Schatten über Finn. Er hielt sich an den Armlehnen fest, als wäre sein Stuhl ein Schleudersitz, der durch Julius' Antwort ausgelöst werden könnte.

»Lorentz«, sagte Julius leise. »Wenn ich daran denke, wie sehr euer Vater sich um uns gekümmert hat, ohne uns davor gekannt zu haben, und eins und eins zusammenzähle, muss euer Vater mit in dem Unfallwagen gesessen haben.«

Schockiert sah Finn erst Julius und dann seine Brüder an.

»Darum hat er euch also Geld geschickt.« Joos kippte den restlichen Spätburgunder in seinem Glas runter.

Unentwegt schüttelte Thies den Kopf, anscheinend konnte er es kaum fassen. »Er hatte ein schlechtes Gewissen, das liegt doch auf der Hand.«

»Er muss den Unfall verursacht haben, meint ihr nicht auch? Anscheinend hat er sich verantwortlich für Jürgen Schneiders Familie gefühlt«, dachte Finn laut nach. »Seine Fürsorge für Julius und seine Mutter und die Heimlichtuerei uns gegenüber, das ergibt dann Sinn. Auf der einen Seite quälten ihn Gewissensbisse, auf der anderen konnte er nicht erzählen, was er angerichtet hatte.«

»Ja, das sehe ich genauso«, stimmte Julius ihm zu. »Vielleicht hatten sie Streit, und mein Vater wurde unaufmerksam, oder euer Vater ist handgreiflich geworden, sodass er die Kontrolle übers Steuer verlor. Aber das alles ist nicht mehr wichtig. Sie sind beide tot.«

Erneut stieg Groll in Finn auf. »Da bin ich anderer Meinung. Ich will endlich die ganze Wahrheit wissen! Manchmal habe ich den Eindruck, unseren Vater nie wirklich gekannt zu haben.«

»Mach mal halblang.« Joos blickte Finn an. Wie alle wussten, sah Joos seinen Vater als sein Vorbild. »Lass uns nicht erneut wild spekulieren, sondern sehen, ob wir jetzt, zehn Jahre nach dem tragischen Unfall, herausfinden können, was wirklich passiert ist.«

Thies schnaubte, stand auf und öffnete die Terrassentür ein Stück, um frische Seeluft hereinzulassen. »Wie soll das gehen? Es war ja niemand dabei, außer Jürgen Schneider und unserem Vater.«

»Das ist das große Problem«, gab Joos zu, verzog das Gesicht und kratzte sich an der Wange.

Finn bestellte eine Flasche Köm und Pinneken für alle, ohne Julius und seine beiden Brüder zu fragen. Niemand protestierte dagegen. Kurz darauf kippten sie schweigend den Aquavit.

Der Alkohol dämpfte Finns Groll ein wenig. Doch er fühlte sich von seinem Vater getäuscht. Dessen Geheimnis war immer noch nicht gelüftet. Kaum war er entlastet worden, standen neue Beschuldigungen gegen ihn im Raum.

Kapitel 7

Als Marleen am nächsten Tag zusammen mit ihrem Vater die Terrasse des Lorentz-Hauses betrat, wirkte Finn überrascht. Sie fragte sich, was er erwartet hatte. Dass sie dem Geschäftstreffen, das er und seine beiden Brüder an diesem Nachmittag anberaumt hatten, fernbleiben würde? Vermutlich, immerhin hatte sie ihm versichert, dass sie nicht an dem Hotelbau auf der Schokoladeninsel interessiert war. Es tat ihr leid, ihn erneut zu enttäuschen.

Und tatsächlich nahm Finn sie beiseite, während Joos und Thies ihren Vater durch den parkähnlichen Garten mit den Kastanienbäumen und dem achteckigen Pavillon führten. »Was machst du hier?«, fragte er sie ohne Schärfe in der Stimme.

»Ich will dabei sein, um meinen Vater im Zaum zu halten.« Sie blieb mit ihm auf der Terrasse stehen und lächelte ihn an.

Ironisch bemerkte er: »Das hat beim letzten Meeting mit meinen Brüdern und mir ja richtig gut geklappt.«

»Haha«, machte sie und bohrte ihm sachte ihren Zeigefinger zwischen die Rippen. Aus dem Wunsch heraus, ihm nah zu sein, legte sie ihre Hand an seinen Oberkörper, doch als Finn sie intensiv ansah, wurde sie verlegen und nahm sie wieder weg. Sie wich seinem Blick aus, indem sie die buschige Kletterhortensie, die am Haus an einem Spalier emporwuchs und üppig weiß blühte, interessiert betrachtete. »Ich arbeite daran, mich meinem Vater gegenüber besser zu behaupten.«

Ihr wurde bewusst, dass sie nervös an ihrem lindgrünen Sommerkleid herumzupfte, und sie ermahnte sich, damit aufzuhören. Ihr Puls beschleunigte sich, als sie Finn wieder anblickte. Er musterte sie von ihren rosafarbenen Riemchensandalen bis zu ihren hochgesteckten roten Haaren. Ihm schien zu gefallen, was er sah, denn ein Funkeln trat in seine Augen und ließ das Blau darin heller wirken.

»Schön, dass du gekommen bist.« Flecken zeigten sich an seinem Hals. Sie waren fast so leuchtend rot wie die Bartnelken in dem Pflanzkübel neben ihnen.

»Die Gelegenheit, dich wiederzusehen, konnte ich mir einfach nicht entgehen lassen.« Marleen wurde heiß, und das lag nicht daran, dass sie in der prallen Junisonne standen. Finn sah in seinen weißen Chinos und seinem himmelblauen, kurzärmeligen Hemd zum Anbeißen aus.

Er wandte sich um und ließ seinen Blick durch den Garten schweifen. Joos, Thies und Marleens Vater standen mit dem Rücken zu ihnen am Ufer und spähten zu einem Ausflugsboot hinüber. Die Kinder auf dem Schiff bemerkten sie, rannten zur Reling und winkten ihnen fröhlich zu, worauf die drei Männer zurückwinkten. Finn drehte sich wieder zu Marleen. An der Art, wie er sie ansah, wurde ihr klar, dass er etwas vorhatte.

Plötzlich küsste er sie. Es war kein unschuldiger Kuss auf die Wange wie gestern am Anlegesteg, sondern forsch auf den Mund. Zärtlich schmiegten sich seine warmen Lippen an die ihren. Ihre Beine wurden weich. Ihr Herz klopfte wie verrückt. Finn öffnete seinen Mund ein bisschen, und sie tat es ihm gleich, sodass sein Atem über ihre Zunge strich. Zu ihrer Verwunderung schmeckte er nach Trinkschokolade, er musste erst kürzlich Kakao zu sich genommen haben. Anscheinend hatte sie den Schoko-Abstinenzler tatsächlich bekehrt. Die Gefahr, entdeckt zu werden, machte seinen Kuss noch süßer. Leider löste sich Finn viel zu schnell von ihr. Sie sahen zu Joos, Thies und ihrem Vater hinüber, doch die Männer hatten nichts mitbekommen.

»Das war …« Vor Überwältigung keuchte Marleen. Der Wind streichelte ihre nackten Beine.

»Überfällig«, beendete Finn ihren Satz.

»Überraschend und wunderschön, hatte ich sagen wollen.« Sie lachte. Die Meeresbrise ließ die Blätter der Kastanienbäume um sie herum rascheln. Immer wieder rieselten weiße Blüten wie Schnee zu Boden.

»Der Schokoladenkuss in den Naschwerk-Manufakturen …« Liebevoll strich er über ihre Sommersprossen. »Seither kann ich an nichts anderes denken als daran, ihn zu wiederholen.«

Marleen zeigte auf den gedeckten Tisch, auf dem neben einem Blumenstrauß mit fröhlich bunten Ranunkeln eine appetitlich aussehende Sahnetorte stand. »Diesmal vielleicht mit Kuchen?«

Bevor Finn antworten konnte, trat Marleens Vater plötzlich zu ihnen auf die Terrasse. Er legte den Arm um sie. »Was lächelst du denn so glücklich?«

Hitze schoss in Marleens Gesicht. »Hier im Garten mit Blick aufs Meer ist es einfach zu schön, um übers Geschäft zu reden. Heute ist so ein sonniger Frühsommertag, er schreit förmlich nach einem Bootsausflug. Sollen wir das Meeting nicht vertagen?«

»Man ist hier draußen viel zu abgelenkt, das ist wahr.«

Ihr Vater gab ein Brummen von sich, doch sein Blick haftete am Kuchen. Marleen merkte ihm an, dass ihm bereits das Wasser im Mund zusammenlief. Sie konnte es ihm nicht verdenken. Die Sahnetorte sah köstlich aus.

Joos zog einen Stuhl vom Tisch weg. »Bitte, setzen Sie sich doch, Frau de Vries. In einer lockeren Atmosphäre spricht es sich leichter über schwere Entscheidungen.«

An seinen Worten erkannte Marleen, dass er, Thies und Finn mit sich gerungen hatten. Hatten sie sich trotz aller Bedenken, was Natur- und Tierschutz betraf, dazu entschlossen, das Luxushotel mithilfe ihres Vaters bauen zu lassen? Oder würden sie dessen Angebot gleich ablehnen und versuchen, die Absage durch köstlichen Kuchen abzumildern? Höflich dankte sie Joos und nahm Platz. Finn wählte den Stuhl neben ihr. Unter dem Tisch stießen ihre Beine aneinander.

»Außerdem müssen wir dringend diese Eierlikör-Walnuss-Torte kosten«, sagte Thies fröhlich, und Marleen hörte ihm an, dass er es kaum erwarten konnte. »Unser neuer Mitarbeiter Julius Schneider hat sie heute Morgen frisch gebacken.«

»Sie könnte recht süß sein.« Skeptisch betrachtete Finn das reich verzierte Backwerk. »Obendrauf hat er selbst gemachte Salzkaramellsplitter, Krokant und gehackte Bitterschokolade gestreut. Das ist vielleicht ein wenig zu viel des Guten, wir werden sehen.«

»Ach was. Mir gefällt das. Nicht kleckern, sondern klotzen ist mein Motto. Nicht wahr, Schatz?«, fragte ihr Vater Marleen, erwartete aber zum Glück keine Antwort, denn sie konnte den Spruch nicht mehr hören. »Leider trifft das auch auf Süßes zu. Meine Frau beschwert sich ständig darüber, dass ich zu viel esse, aber sie ist ja nicht hier.«

Kaum hatte Marleens Vater sich neben ihr niedergelassen, nahm er auch schon seinen Kuchenteller und hielt ihn ungeduldig hoch. Die Torte war bereits in Stücke geschnitten. Thies verteilte sie, während Finn Kluntjes in die Tassen gab und Joos schwarzen Tee darauf goss. Gemütliches Geklapper erfüllte den Garten, was in Marleen Behagen auslöste. Der köstliche Duft des Ostfriesentees mischte sich mit dem sahnig-nussigen Duft des Kuchens. Die Geräusche und Wohlgerüche erinnerten sie an Sonntagskaffees bei ihren Großeltern väterlicherseits in Den Haag.

Sie hatte in den vergangenen Sommern oft im Dachgarten ihrer *Grootje* und ihres *Grootpapas* auf gemütlichen Lounge-Sofas gesessen und es sich gut gehen lassen. Ein riesiges Sonnensegel und eine üppige Bepflanzung schützten einen vor den Blicken der Nachbarn und vor der Hitze. Bambus, Zwergpalmen, Olivenbäume, Kräuter und Ziergräser in Kübeln und sogar eine am Geländer rankende Clematis erzeugten die Illusion, dass sie sich nicht in der Großstadt, sondern auf dem Land befand. Die Atmosphäre über den Dächern von Den Haag war wundervoll, doch hier im Garten von Finn, Thies und Joos gefiel es Marleen noch viel, viel besser, denn dieses Idyll war echt. Die drei Männer setzten sich.

»Julius Schneider«, griff Marleen den Faden wieder auf. »Wohnt er etwa im *Nis Puk*?«

Finn reichte ihr das Sahnekännchen. »Ja, vorerst.«

»Dann haben wir ihn kennengelernt. Er hat heute Morgen mit uns zusammen gefrühstückt. Ich kannte bisher nur seinen Vornamen und wusste nicht, dass er auf der Schokoladeninsel arbeitet.« Behutsam goss sie Sahnewölkchen in ihren Tee. »Er ist charmant.«

»Charmant?« Er zog eine Augenbraue hoch.

»Ja, ich glaube, Julius muss man einfach gernhaben. Er strahlt Freude und Gelassenheit aus. In seiner Gegenwart fühlt man sich wohl.« War Finn etwa eifersüchtig? Schmunzelnd gab sie ihm das Kännchen zurück.

Hinter ihm umschwirrten summend Insekten die Blüten der Kastanienbäume, um den letzten Nektar zu trinken, denn sie würden bald verblüht sein. Leise stichelte er: »Gilt das auch für deinen Vater? Hat Julius sein Herz ebenso im Sturm erobert wie deins?«

»Ich habe mein Herz bereits an einen anderen Mann verloren.« Liebevoll lächelte sie ihn an.

Er wirkte überrascht. Eine zarte Röte zeigte sich auf seinen Wangen. Der bittere Zug um seinen Mund verschwand.

»Aber Julius und ich haben uns sehr gut unterhalten. Wir sind auf einer Wellenlänge. Außerdem ist er extra für mich zu der Manufaktur gegangen, die jeden Morgen die Brötchen für alle Insulaner backt. Wenn ich mich richtig erinnere, leitet ein gewisser Ole sie. Jedenfalls hat Julius dort für mich Körnerbrötchen geholt, weil Gerit nur noch helle Brötchen hatte. Das fand ich äußerst nett von ihm.« Marleen fragte sich, ob Karin Lorentz das Blumenbeet an der Hauswand einst angelegt hatte. Weißer Rittersporn ragte hinter zartgelben Buschrosen hervor. Zusammen mit der Polsterglockenblume davor war die Komposition eine Augenweide.

Flüchtig strich Finn über ihren Unterarm. »Warum hast du dann nicht einfach gesagt, dass er nett ist?«

Sie bekam eine angenehme Gänsehaut dort, wo er sie berührt hatte, und wünschte sich, er würde einfach ihre Hand nehmen und sie festhalten. »Weil ihm das nicht gerecht geworden wäre. Er ist mehr als das.«

Finns Blick wurde wieder misstrauisch. »Inwiefern mehr?«

Plötzlich fiel Marleen auf, dass ihr Vater, Joos und Thies sie anstarrten. Heimlich stieß sie Finn mit dem Fuß an, um ihn darauf hinzuweisen, und stach demonstrativ mit ihrer Kuchengabel in die Spitze ihres Tortenstücks. In einem unschuldigen Ton fragte sie in die Runde: »Und, wie schmeckt die Torte?«

Während die drei Männer in den höchsten Tönen davon schwärmten, wie köstlich Julius' Kuchen war, bemerkte Finn leise: »Du hast recht, was Julius betrifft.«

»Was meinst du?« Anscheinend konnte er das Thema nicht auf sich beruhen lassen. Verlegen sah Marleen aus den Augenwinkeln zu ihrem Vater, zu Joos und zu Thies, doch sie hörten ihnen glücklicherweise nicht mehr zu, sondern unterhielten sich angeregt über verschiedene Arten von Backwerk. Die Liebe zu Süßem war wohl die einzige Gemeinsamkeit der Männer.

Finn beobachtete eine Dohle, die krächzend auf der Regenrinne des Lorentz-Hauses landete und die Teegesellschaft neugierig musterte. »Ich mochte ihn auch vom ersten Moment an.«

»Aber du wünschst dir, ich würde ihn etwas weniger mögen, als ich es tue, nicht wahr?« Als sie auf seine Antwort wartete, wurde ihr heiß vor Anspannung. Sie wünschte sich, er würde ihre Frage bejahen.

Ausweichend antwortete er: »Auf einer Wellenlänge sind wir beide auch.«

»Das ist wahr.« Mehr als Julius und sie, aber noch wollte sie ihm das nicht eindeutig sagen. Es machte ihr einfach zu viel Spaß, ihn zappeln zu lassen und zu necken.

Plötzlich neigte sich Finn zu ihr herüber. »Du hast gesagt,

dass du bereits einem Mann dein Herz geschenkt hast. Darf ich fragen, wem?«

Sein Blick ging Marleen durch und durch. Im einen Moment sah Finn hoffnungsvoll und im nächsten unsicher aus. Sie ahnte, dass sie ihm wehtun würde, wenn sie seine Eifersucht weiterhin schüren würde, weil sie in Flirtlaune war, daher musste sie ihm jetzt offenbaren, dass sie sich in ihn verliebt hatte. Nur wie sollte sie sich ihm anvertrauen, ohne dass ihr Vater oder Joos und Thies die intime Beichte mitbekamen? Sie erschrak jäh, als die Dohle wegflog und ihrem Unmut darüber, nichts von dem Essen abbekommen zu haben, durch lautes Krächzen Luft machte.

Bevor Marleen Finn antworten konnte, fragte ihr Vater: »Lassen Sie uns endlich über das Bauvorhaben sprechen. Haben Sie eine Entscheidung getroffen?«

Abrupt richtete sich Finn auf. Er wandte den Blick von ihr ab und starrte ihren Vater finster an. Seine Schultern wirkten angespannt.

Innerlich seufzte Marleen. Ihr Vater hatte sie daran erinnert, dass dies kein privates Teekränzchen, sondern ein Geschäftstreffen war. Der Zauber des Augenblicks war verflogen. Marleen hatte den Eindruck, dass die Temperatur auf der Terrasse um einige Grad sank.

»Nun …« Joos legte seine Kuchengabel auf seinen Teller. »Sie haben uns erst gestern das Angebot gemacht, mit Ihrer finanziellen Beteiligung ein Hotel auf der Schokoladeninsel errichten zu lassen.«

»Wir brauchen mehr Zeit, um über Ihren Vorschlag nachzudenken, er hätte weitreichende Konsequenzen für alles Leben auf Möwesand.« Thies hielt die Keramikkanne in Delfter Blau hoch und bot allen Ostfriesentee an.

Marleens Vater reichte ihm seine Tasse und beobachtete, wie Thies Tee nachgoss. Das halb geschmolzene Kluntje in der Tasse knisterte. »Zeit ist ein Luxus, den ich nicht habe.«

Zwischen geschlossenen Zähnen presste Finn hervor: »Unter Druck trifft man keine guten Entscheidungen.«

»In meinem Büro in Hamburg stapeln sich die Anfragen von Unternehmern, die mich händeringend für eine Zusammenarbeit gewinnen wollen. Ich bin ein gefragter Mann.« Mit einem Siegerlächeln auf den Lippen goss Dyke de Vries Sahnewölkchen in die bernsteinfarbene Flüssigkeit. Durch die gleißend helle Sommersonne wirkte sein rotes Haar, als würden Flammen auf seinem Kopf lodern. »Wenn ich erst wieder zu Hause bin, könnte ich mich für eins der anderen Projekte erwärmen. Sie sollten sich meine finanzielle Unterstützung sichern, solange ich noch im nordfriesischen Wattenmeer weile und meine Urlaubsstimmung anhält.«

»Wie lange wollen Sie unsere Gastfreundschaft denn noch genießen?«, fragte Finn und schlug einen herausfordernden Ton an.

Bestürzt riss Thies die Augen auf, und Joos rügte ihn mit einem scharfen Blick.

»Das klingt, als wünschten Sie sich, dass ich schnell wieder verschwinde. Dabei dachte ich bisher, es wäre Ihnen recht, wenn ich noch lange auf der Schokoladeninsel bleiben würde.« Marleens Vater nahm einen kräftigen Schluck. Obwohl das Heißgetränk dampfte, schien er sich nicht die Lippen zu verbrennen, er verzog keine Miene. »Zusammen mit meiner Tochter.«

»Um mich geht es hier nicht.« Warnend blinzelte Marleen ihren Vater an, denn die Stimmung drohte zu kippen.

Die Anspannung am Tisch war spürbar. Merkte er das etwa nicht? »Können wir die Unterhaltung bitte rein geschäftlich halten, geht das?«

»Keine Sorge, ich fange nicht schon wieder damit an, dass du diese Insulanerin vor dem Ertrinken gerettet hast.« Seine Bemerkung reichte natürlich aus, um allen am Tisch in Erinnerung zu rufen, dass Marleen sich selbst in Gefahr gebracht hatte, um eine Einheimische aus der Nordsee zu ziehen. Obwohl sie bereits kostenlos im *Nis Puk* übernachten durften, dachte er anscheinend immer noch, dass die Lorentz-Brüder ihr etwas schuldig wären. Er wandte sich an Joos. »Sie werden sich doch über das Luxushotel unterhalten haben, oder etwa nicht? Wie stehen die Chancen, das Bauvorhaben umzusetzen? Anscheinend besteht Interesse, sonst hätten Sie mir längst abgesagt.«

Das unerschütterliche Selbstbewusstsein ihres Vaters imponierte Marleen. Sie wünschte sich, sie könnte sich eine Scheibe davon abschneiden, während sie vor Verlegenheit immer tiefer in ihrem Stuhl versank. Verhandlungen dieser Art waren nichts für sie. Es widerstrebte ihr, jemanden derart unter Druck zu setzen, um das zu bekommen, was sie wollte. Bestimmt konnte ihr Vater dadurch bei Geschäftspartnern, die ebenso ihre Ellbogen einsetzten wie er, punkten und genoss ein hohes Ansehen bei ihnen. Doch sie ahnte, dass das bei Finn, Thies und Joos anders war. So, wie sie die drei einschätzte, würden sie zwar dafür kämpfen, ihr Schokoladenimperium zu erhalten, aber sie würden keineswegs über Leichen gehen. Sie entschieden nicht nur mit dem Kopf, sondern auch mit dem Herzen. Gewiss hatte ihr Vater das auch erkannt und legte ihnen das als Schwäche aus.

Erst sah Joos Thies an und dann Finn. »Meine Brüder und ich haben uns heute Vormittag zusammengesetzt und über Ihren Vorschlag diskutiert.«

»Bestimmt ging es hoch her.« Marleens Vater lachte, als hätte Joos einen Witz erzählt, und warf Finn einen amüsierten Blick zu.

Betont lässig schob Finn seinen Kuchenteller von sich, dabei hatte er sein Tortenstück kaum angerührt. »Sie müssen wissen, dass wir über alles abstimmen. Nur wenn wir drei uns einig sind, wird ein neues Vorhaben umgesetzt. Ist auch nur einer von uns dagegen, wird nichts daraus.«

»Eine subtile Drohung.« Ihr Vater nickte und lächelte kalt. »Verstehe.«

Seufzend rieb sich Marleen übers Gesicht. Ihr war klar, dass ihr Vater und Finn unterschiedliche Ziele verfolgten und vollkommen anders tickten. Aber heute hatte sie den Eindruck, dass die schwelende Feindschaft kurz davor war, offen auszubrechen. Dabei wünschte sie sich so sehr, sie würden sich miteinander arrangieren, nicht etwa wegen des Hotelbaus, der war ihr egal, sondern weil sie Finn sehr mochte. Wie sollte eine Beziehung mit ihm aussehen, wenn er und ihr Vater einander spinnefeind waren?

»Mein Bruder wollte Ihnen bestimmt nicht drohen«, warf Thies ein, um die Wogen zu glätten. »Er wollte Ihnen bloß erklären, wie wir es bei den Gebrüdern Lorentz halten.«

»Kein Problem. Ich bin harte Verhandlungen gewohnt.« Marleens Vater wurde ernst. Sein Teint hatte eine ungesunde rote Farbe angenommen. Er war auf dem besten Weg, einen Sonnenbrand auf der Stirn und der Nase zu bekommen. »Sind Sie bei Ihrer Besprechung heute früh zu einer Einigung gekommen?«

Joos setzte sich aufrecht hin und sagte mit fester Stimme: »Das Leben besteht aus Kompromissen, nicht wahr?«

»Nur wenn es unbedingt sein muss.« Als Marleens Vater grinste, erinnerte er an den schelmischen Jungen, der er einst gewesen war. Marleens Großeltern hatten ihr Alben voll mit Fotos aus seiner Kindheit gezeigt und ihr lustige Geschichten über seine Streiche erzählt.

»Falls wir zusammenarbeiten wollen, werden wir nicht darum herumkommen.« Sachte verscheuchte Joos eine Wespe, die auf der Torte landen wollte. »Ihr Geschäftsvorschlag hat uns etwas bewusst gemacht. Es war wohl nur eine Frage der Zeit, bis wir eine Übernachtungsmöglichkeit für Touristen anbieten.«

Marleens Vater gab ein zufriedenes Brummen von sich. Als sich die Wespe auf Finns Kuchenstück niederließ und Finn das duldete, rümpfte er die Nase. Marleen jedoch hätte genauso gehandelt, Finns Liebe zur Natur wärmte ihr Herz.

In sachlichem Ton fuhr Joos fort: »Sylt und Luxus schließen sich nicht aus, wie wir alle wissen, aber Prunk und Pomp passen nicht zu Möwesand. Die Insel und auch wir sind bodenständig. So gesehen hatte Finn recht. Da ein Großteil unserer Kunden Eltern mit Kindern sind, neigen wir darum zu einer kleinen, aber feinen Familienpension. Typisch nordfriesisch eingerichtet und mit traditionellen Speisen.«

»Das ist aber eher eine finanzschwache Klientel.« Marleens Vater verzog das Gesicht. »Aber nun gut, man könnte natürlich wohlhabende Familien ansprechen und ein erstklassiges Indoor-Spieleparadies und eine Sauna für die gestressten Eltern integrieren. Mir fiele da noch mehr ein.«

»Wir haben eher den Mittelstand im Blick, denn es soll

für alle erschwinglich sein, bei uns zu logieren.« Joos' edles hellgraues Hemd glänzte in der Sonne wie eine Ritterrüstung.

Marleens Vater wischte so heftig durch die Luft, dass er beinahe die Teekanne vom Tisch gestoßen hätte. »Das würde doch bloß Kleingeld in unsere Kassen spülen. Solche Projekte interessieren mich nicht! Und was Sie betrifft, Sie brauchen schon hohe Einnahmen, um Ihre Schokoladenfabrik vor dem Konkurs zu retten.«

Thies fasste sich an den Bauch, als hätte er plötzlich Magenschmerzen. »Außerdem wäre es uns lieber, wenn die Unterkunft auf dem Festland stehen würde, direkt an der Küste, zum Beispiel auf der Halbinsel Nordstrand oder der Halbinsel Eiderstedt, vielleicht auch im Umland von Husum, je nachdem, wo wir Bauland finden.«

»Wir wollen den Inselbewohnern nicht zumuten, an 24 Stunden und sieben Tagen die Woche von Fremden umgeben zu sein.« Heftig schüttelte Finn den Kopf. »Auf Dauer würden sie das nicht mitmachen.«

»Neues Personal findet man schnell.« Wieder machte Marleens Vater eine wegwerfende Handbewegung. Diesmal erwischte es fast seine Teetasse.

Finn stützte sich auf der Tischplatte ab, neigte sich vor. »Die Einheimischen könnten wegziehen«, sagte er empört.

»Das wäre doch prima.« Verständnislos sah Marleens Vater ihn an und breitete die Arme aus, um zu signalisieren, dass er nicht wusste, wo das Problem lag.

Mit der flachen Hand schlug Finn auf den Tisch, nicht fest, aber gerade kräftig genug, dass seine Kuchengabel auf dem Teller klirrte. »Das sind langjährige Freunde von uns.«

Marleens Vater ging einfach über die Bemerkung hinweg. »Dann könnte man ihre Häuser in Naschwerk-Manufakturen umbauen.«

»Warum errichten wir nicht gleich neben dem Feuerwehrschuppen ein Hochhaus und quartieren unsere Mitarbeiter dorthin um?«, fragte Finn ironisch. »Zurzeit wohnen sie über den Läden. Wenn wir ihre Apartments zu Verkaufsräumen umbauen lassen würden, wären die Manufakturen zweigeschossig. Mehr Verkaufsraum bedeutet mehr Gewinn.«

»Langsam sprechen Sie meine Sprache«, sagte Marleens Vater selbstgefällig.

Obwohl die Diskussion hitziger wurde, blieb Joos erstaunlich sachlich. »Wie bereits erwähnt, teilen wir Ihre Vision von Luxus nicht, erkennen jedoch das Potenzial in einem Hotel an sich. Von unserer Seite aus sehen wir die Möglichkeit, uns anzunähern. Sind Sie der gleichen Meinung? Denken Sie auch, dass wir auf einen Nenner kommen können?«

Geräuschvoll stellte Marleens Vater seine Tasse auf den Unterteller. Er verschränkte die Arme vor dem Oberkörper. Schweißperlen standen ihm auf der Stirn. Er wirkte unzufrieden und überlegte wohl noch, wie er darauf reagieren wollte.

»Annähern?«, hakte Finn aufgeregt nach. Er riss die Augen auf. »Ich dachte, wir drei wären uns einig.«

Betont ruhig sagte Thies: »Das sind wir doch auch.«

»Das klang aber gerade danach, als wären wir bereit, Kompromisse einzugehen, wie zum Beispiel das Familienhotel doch auf Möwesand bauen zu lassen. Das wird nicht passieren.« Energisch klopfte Finn gegen seinen Brustkorb. »Nicht mit mir.«

»Beruhige dich, bitte.« Joos machte eine beschwichtigende Geste.

»Wie kann ich das bei dem, was ihr vorhabt?« Während Finn fortfuhr, wurde er immer lauter: »Ein Hotel auf der Insel, egal ob groß oder klein, würde alles kaputtmachen – die malerische Natur und das gute Betriebsklima.«

»Könntest du bitte leise reden?«, ermahnte ihn Thies. »Das wissen wir doch gar nicht.«

»Du gehst immer vom Schlimmsten aus, seit …« Plötzlich verstummte Joos. Betreten knüllte er seine Papierserviette zusammen. »Entschuldige. Das hätte ich nicht sagen sollen.«

»Seit unsere Mutter verstarb«, vollendete Finn den Satz in einem bitteren Ton. »Ja, du hast recht. Das tue ich, denn manchmal trifft tatsächlich die schlimmste Befürchtung ein. Das haben wir durch ihren Tod am eigenen Leib erfahren.«

Thies legte sanft die Hand auf Finns Arm. »Das ist aber die Ausnahme und nicht die Regel.«

»Wenn wir die Schokoladenfabrik behalten wollen, müssen wir konsensfähig bleiben.« Kraftlos zuckte Joos mit den Achseln. »Ob uns das gefällt oder nicht.«

»Einen Kompromiss zu finden würde euch leichter fallen, wenn ich bei den Gebrüdern Lorentz ausstiege, da ihr beide ja ohnehin immer einer Meinung seid.« Als Finn aufsprang, flog sein Stuhl um. Mit einer wütenden Bewegung hob er ihn auf, dann stapfte er ums Haus herum in Richtung Küstenstraße.

Fassungslos sahen Joos und Thies ihm nach.

»Er wird doch nicht wirklich die Gebrüder Lorentz verlassen und von der Schokoladeninsel wegziehen, oder?«, fragte Marleen bestürzt. Sie legte die Hand an ihren Oberkörper, ihr Herz wummerte.

Joos massierte seine Schläfen, als hätte er Kopfschmerzen. »Vielleicht war auch das nur eine Frage der Zeit.«

»Manchmal denke ich, wir haben ihn zusammen mit unserer Mutter verloren.« Thies war blass geworden.

»Es tut mir leid, das wollte ich nicht«, sagte Marleens Vater zur Überraschung aller. Joos und Thies schauten ihn an, als würden sie sich fragen, ob er das ehrlich meinte. Marleen glaubte ihm, denn etwas anderes wollte sie sich erst gar nicht vorstellen.

Ihr setzte die Situation sehr zu, sie hatte das Gefühl, eine Mitschuld daran zu tragen, dass Finn sich mit Joos und Thies zerstritten hatte. Sie hätte mit ihrem Vater vor dem Meeting eine Strategie besprechen sollen. Noch besser wäre es gewesen, sie hätte ihm die Zusammenarbeit mit den Lorentz-Brüdern ausgeredet. Nun stand sie zwischen den Fronten. Als seine Tochter wollte sie, dass ihr Vater glücklich war. Aber sollte er den Vertrag mit den Gebrüdern Lorentz unterzeichnen, konnte das Finn und seine beiden Brüder spalten. Das wollte Marleen nicht verantworten. Sollten Joos und Thies wiederum Finn zuliebe den Hotelbau absagen, würde ihr Vater Finn niemals als ihren Freund akzeptieren. Die Situation schien festgefahren.

Während alle schweigend ihren Gedanken nachhingen und sich eine erdrückende Stille über das sommerliche Idyll auf der Terrasse legte, wurde Marleen klar, dass nur eins zwischen Finn und ihr stand, und das war ausgerechnet ihr Vater.

»Du könntest von deinen Plänen mit der Schokoladeninsel Abstand nehmen«, schlug Marleen leise vor, als sie neben ihrem Vater durch das Haus zum Vordereingang ging. Sie hörte Joos und Thies hinter sich mit gedämpften Stimmen reden. Die beiden Männer waren auf der Terrasse zurückgeblieben.

»Und mir ein lukratives Geschäft durch die Lappen gehen lassen? Auf keinen Fall.« Ihr Vater schüttelte den Kopf, während er mit festen Schritten das Wohnzimmer durchquerte.

Marleen fiel ein Foto auf, an dem sie vorbeikam. Es stand auf dem Sideboard und zeigte Joos und Anne, die sich verliebt ansahen. »Du wirst andere Möglichkeiten finden, dein Geld gewinnbringend zu investieren.«

»Aber diese Insel ist eine Goldgrube. Finn, Thies und Joos Lorentz schöpfen ihre Möglichkeiten, Profit mit ihr zu machen, nur nicht vollkommen aus.« Ihr Vater betrat vor ihr die Diele. Zielstrebig schritt er voran.

Marleen eilte ihm hinterher. »Sie haben eben Bedenken.«

»Moralischer Natur. Die kann man sich privat leisten, aber geschäftlich stehen sie einem im Weg. Niemandem schaden zu wollen macht es um einiges schwerer, erfolgreich zu sein.« Er öffnete die Haustür und blieb neben dem Ausgang stehen, um ihr den Vortritt zu lassen.

Sie trat ins Freie hinaus. »Deine Aussage klingt abgebrüht und kaltherzig.«

»So leid es mir tut, aber man kann es nicht allen recht machen.« Forsch beschritt er den Weg zum Tor. Er hatte kein Auge für die Schönheit der Gartenanlage, dabei reckte Scharfer Mauerpfeffer, der in den Mauerritzen wuchs, hier und da seine gelben Blüten in Richtung Sonne, und vereinzelt hatten sich orangegelbe Ringelblumen auf dem Rasen ausgebreitet. »Möwesand gehört den Lorentz-Brüdern. Warum nehmen sie also Rücksicht auf die Einheimischen? Sie sollten ihnen ein hübsches Sümmchen als Entschädigung zahlen und sie aufs Festland umsiedeln. Erst dann können sie alles aus ihrer Wattenmeerinsel rausholen.«

»Auch die Insulaner bieten viel Potenzial«, gab Marleen zu bedenken.

»Wie die alte Frau, die ins Meer gefallen war, weil sie ihr Gleichgewicht nicht mehr halten konnte?«, fragte er ironisch und verscheuchte eine Dohle, die auf der Mauer saß, indem er mit den Armen herumfuchtelte.

»Finn, Thies und Joos werden sich um Rieke kümmern.« Da war sich Marleen sicher.

»Seit wann betätigen sich Eigentümer als Altenpfleger für Menschen, die auf ihrem Grund und Boden wohnen?« Ihr Vater bekam das Tor nicht auf, wurde ungeduldig und riss an der Klinke.

»Lass mich das machen!« Ruhig drückte Marleen die Klinke ganz herunter, und schon sprang das Tor auf. Es hatte sich bloß etwas verzogen. »Alle Einheimischen haben Pachtverträge.«

Mit einer Geste zeigte ihr Vater ihr an, dass sie zuerst hindurchgehen sollte. »Die unter gewissen Umständen sogar vererbt werden können. Ich weiß, das habe ich gelesen. Aber solch eine Klausel ist unwirtschaftlich.«

»Ich nenne das großzügig«, stellte sie klar und trat hinaus auf die Straße. »Dadurch steht niemand plötzlich ohne Dach über dem Kopf da, wie zum Beispiel eine Frau, deren Ehemann, auf den der Vertrag läuft, stirbt.«

»Entschuldige das krasse Bild, aber …« Ihr Vater knallte das Tor zu. »So wird der Hund seine Flöhe nie los.«

»Was redest du denn da?« Entsetzt sah sie ihn an. Er kam ihr vor wie ein Fremder. »Kann es sein, dass du gerade deinem Ärger über Finn, Thies und Joos Luft machst und darum alles schlechtredest?«

»Nur der junge Lorentz macht mich sauer. Die anderen beiden wirken zugänglicher.« Er holte sein Smartphone aus der Hosentasche und prüfte das Display. »Ich könnte Joos und Thies für mein Luxushotel begeistern, das spüre ich.«

Marleen sah das anders. Ein Nachtquartier für die oberen Zehntausend passte weder zu Finns Brüdern noch nach Möwesand. »Aber die Schokoladeninsel gehört nun einmal allen dreien.«

»Manchmal stößt eine Zusammenarbeit an ihre Grenzen. Dann muss man sich eingestehen, dass man sie beenden sollte, und getrennte Wege gehen.« Er steckte sein Mobiltelefon wieder weg, hakte sich bei Marleen ein und zog sie in Richtung Nordwinden. »Das ist für alle Beteiligten das Beste.«

»Ohne Finn wären die Gebrüder Lorentz nicht dasselbe«, sagte sie bestimmt und machte sich los, denn sie konnte im Moment keine Nähe zu ihm zulassen.

»Stimmt, sie wären erfolgreicher. Herrje, er will sogar Rücksicht auf die Frösche im Süßwassersee nehmen. Wo sollen die um Himmels willen alternativ laichen?«, spöttelte er und gab damit auf überzogene Weise wieder, was Finn über den Erhalt der Natur in der Inselmitte gesagt hatte. »Der ganze Umweltschutz geht mir sowieso auf den Zeiger. Die vielen Einschränkungen heutzutage sind doch maßlos übertrieben, sie hemmen das Wachstum der Wirtschaft.«

»Das sehe ich vollkommen anders«, sagte Marleen mit

dem Brustton der Überzeugung. »Die gesetzlichen Vorhaben gehen meiner Meinung nach nicht weit genug.«

Empört fragte Dyke: »Willst du damit andeuten, dass du dich auf die Seite von Finn Lorentz schlägst?«

Sie zögerte. Keinesfalls wollte sie sich gegen ihren Vater stellen, denn sie liebte ihn, aber nach dem Mund reden würde sie ihm auch nicht. »Ich finde nur, dass das ganze Bauvorhaben den Ärger, den es verursacht, nicht wert ist. Es könnte die Familie Lorentz zerstören.«

»Was gehen mich deren Probleme an? Mich ärgert nur die Verzögerung, denn ich werde den Vertrag mit ihnen so oder so abschließen. Jetzt erst recht.« Grinsend rieb er seine Handflächen aneinander. »Die Lorentz-Brüder sind eine Herausforderung, das mag ich.«

»Ich verstehe dich nicht.« Es war das erste Mal, dass sie das offen aussprach, und es fühlte sich befreiend an. Sie blieb stehen, wollte ihm nicht länger hinterherlaufen. Er hatte zu lange die Richtung vorgegeben. »Wenn jemand nicht mit mir zusammenarbeiten will, würde ich ihn auch nicht dazu zwingen wollen. Das würde mir widerstreben. Außerdem, wie soll man unter der Voraussetzung gemeinsam ein gutes Resultat erzielen? Das kann ich mir beim besten Willen nicht vorstellen. Eine Kooperation unter Zwang kann nur schiefgehen. Auch Joos und Thies sind meiner Meinung nach von der Idee, auf Möwesand Übernachtungen zuzulassen, keineswegs überzeugt.«

»Du darfst niemals davon ausgehen, dass man auf dich wartet und dir den roten Teppich ausrollt, sondern du musst deine Boxhandschuhe zu jedem Geschäftstreffen mitbringen.« Er legte den Arm um sie und drückte sie, was wohl ermutigend gemeint war. »Ich werde die Lorentz-Brüder schon noch davon überzeugen, dass nur ich allein den Konkurs ihrer Schokoladenfabrik abwenden kann. Bei mir kannst du dir eine Menge cleverer taktischer Manöver abschauen.«

»Nein, danke.« Enttäuscht wandte sich Marleen von ihrem Vater ab. Sie wollte nur noch weg, in seiner Gegenwart bekam sie kaum noch Luft.

»Wo willst du denn hin?«, fragte er überrascht, während er sie am Rücken berührte.

Sie brauchte dringend einen Espresso, der Nachmittag war ihr auf den Magen geschlagen. Doch sie sagte nur: »Allein sein.«

»Sollen wir zur Wildblumenwiese gehen und schauen, wohin genau das Hotel gebaut werden soll?« Da sie nicht reagierte, fügte er verschnupft hinzu: »Du musst dir ein dickeres Fell wachsen lassen, Schatz.«

»In Bezug auf dich?«, fragte sie scharf über ihre Schulter hinweg und eilte dann in die Richtung, aus der sie gekommen waren.

»Was willst du damit sagen?«, rief er ihr hinterher.

Ohne sich umzudrehen, riet sie ihm laut: »Du solltest in den Schatten gehen. Deine Haut ist teuflisch rot.«

Aufgebracht schritt sie am Lorentz-Haus vorbei und dann weiter auf das *Klönschnak* zu. Sie brauchte dringend einen starken Kaffee in der Hoffnung, dass er ihre Stimmung aufhellen und ihr neue Energie schenken würde. Danach wollte sie sich den Nordseewind um die Nase wehen lassen und einen freien Kopf bekommen. Im Moment war sie einfach nur sauer auf ihren Vater und, ja, auch auf Finn.

Hatte ihr Vater sich bloß über ihn aufgeregt und darum Dinge von sich gegeben, die er nicht so gemeint hatte?

Wenn man wütend war, sagte man mitunter Dinge, die man hinterher bereute. Oder hatte er ihr soeben sein berufliches Ich gezeigt? Kämpfte er etwa immer mit Stahlkappen an den Ellbogen?

Jedenfalls war sie enttäuscht von ihm, weil er für seinen Gewinn sogar die Freundschaft der drei Brüder aufs Spiel setzte. Wie abscheulich! Sein Auftreten heute bestätigte sie darin, dass sie keinesfalls in seine Fußstapfen treten wollte. Sie wollte definitiv nicht so werden wie er.

Auch Finn hatte sich schlecht präsentiert. Er hatte sich nicht gerade Mühe gegeben, auf ihren Vater und seine Brüder zuzugehen. Zwar schien er im Voraus dem Bau einer Pension zugestimmt zu haben, solange diese auf dem Festland stand. Aber sobald es schwierig wurde und Kompromisse ausgehandelt werden mussten, war er emotional geworden.

Kopflos stürmte Marleen ins Hafenrestaurant und wäre beinahe mit Julius zusammengestoßen. Er stand gleich hinter der Tür vor einem Tisch mit drei mehrstöckigen, reich verzierten Torten. Dahinter schlangen zwei Verliebte kunstvoll ihre langen hölzernen Arme umeinander und küssten sich gefühlvoll. Es handelte sich dabei um eine Skulptur aus Treibholz, die erstaunlich lebendig wirkte. Marleen musste an Finns Kuss auf der Terrasse denken und verspürte einen Stich im Herzen. Eifrig verteilte Julius Kuchenstücke an Mitarbeiter und einige wenige Besucher.

»Du siehst aus, als hättest du einen miesen Tag, aber das kann nicht sein. Du bist schließlich auf der Schokoladeninsel. Hier gibt es nur Spaß und unbekümmerten Genuss.« Lächelnd breitete er die Arme aus und zeigte auf die Menschen, die er mit seinen Torten glücklich machte.

Marleen vermisste die Sonne auf ihrer Haut. Im *Klönschnak* war es kühl. Sie rieb über ihre Oberarme, denn sie hatte eine leichte Gänsehaut. »Wenn ich privat hier wäre, würde das zutreffen.«

»Bist du das nicht?« Er schaute sie erstaunt an.

»Nein, leider nicht«, sagte sie und sah sich im Restaurant um. Die Tische waren leer, nur die Strandkörbe auf der Sonnenterrasse waren besetzt, aber sie hatte ohnehin nicht vor zu bleiben. »Ich wünschte, es wäre so. Mein Vater möchte mit den Gebrüdern Lorentz ins Geschäft kommen.«

»Lass mich raten.« Mit dem ausgestreckten Zeigefinger tippte er gegen seine Lippen. »Die Gespräche laufen nicht sonderlich gut, habe ich recht?«

»Es kommt mir vor, als würde Feuer auf Wasser treffen.« Ihr Vater, der willensstarke Rotschopf, und Finn, Thies und Joos, durch deren Adern die kühle Nordsee floss. Ein passender Vergleich, fand Marleen.

»Dann weißt du ja, wer am Ende gewinnen wird.« Julius öffnete die obersten Knöpfe seiner weißen Bäckerjacke, der man nicht ansah, dass er soeben drei Torten hergestellt hatte.

Er hatte sich wohl umgezogen, bevor er seine Kuchen in den öffentlichen Bereich gebracht hatte. »Nein, du etwa?«

»Wasser löscht Feuer.« Er fing einen rügenden Blick von Kurt auf und schloss seine Jacke wieder.

Tatsächlich, dachte sie. »Lass das nicht meinen Vater hören.«

»Möchtest du ein Stück?« Mit leuchtenden Augen zeigte er auf seine Backware. »Ist kostenlos. Die einzige Bedingung ist, dass du mir deine ehrliche Meinung zu meinen Kreationen sagst. Ich möchte herausfinden, welche am besten ankommt, und nehme auch gerne Verbesserungsvorschläge an.«

»Danke, aber ich habe gerade erst deine Eierlikör-Walnuss-Torte bei Finn, Thies und Joos probiert.« Bei der Erinnerung lief ihr schon wieder das Wasser im Mund zusammen, jetzt brauchte sie allerdings erst einmal eine Zuckerpause. Das wollte schon etwas heißen, denn normalerweise hatte sie immer Appetit auf Süßes. »Sie war köstlich.«

»Dann solltest du meine Nougat-Toffee-Torte mit Raspeln aus weißer Schokolade und Fudge-Stückchen kosten. Oder meine Torte aus Cappuccino-Sahne und Pfirsichstücken. Die Teigböden zwischen den Schichten habe ich mit Espresso und Orangenlikör getränkt.« Er nahm den obersten Dessertteller von einem Stapel und sah sie erwartungsvoll an.

»Nicht böse sein, aber ich kriege im Moment keinen Bissen runter.« Zu ihrer Entschuldigung legte sie die Hand an ihren Bauch und sagte: »Mir ist etwas auf den Magen geschlagen.«

»Hoffentlich nicht mein Kuchen.« Julius klang besorgt und stellte den Teller zurück.

»Nein.« Sie verzog das Gesicht. »Männer.«

Da lachte Julius doch tatsächlich. »Ich bin zwar auch ein Mann, aber falls du einen guten Zuhörer suchst, können wir uns heute Abend im *Nis Puk* treffen. Manchmal hilft es schon, über Ärger zu reden, damit er verraucht.«

»Das ist echt nett von dir.« Ihre Laune besserte sich. »Vielleicht mache ich das sogar.«

Zu ihrer Überraschung gab er ihr seine Handynummer. »Für den Fall, dass ich auf der Insel unterwegs bin. Hier setzen sich die Mitarbeiter nach Feierabend immer irgendwo spontan zusammen. Oft kommen auch die Einheimischen dazu.«

Marleen dankte ihm sehr, sie wusste sein freundliches Angebot zu schätzen. Er wollte für sie da sein, obwohl sie sich kaum kannten. Das rechnete sie ihm hoch an.

Kurt kam zu ihnen, und Marleen bestellte einen doppelten Espresso. Als er ihr kurz darauf den Kaffee brachte und sie bezahlen wollte, wiegelte er ab. »Der geht aufs Haus. Ein kleines Dankeschön, weil du Finn glücklich machst. Im Moment ist er so gut drauf wie schon lange nicht mehr. Du tust ihm gut.«

»Danke.« Verlegen nippte Marleen an ihrem Heißgetränk.

Kurt war anscheinend nicht auf dem neuesten Stand. Finn hatte sich zwar nicht mit ihr, sondern mit ihrem Vater und seinen Brüdern gestritten, doch sie war mittendrin gewesen und hatte nicht für ihn Partei ergriffen, was ihn bestimmt enttäuscht hatte. Das tat ihr leid. Aber wie hätte sie ihrem Vater im Beisein von Finn, Thies und Joos in den Rücken fallen und sagen können, dass sie die Idee, eine Familienpension auf dem Festland zu eröffnen, besser fand, als mit einer Nobelherberge die Schokoladeninsel zu verschandeln? Unmöglich. Auf der anderen Seite sah sie jedoch den Einwand ihres Vaters ein, dass Finn, Thies und Joos die Verluste ihrer Schokoladenfabrik niemals durch die Einnahmen eines kleinen Übernachtungsbetriebes auffangen konnten.

Als Marleen ausgetrunken hatte, verabschiedete sie sich. Sie verließ das *Klönschnak* und musste ihre Augen mit der Hand vor der Sonne abschirmen. Sofort wurde ihr wieder angenehm warm. Der Laubwald hielt den Wind ab, vor dem Hafenrestaurant war es an diesem späten Nachmittag fast windstill. In den Bäumen sangen Vögel. Marleen konnte sie nicht sehen, nur hören, aber das fröhliche Zwitschern zauberte ein Lächeln auf ihr Gesicht. Die Luft roch würzig nach Meer und Algen. Einige Möwen saßen auf dem Dach des Restaurants und beobachteten die wenigen Touristen, die sich im Hafen aufhielten. Die Ruhe, die in diesem Teil Möwesands herrschte, wirkte sich positiv auf Marleen aus. Sie atmete Gelassenheit ein und stieß mit jedem Atemzug etwas von ihrem Groll aus.

Sie verspürte Lust, sich auf den grünen Strand zu setzen und die friedliche Stimmung abseits des Trubels zu genießen, und schlenderte auf den Küstenabschnitt zu. Mit etwas Glück würde sie allein sein, zumindest wenn sie sich in der äußersten Ecke niederließ, dort, wo das Schilfrohr den freien Blick auf die Nordsee teilweise versperrte.

Plötzlich huschte ein alter Mann hinter dem Feuerwehrhaus hervor. Er trug eine braune Cordhose und einen dunkelblauen Pullover, der viel zu warm für diesen herrlichen Junitag war. Mit eingezogenen Schultern überquerte er die Straße. Seine braun-weiß-karierten Pantoffeln brachten ihn fast zu Fall, weil sie ihm zu groß waren und er die Füße nicht richtig anhob.

Am Ufer angekommen holte er eilig weit aus und schleuderte einen Gegenstand ins Meer. Empört wollte Marleen ihm zurufen, dass sie das unmöglich fand. Auf der Schokoladeninsel gab es genug Mülleimer. Doch dann duckte sich der Fremde und versteckte sich hinter den Syltrosen, was sie so seltsam fand, dass sie keinen Ton herausbrachte. Nach ein paar Sekunden erhob er sich wieder. Mit einem gehetzten Ausdruck im Gesicht lief er schlurfend zurück zum Feuerwehrhaus und verschwand dahinter.

Wie merkwürdig, dachte sie. Eine Ahnung regte sich in ihr, doch das auffällige Verhalten des Mannes irritierte sie so sehr, dass sie keinen klaren Gedanken fassen konnte.

Schnell ging sie zu der Stelle, von der aus der ältere Herr den Gegenstand in die Nordsee geworfen hatte, um diesen herauszufischen und ordnungsgemäß zu entsorgen. Sie schirmte ihre Augen mit der Hand vor der Sonne ab und ließ ihren Blick über die glitzernde Wasseroberfläche schweifen. In der Nähe erspähte sie eine leere Glasflasche. Der schlanken Form nach zu urteilen, mochte es sich um eine Weinflasche handeln, dafür sprach auch der Korken. In ihr steckte ein Zettel.

Marleen zuckte zusammen und riss dann ihre Augen auf. Es handelte sich um eine Flaschenpost, ähnlich wie die, die sie vor Sylt aus der See geangelt hatte. Ihr Puls beschleunigte sich. Ihre Nackenhaare stellten sich auf. Sie versuchte, die Flasche zu erreichen, erst indem sie sich nach ihr streckte und dann mithilfe eines dünnen Astes, den sie zwischen den Syltrosen entdeckte. Der Sturmausläufer musste ihn aus dem Laubwald dorthin geweht haben. Vergeblich. Die Strömung trieb die Flasche von ihr fort, bald war sie unerreichbar.

Seufzend sah sie sich nach dem Mann um, erspähte ihn jedoch nirgends. War er etwa der Urheber des Hilfeschreis, der sie auf die Schokoladeninsel geführt hatte? Hatte sie gerade die Person entdeckt, nach der sie die ganze Zeit suchte? Jedenfalls wurde er nicht gefangen gehalten. Wäre das der Fall gewesen, hätte er doch seine Chance genutzt und sie oder jemand anderen um Hilfe gebeten. Aber er hatte sie gar nicht wahrgenommen. Er hatte nicht einmal nach rechts und links geschaut, sondern sich darauf konzentriert, die

Flaschenpost auf ihren Weg zu bringen. Als würde die Welt um ihn herum nicht existieren.

Hatte er die Flaschenpost vielleicht für jemand anders ins Meer geschleudert? Warum verhalf er dieser Person dann nicht zur Flucht? Fühlte er sich zu schwach dazu? Er hatte hohlwangig ausgesehen und eine ungesunde Gesichtsfarbe gehabt, was wiederum dafürsprach, dass es sich bei ihm selbst um denjenigen handelte, der weggeschlossen worden war. Falls das zutraf, warum konnte er dann jetzt schon das zweite Mal fliehen?

Egal, wie Marleen es drehte und wendete, das alles ergab keinen Sinn. Sie musste mit dem Fremden sprechen. Ob sie ihn jetzt noch finden würde?

Aufgeregt sprang sie auf und rannte los in Richtung Feuerwehrhaus. Ein Paar, das händchenhaltend über die Küstenstraße spazierte, blickte ihr stirnrunzelnd nach. Marleen suchte hinter dem in leuchtendem Rot gestrichenen Gebäude, doch der Mann hielt sich nicht dort versteckt, wie sie gehofft hatte.

»Hallo? Ich tue Ihnen nichts«, rief sie immer wieder und umrundete das Gebäude, doch er war fort. Ob er in den Wald gegangen war? Sie würde es nur wissen, wenn sie nachsah.

Als sie zwischen den ersten Bäumen hindurchlief, stolperte sie fast über eine Wurzel. Vor Aufregung war sie kurzatmig, aber sie ließ sich davon nicht beirren, sondern war so zielstrebig, wie ihr Vater sich das von ihr in Bezug auf ihre Karriere wünschte.

Sie drang immer tiefer in den Forst ein. Die dichten Baumkronen der Eschen bildeten ein grünes Dach über Marleens Kopf. Darunter leuchtete das Laub junger Buchen in einem satten Grün. Auf dem Boden lagen hier und da noch die Kätzchenblüten der Pappeln und erinnerten an den Frühling. Das laute Rascheln der Pappeln und Birken, die die Grenze zur Wildblumenwiese bildeten, übertönte beinahe die Geräusche, die aus Nordwinden herüberdrangen.

Endlich erblickte Marleen den alten Herrn. Er verbarg sich vor ihr hinter dem einzigen Wildkirschbaum weit und breit, was mehr schlecht als recht funktionierte, da der Stamm nicht breit genug war. Hinter dem Laubbaum, an dessen Ästen kleine grüne Früchte wuchsen, fing bereits die Heidefläche an.

Rasch machte Marleen eine beschwichtigende Geste. »Sie brauchen keine Angst vor mir zu haben.«

»Warum verfolgen Sie mich dann?«, fragte er sie in scharfem Ton. Um seine vollen Lippen herum war er schlecht rasiert.

»Ich werde Ihnen nichts tun.« Sie lächelte ihn an. »Ich möchte bloß mit Ihnen reden.«

Er hielt sich am Stamm fest. Altersflecken bedeckten seine Handrücken. Er war so dünn, dass seine Handgelenke stark hervortraten. Aber er hatte ein attraktives Gesicht. »Ich kennc Sie nich.«

»Ich heiße Marleen de Vries.« Vorsichtig machte sie einen Schritt auf ihn zu. Ein Zweig brach unter ihrem Schuh entzwei. Sofort blieb sie stehen und hoffte, den scheuen Mann durch ihre Unachtsamkeit nicht verschreckt zu haben. »Und Sie?«

»Ich bin …« Er stockte. Sein Blick schweifte umher, als würde er im Wald nach der richtigen Antwort suchen. »Das tut nichts zur Sache«, antwortete er schließlich schroff.

Erinnerte er sich etwa nicht mehr an seinen eigenen Namen? Oder wollte er ihn ihr nur nicht verraten? Sie verlieh ihrer Stimme einen sanften Klang. »Wohnen Sie in Nordwinden?«

»Nordwinden?« Nachdenklich kratzte er sich an seinem dünnen Hals. Sein Adamsapfel hüpfte auf und ab, als er schluckte.

Seine Reaktion brachte sie durcheinander. »Ja, der einzigen Inselgemeinde der Schokoladeninsel.«

»Nee, ich wohne auf Möwesand.« Sein Haar war schlohweiß und immer noch erstaunlich voll.

»Aber das ist doch ein und dieselbe Insel.« Sie breitete die Arme aus und zeigte umher. »Diese Insel, auf der wir uns befinden.«

»Reden Sie keinen Unsinn.« Plötzlich hob er einen Ast auf und hielt ihn drohend hoch. »Sie wollen mich bloß verwirren.«

Er war anscheinend durcheinander oder vermutete, dass jeder ihm Böses wollte. Um ihm zu zeigen, dass von ihr keine Gefahr ausging, hielt sie die Hände hoch. »Warum sollte ich das tun?«

»Um mich zurückzubringen.« Feindselig sah er sie an.

Man musste ihm übel mitgespielt haben, da er jedem misstraute. Das tat Marleen unglaublich leid. »Wohin?«

»Na …« Erneut schien er zu überlegen. »Dahin.«

Das führte zu nichts. Seufzend rieb sich Marleen die Wange und dachte nach, wie sie mehr über den Fremden erfahren konnte. Behutsam vorzugehen hatte nicht funktioniert, daher versuchte sie es direkt: »Hält man Sie fest?«

Seine wässrig grauen Augen weiteten sich, dann lächelte er hoffnungsvoll und ließ den Ast fallen. »Ja, das tut man.«

»Soll ich Sie von der Insel runterbringen?«, fragte sie und kramte bereits in ihrer Handtasche nach ihrem Smartphone.

»Das geht nich.« Er kam hinter dem Baum hervor. Verschwörerisch sah er sich um und fuhr leiser fort: »Hab ich schon versucht. Man lässt mich nich weg. Man kommt nur mit der Fähre runter, aber die wird bewacht.«

Sie fand ihr Mobiltelefon, zog es heraus und hielt es hoch. »Ich könnte die Polizei verständigen.«

»Nein, bloß nich! Sonst kriege ich Ärger, großen Ärger.« Ein panischer Ausdruck trat in seine Augen. Er zitterte am ganzen Leib. »Sie hat gesagt, wenn ich das tue, würde man mich einsperren und nie wieder rauslassen.«

Man hatte ihn also eingeschüchtert. Wen meinte er mit sie? Marleen erinnerte sich an die Nachricht aus der Flaschenpost. Darin hieß es, dass Möwesand nicht so nett wäre, wie sie tut. Vielleicht dachte der alte Mann an niemand Bestimmten, sondern an alle Menschen auf der Schokoladeninsel. Es könnte eine Verallgemeinerung sein. Damit er sich beruhigte, steckte sie ihr Smartphone wieder weg.

»Ich habe am Pfingstsamstag am Strand von Sylt eine Flaschenpost in einer Köm-Flasche gefunden. Haben Sie sie geschrieben?«, fragte Marleen.

Erschrocken trat er einen Schritt zurück. »Das war ich nich.«

»Aber Sie haben gerade eine Flaschenpost ins Meer geworfen.« Sie zeigte in die Richtung, in der der grüne Strand lag.

Doch er stritt es weiterhin rigoros ab. »Das kann nich sein.«

»Ich habe Sie dabei beobachtet.« Entwaffnend lächelte sie ihn an.

Er verschränkte die Arme vor dem Oberkörper und reckte sein Kinn mit den weißen Bartstoppeln vor. »Ich war den ganzen Tag hier im Wald.«

Offenbar fürchtete er sich so sehr, dass er sich nicht traute, ihr von seinem Martyrium zu erzählen. Sie wollte ihn nicht weiter bedrängen, denn das konnte dazu führen, dass seine Angst weiter wuchs. Aber sie konnte ihn auch nicht sich selbst überlassen, egal ob er bloß verwirrt oder ernsthaft in Gefahr war. Ganz klar, sie musste etwas unternehmen, um ihm zu helfen.

Nur was? Wen kannte sie auf der Schokoladeninsel gut genug, um ihn oder sie um Hilfe zu bitten? Wer wusste von der Flaschenpost? Wer würde besonnen reagieren, damit der alte Herr keine Probleme bekam oder vollends in Panik geriet? Wer kannte alle Bewohner Möwesands? Das alles traf nur auf eine Person zu, und das war Finn. Kaum dass Marleen an ihn dachte, schlug ihr Herz schneller. Sie musste den alten Mann zu ihm bringen.

Kapitel 8

Seit einer Stunde wirbelte Finn schon durch den Leuchtturm. Er riss alle Schubladen im Badezimmer auf, durchstöberte seinen Kleiderschrank und suchte sogar in seinem Wohnzimmer unter dem Tisch. Mit dem Besen fischte er unter der Couch im Trüben in der Hoffnung, das zu finden, was er immer verzweifelter suchte.

Vielleicht war es heruntergefallen und hinter seine Surfbretter gerollt, aber als er dort nachschaute, fand er den Raum dahinter leer vor. Er sah sogar in den Schränken der Küchenzeile nach, obwohl es unwahrscheinlich war, den Gegenstand darin zu finden. Wer sollte ihn dort hineingelegt haben? Er hastete treppauf und treppab, drehte den Leuchtturm auf links und zermarterte sich das Hirn, wo das Souvenir, an dem er so sehr hing, hingekommen sein mochte. Es schien sich in Luft aufgelöst zu haben.

Plötzlich tauchte Marleen in der Haustür auf. Er hatte sie weit offen stehen lassen, damit der Nordseewind sein erhitztes Gemüt abkühlte.

»Ist alles in Ordnung?«, fragte sie besorgt.

»Nein, ganz und gar nicht.« Bei Marleens Anblick beschleunigte sich sein Herzschlag.

Auf der Terrasse des Lorentz-Hauses hatte er keine Zeit gehabt, sie in Ruhe zu betrachten. Jetzt holte er dieses Versäumnis nach.

Locker hingen ihre roten Haare, die sie beim Geschäftstreffen noch hochgesteckt getragen hatte, herab und bildeten einen schönen Rahmen für ihr Porzellangesicht. Der Saum ihres hellgrünen Kleids schwang durch die Brise sanft hin und her und lenkte dadurch Finns Aufmerksamkeit auf ihre wohlgeformten Knie. Der leichte, fließende Stoff schmiegte sich locker um ihre Hüften und hatte dezente gelbe Blüten. Finn glaubte, dass man den Stil *Bohemian* oder kurz *Boho* nannte, war sich aber nicht sicher. Was wusste er schon von Frauenkleidung? Sein Blick glitt an ihren vom Surfen kräftigen, aber trotzdem schlanken Beinen hinab. Sie hatte ihre Zehen rosa lackiert, passend zu ihren Riemchensandalen.

Nun bereute er es, sich umgezogen zu haben, sobald er in den Leuchtturm zurückgekehrt war. Aus Verärgerung über den Verlauf des Meetings und aus Trotz hatte er sein Hemd und seine Chinos durch Bermudashorts und ein T-Shirt mit dem Aufdruck *Glück kommt in Wellen* getauscht. Jetzt kam er sich darin schäbig vor.

»Was ist denn los?«, wollte sie wissen. Erst jetzt fiel ihm auf, dass sie aufgeregt wirkte.

Er gab ein schweres Seufzen von sich. »Ich suche etwas, das mir sehr wichtig ist.«

»Was ist es denn?« Sie sah über ihre Schulter zurück und murmelte: »Er war doch gerade noch hinter mir.«

Verlegen fuhr sich Finn durchs Haar, das er wohl schneiden lassen sollte, aber ihm gefiel der Surferlook. »Im Grunde ist es lächerlich. Es ist nur eine kleine Figur und bloß von ideellem Wert.«

»Was für ein Figürchen?« Marleens Stimme klang mit einem Mal belegt.

»Ein Gecko aus Holz.« Er zeigte auf das Regal neben dem

Eingang. »Bis gestern stand er zwischen all den anderen Andenken, die ich vom Surfen in der ganzen Welt mitgebracht habe. Jetzt ist er weg. Ich habe sein Fehlen erst heute bemerkt und kann mir das nicht erklären.«

Marleen räusperte sich, sie schien einen Frosch im Hals zu haben. »Das tut mir leid. Anscheinend bedeutete er dir viel.«

»Ja. Erinnerst du dich daran, dass meine Mutter mir einst eine Holzschildkröte schenkte? Damit legte sie den Grundstock für meine Sammlung.« Da Marleen nickte, fuhr er fort: »Der Gecko war die letzte Figur, die meine Mutter mir gab.«

Entsetzt riss sie die Augen auf und bohrte ihre Finger in ihre Handtasche. »Oh, nein! Auch das noch.«

»Wie bitte?« Er verstand nicht, was sie damit sagen wollte. »Warum auch das noch?«

»Ach … Ich meine nur … Als wäre es nicht schon schlimm genug, dass überhaupt etwas gestohl…« Mit der Hand vor dem Mund hustete sie. »Dass etwas verschwunden ist, zu allem Übel ist es auch noch eins deiner wichtigsten Souvenirs.«

»Ja, ein Andenken an eine tolle Reise und an meine noch tollere Mutter. Vor vier Jahren haben wir zusammen Urlaub auf den Seychellen gemacht. Meine Brüder tauchen nicht, und unser Vater musste arbeiten, daher sind wir nur zu zweit geflogen. Der Trip war ein Traum! Wir sind täglich im Indischen Ozean tauchen gegangen, haben Fischcurry gegessen, *Calou*, das ist Palmwein, getrunken und auf der faulen Haut in der Sonne gelegen.« Verträumt lächelte er. »Unsere Unterkunft lag auf der Insel *Praslin*. Am Tag unserer Abreise sind wir mit der *Cat Cocos*, der Schnellfähre, zur Hauptinsel *Mahé*, auf der auch der Flughafen liegt, gefahren. Um uns die Zeit bis zum Abflug zu vertreiben, bummelten wir durch Victoria, die Hauptstadt. Dort hat meine Mutter mir zur Erinnerung an die gemeinsame Zeit den Gecko bei einem Einheimischen gekauft. Der Verkäufer war noch ein Junge und hatte die dunkelsten Augen, die ich jemals gesehen habe. Er grinste die ganze Zeit, ein hübscher und freundlicher kleiner Kerl. In der Nähe der Markthalle auf der Albert Street hatte er einfach eine Decke auf den Bürgersteig gelegt und bot Holztiere an, die er und seine Eltern selbst geschnitzt hatten.«

Marleen saugte ihre Unterlippe ein und biss darauf, etwas zu fest, denn als sie ihre Lippe wieder losließ, trat etwas Blut aus. Anscheinend schmeckte sie es, denn sie holte mit fahrigen Bewegungen ein Papiertaschentuch aus ihrer Rocktasche und tupfte den roten Tropfen ab. »Du solltest deine Haustür schließen. Touristen könnten zum Leuchtturm kommen und deinen offenen Eingang als Einladung verstehen.«

»Du hast recht. Du hast dich vorgestern ja auch nicht vom *Betreten verboten*-Schild abhalten lassen«, frotzelte Finn und schmunzelte.

»Zum Glück.« Marleen war blass geworden. Schweißperlen schimmerten auf ihrer Stirn, als sie das Taschentuch wieder wegsteckte. »Sonst hätte ich nicht gesehen, wie Rieke in die aufgewühlte Nordsee fiel.«

»Du siehst elend aus. Hoffentlich hast du dir am Pfingstsonntag keine Erkältung geholt. Ich hätte dich sofort unter die Dusche schicken sollen.« Er bereute es, nicht darauf bestanden zu haben.

»Das ist es nicht, aber reden wir jetzt nicht von mir. Es

gibt Wichtigeres zu besprechen. Ich bin hergekommen, weil noch jemand unsere Hilfe braucht.« Erneut blickte sie über ihre Schulter. »Das darf doch wohl nicht wahr sein! Ich dachte, er würde nur trödeln, aber er ist tatsächlich schon wieder weg.«

Finn spähte an ihr vorbei hinaus auf die Wiese vor seinem Heim. »Wer?«

»Dieser merkwürdige alte Herr. Er war die ganze Zeit hinter mir. Aber als ich dich wie ein aufgescheuchtes Huhn durch den Leuchtturm rennen sah, habe ich ihn einen Moment aus den Augen gelassen, und schon hat er sich in Luft aufgelöst.« Aufgebracht ballte sie eine Faust. Für einen Moment sah es so aus, als wollte sie vor Frust hineinbeißen, doch sie tat es nicht. »Warte hier! Ich werde ihn suchen.«

Bevor er nachhaken konnte, lief Marleen auch schon davon. Amüsiert schüttelte Finn den Kopf. Was für eine liebenswert verrückte Frau! Seit sie sich auf der Schokoladeninsel aufhielt, war immer etwas los. Erst hatte sie ihr eigenes Leben riskiert, um Rieke zu retten, nun kümmerte sie sich um die Probleme eines alten Mannes. Dabei hatte sie genug eigene Sorgen, allen voran, dass sie es nicht schaffte, sich gegen ihren Vater durchzusetzen und einen eigenen Pfad zu beschreiten. Sie wusste ja nicht einmal, was sie werden wollte. Aber wie konnte sie das herausfinden, wenn sie ständig anderen zur Rettung eilte? Sie musste erst einmal innehalten und in sich hineinhorchen.

Während Finn zum Kühlschrank ging, eine Flasche herausholte und etwas Mineralwasser in ein Glas goss, grübelte er darüber nach, ob Marleen sich absichtlich mit anderen beschäftigte, um sich nicht mit sich selbst auseinandersetzen zu müssen. Zum Teil mochte das zutreffen, aber er schätzte sie so ein, dass es sie glücklich machte, für andere da zu sein. Möglicherweise würde sie bald darin ihre Bestimmung erkennen und einen sozialen Beruf ergreifen.

Das würde jedenfalls zu ihr passen, dachte Finn voller Bewunderung und nahm einen kräftigen Schluck.

Die Zeit mit Marleen war aufregend, aber auch anstrengend, musste er widerstrebend zugeben, denn sie schickte ihn durch ein Wechselbad der Gefühle. Kaum kamen sie sich näher, rief etwas wieder Zweifel an ihrer Aufrichtigkeit hervor. Im Moment glaubte er, dass sie ehrlich zu ihm war, sonst hätte er sie nicht auf der Terrasse des Lorentz-Hauses geküsst. Ein denkbar ungünstiger Augenblick, aber der Wunsch, ihr nahezukommen, hatte ihn überwältigt. Die Erinnerung an den Kuss, der durch die Heimlichkeit noch prickelnder gewesen war, zauberte ein verträumtes Lächeln auf sein Gesicht.

Unglücklicherweise konnte sie sich genauso wenig zu ihm bekennen wie er zu ihr, solange der Hotelbau nicht geklärt war. Es war ihm klar, dass sie sich in dieser Sache niemals auf seine Seite und somit gegen ihren Vater stellen würde. Er seinerseits würde niemals sein Okay zu dessen großspurigen Plänen geben. Daher sah er zurzeit keine Chance, dass sie ein Paar werden konnten, dabei sehnte er sich danach. Marleen war der erste Lichtblick seit dem Unfalltod seiner Mutter.

Doch selbst wenn sich die geschäftlichen Konflikte beilegen ließen, hatte Finn Bedenken, was eine gemeinsame Zukunft mit ihr betraf. Ihr Vater würde ihn wohl nicht als Freund seiner Tochter akzeptieren. Und wie sollte es Marleen bei ihrem Wunsch, ihrem Vater zu gefallen, ertragen, mit einem Mann liiert zu sein, den dieser nicht leiden konnte? Auf Dauer würde das nicht gut gehen.

Finn setzte sich auf einen Küchenstuhl und vergrub das Gesicht in seinen Händen. Vielleicht wäre es besser, wenn er sich Marleen aus dem Kopf schlagen würde, sonst würde er am Ende noch verletzt werden.

Unmöglich, das kann ich nicht, dachte er jedoch sofort. Am Nachmittag hatte er zu seiner eigenen Überraschung eifersüchtig reagiert, als sie Julius als charmant bezeichnet hatte. Dabei war er eigentlich kein eifersüchtiger Typ. Das hatte ihm gezeigt, wie viel ihm Marleen bedeutete. Mit jedem Treffen hatte er mehr Schmetterlinge im Bauch. Wenn sie getrennt waren, stahl sie sich immer wieder in seine Gedanken. Doch seine Tagträume endeten jedes Mal damit, dass ihr Vater auftauchte und sie mit ihm fortging.

War seine Liebe zu ihr möglicherweise bloß ein Strohfeuer? Nein, er konnte es sich vorstellen, mit ihr glücklich zu werden. Abgesehen von der verzwickten Situation mit ihrem Vater war sie seine Traumfrau. Lässig, wunderschön, natürlich, und sie liebte das Surfen. Außerdem lag ihr die Natur am Herzen, und sie verspürte eine tiefe Verbundenheit mit der Nordsee. Sie hatten so viele Gemeinsamkeiten.

Wo blieb sie denn nur? Seufzend stand Finn auf. Er trat aus dem Leuchtturm. In diesem Moment kam sie zwischen den windschiefen Kiefern hinter dem Gebäude hervor.

»Wo ist jetzt der alte Herr?« Er lächelte ironisch, hegte kurz den Verdacht, dass sie bloß einen Vorwand gesucht hatte, um ihn zu besuchen. Aber natürlich glaubte er nicht wirklich, dass sie sich das alles nur ausgedacht hatte. Vermutlich brauchte der alte Mann ihre Hilfe nur nicht so dringend, wie sie dachte.

»Er versteckt sich zwischen den Kiefern und will den Schutz des Wäldchens nicht verlassen. Wenn ich ihn berühre, reagiert er aggressiv, wie ein in die Enge getriebenes, ängstliches Tier. Ich kriege ihn nicht dazu, seine Deckung zu verlassen, dabei ist er mir freiwillig bis hierher gefolgt. Jetzt tut er plötzlich so, als hätte er mich noch nie gesehen«, erklärte sie verzweifelt.

Finn stemmte die Hände in seine Seiten. Erst hatte er vermutet, dass der Mann sein Portemonnaie oder seine Familie aus den Augen verloren hatte. Aber das, was Marleen ihm da erzählte, klang ernster. »Ich schlage vor, wir versuchen, ihn zu mir zu bringen. Dort kann er sich erst einmal bei einer Tasse Tee beruhigen. Vielleicht redet er dann mit uns.«

»Danke.« Sie fiel ihm um den Hals, was seine Körpertemperatur in die Höhe trieb. Sie küsste ihn auf die Wange, packte seine Hand und zog ihn in den kleinen Wald hinein. »Ich werde dich zu ihm führen.«

Als er den alten Herrn hinter einer Kiefer erblickte, staunte er nicht schlecht. »Frieso!«

»Ist das etwa Riekes Ehemann?«, fragte Marleen überrascht.

»Ja, Frieso Knuten.« Er nickte ihr zu und wandte sich dann an den Insulaner, mit dem ihn eine jahrzehntelange Freundschaft verband. »Darf ich dir Marleen vorstellen? Du hast sie ja schon kennengelernt. Sie ist zu Gast auf der Schokoladeninsel. Hast du ihr etwa einen Streich gespielt?« An Marleen gerichtet, sagte er schmunzelnd: »Dafür ist er nämlich bekannt.«

Frieso sah in Richtung Nordwinden. Seine Mimik ließ erahnen, dass er überlegte, ob er fliehen sollte. Barsch wiegelte er ab: »Ich kenne die nich.«

»Wir haben uns doch im Laubwald getroffen«, erinnerte sie ihn mit sanfter Stimme. Sie faltete ihre Hände, als flehte sie ihn an, es endlich zuzugeben.

»Sie hat dich zu mir gebracht, damit ich dir helfe.« Wobei genau, wusste Finn immer noch nicht.

Frieso reckte sein Kinn vor. Seine ganze Haltung drückte Ablehnung aus. »Ich habe diese Frau noch nie gesehen.«

Frieso wirkte verändert. Zwar hörte er sich wie der alte Haudegen Frieso Knuten an, er sprach mit derselben Stimme, aber was er sagte und wie er das tat, passte nicht zu ihm. Er sah auch anders aus. Sein Gesichtsausdruck wirkte distanziert, er sah Marleen und ihn nicht einmal an. Seine Augen leuchteten auch nicht neckisch wie bei anderen Gelegenheiten, bei denen er andere auf die Schippe nahm. Er musste ernst meinen, was er von sich gab, und Marleen von einem Moment auf den nächsten vergessen haben. Wie konnte das sein?

»Aber mich erkennst du doch wieder, nicht wahr?« Langsam und behutsam trat Finn näher an den weißhaarigen Mann heran. Da dieser nicht reagierte, fügte er hinzu: »Vor zwanzig Jahren bist du mit mir raus aufs Meer gefahren und hast mich heimlich dein Boot lenken lassen. Meine Eltern hätten uns beiden die Ohren langgezogen, wenn sie das erfahren hätten. Haben sie aber nie, das Fahrtraining ist bis heute unser Geheimnis geblieben. Du hast mir das Mundharmonikaspielen beigebracht und mich für den alljährlichen Wettkampf im Boßeln fit gemacht. Dank dir war ich auf Möwesand einer der besten Kugelschleuderer. *Lüch op!*«

»Ja, sicher weiß ich, wer du bist.« Mit einem Mal lächelte Frieso. »Thies! Lange nich gesehen. Wie geht es dir, Junge?«

»Ich bin Finn«, korrigierte Finn ihn. Es war schon das

zweite Mal, dass Frieso ihn mit seinem älteren Bruder verwechselte. Nun gut, Frieso sah zunehmend schlechter, das konnte der Grund sein, aber dennoch machte Finn sich langsam Sorgen um ihn.

»Nein, das kann nich sein«, wiegelte der Nordwindener heftig ab.

»Thies ist der Große mit den breiten Schultern und der Kurzhaarfrisur. Wäre er Schauspieler, würde er in einem Liebesfilm die Rolle des mannhaften Verführers übernehmen. Das hat Rieke mal gesagt, weißt du noch? Ich bin kleiner und schlanker, aber auch beweglicher und trage meine Haare gerne etwas länger. In einem Film würde ich wohl den gutaussehenden Freund des Helden mimen, einen Typ, den die Frauen als süß bezeichnen, was nicht das ist, was ein Mann wirklich hören will.« Verlegen lachte Finn. Plötzlich hatte er das Bedürfnis, ihn vor Marleen zu verteidigen. »Wir sind beide blond und ähneln unserer Mutter. Frieso trägt normalerweise eine Brille. Er vergisst sie in letzter Zeit öfters zu Hause. Wahrscheinlich sieht er mich nicht richtig.«

Grimmig blinzelte Frieso ihn an und schwang rügend seinen Zeigefinger. »Thies ist doch tot. Du willst mich auf den Arm nehmen. So etwas tut man nich. Man macht keine Witze über Verstorbene.«

Finn war wie vor den Kopf gestoßen. Konnte es sein, dass Frieso jetzt von ihrem Vater Hauke sprach? Der alte Mann war wirklich durcheinander, vielleicht mal wieder dehydriert. Rieke hatte gemeint, dann würde sein Gedächtnis nicht richtig funktionieren. Darum schlug Finn vor: »Lasst uns in den Leuchtturm gehen und etwas trinken. Es ist ziemlich warm heute.«

Zu Finns Erleichterung folgte Frieso ihnen, wenngleich mit etwas Abstand.

»Das kann kein Zufall sein«, sagte Marleen leise zu ihm.

Finn runzelte die Stirn. »Wovon sprichst du?«

»Dass sich erst Rieke merkwürdig verhält und kurz darauf ihr Ehemann.« Über ihre Schulter hinweg blickte sie Frieso mitfühlend, aber auch ein wenig skeptisch an.

»Rieke war nicht sonderbar, sondern sie ist versehentlich von der Kante des Sanddorn-Kliffs abgerutscht«, rief er ihr in Erinnerung.

Sie zuckte mit den Achseln. »Wenn du mich fragst, irgendetwas stimmt bei den Knutens nicht.«

»Rieke hatte am Pfingstsonntag einen Unfall, und Frieso hat heute einen schlechten Tag, das ist alles.« Doch vollkommen überzeugt davon, dass es keinen Zusammenhang gab, war er selbst nicht. Er fragte sich, ob er vielleicht nicht wahrhaben wollte, dass etwas auf der Schokoladeninsel vor sich ging, wovon er noch nichts mitbekommen hatte. Joos, Thies und er waren doch stets für alle da. Sich vorzustellen, dass Rieke und Frieso Probleme hatten und ihn nicht um Hilfe baten, verunsicherte ihn. Sie waren doch Freunde.

»Ich habe dir ja auch noch nicht alles über Frieso erzählt«, sagte Marleen, während sie neben ihm lief.

Vor dem Eingang zum Leuchtturm blieb er stehen. Er konnte seine Neugier kaum zügeln, gleichzeitig bekam er Bauchschmerzen wegen des unheilschwangeren Tones in ihrer Stimme. »Schieß los!«

»Erst brauche ich Wasser, bitte. Meine Zunge klebt am Gaumen.« Sie fasste sich an den Hals und schluckte schwer. »Seit dem Tee heute Nachmittag habe ich bloß einen Espresso getrunken.«

Finn nickte und führte seine beiden Gäste in die Küche. Aus den Augenwinkeln heraus nahm er wahr, dass sich Frieso umschaute, als würde er den Leuchtturm das erste Mal von innen sehen. Besorgt füllte er drei Gläser mit Mineralwasser und bat Marleen, sich zu bedienen. Als er Frieso ein Glas hinhielt, riss dieser die Hände hoch und schüttelte heftig den Kopf.

Eindringlich redete Finn ihm gut zu: »Du musst etwas trinken, bitte. Rieke hat mir gesagt, du würdest viel zu wenig Flüssigkeit zu dir nehmen.«

Doch der alte Freund presste die Lippen zusammen und verzog das Gesicht, als wollte Finn ihn vergiften. Er flüchtete in Richtung Treppe.

Vorerst gab Finn auf, aber er würde es später noch einmal versuchen. Während er an seinem eigenen Getränk nippte, betrachtete er Frieso nachdenklich.

Seine Augen waren trüb, und sein Blick wirkte müde. Alt sah er aus, aber das war es nicht allein, was Finn beunruhigte. Frieso hatte eine ungesunde gelbliche Gesichtsfarbe, blasse Lippen, und in seinen Mundwinkeln hatte sich Speichel gesammelt. Er hatte stark abgenommen, seine alte Cordhose schlackerte um seine dünnen Beine. Aus dem Kragen seines dunkelblauen Pullovers, der ihm zu groß geworden war, blitzten Hosenträger hervor. Er wirkte kleiner, was wohl an seiner gebeugten Haltung lag. Einige seiner Fingernägel sahen frisch geschnitten aus, andere waren zu lang. Zudem war er schlecht rasiert.

In den vergangenen Monaten hatte Finn bereits bemerkt, dass Frieso sich dann und wann merkwürdig aufführte, es aber auf sein Alter und seinen Humor zurückgeführt. Zudem hatte sich Frieso kurz darauf stets wieder normal verhalten. Heute war das anders, er schien völlig neben der Spur.

Immer wenn sich Finn in letzter Zeit bei Rieke nach ihrem Ehemann erkundigt hatte, hatte sie ihm versichert, dass es ihm gut ginge. Frieso würde halt lieber zu Hause in seinem Ohrensessel sitzen bleiben, fernsehen oder durchs Fenster die Schiffe auf der Nordsee beobachten, als über die Insel zu streifen und mit den anderen Bewohnern zu schnacken, wie er es früher regelmäßig getan hatte.

»Wenn du die siebzig hinter dir gelassen hast, wirst du es auch ruhiger angehen lassen«, hatte sie Friesos Rückzug verteidigt. »Der Lebensabend heißt nicht umsonst auch Ruhestand.«

Selbstverständlich hatte Finn ihr geglaubt, schließlich kannte er sie seit Kindesbeinen an. Doch jetzt bereute er es, sich nicht persönlich davon überzeugt zu haben, dass es Frieso gut ging.

Mit einem abwesenden Ausdruck auf dem Gesicht ging Frieso zum Sofa und setzte sich mit dem Rücken zu ihnen hin.

Finn trat so dicht an Marleen heran, dass er ihr blumiges Parfum riechen konnte. Er mochte keine starken künstlichen Gerüche, aber ihr Duftwasser roch dezent nach Wildblumenwiese. Das schmeichelte seiner Nase und weckte schöne Erinnerungen. Es ließ ihn an ein Meer aus farbenfrohen Blüten, das fröhliche Summen von Bienen und Picknicks am Süßwassersee in der Inselmitte mit selbst gebackenen Quarkbrötchen, kleinen köstlichen Quiches und zuckersüßer Wassermelone denken. Er flüsterte ihr ins Ohr: »Was wolltest du mir über ihn erzählen?«

»Du wirst es nicht glauben.« Über Finns Schulter hinweg

spähte sie zu Frieso hinüber. Er saß weit genug von ihnen weg, um sie nicht zu hören. »Er hat eine Flaschenpost ins Meer geworfen.«

»Er hat was?«, fragte Finn etwas zu laut und guckte sich nach Frieso um. Regungslos saß der ergraute Mann da, sodass Finn sich fragte, ob er im Sitzen eingeschlafen war.

Marleens warmer Atem streichelte sein Gesicht, als sie ihm erklärte, wie sie Frieso mit der Flasche gesehen und er hinterher im Wald trotzdem alles abgestritten hatte.

Nachdenklich kraulte Finn sein Kinn. Friesos Reaktion verwirrte ihn. Was wollte er damit erreichen? »Hast du die Flasche aus der Nordsee geangelt?«

»Ich kam leider nicht mehr dran.«

»Also hast du auch nichts über den Inhalt in Erfahrung bringen können?«

Sie schüttelte den Kopf. »Glaubst du immer noch an einen Zufall, was Riekes Unfall und Friesos merkwürdiges Benehmen angeht?« Ratlos zuckte Finn mit den Schultern. »Der Verfasser des Hilferufs hat behauptet, gefangen gehalten zu werden, aber Frieso läuft frei herum.«

»Er könnte in der Flaschenpost gelogen haben. Mir fällt allerdings kein Grund ein, warum er das hätte tun sollen«, erwiderte sie. »Vielleicht hat er die Nachricht in der Köm-Flasche gar nicht selbst geschrieben, sondern sie für jemanden auf den Weg gebracht.«

»Für eine Person, die tatsächlich festgehalten wird, meinst du?«

»Ja, aber eventuell nicht so, wie wir denken.« Sie breitete ihre Arme aus. »Es könnte doch sein, dass der Absender nicht eingesperrt ist, sondern psychisch unter Druck gesetzt wird, damit er auf Möwesand bleibt.«

»Schon möglich.« Finn war beeindruckt von Marleen. Sanft tippte er ihre Nasenspitze an. »Du würdest eine gute Ermittlerin abgeben. Geh doch zur Polizei.«

»Ich werde es mir überlegen.« Kess grinste sie ihn an. »Ich befürchte allerdings, dass ich dafür zu zartbesaitet bin.«

Zärtlich strich er ihr eine Haarsträhne hinters Ohr. Dann wurde er ernst. »Nehmen wir mal an, dass deine Theorie stimmt. Dann frage ich mich allerdings, warum Frieso dem Schreiber der Flaschenpost nicht hilft.«

»Vielleicht fühlt er sich zu schwach. Schau ihn dir an. Bei Sturm würde ich mir Sorgen machen, dass er weggeweht wird, so dünn ist er.« Sie legte ihre Hände an ihre erhitzten Wangen.

»Du hast recht.« Finn kam ein weiterer Gedanke. »Unter Umständen will er die Person, die den Nachrichtenschreiber festhält, nicht der Polizei melden, weil er ihm genauso wie dem Opfer nahesteht. Denn alle auf der Schokoladeninsel halten zusammen, wir sind eine große Familie, und seiner Familie möchte man nicht schaden. Aber er hat trotzdem das Bedürfnis zu helfen, also versucht er es über Umwege, übers Meer. Ein weiterer Vorteil dabei ist, dass er durch die Flaschenpost anonym bleibt.«

»Oder er hat Angst, dass der Person etwas zustößt. Denn sollte deren Peiniger erfahren, dass er aufgeflogen ist, könnte er in Panik geraten. Frieso scheint auf jeden Fall Angst zu haben.« Sie krallte ihre Finger in sein T-Shirt und sagte eindringlich: »Möglicherweise fürchtet er sich auch vor Vergeltung. Wenn herauskäme, dass er den Täter ans Messer geliefert hat, wäre nicht nur er in Gefahr.«

»Sondern auch Rieke«, führte Finn ihren Gedanken zu Ende und spürte, wie er immer unruhiger wurde. Etwas

Furchtbares passierte auf seiner Heimatinsel. Er musste unbedingt herausfinden, was genau vor sich ging und Frieso klarmachen, dass er sein Freund war und ihm auch in dieser schweren Zeit zur Seite stand. Nur wie half man einer Person, die keine Hilfe wollte?

»Es muss also ein anderer Insulaner sein, der ihm Angst einflößt«, sagte Finn. War es etwa Simon, der für die Gebrüder Lorentz Pralinen verkaufte und einen Hang zu nachtschwarzen Klamotten, Kajal und schwarzem Nagellack hatte? Konnte es Kapitän Ben sein, der durch seinen windzerzausten Vollbart, seine kleinen Augen und seine Schweigsamkeit griesgrämig wirkte? Zählte Mattes, der Inselgärtner, zu den Verdächtigen? Er war zwar stets freundlich, aber im Grunde ein Eigenbrötler. »Ich traue es niemandem zu – keinem Mitarbeiter, keinem Einheimischen und erst recht nicht Joos und Thies. Ich empfinde es als völlig abwegig, mir das überhaupt nur vorzustellen.«

»Ich weiß, dass viele der Nordwindener deine Freunde sind, aber man kann den Leuten nur vor den Kopf gucken, hat Helga Leindecker einmal gesagt«, erklärte Marleen. »Das ist eine ältere Freundin, für die ich einkaufen gehe. Eure Beschäftigten wechseln doch bestimmt ständig.«

»Nicht so oft, wie du denkst.« Müde lächelte Finn. Er sehnte sich nach einer Umarmung, zog Marleen jedoch nicht zu sich heran. Das Geheimnis um die Flaschenpost hatte Vorrang. »Unsere Stellen sind begehrt. Hat man erst eine ergattert, bleibt man jahrelang auf seinem Posten.«

»Du kennst euer Personal nicht so gut wie die Alteingesessenen. Wer weiß, was in ihnen vorgeht.«

Damit hatte sie wohl recht. Joos, Thies und er suchten neue Angestellte zwar nicht allein nach ihren beruflichen

Referenzen aus, sondern auch darauf hin, ob sie ins Team passten. Doch ob sie mit ihrer Einschätzung richtiglagen, wussten sie frühestens nach der Probezeit von drei Monaten. Die Zeit nahmen sie sich. Trotzdem konnte man nicht jedes Geheimnis der Mitarbeiter kennen. »Bei unserem letzten Gespräch hattest du erwähnt, dass deiner Meinung nach eine Frau den Hilferuf geschrieben hat.«

»Na ja, Frauen werden öfter Opfer dieser Art von Verbrechen als Männer, aber natürlich gibt es auch Täterinnen. Da fällt mir ein ...« Plötzlich stockte Marleen.

Warum zögerte sie? War ihr etwas so Schlimmes in den Sinn gekommen? Oder ahnte sie, dass ihm nicht gefallen würde, was sie zu sagen hatte? »Was hast du gerade gedacht?«

»Ach.« Sie wich seinem Blick aus und errötete. »Nichts.«

Sachte fasste er ihre Schultern an und sah ihr in ihre grünen Augen. »Nun sag schon!«

»Lass uns noch einmal zu meiner ersten Theorie zurückkehren«, bat sie und machte hinter jedem der folgenden Sätze eine Pause, als müsste sie von Neuem darüber nachdenken, ob sie fortfahren wollte. »Mein erster Eindruck war, dass Frieso der verängstigte Schreiber ist. So wie er sich verhalten hat, lag das nahe. Er hat sich im Laubwald versteckt und sich aufgeführt, als wäre er in Gefahr. Er meinte, er hätte schon vergeblich versucht, mit der Fähre von der Schokoladeninsel zu fliehen.«

Finn war bestürzt, ihm wurde klar, dass er die Anzeichen für Friesos Elend nicht erkannt hatte. »Ich erinnere mich daran.«

»Du?« Überrascht sah sie ihn mit großen Augen an.

»Ja, ich hatte dir schon davon erzählt.« Es pochte hinter seinen Lidern, während er zu erzählen begann: »Frieso wollte kurz nach Ostern das Schiff besteigen und tat so, als wären Kapitän Ben, seine Schiffscrew und ich Fremde für ihn. Ich habe ihn angesprochen, weil mir die Situation komisch vorkam und sein Koffer so leicht aussah, dass er nur leer sein konnte. Im ersten Moment trat er erschrocken von mir weg, als hätte er mich nicht kommen sehen. Heute denke ich, er könnte sich auch vor mir gefürchtet haben. Wie auch immer, damals lächelte er plötzlich und behauptete, dass er sich mit uns allen bloß einen Scherz erlaubt hätte. Doch er wurde rot im Gesicht, als hätte er gelogen.«

»Jetzt, wo du es sagst … An dem Tag könnte er tatsächlich versucht haben, von Möwesand zu flüchten.«

»Warum hat er mich bei unserem Zusammentreffen nicht um Hilfe gebeten?« Das verletzte Finn. Alles lief immer wieder auf diese Frage hinaus. Sie nagte an ihm. Warum vertraute Frieso ihm nicht genug?

Marleen berührte ihn am Arm. »Das kann ich mir auch nicht erklären. Im Laubwald klang er jedenfalls so, als wäre er selbst der Urheber der Flaschenpost. Er sagte zu mir …« Nachdenklich strich sie über die Sommersprossen in ihrem Gesicht, als könnte sie sie ertasten. »Sie – wen auch immer er damit gemeint hat – hätte ihn gewarnt. Wenn er sich an die Polizei wenden würde, würde man ihn einsperren und nie wieder freilassen. In dem Hilferuf hieß es ja auch: *Sie ist nich so nett, wie sie tut.*«

Was war passiert, dass Frieso solch eine große Angst hatte und nicht wagte, sich einem Freund anzuvertrauen? Was setzte ihm so zu? Wer tat ihm das an? »Das klingt ähnlich. Du hast doch geglaubt, mit ›sie‹ wären die Bewohner der Schokoladeninsel gemeint, nicht wahr?«

»Ja, aber jetzt bin ich mir nicht mehr sicher. Wenn tatsächlich Frieso die Flaschenpost geschrieben hat, könnte das ›sie‹ auch auf seine Ehefrau hinweisen.« Marleen rieb über ihre Oberarme. Sie hatte eine Gänsehaut.

»Rieke?«, fragte Finn erschrocken.

»Ich weiß, wie absurd sich das anhört.« Sie machte eine beschwichtigende Geste. »Aber wäre das nicht naheliegend?« Finn gab dem Impuls, Rieke in Schutz zu nehmen, nach. »Frieso trinkt zu wenig, dadurch ist er manchmal durcheinander.«

Doch kaum hatte er das ausgesprochen, fragte er sich, ob Rieke das nicht bloß behauptet hatte, um von sich abzulenken. Vielleicht wollte sie verschleiern, was Frieso wirklich so quälte, dass er manchmal völlig durch den Wind war. Misshandelte sie ihn, psychisch oder körperlich? Verabreichte sie ihm Medikamente, die seinen Geist verwirrten und durch die er abbaute? Das klang alles zu verrückt, um wahr zu sein.

»Du hast mir doch erzählt, was für ein starkes Team die beiden sind. *Dat Spann* Knuten ist das Vorzeigepaar auf der Insel.« Unruhig lief Marleen auf und ab. »Wenn das stimmt, warum bittet er dann nicht seine Ehefrau darum, ihm bei seinem Problem zu helfen?«

»Vielleicht hat er das ja.« Finn war so angespannt und verwirrt, am liebsten hätte er Marleen nur in den Arm genommen, um sich zu beruhigen. Er sehnte sich nach ihrer Wärme.

»Falls das zutrifft, wieso versteckt er sich dann im Wald und nicht in ihrem gemeinsamen Haus in Nordwinden?« Unmittelbar vor ihm blieb Marleen stehen und stemmte die Hände in die Hüften. »Für mich sieht es so aus, als wäre er vor ihr davongelaufen. Hältst du das für möglich?«

»Nein. Du kennst Rieke nicht so gut wie ich.«

»Mitunter hat man aus der Distanz einen klareren Blick auf die Dinge.« Zärtlich lächelte sie ihn an. »Nähe macht manchmal blind«, fügte sie hinzu. »Das Zitat stammt von Fanny Morweiser, einer Autorin, die ich gerne mag.« Besänftigend strich sie über Finns Brust. »Das soll aber nicht heißen, dass ich von Riekes Schuld überzeugt bin. Sie war so nett, ich kann es mir auch nur schwer vorzustellen, dass sie ihren Ehemann bedroht. Aber sie hat sich schon recht merkwürdig verhalten. Zum Beispiel als sie nach ihrem Unfall nicht zum Arzt, sondern heimgebracht werden wollte. Ich werde das Gefühl nicht los, dass sie etwas verbirgt.«

Finn konnte nicht abstreiten, dass Rieke unvernünftig reagiert hatte. So kannte er sie gar nicht. »Denkst du, dass sie heimwollte, um Frieso unter Kontrolle zu halten?«

»Diese Möglichkeit müssen wir in Betracht ziehen, ob es uns gefällt oder nicht.« Sie nahm seine Hand und streichelte zärtlich seinen Handrücken. »Auch ich hoffe sehr, dass alles ganz anders ist, als es den Anschein macht. Was willst du jetzt tun?«

Eine Weile überlegte Finn. Dann sah er hinüber zu Frieso, der immer noch unbeteiligt auf der Couch saß. »Ich kann nicht guten Gewissens die Polizei rufen, weil ich ihm damit schaden könnte. Im schlimmsten Fall sehen die Beamten bloß einen alten verwirrten Mann in ihm, nehmen seine Ängste nicht ernst und gehen wieder, ohne ihm geholfen zu haben. Das könnte seine Situation verschlimmern. Erst muss ich herausfinden, was ihm eine solche Heidenangst einjagt. Außerdem trage ich eine Verantwortung Joos und Thies gegenüber. Wenn Polizisten herkämen, würde das die ganze Schokoladeninsel in Aufruhr versetzen. Das wäre ein gefundenes Fressen für die Presse. Ich bringe Frieso jetzt erst einmal nach Hause.«

»Darin sehe ich ein Problem.« Marleen hielt ihn fest, bevor er zum Wohnbereich hinübergehen konnte.

»Ja, du hast recht, falls Rieke ihn tatsächlich in irgendeiner Form misshandelt, darf er nicht zurück zu ihr. Vielleicht kriegen wir doch etwas aus ihm heraus.« Finn verließ die Küche und nahm neben seinem Freund Platz. Zu seiner Überraschung lächelte der alte Mann fröhlich. »Was ist denn so lustig?«, fragte Finn ihn.

Frieso zeigte auf die Surfbretter. »Sind sie nich hübsch? Und wie viel Spaß sie haben! Sie lachen und lachen.«

»Wen meinst du?« Finn kniff verwirrt die Augen zusammen.

»Die Mädchen in den friesischen Kleidern, den Trachten von Möwesand.« Erneut deutete Frieso auf die Surfbretter. »Wie sie im Kreis tanzen! Als wären sie schon groß. Sind die Kleinen nich süß?«

Finn verstand gar nichts mehr. Seine Sorge um Frieso wuchs. Sein alter Freund strahlte glücklich, weil er Kinder sah, die gar nicht da waren. Er hatte Halluzinationen.

Über die Schulter hinweg sagte er zu Marleen: »Ich werde ihn noch heute mit meinem Boot in ein Krankenhaus bringen, aber erst muss ich Rieke darüber informieren. Das ist nur fair. Alles andere fühlt sich für mich falsch an. Außerdem kann sie ihm dann eine Tasche mit dem Nötigsten packen.«

»Sie wird bestimmt mitkommen wollen«, gab Marleen zu bedenken, während sie vom Küchenbereich in die Wohnzimmerecke des kreisrunden Untergeschosses lief.

»Davon gehe ich aus. Sei unbesorgt. Ich werde ein Auge auf sie haben.«

»Ich begleite dich«, stellte Marleen klar. Sie fügte sanfter hinzu: »Ich lasse dich das nicht allein durchstehen.«

Dankbar lächelte er sie an, erhob sich, nahm behutsam Friesos Arm und zog ihn auf die Beine.

»Wir werden ja sehen, wie Rieke reagiert.« Auf ihr Verhalten war Finn wirklich gespannt. Er wollte nicht wahrhaben, dass sie ihrem Ehemann übel mitspielte, aber er konnte seine Zweifel an ihr auch nicht leugnen.

Aufgeregt führte Finn Frieso aus dem Leuchtturm. Zu seiner Erleichterung folgte sein alter Freund ihm.

Sie brachten Frieso nach Nordwinden, das von Touristen nur so wimmelte. Als sie dem Haus der Knutens näher kamen, verlangsamte der alte Mann zunehmend seine Schritte. Unruhig schweifte sein Blick durch die Menge. Auch Finn wurde nervös.

So wenig er Rieke verdächtigen wollte – im Moment sah es für ihn so aus, als hätte sie Ausreden dafür gefunden, dass Frieso nur noch selten das Haus verließ. Litt er womöglich sogar an einer schleichenden Vergiftung?

Er musste Frieso regelrecht zum Eingang seines eigenen Heims ziehen. Der alte Mann stemmte sich dagegen, wenn auch nicht mit viel Kraft. Er wirkte eher verunsichert als ängstlich. »Was wollen wir hier?« In Friesos Stimme schwangen Ablehnung und Misstrauen mit.

Die Frage brachte Finn durcheinander, aber er ließ es sich nicht anmerken. Er gab sich lockerer, als er sich fühlte, um Frieso zu beruhigen. »Willst du mich mal wieder auf den Arm nehmen? Du Spaßvogel. Aber diesmal falle ich nicht auf deinen Scherz rein. Du wohnst doch hier.«

»Nein!« Heftig schüttelte Frieso den Kopf. »Das tue ich nicht.«

Warum leugnete er das Offensichtliche? Finn wusste nicht, mit der Situation umzugehen. Aber er zwang sich zu klingeln.

Als Rieke ihnen öffnete, sah sie zuerst ihren Ehemann an, dann Finn und Marleen, die Frieso wie Bodyguards flankierten. Überrascht riss sie die Augen auf und wurde so rot wie die leichte Sommerbluse, die sie trug. »Da bist du ja, Frieso. Stundenlang bin ich über die Insel gelaufen und habe dich gesucht. Ich war krank vor Sorge, ich habe schon befürchtet, dass du ins Meer gefallen wärst wie ich Dummerchen an Pfingsten.«

»Ihm ist nichts passiert«, beruhigte Finn sie. »Aber er ist auch nicht er selbst.«

»Er hat heute Morgen bloß vergessen, seine Nahrungsergänzungsmittel einzunehmen.« Sie lachte verlegen und winkte ab. »Harmloses Zeug wie Omega-3-Fettsäuren, Vitamin B12 und Guarana. Die Mittelchen helfen ihm beim Denken und halten ihn fit. Wenn er sie mal nicht nimmt, merkt man ihm das sofort an.«

Für Finn hörte sich das nach einer weiteren Ausrede an. Einmal hatte sie beteuert, dass ihr Ehemann zu wenig trinken würde und darum Aussetzer hätte, ein andermal, dass er mit seinem seltsamen Verhalten die Insulaner auf die Schippe nehmen wollte, und jetzt das.

»Wir …«, sagte er entschieden und nahm freudig wahr, wie gut es sich anfühlte, von Marleen und sich als Einheit zu sprechen. »Wir werden Frieso jetzt nach Husum ins Klinikum Nordfriesland bringen.«

Augenblicklich wurde Rieke kreidebleich. »Bitte nicht.«

»Ihm geht es schlecht. Siehst du das denn nicht?«, fragte Finn verständnislos.

Sie gab ein Wimmern von sich. »Ich habe das im Griff.«

»Das sehe ich anders«, sagte er entschieden.

Nervös strich sie immer wieder über ihren schwarzen Rock und protestierte: »Ich bin seine Ehefrau.«

»Es tut mir leid, aber es geht meiner Meinung nach nicht anders«, erklärte Marleen entschuldigend und zuckte mit den Schultern. »Sei auch du bitte aufrichtig zu uns. Wenn alles in Ordnung bei euch ist, warum hat er sich dann im Laubwald versteckt?«

»Im Wald?«, wiederholte Rieke entsetzt. »Versteckt?«

Marleen musterte die ältere Dame kritisch. »Ich habe ihn dann zu Finn gebracht, aber erst wollte er das Kiefernwäldchen gar nicht verlassen.«

»Er fürchtet sich vor irgendetwas oder irgendwem.« Die Worte auszusprechen schmerzte Finn. Die Schokoladeninsel galt als Ort der Freude. Alle Bewohner hielten zusammen. Wie konnte es da sein, dass einer von ihnen krank an Körper und Geist war und er erst durch Marleen darauf aufmerksam geworden war?

Rieke hielt die Hände vor den Mund. Ihre Augen wurden feucht. Schließlich ließ sie ihre Arme hängen und lehnte sich erschöpft gegen den Türrahmen. Ihre Stimme zitterte, als sie leise hervorbrachte: »Es ist anders, als ihr denkt.«

»Ach, ja? Wie denn?«, fragte Marleen herausfordernd und hakte sich bei Frieso ein.

Verliebt sah Finn sie an. Sanfter fügte er hinzu: »Sag es uns, Rieke! Ich bitte dich. Was um alles in der Welt geht bei euch vor?«

Besorgt spähte Rieke in alle Richtungen. Die Inselbesucher spazierten nur wenige Schritte von ihnen entfernt über die einzige Straße, die durch die kleine Gemeinde führte.

Nur der Vorgarten und ein Friesenwall trennten sie von den Touristen. »Kommt erst einmal rein. Es muss ja nicht jeder mitkriegen. Ich möchte nicht noch mehr Aufsehen erregen.«

Doch als sie Frieso ins Haus ziehen wollte, schlug er aufgebracht auf ihre Hände. »Ich will nicht.«

»Du bist doch hier zu Hause.« Erneut nahm sie seinen Arm und versuchte ihn dazu zu bewegen, mit ihr hineinzukommen.

Drohend ballte er die Fäuste. Er wirkte mit einem Mal zornig. »Fass mich nicht an!«

Erschrocken ließ Rieke ihn los und machte einen Schritt zurück. Sie blinzelte ihn durch ihren blondierten Pony, der ihr zu lang war und ihr in die Augen hing, an.

»Wir sollten ihn nicht weiter wütend machen.« Finn war verzweifelt, er erkannte seinen alten Freund nicht wieder. Früher hatte Frieso nie gestritten, weder mit Rieke noch mit einem der Insulaner. Meistens hatte er ein Lächeln auf den Lippen gehabt. Waren doch mal die Gefühle hochgekocht, hatte er sich einfach davongemacht, damit der Streit nicht eskalierte.

»Nein, nein.« Rieke krempelte die Ärmel ihrer dünnen roten Bluse hoch. »Das kriege ich schon hin.«

Was hatte sie vor? Wollte sie mit ihrem Ehemann in den Clinch gehen? Finn fand das verrückt. »Wir sollten ihn nicht zwingen. Gib mir einen Moment zum Nachdenken. Wir finden eine andere Lösung.«

»Ich schaff das schon.« Rieke klatschte in die Hände. Alles an ihr drückte Entschlossenheit aus. »Das habe ich bisher immer.«

Was sollte das denn heißen? Wie oft hatte sie schon mit

ihrem Ehemann gerungen, bis sie ihn in ihren gemeinsamen vier Wänden hatte? Das wird ja immer schöner, dachte Finn bestürzt. »Ich bringe ihn am besten direkt ins Krankenhaus«, schlug er schnell vor. »Sei so nett und packe eine kleine Tasche für ihn, ja? Wir treffen uns im Hafen.«

Plötzlich seufzte Rieke schwer. Jegliche Kraft schien aus ihr zu entweichen. Sie lehnte sich mit dem Rücken gegen die Wand neben dem Eingang. Hörbar frustriert gab sie zu: »Er weigert sich nicht das erste Mal, das Haus zu betreten.«

»Warum?«, war alles, was Finn herausbrachte, so fassungslos war er.

»Es gibt Tage, an denen erkennt er sein eigenes Zuhause nicht wieder. Manchmal erinnert er sich sogar nicht einmal daran, dass ich seine Ehefrau bin. Er führt sich auf, als wäre ich eine Fremde, die ihm an den Kragen will. Hast du eine Ahnung, wie weh mir das tut?« Sie schluchzte. Eine einzelne Träne rann ihr über ihre faltige Wange. Mit dem Handrücken wischte sie sie fort, stieß sich von der Wand ab und nahm eine aufrechte Haltung an.

So niedergeschlagen hatte Finn sie noch nie erlebt. Der Kummer in ihren Augen erschütterte ihn. Mitfühlend sah er sie an und sagte sanft: »Ich verstehe das alles nicht.«

»Unglücklicherweise sind deine Eltern und Großeltern jung gestorben. Dir fehlt die Erfahrung mit Problemen, die im Alter auftauchen können.« Sachte legte sie ihm ihre Hände an die Wangen und lächelte ihn traurig an. »Nun denn … Falls Frieso mal wieder nicht über die Schwelle treten will, wende ich einen Trick an.«

Ein ungutes Gefühl regte sich in Finn. Würde sie ihren Ehemann mit Tabletten gefügig machen oder ihn mit Alkohol abfüllen?

Bevor er nachfragen konnte, wandte sie sich ihrem Ehemann zu. Betont fröhlich wollte sie von ihm wissen: »Du bist doch Frieso Knuten, nicht wahr?«

»Ja, der bin ich.« Friesos finstere Miene hellte sich auf. Es schien ihn zu freuen, dass jemand ihn wiedererkannt hatte.

»Du siehst müde aus. Willst du dich nicht ein bisschen hinlegen? Soll ich dich heimbringen?« Ohne auf seine Antwort zu warten, fuhr sie fort: »Ich habe denselben Weg. Wir könnten zusammen gehen. Zu zweit macht das doch mehr Spaß, nicht wahr?«

Er wirkte skeptisch, doch als sie aus dem Haus trat und die Tür hinter sich zuzog, entspannten sich seine Schultern sichtlich. Zögerlich folgte er ihr, als sie ums Haus herumging. Immer wieder musste sie ihn dazu auffordern, ihr zu folgen. Sie kamen langsam voran, Stück für Stück, aber Riekes Plan funktionierte.

Finn staunte nicht schlecht und blieb mit Marleen an ihnen dran.

Die Sonne stand schon etwas tiefer als am Mittag, schien aber noch genauso hell. Die glitzernde Oberfläche der Nordsee war ruhig. Einige Möwen saßen auf dem Rasen im Garten. Sie stoben auf und flogen schimpfend davon, als Rieke, Frieso, Marleen und Finn um die Ecke kamen.

Beschwingt öffnete Rieke die Hintertür. »Wir sind da. Hier wohnst du. Willst du nicht eintreten?«

Frieso zögerte.

»Glaub mir. Das ist dein Zuhause. Schau!« Sie betrat das Wohnzimmer und zeigte auf das Sitzmöbel, das genau hinter dem Fenster stand. »Da steht dein Ohrensessel. In dem sitzt du immer und schaust aufs Meer. Das ist doch deiner, oder?«

Neugierig lehnte er sich hinein. Dann lächelte er. Er machte einen Schritt ins Haus, begutachtete seinen Sessel und nahm schließlich Platz. Im nächsten Moment spähte er auch schon verträumt übers Wasser und schien alles um sich herum vergessen zu haben.

Wie merkwürdig, dachte Finn und folgte Marleen ins Haus, denn unter keinen Umständen würde er Frieso so einfach allein lassen. Erst wollte er von Rieke eine Erklärung.

»Damit du es schön warm hast. Du kühlst doch immer so schnell aus.« Fürsorglich legte Rieke eine blau-weißgestreifte Wolldecke über seine Beine. »Jetzt bereite ich dir erst einmal einen schönen heißen Tee zu, genau so, wie du ihn liebst, mit zwei Kluntjes und einer Menge Sahnewölkchen.«

Zärtlich streichelte sie ihm über die runzelige Wange.

»Was ist hier eigentlich los?«, fragte Finn.

»Lassen wir ihn schlafen«, bat Rieke und sah Frieso, der bereits die Augen geschlossen hatte, voller Liebe an. »Es war ein aufregender Nachmittag für ihn. Für uns auch. Wir können alle eine Tasse Tee gebrauchen. Kommt in die Küche. Dort erkläre ich euch alles.«

Finn ließ Marleen, die staunend die Skulpturen aus Treibholz im Haus der Knutens betrachtete, den Vortritt und folgte den beiden Frauen. Eine Faust ballte sich um seinen Magen. Was würde er gleich zu hören bekommen?

Riekes Hände zitterten, als sie Wasser aufsetzte, eine Porzellankanne aus dem Oberschrank nahm und losen schwarzen Tee in ein kleines Sieb gab. »Frieso ist krank. Es tut unglaublich weh, mir das einzugestehen. Um die Situation ertragen zu können, sage ich mir wieder und wieder, dass ich bloß eine neue Version seines alten Ichs vor mir habe, denn so ist es doch. Der Mann, mit dem ich zusammenlebe, ist immer noch Frieso Knuten, mein Ehemann.«

»Das bestreitet auch niemand, aber er hat ernsthafte Probleme.« Nur wie die aussahen, verstand Finn noch immer nicht. Nun, da er sah, wie mitgenommen Rieke war, glaubte er nicht mehr, dass sie Schuld an Friesos Zustand hatte. Sie litt genauso wie ihr Mann, wenn auch auf andere Art und Weise.

»Ich weiß, und sie werden nie wieder besser werden, eher schlechter.« Sie wandte sich Marleen und Finn zu und beeilte sich klarzustellen: »Aber ich kann damit umgehen. Frieso und ich müssen uns nur noch ein bisschen mehr auf seine Wesensänderung einstellen. Bald wird alles wieder wie am Schnürchen laufen. Ich bin zuversichtlich.«

»Nun erkläre es doch bitte endlich«, sagte Finn leise, aber bestimmt, denn Rieke druckste schon wieder herum. »Vor wem hat er Angst?«

»Das weiß wohl nur er selbst. Er fühlt sich grundlos verfolgt, sieht Personen, die nicht da sind, und glaubt, sein Umfeld wolle ihm übel mitspielen. Es ist, als würden alle Ängste, die er im Laufe seines Lebens hatte, in ihm hochsteigen. Das tut mir wahnsinnig leid.« Einen Moment lang kniff Rieke ihre Augen zusammen und kämpfte wohl gegen Tränen an. Dann öffnete sie ihre Lider wieder und quälte sich ein Lächeln hervor. »Aber mit viel Liebe und Geduld werden wir auch diese Krise meistern, wie so viele im Laufe unserer Ehe. Frieso war immer für mich da und hat stets alles getan, um mich zu unterstützen, zum Beispiel, als bei mir mit Anfang vierzig Brustkrebs diagnostiziert wurde und mir beide Brüste amputiert werden mussten. Sieh mich nicht so bestürzt an, Finn. Davon wusstest du nichts. Damals warst du erst vier Jahre alt, und ich spreche ungerne über diese schlimme Phase in meinem Leben. Frieso war für mich da, jetzt stehe ich ihm bei. So macht man das als Ehepaar. In guten wie in schlechten Zeiten, haben wir vor Gott geschworen.«

»Ich mag es nicht, den Advocatus Diaboli zu geben, aber …« Verlegen räusperte sich Marleen. »Wenn ihr so eng verbunden seid, wie du es beschreibst, warum traut er dann selbst dir nicht?«

»Weil er mich, seine eigene Ehefrau, nicht mehr erkennt. Ich weiß, dass das unvorstellbar klingt, aber es ist wahr. Bisher kam das bloß drei- oder viermal vor, vielleicht auch schon fünfmal. Es passiert immer öfter. Dass er mich für eine Fremde hält, bricht mir das Herz.« Rieke fasste sich an den Oberkörper und schluchzte. »Er hat sogar schon einmal das Brotmesser gegen mich erhoben, weil er dachte, ich wollte ihn mit einer Axt erschlagen, dabei hatte ich nur einen Besen in der Hand. Seitdem schmiere ich ihm seine Brote und reiche ihm zum Essen nur noch Löffel. Alle Messer habe ich versteckt.«

Es erschütterte Finn zu hören, wie schlimm es um Frieso stand und wie sehr sich Rieke quälte. Er schämte sich dafür, auch nur eine Sekunde an ihr gezweifelt zu haben. Aufmunternd drückte er ihre Schulter. »Eben im Leuchtturm hatte er auch eine Halluzination, aber eine schöne.«

»Manchmal lebt er in seiner eigenen Welt, aber er kehrt immer wieder zu mir zurück und ist dann wieder der Alte.« Sie errötete und betastete ihre blondierten Haare, als könnte sie den grauen Ansatz am Scheitel erfühlen. »Fast zumindest.«

»Ich befürchte, es ist schlimmer, als du es dir eingestehen willst«, begann Marleen. »Ich habe beobachtet, wie er eine Flaschenpost ins Meer geworfen hat, und es war nicht seine erste.« In kurzen Sätzen und in sanftem Tonfall erzählte sie, wie sie auf Sylt eine Flaschenpost aus dem Meer gefischt hatte. »Ich habe den Zettel zurück in die Flasche gesteckt, und die liegt auf meinem Zimmer im *Nis Puk*, aber ich kenne die Worte auswendig: *Hilf mir! Bin gefangen. Möwesand is nich so nett wie sie tut. Alle stecken mit drin. Trau keinem. Und bring ein großes Messer mit sonst lassen sie uns nicht wech.*«

Noch während Marleen den Inhalt des Hilferufs wiedergab, fing Rieke an zu weinen. Lautlos rannen dicke Tränen über ihre Wangen. Sie ließ sie einfach laufen und von ihrem Kinn tropfen. »Mir war nicht klar, dass sich unsere Situation bereits so zugespitzt hat. Oder ich wollte es nicht wahrhaben.«

»Wir machen uns ernsthafte Sorgen um euch.« Finns Blick fiel auf eine Packung Papiertaschentücher, die auf der Arbeitsfläche lag. Er nahm eines heraus, tupfte damit Riekes Gesicht trocken und reichte es ihr dann. Behutsam legte er den Arm um ihre bebenden Schultern. »An welcher Krankheit leidet Frieso?«

Sie schnäuzte sich die Nase. »An Demenz.«

Finn war bestürzt über seine eigene Begriffsstutzigkeit. Wie hatte er nur so blind sein können? Marleen hatte recht gehabt, er war zu nah an der Sache dran gewesen, um zu erkennen, was bei seinen Freunden vor sich ging. Außerdem hatte er wegen des Wortlauts der Flaschenpost an ein Verbrechen gedacht, dabei hätte er selbst darauf kommen können, warum Frieso sich so merkwürdig verhielt. Zu Rieke sagte er: »Deine Vermutung, dass ich noch keine Erfahrung mit den Syndromen habe, trifft nicht zu.«

Überrascht hörte sie auf zu weinen. »Ach, ja?«

»Meine Tante Luisa.« Er schämte sich dafür, dass er sie mehr als zwei Jahre lang nicht besucht hatte. Dass sie ihn ohnehin nicht erkannte und es schwer war, mit ihr zu kommunizieren, machte sein Versäumnis nicht besser.

Nach dem Tod seiner Mutter hatte er sich auf der Schokoladeninsel verkrochen. Die Welt außerhalb Möwesands hatte für ihn aufgehört zu existieren. Bis heute mied er Flensburg, wo sich unglücklicherweise auch die Seniorenresidenz *Herbstgold* befand. Er vermied es einfach, die Stadt, in der die Schokoladenfabrik stand, zu besuchen. Dort war er sich mehr als anderswo bewusst, dass er Joos und Thies mit der ganzen Arbeit und der Sorge um das Werk im Stich ließ.

Wegen all dem fühlte er sich nun schlecht. Nicht Frieso war derjenige, der auf der Insel festsaß, sondern er. Seine Trauer hielt ihn auf Möwesand gefangen, doch das würde ab sofort anders werden. Er hatte sich viel Zeit genommen, um den Verlust seiner Mutter zu verarbeiten, dabei brauchten ihn Luisa, seine Brüder und die Knutens.

»Die Schwester deiner Mutter?« Mit gerunzelter Stirn warf Rieke ihr Taschentuch in den cremefarbenen Treteimer in der Ecke.

»Ihr kennt euch nicht. Und ich habe immer nur allgemein erwähnt, dass sie in einem Pflegeheim lebt.« Entschuldigend sah er sie an. »Sie ist dement.«

»Ich hatte ja keine Ahnung.« Rieke legte ihre Hand auf seinen Arm. »Hätte ich das nur gewusst! Dann hätte ich vielleicht den Mut gefasst, mich dir anzuvertrauen.«

»Das hättest du so oder so tun sollen. Ich bin doch euer Freund und immer für euch da.« Es tat ihm im Herzen weh, dass er sich in seinem Kummer vergraben und alle um sich herum vernachlässigt hatte. Die Trauer hatte ihn betäubt und gelähmt. Er schwor sich, dass er sich ab sofort ändern würde. Ab jetzt würde er wieder für alle da sein, so wie früher. Plötzlich hatte er das Gefühl, gerade aus einer Art Koma erwacht zu sein. Fast drei Jahre lang hatte er mit offenen Augen geschlafen. Nun sah er wieder klar und wollte seinen Blick nicht länger zurück, sondern nach vorne richten. Eine große Last fiel von ihm ab.

»Frieso hat mir erzählt, dass er niemanden um Hilfe bitten dürfte, weil man ihn sonst für immer wegsperren würde. Warst du das?«, wollte Marleen wissen.

Finn war ihr dankbar, dass sie die Fragen stellte, bei denen er zögerte, um seine alte Freundin nicht zu verletzen.

Hitze schoss in Riekes Wangen. Das Wasser kochte. Nervös füllte sie es in die Kanne und setzte das Teesieb ein. Schließlich erklärte sie leise: »Ja, denn wenn bekannt wird, dass er dement ist, wird man ihn mir wegnehmen. Man wird behaupten, ich könnte ihn nicht zu Hause pflegen, und ihn in ein Heim einweisen. Aber das würde ich nicht ertragen. Vor Sorge würde auch ich krank werden.« Sie sprach immer lauter und atmete nach jedem Satz schwer. »Wir waren noch nie lange getrennt. Wir gehören doch zusammen. Wir sind wie Nut und Feder.«

»Beruhige dich, bitte.« Finn nahm ihre Hände in die seinen und sah ihr in die Augen. »Niemand will euch trennen.«

Rieke klang schrill. »Du vielleicht nicht, aber die Ärzte werden alles daransetzen, Frieso in ein Altenheim zu stecken.«

»Ihr braucht Hilfe.« Sanft rieb Marleen über Riekes Rücken. »Nicht nur er, sondern auch du.«

»Sie werden sagen, ich wäre zu alt und unerfahren, um mich zu Hause selbst um ihn zu kümmern.« Riekes Stimme überschlug sich fast. »Demenzkranke sind nicht einfach. Man wird darauf bestehen, dass er in professionelle Hände kommt, weil er geschultes Personal benötigt. Außerdem könnte er auf der Schokoladeninsel ins Meer fallen, oder es könnte ihm sonst etwas passieren.«

»Nein, ihm kann nichts zustoßen, weil wir alle auf ihn aufpassen werden«, sagte Finn bestimmt, und es tat ihm gut, endlich etwas unternehmen zu können. Er würde den Knutens zur Seite stehen. »Wir müssen es allen Insulanern mitteilen.«

»Nein«, rief sie entsetzt. Sie eilte in den Flur und spähte ins Wohnzimmer. »Gut, er schläft noch. Er braucht seinen Schlaf. Oft macht er die Nacht zum Tag und streift stundenlang über Möwesand.«

»Nur wenn die Bewohner Bescheid wissen, kann Frieso sich weiterhin frei auf der Schokoladeninsel bewegen, weil ihn nämlich alle im Auge behalten. Außerdem wissen sie dann sein seltsames Verhalten einzuschätzen.« Finn zog sie zurück in die Küche. Wie zerbrechlich sie wirkte. Dabei war sie immer so stark gewesen. Wahrscheinlich fiel es ihr darum so schwer zuzugeben, dass sie Hilfe brauchte. »Siehst du das ein?«

Rieke hatte dunkle Halbmonde unter den Augen. Sie ließ ihre Arme und Schultern hängen. »Ja.«

»Du bist nicht allein.« Finn nahm das Sieb aus der Kanne, bevor der Tee zu stark wurde. Er holte vier Tassen aus einem Oberschrank und Sahne aus dem Kühlschrank.

»Zur Behandlung der Symptome bei Demenz gibt es Medikamente«, erklärte er Rieke dann.

Sie nickte. »Ja, ich weiß, aber ich will nicht, dass er ruhiggestellt wird.«

»Die Arzneimittel würden ihn bloß beruhigen. Er hätte keine Halluzinationen mehr und wäre auch nicht mehr so reizbar und aggressiv. Ich finde, einen Versuch wäre es wert.« Er berührte den goldenen Herzanhänger, den sie an einer Kette um den Hals trug. Ob Frieso ihn ihr einst geschenkt hatte? »Willst du nicht auch, dass er seine Ängste loswird?«

»Selbstverständlich«, entfuhr es ihr.

»Und ich werde dir deine nehmen.« Sachte küsste er sie auf ihren Scheitel. »Wenn du willst, helfe ich dir dabei, eine Pflegekraft für Frieso und eine Haushaltshilfe für dich zu finden.«

»Danke.« Behutsam tätschelte sie seine Wange. »Du bist ein guter Junge.«

Finn sah das anders. Seiner Meinung nach hatte er viel wiedergutzumachen.

Rieke holte selbst gebackene Butterplätzchen aus dem Schrank und bot sie Marleen und ihm an. In aller Ruhe tranken sie Tee und besprachen, wie sie vorgehen wollten, während aus dem Wohnzimmer gleichmäßiges Schnarchen zu ihnen herüberdrang.

Kapitel 9

Als sich Marleen und Finn am Abend von Rieke und Frieso verabschiedeten und das Haus verließen, fanden sie ein völlig anderes Nordwinden vor. Die Straße, in der sich vor einigen Stunden noch viele Menschen getummelt hatten, war jetzt leer. Die Teams der Naschwerk-Manufakturen klopften gerade die Fußmatten vor den Läden aus, fegten die Verkaufsräume und trugen die Tafeln mit den Angeboten und Empfehlungen hinein.

Marleen ahnte, dass die letzte Fähre bereits abgelegt hatte und für das Personal der Gebrüder Lorentz der wohlverdiente Feierabend kurz bevorstand. Die angeregten Gespräche der Touristen waren verstummt, und eine himmlische Ruhe hatte sich über die Schokoladeninsel gelegt.

Im Gegensatz zu den Möwen und Dohlen, die die Anwesenheit und teilweise Unbedachtheit der Besucher ausnutzten und hier und da einen Happen stibitzten, zogen sich die anderen Tiere während der Stoßzeiten lieber auf die Wiese in der Inselmitte, in den Laubwald und den Hafen zurück. Nun, da der Trubel vorbei war, übernahmen sie Möwesand wieder. Löffelenten watschelten über den Weg. Sogar ein Silberreiher stolzierte zwischen den Wohnhäusern hindurch. Ein Austernfischer flog dicht über den Reetdächern in Richtung Syltrosen. Marleen wusste, dass er auch Halligstorch genannt wurde, und vermutete, dass er auf dem grünen Strand landen und am Ufer im Watt nach Krebsen, Muscheln und Würmern suchen würde. Sie meinte sogar, das Quaken der Frösche im Süßwassersee bis hierhin zu hören, aber vielleicht bildete sie sich das auch nur ein. Überall schnatterte, zwitscherte, tschilpte und tirilierte es fröhlich. Aus Richtung der Heidefläche schallte ein tiefes freudiges Bellen herüber, das näher kam.

»Es gibt einen Hund auf der Schokoladeninsel?«, fragte Marleen überrascht und strahlte.

Finn nickte und sah in die Richtung, aus der das Gebell kam. »Das ist Zorro, ein imposanter schwarzer Schäferhund, der aussieht wie ein Wolf, aber in Wahrheit ein Lämmchen ist. Eigentlich hättest du ihm längst begegnet sein müssen.«

»Das wundert mich auch.« Während sie versuchte, zwischen den Reetdachhäusern hindurchzuspähen, in der Hoffnung, einen Blick auf den Rüden werfen zu können, fragte sie: »Wem gehört er?«

»Joos, und seit Anne bei ihm eingezogen ist, wohl auch ihr. Die beiden wollen auch noch zwei Katzen aus dem Tierheim adoptieren. Ich kann mir gut vorstellen, wie das für Zorro enden wird.« Schmunzelnd rieb er sich mit dem Handrücken über sein Kinn. »Die kleinen Fellknäuel werden sofort die Kontrolle über das Lorentz-Haus übernehmen und in seinem Hundekorb liegen. Ich kenne Zorro. Er wird sich in einiger Entfernung auf die blanken Holzdielen setzen und sie stundenlang fassungslos anstarren, aber gegen die feindliche Übernahme nichts unternehmen. Dafür ist er viel zu lieb.«

Auch Marleen wünschte sich Haustiere, aber alles zu seiner Zeit. Sie fand, dass Tierschutz vor der Haustür anfing, darum war sie Mitglied beim Naturschutzbund Deutschlands. Mit dem *Nabu Hamburg* half sie unter anderem Vögel für Forschungsprojekte zu beringen, Nistkästen aufzuhängen und Biotope anzulegen und zu pflegen. »Haben sie sich auch schon Namen ausgesucht?«

»Anne und Joos wollen sie Nala und Simba nennen, wie der König der Löwen aus dem gleichnamigen Disney Film und seine Gefährtin«, sagte er in einem ironischen Ton.

Doch Marleen hörte ihm seine Begeisterung an. »Das klingt doch hübsch.«

»Ich sehe es schon kommen. Zorro wird ihnen hundetypisch am Po riechen wollen.« Er lachte einmal auf. »Die kleinen Tiger werden das für eine ziemlich blöde Idee halten und ihn anfauchen, worauf der Schäferhund, vor dem einige Menschen Angst haben, weil er so groß und schwarz ist, ganz vorsichtig den Rückzug antreten wird. Ich habe mich bereits angeboten, die ersten Begegnungen der drei auf Film festzuhalten.«

Sachte knuffte sie ihn. »Du freust dich ja ebenso auf den tierischen Zuwachs wie Anne und Joos.«

»Ja, das tue ich, auch wenn ich mir andere Namen ausgesucht hätte, denn bestimmt heißen Millionen von Samtpfoten auf der ganzen Welt Nala und Simba.« Er zwinkerte. »Eines Tages werde ich auch Haustiere haben.«

Marleen ging das Herz auf. Sie wusste, dass sie Finn anschmachtete, aber in diesem Moment konnte sie nicht anders.

»Ich weiß, es ist schon spät, und dein Vater wartet bestimmt schon auf dich für euer gemeinsames Abendessen im *Klönschnak.*« Das *Nis Puk* lag direkt neben dem Haus von Rieke und Frieso. Finn blickte finster zur Pension, als würde Marleens Vater am Fenster seines Gästezimmers stehen. »Kommst du trotzdem noch kurz mit zum Leuchtturm? Ich würde dir gerne etwas geben.«

»Ach, ja?« Ihre Neugier war geweckt. »Was denn?«

Zärtlich tippte er ihre Nasenspitze an. »Das wirst du schon sehen.«

»Bin ich zu hart zu Rieke gewesen?«, wollte sie wissen, als sie neben ihm durch Nordwinden schlenderte. Jetzt, wo sie wusste, dass sich die ältere Dame nichts vorzuwerfen hatte, bereute sie es, zum Teil recht bestimmt aufgetreten zu sein. Sie hatte Frieso halt vor ihr beschützen wollen. Hoffentlich war sie nicht übers Ziel hinausgeschossen. »Das täte mir sehr leid.«

»Ich denke nicht, dass sie das so empfunden hat.« Beiläufig grüßte er eine Mitarbeiterin, die in einer schwarzen Laufhose und einem pinkfarbenen T-Shirt von einer der Manufakturen losjoggte.

Erleichtert atmete Marleen aus. Die Sonne hatte immer noch Kraft, die Luft war angenehm warm, aber der Wind, der vom offenen Meer aus zwischen den Reetdachhäusern hindurchwehte, frischte langsam auf. »Ich bin auf jeden Fall heilfroh, dass sich der Verdacht gegen sie als unbegründet herausgestellt hat. Sie ist so eine starke Frau.«

»Ja, das ist sie. Stark zu sein bedeutet auch, Hilfe zuzulassen. Das fällt ihr schwer, aber sie ist jetzt so weit zu akzeptieren, dass sie das nicht alleine schaffen wird, auch dank dir.« Während er seine Hände in die Taschen seiner Bermudas schob, spähte er hinauf zu einem Flugzeug, das gerade über die Schokoladeninsel flog.

Es zog ein Banner hinter sich her, auf dem das Drachenfestival in St. Peter-Ording beworben wurde. Aufgeregt las Marleen, dass man im August dort am Strand Drachenflieger aus ganz Deutschland würde bestaunen können. Es würde Flugshows und Einzelvorführungen geben, und sogar die deutsche Meisterschaft im Lenkdrachenfliegen fand dort statt.

Nur zu gerne hätte sich Marleen das Spektakel angeschaut. Leider würde sie in zwei Monaten wieder in Hamburg sein und somit für ihren Geschmack zu weit weg von Finn. Sie konnte natürlich wiederkommen, aber sie musste ihrem Leben eine neue Richtung geben, das würde ihre ganze Aufmerksamkeit benötigen. Rasch verdrängte sie den traurigen Gedanken. Sie wollte die Zeit hier genießen, so lange wie sie konnte.

Sie drückte Finns Arm. »Falls ich etwas für Rieke und Frieso tun kann, gib mir bitte Bescheid. Solange ich noch hier bin, helfe ich gerne.«

»So lange du noch hier bist?«, wiederholte er mit kratziger Stimme.

»Wer weiß schon, was zwischen meinem Vater und euch passieren wird.« Sollte ihr Vater über Nacht das Interesse an dem Geschäft verlieren, könnte er morgen früh schon abreisen wollen.

»Lass uns jetzt nicht über das Bauprojekt reden«, bat Finn leicht schroff und winkte einer Frau mit blonden Locken, die aus der Edelkakao-Manufaktur trat und ein Baby im Arm wiegte.

Marleen vermutete, dass das Hannah war, Thies' Frau, und grüßte sie ebenfalls. »Das lag nicht in meiner Absicht, reg dich bitte nicht auf«, beruhigte sie ihn.

»Dein Vater wird nicht auf unseren Kompromissvorschlag eingehen, oder?« Auf die Idee mit der Familienpension auf dem Festland hin hatte sich Marleens Vater Bedenkzeit erbeten.

»Ich dachte, du wolltest nicht darüber sprechen«, frotzelte sie liebevoll.

»Entschuldige. Du hast ja recht. Aber das nagt an mir. Ich mache mir Sorgen, dass dein Vater sich doch noch durchsetzen könnte.« Er wurde langsamer. Seine Schritte wirkten mit einem Mal schwer. Leiser fügte er hinzu: »Ich denke nicht, dass ich dann weiter auf der Schokoladeninsel wohnen bleiben könnte.«

Entgeistert blieb sie stehen. Sie packte seinen Arm und hielt ihn fest. »Sag so etwas nicht!«

»Meine Brüder wissen nichts von meiner Überlegung, in dem Fall wegzuziehen. Sie sollen nicht denken, dass ich sie mit meinem Umzugsgedanken erpresse, deinem Vater abzusagen.« Er faltete seine Hände, wie um sie zu bitten, ihm zu glauben. »Aber ich könnte es nicht ertragen, rund um die Uhr von Touristen umgeben zu sein. Tagsüber lebe ich schon in einer Art Freizeitpark, das reicht mir. Ich habe gerne Menschen um mich, aber ich brauche auch mal meine Ruhe.«

Sie legte die Hände an seinen Oberkörper. »Du brauchst dich nicht vor mir zu rechtfertigen. Ich verstehe dich.«

»Und warum tut es dein Vater nicht?«

»Weil er die Insel mit den Augen des Geschäftsmannes sieht, und ich betrachte sie mit dem Herzen«, stieß Marleen aus.

Überrascht sah Finn sie an. Plötzlich vergrub er seine Hand in ihren Haaren, zog ihr Gesicht zu sich heran und küsste sie mit einer Leidenschaft, die sie dahinschmelzen ließ. Die Welt um sie herum stand still. Marleen gab sich Finns Mund vollkommen hin und wünschte sich, dass sein kraftvoller Kuss niemals enden würde. Sie schlang ihre Arme um seinen Körper und schmiegte sich so eng wie möglich an ihn. Er bebte leicht, was sie innerlich lächeln ließ.

Sie wusste nicht, wie lange sie so eng umschlungen mitten in der kleinen Inselgemeinde gestanden hatten, als sich Finn von ihr löste, aber für ihren Geschmack war es viel zu früh. Verliebt strahlte sie ihn an.

Als jemand klatschte und daraufhin zwei weitere Personen einstimmten, nahm Marleen erst wieder wahr, was um sie herum geschah. Einige Mitarbeiter der Gebrüder Lorentz standen in den Eingängen der Manufakturen und bejubelten die Zärtlichkeit zwischen Marleen und Finn. Hitze schoss in Marleens Wangen. Finn lachte verlegen, nahm ihre Hand und zog sie weiter.

»Hätte die Schokoladeninsel nicht heute und gestern für Touristen geschlossen sein müssen?«, fragte sie. »Dienstags und mittwochs habt ihr doch für gewöhnlich zu, habe ich gelesen. Oder hat sich das geändert?«

»Nein, das ist noch immer so, aber diese Woche arbeiten wir durch und nächste Woche haben dann alle frei, außer die, die als Statisten mitwirken.« Er ließ ihre Hand nicht mehr los.

Ihr Herz pochte noch immer wild, als sie die letzten Läden hinter sich ließen. »Dreht ihr neue Werbevideos? Annegret Huber ist dafür zuständig, nicht wahr? Ich habe ihren Namen schon oft im Internet gelesen.«

»Ja, das ist Joos' Freundin«, erklärte er und führte sie zum Wäldchen mit den Kiefern, die die Nordsee mit ihrem ewigen Wind recht eigenwillig geformt hatte. »Wir nennen sie kurz Anne, das mag sie lieber.«

»Ihre Videos in den sozialen Netzwerken sind unglaublich unterhaltsam, sie machen große Lust auf die Insel.«

»Anne ist in jeglicher Hinsicht eine echte Bereicherung, besonders für Joos, er ist durch sie viel entspannter geworden.« Finn zwinkerte. »Aber Videodrehs sind es nicht, warum Möwesand nächste Woche für Besucher geschlossen sein wird. Ein Filmteam hat die gesamte Insel gemietet. Sie wollen hier Szenen für einen Liebesfilm, der teilweise auf der Schokoladeninsel spielt, drehen.«

Marleen verließ hinter Finn den Kiefernwald. Sie musste die Augen zukneifen, als sie aus dem Schatten der Nadelbäume in die Sonne trat. Eine angenehme Weite tat sich vor ihr auf, mit der Wiese auf dem einzigen Hügel der Insel und der atemberaubenden Aussicht über die Nordsee dahinter. »Ich könnte mir keinen besseren Ort dafür vorstellen. Hier herrscht eine romantische Grundstimmung.«

»Findest du? Trotz der vielen Touristen tagsüber?«, fragte er. Er blieb stehen und zog eine Augenbraue hoch. Plötzlich grinste er, dann blinzelte er sie herausfordernd an. »Liegt das nicht eher an mir?«

»Vielleicht«, antwortete sie und ärgerte sich ein bisschen, dass sie dabei errötete.

Ihr Körper fühlte sich so leicht an, als sie zum Ufer schlenderte und ihren Blick übers Meer schweifen ließ. Die Wasseroberfläche glitzerte, als wären in der vergangenen Nacht Millionen kleiner Sterne vom Himmel gefallen und würden nun, da der Abend nahte, wiederauftauchen, um bei Sonnenuntergang zum Firmament aufzusteigen.

Finn trat dicht an sie heran und lachte. »Der Liebesfilm wird im Auftrag der ARD gedreht. Voraussichtlich läuft er nächstes Jahr in der Reihe *Sommerkino im Ersten.*«

»Die Ausstrahlung will ich auf keinen Fall verpassen. Wirst du mitspielen?«, fragte sie Finn. »Zum Beispiel als gut aussehender Freund des Helden, den die Frauen süß finden, was ihm schmeichelt, er würde jedoch lieber als männlich und furchtlos gelten?«

Erneut lachte er, diesmal herzhafter als zuvor. »Das hast du dir gemerkt?« Er schob ihre welligen Haare nach vorne. Zärtlich blies er ihr in den Nacken, sodass sich ihre Härchen dort aufstellten, sie ein kitzelnder Schauder erfasste und sie eine angenehme Gänsehaut von einem Schulterblatt zum anderen bekam. »Nein, das ist nichts für mich, aber Thies, Hannah und Anne haben sich als Komparsen angemeldet. Joos und ich bleiben lieber hinter der Kamera und schauen zu. Man versucht allerdings weiterhin, uns zu bequatschen.«

»Du hast mehr mit ihm gemeinsam, als du denkst«, sagte sie. Als er sie von hinten umarmte, durchfuhr es sie wohlig. Sie strich über seine Unterarme, genoss die Nähe und das Kribbeln an ihrem Rücken.

»Ja, du hast recht. Wir entdecken ohnehin gerade unsere brüderliche Beziehung neu.« Als er fortfuhr, klang er ernster als zuvor. »Joos hat sich heute bei mir entschuldigt wegen der Auseinandersetzung auf der Terrasse. Früher hatte ich den Eindruck, dass es ihm schwerfällt, mich um Verzeihung zu bitten, weil er denkt, er wäre stets im Recht. Vielleicht sprachen da auch nur meine eigenen Vorurteile aus mir. Im Grunde bin ich neidisch auf Joos.«

Die Meeresbrise streichelte sanft über Marleens Gesicht. »Einsicht ist der erste Schritt zur Besserung.«

»Bei ihm oder bei mir?«, fragte Finn.

Sein Atem kitzelte sie im Ohr, sie musste kichern. »Bei euch beiden.«

»Er scheint immer alles im Griff zu haben, während ich mich seit dem Tod unserer Eltern fühle wie ein Surfbrett, das ohne Wind und Wellen auf dem Meer treibt.« Das Wasser schwappte leise gegen das erhöhte Ufer.

»So kommst du mir aber nicht vor.« Marleen wandte sich zu ihm um. Als sie ihm in die Augen sah, wurde ihr warm. Seine Trauer zeigte ihr, wie sehr er seinen Vater und seine Mutter geliebt hatte. Seine Tage mussten so dunkel wie seine Nächte gewesen sein. Aber er war auf einem guten Weg. Nun musste er das nur noch selbst erkennen.

Überrascht runzelte er die Stirn. »Sondern?«

»Wie ein Surfer, der nicht merkt, dass der Wind da ist.« Liebevoll strich sie über seinen Hals. »Er muss ihn nur wahrnehmen, dann kann er ihn nutzen und um die ganze Welt surfen, falls er das denn will.«

»Dann nehme ich mir selbst den Wind aus den Segeln?« Nachdenklich drehte er eine ihrer roten Haarsträhnen um seinen Zeigefinger.

»Ja, das glaube ich.« Sie hoffte inständig, dass sie ihm mit ihrer Offenheit nicht zu nahe trat. »Wofür hat sich Joos eigentlich entschuldigt?«

»Es tat ihm leid, dass er bei dem Geschäftstreffen unsere Mutter erwähnt hat. Ihm ist noch am Tisch klar geworden, dass er das nicht hätte tun sollen. Er weiß genau, dass unsere Mutter mein wunder Punkt ist.« Für einen kurzen Moment schloss er seine Augen.

Als er sie wieder ansah, las sie Schmerz und Sehnsucht in seinem Blick. Zärtlich legte sie ihre Handfläche an seine Wange. »Das hatte er aber doch sofort bereut und dir das auch mitgeteilt.«

»Das reichte ihm nicht. Außerdem war er sich nicht sicher, ob seine Abbitte bei mir angekommen war.« Er zog ihre Hand von seiner Wange zu seinem Mund und küsste ihre Innenfläche. »Ich hätte nicht einfach von dem Meeting wegrennen sollen. Das war kindisch.«

Verständnisvoll lächelte sie ihn an. »Für dich ging es eben dabei nicht bloß ums Geschäft.«

»Glaubst du auch, dass ich das Projekt zu emotional angehe, wie Joos meint?«, wollte er wissen und schlang beide Arme um ihre Taille.

»Nein, es geht schließlich um dein Zuhause, nicht um einen Themenpark.«

»Danke. Bei dem Meeting kam es mir so vor, als wärt ihr alle gegen mich, und ich würde gegen Windmühlen kämpfen.«

Sie knuffte ihn. »Das stimmt nicht. So darfst du nicht denken.«

»Jetzt, wo ich wieder einen kühlen Kopf habe, ist mir klar geworden, dass ich die Diskussion nicht persönlich nehmen darf. Wie auch immer …« Seufzend massierte er seine Nasenwurzel. »Ihr seid für das Hotel auf Möwesand. Ich bin derjenige, der das tolle neue Projekt, das die Schokoladenfabrik retten könnte, blockiert.«

Seine Reaktion zeigte ihr, dass er verletzlicher war, als sie geahnt hatte. Eng drückte sie sich an seinen athletischen Körper. »Auch das stimmt nicht ganz. Deine Brüder haben dem Kompromiss mit der Pension auf dem Festland zugestimmt.«

»Vorerst zumindest. Und auch nur, weil Joos und Thies befürchten, dass mich die Gebrüder Lorentz sonst endgültig verlieren könnten.«

Während sie sprach, berührte sie nach und nach die Zinn- und Holzperlen an dem dunklen Lederband, das er um den Hals trug. »Sie haben das auch getan, weil du ihr

Bruder bist und sie möchten, dass du ebenso zufrieden mit der gemeinsamen Entscheidung bist wie sie.«

»Wahrscheinlich hast du recht.« Einen Moment lang presste Finn seine Lippen aufeinander. Gedankenverloren blickte er über Marleen hinweg aufs Meer. »Manchmal bin ich ungerecht ihnen gegenüber, weil sich Joos und Thies in geschäftlichen Dingen häufig einig sind und ich allein eine andere Meinung vertrete. Außerdem habe ich mich in den letzten drei Jahren so oft rechtfertigen müssen, warum ich meine Arbeit in der Schokoladenfabrik nicht wiederaufnehme.«

»Das ist nur in deinem Kopf.« Sachte tippte sie ihm gegen die Stirn. »Aber sie können dir auch nicht nach dem Mund reden und ihren eigenen Standpunkt außer Acht lassen, nur um dich bei Laune zu halten.«

Eine Windböe fuhr ihm durch sein blondes Haar. »Selbstverständlich nicht. Das erwarte ich auch gar nicht.«

»Wahrscheinlich haben es drei Geschwister nie leicht. Es halten immer zwei zusammen, und der dritte fühlt sich außen vor und unverstanden.« Verliebt betrachtete Marleen ihn. Sein brauner Teint sah im warmen Licht der untergehenden Sonne olivfarben aus. Ein leichter Sonnenbrand rötete seine Nase.

Endlich lächelte er wieder. »So ist es wohl in allen Familien, ja.«

»Aber soweit ich das mitbekomme, seid Joos, Thies und du trotz der Differenzen ein tolles Team.« Ihr fiel das erste Mal auf, dass er ebenfalls Sommersprossen hatte, wenn auch sehr wenige. »Wenn es anders wäre, würde auch nicht so eine tolle Stimmung auf der Schokoladeninsel herrschen.«

»Wenn es nach Joos ginge, hätte er den Vertrag mit deinem Vater über die Nobelherberge auf Möwesand unterzeichnet.«

»Ich hatte eher den Eindruck, dass ihm die Vorstellung genauso wenig gefällt wie dir.« Zärtlich strich sie über seinen Hals. »Es tut mir leid, dass ich angekündigt hatte, meinen Vater an der kurzen Leine zu halten, und es dann doch nicht geschafft habe.«

Zögerlich sagte er: »Du hast es versucht.«

Als sie darüber nachdachte, wurde ihr klar, dass ihre Entscheidung ohnehin falsch gewesen wäre, egal, ob sie für Finn Partei ergriffen hätte oder, wie sie es schlussendlich getan hatte, sich um ihres Vaters willen aus der Verhandlung herausgehalten hatte. Denn einen der beiden Männer, die ihr sehr am Herzen lagen, hätte sie auf jeden Fall verletzt. »Aber wie hätte ich meinem Vater vor euch in den Rücken fallen können?«

»Natürlich nicht, er ist dein Vater.« Finns Miene verfinsterte sich. Er wich ihrem Blick aus und schaute auf die Nordsee hinaus. Dabei war dort nichts Spannendes zu beobachten außer einer Handvoll Möwen, die sich von den sanften Wellen hin und her schaukeln ließen.

Anscheinend wünschte er sich, dass sie sich auf dem Geschäftstreffen auf seine Seite gestellt hätte. Vielleicht hatte er auch auf ihre Schützenhilfe gehofft, um sich ihrer Gefühle für ihn sicher sein zu können. Aber sie hatte ihn enttäuscht. Verzweifelt verteidigte sie sich: »Ich habe ihm den Kopf gewaschen, nachdem wir das Lorentz-Haus verlassen hatten.«

»Hast du das?«, fragte Finn zweifelnd, ohne sie anzusehen. Er trat einen Schritt zurück und löste sich aus ihrer Umarmung.

Sie fühlte sich zurückgewiesen und ungerecht behandelt. »Glaubst du etwa, dass ich dich anlüge?«

Erneut zögerte er. Als er seinen Blick endlich wieder auf sie richtete, wirkte dieser verschlossen, was ihr einen Stich versetzte. »Ich weiß es nicht«, brachte Finn mit brüchiger Stimme hervor.

»Du weißt es nicht?«, wiederholte Marleen und traute ihren Ohren kaum. Finn hatte sie leidenschaftlich geküsst, ihr verliebt in die Augen gesehen, und nun teilte er ihr mit, dass er ihr immer noch nicht vollkommen traute. Das machte sie fassungslos.

»Vielleicht sagst du mir auch nur das, was ich hören will, wie bei deinem Vater.« Er sprach ruhig, aber die Diskussion wühlte ihn ganz offensichtlich auf, denn sein Brustkorb hob und senkte sich schnell. »Nimm nur dein Studium. Du hast es abgebrochen, weil du es hasst, aber du begleitest deinen Vater zu Verhandlungen wie eine Geschäftsfrau.«

Gekränkt wich sie rückwärts aus. Plötzlich spürte sie keinen Boden mehr unter ihrem Fuß. Sie musste über die Kante getreten sein. Sie schwankte, drohte rückwärts vom Plateau ins Wasser zu fallen.

Im letzten Moment packte Finn sie und zog sie zurück auf sicheren Grund. Er hielt sie an den Armen fest, bis sie ihr Gleichgewicht zurückgewonnen hatte. »Verzeih mir, bitte«, bat er sie eindringlich. »Ich hätte das genauso wenig sagen sollen wie Joos das mit unserer Mutter.«

Der Schreck saß ihr noch in den Gliedern. Ihr Puls raste. »Schon gut, du warst nur ehrlich. Ich dachte, wir hätten alle Bedenken hinter uns gelassen, aber das scheint nicht der Fall zu sein. Finn, hör mir gut zu. Ich bin eine de Vries, das kann ich nicht ändern, aber ich würde dich nie verletzen.«

»Es war nicht so gemeint.« Er legte beide Hände an ihre Wangen. Wohl zur Entschuldigung küsste er sie, allerdings bloß auf ihre Stirn. »Du bringst mich durcheinander, Marleen.«

Traurig lächelte sie ihn an. »Unter anderen Umständen wäre das ein Kompliment.«

»Es ist eins«, sagte er bestimmt. Dann ließ er den Kopf hängen, seufzte schwer und sah sie an. »Aber dein Vater bringt Unruhe nach Möwesand. Bevor er mit seinem Angebot herkam, hatte ich mich so gut wie schon lange nicht mehr mit meinem ältesten Bruder verstanden.«

»Mein Vater hatte bestimmt nicht die Absicht, einen Keil zwischen euch zu treiben.«

»Aber es kümmert ihn auch nicht«, sagte Finn und rümpfte die Nase. »Alles, was ihn interessiert, ist, größtmöglichen Profit zu machen.«

Unglücklicherweise hatte Finn damit recht. Marleen presste die Lippen zusammen und schwieg.

Finn fuhr sich nervös mit der Hand durch die Haare und lief auf und ab. »Bei Frieso haben meine Instinkte versagt, das wird mir nicht noch einmal passieren. Ich glaube, ich kann die Gefahr für die Schokoladeninsel, die von diesem Bauprojekt ausgeht, am besten spüren, weil ich durch meine Sabbatjahre eine gewisse Distanz zum Geschäft habe. Joos und Thies haben zu viel um die Ohren und sind zu nah dran.«

Vielleicht gibt es aber auch gar keine Gefahr, lag es Marleen auf der Zunge zu sagen. Sie bekam die Worte jedoch nicht heraus, weil sie daran denken musste, dass ihr Vater schon vom *Schlemmerparadies de Vries* träumte.

»Muss ich denn zwischen dir und meinem Vater wählen?« Angst legte sich wie eine Stahlschlinge um Marleens Brustkorb.

»Ich würde das niemals von dir verlangen.« Zärtlich strich er über ihre Wange. »Aber wie sieht es mit deinem Vater aus?«

»Wie wenig du ihn doch kennst!«, rief sie. »Er würde niemals zu mir sagen: entweder er oder ich. Er liebt mich. Du denkst zu schlecht von ihm.«

Finn nickte. »Das mag sein.«

»Ich war schon immer Papas Liebling«, erklärte sie leise. *Papa* war das erste Wort, das sie mit dreizehn Monaten von sich gegeben hatte. Seit sie sich erinnern konnte, hatte sie eine enge Beziehung mit ihrem Vater gehabt. Sie hatte immer gedacht, sie wäre ihm ähnlicher als ihrer Mutter. Inzwischen war sie sich da nicht mehr sicher. Ihre Mutter machte immerhin ebenso gerne Sport wie sie, wenn auch um schlank zu bleiben. Ihr Vater allerdings hasste jede sportliche Betätigung.

»Freizeitsport ist anstrengend, langweilig und bringt keinen Gewinn«, sagte er stets grinsend, wenn das Thema aufkam. Bisher hatte Marleen das für eine scherzhafte Ausrede für seine Faulheit gehalten. Nun glaubte sie, dass er mit dieser Aussage mehr über sich verraten hatte, als ihr bisher klar gewesen war. Er sah nur Sinn in Aktivitäten, die sein Bankkonto anschwellen ließen.

Als Kind hatte sie alles getan, um ihm zu gefallen. Zwar verspürte sie diesen Wunsch immer noch, aber das musste aufhören. Sie war eine erwachsene Frau. Sie wollte kein BMW-Coupé zum bestandenen Studium geschenkt bekommen und auch nicht, dass Dyke in Griechenland ein ganzes Resort für sie und ihre Freunde mietete, damit sie dort feiern konnten. Sie wollte den goldenen Käfig verlassen und sich selbst etwas erarbeiten. Sie wollte ohne Netz und doppelten Boden leben, denn nur dann war der Alltag ein Abenteuer.

»Ich werde dir beweisen, dass er auch eine gute Seite hat und dass er auf mich hört.« Ihr Vater sollte ihr einen einzigen echten Herzenswunsch erfüllen, nämlich dass er die Schokoladeninsel ihr zuliebe vergaß. Dann würde sie ihn bitten, dass er sie nicht mehr als ihr kleines Mädchen betrachtete, sondern mit ihr auf Augenhöhe sprach, sie ihre eigenen Fehler machen ließ und ihr die Freiheit schenkte, neue Pfade zu beschreiten. Gewiss würde er enttäuscht von ihr sein. Eine schwere Aussprache stand ihr bevor, aber sie hatte sie schon viel zu lange vor sich hergeschoben. »Noch heute werde ich ihn davon überzeugen, sich von dem Hotelprojekt zurückzuziehen.«

Überrascht schaute Finn sie an. »Wie willst du das schaffen?«

»Das lass mal meine Sorge sein.« Sie würde ihrem Vater deutlich machen, dass seine Zusammenarbeit mit den Gebrüdern Lorentz ihrem Liebesglück im Weg stand. Dann würde er sich entscheiden müssen zwischen der väterlichen Zuneigung für sie und seinem Geschäftsinteresse.

Ihr Herz wummerte, voller Tatendrang wollte sie sich zum Kiefernwäldchen aufmachen, zurück nach Nordwinden eilen und ihren Vater suchen. Doch Finn hielt sie fest.

»Warte! Ich wollte dir doch etwas geben.« Er nahm ihre Hand und zog sie in den Leuchtturm hinein. Dort nahm er eine nougatbraune Papiertüte, die das Logo der Gebrüder Lorentz – eine mit Schokoladenbonbons gefüllte Kakaoschote neben den kunstvoll geschwungenen Buchstaben G und L – zierte, und reichte sie ihr. »Deine Geschenktüte. Die steht dir doch zu, weil wir wegen des Sturmes am Pfingstsonntag die Naschwerk-Manufakturen schließen mussten.«

Marleen verbarg ihre Enttäuschung hinter einem zaghaften Lächeln. Sie hatte ein persönliches Geschenk erhofft.

Er zeigte auf ein dickes goldschimmerndes Blatt Papier mit schwarzer Schrift, das von der Aufmachung her an Willy Wonkas Goldenes Ticket aus *Charlie und die Schokoladenfabrik* erinnerte und zwischen Schokoladenpopcorn, Kokosnusschips mit Salzkaramellüberzug und Dörrobst in Zartbitterschokolade steckte. »Ein Gutschein für ein Tagesticket …«

»Aber du hast die Läden doch für mich geöffnet, und ich durfte auf der Insel bleiben.« Marleen hielt ihm die Tüte hin, sie stand ihr nicht zu.

»Das weiß doch niemand. Es ist unser süßes Geheimnis.« Demonstrativ schob er ihre Hand weg. »Du musst sie annehmen, ich habe noch zusätzlich etwas hineingelegt, nur für dich.«

Ihr Herz schlug schneller. Sie wühlte sich durch die Naschereien und fand eine daumengroße Figur aus bemaltem Kunstharz. Es handelte sich um einen entzückenden Heuler mit großen dunklen Augen. Marleen ging das Herz auf.

»Du hast meine Sammlung so bestaunt. Da dachte ich, du würdest dich über eine eigene Figur freuen, weil du doch dieselbe große Liebe fürs Meer und für Tiere empfindest wie ich. Heute Morgen bin ich extra mit meinem Boot nach Nordstrand gefahren, um sie zu besorgen.« Anscheinend erwartete er keinen Dank von ihr, denn er fuhr sogleich fort: »Vielleicht ist sie sogar der Start zu deiner eigenen Souvenirsammlung. Der junge Seehund soll dich an die schöne Zeit auf der Schokoladeninsel erinnern.«

Das Blut schoss Marleen in die Wangen. Sie dachte an die reich verzierte Holzkiste, die im *Nis Puk* stand und schöne Erinnerungen barg, aber zugleich ein Mahnmal der Schande war. In der Schatulle lagen auch Finns Holzgecko und eine Keramiktaube, die sie aus der Diele von Gerit Brodersen genommen hatte, weil sie sich im Gästehaus so wohlfühlte. Bei dem Gedanken daran wurde ihr übel. Sie wünschte sich, jemand anders zu sein, jemand, der stärker war als sie. Doch sie wurde jedes Mal wieder schwach, wenn ein Abschied nahte. Dann griff sie aus Verzweiflung zu, um das flüchtige Glück, das sie mit einer Person oder einem Ort verband, festzuhalten.

Finn klang etwas enttäuscht. »Gefällt dir die Robbe nicht? Findest du sie kindisch?«

»Sie ist sehr süß, wirklich. Danke.« Rasch verbarg sie ihr hochrotes Gesicht in seiner Halsbeuge und hielt sich an ihm fest, damit sie nicht vor Scham im Boden versank.

Finn tat gut daran, ihr zu misstrauen, aber anders, als er dachte.

Als sie zwei Jahre nach Arjens Verschwinden in der Nordsee das erste Mal eine Erinnerung in Form eines Gegenstandes an sich genommen hatte, war sie erwischt worden. Während ihr Vater im Hintergrund telefonierte, hatten sich ihre Mutter und ihre Großeltern vor ihr aufgebaut und sie entsetzt angeschaut.

Marleen, gerade erst vierzehn geworden, hätte sich damals im Wohnzimmer ihrer Großeltern am liebsten in Luft aufgelöst. Ihr war speiübel, sie befürchtete, sich auf dem teuren Perserteppich vor dem Kamin zu übergeben. Aber das hätte alles nur noch schlimmer gemacht, sie riss sich zusammen.

Sie rechnete fest mit einem Donnerwetter und erwartete, dass ihre Mutter sie anschreien würde: »Dein *Grootpapa* hat gerade erst seine Bypass-Operation hinter sich gebracht. Wir sind nach Den Haag gekommen, um ihn zu besuchen und ihn bei seiner Genesung zu unterstützen. Er soll Aufregung jeglicher Art meiden, aber du treibst mit deinem unmöglichen Verhalten seinen Blutdruck in die Höhe. Bist du dir eigentlich bewusst, dass du ihn damit in Lebensgefahr bringst?«

Ganz die pubertierende Jugendliche, hätte Marleen zurückgekeift, dass der Eingriff doch der Grund war, warum sie die antike Taschenuhr überhaupt erst eingesteckt hatte. Die schweren gesundheitlichen Probleme ihres geliebten Opas hatten ihr bewusst gemacht, dass das Leben endlich war und sie ihre *Grootje* und ihren *Grootpapa* ebenso verlieren konnte wie ihren verschollenen Bruder. Um sich an all die Spieleabende auf ihrer Dachterrasse, die Shoppingtouren nach Rotterdam und die Ausflüge ins Seebad Renesse zu erinnern, hatte sie die Uhr genommen. Sie wollte sie auf ihre Nachtkonsole neben den Gummi-Dinosaurier, den sie von Arjen behalten hatte, legen.

Doch es kam ganz anders.

Zu Marleens großer Überraschung lächelte ihre Oma sie nachsichtig an. »Wenn dir die Taschenuhr so gut gefällt, dann nimm sie ruhig mit, Schatz.«

»Sie bleibt ja in der Familie«, meinte auch ihre Mutter daraufhin nachsichtig. »Beim nächsten Mal können wir sie ja wieder mitbringen.«

»Nicht nötig. Behalte sie ruhig.« Zärtlich hatte ihr Opa Marleens Schulter getätschelt. »Du hättest uns bloß zu fragen brauchen, dann hätten wir sie dir ohnehin gegeben. Du weißt doch, du kannst alles von uns haben.«

Inzwischen wusste Marleen, dass die Erwachsenen nur versucht hatten, die peinliche Situation zu überspielen. Doch unabsichtlich vermittelten sie ihr damals, dass das Unrecht, das sie getan hatte, gar keins war.

Dann stieß auch noch ihr Vater zu ihnen. Stolz hielt er sein Smartphone hoch. »Das war mein Anwalt. Ich habe den Prozess gewonnen. Die letzten Bewohner müssen bis Ende des Jahres ausziehen. Der Richter meint, mein Hochhaus wäre zu marode. Die Mieter können dort nicht weiter wohnen. Er hat angeordnet, dass die Familien mein Umsiedlungsangebot oder meine Ablösesumme annehmen müssen.«

»Du hast es absichtlich verkommen lassen«, rügte ihre Mutter ihn, dann küsste sie ihn jedoch. Das verwirrte Marleen. War das Verhalten ihres Vaters nun in Ordnung oder nicht?

»Anders hätte ich die Mieter nicht loswerden können.« Mit seinen roten Haaren und seinem spitzen Kinn erinnerte ihr Vater, zu dem Zeitpunkt noch schlanker, Marleen an einen listigen Fuchs. »Nächstes Jahr werde ich das Hochhaus im großen Stil renovieren lassen und die Luxusapartments als Eigentumswohnungen verkaufen. Damit werde ich satten Profit machen.«

Ihre Mutter und ihre Großeltern gratulierten ihm zum gewonnenen Prozess. Sie schienen Marleen und die Taschenuhr bereits vergessen zu haben. Ihr Vater hatte sich etwas geholt, das andere nicht hergeben wollten, nämlich ihre Wohnungen. Wie schlimm konnte es also sein, dass sie eine Uhr eingesteckt hatte?

Endgültig verschwanden ihre Schuldgefühle, als ihr Vater alle zum Essen in eins der teuersten Sterne-Restaurants in Den Haag einlud, um den unmoralischen Prozessgewinn zu feiern.

An dieses Schlüsselerlebnis dachte Marleen, als sie vom Leuchtturm zum *Nis Puk* ging. Die Geschenktasche schien eine Tonne zu wiegen. Marleen wusste, dass das nicht an dem köstlichen Naschwerk lag, sondern an dem Heuler, den Finn ihr mit hineingelegt hatte. Sie verdiente seine Liebenswürdigkeit nicht.

Ihr schlechtes Gewissen lastete schwer. Mit hängenden Schultern schleppte sie sich durch Nordwinden. Die Manufakturen waren geschlossen, nur einige Fenster standen offen. Aus einem der Reetdachhäuser drangen der Geruch von gebratenem Fisch und das sonore Reden eines Nachrichtensprechers. Gelächter schallte zu Marleen. Es kam von der Wiese in der Inselmitte. Eine Gruppe saß am Süßwassersee und genoss die letzten Sonnenstrahlen des Tages. Der Abend war nicht mehr weit. Jemand spielte *What shall we do with the drunken sailor* auf einer Akustikgitarre, und einige Anwesende sangen mit.

Als sich ein Mann erhob, sprang auch ein großer Hund auf. Liebevoll wuschelte der Mann dem Schäferhund durchs schwarze Fell. Marleen erkannte Joos, und der Rüde musste Zorro sein. Der Hund folgte ihm zu einer Feuerschale, in der Joos Brennholz entzündete. Als Joos sich wieder hinsetzte, nahm er eine Frau mit kurzen wallnussbraunen Haaren in den Arm. Es war Anne, die Marleen aus den Internetvideos kannte. Zärtlich küsste er seine Freundin. Wohl um ihre Aufmerksamkeit zu erlangen, leckte Zorro Annes und Joos' Gesicht ab. Behutsam, aber bestimmt schoben diese ihn weg, lachten und schüttelten ihre Köpfe.

Marleen verspürte ein sehnsüchtiges Ziehen und dachte erneut an Finn. Sie musste unbedingt mit ihrem Vater darüber sprechen, dass sie sich in Finn verliebt und ihr Studium abgebrochen hatte. Die Zeit war gekommen, reinen Tisch zu machen. Rasch betrat sie das Gästehaus. Ihr Puls beschleunigte sich.

Sie ging erst einmal auf ihr Zimmer und legte ihre Handtasche und die Geschenktüte aufs Bett. Ein unbestimmtes Gefühl sagte ihr, dass etwas nicht stimmte. War jemand in ihrer Abwesenheit in ihrem Zimmer gewesen? Mit einem mulmigen Gefühl sah sie sich um, aber auf den ersten Blick schien alles wie immer zu sein. Sie musste sich getäuscht haben. Wahrscheinlich setzte ihr bloß die anstehende Konfrontation mit ihrem Vater zu. Nervös ging sie ins Badezimmer, spritzte sich eiskaltes Wasser ins Gesicht und kehrte in ihr Zimmer zurück.

Wie einen kostbaren Schatz holte sie den Seehund aus Kunstharz aus der Papiertüte. Sie öffnete ihre Holzschatulle und setzte ihn hinein, direkt neben den Holzgecko, den sie aus dem Leuchtturm mitgenommen hatte. Doch das Glücksgefühl, das sie normalerweise durchdrang, wenn sie ein neues Kleinod in ihre Schatztruhe legte, stellte sich nicht ein. Stattdessen ging es ihr mies. Vielleicht lag es daran, dass sie die Robbe nicht ausgesucht, sondern geschenkt bekommen hatte. Möglicherweise veränderte sie sich aber auch. Das wäre gut. Warum fühlte es sich dann so schlecht an, Fortschritte zu machen?

Seine Sammlung von Urlaubssouvenirs, die seine geliebte

Mutter ins Leben gerufen hatte, lag Finn sehr am Herzen. Mit dem Heuler zum Start ihrer eigenen Sammlung hatte Finn Marleen gezeigt, wie viel sie ihm bedeutete. Doch der Gecko gleich daneben bewies, dass sie seiner Liebe nicht würdig war. Finn kannte sie nicht einmal richtig. Er hatte keine Ahnung, dass sie krank war und ein Langfinger wider Willen.

In dem Moment wurde ihr klar, dass in Wahrheit nicht ihr Vater zwischen ihr und ihrem Liebesglück mit Finn stand, sondern ihr Dämon. Sie eignete sich keineswegs fremdes Eigentum an, um sich zu bereichern oder anderen Leid zuzufügen, sondern weil sie Angst hatte, nie wieder solch einen schönen Moment zu erleben.

Dr. Pfeiffer meinte, sie sei seit Arjens Tod tief in ihrem Herzen unglücklich. Indem sie Dinge, die sie an freudige Zeiten erinnerten, mitnahm, versuche sie, die Einsamkeit, die sich in ihr eingenistet hatte, zu bedecken wie ein Maler, der ein Bild übermalt. Doch das funktionierte nicht, denn das alte Bild war noch da, auch wenn man es nicht mehr sah.

Der Psychologe wies sie darauf hin, dass Glück nie von Dauer war, und riet ihr, stattdessen nach Zufriedenheit zu streben. Sobald sie begreifen würde, dass das ein viel hehreres Ziel war, würde sie unweigerlich ihr Verhalten ändern und ihre Hände bei sich behalten.

Der hat leicht reden, hatte Marleen damals gedacht.

Nun war sie sich immerhin darüber klar geworden, dass sie privat und beruflich eigene Pfade beschreiten wollte, um ein zufriedenes Leben zu führen. Gestern hatte sie noch gedacht, dass ihr Vater die größte Hürde wäre, doch das hatte sich als Irrtum erwiesen. Denn sollten sie und Finn ein Paar werden, müsste ihr Vater das akzeptieren, egal was das für seine Geschäfte bedeutete.

Aber der Dämon war ein Teil von ihr, daher hegte sie Zweifel, ob sie ihn jemals loswerden würde. Was, wenn Dr. Pfeiffer mit seiner Prognose, sie könnte geheilt werden, falschlag? Er kannte sich mit ihrem pathologischen Handeln nur in der Theorie aus. Wie konnte er eine Patentlösung für sie haben?

Dieser Zwang, sich fremde Dinge, in denen das Glück konserviert war wie ein Insekt in einem Bernstein, anzueignen, stellte in Wahrheit die größte Gefahr für ihre gemeinsame Zukunft mit Finn dar. So wie sie Finn einschätzte, hatte er ein großes Unrechtsbewusstsein. Er würde keine Frau lieben können, die ihn bestohlen hatte.

Erst als eine Träne auf den Gecko tropfte, merkte Marleen, dass sie weinte. Mit dem Handrücken wischte sie sich über ihre Wangen und schloss die Schatulle. Sie musste Finn beichten, dass sie die Holzfigur mitgenommen hatte. Sie würde ihm erklären, dass sie an einem zwanghaften Verhalten litt und psychotherapeutische Hilfe in Anspruch nahm. Dann würde sich zeigen, ob er ihr verzeihen und sie trotz ihres Problems lieben konnte.

Gleich morgen früh wollte sie ihn im Leuchtturm aufsuchen. Jetzt würde sie sich aber erst einmal mit ihrem Vater aussprechen. Man nahm schließlich nicht alle Hürden gleichzeitig, sondern eine nach der anderen.

Als sie jedoch ihr Zimmer verlassen wollte, fiel ihr plötzlich auf, dass die kleine Wölbung unterhalb ihres Kopfkissens fehlte. Beunruhigt riss sie das Federbett, auf dessen Bezug roter Strandmohn blühte, zurück. Sie hatte den Zettel mit Friesos Hilferuf zurück in die Köm-Flaschen geschoben und diese dann für alle Fälle unter dem Plumeau vor neugierigen Blicken verborgen.

Gerit Brodersen hatte beim Einzug von Marleen und ihrem Vater ins *Nis Puk* gesagt: »Glauben Sie nicht, ich würde jeden Tag ihr Bett machen. Das müssen Sie schon selbst, oder Sie lassen es, mir egal. Ich bin nicht das Hotel Ritz. Aber wenn sie abends nicht einschlafen können, kriegen Sie jederzeit von mir eine heiße Milch mit Honig oder ein Gläschen meines selbst gemachten Klötenköms. Selbstverständlich schreibe ich alles auf Ihre Rechnung.«

Trotzdem konnte es sein, dass Gerit Brodersen Marleens Zimmer betreten hatte, vielleicht um zu lüften oder zu staubsaugen. Damit die Flaschenpost Rieke und Frieso keine Probleme bereiten oder auch nur Gerede auslösen konnte, hatte Marleen sie vorsorglich versteckt. Doch nun war sie weg.

Hatte sie jemand zufällig entdeckt, oder hatte sich jemand schon mit der Absicht Zutritt zum Zimmer verschafft, sie zu entwenden? Fassungslos starrte Marleen auf die Stelle, an der die Flasche gelegen hatte. Ihr Herz pochte heftig, ihr Hals war wie zugeschnürt. Es kostete sie Mühe zu schlucken. Wer hatte von der Flaschenpost gewusst? Wer hatte Interesse daran, dass sie verschwand?

Marleen musste an Rieke denken. Die ältere Dame wollte ihren Ehemann um jeden Preis schützen. Sie hatte versucht zu vertuschen, dass Frieso an Demenz erkrankt war. Wenn bekannt würde, dass Frieso der Nordsee Nachrichten übergab, die auch die Schokoladeninsel in Verruf bringen konnten, lief sie Gefahr, dass man sie dazu drängen würde, ihren Ehemann in professionelle Obhut zu geben. Eine Vorstellung, die sie zweifelsohne quälte. Sie war Gerits Nachbarin, sie kannten sich bestimmt seit Jahrzehnten, höchstwahrscheinlich waren sie sogar miteinander befreundet. Der Zusammenhalt auf der Schokoladeninsel war stark. Darum mochte Gerit Rieke Zugang zu Marleens Zimmer verschafft haben.

Aber traute Marleen Rieke den Diebstahl zu? Eher nicht. Rieke mochte Friesos Wesensveränderung mit kleinen Lügen verharmlosen, aber ein Diebstahl war eine ganz andere Hausnummer. Die Flaschenpost hatte bei der Unterhaltung mit ihr auch keine große Rolle gespielt. Zudem hatten Finn und sie ihr gerade erst versichert, alles dafür zu tun, dass Frieso und sie nicht getrennt wurden. Warum hätte Rieke also die Flaschenpost stehlen sollen? Sie hatte keinen Grund mehr.

Außer der Rentnerin wusste nur noch Finn von der Flaschenpost. Vor Bestürzung atmete Marleen schwer. Nein, das konnte nicht sein. Oder etwa doch? Fieberhaft dachte sie nach, aber es fiel ihr kein anderer Insulaner ein, dem sie von der Flaschenpost erzählt hatte.

Laut rief sie sich in Erinnerung, was sie erst kürzlich in einem Sherlock-Holmes-Roman gelesen hatte: »Wenn man das Unmögliche ausgeschlossen hat, dann ist das, was übrig bleibt, die Wahrheit, wie unwahrscheinlich sie auch ist.«

Plötzlich waren ihre Glieder schwer wie Blei. Marleen ließ sich aufs Bett fallen. Sie fror auf einmal. Finn hatte durchblicken lassen, dass er ihr nicht vollkommen vertraute, weil sie ihren Vater bei dessen Geschäftsvorhaben unterstützt hatte. Das konnte sie nachvollziehen. Aber sie hatte nie auch nur einen einzigen Gedanken an die Frage verschwendet, ob Finn aufrichtig zu ihr war. Bis jetzt.

Hatte er sie hintergangen? Ihm lag bestimmt daran, dass die furchterregende Nachricht vernichtet wurde. Denn wenn sie publik würde, konnte sie dem Ansehen der Schokoladeninsel schaden. Selbst wenn sich herausstellte, dass nichts an dem Vorwurf, auf Möwesand würde eine Person gefangen gehalten, dran war, blieb doch ein Hauch von Zweifel zurück. Das konnten sich Finn, Thies und Joos nicht leisten. Die Schokoladenfabrik war schon in Schieflage geraten, das durfte ihnen mit der Insel nicht auch noch passieren.

»Was hast du nur getan, Finn?«, fragte Marleen entsetzt in den Raum hinein. Sie stand auf und lief unruhig hin und her.

Der schreckliche Verdacht wühlte sie so stark auf, dass sie keine Nerven mehr dafür hatte, sich mit ihrem Vater auseinanderzusetzen. Das würde bis morgen warten müssen.

Wollte sie ihn überhaupt noch davon abbringen, den Bau eines Hotels vorzufinanzieren? Würde sich herausstellen, dass Finn tatsächlich die Flaschenpost gestohlen hatte, wollte sie sofort abreisen und nie wieder zurückblicken. Dann war es ihr egal, was aus der Zusammenarbeit ihres Vaters mit den Gebrüdern Lorentz wurde.

Sie hatte ihm beichten wollen, dass sie sich in Finn verliebt hatte und seine Geschäftspläne ihr Glück blockierten. Doch nun wollte sie ihre romantischen Gefühle lieber für sich behalten, denn sie misstraute Finn und hatte Angst, erneut von einem Mann verletzt zu werden. Gerade erst waren die Wunden, die Edward ihrem Herzen zugefügt hatte, verheilt, doch die Narben konnten leicht wieder aufreißen. In dem Fall würden sie sich bestimmt lange Zeit nicht mehr schließen.

Finn hätte sie bloß darum zu bitten brauchen, ihm die Flaschenpost zu überlassen, und sie hätte es bedenkenlos getan. Er hätte sich nicht Zugang zu ihrem Zimmer verschaffen und die Flasche ungefragt mitnehmen müssen. Was war bloß in ihn gefahren? Anscheinend vertraute er ihr kein bisschen.

Wer unter euch ohne Sünde ist, der werfe den ersten Stein. Das Bibelzitat fiel Marleen ein. Unweigerlich sah sie zu der Holzschatulle. Sie ging zu ihr hinüber und blieb vor ihr stehen. Die Skrupel, die sie wegen der zahlreichen Dinge im Inneren des Kästchens hatte, machten sich wieder bemerkbar. Sie legten sich wie ein Stahlband um ihren Magen und zogen sich zu. Sie war doch die Letzte, die Finn verurteilen durfte!

Aber jetzt wusste sie immerhin, wie es sich anfühlte, bestohlen zu werden. Es war fürchterlich. Man verdächtigte Personen, die einem viel bedeuteten. Man war enttäuscht von den Menschen in seinem Umfeld und verlor sein bedingungsloses Vertrauen. Man fühlte sich betrogen, hilflos und verletzlich. Darum nahm sie sich ganz fest vor, härter an sich und ihrem zwanghaften Handeln zu arbeiten.

Marleen fiel das Atmen schwerer, ihr Argwohn verpestete die Luft. Außerdem hielt sie es nicht mehr aus, mit der Schatulle in einem Raum zu sein. Sie wollte zum grünen Strand und sich vom Nordseewind die Sorgen fortwehen lassen. Doch als sie die Zimmertür schwungvoll öffnete, schrie jemand auf. Es war Julius, mit dem sie sich am Vortag doch nicht mehr abends getroffen hatte.

»Das tut mir so leid«, beeilte sich Marleen zu sagen.

Er fasste sich an die Nase. »Sie ist nicht gebrochen.«

An dem Lächeln in seiner Stimme erkannte sie, dass er

scherzte. »Welch ein Glück! Eine Boxernase hätte auch nicht zu deinen weichen Gesichtszügen gepasst.«

»Wenn mich meine Arbeitskollegen morgen auf mein blaues Auge ansprechen, werde ich einfach behaupten, Finn hätte mir meine erste Surfstunde gegeben und ich wäre aufs Surfbrett geknallt.« Er zwinkerte.

Über Finn wollte sie jetzt auf keinen Fall sprechen. Besorgt fragte sie: »Habe ich dich wirklich getroffen?«

»Nein. Ich habe mich bloß erschreckt. Alles gut«, beruhigte er sie. Beiläufig wischte er mit den Handflächen über sein taupefarbenes T-Shirt. »Obwohl ich kurz versucht war, das zu behaupten. Dann hätte ich dich darum bitten können, bei Finn ein gutes Wort für mich einzulegen.«

»Hast du das denn nötig?« Sie trat auf den Flur hinaus und hörte ihren Vater im Nachbarzimmer laut mit einem anderen Mann und einer Frau reden. Vermutlich wieder einmal eine Videokonferenz.

»Eine meiner Kreationen kam heute gar nicht gut an.« Er rieb sich sein rundliches Kinn. »Genau genommen war es ein Kuchen, keine Torte.«

»Warum das denn nicht?« Mit gerunzelter Stirn musterte sie ihn. Er war wirklich eine Sahneschnitte, hatte etwas sehr Männliches und strahlte zugleich eine sanfte Herzlichkeit aus. »Die Kreationen, die ich im *Klönschnak* gesehen habe, sahen appetitlich aus. Und die Eierlikör-Walnuss-Torte, die ich probieren durfte, war ein Traum.«

Einen Moment lang ließ er den Kopf hängen, dann sah er sie mit einem herzerweichenden Blick an, der jede andere Frau zum Seufzen gebracht hätte. »Ich habe einen amerikanischen Frischkäsekuchen mit geraspelter Schlangengurke versetzt und garniert.«

»Die Abneigung gegen diese wilde Mischung kann ich nachvollziehen.« Sie verzog das Gesicht. Bei der Vorstellung, einen süßen Kuchen mit Gurke zu essen, schauderte es ihr.

»Das schmeckt erfrischend, ehrlich, und ist perfekt für den Sommer. Willst du ihn kosten?«, fragte er und lächelte verlegen. »Der größte Teil steht im Kühlschrank des Hafenrestaurants. Kaum jemand hat sich getraut, ihn zu probieren. Dabei ist die Kombination echt lecker.«

»Ich bin bereit, dem eine Chance zu geben, aber heute nicht mehr.« Instinktiv legte sie die Hand auf ihren Bauch.

»Geht es dir nicht gut?« Er berührte sie an ihren Oberarmen, als müsste er sie stützen. »Du machst ein Gesicht, als wäre dir eine Laus über die Leber gelaufen.«

Betreten schwieg Marleen. Sie wollte nicht noch jemandem von der Flaschenpost erzählen. Das stand ihr nicht zu, sondern allein Rieke und Frieso.

»Wieder Ärger mit den Männern?« Er lächelte sie an und ließ sie los.

»Ja.« Mehr sagte sie dazu nicht. Stattdessen lenkte sie das Gespräch auf ihn: »Warum bist du nicht bei den anderen Insulanern am See?«

»Von dort komme ich gerade. Ich …« Seine Wangen röteten sich. »Ich dachte, zwischen Maria aus der Bonbon-Manufaktur und mir würde sich etwas anbahnen. Eben sagte sie mir jedoch unter vier Augen, dass sie mich süß findet, ihr der Altersunterschied von elf Jahren aber zu groß ist. Als ob das in der Liebe eine Rolle spielen würde!«

Aufmunternd drückte sie seine breiten Schultern. Er sah sportlich aus, aber nicht auf eine drahtige Weise wie Finn, er hatte eine kräftigere Statur. »Das tut mir leid.«

»Danke. Mir auch.« Er schaute traurig. Doch schon im nächsten Moment trat ein neckisches Funkeln in seine Augen, die Marleen an polierten Bernstein denken ließen. »Hast du schon Gerits selbst gemachten Eierlikör probiert? Er ist der Beste, den ich jemals getrunken habe.«

Sie schüttelte den Kopf. »Nein, noch nicht.«

»Dann werde ich sie um eine Flasche und zwei Gläser bitten, eine Baumwolldecke aus meinem Zimmer holen, und wir lassen den Tag im Garten ausklingen.« Lächelnd schob er seine Daumen in die Taschen seiner engen schwarzen Jeans.

Sachte knuffte sie ihn. »Alkohol hilft nicht gegen Kummer.«

»Aber er schadet auch nicht«, antwortete er trocken.

Dem konnte sie nicht widersprechen. Sie hatte ohnehin nichts Besseres vor. »Damit hast du auch wieder recht.«

Die Unterhaltung mit Julius würde sie mehr ablenken als der Klötenköm. Sie hatte nicht den Eindruck, dass er mit ihr flirtete. Vielmehr sah er eine Leidensgenossin in ihr. Es tat ihr gut, auf der Schokoladeninsel einen Freund zu haben.

Julius sollte recht behalten. Gerits Eierlikör war tatsächlich ein Genuss, dickflüssig und süß wie ein hochprozentiges Dessert, das den Magen wärmte und ein Wohlgefühl erzeugte. Der köstliche Duft von Eiern, Zucker und Vanillemark mischte sich mit dem würzigen Geruch des Meeres. Es hatte etwas Beruhigendes, wie die Wellen sachte gegen das Ufer schwappten. Der Abend brach herein, und am Firmament zeigten sich immer mehr funkelnde Sterne.

Marleen und Julius lehnten mit dem Rücken gegen die Wand des Gästehauses. Sie saßen auf dem Gras vor dem

Wohnzimmerfenster, hinter dem Gerit *Wer wird Millionär?* schaute und sich immerzu darüber aufzuregen schien, wie wenig die Kandidaten wussten. Amüsiert lauschte Marleen Gerits Schimpfen, dessen Inhalt sie, da die Worte von der Scheibe gedämpft wurden, nicht verstand, aber erahnen konnte.

Als Marleen und Julius vor zehn Minuten an ihr vorbei nach draußen gegangen waren, hatte sie gemeckert: »Ich weiß die Lösungen ja auch nicht, aber ich gehe auch nicht in eine Quizsendung. Wenn man da teilnimmt, muss man schon was auf dem Kasten haben. Aber die wollen alle nur ins Fernsehen, wissen tun die nix.«

Trotz ihres Unmuts schaltete sie nicht um.

Als es Nacht geworden und die Flasche fast leer war, fragte Julius auf einmal mit glasigen Augen: »Wusstest du eigentlich, dass Finn, Thies und Joos zuerst dachten, ich wäre ihr Halbbruder?«

»Nein.« Überrascht sah Marleen ihn an. Sie drehte ihm ihren Oberkörper zu und zog ihre Beine an. »Wie kam denn das?«

Da erzählte er ihr die ganze Geschichte, vom Unfalltod seines Vaters, der finanziellen Unterstützung durch Hauke Lorentz und dem Verdacht seiner drei Söhne. »Ich, ein halber Lorentz«, schloss Julius seine Schilderung. »Lustige Vorstellung, oder?«

»Aber jetzt denken sie das nicht mehr?« Marleen konnte kaum glauben, was sie da erfuhr. Wenn ein vierter Nachkomme des berühmten Hauke Lorentz auf der Bildfläche aufgetaucht wäre, hätte das die Boulevardpresse euphorisch aufgegriffen.

Er schüttelte den Kopf. »Aber es muss eine Verbindung

zwischen unseren Familien gegeben haben, von denen wir Söhne nichts wissen. Darüber können wir nur Vermutungen anstellen.«

»Was könnte das gewesen sein?« Mit dem Zeigefinger fuhr sie in ihr Schnapsglas und leckte dann den Eierlikör von ihm ab.

»Meine Mutter behauptet, nichts darüber zu wissen, und Karin und Hauke Lorentz sind bekanntlich tot.« Er zog die Beine an und schlang seine gebräunten Arme um die Knie.

Ein Fischreiher flog so dicht übers nachtblaue Meer, dass seine Füße die Wasseroberfläche durchschnitten. Fasziniert beobachtete Marleen den großen Vogel, der sich nahezu lautlos fortbewegte und dessen Gefieder vom warmen Licht des Leuchtturms gestreichelt wurde.

»Und Hauke Lorentz ist damals gar nichts passiert?« Sie bekam eine Gänsehaut. Mit der Dunkelheit war es frisch geworden. Aber sie wollte jetzt nicht das Gespräch unterbrechen, indem sie auf ihr Zimmer ging und eine Jacke holte.

»Anscheinend nicht.« Ratlos zuckte Julius mit den Schultern. »Finn, Thies und Joos haben mir versichert, dass er nie länger im Krankenhaus war oder Verbände trug.«

»Klingt das realistisch? Ich meine, dein Vater kommt bei dem Unfall ums Leben, aber Hauke Lorentz trägt keinerlei Verletzungen davon?« Sie runzelte die Stirn.

»Merkwürdig ist das schon.« Während er ihnen den restlichen Likör einschenkte, sagte er aufgeregt: »Erst nach dem Unfall fing Lorentz an, meiner Mutter und mir unter die Arme zu greifen. Vielleicht fühlte er sich dazu verpflichtet, der Familie seines Freundes über die Runden zu helfen. Vielleicht fühlte er sich aber auch schuldig. Denn unter

Umständen war er verantwortlich dafür, dass das Auto mit meinem Vater und ihm von der Fahrbahn abkam.«

»Das könnte man denken, ja, aber es sind bloß Spekulationen.« Marleen war sich nicht sicher, ob Finn, Thies und Joos einverstanden wären, dass Julius ihr solche Details aus ihrem Privatleben erzählte. Gerit hatte für die Zubereitung des Eierlikörs zweifelsohne keinen normalen Korn verwendet, sondern bestimmt reinen Alkohol aus der Apotheke. Das lockerte Julius' Zunge, der mehr als sie getrunken hatte. »Bist du sauer auf Hauke Lorentz?«

»Nein. Was würde das bringen?« Nachdenklich schwenkte er die Flasche hin und her. »Aber ich würde schon gerne mehr wissen.«

»Darauf trinken wir.« Sie hielt ihm auffordernd ihr Pinneken hin. »Auf dass du, Finn, Thies und Joos herausbekommt, was damals wirklich geschah.«

»Auf die Wahrheit!« Lächelnd goss er ihnen nach. Dann stieß er so heftig mit ihr an, dass der Likör überschwappte. »Und darauf, dass morgen ein besserer Tag für uns beide wird.«

»Auch ein guter Toast«, sagte Marleen und trank ihr Pinneken in einem Zug leer. Sie verspürte eine angenehme Mattheit. Neue Zuversicht keimte in ihr auf. Alles würde gut werden, das musste es einfach, denn sie wünschte es sich von ganzem Herzen.

Kapitel 10

Am nächsten Morgen beim Frühstück war ihr Vater merkwürdig aufgekratzt. Er machte einen Scherz nach dem anderen. Normalerweise war Marleens Mutter nach dem Aufstehen sofort putzmunter und plauderte fröhlich über ihre Pläne für den anstehenden Tag. Marleens Vater brauchte für gewöhnlich zwei oder drei Tassen Kaffee, um in Schwung zu kommen.

»War die Videokonferenz gestern Abend so erfolgreich?«, fragte Marleen ihn und nippte an ihrem Schwarztee, den Gerit Brodersen so stark aufgegossen hatte, dass er Tote hätte wecken können. Da ihr Vater die Stirn runzelte, erklärte sie: »Ich habe dich durch deine Zimmertür reden hören.«

»Oh, das.« Er winkte ab. »Ich habe meinem Assistenten und meiner Anwältin bloß einige Anweisungen für laufende Investitionsprojekte gegeben und sie angewiesen, einen Vertrag mit mir und den Gebrüdern Lorentz aufzusetzen.«

Überrascht riss sie die Augen auf. Sie war froh, dass Julius und Merle Witt die Küche des Gästehauses bereits verlassen hatten. Das *Nis Puk* hatte keinen Frühstücksraum, alle saßen morgens an Gerits Küchentisch, was den familiären Charakter der Pension unterstrich. »Dann seid ihr euch inzwischen über die Übernachtungsmöglichkeit für Touristen einig geworden?«

»Nein, noch nicht, aber ich werde noch heute die Zusage

für ein Hotel nach meinen Vorstellungen bekommen.« Er hielt ihr den Korb mit den verbliebenen Brötchen hin.

Dankend lehnte Marleen ab. Mit Mühe hatte sie ein ofenwarmes Croissant mit Süßrahmbutter herunterbekommen, mehr ging nicht. Dass Finn aller Voraussicht nach Friesos Flaschenpost aus ihrem Gästezimmer genommen hatte, raubte ihr den Appetit. Außerdem hatte sie mit Julius am Abend zuvor zu viel Eierlikör getrunken. »Was macht dich so zuversichtlich?«

Ihr Vater stellte den Korb mit dem hübschen rosageblümten Einlegetuch wieder ab, starrte das letzte Franzbrötchen an und schien zu hadern, ob er es essen sollte. »Wir beide haben ein Ass im Ärmel, und das werden wir ausspielen.«

»Wir?«, fragte sie vorwurfsvoll. Was Geschäftliches betraf, gab es kein *Wir.* Warum begriff er das nicht?

Liebevoll tätschelte er ihre Hand. »Du, meine hübsche Tochter, und ich. In wenigen Jahren werden wir die deutschen – Ach, was! – die europäischen Ivanka und Donald Trump sein.«

»Lass mich da raus! Ich …« Ich werde nicht in deine Fußstapfen treten und bin auch nicht so skrupellos und profitsüchtig wie du, wollte sie sagen, aber die Worte blieben ihr im Halse stecken, auch weil Gerit Brodersen in die Küche kam. Ihr Gehstock klackerte auf dem Boden. Die Wirtin blickte drein wie sieben Tage Regenwetter. Aber Marleen wusste inzwischen, dass ihre Miene nicht unbedingt etwas über ihre Laune verriet, sondern ihr Alltagsgesicht war.

Ihr Vater lächelte Marleen an. »Was ist mit dir, mein Schatz?«

Sie sah zu Gerit, die mit dem Rücken zu ihnen das Geschirr spülte. Dieser Moment war nicht der richtige, um ihm mitzuteilen, dass sie ihr Studium geschmissen hatte. »Später.«

»Ich weiß, du magst Finn und denkst, du würdest zwischen den Stühlen sitzen, aber das stimmt nicht. Vergiss niemals, dass Blut dicker ist als Wasser.« Bevor sie etwas erwidern konnte, überraschte er sie ein zweites Mal an diesem Morgen: »Wir werden heute abreisen.«

Abrupt setzte sie sich kerzengerade auf. Sie sah Gerit hinterher, die in ihren samtroten Hausschuhen ins Wohnzimmer schlappte. »Heute?«

»Vielleicht auch erst morgen früh, aber ich denke nicht, dass eine Entscheidung noch länger auf sich warten lassen wird. Die drei nordfriesischen Bernadottes haben uns für …« Er warf einen Blick auf seine sündhaft teure Armbanduhr und wurde hektisch. Rasch trank er seine Tasse aus und sprang auf. »Himmel, wie die Zeit rast! In zehn Minuten sollen wir im Lorentz-Haus sein.«

Marleen dachte kurz nach. Sie hatte Finn schon einmal ein falsches Zeichen gegeben, das sollte ihr nicht noch einmal passieren. »Ich werde nicht mitkommen.«

»Aber das musst du. Unbedingt.« Aufmunternd drückte er ihre Schulter. Hinter ihm an der Wand hing ein eingerahmtes Foto von Gerits verstorbenem Ehemann Heinrich.

Schönster Sonnenschein fiel durch das kleine Küchenfenster auf den Frühstückstisch. Marleen wollte gerne noch eine Weile hier sitzen, Tee trinken und die friedliche Atmosphäre im *Nis Puk* genießen, denn draußen warteten zu viele Stolperdrähte auf sie. »Ich habe mit deinen Geschäften nichts zu tun.«

»Noch nicht.« Die Aussicht, mit ihr zusammenzuarbeiten, schien ihn zu elektrisieren.

Sie zerknüllte die weiße Stoffserviette und nahm allen Mut zusammen. »Das wird sich auch später nicht ändern.«

Er wirkte verunsichert und schwieg. Plötzlich hellte sich seine Miene auf. »Ich verstehe. Du willst nicht an meinem Rockzipfel hängen, sondern eine unabhängige Karriere starten. Dann hat deine Mutter also geplaudert, ja?«

»Wie bitte?« Verwirrt sah Marleen ihn an. Sie hatte keinen blassen Schimmer, was er meinte.

»Nun gib es schon zu! Sie hat dir verraten, dass ich dir zu deinem abgeschlossenen Studium ein nettes Sümmchen zur Verfügung stellen werde, für deine ersten eigenen Investitionen. Ich habe sogar schon Visitenkarten für dich drucken lassen.« Vor Aufregung rötete sich sein Teint. »Marleen de Vries, Privatinvestorin. Als deine Kontaktadresse habe ich die von meinem Büro angegeben. Ich habe sogar schon jemanden im Sinn, den du als Assistentin einstellen könntest.«

»Danke, das ist sehr großzügig von dir, aber …« Ich will das alles nicht, hatte sie sagen wollen, doch ihr Vater fiel ihr ins Wort.

»Du musst mir nicht danken. Du weißt doch, dass ich alles für dich tun würde.« Er beugte sich zu ihr herunter und küsste sie auf ihren Scheitel. »Lass uns beim Mittagessen weiter Pläne schmieden. Jetzt müssen wir aber wirklich los. Ich hole nur schnell etwas aus meinem Zimmer. Wir treffen uns draußen.«

Marleen hatte immer noch sein herbes Aftershave in der Nase, als sie schnaubte. Hörte er ihr denn gar nicht zu? »Ich sagte doch, ich werde dich nicht begleiten.«

»Das solltest du aber.« Grinsend tippte er gegen ihre Nasenspitze, als wäre sie immer noch sein kleines Mädchen.

»Heute wirst du von mir lernen, wie man den letzten und entscheidenden Schachzug macht und die Partie gewinnt.«

»Was um alles in der Welt hast du vor?«, fragte sie beunruhigt. Doch ihr Vater hatte ihr bereits den Rücken zugekehrt und verließ die Küche.

Aus Sorge, er könnte eine Dummheit machen, folgte sie ihm am Ende doch in Richtung Lorentz-Haus. Auf dem Weg dorthin schob sich eine Schönwetterwolke vor die Sonne und warf einen unheilvollen Schatten auf die Schokoladeninsel. Sofort wurde es einige Grad kühler.

Nordwinden bereitete sich schon seit Stunden auf die ersten Touristen vor, die jeden Augenblick ankommen würden. Es duftete köstlich nach frisch gebackenen Pancakes, beschwipstem Schokoladenkuchen und Lakritz.

Während Marleen neben ihrem Vater an den Friesenwällen vor den Wohnhäusern, auf denen Mauerpfeffer, gelber Lerchensporn und sogar mediterrane Kräuter wie Thymian und Rosmarin wuchsen, vorbeispazierte, zeigte sie auf die Geschenktüte in seiner Hand. Es musste die sein, die er wie die anderen Besucher von den Gebrüdern Lorentz erhalten hatte. »Warum hast du die dabei?«

»Das wirst du schon sehen.« Auf Höhe der letzten Naschwerk-Manufakturen schenkte er ihr ein Haifischgrinsen. Siegessicher schlenderte er weiter über die Küstenstraße, vorbei am Kiefernwäldchen. Die krummen Äste wippten im Wind auf und ab, als würden sie ihnen fröhlich zuwinken.

Misstrauisch kniff Marleen ihre Augen zusammen, doch dann wurde sie abgelenkt. Ihr Blick fiel auf den Leuchtturm, der sich zu ihrer Rechten in den Himmel reckte, wie ein Langschläfer in einem rot-weiß gestreiften Schlafanzug. Ihr Herz pochte euphorisch, aber ihr Magen zog sich zusammen. In Kürze würde sie Finn begegnen. Wie sollte sie sich ihm gegenüber verhalten?

Nervös schob sie einige Haarsträhnen hinter die Ohren, doch der Wind wehte sie ihr immer wieder ins Gesicht. Mit fahrigen Bewegungen band sie ihre Haare zusammen. Als sie den Leuchtturm passiert hatten, legte sich ein wenig von ihrer Anspannung. Ein trügerisches Gefühl, denn Finn hielt sich bestimmt gar nicht mehr dort auf, sondern wartete bereits mit seinen beiden Brüdern in Joos' Büro auf sie.

In ironischem Ton fragte sie ihren Vater: »Willst du ihnen die Papiertüte auf den Schreibtisch knallen und sagen, dass du dich nicht mit einer so lächerlichen Entschädigung abspeisen lässt, sondern eine Ausgleichszahlung verlangst?«

»Was redest du da? Kennst du mich so schlecht?« Empört zog er die Augenbrauen hoch. »Du solltest eigentlich wissen, dass ich keinen Wert auf Almosen lege.«

»Entschuldige bitte. Soll das heißen, dass du das Naschwerk zurückgeben wirst?« Das sähe ihm gar nicht ähnlich. Zuckerzeug, das er einmal in der Hand hielt, gab er für gewöhnlich nicht wieder her.

Er errötete. »Das würde gar nicht gehen, denn ich habe gestern Abend auf meinem Zimmer bereits die Hälfte der Leckereien verputzt. Du kennst mich doch.«

»Dann verstehe ich nicht, warum du die Tüte mitgenommen hast.« Ratlos zuckte sie mit den Schultern und blieb vor dem Tor stehen, hinter dem Anne und Joos wohnten und in dem sich die Büroräume der Gebrüder Lorentz befanden. Die Kastanienkerzen, die Marleen über die Mauer hinweg erspähen konnte, sahen bereits ziemlich zerrupft aus. Wie Schnee rieselten die verwelkten Blüten bei jedem Windzug herab. Es schwirrten kaum noch Insekten umher. Vermutlich summte und brummte es jetzt vor allem auf der Wildblumenwiese und in den Gärten der Einheimischen, in den Sommerheiden und Syltrosen.

»Ich hatte doch von einem Ass, das uns den entscheidenden Vorteil bringen wird, gesprochen. Nun, ich habe es nicht im Ärmel, sondern in dieser Papiertüte«, erklärte er mit Genugtuung in der Stimme und einem triumphalen Lächeln. Nachdem er seine Krawatte gerichtet und seine Anzugjacke glatt gestrichen hatte, klingelte er.

Die Härchen in Marleens Nacken stellten sich auf. Sie packte seinen Arm, um ihn zurückzuhalten. Wenn ihr Vater ein Ziel ins Korn genommen hatte, ging er wie ein Bulldozer vor und walzte alles, was ihm im Weg stand, nieder. »Was um Himmels willen hast du vor?«

Bevor er antworten konnte, öffnete Ebba Alwart das Tor. Schweigend brachte die Haushälterin sie ins Büro im ersten Stock des Hauses. Dabei ging sie so würdevoll, als wäre ihr aschgrauer Dutt ein Krönchen, das sie auf ihrem Kopf balancierte. Auf der anderen Seite wirkte sie mit ihren runden Hüften und ihren roten Wangen wie eine Obstbäuerin, die den ganzen Tag auf ihrer Plantage Äpfel pflückte und die glücklich damit war. Marleen mochte Ebba, auch wenn sie ihnen die kühle Schulter zeigte. War das ein Wunder, nachdem ihr Vater sich bei ihrem ersten Besuch aufgeführt hatte, als wäre er der Chef des Hauses?

»Vielen Dank, Frau Alwart«, sagte sie höflich zur Haushälterin, als diese sich an der Bürotür umdrehte und zurück ins Erdgeschoss gehen wollte.

Überrascht sah Ebba Alwart sie an. Dann erstrahlten ihre Augen und die Lachfältchen auf ihrem Gesicht traten stärker hervor. »Sehr gerne. Ostfriesentee und selbst gebackene

Heidesand-Plätzchen stehen auf dem Beistelltisch. Meiner Meinung nach schmecken die Kekse nicht nur zu Weihnachten lecker.«

»Sehr freundlich von Ihnen.« Marleen lächelte zurück. Eilig ging sie ins Büro, denn ihr Vater war längst eingetreten und begrüßte Finn, Thies und Joos mit einem knappen Händeschütteln. Bevor sie es ihm gleichtun konnte, sagte er gereizt: »Meine Zeit ist genauso knapp bemessen wie Ihre. Sparen wir uns daher doch die Höflichkeitsfloskeln und kommen direkt zum Geschäft. Sie haben sicher auch noch anderes zu erledigen.«

Verlegen sah Marleen auf ihre Füße und bereute es bereits, mitgekommen zu sein. Doch dann wurde ihr klar, dass sie schon wieder die passive Rolle einnahm, und ärgerte sich genauso sehr über sich selbst wie über ihren Vater. Sie berührte ihn am Rücken, in der Hoffnung, dass er ihre Geste verstand. Er sollte einen Gang runterschalten.

Lächelnd wandte sie sich an Joos. »Wir haben Ihnen noch gar nicht für Ihre Gastfreundschaft gedankt. Es ist sehr nett von Ihnen, uns im *Nis Puk* wohnen zu lassen. Wir fühlen uns bei Gerit Brodersen sehr wohl. Aber viel länger wollen wir die Zimmer nicht belegen. Sie werden doch bestimmt für die Familie und Freunde Ihrer Mitarbeiter gebraucht.«

»Ihr wollt abreisen?«, fragte Finn entgeistert. Er hatte sich genauso hinter den Schreibtisch zurückgezogen wie seine Brüder.

Der Tisch trennte die beiden Parteien. Marleen wollte neutral bleiben, aber für alle im Raum sah es so aus, als würde sie auf der Seite ihres Vaters stehen. Falls sich zeigen sollte, dass Finn die Flasche tatsächlich entwendet hatte, hielt sie nichts mehr auf der Schokoladeninsel.

»Es wird sich gleich herausstellen, ob wir zusammenarbeiten werden oder nicht.« Ihr Vater nahm auf einem der beiden Besucherstühle Platz und schlug die Beine übereinander.

»Das ist ganz in unserem Sinne«, antwortete Joos, der sich in den Bürosessel gesetzt hatte. »Wozu das Ganze in die Länge ziehen? Unser Kompromissvorschlag liegt auf dem Tisch. Haben Sie über eine Familienpension auf dem Festland nachgedacht?«

Marleen stellte sich hinter den Stuhl ihres Vaters. Sie hielt sich an seiner Rückenlehne fest und verlagerte ihr Gewicht ständig von einem Fuß auf den anderen. Der süße Duft des Gebäcks und das herbe Aroma des Tees drangen zu ihr, aber glücklicherweise bot ihr niemand etwas von den bereitgestellten Köstlichkeiten an, sie hätte nichts herunterbekommen.

»Das brauchte ich nicht.« Energisch klopfte sich ihr Vater gegen die Brust und erinnerte damit an einen Gorilla, der seinen Artgenossen drohte. »Andere Geschäftsleute geben sich mit Peanuts zufrieden, ich nicht.«

Thies verschränkte seine Arme und lehnte sich gegen die Fensterbank. Die Möwe, die auf der anderen Seite der Scheibe saß, flog krächzend davon. »Dann werden wir nicht zusammenkommen.«

»Das denke ich doch«, widersprach Marleens Vater selbstbewusst.

»Ach, ja? Und wie?«, fragte Finn ihn, sah jedoch Marleen an. Da sie seinem Blick auswich, runzelte er die Stirn.

Konnte er sich denn nicht denken, warum sie sich abweisend verhielt? Obwohl er die Flaschenpost aus ihrem Zimmer gestohlen hatte, gab er sich ihr gegenüber völlig normal. Nun gut, er schien etwas angespannt, aber das lag bestimmt an ihrem Vater, nicht an ihr. Glaubte er wirklich, sie würde nicht darauf kommen, dass nur er den Diebstahl begangen haben konnte?

Ihr Vater sah Finn, Thies und Joos mitleidig an. »Ist Ihnen noch immer nicht klar, dass Sie mit dem Gewinn, den eine Pension erwirtschaften würde, die Schokoladenfabrik nicht retten könnten?«

»Mit der Schokoladeninsel erzielen wir hohe Umsätze. In der Summe könnte es reichen«, sagte Joos, klang aber selbst nicht überzeugt.

Thies' Lächeln wirkte bemüht. »Und wenn die Pension gut läuft, können wir weitere Unterkünfte mit nordfriesischem Ambiente entlang der Küste eröffnen.«

»So viel Profit, dass Sie expandieren können, werden Sie mit diesem Kleinprojekt nicht einfahren.« Mit einer wegwerfenden Geste wischte ihr Vater das Argument vom Tisch. »Glauben Sie mir, ich bin ein erfahrener Geschäftsmann.«

»Das sind die Herren Lorentz auch«, beeilte sich Marleen klarzustellen, um die unverschämte Aussage ihres Vaters zu entschärfen.

Dankbar nickte Thies ihr zu. Joos' Miene verfinsterte sich, und Finn zischte ungehalten.

»Selbstverständlich. Du hast recht, mein Schatz. Entschuldigen Sie, falls das falsch rüberkam. Aber es ist doch so. Ich habe schon einige Nobelherbergen gebaut. Sie dagegen wollen gerade neu in die Übernachtungsbranche einsteigen. Im Gaststättengewerbe habe ich Ihnen etwas voraus.« Marleens Vater straffte seine Schultern und schob sein Kinn vor. Es war seine Art, sich aufzuplustern. »Wir müssen ein großes Luxushotel mit Spa bauen. Hören Sie auf mich! Ich weiß, was man damit erwirtschaften kann.«

Über seine Schultern hinweg warf Joos seinen beiden Brüdern zerknirschte Blicke zu. Doch er gab sich beharrlich: »Über die Größe der Pension ließe sich reden.«

»Sie muss hier entstehen.« Energisch pochte ihr Vater auf die Stuhllehne. »Die Tatsache, dass sich das Hotel auf der berühmten Schokoladeninsel befindet, würde den üblichen Ertrag, den ein Hotel dieser Preisklasse einbringt, nicht nur verdoppeln, sondern verdreifachen. Einige betuchte Auserwählte könnten sich das Privileg erkaufen, 24 Stunden auf Möwesand zu bleiben. Das bedeutet für uns, wir könnten uns mit Fug und Recht die Übernachtungen vergolden lassen.«

»Auf keinen Fall«, sagte Finn scharf. Hilfesuchend sah er seine Brüder an.

»Diese Option ist längst vom Tisch.« Joos lehnte sich mit eisiger Miene zurück.

Breitbeinig stellte sich Thies vors Fenster. »Darauf werden wir uns keinesfalls einlassen.«

»Ich bin der festen Meinung, dass Sie sich das noch einmal überlegen und mir freie Hand bei der Planung lassen werden.« Marleens Vater garnierte seine dreiste Aussage mit einem überheblichen Lächeln.

Thies schnaubte. »Freie Hand? Niemals!«

»Was macht Sie da so sicher, Herr de Vries?« Joos bedachte Marleens Vater mit einem kühlen Blick.

»Weil ich ein überzeugendes Argument habe.« Marleens Vater langte in die Geschenktüte und zog die Flaschenpost heraus. Einen Moment lang hielt er sie am Flaschenhals mit dem Bauch nach oben fest, wie eine Fackel, mit der er die

Schokoladeninsel in Brand stecken wollte. Der Zettel im Inneren rutschte in den Flaschenhals, fiel aber aufgrund des Verschlusses nicht heraus.

Marleen blieb fast das Herz stehen. Ihr Vater hatte die Flasche mit dem Hilferuf aus ihrem Zimmer entwendet, nicht Finn! Plötzlich fiel ihr ein, dass sie ihre Eltern schon auf Sylt eingeweiht hatte.

Sie war davon ausgegangen, dass allein die Insulaner einen Grund hatten, die schauerliche Nachricht verschwinden zu lassen, um den guten Ruf der Schokoladeninsel zu bewahren und Rieke und Frieso Knuten zu schützen. Doch nun erkannte sie, dass ihr Vater die Flaschenpost als Waffe sah, mit der er Finn, Thies und Joos erpressen konnte.

Marleen öffnete ihren Mund, um Dyke Einhalt zu gebieten, doch sie bekam keinen Ton heraus. Ihre Stimmbänder waren staubtrocken und versagten ihr den Dienst. Marleen sah das Unheil heranrasen wie einen Zug, der sie alle erfassen würde, aber sie war unfähig, etwas dagegen zu unternehmen. Die Bestürzung hatte ihr die Stimme geraubt, das Entsetzen legte sich schwer wie Blei auf ihre Füße und fesselte ihre Hände an die Rückenlehne des Stuhls. Hätte sie losgelassen, wäre sie vor Schwindel getaumelt.

Es tat ihr unglaublich weh, dass sie Finn zu Unrecht beschuldigt und sich distanziert verhalten hatte. Nun wusste sie, dass ihr Vater beruflich zu allem fähig war. Sie verspürte nur noch blankes Entsetzen.

Ihr Vater stellte die Köm-Flasche auf den Schreibtisch, holte die Nachricht heraus und las beinahe genüsslich vor: *»Hilf mir! Bin gefangen. Möwesand is nich so nett wie sie tut. Alle stecken mit drin. Trau keinem. Und bring ein großes Messer mit sonst lassen sie uns nicht wech.«*

Auf Joos' Gesicht breitete sich eine dunkle Röte aus. Thies dagegen wurde kreidebleich. Finn hatte seinen Brüdern wohl schon von der Flaschenpost berichtet, sie schienen den Inhalt zu kennen, und es erschreckte sie, ihn wie einen brennenden Lappen um die Ohren geschlagen zu bekommen. Wütend funkelte Finn Marleen an. Er musste denken, sie hätte ihrem Vater Friesos Hilfeschrei gegeben, damit er ihn gegen die Gebrüder Lorentz einsetzen konnte.

Sie wünschte sich, der Erdboden würde sich auftun und sie verschlucken. »Lass es gut sein, Vater!«, brachte sie heiser heraus.

»Ich fange gerade erst an«, sagte er mit süßlicher Stimme und blickte kurz über seine Schulter hinweg zu ihr auf. Liebevoll lächelte er sie an. »Hör mir zu und lerne.«

Marleen wurde klar, warum er darauf bestanden hatte, dass sie ihn ins Lorentz-Haus begleitete. Er zeigte ihr gerade, wie man mit harten Bandagen kämpfte, doch das wollte sie gar nicht lernen. Ihre Mutter hatte sie andere moralische Werte gelehrt. Marleen wünschte, sie wäre hier, ihre Mutter wusste, wie sie ihren Ehemann im Zaum halten konnte.

»Ihr Überraschungseffekt ist fehlgeschlagen«, sagte Thies. »Finn hat uns bereits von der Flaschenpost erzählt.«

»Dann verstehen Sie auch, wie explosiv der Inhalt ist.« Marleens Vater lehnte sich vor und sah die drei Männer einen nach dem anderen eindringlich an.

Finn gab ein spöttisches Lachen von sich. »Wir wissen, wer die Nachricht geschrieben hat. Es ist alles ganz harmlos.«

»Wenn das zutrifft, warum sehen Sie drei dann so erschüttert aus?«, fragte Marleens Vater, grinste selbstgefällig und lehnte sich wieder zurück.

»Weil sie ahnen, was du vorhast.« Atemlos fügte Marleen leise hinzu: »Tu es nicht!«

»Natürlich ahnen sie es, sie sind ja nicht auf den Kopf gefallen.« Plötzlich packte ihr Vater ihre Hand und zog sie an seine Seite. Er deutete ihr an, dass sie sich neben ihn setzen sollte, aber sie tat es nicht. »Meine Tochter hat die Flaschenpost am Strand von Sylt aus dem Meer gefischt. Zufall? Nein, ich denke, es war Schicksal. Wir werden Ihre Schokoladenfabrik für Sie retten.«

Wenn Blicke töten könnten, hätten Finn, Thies und Joos mich längst umgebracht, dachte Marleen. Immerhin hatte sie die Flaschenpost gefunden. Sie hatte ihren Vater auf die Idee gebracht, dass eine Investition in die Schokoladeninsel äußerst lukrativ sein könnte. Und sie hatte ihm mit Friesos Hilfeschrei ein mächtiges Werkzeug an die Hand gegeben, mit dem er die Machtstellung der Gebrüder Lorentz aushebeln konnte. Das alles ließ sich nicht abstreiten. Wie sollte sie den drei Lorentz-Brüdern glaubhaft machen, dass sie nie eine böse Absicht verfolgt hatte? In ihren Augen trug sie die Schuld an ihrer misslichen Lage. Marleen fühlte sich ohnmächtig.

»Diese Flaschenpost wäre ein gefundenes Fressen für die Presse.« Marleens Vater holte sein Smartphone aus der Tasche seiner Anzugjacke und hielt es hoch. »Ich habe reichlich Fotos von ihr und dem Zettel darin gemacht. Nur für den Fall, dass das Beweismittel gestohlen wird.«

»Übertreiben Sie nicht maßlos? Es ist nur eine Flaschenpost.« Joos streckte den Arm nach ihr aus.

Doch Marleens Vater riss sie vom Tisch und hielt sie mit beiden Händen fest. Das Mobiltelefon hatte er einfach in seinen Schoß fallen lassen. »Nein, das ist sie nicht, sondern sie ist das Pulverfass, auf dem Sie drei sitzen. Wenn bekannt werden würde, dass auf der zuckersüßen Schokoladeninsel jemand gefangen gehalten wird, gäbe es einen Skandal, und den können Sie sich nicht leisten, erst recht nicht in Ihrer momentanen Lage.«

Zum ersten Mal wurde Joos laut: »Bei uns wird niemand weggesperrt.«

Heftig gestikulierend stieß Finn an ein gerahmtes Foto, das an der Wand hing und wohl die Eröffnung der ersten Naschwerk-Manufaktur dokumentierte. »Die Nachricht hat bloß ein alter verwirrter Mann geschrieben.«

»Er ist dement.« Eifrig nickte Thies.

»Das ist egal, verstehen Sie das denn nicht? Die Wahrheit ist zweitrangig. Wenn erst die Polizei jeden Stein auf Möwesand umdreht, werden die Touristen ausbleiben und die Schokoladeninsel wird ruiniert sein.« Marleens Vater steckte sein Smartphone wieder in die Tasche und die Flasche zurück in die Geschenktüte. Mit der Tüte in einer Hand erhob er sich, ging zum Beistelltisch und goss sich Tee ein. »Ohne die Insel können Sie auch die Fabrik nicht halten. Die Gebrüder Lorentz wären bis zum Ende dieses Jahres pleite.«

Joos stand so stürmisch auf, dass sein Bürostuhl nach hinten rollte und gegen die Wand knallte. »Drohen Sie uns etwa?«

Marleens Vater ließ die Frage unbeantwortet. In Seelenruhe trank er seinen schwarzen Tee, ohne Zucker oder Sahne hinzugefügt zu haben. »Ich will kein Unmensch sein. Sie können sich zwischen einem kleinen, aber hochpreisigen Hotel mit Wellnessbereich auf der Insel oder einer Bettenburg für die Mittelklasse auf dem Festland entscheiden.«

»Wie großzügig von Ihnen«, zischte Finn.

Klirrend stellte Marleens Vater die Tasse auf dem Unterteller ab. »Finde ich auch, denn ich müsste das nicht tun.«

»Sie beide gehen jetzt besser, Frau und Herr de Vries«, sagte Joos mit schneidender Stimme.

»Sie wissen ja, wo Sie uns finden. Teilen Sie mir Ihre Entscheidung in den nächsten 24 Stunden mit, Ihr Schweigen würde ich als Absage werten.« Marleens Vater nahm ein Heidesand-Plätzchen und führte seine Tochter aus dem Büro hinaus.

Innerlich wie betäubt folgte sie ihm. Sie konnte kaum glauben, dass der Mann, der neben ihr genüsslich schmatzend die Treppe hinabsteig, ihr Vater war. Ihre Enttäuschung hätte nicht größer sein können. Eine große Leere breitete sich in ihr aus. Ihr Vater war immer ihr Held gewesen, nun schämte sie sich für ihn in Grund und Boden.

Wie sollte sie mit der Situation umgehen? Er war immer noch ihr Vater. Bisher hatte sie zu ihm aufgesehen, im Moment sah sie auf ihn herab.

Innerlich entschuldigte sie sich bei ihrer Mutter dafür, dass sie aus Prinzip stets Partei für ihren Vater ergriffen, ja, ihn angehimmelt hatte, weil er ihr mehr erlaubt hatte als sie. Doch das Bündnis, das 24 Jahre gehalten hatte, war soeben auseinandergebrochen.

Als hinter ihr jemand ihren Namen rief und sie Finns Stimme erkannte, drehte sie sich voller Hoffnung um. Er musste sie inzwischen so gut kennen, dass er das Auftreten ihres Vaters nicht mit ihr gleichsetzte. Zuversichtlich sah sie zu ihm auf.

Doch statt zu ihr zu kommen, blieb er am Treppenabsatz stehen. Feindselig blickte er an ihr vorbei zu ihrem Vater.

Dieser zeigte mit dem angeknabberten Heidesand-Plätzchen in Richtung Nordwinden. »Ich gehe schon mal zu den Naschwerk-Manufakturen vor. Ein heißer Kakao zum Nachspülen wäre jetzt genau das Richtige.«

Marleen war hin- und hergerissen. Auf der einen Seite wollte sie sofort klarstellen, dass sie sein Auftreten schockierend fand und er sich umgehend bei Finn, Thies und Joos entschuldigen sollte. Auf der anderen wollte sie unbedingt hören, was Finn ihr zu sagen hatte. »In Ordnung, aber ich muss dringend mit dir reden.«

Ihr Vater steckte sich den restlichen Keks in den Mund und schritt durch die Diele zum Ausgang. Kurz darauf fiel die Haustür geräuschvoll ins Schloss.

»Ja?«, fragte Marleen Finn erwartungsvoll.

Er räusperte sich. »Du solltest mich nicht mehr im Leuchtturm besuchen.«

»Wie bitte?« Verwirrt schüttelte sie den Kopf. Was wollte er damit andeuten? Sollte niemand wissen, dass sie sich angefreundet hatten?

Mit belegter Stimme stellte er klar: »Unter den gegebenen Umständen sollten wir uns nicht mehr treffen.«

»Was redest du denn da?«

Er schob die Hände in die Hosentaschen. »Ich ertrage es nicht mehr, dass du mit meinen Gefühlen spielst.«

»Das tue ich nicht, wirklich! Was denkst du nur von mir? Ich wusste nicht, dass mein Vater die Flaschenpost aus meinem Zimmer genommen hat, und erst recht nicht, was er damit vorhatte.« Traute er ihr tatsächlich zu, von dem Plan ihres Vaters gewusst zu haben? Verständnislos schüttelte sie den Kopf.

»Das mag sein oder auch nicht«, sagte er und zuckte mit

den Schultern, »aber es spielt auch keine Rolle für meinen Entschluss.«

»Du musst doch bemerkt haben, wie entsetzt ich war, als er Friesos Flasche aus der Papiertüte zog.«

»Ja, das habe ich, aber das ändert nichts daran, dass du sie ihm gezeigt hast. Dir muss doch klar gewesen sein, was er damit anrichten würde.«

»Das war noch auf Sylt«, erwiderte sie. »Zu dem Zeitpunkt konnte ich nicht einschätzen, ob es sich bei der Nachricht um einen schlechten Scherz oder einen ernst zu nehmenden Hilferuf handelt, also habe ich meine Eltern um Rat gefragt. Ich hatte es dir gegenüber erwähnt. Erinnere dich! Damals hatte mein Vater die Schokoladeninsel noch gar nicht auf dem Schirm, was mögliche Investitionen betrifft.«

»Du willst dich auf keine Seite stellen, und ich kann das nachvollziehen.« Seufzend rieb er sich über die Augenlider. Er sah plötzlich unfassbar müde aus. »Ich nehme dir die Entscheidung ab.«

Sie faltete ihre Hände und hielt sie flehentlich hoch. »Finn, bitte. Das ist ein Fehler. Ich mag dich sehr. Nein, das ist untertrieben, ich habe mich in dich …«

»Tut mir leid, Marleen, aber du tust mir nicht gut. Ich möchte dich nicht wiedersehen. Respektiere das.« Gebeugt von einer unsichtbaren Last, ging er zurück in Joos' Büro. Die Endgültigkeit seiner Worte hing im Treppenhaus und legte sich schließlich bleiern auf Marleens Körper.

Was er von ihr verlangte, brach ihr das Herz, aber sie würde seinem Wunsch nachkommen. Anders als ihr Vater akzeptierte sie ein Nein.

Kapitel 11

Minutenlang stand Marleen vor dem Tor, hinter dem die Touristen schwatzend und lachend vorbeispazierten. Sie versuchte verzweifelt, mit dem Weinen aufzuhören, aber ihre Tränen ließen sich nicht trocknen. Ihre Augen brannten, bestimmt waren die Lider bereits aufgequollen.

Plötzlich berührte jemand ihren Rücken sanft wie ein Windhauch.

Marleen schrak zusammen, denn sie hatte niemanden kommen hören. War Finn ihr nachgegangen, um ihr zu sagen, dass alles ein großer Irrtum war und er es nicht aushalten würde, sie nie wiederzusehen?

Doch es war Ebba Alwart, die an ihre Seite trat und ihr eine Packung Taschentücher reichte. »Alles wird gut werden.«

Schniefend nahm Marleen die Taschentücher an. Nein, Finn würde ihr niemals verzeihen, dass sie ihrem Vater ermöglicht hatte, ihn, Joos und Thies gnadenlos in eine Ecke zu treiben. »Lieben Dank«, sagte sie trotzdem.

Aufmunternd drückte die Hausdame ihren Oberarm. »In diesem Moment mag es für Sie den Anschein machen, als würde die Welt untergehen. Aber schon bald werden Sie erkennen, dass das Leben weitergeht und noch viele schöne Momente für Sie bereithält.«

»Nur leider nicht hier auf der Schokoladeninsel.« Nicht mit Finn, fügte Marleen in Gedanken hinzu und schnäuzte sich.

Warmherzig lächelte Ebba Alwart sie an. »Nicht für jeden ist Möwesand der richtige Ort. Kehren Sie nach Hause zurück, Frau de Vries. Auf dem Festland wartet irgendwo das große Glück auf Sie, das versichere ich Ihnen.«

Dumm nur, dass sich Marleen in Finn und in diese einzigartige Wattenmeerinsel verliebt hatte. Unglücklicherweise erwiderten beide ihre romantischen Gefühle nicht. Sie tupfte sich über die Wangen und hielt der Haushälterin die Packung hin. Immerhin hatte sie es mit ihrer Anteilnahme und ihrer Zuversicht geschafft, dass Marleen zu weinen aufgehört hatte.

Ebba Alwart schob Marleens Arm weg. »Behalten Sie die Taschentücher ruhig. Sie könnten sie noch brauchen. Ich wünsche Ihnen alles Gute.«

Dann ging sie zurück ins Haus.

Marleen steckte die Taschentücher in die Gesäßtasche ihrer Jeansshorts. Tief atmete sie ein und wieder aus. Innerlich wappnete sie sich für den Streit mit ihrem Vater, denn zu dem würde es unweigerlich kommen. Ihr Vater war es nicht gewohnt, dass sie eine eigene Ansicht vertrat. Er dachte wohl, sie wären in allem einer Meinung, nur weil der perfekte Familienabend für sie beide darin bestand, nebeneinander auf der Couch sitzend einen Serienmarathon zu machen, Popcorn zu essen und alles um sich herum zu vergessen. Oder weil sie sich immer wieder über ihre Smartphones Fotos möglicher Reiseziele schickten, von exotischen Ländern wie Suriname oder Bhutan. Der andere antwortete stets mit einem Daumen-hoch und den Worten: »Ich bin dabei.«

Sie hatten noch nie hitzig über ein Thema diskutiert. Wenn ein Gespräch an Schärfe gewann, teilten sie sich für gewöhnlich eine Tüte saures Fruchtgummi. Sobald einer von ihnen infolge der Zitronensäure das Gesicht verzog, lachten sie die Spannung, die zwischen ihnen herrschte, einfach weg. Dieses Schlupfloch würde Marleen heute nicht zulassen.

Endlich schaffte sie es, das Tor zu öffnen. Sie trat auf die Straße hinaus, blieb kurz stehen und schaute sich um.

Der Besucherstrom erreichte gerade Nordwinden. Vergnügt schwatzend fielen die Tagestouristen über die Naschwerk-Manufakturen her. Noch hielt sich der Trubel in Grenzen. Die Menge, vor wenigen Minuten mit der ersten Fähre angekommen, verlief sich im Ort, und der Rest Möwesands war noch leer. Neugierig kamen die Möwen angeflogen, setzten sich in Reih und Glied auf die Reetdächer der Läden und beäugten die Neuankömmlinge.

Trotz ihrer Traurigkeit über die Zurückweisung Finns und ihrer Wut über das unverschämte Verhalten ihres Vaters spürte Marleen den Zauber der Schokoladeninsel. Ihr wurde klar, dass nicht allein Finn, Thies und Joos dafür verantwortlich waren, sondern auch die Begeisterung der Gäste. Die Gebrüder Lorentz schafften zwar die Voraussetzungen dafür, dass man sich hier fantastisch amüsieren konnte, aber die Touristen erweckten mit ihren strahlenden Augen und ihrem ausgelassenen Lachen die Magie der Insel erst zum Leben.

Plötzlich sah Marleen eine Frau, die aufgeregt die Besucher ansprach. Heftig gestikulierend lief sie von einem zum anderen. Einmal schüttelte sie sogar einen älteren Mann mit einem weißen Bart, der ihm bis zur Brust reichte, vielleicht weil er ihr nicht sofort antwortete. Erschrocken stieß er sie fort. Den Gesten nach zu urteilen, entschuldigte sich die Frau bei ihm und lief die Straße entlang auf Marleen zu. Der Wind wehte ihr die blonden Locken ins gerötete Gesicht. Sie hatte den Blick einer Frau, die verrückt war, verrückt vor Angst.

Sie stürmte auf Marleen zu. Die Frau trug keine karamellfarbene Bluse und auch keine nougatbraune Stoffhose wie die Verkäufer in den Manufakturen, sondern ein weißes Sommerkleid mit unzähligen kleinen blauen Blüten. Ein Meer aus Vergissmeinnicht wogte um ihren bebenden Körper. Schon von Weitem rief sie aufgeregt: »Haben Sie ein Baby mit einem hellgelben Strampelanzug und Häubchen gesehen? Es hat ein schwarz-gelb gestreiftes Kapuzenjäckchen an.«

»Sie sind Hannah Lorentz, nicht wahr?«, fragte Marleen mit sanfter, warmer Stimme, in der Hoffnung, ihr Gegenüber dadurch ein wenig zu beruhigen.

Hannah blieb vor ihr stehen und nickte. Ihr Brustkorb hob und senkte sich, sie wirkte völlig aufgelöst. Ihre Arme waren ständig in Bewegung. Sie wischte durch die Luft, als würde sie eine Fliege verscheuchen. »Ja.«

»Ich bin Marleen de Vries«, stellte sich Marleen vor und streckte ihr die Hand hin.

Einen Augenblick lang sah Hannah Marleens Hand an, als wüsste sie nicht, was von ihr erwartet wurde. Schließlich schüttelte sie sie doch. »Ich habe schon von dir und deinem Vater gehört.«

»Wo war Bente denn zuletzt?«, fragte Marleen.

»Meine kleine Süße ist erst zweieinhalb Monate alt. Sie lag in ihrer Wiege, im Lager der Manufaktur.«

»Im Lager?«, hakte Marleen ungläubig nach.

Hannah hielt ihre Haare im Nacken mit den Händen

zusammen, dadurch war ihr Gesicht besser zu sehen. Ihr Teint war gerötet, und ihre Augen schimmerten feucht. Schweißperlen standen ihr auf der Stirn. »Ich wollte, dass sie in meiner Nähe ist. Im Laden ist es meist laut und stressig, dort könnte sie nicht schlafen. Der Bereich grenzt unmittelbar an den Verkaufsraum, und die Tür ist immer offen. Bentes Wiege steht so, dass ich sie von meinem Platz hinter der Theke aus sehen kann.« Kaum ließ Hannah ihre Locken los, flatterten sie ihr auch schon wieder um die Nase. »Verdammter Wind! Jemand muss durch die Hintertür in die Manufaktur gekommen sein und Bente aus ihrem Bettchen genommen haben, so unglaublich sich das auch anhört.«

»Du meinst, sie wurde entführt?« Marleen griff in ihre Hosentasche und zog zwei Ersatzhaargummis heraus. Sie hatte stets welche dabei, denn sie hatte die ungute Angewohnheit, sie zu verlieren. Eins reichte sie Hannah, das andere steckte sie zurück in die Tasche ihrer Shorts.

»Du bist ein Schatz. Lieben Dank.« Nervös band Hannah ihre Haare zusammen. »Wir sind die berühmte Lorentz Familie von der berühmten Schokoladeninsel. Erpresser denken vermutlich, bei uns gibt es viel zu holen. Joos wurde ja als Kind gekidnappt …« Vor Verzweiflung schluchzte Hannah.

Vor wenigen Minuten hatte Ebba Alwart ihr noch gut zureden müssen, nun spendete Marleen selbst Trost. Obwohl sie noch keine eigenen Kinder hatte, war ihr klar, dass einer Mutter nichts Schlimmeres passieren konnte, als dass ihr Kind verschwand. Sie reichte Hannah eins der Papiertaschentücher von der Haushälterin. Hannah weinte zwar noch nicht, aber sie war den Tränen nahe.

»Hast du denn jemanden im Lager gehört?«, wollte Marleen wissen.

»Nein, ich war wohl abgelenkt, die ersten Touristen kamen in den Laden. Merle, die mir beim Verkauf hilft, wurde nervös und riss einen Stapel Tassen um. Ich habe die Scherben aufgekehrt, die Kunden beraten und abkassiert. Die arme Merle war untröstlich und so durch den Wind, dass sie zu weinen anfing. Da habe ich ihr gesagt, sie soll erst mal Luft schnappen, um sich zu beruhigen«, sprudelte es aus Hannah heraus. Sie nahm ein Taschentuch, doch sie schnäuzte sich nicht die Nase, sondern tupfte sich die Schweißperlen von der Stirn und der Oberlippe. »Alles passierte so schnell und war Stress pur, da habe ich wohl für ein paar Minuten nicht mehr auf meine kleine Tochter geachtet.«

»Mach dir bitte keine Vorwürfe.« Verständnisvoll sah Marleen sie an. »Wir werden sie finden.«

»Ich bräuchte wohl noch eine andere Aushilfe außer Merle, dann würde so etwas nicht passieren«, sagte Hannah zu sich selbst, und Marleen ging eine Sekunde lang durch den Kopf, dass sie diese Aufgabe gerne übernehmen würde.

Angespannt schaute Hannah sich um, wandte sich der Küstenstraße zu, dann blickte sie links zum Hafen und rechts zum Leuchtturm.

»Wie kann ich dir am besten bei der Suche helfen?«, fragte Marleen.

Überrascht weiteten sich Hannahs Augen. »Du willst mir helfen?«

»Das ist doch selbstverständlich.«

Plötzlich schlang Hannah ihre Arme um Marleen. »Ich konnte Thies nicht erreichen«, sagte sie mit brüchiger Stimme. »Er muss sein Handy auf lautlos gestellt haben.«

Weil er bis gerade ein Geschäftstreffen mit meinem Vater und mir gehabt hatte, dachte Marleen.

Gefühlvoll rieb sie Hannah über den Rücken, um sie zu beruhigen.

Dann schritten Hannah und sie Seite an Seite über die Küstenstraße und sahen in alle Richtungen. Unentwegt rief Hannah Bentes Namen. Marleen wusste nicht, was das bringen sollte, rief aber trotzdem mit.

Als sie an dem Beet mit der Sommerheide vorbei waren und den Laubwald erreichten, kam Marleen ein schrecklicher Gedanke. Konnte Frieso in seiner Verwirrung das Kind ohne böse Absicht aus der Edelkakao-Manufaktur weggetragen haben?

Falls die Vermutung zutraf, war doch zumindest klar, dass er Hannah nicht schaden wollte. Er lebte in seiner eigenen Welt, wahrscheinlich hatte er nicht einmal begriffen, dass es die kleine Bente war, die da vor ihm in der Wiege lag. Schließlich erkannte er ja oft nicht einmal mehr seine eigene Frau. Vielleicht hatte er Bente einfach nur niedlich gefunden und sich, durcheinander, wie er war, nichts dabei gedacht, sie mitzunehmen. Möglicherweise erinnerte sie ihn aber auch an den Nachwuchs eines Verwandten oder eines Freundes. Unter Umständen hatte er sich auch ein Leben lang ein eigenes Kind mit Rieke gewünscht und dachte nun, er hätte es vor sich. Starke Gefühle und seine fortschreitende Demenz mochten den alten Mann dazu verleitet haben, Bente fortzubringen, ohne sich bewusst zu sein, dass er Hannah damit durch die Hölle schickte.

Marleen fiel wieder ein, dass er oft unter Ängsten litt. Hatte er Bente vielleicht beschützen wollen und sie dorthin gebracht, wo er sich sicher fühlte, also in den Wald?

Um Hannah nicht unnötig zu beunruhigen und Frieso nicht grundlos zu beschuldigen, behielt Marleen ihre Überlegung für sich und schlug stattdessen vor: »Was hältst du davon, wenn du weiter der Straße folgst und im Hafen und im *Klönschnak* nach ihr suchst, und ich überprüfe den Wald?«

Erschrocken starrte Hannah sie an. »Den Wald?«

»Früher oder später müssen wir auch dort nachschauen.« Marleen lächelte sie an und hoffte, dass Hannah ihr die Anspannung nicht anmerkte. »Wir könnten Zeit sparen, indem wir uns aufteilen.«

»Du hast recht«, pflichtete Hannah ihr bei.

»Wir werden Bente finden«, versprach Marleen ihr und nahm Hannahs Hände in die ihren. Ein Baby konnte nicht einfach so von einer Insel verschwinden. Es sei denn, ein Mitarbeiter war in die Entführung involviert. Bei dem Gedanken zog sich Marleens Magen zusammen. Sie ließ Hannah los. »Wir treffen uns am Feuerwehrhaus. In Ordnung?«

Hannah nickte und lief in Richtung Hafen davon.

Mit wummerndem Herzen eilte Marleen an der Heidefläche vorbei in den Laubwald. Stumm grüßte sie den einzigen Wildkirschbaum auf Möwesand, hinter dem sich Frieso vor ihr hatte verstecken wollen. Der vertraute Duft von Waldboden und verrottendem Laub drang ihr in die Nase. Über ihr raschelten die Blätter, als würden die Bäume vor Furcht zittern. Abgesehen vom Inneren der Reetdachhäuser war dies wohl der schattigste Ort auf der ganzen Insel.

Für Marleen waren Wälder gemeinhin friedvolle Orte, an denen sie sich entspannen und neue Kraft tanken konnte, aber in diesem Augenblick stellten sich ihre Nackenhaare auf. Am Pfingstsonntag hatte sie nach Hinweisen darauf gesucht, dass der Absender der Flaschenpost die Wahrheit geschrieben hatte und tatsächlich auf der Schokoladeninsel gefangen gehalten wurde. Dann war sie Frieso, der gerade eine Flaschenpost in die Nordsee geworfen und sehr ängstlich gewirkt hatte, hierhergefolgt. Und nun der nicht minder schauderhafte Grund, sich hier im Wald umzusehen. Marleen bekam eine Gänsehaut, während sie hinter jeden Baum und unter jeden Strauch sah, um zu prüfen, ob sich Frieso mit Bente dorthin zurückgezogen oder er die Kleine im Schutz des Unterholzes abgelegt hatte. Sei es, weil er sie dort in Sicherheit vor den Dämonen wähnte, die ihn verfolgten. Doch sie fand keinerlei Hinweise darauf, dass sie mit ihrer Befürchtung richtiglag. Keine auffälligen Spuren im Laub, kein aus Ästen und Zweigen gebauter Unterschlupf, keine Babysocke, die von Bentes Füßchen gerutscht war.

Marleens Nerven waren zum Zerreißen angespannt.

Beherzt schritt sie weiter. An einer Stelle, an der sich die Birken und Pappeln am Waldrand lichteten, spähte sie hinaus auf die Wildblumenwiese. Am Süßwassersee saßen bereits die ersten Touristen, ein junges Paar, das sich gegenseitig mit Crêpes fütterte, umringt von gierigen Möwen, die dreist immer näher kamen. Der süße Geruch von gebrannten Mandeln, Schokoladenananas und Ahornsirupbonbons wurde aus den Naschwerk-Manufakturen von der Meeresbrise zu Marleen hinübergeweht.

Im Zickzackkurs ging sie durch den Laubwald, um auch ja nichts zu übersehen. Als sie am anderen Ende ankam, seufzte sie halb enttäuscht, halb erleichtert. Sie hatte weder Bente noch Frieso entdeckt.

Sollte sie Hannah in ihre Sorge, Riekes Ehemann könnte

ihre kleine Tochter genommen haben, einweihen? Die Vorstellung gefiel ihr ganz und gar nicht. Wenn sie den Verdacht auf ihn lenken würde, könnte das für böses Blut auf der Schokoladeninsel sorgen, und das wollte sie vermeiden. Außerdem würde es ein falsches Licht auf Frieso werfen. Er war krank, nicht gemeingefährlich und derjenige, der sich fürchtete.

Als Marleen erleichtert die Luft ausstieß, konnte sie damit auch einen Teil ihrer Anspannung loslassen. Jetzt wo sie genauer darüber nachdachte, kam ihr ihre Idee, Frieso wäre für Bentes Verschwinden verantwortlich, abwegig vor. Bestimmt passte Rieke nach allem, was passiert war, auch noch besser auf ihn auf. Um ganz sicher zu sein, wollte Marleen später bei den Knutens vorbeigehen. Aber erst einmal musste sie feststellen, ob Hannah Bente nicht längst wieder auf dem Arm hielt, am Köpfchen ihrer Tochter roch und mit Freudentränen in den Augen tief deren Babyduft einatmete.

Ratlos stand sie mitten auf der Küstenstraße und wandte sich in Richtung Hafenrestaurant. Das Feuerwehrhaus verdeckte ihr die Sicht auf den Hafen. Sollte sie Hannah entgegengehen? Vielleicht hatte sie aber auch nicht auf sie warten können und drehte bereits Nordwinden auf links?

Als ein Speedboat an Möwesand vorbeiraste, fand Marleen, dass es viel zu schnell fuhr. Mit hoher Geschwindigkeit entfernte es sich von der Insel und legte sogar noch an Tempo zu. Da hat es aber jemand eilig, dachte Marleen alarmiert. Unweigerlich stellte sie sich vor, dass das Bentes Entführer war und er sie fortbrachte.

Innerhalb von Sekunden wechselten sich Entsetzen, Fassungslosigkeit und Ohnmacht ab. Aber ein Schrei blieb in ihrer Kehle stecken, denn im letzten Moment sah sie die

Aufschrift *Küstenwache* am Heck des Schiffs. Die Angst hatte kurzzeitig die Oberhand gewonnen. Wie musste es erst Bentes Mutter gehen? Hannah musste schier verrückt vor Sorge sein.

Plötzlich trug der Wind das vergnügte Glucksen eines Kindes zu ihr. Im nächsten Moment war das Geräusch auch schon wieder verschwunden. Hatte Marleen es sich nur eingebildet?

Sie bohrte die Fingernägel in ihre Handballen, drehte sich einmal um die eigene Achse und suchte mit aufmerksamem Blick die Umgebung nach einem Säugling ab. Da war keiner. Ihre Fantasie musste ihr einen Streich gespielt haben. Enttäuscht ließ sie ihre Arme hängen.

Da vernahm sie erneut das helle Glucksen. Diesmal war sie sich sicher, dass sie sich nicht getäuscht hatte. Sie versuchte, ihre Vorfreude im Zaum zu halten, die fröhlichen Laute mussten ja nicht von Bente stammen. Gut möglich, dass sie nicht das einzige Baby auf der Schokoladeninsel war.

Ein zweites Mal spähte sie in alle Richtungen und erblickte bloß zwei Paare mittleren Alters, die auf Tellern Köstlichkeiten aus den Naschwerk-Manufakturen auf den grünen Strand trugen und sich auf dem Rasen in die Sonne setzten.

Plötzlich sah sie aus den Augenwinkeln eine Biene Maja über die Syltrosen aufsteigen. Ihr Puls beschleunigte sich, und sie drehte sich schnell um, aber was immer sie gesehen hatte, war verschwunden.

Aufgewühlt trat Marleen näher an die Sträucher mit ihren wunderschönen weißen und rosafarbenen Blüten heran. Hinter den Gewächsen wiegte die Meeresbrise das

Schilfrohr, das in der Uferzone wuchs, sanft hin und her. Das Gelächter der Touristen, die am anderen Ende des Strandes saßen, drang zu ihr herüber. Marleen wünschte sich, die vier Erwachsenen würden schweigend ihre Leckereien verspeisen, damit sie sich auf die Geräusche, die das Baby machte, konzentrieren konnte.

Doch das brauchte sie gar nicht mehr, denn über die Syltrosen hinweg erspähte sie es. Marleens Herz sprang ihr fast aus der Brust, denn der Säugling trug einen hellgelben Strampelanzug und ein gelb-schwarz gestreiftes Jäckchen. Das musste Hannahs Töchterchen sein. Marleen hatte die kleine Bente tatsächlich gefunden!

Mit Riesenschritten ging sie bis zum Ende der Sträucher und zwängte sich an der Stelle, an der Syltrosen und Schilfrohr dicht beieinanderstanden, hindurch. Dornen kratzten über ihre nackten Oberschenkel, sie blutete nicht, aber es brannte höllisch. In Windeseile rannte sie zu der Person, die Bente in ihren Armen wiegte und sie dann so drehte, dass sie die vorbeifahrende Fähre aus Pellworm beobachten konnte. Dabei stützte die Frau fürsorglich das Köpfchen der Kleinen.

»Merle«, rief Marleen überrascht und blieb vor ihr stehen.

»Hallo.« Gefühlvoll schmiegte ihre Zimmernachbarin im *Nis Puk* das Baby mit dessen Bauch an ihren Oberkörper. »Das ist Bente.«

Fühlte sich Hannahs Mitarbeiterin denn gar nicht ertappt? Marleen hatte alles erwartet, nur nicht diese Harmonie, die sie hier vorfand. »Hannah sucht ihre Tochter auf der ganzen Insel.«

»Warum?«, fragte Merle und richtete Bentes Häubchen, das verrutscht war.

Empört zischte Marleen. »Sie macht sich große Sorgen.«

»Ich passe doch gut auf Bente auf«, sagte Merle in einer Art und Weise, die man für naiv halten konnte.

Aber Marleen hatte schon Menschen mit Downsyndrom darin unterrichtet, auf einem Surfbrett liegend zu paddeln oder sogar darauf zu stehen, weil das die Koordinationsfähigkeit und das Gleichgewicht verbesserte. Durch diese Erfahrung wusste sie, dass das bloß eine typische Sprechweise bei Trisomie 21 war. Aber Merle schien eine aufgeweckte junge Frau zu sein, und genau darum fand Marleen ihr fehlendes Schuldbewusstsein etwas irritierend.

Merle machte nicht den Anschein, sauer auf Hannah zu sein, weil diese sie in der Edelkakao-Manufaktur vielleicht zurechtgewiesen hatte. Sie wirkte keinesfalls, als wollte sie ihrer Chefin eins auswischen. Bei dem, was Marleen sah, wurde ihr klar, dass Bente von niemandem hätte liebevoller betreut werden können als von Merle. Die Kleine war die ganze Zeit in Sicherheit gewesen. Ihr fiel ein Stein vom Herzen.

Marleen wollte jetzt nicht mit der Insulanerin über deren Fehlverhalten diskutieren, sondern so schnell wie möglich Bente zu ihrer Mutter bringen. Darum zog sie Merle auf die Füße und nahm ihr das Baby sanft ab. »Geht es der Kleinen gut?«

»Wir waren am See, dort haben wir Libellen entdeckt.« Merles hübsche Mandelaugen leuchteten. »Dann haben wir Blumen gepflückt und sie auf das Grab von Karin und Hauke gelegt. So heißen Bentes Großeltern. Und dann habe ich gesehen, wie ein Reiher auf dem Strand gelandet ist. Den wollte ich Bente zeigen. Aber als wir ankamen, flog er weg.«

Als Bente Marleen anlächelte, konnte diese nicht anders,

als an ihr zu riechen. Der Duft von zarter Babyhaut, Puder und Wundcreme stieg ihr in die Nase und erfüllte sie mit Liebe. Ungelenk versuchte die Kleine, nach Marleens Lippen zu greifen. Marleen betrachtete die niedlichen Finger an dem niedlichen Händchen und küsste schließlich ihre Handfläche. Zärtlich streichelte sie Bentes Rücken. Sie wollte so gerne Mutter werden, doch dazu fehlte ihr noch der passende Mann.

Vielleicht auch nicht, dachte Marleen und sehnte sich mit jeder Faser nach Finn, aber der wollte sie ja nie wieder sehen. Sie verspürte einen schmerzhaften Stich im Brustkorb.

Auffordernd nickte sie Merle zu. »Komm, wir bringen Bente zu ihrer Mutter.«

Zu ihrer Verwunderung hakte sich Merle bei ihr ein, als wären sie Freundinnen. Sie verließen den grünen Strand. Als sie erst ein paar Schritte in Richtung Hafen gemacht hatten, tauchte Hannah neben dem Feuerwehrhaus auf. Sie sah ihre Tochter auf Marleens Arm, blieb abrupt stehen und schluchzte laut.

Im nächsten Moment rannte sie auch schon wie der Teufel los und hielt erst an, als sie bei ihrem Kind angekommen war. Weinend drückte sie Bente an sich. Während sie ihr Töchterchen hin und her wiegte, fragte sich Marleen, ob sie das zu Bentes Beruhigung tat oder zu ihrer eigenen.

Hannahs Tränen versiegten schließlich, aber ihre Oberlippe zitterte. »Wo hast du meine Kleine gefunden, Marleen?«

»Sie war die ganze Zeit in guten Händen. Merle hat auf sie aufgepasst.« Marleen ahnte, dass ein Donnerwetter folgen würde, wenn Hannah erfuhr, dass Merle Bente entführt hatte. Sie versuchte, im Voraus beruhigend auf sie einzuwirken, indem sie einen lockeren Ton anschlug und das Positive hervorhob. »Ich habe die beiden auf dem grünen Strand entdeckt. Sie hatten viel Spaß zusammen.«

»Spaß? Während ich vor Angst fast in die Nordsee gesprungen wäre, um nach Bente zu tauchen?« Hannahs Miene verfinsterte sich. Sie wandte sich ihrer Mitarbeiterin zu: »Hast du sie etwa aus ihrer Wiege genommen?«

Merle lächelte. »Ja, natürlich.«

»Das kannst du doch nicht einfach machen«, zischte Hannah sie an. Ihr Gesicht nahm eine ungesunde rote Farbe an. Sie blähte ihre Wangen auf, als könnte sie die Wut nur mit Mühe im Zaum halten. »Was ist nur in dich gefahren? Ich war krank vor Sorge. Du hättest mich fragen müssen.«

»Aber das habe ich doch«, stellte Merle leise klar. Jegliches Strahlen an ihr war verschwunden. Mit ihren hängenden Schultern stand sie da wie ein Häufchen Elend und schaute Hannah mit dem Blick eines Welpen, der nicht wusste, was man von ihm wollte, an.

Verwirrt runzelte Hannah die Stirn.

Merles Stimme überschlug sich fast, als sie aufgeregt erzählte: »Die ersten Kunden kamen in den Laden. Ich wurde hektisch, weil ich immer Angst habe, etwas falsch zu machen. Oder mich dumm anzustellen. Dabei stolperte ich über meine eigenen Füße und stieß die Tassen um. Überall lagen Scherben. Du hast mich angeschrien und rausgeschickt. Da habe ich dich gefragt, ob ich Bente mitnehmen darf. Und du hast Ja gesagt.«

»Das kann nicht sein«, sagte Hannah rigoros und schüttelte den Kopf.

Merle verschränkte die Arme vor ihrem rundlichen Oberköper und zog einen Flunsch. »Aber es war so.«

»Habe ich tatsächlich gesagt, du kannst mit ihr spazieren gehen?« Jetzt klang Hannah schon unsicherer.

»Ja, ganz bestimmt.« Merle reckte ihr rundliches Kinn vor. »Ich dachte, es ist besser, wenn Bente und ich dir aus dem Weg sind. Ich wollte nicht, dass du sie auch anschreist, wenn sie plötzlich weint. Sie und ich machen dir doch nur noch mehr Arbeit.«

Eine einzelne Träne rann über Hannahs Wange. »Es tut mir leid. Ich erinnere mich nicht daran, mit dir über Bente gesprochen zu haben, aber es muss wohl so gewesen sein. Ich glaube dir.«

»Vielleicht hast du es vergessen.« Versöhnlich lächelte Merle sie an. »Du warst so gestresst. Vor dir standen Kunden, aber erst musstest du ja noch den Boden fegen, wegen mir.«

»Dich trifft keine Schuld. Ich habe mich überschätzt und wollte alles auf einmal, Mutter sein und eine eigene Naschwerk-Manufaktur führen. Aber der Vorfall heute hat mir gezeigt, dass es so nicht weitergehen kann. Ich werde keinem wirklich gerecht, weder Bente noch meinem Laden. Meine Ehe leidet unter der Doppelbelastung, weil Thies und ich kaum noch Zeit füreinander haben. Heute habe ich dich zu allem Übel auch noch ungerecht behandelt. Kannst du mir verzeihen?«, fragte sie leise.

Unbeholfen klopfte Merle Hannah auf die Schulter. »Klar. Jeder hat mal einen schlechten Tag.«

»Das ist keine Entschuldigung.« Zärtlich rieb Hannah ihre Stirn an die ihrer kleinen Tochter. »Was wäre ich Bente für ein Vorbild, wenn ich mich hinter dieser Ausrede verstecken und so weitermachen würde wie bisher?«

Für Marleen war es offensichtlich, wie sehr Hannah darunter litt, Merle verbal angegriffen zu haben. Aber sie musste sich selbst verzeihen. Niemand war perfekt. »Du gibst dein Bestes, mehr geht nicht«, versuchte Marleen sie aufzubauen

»Darin liegt das Problem. Mehr als jetzt kann ich nicht leisten. Es muss sich etwas ändern.« Traurig lächelte Hannah. »Vielleicht werde ich die Edelkakao-Manufaktur wieder aufgeben müssen.«

Sichtlich erschrocken riss Merle die Augen auf. »Wo soll ich denn dann arbeiten?«

»Du wirst immer ein Zuhause auf der Schokoladeninsel haben«, versicherte Hannah ihr einfühlsam.

Plötzlich kam Thies angelaufen. Völlig außer Atem blieb er bei ihnen stehen und schloss Hannah und Bente in seine Arme. Sein Körper bebte. »Was um alles in der Welt ist denn passiert?«

»Beruhige dich bitte, Schatz.« Liebevoll strich Hannah über seine Wange. »Es ist alles gut.«

»Ich habe dich auf dem Mobiltelefon zurückgerufen, aber du hast dein Handy im Laden liegen lassen. Simon hat mir dann alles erzählt, also bin ich über die ganze Insel gelaufen und habe euch gesucht.« Zärtlich küsste er das Köpfchen seiner Tochter und hielt ihr seinen Zeigefinger hin. Sie griff ungeschickt danach und schaffte es schließlich, ihn mit ihren Händchen zu fassen. Verliebt sah Thies Bente an.

»Merle hat Bente mit auf einen Ausflug über die Insel genommen«, erklärte Hannah. »Bei der ganzen Hektik im Laden hatte ich das vergessen. Frag jetzt bitte nicht weiter. Ich werde dir auf dem Weg zurück nach Nordwinden alles haargenau erzählen. Jedenfalls hat sich Merle rührend um unsere Kleine gekümmert.« Sie klang so erschöpft, wie sie aussah. »Marleen hat mir bei der Suche nach Bente geholfen. Sie hat unsere Kleine mit Merle am Strand gefunden.«

Marleen merkte Thies an, dass ihm die Situation wegen dem, was erst vor einer Dreiviertelstunde im Lorentz-Haus geschehen war, unangenehm war. »Das ist keine große Sache«, beeilte sie sich zu sagen.

»Doch, das ist es. Danke.« Er schüttelte ihre Hand und hielt sie einen Moment lang fest. Verlegen wich Marleen seinem Blick aus, aber innerlich strahlte sie vor Freude. Sie wollte so gerne von allen Insulanern gemocht werden. Die Schokoladeninsel war so ein zauberhafter Ort mit reizenden Menschen, und sie wollte hier nur zu gerne neue Freundschaften schließen.

Ihr Vater wollte mit Gewalt einen Fuß in die Tür der Gebrüder Lorentz bekommen, sie schien es mit Freundlichkeit geschafft zu haben. Doch sie würde einen Teufel tun und ihm von ihrer erfolgreichen Suche nach Bente berichten, sonst würde er das womöglich wieder als Druckmittel bei seiner geschäftlichen Verhandlung verwenden.

Während Hannah mit Bente auf dem Arm und Thies an ihrer Seite nach Nordwinden spazierte, blieb Marleen mit Merle bei den Syltrosen zurück.

Merle wirkte bedrückt. »Ich bin besonders, darum bin ich nicht einfach.«

»Wer ist das schon?« Tröstend strich Marleen ihr über den Rücken und lächelte sie aufmunternd an.

Da schlang Merle, die einen Kopf kleiner war als Marleen, die Arme um sie, als würden sie sich schon ewig kennen. »Bleibst du jetzt auch auf der Schokoladeninsel?«, fragte sie hoffnungsvoll.

»Nein, leider nicht«, antwortete Marleen voller Bedauern.

Merle seufzte. »Schade.«

Das fand Marleen auch, aber ihre Zeit im Wattenmeer lief ab. Ihr Vater wollte heute oder morgen abreisen. Sie hatte einen Kloß im Hals. Unauffällig blinzelte sie aufsteigende Tränen weg. Es würde ihr schwerfallen, sich von den Inselbewohnern zu verabschieden, denn sie waren alle auf ihre Weise besonders. Rieke und Frieso. Hannah, Thies und Bente. Merle, Julius und Gerit Brodersen. Aber vor allen Dingen Finn.

Plötzlich kam ihr ein verrückter Gedanke. Sollte sie diesmal vielleicht gar keine Andenken an diesen wunderschönen, ereignisreichen und köstlichen Aufenthalt auf der Schokoladeninsel mit nach Hause bringen, sondern stattdessen etwas dalassen? Die Vorstellung, all den liebenswerten Menschen Abschiedsgeschenke zu machen, gefiel ihr. Mehr noch als das, die Idee elektrisierte Marleen regelrecht. Die Souvenirs, die sie bereits im *Nis Puk* und im Leuchtturm eingesteckt hatte, würde sie selbstverständlich zurücklegen.

Während sie Merle zur Edelkakao-Manufaktur begleitete, stellte sie sich vor, wie sie heimlich die jeweilige kleine Aufmerksamkeit dort hinterließ, wo die Beschenkten sie finden würden. Sie hatte nicht vor, etwas offiziell zu überreichen, sie wollte keinen Dank, sondern sich für die Gastfreundschaft revanchieren.

Außerdem hatte sie in den vergangenen Jahren ihre Mitmenschen im negativen Sinne damit überrascht, dass sie ihnen hinter ihrem Rücken etwas weggenommen hatte. Als eine Art ausgleichende Gerechtigkeit wollte sie es nun genau andersherum machen. Sie wollte sie mit einem unerwarteten Geschenk zum Staunen und ihre Augen zum Leuchten bringen. Vielleicht konnte sie so das Unrecht, das sie durch ihr zwanghaftes Verhalten getan hatte, ein bisschen wiedergutmachen. Es wäre zumindest ein Anfang.

Aber es gab ein Problem. Vor ihrer Abreise blieb keine Zeit mehr, um mit der Fähre zum Festland zu fahren und auf Nordstrand oder in Husum einkaufen zu gehen. Und sie konnte den Insulanern ja schlecht das, was es in Nordwinden zu kaufen gab, vor ihre Haustüren legen. Wie sollte sie dieses Problem lösen?

Marleen musste an ihre Erinnerungsbox denken. Darin lagen einige schöne Stücke, die den einen oder anderen Möwesander bestimmt erfreuen würden. Aber würde sie sich überwinden können, ihre Schätze abzugeben?

Unglücklicherweise wollte ihr Dämon nichts, in das er seine Krallen geschlagen hatte, jemals wieder loslassen. Ihn zu bezwingen würde sie viel Kraft kosten. Sie wusste nicht, ob sie sie im Moment aufbringen konnte, der Tag war turbulent und anstrengend gewesen. Aber sie wollte es wenigstens versuchen, sie würde sich mit aller Macht gegen ihn wehren, immerhin wusste sie ja, für wen sie es tat. Die Schokoladeninsel und ihre Bewohner. Außerdem hatte sie den gierigen Dämon schon einmal niedergerungen, bei Finns Earcuff. Sie hatte sich überwunden, hatte ein Andenken hergegeben, dann konnte sie es auch wieder schaffen.

Ich kann mich ändern, dachte Marleen und spürte eine nie dagewesene Zuversicht. Das musste sie unbedingt Frieda erzählen.

Kapitel 12

Als Marleen zurück im *Nis Puk* war, zog sie die reich verzierte Holzschatulle unter ihrem Bett hervor. Sie setzte sich auf die Matratze und stellte die Box auf ihren Schoß. Andachtsvoll öffnete sie die Kiste und betrachtete all die kleinen und etwas größeren Schätze darin. Sie nahm den einen oder anderen Gegenstand in die Hand, betastete, drehte und wendete ihn. Voller Sehnsucht erinnerte sie sich an die Freude des Augenblicks, mit dem sie ihn verband.

Den Wert eines Souvenirs maß sie nicht nach seinen Anschaffungskosten, sondern danach, für welches schöne Erlebnis er stand. Da war ihr der Strohstern von Helga Leindeckers Weihnachtsbaum genauso teuer wie der goldene Zuckerlöffel aus dem Waldorf Astoria in New York. Wer von der Schokoladeninsel würde sich wohl über welches Objekt freuen?

Bei dem Gedanken, in Kürze einige ihrer Andenken zu verschenken, fingen ihre Hände an zu zittern. Ihr Atem beschleunigte sich. Aufgebracht trommelte ihr Herz in ihrem Brustkorb. Magensäure kitzelte an ihrem Gaumen, und Speichel sammelte sich in ihrem Mund. Sie würde sich doch wohl nicht übergeben müssen? Um ihre Gedanken zu ordnen, vertraute sie ihre Gefühle dem Notizbuch mit dem Pfirsichköpfchen auf dem Einband an.

Um nicht, wie sie befürchtete, den Mut zu verlieren, sprang sie auf. Im nächsten Moment wurde ihr schwarz vor Augen. Tapfer ignorierte sie den Schwindel und steckte einige der Objekte in ihre Handtasche. Der innere Kampf brachte sie ins Schwitzen. Rasch eilte sie aus dem Zimmer, aus Angst auch davor, sie könnte schwach werden und es sich in letzter Minute doch noch anders überlegen.

Ein erster Test bestand darin, ein Geschenk an Merles Zimmertür zu hängen, eine Kette mit einem Engel-Anhänger aus Weißgold. Ihre Mutter hatte den Schmuck einst an einem denkwürdigen Abend getragen – als ihre Eltern sie zur Feier ihres Abiturs in ein schickes Restaurant eingeladen hatten. Danach hatte sie sich mit ihrer Mutter *Der König der Löwen* angeschaut, ohne ihren Vater, den Kulturveranstaltungen langweilten. Nach dem Musicalbesuch fuhren Marleen und ihre Mutter noch in einen Nachtclub auf der Reeperbahn und ließen den Abend dort bei einem Cocktail ausklingen. Aus einem wurden mehrere, vom Alkohol beschwingt, begann ihre Mutter zu tanzen, was Marleen mit dem Handy festhielt. Ihre Mutter verlor nicht gerne die Kontrolle über sich, aber in jener Nacht ließ sie sich gehen, und genau das tat ihrer Beziehung gut.

Soweit Marleen wusste, hatte ihre Mutter nie nach dem Engelchen gesucht. Wahrscheinlich vermisste sie es nicht einmal, sie besaß so viele Anhänger, dass sie ein halbes Jahr lang täglich einen anderen tragen konnte.

Marleen streckte die Hand aus, um die Kette wieder an sich zu nehmen. Sie rang mit sich, aber dann wurde ihr klar, dass sie das Andenken gar nicht brauchte, um sich an die Harmonie zwischen ihr und ihrer Mutter zu erinnern. Sie hatte das Erlebnis in ihrem Herzen gespeichert, es war jederzeit abrufbar.

Schon etwas entspannter stieg sie die Treppe ins Erdgeschoss hinab, um zu prüfen, ob Gerit zu Hause war. Da die Luft rein war, legte sie schnell erst das Keramiktäubchen, das sie tags zuvor aus der Diele genommen hatte, zurück, und betrat dann Gerits privates Badezimmer. Dort schob sie schnell ein Stück Lavendelseife zwischen die Handtücher. Mit rasendem Puls rannte sie aus dem Bad. Sie blieb im Flur stehen und verspürte erneut den Wunsch, das Souvenir wieder in ihre Handtasche zu stecken, doch sie tat es nicht.

Freu dich nicht zu früh, dachte sie. Über den Berg war sie noch nicht, aber sie machte Fortschritte, und nur das zählte.

Die Seife hatte ihrer besten Freundin Wiebke gehört. Sie stellte selbst mit viel Liebe und Sorgfalt aus pflanzlichen Zutaten Seifen her, mit Sheabutter, Kokos-, Avocado- und Olivenöl. Aus Sorge, sie könnte Wiebke ebenso verlieren wie ihre Freundin Rabea, hatte Marleen vor einigen Monaten die lilafarbene Seife eingesteckt. Sie war sich sicher, dass es Wiebke gar nicht bemerkt hatte, in ihrem Badezimmer standen drei geflochtene Aufbewahrungsboxen voll mit ihren kleinen, nach Zitronenmelisse, Orangen, Nelken, Zimt und grünem Tee duftenden Kunstwerken.

Hoffentlich würde ihr kleines Geschenk Gerit gefallen. Die Seife war viel zu hübsch und roch viel zu gut, um sie in einem Kistchen aufzubewahren. So wie sie Gerit einschätzte, würde diese sich eine Weile an dem Lavendelgeruch, den die Seife an ihre Handtücher abgab, erfreuen und sie erst in ein paar Monaten zum Händewaschen benutzen. Sie würde nicht wissen, dass Marleen ihr diesen Genuss verschafft hatte, aber Marleen würde die Insel in dem Wissen verlassen, Gerit eine Freude gemacht zu haben. Das reichte ihr, die Aussicht machte sie glücklich.

Frohgemut, weil ihre Geschenkaktion gut anlief, wollte

sie zu Rieke und Frieso hinübergehen und ihnen ein Andenken vor die Haustür legen. Doch gerade als sie die Tür des Gästehauses aufzog, sah sie Finn. Mit Riesenschritten ging er durch die Öffnung im Friesenwall, der das Haus nebenan von der Straße angrenzte. Zielstrebig eilte er durch den Vorgarten zum Eingang des Ehepaars Knuten und klopfte energisch. Es dauerte nicht lange, und ihm wurde geöffnet. Aufgeregtes Gemurmel war zu hören. Kurz darauf fiel die Vordertür geräuschvoll ins Schloss.

Marleen trat aus dem *Nis Puk* und fragte sich, was da wohl los war. Sollte sie hingehen und ihre Hilfe anbieten? Besorgt spähte sie um die Ecke zum Nachbarhaus. Sie entschied sich dazu, sich herauszuhalten. So schwer es ihr fiel, Finn hatte klargemacht, dass sie ihm aus dem Weg gehen sollte, und das würde sie respektieren. Außerdem bot ihr die Situation eine Chance, die sie ausnutzen wollte. Wenn sie jetzt sofort zum Leuchtturm ging, um dort heimlich eine Erinnerung zu hinterlassen, lief sie kaum Gefahr, ihm zu begegnen.

Schwer atmend und die Handtasche mit den Andenken an ihren Oberkörper gedrückt, eilte Marleen durch Nordwinden. Sie fühlte es, die Mitarbeiter der Gebrüder Lorentz und die Touristen, denen sie begegnete, sahen es ihr an, dass sie etwas im Schilde führte. Jeden Moment würde sie jemand aufhalten und zur Rede stellen. Marleen wich allen Blicken aus.

Am Leuchtturm ging dann alles ganz schnell. Sie langte in ihre Tasche und zog einen Schlumpf aus Kunstharz heraus. Auf den ersten Blick passte die daumengroße blaue Comicfigur mit den roten Shorts und der weißen Zipfelmütze nicht zu Finn, auf den zweiten schon, denn sie trug ein Surfbrett unter dem Arm.

Marleen hatte den Schlumpf aus dem Lager der Hamburger Surfschule, bei der sie regelmäßig jobbte, gerettet. Dort hatte er in einer Kiste mit Nippes gelegen. Sie hatte ihm ein liebevolleres Zuhause geschenkt, eines, in dem man ihn zu schätzen wusste. Seither erinnerte er sie an all die schönen Surfkurse, die sie auf dem Hohendeicher See gegeben hatte, an die Teilnehmer mit ihren spannenden Lebensgeschichten, an ihre Kollegen, mit denen sie nach Feierabend so manche Party gefeiert hatte.

»Pass mir gut auf Finn auf«, flüsterte sie ihrem kleinen Freund mit der Zipfelmütze zärtlich zu.

Sie streckte den Arm weit nach oben und stellte ihr Geschenk auf eine der hoch gelegenen Fensterbänke im Erdgeschoss des Leuchtturms. So hatte der Surferschlumpf einen atemberaubenden Blick auf die Nordsee und auf jeden, der sich dem Eingang näherte, er konnte Finn warnen, falls Gefahr drohte. Nun verspürte Marleen erstmals kein Verlangen, das Geschenk wieder an sich zu nehmen. Der Schlumpf war genau da, wo er hingehörte. Er blieb bei Finn, genauso wie ein Teil von ihr.

Kurz überlegte sie, den Gecko daneben zu platzieren, aber das ging nicht. Finn würde sich denken können, dass sie die Echse zu einem früheren Zeitpunkt entwendet hatte. Sie hatte keine andere Wahl, sie musste die süße Holzfigur ins Regal zurückstellen, zu seiner Sammlung. Ohne große Hoffnung zog sie an der Eingangstür des Turms und stellte wie erwartet fest, dass sie zugesperrt war. Ausgerechnet sie hatte Finn noch ans Herz gelegt, seine Tür stets abzuschließen. Für dieses Problem musste sie erst eine Lösung finden. Solange durfte sie den Gecko noch behalten.

Mit einem lachenden und einem weinenden Auge verließ

sie den Berg und kehrte zur Küstenstraße zurück, denn ihre Abschiedstour war noch nicht zu Ende. Sie spazierte zum Süßwassersee und näherte sich der Edelkakao-Manufaktur von hinten. Verschwörerisch schaute sie sich um, aber die Touristen auf der Wiese nahmen keine Notiz von ihr, und in den Gärten der umliegenden Reetdachhäuser hielt sich niemand auf.

Beherzt betrat Marleen den Garten von Hannah und Thies. Schnell stellte sie einen Miniaturbilderrahmen auf die Stufe, die ins Haus führte, und entfernte sich dann rasch. Das Foto in dem Bilderrahmen zeigte ein Lamm, das dicht neben seiner Mutter auf dem Amelander Deich stand. Der Holzrahmen stammte aus der Pension, in der Marleen während ihres ökologischen Freiwilligendienstes im *Naturzentrum Nes* gewohnt hatte. Die Zeit auf der niederländischen Wattenmeerinsel hatte sie geprägt, die Entscheidung, sich dort zu engagieren, war eine der besten, die sie jemals getroffen hatte. Sie hoffte, dass Hannah und Thies das niedliche Bild in Bentes Kinderzimmer aufhängen würden.

Selbstverständlich war sich Marleen bewusst, dass sie alle Souvenirs ihren Besitzern hätte zurückgeben müssen, aber das ging nicht mehr. Die Betreiber hatten das kleine Gästehaus auf Ameland verkauft, lebten als Rentner auf dem Festland in einer Altenwohnung. Inzwischen war die ehemalige Pension ein Pfannkuchenhaus. Es gab kein Zurück, Marleen konnte nur nach vorne schauen und sich bessern.

Aber nach allem, was geschehen war, würde sie Möwesand als ein anderer Mensch wieder verlassen. Die Schokoladeninsel hatte eine reinigende Wirkung auf sie. Hier war ihr klar geworden, dass sie kein erfülltes Leben führen konnte, wenn sie ständig nur zurücksah und Momenten des Glücks nachweinte. Die Vergangenheit war nun einmal vergangen, aber ihre Zukunft lag noch vor ihr, und auf die hatte sie Einfluss. Dort sah sie eine Marleen, die ihren Platz im Leben gefunden hatte, in sich ruhte und keine Andenken mehr mitnahm oder Therapiestunden brauchte.

Glück war flüchtig, Zufriedenheit von Dauer. Letztere konnte sie nur erlangen, wenn sie die Person, die sie sein wollte, werden würde. Um das zu erreichen, musste sie sich von den Zwängen, die andere ihr auferlegten, befreien, etwa jenem, stets schlank und herausgeputzt zu sein und Karriere zu machen.

Marleen merkte, wie viel mehr Freude es ihr bereitete, heimlich etwas zu verschenken, als etwas wegzunehmen, eine Genugtuung, so rein und klar wie ein Frühlingsmorgen. Sie hatte geglaubt, dass die Gegenstände in der Erinnerungsbox Wärme auf sie abgeben würden, ohne die sie nicht durch den Tag käme, doch in Wahrheit strahlten sie etwas Böses aus. Nun, da Marleen sie verschenkte, gab sie auch ihren Dämon Stück für Stück fort. Er verlor immer mehr an Macht über sie.

Marleen war nicht so leichtfertig, jetzt schon zu glauben, sie hätte ihr zwanghaftes Handeln überwunden. Sie schloss Rückfälle nicht aus, aber sie hatte einen wichtigen Schritt in Richtung Genesung gemacht. Ein Schalter hatte sich in ihr umgelegt.

Das alles ging ihr durch den Kopf, als sie über Umwege zum Haus von Rieke und Frieso Knuten ging und sich in Gedanken vom grünen Strand und den Syltrosen verabschiedete. Ihr blieben nur noch wenige Stunden auf der Schokoladeninsel. Traurig betrachtete sie die Naschwerk-Manufakturen und versuchte, sich so viele Details wie möglich einzuprägen, um sich später daran erinnern zu können.

Die Tafelaufsteller mit den Tagesangeboten auf Deutsch und auf Dänisch. Die blauen Schmutzfangmatten mit Sprüchen wie *Genuss kennt keine Kalorien* oder *Kein Tag ohne Schokolade.* Die Blumenkästen voller üppig blühender Bartnelken, Löwenmäulchen und Studentenblumen. Die Türstopper in Form von Entenmuscheln, Lachmöwen und Kegelrobben. Die Sprossenfenster hinter den Friesenwällen, die fröhlichen Gesichter der Touristen und die beneidenswerte nordfriesische Gelassenheit beim Personal und den Einheimischen.

Wehmütig seufzte Marleen. Sie würde das alles sehr vermissen. Die Luft hier im Wattenmeer war klarer. Jetzt im Sommer tauchte die Sonne Nordwinden in ein warmes Licht, man hatte dasselbe wohlige Gefühl wie in der Nähe eines prasselnden Kaminfeuers.

Aufgeregt tastete Marleen in ihrer Handtasche nach der antiken Taschenuhr ihrer geliebten Großeltern. Sie wollte dieses kostbare Geschenk Rieke und Frieso machen, über sie würden sich die beiden bestimmt freuen. Betont lässig schlenderte sie auf die Haustür der beiden zu, aber in ihrem Brustkorb hämmerte es wild.

Die anderen Gegenstände hatte sie in relativem Schutz ablegen können. Diesmal jedoch konnte sie jeder, der über die Straße ging oder aus einem der Reetdachhäuser gegenüber trat, sehen. Sie hatte erwogen, die Uhr auf die Terrasse der Knutens zu legen, die Idee jedoch wieder verworfen, da Frieso ja meistens in seinem Sessel am Fenster saß.

Ihre Nackenhaare stellten sich auf, sie fühlte sich beobachtet. Marleen redete sich gut zu, dass sie sich das bloß einbildete, und ermahnte sich, schneller zu machen. Ihr Blick haftete an dem Schild *Dat Spann Knuten*. Sie wollte die Uhr an ihrer Kette an das Treibholz hängen und sofort das Weite suchen. Doch gerade als sie das Andenken aus der Tasche ziehen wollte, riss jemand die Tür auf.

»Finn«, stieß Marleen überrascht aus.

Nervös fuhr er sich durchs Gesicht. »Du?«

»Falls du glaubst, ich würde dich verfolgen, irrst du dich«, stellte sie verlegen klar.

»Das habe ich gar nicht gedacht. Marleen, ich will jetzt nicht streiten. Ich hatte einfach nur jemand anders erwartet.« Angespannt spähte er in alle Richtungen und sogar hinauf zum Himmel. »Ich dachte, Joos wäre gekommen, um Bescheid zu geben.«

Sie wunderte sich, noch am Morgen hatte er ihr unmissverständlich zu verstehen gegeben, dass er sie nie wieder sehen wollte, und nun, da sie doch vor ihm stand, reagierte er nicht wütend. Es musste etwas Schlimmes passiert sein, etwas, das sogar wichtiger war als der Erpressungsversuch ihres Vaters. »Was ist los?«

»Frieso hat starke Schmerzen. Er muss dringend ins Krankenhaus. Wir erwarten einen Rettungshubschrauber«, berichtete Finn, ohne ein einziges Mal zwischendurch Luft zu holen.

»Oh, nein!« Ihre Augen wurden feucht. »Das auch noch! Rieke und er kommen aber auch nicht zur Ruhe. Kann ich etwas für sie tun?«

»Nein. Die Schmerzmedikamente wirken nicht. Ich passe auf ihn auf, während Rieke im Obergeschoss eine Tasche für die Klinik packt. Ich muss jetzt schnell zurück zu ihm.« Ohne auf ihre Antwort zu warten, verschwand er im Haus.

Die Tür blieb offen, was Marleen als Einladung ansah, ihm zu folgen. Vielleicht hatte er sie aber auch nur nicht geschlossen, damit Joos schneller hineingelangen konnte, weil jede Minute zählte. Nach anfänglichem Zögern rannte Marleen ihm hinterher.

Wie hätte sie sich auch einfach davonmachen und so tun können, als gingen die Knutens sie nichts an? Sie hatte Rieke das Leben gerettet und den ängstlichen und verwirrten Frieso zu seiner Frau zurückgebracht, beides mit Finns Unterstützung.

Sie fand Finn im Wohnzimmer, wo Frieso auf dem Sofa lag und sich wimmernd den Bauch hielt. »Hat er vielleicht einen Blinddarmdurchbruch?«

»Ich weiß es nicht.« Ratlos zuckte Finn mit den Schultern. »Er redet nicht, schlägt nur um sich, wenn jemand ihn anfasst. Als wollten wir ihm Böses.«

Marleen kniete sich vor die Couch und machte einige Versuche, den alten Mann anzusprechen, doch er reagierte nicht auf sie. Schließlich gab sie es auf, seufzte und meinte zu Finn: »Seine Demenz macht es wohl nicht gerade leicht, eine Diagnose zu stellen.«

»Das überlassen wir ohnehin besser dem Notarzt«, sagte er entschieden, zog den Ohrensessel näher ans Sofa und setzte sich auf Friesos angestammten Platz.

»Selbstverständlich.« Sie sah zu Finn auf und wünschte im selben Moment, sie hätte es nicht getan, denn die Sehnsucht nach seiner liebevollen Umarmung und seinen tröstenden Küssen überkam sie. Rasch wandte sie sich wieder dem 73-Jährigen zu, der Qualen litt. Es setzte ihr zu, dass sie nichts tun konnte.

»Verdammt! Wenn wir wenigstens irgendeine Information über eine Vorerkrankung für den Notarzt hätten …« Er fuhr sich mehrmals nervös durch die Haare, sodass sie von seinem Kopf abstanden.

Plötzlich sagte jemand: »Ich muss euch etwas gestehen.«

Als Marleen in die Richtung blickte, aus der die brüchige Stimme kam, sah sie Rieke in der Zimmertür stehen. Sie sprang auf, lief zu ihr und drückte sie an sich. Dann nahm sie ihr das Gepäck, das sie rechts und links festhielt, ab und stellte es neben den Ausgang. »Zwei Reisetaschen?«, fragte sie vorsichtig.

»Eine für Frieso und eine für mich. Ich werde in der Nähe des Krankenhauses übernachten.« Es war offenkundig, dass Rieke keinen Widerspruch duldete.

»Was willst du uns beichten?«, fragte Finn sie mit starrem Blick.

Plötzlich fing die 68-Jährige bitterlich an zu weinen. Sie schlug die Hände vors Gesicht und schluchzte. Finn eilte zu ihr und stützte sie. Während Marleen beruhigend über Riekes Rücken rieb, streichelte sie versehentlich Finn. Überrascht sah er sie an. Sein Blick ging ihr durch und durch.

Schnell führte Marleen die Rentnerin zu Frieso, der sich immer noch vor Schmerzen krümmte. Rieke strich zärtlich über seine Stirn. Sein Wimmern hörte auf, aber er hielt die Augen die ganze Zeit geschlossen, seine Miene war weiterhin schmerzverzerrt.

Noch immer rannen dicke Tränen über Riekes gerötete Wangen. »Ich weiß, was Frieso fehlt, und ich rede nicht von der Demenz«, sagte sie, sichtlich um Fassung ringend. »Da ist noch etwas anderes. Bisher habe ich nur mit Gerit darüber gesprochen. Nimm es mir nicht übel, Finn, dass ich es für mich behalten habe, aber ich musste erst einmal selbst damit klarkommen.«

»Du weißt, was Frieso plagt?«, fragte Finn sanft.

Rieke ließ den Kopf hängen. »Er ist bereits in Behandlung, aber die Ärzte können nicht mehr viel für ihn tun.«

»Du willst doch wohl nicht andeuten, dass er …?« Jegliche Farbe wich aus seinem Gesicht.

Als Frieso plötzlich sprach, zuckten alle im Raum zusammen: »Ich werde sterben.«

Rieke küsste ihren Mann so zärtlich auf die Stirn, dass er überrascht zu ihr aufsah und einen Moment lang sein Leid zu vergessen schien. Atemlos fügte sie seiner Erklärung hinzu: »Er hat Leberkrebs.«

»Das kann nicht sein«, sagte Finn entschieden, doch dann musterte er Frieso, der die Lider wieder schloss, nachdenklich. »Hat er darum eine gelbliche Hautfarbe und so viel Gewicht verloren?«

»Die Tumore wurden zu spät festgestellt. Das kommt bei der Krebsart wohl oft vor, weil sie am Anfang nur selten Beschwerden verursacht.« Sie gab ein Wimmern von sich. »Er hat bereits gestreut.«

Marleen überfiel ein Gefühl völliger Hilflosigkeit. Hatten Rieke und Frieso wirklich schon alle medizinischen Möglichkeiten ausgeschöpft? »Was ist mit Chemotherapie? Ist Frieso schon einmal operiert worden?«

Eifrig nickte Finn ihr zu. Anscheinend dachte er dasselbe wie sie. Dass es doch noch Hoffnung geben musste. Plötzlich standen sie wieder auf derselben Seite. Zaghaft lächelte Marleen ihn an, doch er erwiderte ihr Lächeln nicht.

»Es ist zu spät«, brachte Rieke unter Schluchzen hervor. Sie zog die Baumwolldecke mit den weißen und den dunkelblauen Streifen von der Rückenlehne des Sofas und deckte ihren Mann damit zu. »Frieso bekommt schon seit Monaten Medikamente, die die Schmerzen lindern. Das ist alles, was die Ärzte noch für ihn tun können. Der Verlauf der Krankheit war abzusehen, und trotzdem bin ich nicht darauf vorbereitet, dass es mit ihm zu Ende geht.«

Leise weinte Marleen mit ihr. Sie wollte für Rieke stark sein, aber sie konnte nicht anders, als ihrer Traurigkeit freien Lauf zu lassen. Das eine schloss das andere ja auch nicht aus. Weil sie fror, rieb sie über ihre Oberarme, aber das konnte die Kälte in ihrem Inneren nicht vertreiben.

»Frieso ist ein Kämpfertyp.« Finn holte sein Smartphone aus seiner Jeanstasche, prüfte die Uhrzeit und legte sein Mobiltelefon auf den Couchtisch. »Er wird wieder auf die Beine kommen.«

»Einer der Ärzte sagte mir, dass die meisten Patienten innerhalb von vier bis zwölf Monaten nach der Diagnose sterben, und wir wissen jetzt seit Dezember Bescheid. Auch wenn er noch nicht heute oder morgen von mir gehen wird, steht fest, dass er nicht mehr lange zu leben hat. Diese Gewissheit reißt mich innerlich in Stücke.« Rieke heulte so sehr, dass ihre Augen ganz rot und geschwollen waren. Mühsam brachte sie hervor: »Ich habe den Eindruck, dass er das alles durch seine Demenz nicht mehr so richtig mitbekommt. Vielleicht ist das ja ein Segen.«

Marleen holte die Packung Taschentücher, die Ebba Alwart ihr geschenkt hatte, heraus und reichte Rieke eins.

»Ihr müsst das nicht allein durchstehen«, sagte Finn. Seine Augen glänzten feucht. »Joos, Thies und ich sind für euch beide da, Tag und Nacht. Hast du das verstanden?«

»Ja, dafür danke ich euch von Herzen.« Lautstark

schnäuzte sich Rieke die Nase. »Aber ich weiß nicht, wie ich ohne ihn weiterleben soll. Ihr könnt ihn mir nicht ersetzen, meinen Frieso, niemand kann das.«

»Natürlich nicht, aber wir wollen dich bei seiner Betreuung unterstützen. Wir werden euch so oft besuchen, fragen, ob wir etwas für euch tun können, und dich in den Arm nehmen, dass du dir wünschst, deine Ruhe vor uns zu haben.« Sein vorsichtig verschmitztes Lächeln und seine lieben Worte brachten Wärme ins Wohnzimmer zurück. »Ich bin mir sicher, ich spreche im Namen aller, die auf der Schokoladeninsel leben, deiner Inselfamilie.«

»Du bist ein Schatz, Finn.« Flüchtig küsste Rieke ihn auf sein sandblondes Haar. »Aber Frieso wird bestimmt auf die Palliativstation oder gleich ins Hospiz kommen ...«

»Das weißt du nicht«, stieß Marleen erschrocken aus.

Rieke lächelte sie nur traurig an.

»Egal, was passieren wird, wir werden das gemeinsam durchstehen«, fügte Finn hinzu.

»Das war noch nicht mein ganzes Geständnis.« Tief atmete Rieke ein. Als sie fortfuhr, zitterte ihre Stimme: »Am Sanddorn-Kliff ...«

»Du bist gar nicht abgerutscht, richtig?« Aufgeregt erhob sich Marleen und lief hin und her. Hatte sie es doch geahnt!

Rieke legte ihre Hand auf Friesos Arm, und er duldete es. Überhaupt wirkte er ruhiger, seit sie bei ihm saß. »Doch, das ist die Wahrheit. Ich bin zu nah an die Kante getreten und habe den Halt verloren. Ich war einfach zu aufgewühlt.«

Hitze stieg in Marleens Wangen. Sie fing sich Finns rügenden Blick ein und beeilte sich zu sagen: »Entschuldige bitte.«

»Ich bin nicht gesprungen«, stellte Rieke klar. »Das ist es doch, was du denkst.«

Marleens Oberschenkel kribbelten, sie hatte zu lange gekniet. »Es war dumm von mir, das zu …«

»Aber ich hatte es vor, später«, fiel ihr Rieke ins Wort.

»Was wäre dann aus Frieso geworden?« Marleen war verwirrt. Die Neuigkeit passte so gar nicht zu dem, was ihr Finn über die enge Beziehung von Rieke und ihrem Mann erzählt hatte.

Während die alte Frau redete, blickte sie zu Boden. Ihre Stimme wurde immer leiser, bis sie schon fast flüsterte. »Er wäre mitgekommen. Am Pfingstsonntag ging es ihm schon schlecht. Ich war so verzweifelt, dass ich auf der ganzen Schokoladeninsel nach einer Stelle gesucht habe, an der Frieso und ich gemeinsam ins Meer gehen könnten, ohne von jemandem gesehen und gerettet zu werden.«

Finn sprang vom Sessel auf und begann, wild zu gestikulieren. »Wie meinst du das?«

»Ich kann nicht ohne ihn leben, das verkrafte ich einfach nicht. Wir waren noch nie lange getrennt, wir gehören zusammen.« Herzzerreißend schluchzte sie. Ihre Augen waren Seen, die über das Ufer traten. Unentwegt streichelte sie Frieso, dabei wirkte sie, als wollte sie sich damit selbst beruhigen. »Bis in den Tod.«

»Sag das nicht!«, rief Finn und stellte sich vor sie. Er nahm ihre Hände, die voller Altersflecken waren, in seine.

Verlegen sah sie zu ihm auf und zuckte mit den Achseln. »Ich wollte mit ihm sterben.«

»Das werde ich nicht zulassen.«

»Ich habe ja auch gesagt, dass ich das wollte. Aber jetzt will ich es nicht mehr. Du und Marleen seid so lieb zu mir, ich kann euch das nicht antun. Außerdem kann man auf dieser verdammten Insel ja sowieso nichts wirklich verheimlichen.« Sie lachte, aber ihr Lachen ging in Wimmern über. Dann zog sie Marleen zu sich heran und sagte zu ihr und Finn: »Ich bin euch unglaublich dankbar, dass ihr mich aus dem Wasser gezogen habt. Frieso braucht mich jetzt mehr denn je.«

Aufmunternd drückte Marleen Riekes Schulter, und Finn zog fürsorglich die Decke bis zu Friesos Kinn hoch.

»Mir ist klar geworden, dass man auf Möwesand nie wirklich alleine ist. Zuerst habe ich diesen Umstand verflucht, weil er bedeutet, dass ich nicht zusammen mit meinem Liebsten in den Tod gehen kann.« Ihre Tränen trockneten, und ihre Miene hellte sich auf. Sie stand auf und legte ihre Hände an die Wangen von Marleen und Finn. »Aber heute habe ich dank euch erkannt, dass das etwas Gutes ist, denn ihr, Gerit, Joos und Anne, Thies und Hannah, Merle und viele weitere Inselbewohner werdet immer für Frieso und mich da sein.«

In der Ferne war das Geräusch eines Hubschraubers zu hören. Er kam rasch näher. Ein Ruck ging durch Rieke hindurch. Sie schaute Frieso an und wirkte halb erleichtert und halb besorgt. Dann eilte sie zur Vordertür, dicht gefolgt von Marleen und Finn, und spähte zum Himmel hinauf, aber noch war der Helikopter nirgends zu sehen.

Mit vor Aufregung schriller Stimme fragte sie: »Werdet ihr euch um unser Haus kümmern? Es ist nicht viel zu tun. Ihr müsstet nur die Blumen gießen und ab und zu mal lüften. Ich würde ja Gerit bitten, aber die hat mit dem Gästehaus genug um die Ohren und ist ja auch nicht mehr die Jüngste.«

»Ich kann das gerne übernehmen.« Marleen wurde heiß vor Freude. Endlich konnte sie sich auf der Schokoladeninsel einbringen. Sie würde zwar nicht richtig dazugehören, aber trotzdem ein Teil Nordwindens sein.

Doch Finn nahm ihr den Wind aus den Segeln. »Nein, ich mache das.«

»Das ist wirklich kein Problem«, beeilte sie sich klarzustellen. »Ich habe genug Zeit.«

Er gab ein verärgertes Brummen von sich. »Die habe ich auch. Und wer weiß, wie lange du noch auf Möwesand bleiben wirst.«

»Ja, du hast natürlich recht.« In ihrer Euphorie hatte sie einen Moment lang den Zwist zwischen ihrem Vater und den Gebrüdern Lorentz verdrängt. »Ich bin schon so gut wie weg«, fügte sie verschnupft hinzu.

»Du hast kein Recht, verärgert zu sein.« Er verschränkte die Arme vor dem Oberkörper. »Dein Vater hat schließlich angekündigt, dass ihr zeitnah abreisen werdet.«

»Und du und deine beiden Brüder lasst keinen Zweifel daran, dass ihr genau das möchtet«, erwiderte sie wütend. »Uns so schnell wie möglich loswerden, meine ich.«

»Hört auf!«, grätschte Rieke plötzlich dazwischen. »Findet ihr es nicht auch ziemlich dumm, wenn man das genaue Gegenteil von dem macht, was man eigentlich tun möchte?«

Marleen runzelte die Stirn.

»Wie bitte?«, fragte Finn.

»Es ist doch offensichtlich, dass ihr ineinander verliebt seid. Warum streitet ihr also, wenn ihr euch doch in Wahrheit zueinander hingezogen fühlt? Lasst nicht andere darüber entscheiden, ob ihr eine gemeinsame Zukunft habt oder auch nicht. Es ist euer Leben, nicht das von deinem Vater.« Rieke zeigte erst auf Marleen und dann auf Finn. »Oder das deiner Brüder.«

Peinlich berührt über so viel Offenheit, schwiegen die beiden. Doch Marleen sah, dass sich ihr Verlangen in seinem Blick spiegelte. Warum lenkte er in diesem Moment nicht ein? Wieso sagte er jetzt nichts Nettes zu ihr? Weshalb gab er ihr kein Zeichen, dass noch Hoffnung für sie als Paar bestand?

Schließlich wurde sein Gesichtsausdruck milder, die Anspannung fiel von ihm ab, und er klang versöhnlicher. »Ich habe gehört, dass Bente vermisst wurde und du sie gefunden hast.«

»Wow.« Marleen staunte nicht schlecht. »Neuigkeiten verbreiten sich hier anscheinend rasend schnell.«

»Es ist eine kleine Insel.« Entschuldigend lächelte er und zuckte mit den Schultern. »Danke, dass du für Hannah da warst.«

»Und jetzt für Frieso und mich.« Rieke tätschelte Marleens Rücken, dann blinzelte sie Finn warnend an. »Sie ist ein Goldstück. Wehe, du lässt sie gehen!«

Anstatt seiner alten Freundin zu antworten, zeigte er plötzlich zum Himmel hinauf. »Da ist er ja endlich!«

Der Hubschrauber tauchte auf. Rasch flog er näher und landete schließlich auf der Wiese in der Inselmitte. Kurz darauf kam Joos mit dem Notarzt und Sanitätern hereingestürmt. Der Arzt befragte Rieke und untersuchte Frieso, verabreichte ihm Morphium, und die Rettungsassistenten hängten ihn an einen Tropf. Als er transportfähig war, hoben sie ihn auf eine Krankentrage.

Ruhig, aber zügig brachten sie ihn zum Helikopter. Rieke folgte ihnen weinend. Sie wurde flankiert von Joos, der beide Reisetaschen trug. Alles ging so wahnsinnig schnell, dass Marleen sich weder von Rieke noch von Frieso verabschieden konnte. Ihr Herz wurde schwer, als sie beobachtete, wie der Hubschrauber abhob.

»Wird Frieso auf die Schokoladeninsel zurückkehren, was meinst du?«, fragte Marleen mit einem Kloß im Hals und feuchten Augen.

Finn schlug einen zuversichtlichen Ton an. »Wir dürfen die Hoffnung nicht verlieren.«

Aber sie sah ihm seine Verzweiflung an. Die Angst um Frieso lastete schwer auf seinen Schultern. Er atmete heftig und rang mit den Tränen. Da schlug sie die Hände vor die Augen und heulte genauso bitterlich wie Rieke zuvor.

Zu ihrer Überraschung legte Finn den Arm um sie.

Kapitel 13

»Ihre Aprikosenkonfitüre schmeckt wirklich sensationell gut, Frau Brodersen.« Marleens Vater tippte mit seinem Brotmesser gegen das Marmeladenglas, dass es klirrte. Das Sonnenlicht schien durch das Fenster hinter ihm, es sah aus, als hätte er einen Heiligenschein.

»Das finde ich auch«, pflichtete Marleen ihrem Vater bei.

Der große Zeiger der Küchenuhr ging auf die Neun zu. Sie saßen in Gerits Küche und genossen die Ruhe vor dem Sturm. An diesem Donnerstag sollte sich entscheiden, ob ihr Vater in die Schokoladeninsel investieren durfte. Falls nicht, würden Finn, Thies und Joos ihm gegenüber bestimmt ein Hausverbot aussprechen, und das galt dann sicherlich auch für sie. Marleens Stimmung war gedrückt.

»Ich habe sie ja auch selbst eingeweckt.« Gerit Brodersen füllte den Brötchenkorb auf, denn Marleens Vater hatte an diesem Morgen großen Appetit. »Die Selbstgemachte ist immer besser als das Zeug aus dem Supermarkt. Ich habe gelesen, dass in gekaufter Erdbeermarmelade kaum Erdbeeren drin sein sollen. Sie besteht fast nur aus Zitrusfrüchten, weil die billiger sind.«

»Ich habe selten so eine leckere Konfitüre gegessen. Ich könnte darin baden.« Genüsslich biss Marleens Vater von seinem Brötchen ab.

In ihrer typischen Art sagte Gerit trocken: »Nicht in meiner Wanne. So viel Konfitüre könnte den Abfluss verstopfen.«

Marleen lächelte in sich hinein. Die heimelige Atmosphäre im Gästehaus konnte ihr jedoch nicht die Anspannung nehmen. Gestern hatte sie nicht mehr mit ihrem Vater über all das, was sie belastete, reden können, durch die Sorge um Frieso war sie völlig durch den Wind gewesen.

Intensiv betrachtete ihr Vater den orangenen Aufstrich auf seinem Brötchen: »Was ist das für eine Zutat?«

»Aprikosen.« Gerit Brodersens Mundwinkel zuckten. Sie ging zur Spüle und wusch die Gedecke von Merle und Julius ab.

Während Marleen lachte, antwortete er ironisch: »Sie sind heute Morgen aber witzig. Ich meinte natürlich das ungewöhnliche Aroma neben den Früchten und dem Gelierzucker. So sehr ich mich auch darauf konzentriere, mir fällt einfach nicht ein, was es ist.«

»Meine gute Laune muss wohl an der Geheimzutat liegen.« Gerit ließ das Wasser im Spülbecken ab und nahm ein Trockentuch. »Ich habe nämlich auch ein Marmeladenbrötchen gefrühstückt.«

Ungeduldig trommelte er mit den Fingerspitzen auf dem Küchentisch herum. »Haben Sie vielleicht eine Messerspitze Zimt hineingegeben?«

»Sie kommen ja doch nicht drauf.« Über ihre Schulter hinweg warf sie ihm einen triumphierenden Blick zu. »Es ist Kardamom.«

Er runzelte die Stirn. »Gibt man das nicht in Lebkuchen und Spekulatius?«

»Das benutzt man nicht nur an Weihnachten«, erklärte sie, während sie die Messer abtrocknete. »Besonders in arabischen Ländern würzt man damit auch deftige Speisen, Currygerichte zum Beispiel, und sogar Kaffee.«

»Auch Chai-Tee. Ich liebe ihn mit einem guten Schuss Hafermilch und einem Löffel Honig.« Marleen lief das Wasser im Mund zusammen.

»Angeblich hilft Kardamom gegen Erkältungen, Magenschmerzen, Blähungen und Regelbeschwerden. Manche behaupten sogar, es wäre gut bei Potenzstörungen«, fügte Gerit mit ernstem Blick hinzu.

Marleens Vater wurde rot. »Ist ja auch egal. Die Aprikosenmarmelade schmeckt auf jeden Fall sehr lecker. Das ist alles, was ich sagen wollte.«

»Bevor du andere Pläne machst …« Marleen hatte plötzlich einen Frosch im Hals und musste sich räuspern, um fortfahren zu können. »Ich möchte gleich als Erstes mit dir unter vier Augen sprechen, bitte.«

»Oh-oh.« Lächelnd knuffte er sie. »Das klingt ernst.«

Aus den Augenwinkeln heraus sah sie, dass Gerit mit dem Abwasch fortfuhr. »Ist es auch.«

»Wir werden uns in Ruhe zusammensetzen, nachdem wir im Lorentz-Haus vorbeigeschaut haben«, sagte er, als wäre ihre Zustimmung selbstverständlich. »Vielleicht bei einem *Caffè mocha*? Den gibt's in der Edelkakao-Manufaktur. Das ist ein Espresso mit frisch geschmolzener Schokolade und Schlagsahne oder Milchschaum. Ein Gedicht, sage ich dir! Den musst du probieren.«

Marleen machte sich Sorgen, dass ihre Mutter sie bei ihrer Heimkehr fragen würde, wie ihr Vater in den paar Tagen zehn Kilo zunehmen konnte. Sein Gesicht war schon rundlicher geworden, und er bekam langsam ein Doppelkinn. Nicht nur beruflich hatte er auf der Schokoladeninsel jegliche Hemmungen abgelegt. Energisch sagte sie: »Nein, wir werden uns sofort nach dem Frühstück zusammensetzen.«

»Bei dicker Luft kann ich nicht atmen«, murmelte Gerit Brodersen. Sie hängte das Trockentuch über die Heizung und verließ den Frühstücksraum.

Als sie gerade die Diele durchquerte, klopfte es an der Haustür. Finn, Thies und Joos kamen ins Gästehaus und begrüßten sie freundlich.

Marleen fühlte die Anspannung. Sie konzentrierte sich so stark auf ihren Schwarztee mit Kluntje und Sahnewölkchen, als würde sie teuren Wein verkosten, aber aus den Augenwinkeln heraus sah sie immer wieder verstohlen zu den drei Männern hinüber.

»Sind die de Vries da?«, fragte Joos, und sein Ton ließ erahnen, dass ein Gewitter aufzog.

»Sie frühstücken noch. Das dauert immer länger. Vorgestern hat ihnen der Holsteiner Schinken so gut geschmeckt, gestern war es der Weidemilchkäse, und heute ist es die Aprikosenmarmelade. Geht einfach zu ihnen rein.« Gerit winkte die drei Männer durch. »Halt, wartet noch kurz!«, rief sie plötzlich. »Hat einer von euch mir die Seife ins Badezimmer gelegt?«

Marleens Hand mit der Teetasse erstarrte auf halbem Weg zu ihrem Mund. Sie wagte kaum zu atmen. Aufmerksam lauschte sie über das Schmatzen ihres Vaters hinweg dem Gespräch in der Diele.

»Selbstverständlich nicht«, antwortete Thies entrüstet. »Wir würden niemals ungebeten deine Privaträume betreten.«

»Das habe ich auch nicht geglaubt. Aber ich dachte, ich frag trotzdem mal. Das ganze Bad duftet danach«, erzählte sie begeistert. »Beim Zähneputzen fühle ich mich, als würde ich in einem Lavendelfeld in der Provence stehen. Beim

Baden stelle ich mir vor, ich würde in einer Wanne mit Parfüm liegen. Und wenn ich auf dem Klo sitze …«

Joos fiel ihr ins Wort: »So genau müssen wir das nicht wissen.«

Ungehalten zischte Gerit Brodersen und führte den Satz trotzdem zu Ende: »Dann male ich mir aus, ich wäre in einem Badezimmer im Buckingham-Palast. Mehr nicht. Was hast du denn gedacht?«

Finns Lachen drang an Marleens Ohr. Amüsiert zog er Gerit auf: »Du schwärmst ja regelrecht. So kenne ich dich gar nicht.«

»Ich wollte nie von Möwesand weg, aber träumen darf man ja wohl noch«, erwiderte Gerit schnoddrig, lächelte dann jedoch.

Marleen hatte Gerit Brodersen eine Freude bereitet. Glücklich grinste sie in sich hinein und nahm sich vor, in Zukunft öfters heimlich kleine Geschenke zu hinterlassen. Vielleicht sollte sie nicht nur lieben Freunden mit ihren Überraschungen den Tag versüßen, sondern auch anderen Menschen, die es verdient hatten oder dringend eine Aufmunterung gebrauchen konnten. Vielleicht dem Kassierer im Supermarkt, der einen stressigen Tag hatte, nicht mehr wusste, wo ihm der Kopf stand, und dennoch seine Kunden anlächelte. Oder der Arzthelferin, die, obwohl das Telefon am Empfang ununterbrochen klingelte, freundlich blieb. Marleen fielen noch weitere Beispiele ein.

»Wir haben einen kleinen Bilderrahmen mit süßen Deichschafen an der Hintertür gefunden«, erzählte Thies freudig. »Ich habe ihn in das Puppenhaus, das ich für Bente baue, gehängt. Ob das wohl dieselbe Person war wie bei Gerit?«

»Ich weiß es nicht«, begann Finn mit lauter Stimme, und Marleen bildete sich ein, dass er an sie dachte, als er sagte: »Aber auf der Fensterbank des Leuchtturms steht ein Schlumpf mit Surfbrett.«

»Ein Schlumpf?«, hakte Joos belustigt nach. »Du bist zwar unser kleiner Bruder, aber kein Kind mehr.«

»Ich finde, er passt zu mir, Surfen ist meine Leidenschaft, und ich sammle Figuren«, widersprach ihm Finn. »Derjenige, der ihn dort hingestellt hat, scheint mich gut zu kennen.«

Vor Aufregung schlug Marleens Herz höher. Ahnte Finn etwas? Hatte er sie gestern vielleicht dabei beobachtet, wie sie Friesos Baumwolldecke zusammengelegt und heimlich die Taschenuhr zwischen die Falten gesteckt hatte? Noch hatte sie sich nicht entschieden, was sie Anne und Joos schenken wollte. Joos würde sich bestimmt über eine Voodoo-Puppe, die ihrem Vater ähnelte, und eine Handvoll Nadeln, die er in sie hineinstechen konnte, freuen. Der Gedanke erheiterte Marleen. Zum Glück für ihren Vater befand sich in ihrer Erinnerungsbox nichts in der Art.

Die drei Brüder kamen in die Küche, ihre Mienen verfinsterten sich. Auf der Treppe waren Schritte zu hören, Gerit Brodersen stieg ins Obergeschoss hoch.

Während ihr Vater noch rasch den letzten Bissen seines Brötchens herunterschlang und mit Tee nachspülte, fragte Marleen: »Habt ihr schon etwas von Frieso gehört?«

»Rieke hat sich aus der Klinik gemeldet. Friesos Blutwerte sind sehr schlecht und …« Für einen kurzen Moment schloss Finn die Augen.

Ihr wurde mulmig, sie legte die Hand auf ihren Bauch. »So schlimm?«

»Schlimmer.« Finns Stimme klang rau. »Es wurden neue Metastasen entdeckt, in den Nebennieren und im Gehirn.«

»Oh, nein«, stieß sie aus und kämpfte gegen die Tränen an.

Ihr Vater legte sein Brotmesser auf seinen Teller und schob diesen von sich fort. Mit einer Stoffserviette tupfte er sich über die Mundwinkel. Dann lehnte er sich zurück und sah die drei Brüder an. »Sie sind hier. Das macht mich zuversichtlich, dass Sie eine Entscheidung in Bezug auf unser Bauprojekt getroffen haben.«

»Das haben wir.« Joos verschränkte die Arme vor dem Oberkörper. Seine Haltung drückte Entschlossenheit aus. Sein Hemd hatte denselben Grauton wie das Tor vor dem Lorentz-Haus, das ungebetene Gäste fernhielt.

»Gestern bereits, aber da hatten wir Wichtigeres zu tun«, fügte Thies hinzu. Lächelnd wandte er sich an Marleen. »Ich soll dir von Hannah liebe Grüße bestellen und dir ausrichten, dass du bei ihr auf Lebzeiten kostenlos heiße Schokolade bekommst.«

Mit dieser Freundlichkeit trocknete Joos die Seen in Marleens Augen aus, bevor sie über die Ufer treten konnten. »Wie lieb von ihr! Herzlichen Dank.«

»Könnten wir bitte zur Sache kommen. Meine Geschäfte erfordern, dass ich zurück nach Hamburg fahre.« Ihr Vater klaubte sich eine Scheibe Schinken vom Teller mit dem Aufschnitt und schob sie sich in den Mund.

Mit einer ausladenden Geste zeigte Finn auf den Ausgang. »Dann wollen wir Sie nicht aufhalten.«

»Falls Gerit Brodersen die Flaschenpost gerade für Sie in meinem Zimmer sucht, wird sie sie nicht finden, ich habe sie hier.« Marleens Vater griff unter den Küchentisch, stellte die Geschenktüte der Gebrüder Lorentz auf seinen Schoß und holte die Köm-Flasche heraus. Er drehte sie, sodass der Zettel im Inneren hin und her rutschte.

Lässig lehnte sich Thies gegen den Kühlschrank. Weißes Pulver, vielleicht Babypuder, haftete an seiner Jeans. »Die Flaschenpost hat bei unserer Entscheidung keine Rolle gespielt.«

»Das sollte sie aber«, wandte ihr Vater ein. »Sie ist ein äußerst gutes Argument für den Bau der Nobelherberge.«

»Das Gegenteil ist der Fall.« Energisch schüttelte Joos den Kopf. »Ihr Vorgehen in dieser Angelegenheit hat uns gezeigt, wie Sie Geschäfte machen, Herr de Vries, und das ist definitiv nicht unser Stil.«

»Wir wollen Sie nicht als Partner.« Finn freute sich sichtlich, Marleens Vater eine Abfuhr zu erteilen.

Demonstrativ stellte dieser die Flasche auf den Tisch und hielt sie fest. »Sie begreifen es wohl nicht. Ob Sie mit mir zusammenarbeiten oder nicht, liegt nicht in Ihrer Macht.«

»Das sehen Sie falsch.« Kurz sah Finn Marleen an. »Wir wissen längst, wer die Nachricht geschrieben hat. Sie stammt von einem alten Mann, der an Demenz erkrankt ist und unter Angstzuständen leidet, wie es bei vielen Betroffenen der Fall ist.«

Thies schob seine Daumen in die Taschen seiner Jeans. »Bewiesenermaßen wird niemand auf der Schokoladeninsel gefangen gehalten.«

Joos trat dicht an den Küchentisch heran. Mit seinem warnenden Blick nagelte er Marleens Vater an den Stuhl. »Sie haben nichts gegen uns in der Hand, Herr de Vries.«

»Wie ich bereits gestern sagte, ist es egal, ob der Hilfeschrei echt ist oder nicht. Wenn ich ihn der Polizei übergebe, muss sie dem Verdacht nachgehen. Und wenn die Polizisten Möwesand erst auf den Kopf stellen und Gerüchte über ein Verbrechen die Runde machen, sind Sie am Ende. Die Menschen lechzen nach Skandalen, sie werden dem Gerede Glauben schenken und denken: Wo Rauch ist, da ist auch Feuer.« Nervös schob Marleens Vater das Marmeladenglas hin und her. »Die Medien warten doch nur darauf, das Saubermann-Image der Gebrüder Lorentz zu demontieren. An einem Tag wird man von der Presse in den Himmel gelobt und schon am nächsten an den Pranger gestellt. Man muss eine Lüge nur oft genug wiederholen, dann wird sie zur Wahrheit.«

Marleen schämte sich für ihren Vater. Mit hochrotem Gesicht sank sie in sich zusammen und machte sich klein. In diesem Moment wäre sie überall lieber gewesen als im Frühstücksraum des *Nis Puk*. Ihr ging es wie Gerit. Die Luft in der Küche war so dick, dass sie kaum atmen konnte.

»Das ist uns egal.« Finn zuckte mit den Schultern.

»Wie bitte?« Marleens Vater lachte spöttisch. »Das nehme ich Ihnen nicht ab.«

Thies hatte den Puder entdeckt und wischte ihn von den Oberschenkeln. »Was mein Bruder damit sagen will: Wir werden es darauf ankommen lassen.«

»Wir haben Beweise. Sie stehen auf verlorenem Posten.« Plötzlich neigte sich Joos vor und stützte sich auf dem Tisch ab. »Sehen Sie es ein, Herr de Vries, Ihr Erpressungsversuch ist gescheitert.«

Marleens Vater zerknüllte die Serviette in seiner Hand. »Ihnen ist wohl nicht bewusst, dass ich Sie vernichten kann. Diese Flaschenpost ist mein Joker, und wenn ich diese Karte spiele, werden Sie verlieren.«

Joos richtete sich wieder auf und bedachte sein Gegenüber mit einem mitleidigen Blick. »Jetzt klingen Sie verzweifelt.«

»Tun Sie, was Sie nicht lassen können«, sagte Finn und stellte sich neben Joos.

Auch Thies suchte den Schulterschluss mit seinen beiden Brüdern. »Uns machen Sie keine Angst.«

Verunsichert sah Marleens Vater vom einen zum anderen. Er lehnte sich wieder an und wirkte grüblerisch. Beiläufig nahm er eine weitere Scheibe Schinken, aß sie dann aber doch nicht, sondern legte sie auf seinen Teller. Ihm schien der Appetit vergangen zu sein. »Wenn es nur noch um die Frage geht, ob wir ein Luxushotel auf der Insel oder eine Familienpension auf dem Festland eröffnen wollen, darüber ließe sich doch noch einmal reden. Sie drei sind sich über diesen Punkt ja bisher nicht einmal intern wirklich einig.«

»Das stimmt, aber eine Sache haben wir einstimmig beschlossen. Wir wollen auf keinen Fall mit einem Menschen wie Ihnen zusammenarbeiten.« Joos ging hinaus in die Diele. Für ihn war anscheinend alles gesagt.

Freundlich lächelnd nickte Thies Marleen zum Abschied zu, dann wurde er ernst und wandte sich an ihren Vater: »Gute Heimfahrt, Herr de Vries.«

»Am besten heute noch.« Als Finn die Küche betreten hatte, hatten seine Bewegungen schwerfällig gewirkt. Nun schien er förmlich aus der Küche hinauszuschweben.

Thies schlenderte hinter ihm her.

»Kapieren Sie es denn nicht? Ohne mich wird Ihr Schiff, das durch Ihre Fabrik in Flensburg bereits in Schieflage geraten ist, endgültig untergehen«, rief Marleens Vater ihnen wütend hinterher.

»Mir kam gerade eine Idee. Was haltet ihr von einem Schokoladenschiff? Nein, nicht irgendeins, sondern *das Schokoladenschiff*!«, hörte Marleen Joos sagen, während er den Ausgang des Gästehauses ansteuerte. »Es könnte in der Hauptsaison von Hafen zu Hafen fahren, ein Familienprogramm anbieten und unsere Produkte günstiger verkaufen, wie eine Art schwimmender Lagerverkauf.«

»Ja, das hätte was«, stimmte ihm Finn begeistert zu. »So etwas gibt es noch nicht, soviel ich weiß. Das wäre einmalig.«

»Ein toller Einfall.« Auch Thies klang begeistert. »So bringen wir uns flächendeckend wieder ins Gespräch und machen Appetit auf unsere Schokoladen und Pralinen.«

Die Tür des Gästehauses fiel ins Schloss. Die Lorentz-Brüder hatten das *Nis Puk* verlassen.

Die Temperatur in der Küche war frostig. Ganz offenkundig ärgerte sich Dyke darüber, dass er Finn, Thies und Joos auf eine neue Verkaufsstrategie gebracht hatte, ohne selbst daran zu verdienen. Er sprang auf und stapfte so heftig die Treppe hoch, dass Marleen, die ihm folgte, befürchtete, er könnte durch eine der Holzstufen krachen. Anscheinend sah er diesen Kampf als verloren an, denn er hatte die Flaschenpost auf dem Küchentisch stehen lassen. Er preschte in sein Zimmer und warf seinen stahlblauen Rollkoffer aufs Bett.

Dass Marleen in der Tür stehen blieb, irritierte ihn anscheinend. Er sah sie an und runzelte die Stirn. »Worauf wartest du?«

»Wie bitte?«, fragte sie, um Zeit zu gewinnen. Sollte sie ihren Urlaub auf der Schokoladeninsel verlängern oder mit ihm nach Hamburg zurückkehren? Sie wusste zwar, was ihr

Herz wollte, nämlich bleiben. Aber würde Finn das dulden? Die Signale, die er ihr sendete, waren nicht klar.

»Mach dich abreisebereit.« Aufgebracht knüllte ihr Vater seine Hemden zusammen und stopfte sie in seinen Koffer. »Wir nehmen die nächste Fähre.«

Ihr Puls beschleunigte sich. Es half nichts, sie musste eine Entscheidung treffen. Außerdem war es überfällig, ihrem Vater die Wahrheit über ihr Studium zu enthüllen und ihm zu sagen, wie wenig sie von seinem Geschäftsgebaren hielt. »Ich werde nicht mitkommen.«

»Was?« Er hatte gerade seine Hosen aus dem Schrank genommen und hielt nun inne.

»Ich habe Rieke Knuten versprochen, auf ihr Haus aufzupassen.« Und Marleen hielt stets ihre Versprechen. »Sie wohnt nebenan. Ihr Ehemann Frieso liegt im Krankenhaus, und sie übernachtet in seiner Nähe auf dem Festland.«

Ihr Vater warf die Hosen in den Koffer. »Was kümmern dich diese Leute noch?«

»Sie sind Freunde.« Ein warmes Lächeln stahl sich auf ihre Lippen.

»Sie nutzen dich aus, wie diese Frau Leindecker.« Augenzwinkernd fügte er hinzu: »Mit dem, was deine Mutter über dich und diese fremde alte Dame sagte, hat sie ausnahmsweise einmal recht. Du bist herzlich und hilfsbereit, musst aber vorsichtig sein, denn Gutmütigkeit wird oft ausgenutzt.«

»Du siehst keinen Sinn darin, etwas zu tun, das dir keinen Profit einbringt, nicht wahr?« Marleen ballte eine Faust, um nicht aus der Haut zu fahren, denn sie befürchtete, sie könnte vor Rage Dinge von sich geben, die sie später bereute.

»Was soll das jetzt?«, fragte er verdrießlich und breitete die Arme aus. In bitterem Ton fügte er hinzu: »Ich bin nicht in der Stimmung für Küchenpsychologie.«

Da waren Schritte auf der Treppe. Nervös spähte Marleen in den Flur, aber es war niemand zu sehen. In den Nachbarzimmern herrschte Stille, nur aus dem Erdgeschoss des Gästehauses drangen Geräusche zu ihr. Ein Staubsauger wurde eingeschaltet. Gerit war also wieder unten.

Marleen drehte sich zu ihrem Vater. Ein kalter Schauer lief ihr über den Rücken. Tief atmete sie durch. Dann gab sie sich einen Ruck. »Ist dir eigentlich bewusst, dass wir noch nie ein ernstes Gespräch miteinander geführt haben?«, fragte sie ruhig.

»Und ausgerechnet jetzt, wo wir von dieser widerlich süßen Insel geworfen werden, als wären wir jedermann und nicht die de Vries, willst du damit anfangen?« Er starrte sie an und schüttelte dann den Kopf.

Genau genommen hatten Finn, Thies und Joos ausschließlich ihm nahegelegt, sofort abzureisen, und nicht ihr. Aber sie behielt den Gedanken für sich, zumal sie sich nicht sicher war. »Es ist Ebbe. Vor dem Frühstück habe ich im Garten ein paar Yogaübungen, die Mama mir gezeigt hat, gemacht. Ich habe gesehen, dass Tiefstand ist. Es wird also noch dauern, bis die nächste Fähre anlegen kann.«

»Du wirst schon wie deine Mutter«, meinte er vorwurfsvoll und blickte traurig drein. Vielleicht nahm er das erste Mal wahr, dass sie sich voneinander entfernt hatten. »Ich habe jetzt keine Lust auf eine Diskussion. Nimm das nicht persönlich, Schatz. Daran sind nur diese arroganten Möchtegern-Bernadottes Schuld. Was bilden die sich eigentlich ein? Die Schokoladeninsel ist nur so erfolgreich, weil Finn,

Thies und Joos Lorentz gut aussehen und die Magazine regemäßig über sie berichten.«

Marleen wusste nicht, ob seine Bemerkung über ihre Mutter auf die Übungen am Morgen oder die Tatsache, dass sie ihn kritisierte, abzielte, fragte jedoch nicht nach. Wahrscheinlich war es beides. »Es bleibt genug Zeit, um in Ruhe zu reden.«

»Na, schön. Wenn du so darauf pochst …« Ihr Vater setzte sich in den Sessel vor dem Fenster. Dessen fliederfarbener Stoff biss sich mit dem Rot seiner Haare. Als Marleen gerade ihre Beichte damit einleiten wollte, dass sie ihm dringend etwas gestehen musste, sagte er zu ihrer Überraschung: »Dann werde ich anfangen. Du hättest mir bei den Treffen mit den Lorentz-Brüdern den Rücken stärken müssen, stattdessen hast du mich jedes Mal angesehen, als würdest du dich für mich schämen. Das hat mich verletzt.«

»Deine Art Geschäfte zu machen hat mich schockiert und enttäuscht.« Nun war es raus. Marleen schlang die Arme um ihren Oberkörper und hielt die Luft an. Wie würde ihr Vater reagieren?

»Das kann nicht dein Ernst sein.« Ihre Vorwürfe schienen an ihm abzuprallen, als wäre er aus Teflon. Stolz sagte er: »Ich war einfach nur ein harter Verhandlungspartner.«

»Du warst kaltblütig und skrupellos.« Empört stemmte sie die Fäuste in die Hüften.

»Man darf als Investor nicht zartbesaitet sein«, erklärte er ihr und zupfte an seiner Hose herum. »Konferenzräume und Besprechungszimmer sind wie Arenen mit Löwen. Als Lamm wirst du zerrissen.«

Sie schnaubte. »Übertreibst du nicht maßlos?«

»Nein, das ist die nackte Wahrheit.« Eindringlich sah er

sie an. »Nur wer stark ist und sich durchsetzen kann, wird akzeptiert. Die Schwachen werden ausgenommen.«

Angewidert schüttelte sich Marleen. »Das ist abstoßend.«

»So ist die Geschäftswelt nun einmal.« Ihr Vater zuckte mit den Achseln und lehnte sich entspannt zurück.

»Nein. Das ist allein deine Sicht auf die Wirtschaft.« Finn, Thies und Joos behielten dagegen auch das Wohl ihres Personals und den Erhalt der Natur im Blick. Aber sie erwähnte es nicht, denn das hätte das Gespräch nur von ihrem Hauptthema weggelenkt. In diesem Moment ging es nicht um die Gebrüder Lorentz, sondern um sie und ihre berufliche Zukunft.

»Hör mir gut zu, mein Schatz. Das ist wichtig. Ich meine es nur gut mit dir.« Er klang besorgt. »Wenn du dich behaupten willst, musst du lernen, deine Ellbogen auszufahren.«

Sie riss die Arme hoch. »Das will ich aber nicht.«

»Das wird schon werden«, ermutigte er sie und schenkte ihr sein typisches warmherziges Lächeln. »Du bist immerhin die Tochter deines Vaters.«

»Ich bin nicht wie du. Wann begreifst du das endlich?« Diese Erkenntnis tat ihr selbst weh, denn sie hatte sich ihm immer nah gefühlt. Mit ihm zusammen zu sein war stets einfach und schön gewesen. Doch sie hatten bisher nur die Klippen, an denen ihr gutes Verhältnis zerschellen konnte, umschifft. Rückblickend hätte ihnen beiden klar sein müssen, dass das nicht ewig gut gehen konnte.

Ungehalten verscheuchte er eine Stubenfliege, die versuchte, auf seinem geröteten Gesicht zu landen. »Natürlich bist du das. Du bist schließlich mein Fleisch und Blut.«

»Wir finden, dass Käsecreme aus der Tube, Sprühsahne

und Dosensuppen kulinarische Sünden sind. Uns beiden ist Champagner zu sauer, was unsere Freunde und Bekannte nicht nachvollziehen können, meine Mutter erst recht nicht. Und wir heulen jedes Mal, wenn der alte und kranke Löwe in dem Film *Wir kaufen einen Zoo* eingeschläfert werden muss.« Marleens Herz klopfte immer schneller. »Aber ansonsten sind wir vollkommen verschieden.«

Ihr Vater rückte bis zur Kante des Sessels vor, stützte sich mit den Unterarmen an den Lehnen ab und rieb seine Handflächen aneinander. »Was redest du denn da? Möwesand scheint dich völlig verändert zu haben. Ich erkenne dich kaum noch wieder.«

»Ja, ich habe mich verändert, aber nicht erst, seit wir hier sind. Du hast das nur nicht bemerkt.« Nachsichtig lächelte sie ihn an. »Hier auf der Schokoladeninsel habe ich allerdings erst den Mut dazu gefunden, dir zu sagen, was mir schon lange auf dem Herzen liegt.«

Die Fliege schwirrte wieder um seinen Kopf herum. Er schlug nach ihr, doch sie blieb hartnäckig. »Dann hat das, was du mir sagen willst, gar nichts mit den Gebrüdern Lorentz zu tun?«

»Indirekt schon.« Das klang komplizierter, als es war.

»Du sprichst in Rätseln«, sagte er und kratzte sich am Kinn. Am Morgen hatte er sich beim Rasieren geschnitten. Heute war anscheinend nicht sein Tag.

»Es ist so …« Leise schloss sie die Zimmertür und nahm auf dem Bett Platz. Sie war so angespannt, dass sie ihre Finger ins Federbett bohrte. »Ich habe mein Studium abgebrochen.«

Entrüstet und mit offenem Mund starrte ihr Vater sie an. Dann atmete er laut aus und richtete sich auf. Seine Hände krallten sich um die Stuhllehnen. »Ich muss mich gerade verhört haben.«

»Seit Februar war ich nicht mehr in der Business School.« Schuld daran war neben der Gewissheit, am falschen Ort zu sein, auch Edward Cook. Aber er war es nicht einmal wert, ihn ihrem Vater gegenüber zu erwähnen. »Schon vorher habe ich nur unregelmäßig an den Vorlesungen teilgenommen. Betriebswirtschaft ist nichts für mich. Ehrlich gesagt, hasse ich es.«

Die Fliege landete auf seinem Haar, aber er merkte es nicht. »Wie kann es sein, dass mich die Business School als Rechnungsempfänger nicht informiert hat?«

»Ich habe das Studium noch nicht offiziell beendet. Es tut mir leid, aber ich denke nicht, dass du mit einer Rückerstattung rechnen kannst.« Entschuldigend zuckte sie mit den Schultern. »Ich werde dir die gesamten Studiengebühren zurückzahlen.«

Obwohl er finster dreinschaute, wiegelte er ab: »Rede keinen Unsinn. Du weißt, dass ich niemals Geld von dir annehmen würde.«

»Danke.« Marleen stand auf, küsste ihren Vater auf die Wange, die ganz heiß war, und setzte sich wieder. »Dafür hätte ich auch verdammt viele Stunden geben müssen.«

»Unterrichtest du etwa?« Verwirrt sah er sie an. Sie nickte. »Was denn um alles in der Welt?«

»Ich gebe Kurse in Windsurfen, Kitesurfen und Stand-Up-Paddling an einer Surfschule am Hohendeicher See. Das macht mir unglaublich viel Spaß.« Sobald sie an ihren Job dachte, stellten sich Glücksgefühle ein. »Damit halte ich mich zurzeit über Wasser.«

»Der Name de Vries steht für Erfolg. Wir halten uns

nicht …«, mit grimmiger Miene malte ihr Vater Anführungsstriche in die Luft, »… über Wasser.«

»Ich schon.« Sanft lächelte sie ihn an. »Es fühlt sich toll an, mein eigenes Geld zu verdienen.«

Seine Gesichtszüge entspannten sich. »Selbstverständlich kann ich das nachvollziehen. So ging es mir am Anfang meiner Karriere auch. Aber du musst schon ein entsprechendes Studium haben, um als Investorin ernst genommen zu werden und erfolgreich zu sein.«

»Das ist es ja, was ich dir die ganze Zeit sagen will.« Hörte er ihr denn gar nicht zu? Oder wollte er das Offensichtliche nur nicht wahrhaben? »Ich will nicht in deine Fußstapfen treten.«

»Ach, Schatz.« Seufzend fuhr er sich durchs Haar und scheuchte dadurch unabsichtlich die Fliege auf. »Dir eröffnen sich durch meine Beziehungen und meinen Ruf Chancen, für die andere töten würden. Ist dir das denn nicht klar?«

Marleen bekam ein schlechtes Gewissen. Ihr Vater rollte ihr den roten Teppich aus, sie bevorzugte jedoch den steinigen Weg. Viele Menschen würden das als dumm bezeichnen. Aber wie konnte es falsch sein, seinem Herzen zu folgen? »Ich möchte nicht undankbar erscheinen, aber du gehst in deiner Arbeit auf, mich dagegen würde sie krank machen.«

»Ich bin fassungslos. Was erzählst du mir da! Ich dachte immer, du würdest mir nacheifern.« Sein Kopf war hochrot, und seine Augen glänzten feucht, als hätte er Fieber.

»Das habe ich auch, aber nur weil ich wusste, dass du das gerne möchtest. Ich habe dir zuliebe BWL studiert. Inzwischen habe ich erkannt, dass ich kreuzunglücklich damit bin. Und wenn man unglücklich ist, kann man auch nicht erfolgreich sein. Das siehst du doch genauso, nicht wahr?« Auffordernd sah sie ihren Vater an, aber er schwieg. »Du brennst regelrecht für deine Projekte, das könnte mir niemals passieren. Mich interessiert Geld einfach nicht so sehr wie dich.«

»Weil du immer genug hattest«, brummte er unzufrieden.

»Ja, du hast recht. Das klingt nach Jammern auf hohem Niveau.« Gewissensbisse nagten erneut an ihr, trotzdem stand sie hinter ihren Überzeugungen. »Allerdings betrachte ich es nicht als Luxus, mich für Menschen, Tiere und unsere Umwelt zu engagieren, ich finde, es ist notwendig. Ich habe meine eigenen Ziele, und maximalen Profit zu erwirtschaften gehört nun einmal nicht dazu. Mir reicht es, wenn ich genug verdiene, dass ich davon meine Rechnungen bezahlen kann. Ich habe mich lange mit der Frage nach dem Sinn des Lebens auseinandergesetzt und kann ihn nicht darin erkennen, mein Geld zu vermehren.« Warum sagte er denn nichts dazu? Sie bemühte sich, fröhlich zu klingen, aber ihre Stimme zitterte leicht. »Am Ende haben wir beruflich doch etwas gemeinsam. Ich brenne nämlich genauso für das, was ich tun will, wie du.«

»Ein sehr kleiner Nenner«, bemerkte er schmallippig.

Sie stand vom Bett auf und ging vor ihrem Vater in die Hocke. Sanft nahm sie seine Hand, während sie zu ihm aufsah. »Du sagst doch immer, dass wir de Vries *Macher* sind. Wie könnte es mich also glücklich machen, ausgetretene Pfade zu beschreiten?«

»Du willst eigene Fußspuren hinterlassen.« Zärtlich strich er über ihren Arm. »Das finde ich gut.«

Sie schöpfte Hoffnung. Anscheinend begann er, sie zu

verstehen. »Es hat gedauert, bis ich herausgefunden habe, dass wir nicht in allem einer Meinung und beruflich vollkommen anders gestrickt sind, aber inzwischen habe ich es akzeptiert, und das musst du auch.«

»Was willst du denn stattdessen machen?« Wohl weil Marleen zögerte, hakte ihr Vater nach: »Sag mir bitte nicht, dass du Surfkurse geben willst, bis du zu alt dafür bist.«

Trotzig reckte sie ihr Kinn vor. Seine Engstirnigkeit ärgerte sie. Sie entzog ihm ihre Hand, aber er packte sie wieder und hielt sie fest. Spitz fragte sie: »Warum nicht? Das machen andere auch und sind zufrieden damit.«

»Das kann doch nicht dein Ernst sein. Was soll nur aus dir werden? Ich mache mir Sorgen um dich und deine Zukunft.« Sein Mund stand ein Stück weit offen, als würde er schlecht Luft kriegen, weil ihm eine unsichtbare Schlinge den Hals zuschnürte.

»Das musst du nicht«, versicherte sie ihm sanft. »Ich bin verantwortlich für mein Leben, nicht du. Lass mich verschiedene Dinge ausprobieren. Lass mich scheitern, hinfallen, aus eigener Kraft wieder aufstehen und neu anfangen. Versteh doch, ich muss meine eigenen Fehler machen und möchte die Früchte ernten, die ich mir selbst erarbeitet habe, denn die schmecken viel köstlicher und süßer als die, die man auf einem Silbertablett serviert bekommt.«

»Das sehe ich alles ein.« Er bekam wieder eine normale Gesichtsfarbe, doch er runzelte die Stirn. »Aber bist du bei der Surfschule am Hohendeicher See überhaupt fest angestellt?«

»Nein«, gab sie zögerlich zu, weil sie ahnte, wie ihr Vater darüber dachte. »Ich jobbe dort nur, kann aber bestimmt mehr Stunden als bisher arbeiten, wenn ich will.«

Er seufzte. »Willst du wirklich in den Tag hineinleben? Ziellos, ohne Ambitionen? So kenne ich dich gar nicht.«

»Genau das möchte ich tun und diese Freiheit in vollen Zügen genießen«, stellte sie euphorisch klar und fügte dann lächelnd hinzu: »Zumindest so lange, bis ich einen Studienplatz in Biologie mit dem Schwerpunkt maritime Forschung oder alternativ Marine Ökosysteme- und Fischereiwissenschaften bekomme. Ich möchte Meeresbiologin werden, die Ozeane erforschen und zu ihrer Erhaltung beitragen, das will ich von ganzem Herzen.«

Erleichtert lachte er.

Seine Reaktion verwunderte Marleen. »Ich hatte erwartet, dass du versuchen würdest, mir das Studium auszureden. In der Forschung verdient man sich nicht gerade eine goldene Nase.«

»Ich gebe zu, ich hätte dich lieber an meiner Seite, das weißt du. Aber du klingst so begeistert, wie könnte ich da etwas gegen deinen Berufswunsch einwenden? Außerdem hatte ich Angst, dass aus dir nichts Vernünftiges wird. Ein Job ist kein Beruf. Du weißt, was ich meine. Aber das hört sich doch alles prima an.« Als er aufstand, zog er Marleen auf ihre Füße. »Du sollst nur eins wissen.«

Was kam jetzt? Wollte er, dass sie aus ihrer Eigentumswohnung in Harvestehude auszog, weil sich eine Surfkurslehrerin und Studentin die Miete und Nebenkosten für solch eine Unterkunft nicht leisten konnte? Würde er ihr gleich sagen, dass sie ab sofort für alles in ihrem Leben selbst aufkommen musste, schließlich wollte sie doch unbedingt auf eigenen Füßen stehen? Würde er ihr damit eine Lektion erteilen, in der Hoffnung, dass sie es sich noch einmal anders überlegte? »Und das wäre?«

»Ich werde immer für dich da sein, komme was wolle«, sagte er mit warmer, weicher Stimme. Seine Augen waren feucht. Anscheinend war ihm klar geworden, dass er seine Tochter loslassen musste.

»Danke, Papa.« Sie schlang die Arme um ihren Vater und drückte sich an ihn. Die Aussprache war am Ende gar nicht so schwer gewesen. Dennoch fiel Marleen ein Stein vom Herzen.

Als Marleen das Zimmer ihres Vaters verließ, fühlte sie sich erleichtert. Sie ging wie auf Wolken. Die Welt war nicht untergegangen, nur weil sie ihrem Vater mitgeteilt hatte, dass er sich von nun an aus ihrer Lebensplanung heraushalten sollte. Weder hatte er herumgeschrien und getobt noch mit ihr gebrochen. Sie hätte viel früher mit ihm reden sollen.

Aber sie war nicht der Typ, der etwas bereute. Vielmehr glaubte sie, dass alles so kam, wie es kommen musste, und dass man aus allem lernte, besonders aus schwierigen Begegnungen. Sie war aus der Diskussion stärker hervorgegangen, das klärende Gespräch hatte ihr Verhältnis zu ihrem Vater sogar verbessert. Ein Gewitter reinigt die Luft, hieß es doch.

Plötzlich kam Julius auf dem Flur auf sie zu. Sie hatte ihn nicht auf der Treppe gehört, wahrscheinlich war sie zu sehr in Gedanken gewesen. Was machte er um diese Uhrzeit im *Nis Puk*?

»Was ist dir denn passiert?« Sie zeigte auf seine Konditoruniform. »Bist du von einem Schokoladenzug überrollt worden?«

Seine breiten Schultern bebten vor Lachen. »Der war gut. Es sieht so aus, nicht wahr? Nein. Kennst du Kurt?«

»Den Oberkellner im *Klönschnak*?« Hatte der etwa einen Kuchen nach Julius geworfen?

»Ihm ist in der Küche des Hafenrestaurants eine Flasche Mineralwasser hingefallen. Unglücklicherweise kam ich in dem Moment vorbei und rutschte auf den nassen Fliesen aus. Und unglücklicherweise war ich gerade dabei, meine neue Tortenkreation in den Kühlraum zu bringen.« Zerknirscht sah der hochgewachsene junge Mann an sich herunter.

Marleen legte die Hände an ihre Wangen. »Ich ahne Schreckliches.«

»Die Sachertorte mit Erdbeeren und Haselnüssen landete auf mir.« Mit spitzen Fingern öffnete er die Knöpfe an seiner Jacke. »Jetzt muss ich mich umziehen und dasselbe noch einmal backen.«

»Was für eine Verschwendung! Dir ist aber nichts passiert, oder?«, fragte sie besorgt.

»Mir tut nur mein Hintern weh.« Seine bernsteinfarbenen Augen funkelten, und er lächelte.

Marleen wusste nicht, ob sie Julius auf das, was er ihr bei der Verkostung von Gerits selbst gemachtem Klötenköm erzählt hatte, ansprechen sollte, aber sie war einfach zu neugierig. Außerdem hatte er ihr nun einmal verraten, dass es eine geheimnisvolle Verbindung zwischen seiner Familie und der von Finn, Thies und Joos gab. Sie konnte jetzt nicht so tun, als wüsste sie von nichts. »Hast du etwas über den Autounfall deines Vaters vor zehn Jahren herausbekommen und wer sein mysteriöser Beifahrer war?«

Seufzend schüttelte er den Kopf. Etwas Schokomasse klebte sogar in seinen braunen Haaren. »Ich hatte keine Zeit nachzuforschen, bin erst mal ganz in meiner neuen

Aufgabe aufgegangen. Ich bereite einen Nachmittagstee im *Klönschnak* vor und möchte so gerne, dass meine Torten gut ankommen. Nur dann habe ich eine Chance, auf der Schokoladeninsel zu bleiben.«

»Das verstehe ich sehr gut«, sagte sie lächelnd. »Hier ist es toll!«

»So, wie ich das mitbekomme, haben Finn, Thies und Joos auch gerade andere Sorgen, als herauszufinden, was unsere Familien einst verbunden hat.« Während er fortfuhr, schob er seinen Pony zur Seite. »Das kann warten, die Vergangenheit lässt sich eh nicht mehr ändern.«

Ihr Blick schweifte zu dem Zimmer, aus dem sie gerade kam. Eins der Probleme der Brüder Lorentz war Marleens Vater gewesen, aber das hatten sie immerhin gelöst. Blieben noch die schwindenden Einnahmen der Schokoladenfabrik, Hannahs Zerrissenheit zwischen Job und Mutterschaft, Merles Schwierigkeiten auf der Arbeit und die Sorge, dass Finn das berufliche Trio, das er mit Joos und Thies bildete, für immer verlassen könnte. Wie konnte sich Marleen als Fremde fühlen, wo sie doch über all die Schwierigkeiten der Insulaner Bescheid wusste?

»Sei mir nicht böse, aber ich will aus diesen Klamotten raus und muss dann zurück zum *Klönschnak*.« Grinsend wischte er sich imaginären Schweiß von der Stirn. »Gerit hat mir gesagt, dass du die Flasche Eierlikör, die wir zusammen getrunken haben, auf deine Rechnung hast schreiben lassen. Die nächste geht auf mich, darauf bestehe ich.«

In Marleens Brustkorb breitete sich eine wohlige Wärme aus. Sie fühlte sich, als würde sie auf Möwesand dazugehören, auch wenn das offenkundigerweise nicht zutraf und sie bald nach Hamburg zurückfahren musste. Aber solange sie auf Mariekes und Friesos Haus aufpasste und weder Finn noch Joos oder Thies sie fortschickten, durfte sie sich der Illusion hingeben, ein Mitglied der Schokoladeninselfamilie zu sein. »Einverstanden.«

»Wir sehen uns.« Eilig verschwand er in seinem Zimmer.

Da Marleen gerade nichts Besseres zu tun hatte, kehrte sie auf ihr Zimmer zurück, streifte ihre Schuhe ab und holte das erste Mal in diesem Urlaub ihren Laptop aus dem Koffer. Sie setzte sich aufs Bett, legte ihn auf ihre Oberschenkel und klappte ihn auf.

Aufgeregt gab sie *Jürgen Schneider* in die Suchmaske ein. Bei dem Namen wurden ihr natürlich eine Unmenge an Einträgen angezeigt. Zudem hatte er einen berühmtberüchtigten Namensvetter, der im Jahre 1995 wegen Betrugs und anderer Delikte verurteilt worden war. Bis heute berichteten die Medien über den deutschen Bauunternehmer, was Marleens Nachforschungen nicht gerade leichter machten.

Zur Eingrenzung fügte sie die Begriffe *Autounfall* und *Bremerhaven* hinzu, aber auch das half ihr nicht weiter. Erst als sie sie auch noch zeitlich einschränkte, der tödliche Unfall von Julius' Vater lag ja zehn Jahre zurück, wurden ihr die betreffenden Zeitungsartikel angezeigt. Viel war im Internet nicht zu finden.

Irgendwie hatte die Familie Lorentz es geschafft, ihren Namen aus der Presse herauszuhalten. Zu Marleens Verwunderung tauchte er nirgends auf, in allen Artikeln wurde lediglich erwähnt, dass es einen Beifahrer gegeben und dass dieser überlebt hatte. Marleen vermutete, dass Hauke und Karin Lorentz seit Joos' Entführung Kontakte in hohe Polizeikreise gehabt hatten. Vielleicht wollte der Polizeisprecher die Familie auch schützen und erwähnte sie den Medien gegenüber nicht, um zu verhindern, dass sie ein weiteres Mal von den Journalisten gejagt wurde.

Marleen fiel auf, dass in allen Artikeln dasselbe Foto zur Bebilderung diente, das eines Polizeifotografen. Es zeigte eine verbeulte Limousine, die umgekehrt auf einem Feld lag. Die Lichter der Einsatzfahrzeuge spiegelten sich in den Pfützen auf der Fahrbahn der Allee, die inmitten von Feldern lag. Es regnete in Strömen. Die Fahrerseite des Autos war eingedrückt.

Marleen nahm an, dass der Wagen auf der nassen Fahrbahn ins Schlingern geraten war, einen Baum gestreift und sich dann in dem Feld überschlagen hatte.

Ergriffen dachte Marleen an Julius. Bestimmt kannte er das Foto bereits. Wie schlimm musste es für ihn sein, das Wrack, in dem sein Vater starb, zu sehen?

Gerade als sie ihr Notebook wieder schließen wollte, fiel ihr auf dem Foto ein Detail ins Auge. Ein Schuh! Sofort begriff sie die Tragweite. Sie ahnte, was die Familien Schneider und Lorentz verbunden hatte.

Hauke hatte es geschafft, den Namen Lorentz aus den Presseberichten herauszuhalten und einen Skandal zu vermeiden, aber nicht, weil er, der bekannte Flensburger Unternehmer, in einen Unfall mit tödlichem Ausgang verwickelt gewesen war. Letzteres hatten Finn, Joos, Thies und Julius vermutet, und genau das hatte sie in die Irre geführt.

Marleen glaubte nicht, dass es Hauke Lorentz vor allem darum gegangen war, aus geschäftlichem Interesse den guten Ruf der Schokoladenfabrik zu bewahren. Er hatte nicht weniger als seine Familie beschützt, denn wenn die wahren Umstände an die Öffentlichkeit gekommen wären, hätte sie dies höchstwahrscheinlich zerstört. So hatten er und seine Ehefrau jedoch die heikle Angelegenheit unter den Tisch kehren und so tun können, als wäre nichts geschehen.

»Ich muss Finn das Foto sofort zeigen«, sagte Marleen zu sich selbst und wusste, dass es ihm das Herz brechen würde, weil er seine Mutter doch vergötterte.

Kapitel 14

Während Finn die Küchenutensilien spülte, die er für sein nächstes Schokoladenexperiment brauchte, dachte er an Marleen.

Er fragte sich, warum sie sich nicht von ihm verabschiedet hatte, bevor sie mit ihrem Vater die Schokoladeninsel verließ. Stand sie noch am Hafen? Wartete sie gerade am Fährsteg darauf, dass er kam und ihr Lebewohl wünschte? Es war Ebbe, sie konnte noch nicht weg sein. Aber hatte sie vielleicht innerlich längst mit Möwesand und ihm abgeschlossen? Er wusste es nicht. Wie sollte er auch? Er hatte seit gestern kaum wirklich mit ihr gesprochen und wenn, dann hatten sie über den armen Frieso geredet, nicht darüber, wie es mit ihnen stand. Das bereute er nun.

Während er Kuvertürespritzer von seinem Herd kratzte, reflektierte er sein Verhalten. So kühl, wie er sich Marleen gegenüber verhalten hatte, musste sie denken, dass sie ihm nichts bedeutete. Schließlich hatte er ihr im Lorentz-Haus nahegelegt, dem Leuchtturm fernzubleiben. Danach hatten sich die Ereignisse überschlagen, sie waren sich wieder nähergekommen. Aber ihr Verhältnis war nicht wie vor dem Erpressungsversuch ihres Vaters geworden. Höchstwahrscheinlich würde Finn auch keine Möglichkeit mehr bekommen, ihr zu sagen, was er für sie empfand. Er hatte seine Chancen verspielt.

Seufzend ließ er den Kopf hängen und schloss die Augen.

Sein Herz war so schwer, dass er sich nur mühsam aufrecht halten konnte. Seine Gefühle für Marleen waren trotz allem, was seit Pfingsten vorgefallen war, unverändert stark. Daher musste es wohl Liebe sein. Er öffnete seine Augen wieder und lächelte traurig.

Plötzlich kam bellend ein Hund in den Turm. Wie meistens stand die Vordertür offen, damit Finn die würzige Seeluft riechen und er aufs Meer blicken konnte. Erfreut streichelte er Zorro. Der schwarze Rüde wedelte heftig mit dem Schwanz. Er himmelte Finn an, als wäre dieser der tollste Mensch auf der ganzen Welt. Dank der freudigen Begrüßung ging es Finn schon etwas besser.

Joos trat ein. Da es keine Türen im Parterre gab, konnte er unmittelbar in die Küche spähen. Abrupt blieb er stehen und riss die Augen auf. »Das sieht ja aus, als hätte eine Bombe eingeschlagen.«

»Ich wäre ja ins *Klönschnak* gegangen, aber dort ist kein Platz mehr«, erklärte Finn. »In der Küche treten sich schon Julius und die Köche gegenseitig auf die Füße.«

»Was machst du denn Leckeres?«, fragte sein ältester Bruder interessiert und kam näher.

»Ich probiere neue Pralinenrezepte aus.« Verlegen lächelte Finn, denn damit war die Katze aus dem Sack. Seit dem Tod ihrer Mutter arbeitete er das erste Mal wieder mit Schokolade.

Joos machte große Augen. »Soll das heißen, du wirst wieder …?«

»Ich verspreche gar nichts.« Energisch winkte Finn ab, er wollte sich auf keinen Fall festlegen. Seine Rückkehr zu den Gebrüdern Lorentz wollte er ganz locker angehen. Alles sollte sich ganz natürlich entwickeln oder eben auch nicht.

»Aber sobald die Filmszenen für die ARD abgedreht sind, fahre ich nach Flensburg und schaue in der Kreativabteilung vorbei.«

»Vielleicht werden sie dich in der Schokoladenfabrik nicht wiedererkennen«, scherzte Joos. Kleine Lachfältchen traten hervor und ließen sein männliches Gesicht noch markanter wirken. »So lange, wie du schon nicht mehr da warst.«

»Sehr witzig. Ich will nicht mit leeren Händen kommen, sondern mit neuen Rezeptvorschlägen.« Finn zeigte auf Pralinés mit winzigen Nestern aus Goji-Beeren drauf. »Probiere die doch mal, bitte. Ich habe eine Ganache aus weißer Schokolade, Sahne und Naturjoghurt hergestellt und sie mit Granatapfelsaft und einem Hauch Champagner verfeinert.«

»Einfach köstlich«, schwärmte Joos, nachdem er gekostet hatte. »Sie schmecken leicht, aber vollmundig und spritzig. Damit könnten wir auch Kunden, die auf Fitness und gesunde Ernährung Wert legen, ansprechen. Selbst die möchten doch einmal sündigen, und diese Kreation wäre eine Alternative zum klassischen Naschkram.«

Aus den Augenwinkeln nahm Finn wahr, dass Zorro sich über die Pralinen auf dem Tablett, das auf dem Couchtisch stand, hermachen wollte. Entsetzt schrie er auf und stürmte in den Wohnbereich. Noch rechtzeitig scheuchte er den Hund weg und stellte das Tablett auf einen Schrank. Über seine Schulter hinweg sagte Finn zu seinem Bruder: »Ich habe eine Idee für Pralinen, die unser neuer Verkaufsschlager werden könnten, aber ich muss selbstverständlich noch mit den Zutaten herumprobieren.«

»Du machst mich neugierig«, rief Joos ihm aus der Küche

zu. Als Zorro sich an sein Bein drückte, streichelte er ihn liebevoll.

Während Finn zurück in die Küche ging, erklärte er: »Ich glaube, ein Teil unseres Problems zurzeit ist, dass Gebrüder Lorentz als Luxusmarke gilt. Unsere Ware kostet nun einmal etwas mehr wegen der Biozutaten von den regionalen Produzenten. Aber unsere Kunden müssen oder wollen sparen. Wer könnte mehr Verständnis für die schwierige finanzielle Lage vieler Menschen haben als wir, wo unsere Fabrik doch kränkelt?«

»Fahr fort.« Joos setzte sich auf den einzigen Stuhl, auf dem keine Küchenutensilien lagen.

Finn stützte sich auf dem Tisch auf und sah seinen Bruder an. »Wir müssen mit der Zeit gehen.«

»Willst du damit andeuten, dass wir unsere Preise senken sollen?« Joos schüttelte den Kopf. »Dann wäre unsere Marge zu gering. Als Alternative haben wir in letzter Zeit bereits kleinere Packungen angeboten.«

»Nein, das meinte ich nicht.« Schwungvoll stieß sich Finn von der Tischplatte ab und richtete den Oberkörper wieder auf. »Aber ich glaube, wir können unsere Durststrecke überstehen, wenn wir einiges ändern, und ich würde mit unserer Werbestrategie anfangen. Ich halte es für verkaufsfördernder, wenn wir uns beim Marketing auf das *bio* und *regional* konzentrieren. Bisher haben wir mit *auserlesen* und *hochwertig* geworben, doch diese Begriffe setzen viele Kunden mit *teuer* gleich und bauen bereits eine innere Abneigung auf.«

»Du hast vollkommen recht.« Einen Moment war Joos nachdenklich, dann wurde sein Blick wieder klar und er räusperte sich. »Ich gebe zu, ich tue mich schwer damit, etwas zu ändern, das unser Vater schon so gemacht hat. Ich möchte sein Erbe bewahren. Aber ich muss auch lernen loszulassen.«

»Womit wir zum nächsten Punkt kommen.« Aufgeregt lief Finn hin und her. Es loderte ein Feuer in ihm, was das Schokoladengeschäft betraf, wie er es schon lange nicht mehr verspürt hatte. »Mir schwebt eine Praline vor, die wir kostengünstiger als unsere anderen anbieten und die die breite Masse an Kunden anspricht.«

Joos rieb sich sein Kinn und beobachtete, wie sich Zorro unter den Küchentisch legte. »Leichter gesagt als getan.«

»Das wird sich rechnen, weil wir davon mehr verkaufen werden als von unseren teuren Produkten, du wirst sehen.« Unmittelbar vor seinem Bruder blieb Finn stehen. »Wie du selbst weißt, verkauft man Produkte heutzutage über Emotionen. Nordfriesland ist für viele Menschen ein Sehnsuchtsort. Ich möchte, dass sie diese neue Praline kosten und dabei an ihren letzten Urlaub an der Nordseeküste oder auf einer der Inseln oder Halligen denken. Das bringt ihnen den doppelten Genuss und uns den Umsatz, den wir brauchen, um das Vermächtnis unseres Vaters zu erhalten.«

»Was genau stellst du dir vor?«, fragte Joos und rutschte auf seinem Stuhl bis ganz nach vorne. Sein schwarzer Schäferhund richtete seine Ohren auf.

Vor Aufregung gestikulierte Finn heftig. »Ich möchte einen Friesenkeks mit einigen Tropfen Pfefferminzlikör tränken und in einer Ganache aus kräftiger dunkler Schokolade, die mit Marzipan angereichert ist, einbetten. Für die Kinder könnte es eine alkoholfreie Variante mit Pfefferminzsirup geben. Die Bitterschokolade steht für das Erdverbundene der Friesen, die Minze für die frische Seeluft und das getränkte Gebäck für das Marschland.«

»Wow.« Joos staunte nicht schlecht. »Du hast ja gleich das gesamte Konzept ausgearbeitet.«

»Das fiel mir leicht. Ich liebe das Wattenmeer. Hier bin ich zu Hause. Auf der Praline könnte ein winziges Möwenei aus Marzipan liegen, schließlich ist die Möwe unser heimliches Wappentier.« Finn zwinkerte. »Wir könnten sie *Nordfriesen Konfekt* nennen. Ein Name, der so geradeheraus und ehrlich klingt, wie die Friesen sind. Zudem ist er einprägsam. Was meinst du dazu?«

»Das ist genial!« Joos sprang vom Stuhl auf, worauf Zorro es ihm gleichtat und bellte. Beruhigend legte er seinem Hund die Hand auf den Kopf.

Finn knuffte seinen Bruder sachte. »Jetzt übertreibst du aber.«

»Ich wusste, dass du mit deiner Kreativität die Schokoladenfabrik retten kannst.« Hoffnungsvoll lächelte Joos. Dann hob er die Hände in einer beschwichtigenden Geste und schlenderte mit Zorro an seiner Seite in Richtung Ausgang. »Ja, ja, ich weiß, ich soll dich nicht bedrängen, darum werde ich jetzt wieder gehen und dich einfach machen lassen.«

»Danke. Wir können ja heute Abend zusammen mit Hannah, Thies und Marleen …« Finn stockte. Das Blut schoss ihm ins Gesicht. Der Versprecher war ihm unglaublich unangenehm, verriet er doch, dass er die ganze Zeit an Marleen dachte. »Ich meinte natürlich Anne. Wir fünf könnten eine Verkostung machen. Hier im Leuchtturm. Ich habe noch zwei Flaschen Malbec da. Der würde passen. Klingt das gut? Nun sag doch etwas dazu.«

»Du lässt mich ja nicht zu Wort kommen«, wandte Joos

in sanftem Ton ein und blieb im Wohnbereich stehen. »Ich habe es mitbekommen.«

So, wie er es betonte, konnte er damit nicht Finns Vorschlag meinen. »Was?«, fragte Finn.

»Als Thies und ich Dyke de Vries unseren Garten gezeigt haben.« Langsam kehrte Joos in die Küche zurück. Sein Hund schaute ihm irritiert nach und blieb neben der Couch sitzen. »Über die Schulter ihres Vaters hinweg habe ich gesehen, wie du Marleen auf der Terrasse geküsst hast.«

Finns Wangen brannten noch etwas stärker. »Oh.«

»Eigentlich wollte ich es nicht ansprechen, aber …«, begann Joos. »Du vermisst Marleen jetzt schon, nicht wahr?«

Finn seufzte. »Sehr.«

»Es steht mir nicht zu, dir einen Rat zu geben, denn ich bin nicht unser Vater.« Ein unausgesprochenes Aber hing im Raum.

»Als hättest du dich jemals mit Ratschlägen zurückgehalten.« Finn grinste. »Und du wirst es auch heute nicht tun.«

»Schuldig. Ich kann einfach nicht aus meiner Haut. Mir ist schon klar, dass ich unseren Vater nicht ersetzen kann, aber manchmal verfalle ich in alte Muster. Sieh es mir bitte nach.« Joos räusperte sich. »Du solltest Marleen vergessen.«

Finn nickte nur, denn seine Stimmbänder versagten ihm den Dienst.

»Sie ist so gut wie fort.« Brüderlich klopfte Joos ihm auf die Schulter. »Das wird schon wieder.«

»Sie hat mich dazu gebracht, wieder Schokolade zu essen.« Ein verliebtes Lächeln stahl sich auf Finns Lippen. »Bis zu dem Moment war es für mich zu schmerzhaft zu naschen, weil ich dabei an unsere verstorbene Mutter denken musste und die Erinnerung zu wehtat. Jetzt jedoch verbinde ich Schoki mit Marleen, und darum schmeckt sie mir köstlicher denn je. Es ist Marleen zu verdanken, dass ich an neuen Pralinenrezepten arbeite.«

Joos wirkte erstaunt. »Das ist toll, aber denk doch mal weiter. Stell dir vor, sie kehrt irgendwann zurück und ihr werdet ein Liebespaar.«

»Es bleibt komisch, mit dir über Gefühle zu reden.« Verlegen fuhr sich Finn durchs Haar.

Joos lachte leise, dann wurde er wieder ernst. »Wie willst du jemals mit ihrem Vater zurechtkommen, nach allem, was passiert ist?«

»Du hast ja recht«, stimmte Finn ihm zerknirscht zu. Dyke de Vries mochte im Privatleben umgänglicher sein, aber es war zu viel zwischen ihnen vorgefallen, als dass er sich zurzeit vorstellen konnte, ein gutes Verhältnis zu ihm aufzubauen. Doch dann kam ihm ein Gedanke. »Es stimmt schon ... Andererseits geht es ja nicht um ihren Vater, sondern in erster Linie um sie und mich.«

Plötzlich hörten sie ein Geräusch. Es kam vom Eingang. Zorro bellte freudig, dann stürzte er zu Marleen, die in der offenen Tür stand. Der Wind fuhr immer wieder unter ihr marineblaues Tunikakleid, das ihr bis zur Mitte ihrer Oberschenkel ging.

Mit einer Hand streichelte sie den schwarzen Schäferhund, mit der anderen drückte sie einen Laptop gegen ihren Bauch. »Ich wollte nicht stören. Vielleicht gehe ich besser wieder.«

»Nein, bleib. Du willst dich bestimmt von Finn verabschieden. Ich wollte ohnehin gerade gehen«, sagte Joos zu ihr, dann wandte er sich an Finn. »Ich frage Anne, Hannah und Thies, wann sie Zeit für ein Treffen haben, und melde mich bei dir.«

Finns Herz klopfte wie ein Presslufthammer. Es tat ihm seiner Familie gegenüber leid, aber in diesem Moment interessierten ihn die neuen Pralinenkreationen absolut nicht. »So machen wir es«, antwortete er trotzdem.

Als sein Bruder den Leuchtturm verließ, trottete Zorro treu hinter ihm her. Marleen machte ihnen Platz, stellte sich aber sofort wieder in den Türrahmen.

»Wie viel hast du von unserem Gespräch mitbekommen?«, fragte Finn, während er langsam auf sie zuschritt. Er hatte geglaubt, er würde sie nie wiedersehen, und nun stand sie vor ihm. Er war überwältigt, musste sich sehr zurückhalten, sie nicht sofort in seine Arme zu ziehen, um sie nie wieder loszulassen.

Marleen errötete. »Genug. Verzeih mir bitte, ich wollte nicht lauschen. Als ich meinen Namen hörte, hatte ich eigentlich vor, mich umzudrehen und schnellstmöglich wegzugehen, aber ich konnte einfach nicht. Meine Füße waren schwer wie Blei. Es ist also ihre Schuld.«

Als er über ihren Scherz lachte, klang es wie das Lachen eines Verliebten. Sehnsüchtig glitt sein Blick über ihre Beine hinab bis zu ihren Riemchensandalen. Sie hatte so winzig kleine Zehen, und der rosa Nagellack ließ sie noch zarter wirken.

»Ich habe meinem Vater heute den Kopf gewaschen. Er hat sich unmöglich verhalten, und das habe ich ihm auch gesagt«, erzählte sie aufgebracht. »Jetzt weiß er, dass ich seine Geschäftspraktiken für beschämend halte und unter keinen Umständen so werden will wie er.«

Er riss seine Augen auf. »Dann hast du ihm endlich gestanden, dass du dein BWL-Studium abgebrochen hast?«

»Ja. Erst war er schockiert und sah mich schon obdachlos unter einer Brücke schlafen, aber am Ende hat er akzeptiert, dass ich vollkommen anders ticke als er und ohne seine Hilfe klarkomme.« Erleichtert stieß sie die Luft aus und machte zaghaft einen Schritt in den Leuchtturm hinein. »Er fand es sogar ganz gut, dass ich Meeresbiologin werden möchte.«

»Meeresbiologin?« Finn war hellauf begeistert. »Das passt perfekt zu dir.«

»Entschuldige bitte, dass ich gekommen bin, obwohl du mich hier nicht mehr sehen wolltest, aber ich muss dir unbedingt etwas zeigen.« Sie hielt ihm ihr Notebook hin wie ein Tablett, auf dem sie ihm aufregende Neuigkeiten servierte.

»In der Küche tobt das Chaos.« Er deutete auf das Wohnzimmersofa. Kurz darauf saßen sie so eng zusammen, dass er ihr Wildblumenparfüm riechen und ihre Sommersprossen zählen konnte. Ihre Lippen zogen ihn an, aber er widerstand dem Drang, sie zu küssen. »Nun, was ist es?«

»Es hat ...«, sie atmete tief durch, »mit deiner Mutter und deinem Vater zu tun.«

Finn hatte mit allem gerechnet, aber nicht damit. Verwirrt musterte er sie und ihre roten Haare, die wie zwei glänzende Samtvorhänge von ihrem Scheitel hinabhingen und ihr Gesicht einrahmten. »Ich verstehe nicht.«

»Versprich mir erst, dass du Julius nicht böse sein wirst«, bat sie ihn eindringlich. Sie faltete ihre Hände und hielt sie ihm hin.

Er verspürte einen Hauch von Eifersucht und schämte sich dafür, denn Julius war sein Freund. »Julius Schneider?«

»Kürzlich haben wir zusammen eine Flasche von Gerits Eierlikör getrunken. Der Alkohol hat seine Zunge gelockert.« Entschuldigend lächelte sie. »Da hat Julius mir von dem Autounfall seines Vaters erzählt und dass die Polizisten, die die Todesnachricht überbrachten, den Namen Lorentz nannten.«

»Mit dem Thema hast du mich eiskalt erwischt.« Nervös fuhr er sich mit der Hand durchs Gesicht.

»Entschuldige, dass ich dich so damit überfalle. Aber ich bin so aufgewühlt, als würden die Geschehnisse von damals meine eigene Familie betreffen.« Zögernd fragte Marleen: »Du und deine Brüder denkt, dass euer Vater mit im Auto von Jürgen Schneider saß, nicht wahr?«

»Was sonst?« Worauf wollte sie nur hinaus? Finn runzelte die Stirn, sein Kopf begann zu schmerzen. »Er hat Julius und seine Mutter Roswitha nach dem Unfall finanziell und organisatorisch unterstützt. Wenn das kein Schuldeingeständnis war, dann weiß ich auch nicht.«

»Ich glaube inzwischen, dass seine Hilfe andere Gründe hatte. Ich habe etwas entdeckt.« Sie legte den Laptop auf ihren Schoß und klappte ihn auf. »Es handelt sich bloß um einen Schuh, aber der sagt meiner Meinung nach viel aus.«

»Ein Schuh?« Verwirrt schüttelte er den Kopf. Als sie ihm im Internet das Foto von dem Autowrack zeigte, sah er zuerst nur das, was er bereits kannte. Aber dann zeigte sie auf die Beifahrerseite. Die Rettungskräfte hatten die Tür herausgeschnitten, um Jürgen Schneider und seinen Beifahrer bergen zu können, denn die Fahrerseite war eingequetscht. Es war Nacht gewesen, man konnte den schwarzen Schuh mit der roten Sohle nicht sofort erkennen. Aber je intensiver Finn hinsah, desto mehr schälte er sich aus der Dunkelheit heraus. Er keuchte. »Ein High Heel.«

»Ja.«

»Also hat eine Frau mit im Wagen gesessen, nicht mein Vater.« Finn wollte sich über diese Neuigkeit freuen, doch ein unbestimmtes Gefühl hielt ihn davon ab. »Warum hat er dann die Hinterbliebenen von Jürgen Schneider unterstützt? Joos, Thies, Julius und ich dachten, der Unfall wäre die Verbindung zwischen unseren Familien.«

»War er auch, aber …« Sanft berührte sie seinen Arm. »Ihr habt die falschen Schlüsse gezogen.«

Finns Kopf war wie blockiert. Hinter einer Mauer aus Furcht lauerte ein Gedanke, er bekam ihn jedoch nicht zu fassen.

Marleen schob sich eine Haarsträhne hinters Ohr. »Vergiss nicht, dass die Polizisten Julius' Mutter gegenüber den Namen Lorentz erwähnt haben.«

Sein Mund war wie ausgedörrt. Finn konnte kaum schlucken. Er sprang auf und holte zwei Flaschen Ingwerbier. Nachdem er sich wieder gesetzt hatte, reichte er Marleen eine Flasche und trank gierig an seiner.

»Wenn es sich bei Jürgen Schneiders Beifahrerin um eine Frau gehandelt hätte, die rein zufällig denselben Nachnamen trug wie eure Familie, hätte dein Vater die Schneiders wohl kaum unterstützt. Meinst du nicht auch?«, fragte sie in mitfühlendem Ton.

»Willst du damit sagen …?« Seine Stimme versagte. Er nippte erneut am Ingwerbier und fuhr dann mit schwacher Stimme fort: »Nein! Es kann nicht meine Mutter gewesen sein. Auf keinen Fall.«

Marleen stellte das Notebook auf den Couchtisch und nahm Finns Hand. »Warum nicht?«

»Was sollte sie mit Jürgen Schneider zu schaffen haben?«,

fragte er und ertappte sich bei dem Gedanken, dass er das gar nicht wissen wollte.

Beruhigend streichelte sie seinen Handrücken. »Julius hat mir erzählt, dass sein Vater seiner Mutter gegenüber behauptet hat, er wäre in der Nacht des Unfalls beruflich in Düsseldorf und würde dort übernachten. Er verstarb aber in der Nähe von Bremerhaven. Anscheinend hatte Jürgen Schneider seine Ehefrau belogen. Warum sollte er das tun?«

»Weil er mit meiner Mutter zusammen sein wollte.« Finn wurde schlagartig kalt. Unbewusst suchte er Marleens Wärme und lehnte sich bei ihr an. Jetzt erst fiel ihm wieder ein, was Julius ihnen erzählt hatte. Seine Mutter Roswitha hatte erwähnt, dass sie die Familie Lorentz über Karin kennengelernt hätte. Finn hatte dieses Detail total vergessen, weil er es zu dem Zeitpunkt absolut nicht hatte zuordnen können. Jetzt schon. »Sie hatten eine Liebesaffäre.«

Zärtlich umarmte sie ihn und rieb über seinen Rücken. »Ja, ich befürchte, alles spricht dafür. Siehst du das genauso?«

Sie hatte recht, aber er wollte es nicht wahrhaben. Es bedeutete, dass seine Mutter seinen Vater betrogen hatte. Er legte seinen Kopf auf Marleens Schulter, er brauchte sie jetzt mehr denn je. Nachdenklich schloss er die Augen.

Er war davon überzeugt gewesen, dass sein Vater mit Roswitha Schneider fremdgegangen war, und war stinkwütend auf ihn gewesen. Jetzt stellte sich heraus, dass seine Mutter in Wahrheit ihm Hörner aufgesetzt hatte. Finns schlechtes Gewissen seinem Vater gegenüber wog schwer. Wie hatte seine Mutter ihrem Ehemann, dem Vater ihrer drei Söhne, das antun können?

Joos und Thies hatte Finn oft vorgeworfen, dass er ihre

Mutter auf ein Podest stellen würde. Finn hatte das stets abgestritten, aber seine Brüder hatten recht gehabt. Ihre Mutter war für ihn unantastbar gewesen. Sobald jemand sie kritisierte, hatte er sie mit Klauen und Zähnen verteidigt. Er hatte sie über alles geliebt und tat es noch immer. Das hatte sein Verhältnis zu seinem Vater belastet, und das bedauerte er nun sehr. Er hätte sich nicht ohne Weiteres auf ihre Seite stellen sollen. Die Liebe zu seiner Mutter hatte ihn blind gemacht.

Vor seinem geistigen Auge tauchten High Heels auf, schwarz wie die Nacht und mit einer Sohle in sündigem Rot. Sie hatten im Schuhschrank seiner Mutter gestanden. Seufzend öffnete Finn seine Augen wieder. Er richtete den Oberkörper auf und rümpfte die Nase. »Meine Mutter hatte solche Stilettos von Louboutin. Aber ich kann mich nicht daran erinnern, dass sie sie jemals getragen hat, wenn sie mit meinem Vater ausging. Wahrscheinlich hatte sie die schwindelerregend hohen Hacken für Jürgen reserviert.«

»Das weißt du nicht«, versuchte Marleen ihn wohl zu beruhigen, denn er bebte vor Entrüstung.

»Meine Mutter lag mal im Krankenhaus. Es hieß, sie wäre auf einem Parkplatz von einem Taxi angefahren worden«, erzählte er in bitterem Ton. »Ich erinnere mich so gut daran, weil es das einzige Mal war, dass sie ein paar Tage in einer Klinik bleiben musste. Ich bin fast verrückt geworden vor Sorge um sie. Damals war ich neunzehn Jahre alt, es ist also zehn Jahre her.«

»Das muss in dem Jahr gewesen sein, in dem Jürgen Schneider bei dem Autounfall starb«, sagte Marleen leise.

Finn lachte freudlos. »Ihr Krankenhausaufenthalt passt ins Bild.«

Eine Weile saßen sie schweigend nebeneinander und tranken Ingwerbier. Finn spähte durch die Vordertür nach draußen. Die Flut hatte eingesetzt, der Meeresspiegel war bereits gestiegen. Finn liebte das Watt und die unzähligen Arten von Würmern, Muscheln und Krebsen, die im Schlick lebten. Wenn Ebbe war, wurde er immer ein wenig wehmütig, und bei Flut verspürte er Erleichterung, aber nicht in diesem Moment.

Geräuschvoll stellte Marleen ihre leere Flasche auf den Tisch. »Du solltest Joos, Thies und Julius von dem High Heel und unseren Schlussfolgerungen erzählen.«

»Ja, aber nicht jetzt sofort. Ich möchte das erst einmal verdauen. Außerdem treffen wir uns ohnehin heute Abend zur Verkostung.« Über seine Schulter hinweg zeigte er zur Küche.

Neugierig fragte sie: »Was machst du da eigentlich?«

»Ich probiere neue Pralinenrezepte aus.« Er wollte sich sofort wieder in die Arbeit stürzen. Sie würde ihm helfen, die schockierenden Enthüllungen über seine Mutter zu verarbeiten.

Hoffnungsvoll strahlte sie ihn an. »Dann wirst du in die Schokoladenfabrik zurückkehren?«

»Ja. Ich bin die kreative Seele. Ohne mich geht es nicht«, sagte er mit einem angedeuteten Lächeln. Es lag ein Fünkchen Wahrheit in seiner Aussage, immerhin ging es mit der Fabrik bergab, seitdem er eine Pause einlegte. »Genauso wenig wie ohne Joos, den kühlen Kopf des Unternehmens, und Thies, das strahlende Herz. Fehlt ein Rädchen im Getriebe, dann läuft der ganze Motor nicht mehr rund.«

»Ihr seid ein tolles Team. Ich bin ein Einzelkind und beneide dich um deine Geschwister.« Sie legte ihren Arm auf die Rückenlehne des Sofas.

Finn spürte einen leichten Druck im Nacken. Heiße Wellen schlugen in ihm hoch und vertrieben die Kälte. »Bis vor Kurzem glaubte ich, dass meine Mutter meine Kreativität mit ins Grab genommen hätte, aber das stimmt nicht. Meine Erfindungsgabe ist noch in mir. Ich war nur zu unglücklich, um sie zu spüren.«

»Aber jetzt ist sie zurück?«, wollte sie wissen. Sie legte ihre Handtasche auf den Tisch.

Er nickte. »Das ist dein Verdienst.«

»Meiner?«, fragte Marleen überrascht. »Ich habe doch gar nichts getan.«

Mit dem Daumen fuhr er über ihre Unterlippe. »Doch, du hast mir den Kopf verdreht.«

Verliebt lächelte sie ihn an. »Und du mir.«

Er legte sanft seine Hände an ihre Wangen. »Bisher stand der Geschäftsvorschlag deines Vaters zwischen uns, aber da Joos, Thies und ich ihn nun abgelehnt haben …«

»Ist der Weg für uns frei?«, führte sie seinen Satz zu Ende. Einladend öffnete sie ihren Mund.

Finn antwortete ihr, indem er sie leidenschaftlich küsste. Ihre Körper waren wie füreinander geschaffen, ganz natürlich schmiegten sie sich aneinander. Dann und wann seufzte Marleen genießerisch, als würde sie sich gerade das köstlichste Stück Schokolade auf der Zunge zergehen lassen.

Sie selbst schmeckte nach grenzenloser Freiheit, die er sonst nur verspürte, wenn er beim Windsurfen über die Nordsee peitschte. Dann hatte er über sich den Himmel und unter sich das Meer, ansonsten war da nur Weite, alle Sorgen fielen von ihm ab. Vielleicht bildete er sich das nur ein, aber für ihn duftete ihr rotes Haar nach frischer, salziger Seeluft. Ihre Haut war warm und weich und erinnerte ihn an das Wohlgefühl, das er empfand, wenn er mit seiner Hand durch den von der Sonne erhitzten weichen Sand glitt.

Zärtlich streichelte Marleen seinen Hals, während er ihren Körper erkundete wie eine fremde Insel, die er gerade erst entdeckt hatte. Er begehrte sie so sehr, dass es wehtat, und er glaubte nicht, jemals genug von ihr zu bekommen. Seine Zunge glitt so natürlich in ihren Mund hinein wie ein Meeresvogel beim Stoßtauchen. Sein Herzschlag glich sich den ungezügelten Bewegungen ihrer Lippen an. Das Verlangen schlug von innen gegen seinen Brustkorb wie eine Welle, die der Wind bei Sturm gegen das Sanddorn-Kliff peitschte.

Endlich war Finn da, wo er hingehörte, in Marleens Arme. Seit dem Tod seiner Mutter hatte er ziellos im Ozean des Lebens getrieben und nicht gewusst, wo er an Land gehen sollte, wo er hingehörte und wo er wieder glücklich werden konnte. Marleen war das Rettungsboot, das ihn sicher zurück zur Schokoladeninsel gebracht hatte. Durch sie war er wieder zu Hause, dafür würde er ihr ewig dankbar sein.

Endlos lange liebkosten sie einander, auch Marleen konnte die Finger nicht von Finn lassen. Nun, da die Dinge zwischen ihnen geklärt waren, hatten sie ja auch alle Zeit der Welt.

Als sich Marleen doch irgendwann von ihm löste, waren ihre Lippen gerötet. Belustigt sagte sie: »Mein Vater wird entsetzt sein, wenn er erfährt, dass du mein neuer Freund bist.«

»Ich ärgere ihn gerne.« Schmunzelnd fügte er hinzu: »Aber das beruht wohl auf Gegenseitigkeit.«

»Reißt euch gefälligst ab sofort zusammen!«, stieß sie aus. »Ich bedeute euch beiden doch etwas, dann zeigt es auch.«

Finn schwieg. Er wusste nicht, wie er jemals mit ihrem Vater zurechtkommen sollte, aber er würde es versuchen, ihr zuliebe. Erst mussten jedoch einige Wochen, besser noch Monate, ins Land ziehen, er musste Abstand zu den Geschehnissen gewinnen. Bestimmt würde ihr Vater genauso darüber denken, sobald er den ersten Schreck darüber verdaut hatte, dass Finn ab sofort bei den Familienfeiern der de Vries' an Marleens Seite sitzen würde.

Darüber wollte sich Finn in diesem Moment jedoch keine weiteren Gedanken machen. Man konnte nicht alles in seinem Leben planen, das hatten die plötzlichen Tode seiner Eltern ihn gelehrt. Er wollte unbedingt mit Marleen zusammen sein, also würde er sich mit ihrem Vater arrangieren.

»Ich habe Joos vollmundig *Nordfriesen Konfekt* versprochen. Das muss ich unbedingt noch herstellen.« Entschuldigend lächelte er sie an. »Du bist auch die Erste, die die neuen Pralinen probieren darf.«

»Tatsächlich? Ich kann es kaum erwarten.« Sie gab ihm einen Kuss. »Geh ruhig zurück in die Küche.«

Als er sich erhob, griff sie nach ihrer Handtasche. »Willst du etwa gehen?«, fragte er enttäuscht.

»Nein.« Energisch schüttelte sie den Kopf. »Ich würde gerne bleiben und dir zusehen, wenn ich darf.«

»Gerne. Ich dachte …« Er zeigte auf ihre Tasche.

Sie errötete. »Ich wollte bloß … Also, ich hatte nur vor … einen Fettstift herauszuholen. Genau.«

»Ach so.« Wenn es so war, warum wurde sie dann verlegen? Das fand er merkwürdig, aber er sprach sie nicht darauf an. Er war nur froh, dass sie auf ihn wartete. Was gab es Schöneres, als einer seiner Lieblingstätigkeiten nachzugehen, der Produktion neuer Geschmackskombinationen, und dabei seinen Lieblingsmenschen an der Seite zu haben?

Während er zum Kühlschrank ging und Zartbitterschokolade und Sahne für die Ganache herausholte, bemerkte er, dass Marleen zu dem Regal neben dem Ausgang schlenderte. Über die Schulter hinweg blickte sie ihn an. Ihr Blick wirkte irgendwie lauernd und ihr Lächeln merkwürdig aufgesetzt. Einen Fettstift hatte sie auch nicht benutzt. Was war nur plötzlich los mit ihr? Hatte er etwas falsch gemacht? Nein, das konnte er sich nicht vorstellen. Sie machte den Eindruck, es ebenfalls ernst mit ihm zu meinen. Wenn es nicht das war, was ging dann in ihr vor?

»Keine Sorge, ich schleiche mich nicht heimlich weg«, bemerkte sie ironisch.

Obwohl ihr Lachen gekünstelt klang, löste sich der Knoten in Finns Brust. Wahrscheinlich hatte er einfach nur Angst, sie doch wieder zu verlieren. Die letzten Tage waren für ihn emotional extrem anstrengend gewesen, eine Achterbahn der Gefühle, die mit ihm in die Tiefe zu stürzen drohte. Aber es war doch alles gut gegangen, er hatte sein Ziel ohne gebrochenes Herz erreicht. Für Marleen und ihn gab es ein Happy End. Die Erleichterung darüber musste sich wohl erst noch einstellen.

Dennoch konnte er es nicht einfach so abtun, dass ihr sonderbares Benehmen ihn verunsicherte. Sie wirkte angespannt, anders als zuvor auf der Couch. Der Riemen ihrer Handtasche rutschte ständig von ihrer Schulter, und sie schob ihn jedes Mal wieder hoch. Warum legte sie die

Tasche nicht ab? Stattdessen hielt sie sich an ihr fest, als hinge ihr Leben davon ab.

Vielleicht wusste sie nicht, wie sie sich verhalten sollte, nun da sie ein Paar waren. Um ihr die Nervosität zu nehmen, schlug er vor: »Du könntest mir helfen.«

»Ich würde nur alle Zutaten wegnaschen.« Sie stellte sich in den Türrahmen und spähte hinaus auf die Nordsee. Der Wind wehte ihr die Haare aus dem Gesicht. Starr schaute sie aufs Meer.

Wollte sie etwa seinem Blick ausweichen? Auf Finn machte es den Anschein. Sie kam ja nicht einmal in die Küche. Während er darüber nachgrübelte, stellte er den Pfefferminzlikör neben den Ofen. Am besten ließ er sie einfach eine Zeit lang in Ruhe. Wenn sie mit ihm über etwas reden wollte, würde sie das tun. Er konzentrierte sich auf seine Arbeit und verteilte die Pralinenformen mit den Hohlkörpern aus Zartbitterschokolade, die er gestern schon vorbereitet hatte, auf dem Tisch.

Vergnügt dachte er, dass das Nordfriesen Konfekt nur köstlich werden konnte, denn er bereitete die Ganache mit Liebe zu. Liebe für Marleen, für seine kreative Arbeit als Chocolatier und für die Schokoladeninsel mit seinen liebenswerten Menschen und ihrer wunderschönen Natur.

Voller Sehnsucht sah er wieder zu Marleen hinüber. Sie war seine persönliche Arielle, eine Meerjungfrau mit einem Surfbrett anstatt eines Fischschwanzes. Das ist mir auch lieber, dachte er amüsiert. Gerade drehte sie sich erneut zu dem Regal, auf dem unter anderem seine Sammlung mit Souvenirs stand. Was interessierte sie daran so sehr? Sie kannte die Meeresfiguren doch bereits.

Plötzlich langte sie in ihre Handtasche und zog einen

Gegenstand heraus. Finns Puls beschleunigte sich. Seine Mundwinkel zuckten. Diese Frau war einfach unglaublich und immer wieder für eine Überraschung gut.

»Du willst mir doch nicht noch ein Geschenk machen?« Wärme breitete sich in seinem Brustkorb aus. Er befürchtete, dass er sein dämliches Grinsen vorerst nicht mehr loswerden und ihm jeder ansehen würde, dass er bis über beide Ohren verliebt war.

Marleen wandte sich ihm zu. Von einer Sekunde auf die andere wurde sie kreidebleich. »Wie bitte?«, fragte sie mit schriller Stimme.

»Der surfende Schlumpf, der kam doch von dir.« Er ging zu ihr, stellte sich vor sie hin und versuchte, sich seine Verwunderung über ihre Reaktion nicht anmerken zu lassen. Ja, er hatte sie erwischt, aber doch bei etwas Gutem. Oder etwa nicht? Neckend knuffte er sie. »Gib es schon zu!«

»Ja.« Das Sprechen schien ihr plötzlich schwerzufallen. Sie schluckte immer wieder, als wäre sie stundenlang in einer Wüste umhergeirrt.

Finn schalt sich einen schlechten Gastgeber. Er sollte ihr noch ein Ingwerbier anbieten, aber er tat es nicht, sein Bauchgefühl sagte ihm, dass mit Marleen etwas nicht stimmte und er das jetzt herausfinden musste. Um seine eigene Unsicherheit zu überspielen, gab er sich betont fröhlich: »Was ist es diesmal? Was wolltest du mir heimlich hinstellen?«

Neugierig sah er an ihr vorbei zu den Souvenirs, die er aus seinen Surfurlauben mitgebracht hatte. Da waren sie – das Keramikseepferdchen, die Sandsteinmuschel, der Porzellan-Koikarpfen, der Tonkrake, die Plastikmeerjungfrau und all die anderen zauberhaften, teilweise kitschigen Stücke, die an die atemberaubend schönen Meere dieser Welt erinnerten.

Ein Andenken stach ihm sofort ins Auge. Sein Puls beschleunigte sich. Er konnte kaum glauben, was er da sah. Der Gecko, den er seit Pfingstmontag vermisste, stand wieder da! Das letzte Geschenk, das er von seiner Mutter vor ihrem Tod erhalten hatte, und ein Andenken an ihre letzte gemeinsame Tauchreise. Viel Wert war die Holzechse nicht, aber für Finn unbezahlbar. Sie war mit Marleen in seinen Leuchtturm zurückgekehrt. Was das bedeutete, wusste er. Seine gute Laune verflog, sein Grinsen erstarb. Die Säure der Ingwerlimonade rebellierte in seinem Magen. »Hattest du den Gecko mitgenommen?«

Ertappt sah sie ihn an, ihre Unterlippe zitterte.

»Ja, so muss es gewesen sein. Du hast ihn am vergangenen Montag heimlich eingesteckt und wolltest ihn gerade genauso heimlich wieder zurückstellen. Stimmt doch, oder?« Diese ungeheuerliche Erkenntnis brachte sein Blut in Wallung. Dass Marleen nicht sofort antwortete, bestärkte ihn in seiner Mutmaßung. Ihr Schweigen kam einem Schuldeingeständnis gleich. Trotzdem wollte er aus ihrem Mund, der ihn vor wenigen Minuten noch so zärtlich geküsst hatte, hören, was zur Hölle sie sich dabei gedacht hatte. »Ich habe recht, nicht wahr?«

»Finn«, sagte sie beschwörend und schob die Handtasche unter ihre Achsel.

Wenige Minuten zuvor hatte er noch eine angenehme Gänsehaut bekommen, wenn sie seinen Namen aussprach, doch jetzt brachte ihn ihre Einsilbigkeit noch mehr gegen sie auf. Warum kroch sie nicht zu Kreuze? Weil es keine Entschuldigung für ihr abscheuliches Verhalten gab? Oder weil schon viel zu viel zwischen ihnen vorgefallen war und sie wusste, dass der Gecko das Fass zum Überlaufen brachte? »Nun gib es schon zu!«

»Ich wollte das nicht. Es tut mir schrecklich leid«, brachte sie doch endlich mit bebender Stimme heraus.

Doch das änderte nichts mehr für ihn, es war zu spät. Marleen wusste, was die Holzechse ihm bedeutete, und hatte sie trotzdem eingesteckt. Das verletzte ihn. »Du hast es getan«, sagte er vorwurfsvoll.

»Ja.« Rasch fuhr sie fort: »Aber …«

Aufgebracht fiel er ihr ins Wort. »Wie kannst du es nicht gewollt und dennoch getan haben?« Das klang nach einer verdammt schlechten Lüge.

»Das trifft es sogar ganz gut.« Sie legte die Hände an ihre bleichen Wangen. Ihre Handtasche fiel zu Boden.

Finn schnaubte. »Das verstehe ich nicht.«

Während sie ihre Tasche aufhob, murmelte sie: »Es ist kompliziert.«

»Nein, du bist kompliziert«, rief er. Sie waren erst seit wenigen Minuten ein Paar, und schon stritten sie sich. Aber es ging um mehr als nur um einen Streit. Was sie hinter seinem Rücken getan hatte, war ein Vertrauensbruch.

Seufzend ließ sie ihren Kopf hängen. »Schon möglich. Aber nicht mehr oder weniger als andere auch, behauptet zumindest Dr. Pfeiffer. Jeder hat Fehler, auch du, Finn.«

»Warte. Hat dein Vater ihn gestohlen?«, fragte Finn, ob wohl Dyke de Vries ihn nie besucht hatte. Aber oft stand die Tür des Leuchtturms weit offen, und er hielt sich auf einer anderen Etage auf. Er verabscheute sich dafür, dass er so hoffnungsvoll klang, aber ein Teil von ihm wünschte sich immer noch, dass Marleen unschuldig war. »Willst du ihn decken, ist es das? Oder hat er dich genötigt, den Gecko zu klauen, weil er ihn als geschäftliches Druckmittel einsetzen wollte wie die Flaschenpost?« Das klang zwar abwegig, trotzdem klammerte er sich an diesen Strohhalm.

»Um Himmels willen, nein!«, rief sie entsetzt aus. »So etwas würde er niemals tun.«

Seine Hoffnung, die ohnehin nicht dazu bestimmt gewesen war, lange zu leben, zerplatzte wie eine Seifenblase. »Aber du offensichtlich«, warf er ihr in bitterem Ton vor.

»Beruhige dich«, bat sie ihn und faltete ihre Hände.

Er rümpfte die Nase. »Wie könnte ich das? Der Gecko ist nicht bloß ein Gegenstand für mich. Er ist das Einzige, was ich noch von meiner Mutter habe.«

»Ja, ich weiß. Es war falsch, ihn einzustecken, aber ich dachte, wir würden uns nie wieder sehen, und ich wollte ihn als Erinnerung an dich.« Verliebt sah sie ihn an.

Doch ihr Blick ließ ihn kalt. Fassungslos fragte er: »Ist das ernsthaft deine Rechtfertigung?«

»Ich möchte dich von ganzem Herzen um Verzeihung bitten.« Marleen machte einen Schritt auf ihn zu. Doch Finn wich zurück. Er konnte nicht anders. Im Moment ertrug er ihre Nähe nicht.

»Ich will mich ändern«, fügte sie hinzu. »Dass ich den Gecko zurückgelegt habe, ist doch der Beweis.« Ihre Augen schimmerten feucht.

Er konnte ihr nicht verzeihen, es war zu viel passiert. Von Anfang an hatte er immer wieder an ihrer Aufrichtigkeit gezweifelt, und nun hatte sich seine Skepsis als berechtigt erwiesen. Anscheinend war Marleen genauso unmoralisch wie ihr Vater, wenn auch auf andere Art und Weise. »Das macht es nicht wieder gut.«

Sie drehte sich weg, als hätte er sie geohrfeigt. »Entschuldige bitte. Ich wollte dir nicht wehtun, sondern die Echse nur als Erinnerung an die wundervolle Zeit mit dir behalten.«

»Und jetzt, da wir zusammengekommen sind, wolltest du sie einfach unauffällig wieder zu den anderen Figuren stellen.«

Ihre Sommersprossen waren durch ihre Blässe hervorgetreten. »Ich wollte dir nie Böses.«

»Du hast mich bestohlen.«

Energisch schüttelte sie den Kopf. Eins ihrer roten Haare löste sich und schwebte im Sonnenschein zu Boden. »Ich bin nicht berechnend. Das hast du von Anfang an geglaubt und siehst es jetzt als erwiesen an, aber so bin ich nicht.«

»Daran bist du selbst schuld.« Er zuckte steif mit den Schultern. Er musste sich hinter eine Schutzmauer zurückziehen, sonst würde sein Herz augenblicklich in Tausende Scherben zerbrechen. Ihr Kuss kam ihm wie ein Judaskuss vor. Als er an die überschäumende Sehnsucht, die sich vorhin auf der Couch bahngebrochen hatte, dachte, spürte er einen so schmerzhaften Stich im Brustkorb, dass er sich beinahe gekrümmt hätte. Er schob seine Hände in die Hosentaschen und ballte sie zu Fäusten.

Sie stimmte ihm mit einem Nicken zu. »Du kennst mich eben nicht«, gab sie jedoch zu bedenken.

»Du hast recht, ich kenne dich nicht«, antwortete er abschätzig. »Ich dachte, ich tue es, aber damit lag ich falsch. Gerade erst hast du mir gezeigt, wer du wirklich bist.«

»Das ist nur eine Seite von mir, meine schlechteste.« Sichtlich verzweifelt rang sie nach Worten. »Ich … Dr. Pfeiffer … ich bin bei ihm in Therapie.«

»Das ist gut für dich, aber für mich spielt es keine Rolle mehr. Du bist zu weit gegangen. Ich habe ein für alle Mal genug!« Sein Magen zog sich zusammen. Die Endgültigkeit seiner eigenen Worte trieb ihm die Gallenflüssigkeit in die Speiseröhre. »Ich möchte, dass du abreist. Verlasse die Schokoladeninsel.«

Ein herzzerreißender Schluchzer drang aus ihrer Kehle. Unglücklich sah sie Finn an. Sie hoffte wohl, er würde es sich in letzter Minute noch anders überlegen. Er zögerte. Verführerisch flüsterte sein Herz ihm zu, dass sie den Gecko doch zurückgebracht hatte, aber sein verletztes Ego war lauter. Es erinnerte ihn daran, dass sie ihm eins der wertvollsten Andenken weggenommen hatte und es darum nicht verdient hatte, dass er ihr verzieh. Überhaupt hatte sie von Anfang an nur Probleme bereitet, sie würden niemals eine harmonische Beziehung führen können. Als Finn schließlich seinen Kopf schüttelte, schluchzte Marleen.

Erneut verspürte er einen Schmerz im Brustkorb. Sein Herz war ein Nadelkissen, in das der Liebeskummer seine Nadeln stach. Obwohl Finn es war, der den Schlussstrich zog, war es für ihn die reinste Folter, Marleen fortzuschicken. Es zerriss ihn innerlich, dass sie am Boden zerstört und er dafür verantwortlich war, denn die Liebe verschwand nicht von einer Sekunde auf die andere.

Aber der Vertrauensbruch tat zu weh. Außerdem hatte er ihr schon einmal gesagt, dass er sie nicht wiedersehen wollte und ihr dann doch eine zweite Chance gegeben. Dazu konnte er sich nicht ein weiteres Mal durchringen. Wie viele Chancen sollte er ihr noch einräumen? Es war besser, wenn sie getrennte Wege gingen.

Plötzlich zog Marleen ein Notizbuch aus ihrer Handtasche. Auf dem Deckel prangte ein Vogel mit grünen, gelben und roten Federn, der gerade erst aus einem Käfig entkommen war. Wenn Finn sich nicht täuschte, handelte es sich um einen Lovebird. Was hatte sie jetzt schon wieder vor? Sie schien immer wieder ein Ass aus dem Ärmel zu schütteln, aber diesmal würde er hart bleiben. Es gab kein Zurück mehr. Ihre Beziehung war vorbei, bevor sie richtig begonnen hatte.

Demonstrativ verschränkte er die Arme vor dem Oberkörper, als sie ihm das Hardcover hinhielt. Finn weigerte sich, es anzunehmen, er wollte nicht erfahren, was darin stand. Er hatte genug von der Familie de Vries.

»Lies es«, bat sie ihn inständig. Unterbrochen von Schluchzern erzählte sie: »Ich habe darin meine intimsten Gedanken festgehalten. Die Einträge sind in Briefform verfasst und wenden sich an die Tochter, die ich einmal haben möchte und die ein besserer Mensch werden soll als ich. Frieda, so heißt sie. Mein Therapeut hat mir empfohlen, über meinen Dämon zu schreiben, um ihn zu analysieren und loszuwerden. Dämon, so nenne ich das zwanghafte Verhalten, Gegenstände mitzunehmen, das mit dem Tod meines kleinen Bruders Arjen anfing. Es sind immer nur Dinge, die mich an die liebsten Menschen und die schönsten Momente in meinem Leben erinnern. Durch das Sammeln versuche ich das Glück festzuhalten, denn ich selbst bin … nein, ich war tief in mir drin unglücklich, bis ich dich traf.«

Das alles klang wirr für ihn. Er konnte ihr nicht folgen und wollte es auch nicht. Er wollte auch nicht mithilfe des Notizbuchs in ihre Seele blicken. Vor wenigen Minuten hätte er das noch getan und ihr Angebot als Zeichen großen

Vertrauens gedeutet. Jetzt war das Buch ihr Netz, mit dem sie ihn wieder einfangen wollte. Ruhig, aber entschlossen stellte er klar: »Nimm es mit nach Hamburg! Ich wünsche dir, dass du dort jemanden findest, der es lesen will. Ich werde es nicht tun.«

Tränen rannen über Marleens Wangen. Es setzte Finn zu, dass sie seinetwegen weinte, und er litt ebenso unter der Trennung wie sie, aber er musste hart bleiben.

Weinend legte Marleen das Notizbuch auf die Surfer- und Aussteiger-Biografien im Regal, dann rannte sie aus dem Leuchtturm und verschwand aus Finns Leben.

Er blieb allein zurück. Sein Zuhause fühlte sich plötzlich leer an, als würde kein einziges Möbelstück mehr darinstehen. Als wären die Wände blank und die Bodenfliesen verschwunden. Als hätte sich sogar seine geliebte Surfausrüstung in Luft aufgelöst.

Kummervoll und völlig ausgelaugt von dem Streit mit Marleen hockte er sich an Ort und Stelle hin und vergrub sein Gesicht in den Händen. Sein Herz war gebrochen, er krümmte sich vor Schmerzen.

Kapitel 15

Der Frühsommer in Hamburg legte eine Pause ein. Dunkle Wolken hingen über den Dächern. Feiner Nieselregen besprühte den Gehweg, über den Marleen zu dem Hochhaus trottete, in dem Helga Leindecker wohnte. Passanten hetzten an ihr vorbei, die Kapuzen ihrer Regenjacken bis tief ins Gesicht gezogen. Sie wollten so schnell wie möglich ins Trockene gelangen. Marleen jedoch schleppte sich vorwärts. Ihre Glieder waren schwer. Der Liebeskummer lähmte sie. Ihre Fleecejacke würde bald durchnässt sein, aber das war ihr egal, genauso wie alles andere auch. Sie lebte von Tag zu Tag, verkroch sich in ihren vier Wänden und blies Trübsal.

An diesem Vormittag hatte sie nur ihr wöchentlicher Termin mit Frau Leindecker aus ihrem Apartment gelockt. Sie wollte ihre Bekannte keinesfalls hängen lassen, sie wurde gebraucht. Also hatte sich Marleen am Morgen aufgerafft, hatte zuerst den Trolley und die Einkaufsliste bei ihr abgeholt und war dann zum Supermarkt weitergezogen. Das Einkaufen hatte sie noch nie zuvor so viel Kraft gekostet wie an diesem Tag. Sie fühlte sich, als wäre sie die Achtzigjährige und nicht die alte Dame, für die sie Erledigungen machte, weil sie schlecht zu Fuß war.

Als sie Helga Leindeckers Wohnung betrat, war sie bemüht, sich ihren Kummer nicht anmerken zu lassen. Draußen brauchte die Frau inzwischen einen Rollator, aber zu Hause kam sie noch ohne zurecht. Sie nutzte die Schränke,

Kommoden und Tische, um sich abzustützen, und hangelte sich daran entlang.

Um ihr auch das Einräumen abzunehmen, verstaute Marleen die Lebensmittel gleich im Kühlschrank und in den Küchenschränken. Dabei musste sie an Rieke Knuten denken und wie leid es ihr tat, dass sie ihr Versprechen, sich um ihr Haus zu kümmern, gebrochen hatte. Aber Finn hatte sie von der Schokoladeninsel vertrieben, und er hatte als einer der drei Besitzer Möwesands Hausrecht. Kaum dachte sie an ihn, wurden ihre Augen schon wieder feucht. Das Fernsehteam musste die Schokoladeninsel inzwischen verlassen haben. Marleens Abreise lag zwei Wochen zurück, doch es fühlte sich wie gestern an, dass sie mit verheultem Gesicht neben ihrem Vater die Fähre betreten hatte.

Seine Miene hatte sich verfinstert. Er hatte ein Papiertaschentuch aus seiner Tasche geholt und damit über ihre nassen Wangen getupft. »Hat Finn Lorentz dich zum Weinen gebracht?«

»Es ist meine eigene Schuld.« Inständig hoffte sie, dass er nicht nachfragen würde, und setzte sich.

Er schüttelte den Kopf und nahm neben ihr Platz. »Das kann ich mir nicht vorstellen. Du kannst doch keiner Fliege was zuleide tun.«

»Auch ich mache Fehler.« Sie wollte ihn ironisch anlächeln, doch es funktionierte nicht. Die unsichtbaren Gewichte, die ihre Mundwinkel nach unten zogen, wogen zu schwer.

Misstrauisch blickte ihr Vater von der Barkasse, die noch am Anlegesteg lag, zurück zur Insel. Dabei sah er aus, als würde er sofort zum Leuchtturm eilen und Finn verprügeln, sollte sie ihn darum bitten. »Hat er dir wehgetan?«

»Nein, ich ihm«, antwortete sie wahrheitsgemäß und weinte leise.

Da schlang er seine Arme um sie, drückte sie fest an sich, um sie im Fahrtwind des Fährschiffs, das ablegte und zum Festland fuhr, zu trösten.

Ausgerechnet in dem Augenblick, in dem sie auf dem besten Weg war, ihn zu besiegen, hatte ihr der Dämon das Liebste genommen. Aber von Finn erwischt zu werden war auch heilsam gewesen. Vor grenzenloser Scham war ihr Dämon geschrumpft und hatte seither an Macht über sie verloren.

»Ich habe gestern Kekse gebacken. Möchten Sie welche?«, fragte Helga Leindecker, nachdem Marleen alles eingeräumt hatte.

Marleens Magen war seit ihrer Rückkehr von der Insel im nordfriesischen Wattenmeer wie zugeschnürt. Sie verlor immer mehr an Gewicht. Selbst ihre figurbewusste Mutter machte sich schon Sorgen um sie. »Danke, nein.«

»Aber eine Tasse Kräutertee werden Sie doch noch mit mir trinken, nicht wahr?« Hoffnungsvoll sah Frau Leindecker sie an.

Marleen wusste, wie sehr sich die alte Dame nach Gesellschaft sehnte, daher tat sie ihr den Gefallen. Mehr als zwei Schlucke bekam sie jedoch nicht runter. Ihr Appetit und ihr Durst waren auf Möwesand geblieben, ebenso wie ihr Lächeln und ihre Antriebskraft. Sie war nur noch ein Schatten ihrer selbst.

Mühsam schleppte sie sich wieder nach Hause, obwohl sie nicht wusste, was sie dort sollte. Sie hatte weder Lust zu lesen noch einen Film anzuschauen oder ihre beste Freundin Wiebke einzuladen. Ihre Post blieb ungeöffnet, ihr benutztes Geschirr stand überall herum, und oft verbrachte Marleen ihren Tag im Nachthemd. Die meiste Zeit starrte sie die Wände an, zur Abwechslung auch mal die Zimmerdecke. Sie lag im Bett oder auf dem Sofa und vermisste den ewigen Wind am Meer. Manchmal schloss sie die Augen und stellte sich vor, sie würde die Nordsee riechen. Und Finn. Dann weinte sie wieder vor Hoffnungslosigkeit. Die Sehnsucht quälte sie. Der Liebeskummer war viel stärker als damals bei Edward, schon allein, weil jener sich am Ende als Fehltritt herausgestellt hatte. Finn war jedoch ein Volltreffer, und sie, nur sie, hatte alles kaputtgemacht.

Unter anderen Umständen hätte Finn die Liebe ihres Lebens werden können. Sie malte sich aus, wie sie auf Möwesand im Kreis ihrer Familien und der Inselgemeinschaft heirateten und wie ihre Kinder aussehen könnten. Vor ihrem inneren Auge tauchten ein Mädchen mit schulterlangen sandblonden Haaren und ein Junge mit kurzen roten Locken auf, beide mit süßen Sommersprossen. Zwei kleine Wasserratten, die auf der Schokoladeninsel und auf Surfbrettern aufwuchsen, zusammen mit Bente über Möwesand tollten und den Mitarbeitern in den Naschwerk-Manufakturen und manchmal sogar den Touristen Streiche spielten.

Ihr Smartphone signalisierte ihr, dass sie eine Mitteilung bekommen hatte. Seufzend richtete sich Marleen auf und langte nach ihrem Mobiltelefon.

»Hallo Schatz. Hast du meine Postkarte schon erhalten?« Eine Nachricht von ihrer Mutter.

»Ich weiß nicht. Einen Moment bitte.« Seit sie von Möwesand zurückgekehrt war, schaute Marleen ihre Briefe kaum noch durch. Meistens legte sie sie achtlos auf ihrem

Schuhschrank ab. Sie bekam für gewöhnlich ohnehin nichts Dringliches.

Als sie wieder auf ihr Handy sah, hatte ihre Mutter bereits eine weitere Nachricht geschickt: »Ich hatte sie in einen weißen Umschlag gesteckt. Es soll ja niemand mitlesen. Das Motiv zeigt ein Atoll im Indischen Ozean. Was hältst du von einer Reise auf die Malediven noch in diesem Sommer?«

Marleen wusste, dass ihre Mutter es nur gut meinte, aber die Wahrheit war, dass man vor Liebeskummer nicht flüchten konnte. Man nahm ihn überallhin mit, wie ein Gepäckstück.

»Ich denke, eher nicht«, antwortete Marleen. »Das würde dich aber aufheitern und ablenken. Schau dir das Kartenmotiv wenigstens an. Vielleicht packt dich das Reisefieber dann doch«, textete ihre Mutter.

Marleen wusste zu schätzen, dass ihre Mutter sich bemühte, sie wiederaufzurichten. Ihr Verhältnis hatte sich in den letzten vierzehn Tagen gebessert. Sie gingen entspannter miteinander um. Auf der Schokoladeninsel hatte Marleen ihre Einstellung ihr gegenüber überdacht, das merkte ihre Mutter wohl und gab sich ebenfalls verständnisvoller.

Versöhnlich schrieb Marleen: »Lieb von dir. Ja, werde ich machen.«

»Sofort?«, fragte ihre Mutter ungeduldig über den Messengerdienst.

Es fiel Marleen schwer, sich aufzuraffen, aber sie tat ihrer Mutter den Gefallen, auch weil sie ohnehin keine Ruhe geben würde. Sie schleppte sich zum Schuhschrank und sah ihre Post durch. Dabei fiel ihr ein weißer Briefumschlag mit einem dünnen schwarzen Rand, der an Trauerflor erinnerte, auf. Er war in Nordstrand abgestempelt und musste sie schon vor Tagen erreicht haben. Ihre Adresse war mit der Hand und mit blauer Tinte darauf geschrieben worden. In ordentlicher Handschrift. Eine dunkle Ahnung ließ Marleen erstarren.

Plötzlich raste ihr Herz wie verrückt. Sie begann zu schwitzen. Ständig verlagerte sie ihr Gewicht von einem Bein aufs andere. Hastig riss sie das Kuvert auf und zog eine weiße Karte mit schwarzer Schrift heraus. Es handelte sich um die Einladung zu einer Beisetzung. Der Name Frieso Knuten sprang ihr entgegen.

»Frieso ist tot«, stieß Marleen fassungslos aus.

Sie schlug die Hand vor den Mund, fing an zu weinen und wunderte sich darüber, dass sie nach zwei Wochen Liebeskummer überhaupt noch Tränen übrig hatte. Die Buchstaben vor ihren Augen verschwammen. Sie hatte von ganzem Herzen gehofft, dass Frieso wieder auf die Beine gekommen, das Krankenhaus verlassen und auf die Schokoladeninsel zurückgekehrt wäre. Stattdessen war er für immer gegangen.

Immer wieder schüttelte Marleen den Kopf. Wie kam Rieke wohl mit seinem Tod zurecht? Bestimmt litt sie fürchterlich darunter. *Dat Spann Knuten* war doch wie Nut und Feder gewesen. Nun blieb eine Seite des Ehebettes leer. Rieke musste alle Mahlzeiten alleine einnehmen und würde ihren 69. Geburtstag ohne Frieso feiern.

Wie sie von Helga Leindecker, die ebenfalls verwitwet war, erfahren hatte, war das erste Jahr am schlimmsten. Rieke stand der erste Sommer ohne Frieso bevor. Sie würde allein aufs Herbstfest der Schokoladeninsel gehen, das erste Mal ohne ihn Weihnachten feiern und ein neues Jahr beginnen müssen. Ostern ohne ihn würde nicht dasselbe sein.

Besonders traurig würde sie an dem Tag, an dem er seinen 74. Geburtstag gefeiert hätte, werden. Und wenn sich sein Todestag das erste Mal jährte, würde ihr das viel abverlangen.

Aber Rieke war eine starke Frau, und Marleen war sich vollkommen sicher, dass sich die Insulaner fürsorglich und rührend um sie kümmerten. Wahrscheinlich würde man sie zu Festen abholen, Finn, Thies und Joos würden sie an Heiligabend ins Lorentz-Haus einladen, und an Friesos Todestag würde es eine Gedenkveranstaltung geben.

Während Marleen vom Flur zurück ins Wohnzimmer ging, wurde ihr klar, dass Rieke zwar Frieso verloren hatte, aber nicht allein war, denn ihre Inselfamilie war für sie da.

Die Zuversicht ließ Marleens Tränen trocknen. Sie setzte sich aufs Sofa und legte die traurige Post auf den Couchtisch. Rieke musste ihre Adresse von Gerit Brodersen bekommen haben. Obwohl die Gebrüder Lorentz die Übernachtungskosten übernommen hatten, hatten Marleen und ihr Vater im Gästehaus ihre Daten hinterlassen müssen.

»Falls ich nach Ihrer Abreise entdecke, dass eins meiner Handtücher fehlt oder im Gästebad ein Sprung im Waschbecken ist«, hatte Gerit Brodersen in ihrer typisch schnoddrigen Art gesagt. »Sie werden auch Werbung für das Kinderbuch meiner Tochter Sina über den Kobold *Nis Puk* bekommen. Ich unterstütze sie nämlich bei der Vermarktung, da kenne ich nix.«

Marleen las den Brief erneut und fühlte sich geehrt, dass Rieke sie zu Friesos Beerdigung einlud. Diese würde morgen Mittag auf Möwesand stattfinden. Marleen musste sich noch heute entscheiden, ob sie hinfahren wollte. Das machte sie nervös. Wie sollte sie so schnell einen Entschluss fassen? Es gab so schrecklich viel zu bedenken.

Wusste Finn, dass sie zur Trauerfeier eingeladen war? Wie würde er reagieren, wenn sie plötzlich vor ihm stand? Er hatte sie zwar von der Schokoladeninsel fortgeschickt, ihr aber kein Hausverbot erteilt, also durfte sie Möwesand rein rechtlich wieder betreten.

Sollte sie das auch wirklich tun? Würde sie riskieren, dass die Situation zwischen Finn und ihr eskalierte? Wenn sie genauer darüber nachdachte, konnte sie sich nicht vorstellen, dass er die Fassung verlieren und sie von der Insel werfen lassen würde. So impulsiv und kaltherzig war er einfach nicht. Riekes Wohl stand am Tag von Friesos Beisetzung an erster Stelle, und wenn sie Marleen dabeihaben wollte, würde Finn das bestimmt respektieren.

Blieb noch die Frage, ob sich Marleen das antun wollte. Finn wiederzusehen würde die Wunde in ihrem Herzen weiter aufreißen. Sie litt bereits seit zwei Wochen, und die Begegnung würde ihren Liebeskummer verschlimmern. Aufgeregt horchte sie in sich hinein und erkannte zu ihrer Überraschung, dass sie mehr Vorfreude als Angst vor seiner Reaktion verspürte. Die Sehnsucht nach ihm war ungebrochen.

Außerdem hatte Rieke sie persönlich eingeladen. Wie konnte sie da einfach zu Hause bleiben? Marleen sah es nicht nur als moralische Verpflichtung an, an der Bestattung teilzunehmen, sondern es war ihr ein Bedürfnis, Rieke Beistand zu leisten. Immerhin hatte sie der Rentnerin das Leben gerettet. Nur darum hatte Rieke ihren Ehemann während seiner letzten Stunden begleiten können. Sollte Finn ein Problem mit ihrer Anwesenheit haben, war ihr das egal. Es ging schließlich nicht um ihn. Sie reiste für Rieke an.

Vor Aufregung schwer atmend spähte Marleen aus dem Fenster. Die Regenwolken waren so dicht und schwarz, als würde es bereits dämmern. Ihr machte das nichts aus, in ihr herrschte ohnehin seit zwei Wochen Nacht. Aber nun, mit der Aussicht, schon morgen früh zur Schokoladeninsel aufzubrechen, erhellte plötzlich ein Sonnenstrahl die Finsternis in ihr. Vor Vorfreude lächelte sie das erste Mal seit ihrer Heimkehr.

Ja, sie würde hinfahren. In erster Linie wollte sie eine Stütze für Rieke sein, aber sie freute sich auch sehr darauf, Julius, Merle, Hannah und die kleine Bente wiederzusehen. Und Finn.

Kapitel 16

Als Marleen am Tag darauf Rieke in die Arme schloss, ahnte sie, dass nicht nur Frieso gestorben war, sondern auch ein Teil von ihr. Beide brachen in Tränen aus. Rieke hielt sich an Marleen fest wie eine Ertrinkende. Sie zitterte am ganzen Leib und schluchzte immer wieder.

Als sie sich wieder beruhigt hatte, drückte sie sachte Marleens Arme. Sie sah unendlich müde aus. »Schön, dass du hier bist.«

»Tut mir leid, dass ich erst gestern Abend zugesagt habe, aber ich hatte deinen Brief zu spät gesehen.« Es war Marleen unangenehm, dass sie sich in letzter Zeit hatte gehen lassen. Sie hatte alles vernachlässigt, nicht nur die Post, sondern auch ihre Familie und ihre Freunde, aber das würde sich ändern, und hier zu sein war der erste Schritt.

»Ich wusste, du würdest anreisen. Finn dachte, du würdest fernbleiben, aber ich war mir sicher.« Mit einem Taschentuch tupfte Rieke ihr faltiges Gesicht trocken. »Ich glaube, er hat heimlich gehofft, dass du kommen würdest.«

»Er wusste es?«, fragte Marleen erleichtert und schaute sich nach ihm um, aber es standen zu viele Gäste am Süßwassersee, an dem die Totenmesse in wenigen Minuten beginnen würde.

Rieke nickte. Ihre Haare waren nachgewachsen, der Ansatz grau. Sie musste blond nachfärben, hatte aber wohl ebenso wenig die Kraft gehabt, einen Frisör aufzusuchen, wie Marleen, ihre Post durchzusehen. »Ich hatte ihn nach deiner Adresse gefragt und war überrascht, dass er sie nicht kannte.«

»Wir sind nicht als Freunde auseinandergegangen«, gab Marleen bedrückt zu und spürte einen Stich im Brustkorb.

»Das hatte ich mir schon gedacht.« Rieke zog sie näher an sich heran und sagte tadelnd: »Ihr seid die zwei dümmsten und stursten Menschen, die ich kenne.«

»Wie bitte?« Die Nordfriesen waren zwar dafür bekannt, direkt zu sein, aber Marleen war trotzdem irritiert.

»Ihr liebt euch doch, also werdet gefälligst zusammen glücklich. Das kann doch nicht so schwer sein.« Dann wandte sich Rieke dem Pfarrer zu, der extra auf die Schokoladeninsel geholt worden war.

Etwas verloren stand Marleen auf der Wiese und sah in lauter fremde Gesichter. Doch dann kam Merle auf sie zugerannt, drückte sich herzlich an sie und gab ihr das wohlige Gefühl, das man hatte, wenn man nach einer langen Reise zurück nach Hause kam. Bald darauf begrüßte Julius sie mit Handschlag und meinte augenzwinkernd, dass sie unbedingt ein Gläschen Eierlikör auf Frieso trinken sollten.

Hannah tauchte mit der kleinen Bente auf dem Arm auf und stellte sich zu ihnen. Ursprünglich hatte sie die dunklen Ringe unter ihren Augen mit Make-up abgedeckt, aber dann offensichtlich geweint, der Concealer war verwaschen. Der Wind wehte genauso durch ihre blonden Locken wie durch Marleens rote Wellen. Darüber lachten sie wie alte Freundinnen.

Das Wetter meinte es gut mit der Trauergemeinde, die Wolkendecke über ihren Köpfen riss weiter auf. Das Himmelblau, das hervorkam, schien vielversprechend. Man hatte die Beerdigung auf einen Tag gelegt, an dem die Schokoladeninsel für Besucher geschlossen war. Die Naschwerk-Manufakturen blieben zu, alle Mitarbeiter waren auf der Wiese hinter Nordwinden versammelt. Dennoch glaubte Marleen, den typischen süßen Duft, der üblicherweise über der Wattenmeerinsel lag, auch heute in der Nase zu haben.

Man hatte Frieso auf der Wildblumenwiese am Laubwald aufgebahrt. Unter seinem geschlossenen Sarg blühten Margeriten, Graslilien und Nelken zwischen Hufeisenklee, Klatschmohn, Scharfgarbe, Spitzwegerich, Kamille und wilder Möhre. Ein Meer aus bunten Farbtupfern milderte den bedrückenden Anblick. Auf der ganzen Insel gab es keinen schöneren Ort für die Abschiedszeremonie.

Der Pastor trat neben den Sarg, und alle Gäste stellten sich im Halbkreis auf. Als Finn zu Rieke kam und den Arm um sie legte, trat Marleen vor Schreck einige Schritte zurück. Sie wusste nicht, wie sie sich ihm gegenüber verhalten sollte. Außerdem befürchtete sie, aus Liebeskummer in Tränen auszubrechen, oder aus Panik die Beine in die Hand zu nehmen und wegzurennen. Aber wohin sollte sie flüchten? Sie waren auf einer Insel. Bei dem Gedanken daran beschleunigte sich ihr Puls und sie bekam feuchte Hände.

Wie alle Anwesenden war Finn in Schwarz gekleidet. Er trug einen schicken Anzug und ein weißes Hemd mit einem gestärkten Kragen. Seine Haare waren kurz geschnitten, und er hatte seine Halskette mit den Zinn- und Holzperlen gegen eine Krawatte ausgetauscht. Er wirkte wie ein anderer Mann als der, den sie bei Riekes Rettung kennengelernt und der T-Shirt und Bermudashorts getragen hatte. Aber der feierliche Finn war nicht minder attraktiv als der Surfer. Sie verspürte ein Prickeln und wandte traurig ihren Blick ab.

Nach dem Gottesdienst unter freiem Himmel ging die Trauergemeinde hinter dem Sarg her, der von Finn, Joos, Thies und Julius getragen wurde. Friesos Totenbett wurde in das mit Kiefernzweigen ausgelegte Grab des Ehepaars Knuten hinabgelassen. Marleen vermutete stark, dass die Zweige von den windschiefen Bäumen, die neben Finns Leuchtturm wuchsen, stammten.

Wer wollte, sagte ein paar Worte über den Verstorbenen. Einige Gäste erzählten kurze Anekdoten und erinnerten an Streiche, die Frieso ihnen gespielt hatte. Jeder der Anwesenden warf eine weiße Syltrose in die Grube, sprach Rieke sein Beileid aus und umarmte sie herzlich. Es wurde viel geweint, aber auch ein bisschen gelacht. Die Freude darüber, dass Frieso ein Teil ihres Lebens gewesen, und die Traurigkeit darüber, dass er nun von ihnen gegangen war, lagen dicht beieinander. Das rührte Marleen zu Tränen.

Erst spät merkte sie, dass Finn sie von der anderen Seite der Grabstätte aus anstarrte. Sie fühlte sich, als hätte sie der Blitz getroffen. Ein angenehmer Schauer rieselte durch sie hindurch, gleichzeitig zog sich ihr Magen zusammen. Verlegen sah sie weg und sofort wieder hin. Finn schob die Hände in die Taschen seiner Anzughose und zog die Schultern hoch. Da erst fiel ihr auf, dass er die Unsicherheit ausstrahlte, die sie empfand. Er machte keineswegs den Anschein auf sie, verstimmt zu sein, weil sie Riekes Einladung zu Friesos Begräbnisfeier angenommen hatte. Marleen entspannte sich etwas.

Der Leichenschmaus fand im *Klönschnak* statt. Die verliebte Närrin in ihr wünschte sich, im Hafenrestaurant einen Stuhl neben Finn zu ergattern, aber es standen Platzkarten neben den Gedecken, und sie saß mit Gerit Brodersen und

Merle zusammen. Immerhin war der Tisch neben ihr jener von Hannah und Thies, Anne und Joos und Finn. Obwohl sich Marleen ermahnte, ihn zu ignorieren, blickte sie doch immer wieder zu ihm hinüber. Jedes Mal, wenn sich ihre Blicke trafen, wurde ihr etwas heißer, bis sie innerlich zu verbrennen glaubte.

Sie hätte so gerne gewusst, was er über sie dachte. Was ging in ihm vor? Bereute er, dass er Rieke nicht davon abgehalten hatte, sie auf die Schokoladeninsel zu holen? Oder löste ihre Anwesenheit dasselbe Feuer in ihm aus wie er bei ihr? Wahrscheinlich würde sie das niemals erfahren, denn sie hatte vor, mit der letzten Fähre von Möwesand abzureisen und nach Hamburg zurückzukehren. Bis dahin würde sie Finn so nah und doch so fern sein, eine bittersüße Qual.

Beim Essen bekam Marleen kaum einen Bissen hinunter, aber immerhin unterhielt sie sich. Alle Insulaner verhielten sich, als gehörte sie auf die Schokoladeninsel und wäre eine von ihnen.

Plötzlich neigte sich Hannah zu ihr herüber. Sie drückte Bente an ihren Oberkörper. Sorgsam stützte sie ihr Köpfchen mit einer Hand. »Was macht Hamburg?«

»Ich wohne gerne dort, aber hier auf der Schokoladeninsel ist es viel schöner.« Marleen drehte sich zu ihr, um sie über das Stimmengewirr der anderen Gäste hinweg besser zu verstehen.

»Ich stimme dir voll zu.« Hannah lächelte, worauf ihre Kleine ungelenk versuchte, das Lächeln von ihren Lippen zu pflücken, dabei gluckste sie vergnügt. »Kennst du zufällig die Konditorei *Sahnehäubchen*? Dort habe ich als Feinbäckerin gearbeitet, bevor ich nach Nordwinden gezogen bin.«

Marleen überlegte kurz und schüttelte dann den Kopf. »Nein, tut mir leid.«

»Macht nichts«, sagte Hannah und winkte ab. »Hamburg ist groß.«

Zuerst wollte Marleen ihr verschweigen, dass ihr Make-up verlaufen war, weil sie Hannah nicht in Verlegenheit bringen wollte. Aber dann wies sie sie doch darauf hin.

Während Hannah mit dem Zeigefinger unter ihren Augen entlangfuhr, um den Concealer zu verwischen, erzählte sie: »Ich sehe so schrecklich fertig aus, das wollte ich kaschieren. Aber ich schminke mich sonst nicht, daher kenne ich mich mit Make-up nicht sonderlich gut aus.«

»Hat sich deine Situation nicht gebessert?«, fragte Marleen.

Behutsam wiegte Hannah Bente auf ihrem Arm. Die Kleine gähnte. »Merle stellt sich im Laden immer geschickter an, aber ein paar Monate wird sie noch brauchen, bis sie wirklich sicher ist.«

»Und so lange willst du durchhalten?« Marleen fragte sich, wie Hannah das schaffen wollte. Sie lief Gefahr, dass der Stress sich ernsthaft auf ihre Gesundheit auswirkte.

»Was soll ich sonst tun? Die Doppelbelastung zehrt an meiner Kraft. Ich habe das Gefühl, mich ständig zweiteilen zu müssen. Von der Verkaufstheke aus ruft Merle nach mir, und hinter dem Durchgang zum Lager schreit Bente, weil sie Hunger hat. Also werde ich angespannt und hektisch, und das überträgt sich auf Merle und ihre Arbeit. Zudem lässt sich Bente auch schlecht beruhigen, weil sie spürt, dass ich unter Strom stehe.« Zärtlich strich Hannah über den Rücken ihrer Kleinen. Die Augen des Säuglings fielen zu, er schmiegte sein Köpfchen in die Halsbeuge seiner Mutter.

Hannah und Bente zu beobachten weckte in Marleen die Sehnsucht danach, selbst Mutter zu sein, ein süßes Würmchen auf dem Arm zu tragen und von ihm angestrahlt zu werden, als wäre man der tollste Mensch auf Erden. »Und das soll vorerst so weitergehen?«

Hannah seufzte. »Ich bin gestresst und mache Merle und Bente nervös. Wenn ich nur mehr Ruhe hätte, wären die beiden auch gelassener, und das würde sich wiederum positiv auf mich auswirken.«

Plötzlich trat Rieke zwischen die beiden Tische, an denen Marleen und Hannah saßen. Ihre Augen waren vom Weinen gerötet, und ihr Gesicht war verquollen, doch sie bemühte sich um ein Lächeln. »Was steckt ihr eure Köpfe denn so verschwörerisch zusammen?«

»Ach, es ist nichts.« Hannah machte eine wegwerfende Geste.

Marleen wusste, dass Hannah Rieke nicht mit ihren Sorgen belasten wollte und lenkte darum das Gespräch auf ein anderes Thema: »Es tut mir leid, dass ich nicht auf euer Haus aufgepasst habe, wie ich es versprochen hatte.«

»Ich kenne ja die Gründe. Finn hat sich darum gekümmert. Jetzt muss ich allerdings aufs Festland fahren und mir neue Zimmerpflanzen kaufen.« Rieke zwinkerte. »Er hat es mit dem Gießen zu gut gemeint.«

»Das kann ich doch an einem der Tage, an dem die Schokoladeninsel für Touristen geschlossen bleibt, mit dir zusammen machen«, schlug Hannah vor. »Zu zweit trägt es sich leichter. Wir könnten unser Boot nehmen und müssten uns nicht nach den Fährzeiten richten.«

»Du hast doch selbst genug um die Ohren, aber danke für das Angebot. Außerdem habe ich doch viel Zeit. Ich habe ja niemanden mehr, der meine Hilfe braucht.« Riekes Stimme versagte. Die 68-Jährige holte ein Taschentuch aus ihrer Rocktasche und tupfte sich die Feuchtigkeit aus ihren Augenwinkeln.

»Du kannst jederzeit bei uns vorbeikommen, wenn du dich einsam fühlst«, sagte Hannah, während Marleen tröstend über den Arm der älteren Dame strich.

»Das hat Thies auch schon gesagt. Und Anne, Joos und Finn.« Ein zartes Lächeln stahl sich zurück auf Riekes Gesicht. »Aber ihr arbeitet von morgens bis abends, ich will nicht zu einer zusätzlichen Last werden.«

»Jetzt hör aber auf.« Durch Hannahs energischen Ton wachte Bente auf. Hannah küsste ihre Stirn und richtete sich dann wieder an ihre alte Freundin, diesmal leiser: »Du bist doch neben Gerit meine Ersatzmutter auf der Schokoladeninsel.«

Neckisch blinzelte Rieke sie an. »Schau mich an! Ich bin wohl eher deine Oma.«

»Da kommt mir eine Idee.« Vor Aufregung rutschte Marleen auf ihrem Stuhl hin und her. Gerade hatte sie sich daran erinnert, wie sie allein in ihrem Apartment gesessen und ziellos in den Tag hineingelebt hatte. Durch die fehlende Ablenkung hatte sich ihr Liebeskummer erst richtig ausbreiten können. Rieke sollte es nicht genauso ergehen. Es war nicht gut für sie, wenn sie in ihrem Haus, in dem sie alles an ihren schmerzlichen Verlust erinnerte, vor sich hinvegetierte. »Ich weiß nicht, ob sie euch gefällt. Falls nicht, müsst ihr das bitte offen sagen. Aber ich könnte mir vorstellen, dass das Arrangement, das mir vorschwebt, funktionieren und für euch beide ganz toll werden könnte.«

Neugierig sahen die beiden Frauen sie an.

Marleens Herz pochte in ihrem Brustkorb. »Rieke, könntest du dir vorstellen, dich um Bente zu kümmern, während Hannah in der Edelkakao-Manufaktur arbeitet?«

»Ich?«, fragte Rieke überrascht und berührte mit der Hand den Anhänger an ihrer Halskette, als wollte sie sich an dem silbernen Kreuz festhalten. Im nächsten Moment erstrahlte sie. »Aber sicher. Das würde mir große Freude bereiten. Ich weiß allerdings nicht, ob Hannah das möchte. Ich habe ja keine eigenen Kinder. Aber ich habe mir in meiner Jugend oft als Babysitterin für die Nachbarn etwas zu meinem Taschengeld dazuverdient und bei Festen auf der Schokoladeninsel gerne die Kinderbetreuung übernommen.«

»Vielleicht nimmst du Bente erst einmal für ein oder zwei Stunden. Oder ihr einigt euch darauf, dass du vorerst nur an zwei Tagen pro Woche auf die Kleine aufpasst. Dann würdet ihr ja sehen, wie es läuft. Was meinst du denn dazu, Hannah?« Hoffnungsvoll sah Marleen sie an.

Im ersten Moment wirkte Hannah wie eine Löwenmutter, die ihr Junges nicht hergeben wollte, doch im nächsten lächelte sie. »Das würde mich entlasten, und ich könnte mich besser darauf konzentrieren, Merle anzulernen. Ich möchte das natürlich erst mit Thies besprechen, aber er wird sicher zustimmen.«

»Das finde ich prima!« Plötzlich neigte sich Thies zu ihr hinüber. Er küsste sie innig und sah seine kleine Tochter verliebt an. Entschuldigend blickte er in die Damenrunde. »Ich habe euer Gespräch nicht belauscht, aber ihr redet nicht gerade leise. Jedenfalls bin ich absolut dafür, Marleens Vorschlag auszuprobieren.«

»Wie wundervoll!«, stieß Marleen begeistert aus.

Hannah räusperte sich und sagte mit feierlicher Stimme: »Dann frage ich dich jetzt offiziell. Rieke, möchtest du Bentes Inseloma werden?«

Rieke brach in Tränen aus. Besorgt sahen alle sie an. Sie beruhigte sich schnell wieder und erklärte: »Macht euch keine Sorgen, das waren Freudentränen.«

Erleichtert lachten alle.

»Danke. Ich hatte doch gleich gewusst, dass du ein Goldstück bist«, flüsterte sie Marleen ins Ohr. Sie hielt Bente ihren Zeigefinger hin, diese umschlang ihn mit ihrem Händchen, und man konnte Rieke anmerken, dass ihr das Herz aufging. »Ich muss dringend zum Frisör«, verkündete sie laut. »So kann ich nicht länger herumlaufen.«

Das zeigte Marleen, dass es Rieke schon ein bisschen besser ging, nun da sie eine neue Aufgabe hatte. Friesos Tod hatte ein großes Loch in ihr Leben gerissen. Die nächsten Wochen und Monate würden nicht leicht für sie werden. Aber Bente mit ihrem süßen blonden Lockenköpfchen, ihren großen lieben Augen und ihrem ansteckenden Babylächeln würde ihr über diese schwere Zeit der Trauer hinweghelfen.

Plötzlich stand Finn auf und kam zu Rieke. »Ich kann dich morgen zum Festland mitnehmen. Und sag jetzt nicht wieder: ›Ich möchte dir keine Umstände machen.‹ Sonst schneide ich dir die Haare höchstpersönlich. Also überleg dir deine Antwort gut.«

Rieke lachte herzhaft und knuffte ihn.

Marleen hätte nur die Hand ausstrecken brauchen, um ihn zu berühren. Schlagartig wurde ihr heiß, und ihr fiel das Atmen schwerer. Sie kam sich feige vor, als sie aus dem

Hafenrestaurant floh, aber Finns Nähe überwältigte sie. Sie brauchte frische Luft.

Außerdem wollte sie wissen, wie es war, wenn man die Schokoladeninsel für sich hatte. Denn es befanden sich ja keine Touristen auf Möwesand, und alle Insulaner saßen im *Klönschnak*. Die Wiesen und Wege waren leer. Das kam bestimmt äußerst selten vor, und sie wollte ihre Chance nutzen, diese Erfahrung zu machen.

Doch weit kam sie nicht. Als sie auf dem grünen Strand stand, hinaus aufs ruhige Meer spähte und gerade dachte, wie friedlich es hier doch war, stellte sich plötzlich Finn neben sie. Sie fuhr zusammen.

»Ich wollte dich nicht erschrecken«, sagte er entschuldigend.

Marleen brachte keinen Ton heraus. Wie versteinert stand sie da, wagte es kaum zu atmen. In seinem dunklen Anzug kam Finn ihr fremd vor. Wie ein Geschäftsmann, nicht wie der Surfer und Leuchtturmwärter, in den sie sich verliebt hatte. Sie wünschte sich, sie würden beide Neoprenanzüge tragen, dann würde es ihr leichter fallen, sich zu entspannen. Sollte sie in die Nordsee springen und sich von ihm retten lassen wie Rieke, um das Eis zwischen ihnen zu brechen? Der Gedanke war lächerlich. Würde die Situation jeden Moment eskalieren? Würde er sie fragen, was sie sich um alles in der Welt dabei gedacht hatte herzukommen? Würde er ihr sagen, dass er damit gerechnet hatte, sie würde die Einladung zur Beerdigung ausschlagen? Würde er sie bitten, die Insel so schnell wie möglich wieder zu verlassen?

»Wusstest du, dass die Skulpturen im *Klönschnak* von Frieso geschaffen wurden?« Finn lockerte seine Krawatte.

Überrascht drehte sich Marleen zu ihm um. »Tatsächlich? Davon höre ich jetzt das erste Mal.«

»Seit ich ihn kenne, hat er Strandgut gesammelt. Er steckte alles, was an den grünen Strand geschwemmt wurde, in einen verrosteten Drahtkorb. Er ist auch die Küste Möwesands abgeschritten und hat Plastikflaschen, losgerissene Fischernetze und anderen Unrat aus dem Meer gefischt. Dazu hat er eine Gartenharke von Rieke benutzt. Am Anfang war sie strikt dagegen, da sich das Salzwasser in den Holzstiel fraß. Sie war sicher, dass es das Werkzeug über kurz oder lang kaputtmachen würde.« Er schmunzelte. »Aber Frieso küsste sie jedes Mal, wenn sie mit ihm schimpfte, und dann hat sie wieder gelächelt. Er benutzte die Harke trotzdem. Irgendwann gab Rieke auf und überließ ihm das Gartengerät. Es ist immer noch da.«

»Die Nordsee hat es ihm nicht genommen«, sagte Marleen verträumt. »Und sie hat ihm Rieke zurückgegeben, als diese hineinfiel.«

»So könnte man es sehen, ja. Jedenfalls klingt es nett.« Finn wandte sich ihr zu. »Vielleicht war es eine Wiedergutmachung, weil er den Müll herausgeholt und entsorgt hat. Aus dem Holz hat er Objekte angefertigt und diese an Freunde verschenkt.«

»Dann war er ja ein richtiger Künstler!«, rief sie begeistert. »Jetzt weiß ich auch, warum das Haus der Knutens voller Skulpturen steht. Ich dachte, sie hätten sie gekauft …«

»Frieso liebte das Meer über alles, darum ist er Kapitän geworden. Er war wohl der Einzige, der sich über Sturmwarnungen gefreut hat, denn dann konnte er sich sicher sein, dass er am Tag danach Bastelmaterial finden würde«, erzählte Finn.

Plötzlich wurde Marleen traurig. »Wer wird denn jetzt das Treibholz aufsammeln und den Abfall aus dem Wasser angeln?«

»Ich werde das tun, in Gedenken an ihn. Als ich Rieke das sagte, hat sie mir Friesos Drahtkorb und seine Harke geschenkt.« Er schloss die Augen und seufzte schwer. »Ich vermisse ihn sehr.«

Da flossen Tränen über Marleens Wangen. Durch die sanfte Meeresbrise fühlte sich ihre feuchte Haut kühl an. Sie putzte sich die Nase. Dann dachte sie daran, welch große Freude Finn Rieke machte, indem er die Tradition ihres Mannes fortführte, und sie fing sich wieder.

»Ich bin dir nicht hinterhergelaufen, um dich zum Weinen zu bringen.« Entschuldigend lächelte er sie an.

Wenn er sie verschmitzt angrinste, wie in diesem Moment, bröckelte das Bild des smarten Geschäftsmannes und sie wurde sich bewusst, dass der lockere Finn, der es genauso liebte, mit dem Surfbrett übers windgepeitschte Meer zu jagen wie sie, unter dem schicken schwarzen Anzug steckte. Ihr Puls beschleunigte sich. Ihr Nacken prickelte leicht. »Du bist mir hinterhergelaufen?«

»Ich wollte mit dir reden.« Auf seinem Hals erschienen rote Flecken. »Unter vier Augen.«

»Ja?« Mehr brachte sie nicht heraus. Ihre Kehle fühlte sich eng an. Ein Teil von ihr freute sich darüber, und ein anderer hatte Angst vor den Worten, die er gleich an sie richten würde.

»Ich habe dein Tagebuch gelesen. Oder dein Therapiebuch, wie auch immer man das nennt.« Nervös verlagerte er sein Gewicht von einem Bein aufs andere. Er sah auf seine polierten schwarzen Lederschuhe und verzog das Gesicht, als wären sie ihm plötzlich zu klein. Dann zog er sie aus und seine Socken gleich dazu. Er zuckte mit den Achseln. »Sie drücken. Ich gehe ja auf der Insel meistens barfuß.«

»Du hast dir meine Briefe an Frieda angeschaut?«, hakte sie aufgeregt nach. Ihr Herz wummerte. Noch vor drei Wochen war sie sich nicht sicher gewesen, ob sie ihre sehr privaten Notizen jemals jemandem zeigen wollte, vielleicht sogar nicht einmal Dr. Pfeiffer. Aber dann hatte sie sie Finn gegeben. »Du wolltest doch nicht wissen, was ich geschrieben habe.«

Er stopfte die Socken in seine Schuhe und stellte diese auf den Rasen. »Weil ich enttäuscht und wütend war.«

»Verständlicherweise.« Ein Reiher erhob sich aus dem Schilfrohr am Ufer. Marleen sah ihm nach, als er davonflog.

»Jetzt kann ich besser nachvollziehen, was in dir vorgegangen ist.« Obwohl niemand in der Nähe war, dämpfte Finn seine Stimme. »Du willst nichts entwenden, aber dein Zwang …«

»Ich nenne ihn Dämon, mein Therapeut spricht von zwanghaftem ritualisiertem Handeln. Ich will mich ja ändern, das musst du mir glauben, aber es ist so verdammt schwer.« Es war ihr unangenehm, schwach zu sein und verzweifelt zu klingen. So wollte sie nicht von Finn gesehen werden.

»Das tue ich jetzt«, sagte er ruhig.

Hoffnungsvoll fragte sie: »Ja?«

»In dem Buch mit dem Liebesvogel auf dem Deckel hast du eindringlich beschrieben, dass alles mit dem Tod deines Bruders Arjen anfing. Du hast versucht, das Glück festzuhalten, aber das funktioniert nicht. Das hast du inzwischen verstanden, nicht wahr?« Bedächtig krempelte er die Beine seiner Anzughose hoch und machte einen Schritt ins Meer. Das Wasser umspielte seine Fußgelenke.

Sie nickte. »Ja, nur Zufriedenheit ist von Dauer. Auf der Schokoladeninsel habe ich viel über mich gelernt.«

Über seine Schulter hinweg sah er sie überrascht an. »Auf Möwesand?«

»Hier habe ich einen Durchbruch gehabt.« Sie streifte ihre Pumps ab und trat neben ihn. Die Nordsee war kalt. Marleens Füße sanken in den Schlick ein. Scharfkantige Muscheln bohrten sich in ihre Sohlen. Es war etwas unangenehm, tat jedoch nicht weh, genauso wie mit Finn über ihren Dämon zu sprechen. »Ich habe die Erfahrung gemacht, dass es Glücksgefühle in mir auslöst, wenn ich anderen Freude bereite.«

»All die Geschenke, die die Insulaner vor ihrer Haustür, in ihren Gärten oder sogar in ihren Häusern gefunden haben. Der kleine Bilderrahmen mit den Schafen, die Lavendelseife, der Surferschlumpf und all die anderen Überraschungen. Du hast sie verteilt, nicht wahr?«, fragte Finn.

»Verrate es niemandem, bitte«, beschwor sie ihn. »Ich erwarte keine Dankbarkeit. Statt heimlich Dinge mitgehen zu lassen, habe ich heimlich welche dagelassen. Ich habe mein eingefahrenes Muster durchbrochen, es umgekehrt und in etwas Positives verwandelt. Es hat mir großen Spaß bereitet. Ich möchte das regelmäßig machen, ähnlich wie Frieso Strandgut gesammelt, daraus Kunstwerke erschaffen und andere erfreut hat.«

Während er Jackett und Krawatte auszog und beides achtlos auf den Rasen hinter sich warf, versicherte er ihr: »Ich werde es für mich behalten, versprochen. Kann ich dir bei deiner Therapie helfen?«

»Ja.« Sie nahm all ihren Mut zusammen, wandte sich ihm zu und sagte: »Indem du nicht wieder aus meinem Leben verschwindest wie Arjen und einige Freunde, von denen ich dachte, ich würde ihnen etwas bedeuten.«

»Dann vergibst du mir, dass ich dir bei unserer letzten Begegnung nicht zuhören und glauben wollte?«, fragte er. Für einen Moment sah es so aus, als würde er die Hand nach ihrem Gesicht ausstrecken, doch er tat es nicht.

»Selbstverständlich. Es tut mir so unendlich leid, dass ich den Gecko genommen habe.« Kurz schaute sie über die vom Sonnenlicht glitzernde Nordsee in Richtung Pellworm.

Eine Windböe fuhr ihm durchs Haar, konnte seiner kurzen Frisur jedoch nichts anhaben. »Das warst nicht du, sondern der Dämon.«

»Aber er ist ein Teil von mir«, gab sie kleinlaut zu. »Das musste ich erst begreifen, um ihn bekämpfen zu können.«

»Das sehe ich anders.« Energisch öffnete er die obersten Knöpfe seines Hemdes. »Du bist ein guter Mensch. Er ist nur eine Art Parasit, den du dir nach Arjens Tod eingefangen hast. Du kannst ihn wieder loswerden und die Marleen werden, die du vorher warst.«

»Ich werde nie wieder die alte sein.« Sie schüttelte den Kopf, all die Jahre mit diesem bösen Geist waren nicht spurlos an ihr vorbeigegangen. »Dafür ist zu viel vorgefallen.«

Während er die Ärmel seines Hemds hochkrempelte, gab Finn zu bedenken: »Du hast natürlich recht, aber du wirst stärker aus deiner Krise hervorgehen. Der Dämon ist ähnlich wie dein Vater. Er möchte, dass du Dinge tust, die du nicht tun willst. Du hast dich von der Erwartungshaltung deines Vaters befreit, also kannst du auch den Parasiten loswerden.«

»Mir gefällt der Vergleich nicht«, entfuhr es ihr. Schnell fügte sie hinzu: »Aber ich begreife, worauf du hinauswillst.«

»Niemand sagt, dass es einfach ist, aber du hast doch schon erkannt, dass du den Dämon nicht brauchst, um glücklich zu sein.« Finn gestikulierte ungewöhnlich heftig und scheuchte dadurch einige Möwen, die auf den Wellen in Ufernähe dümpelten, auf. »Du hast gegeben, anstatt zu nehmen. Dadurch entziehst du ihm bereits Nahrung. Wenn du das so weitermachst, wird er über kurz oder lang verhungern. Diese Gewissheit sollte dir die Kraft geben durchzuhalten.«

»Ja.« Lächelnd spähte Marleen zum Himmel hinauf. Die Wolken hatten sich verzogen. Sie atmete tief ein, genoss die Wärme auf ihrem Gesicht und die Zuversicht, die durch ihren Körper floss. »Ja, du hast recht.«

»Was ich sagen wollte, ist ...« Er berührte ihren Arm, sodass sie ihn wieder ansah, und fügte hinzu: »Du kannst die Frau sein, die du sein willst.«

Dann wäre ich gerne die Frau an deiner Seite, dachte sie voller Sehnsucht, wagte aber nicht, ihre Gefühle auf der Zunge zu tragen. Darum nickte sie nur und trat aus der Nordsee auf den Rasen.

Finn folgte ihr vom Watt an Land. »Es tut mir leid, dass ich bei unserem letzten Treffen einfach die Schotten dichtgemacht habe.«

»Du warst einfach noch nicht so weit.« Sie nahm auf dem Rasen Platz, zog ihre Beine an und schlang die Arme um ihre Knie. Ihre rosa lackierten Fußnägel schimmerten durch den Schlick an ihren Zehen.

Er setzte sich dicht neben sie im Schutz der Syltrosen hin. »Jetzt bin ich es.«

»Zusammen haben wir in kurzer Zeit viele Höhen und Tiefen erlebt. Ich würde mir so sehr wünschen, dass Ruhe und Frieden einkehrt.« Durch die Nähe zu ihm pochte ihr Herz wie verrückt. Der Wind wehte den Duft seines herben Aftershaves zu ihr herüber. Alle Geräusche um sie herum schienen zu verstummen, Marleen hörte nur noch Finns Stimme.

»Ja. Lass uns nach vorne schauen. Einverstanden?« Er sah sie an, und sein Blick streichelte sanft über ihre Stirn, strich ihren Nasenrücken hinab und heftete sich an ihre Lippen.

»Sehr gerne. Von ganzem Herzen«, sagte sie erleichtert.

»Dann sind wir wieder Freunde?« Er streckte ihr seine Hand hin.

Sie berührte seine Finger. Seine Haut war ganz heiß, obwohl er sich doch aus dem Gefängnis seines Anzugs befreit hatte. »Ja.«

»Und wie wäre es mit mehr als dem?«, fragte Finn aufgeregt. Er hielt ihre Hand fest.

Ihr Körper schoss ein Feuerwerk aus Glückshormonen ab. Selig lächelte sie ihn an. »Noch besser.«

Sanft zog er Marleen in seine Arme. Er schmiegte sich leidenschaftlich an ihren bebenden Körper, küsste sie voller Ungeduld, und sie spürte, dass er sich in den letzten beiden Wochen genauso schmerzlich nach ihr gesehnt hatte wie sie sich nach ihm. Jetzt war alles geklärt, es stand nichts mehr zwischen ihnen. Sie hatten sich gegenseitig ihre Fehler verziehen. Sie hatten ihren ersten großen Streit gehabt und sich wieder versöhnt, das Gewitter hatte sich verzogen und die Luft war klar und rein. Finn kannte Marleens dunkelste Seite, und sie wusste über das große Geheimnis in seiner Familie Bescheid, der folgenschweren Liebesaffäre seiner Mutter. Was sollte also noch Schlimmes passieren? In diesem Moment war sich Marleen sicher, dass ihnen nichts mehr etwas anhaben konnte.

In ihrem ganzen Leben war Marleen noch nie so glücklich gewesen. Sie hatte in Finn den Mann ihres Lebens gefunden und würde alles dafür tun, dass sie zusammenwuchsen wie Hannah mit Thies und Anne mit Joos.

»Wie waren eigentlich die Filmaufnahmen?«, fragte sie, nachdem sie sich voneinander gelöst hatten.

»Die Regisseurin hat uns am Ende alle dazu überredet, als Statisten mitzuwirken.« Amüsiert erzählte er: »Thies holt in einer Szene Touristen von der Fähre ab und lächelt dabei wie Sascha Hehn früher in der Fernsehreihe *Das Traumschiff*.«

Marleen lachte. Die Luft fühlte sich an ihren feuchten Lippen kühl an. »Das kann ich mir lebhaft vorstellen.«

»In einer anderen Szene tollt Joos im Hintergrund mit Zorro über die Wildblumenwiese. Zu einer Nahaufnahme war er keinesfalls bereit. Seitdem er von den Medien verfolgt wurde, hasst er Kameras. Annes Camcorder ist die einzige große Ausnahme.« Liebevoll fuhr er ihr durch ihre roten Haare und betrachtete diese dabei so verzückt, als bestünden sie aus Safranfäden, dem teuersten Gewürz der Welt.

Mit ihren Zehen zupfte Marleen Grashalme aus. »Und du?«

»Ich bin der Einzige von uns dreien, der eine kleine Sprechrolle hat«, sagte er stolz. »Mich baggern zwei Besucherinnen vor der Eiscreme-Manufaktur an, und ich lasse sie charmant abblitzen.«

»Wie aus dem Leben gegriffen«, frotzelte Marleen, aber es lag ein Körnchen Wahrheit in ihrer Bemerkung. Finn galt als einer der begehrtesten Junggesellen Deutschlands.

Blitzschnell schob er ihre Haare zur Seite und biss sachte in ihren Nacken, sodass sie vor Schreck aufschrie. Er erzählte weiter: »Die Regisseurin hat mich gefragt, ob ich mir vorstellen kann, in einem Film, der sich komplett um die Schokoladeninsel dreht, die Hauptrolle zu spielen.«

»Wow.« Marleen staunte nicht schlecht, spürte jedoch auch einen Hauch von Eifersucht. »Anscheinend hast du Eindruck auf sie gemacht.«

»Es lag wohl weniger an meinen Schauspielkünsten als an meinem Nachnamen.« Er verdrehte die Augen. »Thies hatte ihr schon abgesagt, weil er ganz für Hannah und Bente da sein will und weitere Kinder geplant sind, und Joos meidet die Öffentlichkeit.«

Sanft stieß sie ihn an und legte ihre Hand an seinen Oberkörper. »Jetzt stapelst du aber tief. Was hast du ihr geantwortet?«

»Dass ich meinen Traumjob, nämlich Chocolatier, bereits gefunden habe. Außerdem …« Er gab ihr einen zärtlichen Nasenkuss. »Ich will keine Filme drehen, denn als Schauspieler ist man doch ständig auf Achse, aber ich will bei dir sein.«

Nicht viele Männer hätten eine Chance wie diese ausgeschlagen, dachte Marleen verliebt.

Zärtlich legte er seine Hände an ihre Wangen und sah ihr tief in die Augen. »Ich liebe dich, meine Arielle.«

»Ich liebe dich auch, mein Surferschlumpf.« Sie neigte sich vor, um ihn zu küssen.

Doch er wich ihrem Mund aus und protestierte: »Das

Kosewort lasse ich dir heute noch durchgehen, aber in Zukunft musst du dir ein besseres für mich ausdenken.«

»Und mit besser meinst du männlicher?«, mutmaßte sie erheitert.

Übermütig warf er sie auf den Rücken und kitzelte sie. Als sie vor Lachen nach Luft rang, hörte er auf und knurrte: »Ja, verdammt.«

Da lachte auch Finn. Ihre Münder verschmolzen für eine lange Zeit, denn alles war gesagt. Sie wussten beide, dass Marleen ihn weiterhin mit diesem Spitznamen ansprechen würde, denn was sich liebt, das neckt sich nun einmal.

Kapitel 17

Als Ebba Alwart Anfang Juli in den Leuchtturm kam, sah Finn ihr an, dass sie etwas auf dem Herzen hatte. An diesem Morgen wirkte sie angespannt und verlegen. Seit er sie kannte, trug sie einen Dutt, doch heute waren ihre aschgrauen Haare das erste Mal offen. Sie hatte die vorderen Strähnen lediglich mit Schildpattklammern über den Ohren befestigt, damit sie ihr nicht ins Gesicht fielen.

Lächelnd überreichte sie ihm im Wohnbereich einen kleinen Kochtopf. »Ich habe *Tüften un Plum* für alle zubereitet. Anne kennt zwar Kartoffelsuppe, aber nicht mit Speck und Pflaumen. Es war überfällig, dass sie sie mal probiert. Hannah liebt das Gericht. Ich hoffe, Marleen tut das auch.«

»Danke, aber das wäre nicht nötig gewesen.« Finn brachte den Topf, der noch lauwarm war, in die Küche und stellte ihn auf den Herd, um ihn mittags aufzuwärmen. »Du musst doch nicht für uns kochen.«

Sie folgte ihm. Ihre dunklen Schnürschuhe knarzten bei jedem Schritt. »Das tue ich gerne, und ihr habt doch so viel zu tun.«

Mit Letzterem hatte sie recht. Marleen wohnte jetzt bei ihm im Leuchtturm. Sie hatte seinen Job in Tommys Surfschule auf Sylt übernommen und suchte unermüdlich einen Studienplatz, der sie ihrem Ziel, Meeresbiologin zu werden, näherbrachte.

Unterdessen pendelte er zwischen Flensburg und Möwesand hin und her, wie es schon sein Vater getan hatte, und testete in der Schokoladenfabrik zusammen mit seinem Team unter Hochdruck neue Schokoladen- und Pralinenkreationen.

Er arbeitete nebenher mit Joos und Thies daran, ihre Idee vom Schokoladenschiff voranzubringen. Sie hatten bereits einen alten Zweimaster gekauft. Er war sehr kostengünstig gewesen, aber nur, weil er überholt werden musste. Sie wollten das Schiff farbenfroh anstreichen wie die Villa Kunterbunt von Pippi Langstrumpf und damit unter anderem Shantychöre und Bands, die Kinderlieder spielten, Clowns, die Luftballons verteilten, und ein Glücksrad, bei dem man Köstlichkeiten aus der Schokoladenfabrik gewinnen konnte, in die Häfen der Seebäder an der Nordseeküste und auf die Wattenmeerinseln bringen. Frisch hergestellte Leckereien wie Zuckerwatte, Waffeln und kandierte Früchte sollten auch angeboten werden, eine Art Naschwerk-Manufaktur mit Rumpf und Segeln.

Zudem liebäugelten Finn und seine Brüder mit einem Gebrüder-Lorentz-Café und einem Gebrüder-Lorentz-Pralinengeschäft in Husum, St. Peter-Ording oder auf Pellworm, Föhr, Amrum oder Sylt. Joos hatte schon einmal locker bei ihrer Bank angefragt, ob sie ihnen generell einen Kredit geben würden, und ein positives Signal erhalten. Zeitnah wollten sie aber erst einmal Führungen über das Werksgelände der Schokoladenfabrik mit anschließender Verkostung anbieten. Sie hatten viele Expansionspläne, aber alles zu seiner Zeit.

Nun da Finn wieder mit im Boot war, hieß es für die Gebrüder Lorentz: volle Fahrt voraus! Aber an der Schokoladeninsel sollte sich nichts ändern, denn sie war gut so, wie sie war, da waren sich Finn, Thies und Joos einig.

Die Liebe zu Marleen hatte eine unbändige Energie in Finn freigesetzt, und er riss seine Brüder mit. Jede freie Minute war im Moment kostbar, und Marleen und er verbrachten sie damit, zusammen zu surfen oder sich zu lieben.

Ihr Vater hatte ihm ausrichten lassen: »Mach sie ja glücklich, oder du kriegst es mit mir zu tun.« Finn hegte keinen Zweifel, dass Dyke de Vries das ernst meinte.

Ebbas Räuspern riss ihn aus seinen Gedanken. »Außerdem will ich euch verwöhnen, solange ich noch hier bin.«

»Was soll das denn heißen?«, fragte er aufgeschreckt.

Ihre roten Apfelbäckchen leuchteten noch mehr als üblicherweise, wohl vor Aufregung. »Ich habe es Joos schon gesagt und möchte es Thies persönlich mitteilen, also verrate ihm noch nichts.«

»Geht es dir nicht gut?« Besorgt nahm Finn ihre Hand. Er wusste nicht, ob er so schnell nach Friesos Tod eine weitere Hiobsbotschaft ertragen konnte.

»Mir geht es ausgezeichnet. Mach dir keine Sorgen um mich.« Sie tätschelte seine Schulter. »Aber ich bin jetzt 63, und Joos, Thies und du, ihr habt jetzt Anne, Hannah und Marleen.«

»Wir werden dich immer brauchen«, sagte er bestimmt und meinte keineswegs ihre Arbeit als Hausdame. »Du gehörst doch zur Familie.«

»Das macht mir den Abschied ja so schwer. Ich habe euch aufwachsen sehen. Ich war mehr als nur eine Haushälterin für euch. Es war fast, als wärt ihr meine Enkel.« Nervös strich sie über ihr hellgraues Kleid. »Wenn ihr hingefallen wart und eure Knie geblutet haben, habe ich die

Wunde gereinigt und Pflaster draufgeklebt. Ich habe euch plattdeutsche Begriffe beigebracht und stundenlang mit euch Monopoly, Jenga und Kniffel gespielt. Ich erinnere mich an so viele wundervolle Momente.«

»Warum willst du dann weg?«, fragte er verständnislos. Er zog einen Küchenstuhl vom Tisch weg und bot ihr an, sich zu setzen. »Du musst ja nicht weiter für uns arbeiten. Dein Zimmer im Lorentz-Haus bleibt für dich reserviert.«

Sie nahm Platz und schüttelte den Kopf. »Das möchte ich gar nicht. Ich habe mich total für Anne und Joos gefreut, als sie mir gestern von ihren Plänen, nächstes Jahr im Mai zu heiraten, erzählt haben. Ihre Liebe braucht Platz, um wachsen zu können. Ich weiß, wie sehr sie sich Kinder wünschen. Sie werden bald eine eigene Familie haben.«

»Überleg es dir noch einmal«, bat Finn inständig. Er wollte seine Welt zusammenhalten.

»Ich habe lange über meine Entscheidung nachgedacht, glaub es mir.« Ebba war rund um die Hüften geworden, ihr Kleid spannte über ihrem Busen. »Rasmus geht bald in Rente und liebäugelt damit, zurück nach Rensburg zu ziehen. Seine Mutter und seine jüngere Schwester wohnen noch dort. Er hat mich gefragt, ob ich mir vorstellen könnte, in Dänemark zu leben, und ich habe Ja geantwortet. Seine Mutter ist schon 92 Jahre alt und lebt in einem Altenheim. Sie würde sich sehr freuen, uns öfters zu sehen.«

»Du und dein Ehemann, ihr werdet uns stets willkommen sein«, stellte Finn klar. »Möchtest du Tee oder Kaffee?«

Als sie ihn dankbar anlächelte, strahlten die Lachfältchen an ihren Augenwinkeln wie zwei Sonnenhälften. »Ein Glas Wasser würde mir reichen.«

»Alles ist im Wandel«, sinnierte Finn betrübt, während er

Mineralwasser in zwei Gläser goss. Der raue Wind der Veränderung fegte bereits seit fast drei Jahren über die Schokoladeninsel und nahm kein Ende. »Erst ist unsere Mutter gestorben, dann unser Vater, letztes Jahr Benedikte Mommsen und vor einer Woche der gute Frieso. Jetzt willst du weg.«

»Aber ich werde doch nicht aus der Welt sein.« Sie konnte wohl nicht aus ihrer Haut und vergaß, dass sie sein Gast war, denn sie erhob sich und trug die Gläser zum Tisch, bevor er sie davon abhalten konnte. »Du darfst nicht nur den Verlust sehen. Thies hat Hannah gefunden, Joos und Anne sind schwer verliebt, und du bist mit Marleen glücklich.«

Nun kam er sich undankbar vor. »Ich freue mich auch über Julius, der wie ein jüngerer Bruder für mich ist, und über Merle, den Sonnenschein. Beide sind ein Gewinn für die Schokoladeninsel. Und das erste Lorentz-Baby ist da. Ich kann es kaum erwarten zu sehen, wie Bente weiter heranwächst.«

»Na, siehst du.« Nachsichtig lächelte sie, streichelte über seinen Arm und nahm wieder Platz. »Es gibt keinen Grund, melancholisch zu werden.«

Damit hatte Ebba recht, dennoch machte ihre Entscheidung sein Herz schwer. Sein ganzes Leben lang hatte er sie an seiner Seite gehabt. Sie war eine Konstante in seinem Leben gewesen. Es fiel ihm schwer, sich den Alltag ohne sie vorzustellen. Er kam zu ihr und küsste sie aufs Haar. Sie duftete nach Veilchen und Geborgenheit. »Ich werde dich schrecklich vermissen, ich habe dich lieb.«

»Ich dich auch.« Sie sah zu ihm auf. Ihre Augen waren feucht, aber sie lächelte warmherzig.

Er musste daran denken, was seine Mutter einst gesagt hatte, als sie mit Ebba alleine in der Küche gestanden hatte und er sich in der Vorratskammer nebenan versteckt hatte, um heimlich Kuchen zu naschen, und alles mithören konnte: »Ohne dich, Ebba, würden mein Mann, meine Kinder und ich uns nur von Fertigmahlzeiten ernähren, der Staub würde zentimeterdick auf den Möbeln liegen, und meine Jungs würden aussehen wie Ferkel, süß, aber schmutzig. Ich bin eine schreckliche Hausfrau. Ohne deine Unterstützung würde das jeder sehen. Du hilfst mir, das zu vertuschen und mein Geheimnis zu wahren. Ich kann dir gar nicht genug dafür danken.«

Nun erkannte Finn plötzlich, dass seine Felle davonschwammen. Es gab nur eine Person, von der er sich Informationen über die Tragödie, die sich vor zehn Jahren ereignet hatte, erhoffen konnte. Aber immer wenn er Ebba danach fragte, hüllte sie sich in eisiges Schweigen. Sein Puls beschleunigte sich.

Nervös wagte er einen letzten Versuch: »Aber bevor du offiziell kündigst, bitte ich dich noch ein letztes Mal und diesmal eindringlich, mir von Jürgen Schneider zu erzählen.«

Erschrocken sprang Ebba auf. Dabei stieß sie ihr Glas um. »Wie ungeschickt von mir! Entschuldigung. Aber man sollte die Vergangenheit ruhen lassen. Du siehst ja, wohin das führt.«

»Ich denke, ich kenne die Wahrheit bereits«, ließ Finn durchblicken, während er nach einem Trockentuch griff und damit eilig die Flüssigkeit aufwischte. »Marleen hat mir geholfen zu rekonstruieren, was damals geschah.«

Ebba nahm den Spülschwamm und half ihm. »Ich würde lieber nicht darüber sprechen, das weißt du doch.«

Weil nichts Gutes über seine Mutter ans Licht kommen

würde? Weil Ebba ihn nicht verletzen wollte? Er wrang das Tuch über der Spüle aus. »Dann machen wir es doch so, dass ich erzähle, was damals vorgefallen ist, und du bestätigst meine Vermutung oder sagst mir, dass ich vollkommen falschliege. Alle drei Beteiligten sind tot. Du bringst also niemanden in Bedrängnis.«

Zögerlich nickte sie. »Na, gut. Du lässt ja eh nicht locker.«

Er nahm ihr den Schwamm ab, legte ihn weg und bat sie, wieder Platz zu nehmen. Dann setzte er sich zu ihr. Das Herz drohte ihm aus dem Brustkorb zu springen, aber er versuchte, einen ruhigen Ton anzuschlagen: »Meine Mutter hatte ein Liebesverhältnis mit Jürgen Schneider.«

Finn sah Ebba an, aber sie schien ihm zu bedeuten, dass er erst einmal weitererzählen sollte.

»Vielleicht hat mein Vater nur eins und eins zusammengezählt, als er erfuhr, dass meine Mutter bei einem fremden Mann im Auto saß. Ich nehme an, sie hat ihn genauso darüber angelogen, wo sie sich in jener Nacht aufhalten würde, wie Schneider seine Ehefrau Roswitha. Aber ich vermute, dass mein Vater von dem Verhältnis wusste. Es muss ihm aufgefallen sein, dass sie immer öfter ohne ihn ausging.«

»Ich möchte nicht, dass du schlecht über deine Mutter denkst.« Ebba faltete ihre Hände und legte sie auf den noch feuchten Tisch. »Sie war bloß einsam.«

»Also hatte sie tatsächlich eine Affäre mit Julius' Vater?«, fragte er rasch, nun, da Ebba sich zu öffnen begann.

»Ja, sie hat Jürgen Schneider durch Zufall kennengelernt, aber er selbst glaubte, es war vorherbestimmt, dass sie sich eines Tages treffen würden. Sie bummelte mit einer Freundin über die Kieler Woche, er war mit Arbeitskollegen da. Sie flirteten, tauschten Handynummern aus, und so kam eins zum anderen, um es kurz zu machen.« Ebba verschränkte die Arme vor dem Oberkörper. Ihr war es sichtlich unangenehm, darüber zu reden. »Ich weiß das alles, weil ich einmal einen Streit deiner Eltern mitbekam. Sie haben so laut geschrien, dass die Wände des Lorentz-Hauses gewackelt haben. Joos, Thies und du habt einen Bootsausflug mit Gerits Mann Hein gemacht und nichts davon mitbekommen.«

Finn rutschte so heftig auf dem Sitz zurück, dass der Stuhl über die Fliesen schabte. »Sie hätte sich nie mit diesem Kerl einlassen sollen.«

»Sie liebte deinen Vater. Das Problem war nur, dass er zu viel gearbeitet hat. Die Schokoladenfabrik steckte noch in den Kinderschuhen.« Sie winkte ab. »Wem erzähle ich das? Du weißt selbst, wie das ist. Du hast schließlich mit deinen Brüdern die Schokoladeninsel aufgebaut.«

Gedankenversunken nickte er. »Ich erinnere mich, dass er wenig Zeit für uns hatte. Darüber waren Joos, Thies und ich oft traurig.«

»Dann musst du deine Mutter auch ein kleines bisschen verstehen. Sie litt sehr unter der räumlichen Trennung. Ihr fiel die Decke auf den Kopf. Sie war leidenschaftlich gerne Mutter, aber ihre alten Freunde waren alle in Flensburg, und sie vermisste sie schrecklich.« Ebbas Stimme klang belegt, als sie fortfuhr: »Außerdem sehnte sie sich danach, begehrt zu werden. Sie dachte, dass dein Vater nur noch die Mutter seiner Kinder in ihr sehen würde. Jürgen Schneider dagegen nahm sie als Frau wahr.«

Finn schob ihr sein Glas, das er noch nicht angerührt hatte, zu. Es war ihm unangenehm, all diese Dinge über seine Eltern zu hören, aber er versuchte zu verstehen, was in seiner Mutter vorgegangen war. »Dann war das eine reine Bettgeschichte? Oder war auch Liebe im Spiel?«

»Roswitha litt unter Depressionen, das belastete die Ehe der Schneiders. Sie wollte lieber in der Sicherheit ihrer Wohnung bleiben, als mit ihm auszugehen. Fremde Menschen verunsicherten sie. Wenn sie überfordert war, reagierte sie gereizt. Deine Mutter war vollkommen anders als sie. Karin war lebenslustig und kontaktfreudig, wie du weißt. Darum fühlte sich Jürgen Schneider unwiderstehlich zu ihr hingezogen. Ihr wiederum schmeichelte seine Aufmerksamkeit. Sie fanden beim anderen, was sie in ihren Ehen vermissten. Vielleicht war auch ein bisschen Abenteuerlust dabei. Manchmal nehmen Menschen ihren Alltag als festgefahren und eintönig wahr und wollen aus der Routine ausbrechen.« Sie nippte am Wasser. »Aber in der Nacht, als er starb, wollte deine Mutter mit Jürgen Schluss machen.«

Neugierig neigte sich Finn vor. Wie gebannt hing er an Ebbas Lippen. »Woher weißt du das?«

»Als sie aus dem Krankenhaus zurückkehrte, hat sie es mir erzählt. Sein Tod hat sie schwer belastet. Sie glaubte, sie wäre schuld daran, aber das sehe ich anders.« Unentwegt drehte Ebba das Glas hin und her. Der Boden kratzte über die Tischplatte. »Bei einem gemeinsamen Abendessen hat sie ihm mitgeteilt, dass sie ihn nicht wiedertreffen würde. Sie wollte ihre Familie nicht gefährden und mit eurem Vater daran arbeiten, dass sie wieder zueinanderfanden. Jürgen Schneider fühlte sich zurückgewiesen und wollte ihre Entscheidung nicht akzeptieren. Er war verliebt in sie, bot ihr sogar an, seine Ehefrau für sie zu verlassen. Aber das wollte sie auf keinen Fall.«

Aufgewühlt sprang Finn auf und lief auf und ab. »Dann war das mit ihm nichts Ernstes für sie?«

»Für sie nicht, für ihn schon. In seinem Auto gerieten die beiden in einen heftigen Streit. Jürgen Schneider gestikulierte wild und verriss dabei unabsichtlich das Lenkrad, worauf sein Wagen von der regennassen Fahrbahn schoss und gegen einen Baum prallte. Er war sofort tot. Deine Mutter überlebte wie durch ein Wunder.« Ebba erhob sich. Sie kam zu Finn, legte die Hände an seine Arme und sah ihn eindringlich an. »Sie hat sich nie wieder auf ein amouröses Abenteuer eingelassen, das kannst du mir glauben.«

»Es ist also tatsächlich wahr. Meine Mutter und Jürgen Schneider hatten eine Affäre.« Finn hatte erwartet, dass es ihn erleichtern würde, Gewissheit zu haben, aber das tat es nicht. Er war immer noch enttäuscht von seiner Mutter, aber wenigstens konnte er ihre Beweggründe ein wenig besser nachvollziehen. Ihre Einsamkeit auf der Insel, auf die Rolle der Mutter reduziert zu werden und das verführerische Angebot eines Fremden.

Sachte drückte Ebba seine Schultern. »Du musst die Vergangenheit loslassen.«

»Das habe ich längst«, versicherte er ihr. Sein Puls beruhigte sich langsam wieder. »Ich wollte nur Klarheit haben.«

Finn brachte Ebba zur Tür. Gerade als sie im Kiefernwäldchen verschwand, trat Marleen zwischen den windschiefen Bäumen hervor. Die beiden Frauen begrüßten sich fröhlich und plauderten kurz, dann ging jede weiter.

Marleen blieb dicht vor Finn stehen. Eine warme Brise fuhr durch ihr abendrotes Haar. Sie lächelte ihn verliebt an und sagte: »Hallo, schöner Mann. Ich bin dein Schicksal.«

»Verrücktes Huhn! Ich lasse dich nie wieder los.« Zärtlich zog er sie in seine Arme.

Sie küsste ihn. »Das hoffe ich sehr.«

Plötzlich schwebte ein Heißluftballon an Möwesand vorbei. Darauf machte eine mit Schokoladenbonbons gefüllte Kakaoschote Appetit auf Naschwerk, die kunstvoll geschwungenen Buchstaben G und L waren zu lesen.

Es erfüllte Finn endlich wieder mit Stolz, das Logo der Gebrüder Lorentz zu sehen, dennoch seufzte er. »Der Veranstalter hat anscheinend das falsche Datum notiert. Die Marketingaktion sollte erst im August stattfinden, genau heute in einem Monat, am Tag des Sommerfestes. Der Ballon sollte die Besucher der Schokoladeninsel verabschieden.«

Auf der Hülle stand zu lesen: Wir hoffen, Sie haben sich köstlich amüsiert.